HEYNE BÜCHER

Fantasy

Herausgegeben von Friedel Wahren

Von **Gordon R. Dickson** erschienen in der Reihe
HEYNE SCIENCE FICTION & FANTASY:

Nichts für Menschen · 0603656
Der ferne Ruf · 0603662
Uralt, mein Feind · 0603682
Sturm der Zeit · 0603871
Wolf und Eisen · 0605662

DRACHENRITTER-ZYKLUS:

1. Die Nacht der Drachen · 0603769; auch: 0605902
2. Der Drachenritter · 0605903
3. Drachen an der Grenze · 0605904 (in Vorb.)
4. Drachen im Krieg · 0605905 (in Vorb.)
5. Der Drache, der Graf und der Troll · 0605906 (in Vorb.)
6. Der Drache und der Dschinn · 0605907 (in Vorb.)

GORDON R. DICKSON

DER DRACHENRITTER

Zweiter Roman
des Drachenritter-Zyklus

Deutsche Erstausgabe

WILHELM HEYNE VERLAG
MÜNCHEN

HEYNE SCIENCE FICTION & FANTASY
Band 06/5903

Titel der Originalausgabe
THE DRAGON KNIGHT
Übersetzung aus dem Amerikanischen von
Norbert Stöbe
Das Umschlagbild malte Ralph Voltz

Umwelthinweis:
Dieses Buch wurde auf
chlor- und säurefreiem Papier gedruckt.

Redaktion: Ralf Oliver Dürr

Erstausgabe bei Tom Doherty Associates, Inc. (A Tor Book),
New York

Printed in Germany 1997
Umschlaggestaltung: Atelier Ingrid Schütz, München
Technische Betreuung: M. Spinola
Satz: Schaber Satz- und Datentechnik, Wels
Druck und Bindung: Elsnerdruck, Berlin

ISBN 3-453-12694-7

Dieses Buch ist Dave Wixon gewidmet,
der auf dieses wie auf viele andere Bücher
eine Menge Arbeit verwandt hat.

1

Es war an einem frostigen Märzmorgen im Malencontri-Wald, der jedoch nicht irgendwo in Frankreich oder Italien lag, wie der Name anzudeuten schien, sondern in England.

Was allerdings nicht bedeutete, daß jemand, der mit diesem Wald zu tun hatte – angefangen von den drei Murmeltieren, die sich in ihrer unordentlichen, mit Blättern gefüllten Höhle unter einer Hecke zusammengekuschelt hatten, um sich aneinander zu wärmen, bis zu Sir James Eckert, dem Baron de Bois de Malencontri et Riveroak, der neben seiner Gemahlin, Lady Angela, in der nahen Burg schlief – jemals diesen französierten Namen in einer gewöhnlichen Unterhaltung gebraucht hätte. Den Namen Malencontri hatte der Wald seinem ehemaligen Besitzer zu verdanken, der sich nun als mittelloser Flüchtling wahrscheinlich irgendwo auf dem Kontinent aufhielt, und das geschah ihm nur recht.

Jetzt, wo Sir Hugh de Malencontri endlich aus dem Weg war, bezeichneten die Anwohner den Wald wieder mit seinem richtigen Namen, das hieß, sie nannten ihn Malvernwald. Dies alles kümmerte das Wesen nicht, das in diesem Moment dort unterwegs war, nicht weit von den wachgewordenen, aber glücklicherweise sicher versteckten Murmeltieren, und so nah bei der Burg Malencontri, daß es die Mauern und Türme zwischen den Bäumen sehen konnte.

Das Desinteresse war naturgegeben, denn der Frühaufsteher war Aragh, ein englischer Wolf, der nicht nur diesen Wald, sondern auch eine Reihe anderer Wälder als sein persönliches Revier betrachtete und sich noch nie darum geschert hatte, wie andere dieses nennen mochten.

Eigentlich scherte sich Aragh nur höchst selten um irgend etwas. Obwohl es an diesem Frühlingsmorgen bitterkalt war, schenkte er diesem Umstand nur insofern Beachtung, als damit zu rechnen war, daß die Geruchsfährten dichter als gewöhnlich am Boden lagen. Der Kälte brachte er dieselbe Gleichgültigkeit entgegen wie allen anderen Dingen – dem Wind, dem Regen, Brombeersträuchern, Menschen, Drachen, Sandmerkern, Ogern und allem anderen. Dies hätte auch für Erdbeben, Vulkanausbrüche und Flutwellen gegolten, hätte er jemals damit Bekanntschaft gemacht, was bis jetzt allerdings noch nicht der Fall gewesen war. Er war ein Abkömmling todbringender Wölfe, so groß wie ein kleines Pony, und seine Philosophie lautete, daß er tot wäre, wenn ihn einmal ein Tag vor Probleme stellen sollte, mit denen er nicht fertig werden konnte, und dann bräuchte er sich sowieso nicht mehr den Kopf zu zerbrechen.

Er hielt inne, um einen kurzen Blick zur Burg und dem eckigen Kasten der Kemenate mit den neumodischen Glasscheiben in den Schießscharten zu werfen, die als Fenster dienten und in denen sich gerade das erste Licht der Morgendämmerung widerspiegelte. Trotz der starken Vorurteile, die er gegen verglaste Fenster hegte, empfand er doch eine warme Zuneigung zu Sir James und Lady Angela, die, wie er wußte, noch in der Kemenate schlummerten und sich als die Langschläfer, die sie waren, einen wunderbar frischen Morgen entgehen ließen.

Diese Zuneigung stammte aus der Zeit, als er und Sir James (nicht ganz ohne fremde Hilfe, wie er zugeben mußte) beim Verhaßten Turm drüben bei den Sümpfen in eine kleine Auseinandersetzung mit einem Oger und einigen anderen nicht minder widerwärtigen Wesen verwickelt gewesen waren. Damals hatte es Sir James ohne eigenes Verschulden in den Körper eines Freundes von Aragh verschlagen – in den des Drachen

Gorbash. Einen Moment lang gedachte Aragh mit nostalgischer Wehmut dieser längst vergangenen, aber aufregenden Zeiten.

Auf einmal verspürte er ein Unbehagen in den Knochen, das James und Angela betraf – vor allem aber James. Das Gefühl war überraschend aufgetaucht, und sogleich wandte er ihm seine ganze Aufmerksamkeit zu, denn er war ein Wolf, der gelernt hatte, auf die Signale des Unbewußten zu achten.

Doch weder wurde ihm der Ursprung des Unbehagens klar, noch verschwand es. Er schnupperte, roch aber nichts Ungewöhnliches und tat das Gefühl daher vorerst ab, nahm sich jedoch vor, mit S. Carolinus darüber zu sprechen, wenn er das nächste Mal zum Haus des Magiers oben am Klingelnden Wasser kam. Carolinus würde ihm schon sagen, ob dem etwas zugrunde lag, weswegen er sich Sorgen machen mußte, wenngleich er sich nur schwer vorstellen konnte, was das sein sollte.

Vernünftigerweise stellte er die Angelegenheit zunächst zurück und trottete weiter, bis seine hagere, dunkle Gestalt zur großen Erleichterung der Murmeltiere mit dem Unterholz und den Baumstämmen des erwachenden Waldes zu verschmelzen schien.

2

James Eckert, mittlerweile Sir James, Baron de Bois de Malencontri usw. – obwohl er sich nur selten als solcher fühlte –, erwachte im morgendlichen Dämmerlicht des Schlafgemachs, das er sich mit seiner Gemahlin Angela in der Burg Bois de Malencontri teilte.

Blasse Lichtstrahlen, die um die Ränder der schweren Vorhänge vor den anstößigen verglasten Fenstern spielten, zeigten an, daß es bald hell werden würde. Neben ihm atmete die schlafende Angie gleichmäßig unter einem kleinen Berg von Pelzen und Decken, welche die Kälte in dem ungeheizten Raum mit den Steinwänden erträglich machten.

In jenem seltsamen Schwebezustand zwischen Schlaf und Wachsein gefangen, versuchte er abzutun, was ihn geweckt hatte. Er hatte das undeutliche Gefühl, daß etwas nicht stimmte, eine Art Nachklang der Niedergeschlagenheit, die ihn die vergangenen trübseligen Wochen über begleitet hatte. Das Gefühl ähnelte der Bedrückung, die manche verspüren, wenn am Horizont ein Unwetter heraufzieht.

In den letzten Wochen hatte er begonnen, seine Entscheidung zu bereuen, in dieser Welt der Drachen, der Magie und der mittelalterlichen Institutionen zu bleiben, anstatt mit Angie in die zwar langweiligere, dafür aber vertrautere Welt des zwanzigsten Jahrhunderts zurückzukehren – wo auch immer sich diese in den Regionen der überlappenden Wahrscheinlichkeiten derzeit befinden mochte.

Zweifellos trug auch die Jahreszeit zu seiner Stimmung bei. Das Ende des Winters hatte ihn zunächst belebt; doch nun schien es sich endlos hinzuziehen, und das Dämmerlicht mit den tropfenden Fackeln und Kerzen und den eiskalten Wänden nahm überhaupt kein Ende.

Die mit der Baronswürde einhergehenden Pflichten, die er von Sir Hugh de Bois de Malencontri, dem früheren Baron, übernommen hatte, setzten Jim in letzter Zeit unerbittlich zu. Er mußte sich um die Instandhaltung von Gebäuden und Straßen kümmern, um mehrere hundert Leibeigene, Freie und Pächter, die auf seine Anweisungen warteten, sowie um die bevorstehende Aussaat. Aufgrund all dieser drückenden Verpflichtungen war diese seltsame Welt mittlerweile ebenso fade und alltäglich geworden wie die Erde des zwanzigsten Jahrhunderts, die nur mehr eine Erinnerung für ihn war.

Daher hätte Jim die Augen am liebsten gleich wieder zugemacht, den Kopf unter der Bettdecke vergraben und weitergeschlafen, ohne dem, was ihn geweckt hatte, weiter Beachtung zu schenken. Als er es jedoch versuchte, entzog sich ihm der Schlaf. Das Gefühl, daß etwas nicht stimme, wurde stärker, bis es ihn ausfüllte wie das lautlose Schrillen einer Alarmglocke. Schließlich hob er mit einem verzweifelten Schnauben den Kopf, schlug die Augen auf und erblickte im trüben Morgenlicht, das durch die Vorhänge drang, undeutlich das kalte Schlafgemach.

Er schauderte – und nicht allein wegen der Kälte.

Er besaß nicht mehr seinen gewohnten Körper. So wie damals, als er mittels einer Astralprojektion in diese Welt gelangt war, um Angie zu retten, besaß er wieder die Gestalt eines ausgewachsenen Drachen.

»Nein!« Beinahe hätte er das Wort laut herausgeschrien, doch verschluckte er es gerade noch rechtzeitig. Vor allem wollte er vermeiden, daß Angie aufwachte und ihn so sah.

Er war verzweifelt. Hatte er sich endgültig in einen Drachen verwandelt? Wenn ja, warum? In dieser verrückten Welt, in der Magie einen Teil der Wirklichkeit darstellte, war alles möglich. Vielleicht war es ihm lediglich vergönnt gewesen, eine Zeitlang in seinem menschlichen Körper zu verweilen. Vielleicht bestimmten die für derlei Dinge zuständigen Gesetze, daß er ein Jahr Mensch und dann ein halbes Jahr Drache sein mußte. Wenn es so war, würde es Angie bestimmt nicht gefallen, sechs Monate im Jahr die Gefährtin eines Drachen zu sein.

Ganz bestimmt nicht.

Er kannte die Antwort nicht. Die einzige Möglichkeit, etwas Genaues in Erfahrung zu bringen, bestand darin, sich an die Revisionsabteilung zu wenden, an jene seltsame, unsichtbare Baßstimme, die alles zu wissen schien, es aber verzog, einem nur soviel zu sagen, wie sie für angemessen hielt. Anscheinend führte diese Einrichtung eine Art Konto für all jene, die mit Magie befaßt waren – was offenbar auch für ihn galt; erstens, weil er auf magische Weise in diese Welt gelangt war, und zweitens, weil er vor knapp zehn Monaten daran beteiligt gewesen war, die bösen Absichten des Verhaßten Turms zu vereiteln.

Er öffnete den Mund, um Verbindung mit der Revisionsabteilung aufzunehmen. Soweit er wußte, hatte man dort Tag und Nacht geöffnet – falls *man* die richtige Bezeichnung war.

Gerade noch rechtzeitig fiel ihm ein, daß eine Unterredung mit der Revisionsabteilung im Moment ebensowenig angebracht war wie ›*Nein!*‹ zu rufen.

Es blieb ihm nichts anderes übrig, als sich aus dem Bett zu stehlen und aus dem Zimmer zu schleichen, bis er weit genug entfernt war, um mit der Revisionsabteilung sprechen zu können, ohne Angie aufzuwecken.

Behutsam schob er seinen riesigen Körper unter der Bettdecke hervor. Er setzte erst ein Bein auf den Boden, dann das andere. Gerade in dem Moment, als er den schweren Körper anheben wollte, bewegte sich Angie neben ihm, gähnte, lächelte, streckte ohne die Augen aufzuschlagen ihre langen, wunderschönen Arme in die kalte Luft, spannte den Körper an und erwachte …

… während Jim aufgrund eines gnädigen Schicksals oder was auch immer dafür verantwortlich sein mochte, auf einmal wieder seine menschliche Gestalt annahm.

Angie war aufgewacht. Eine Weile lächelte sie Jim schläfrig an, dann verblaßte ihr Lächeln allmählich, und an der Nasenwurzel bildete sich eine Falte.

»Ich könnte schwören …«, begann sie. »Du wolltest doch nicht irgendwo hin? Mir war so, als ob … Bist du sicher, daß nicht etwas Seltsames mit dir vorging?«

»Mit mir?« fragte Jim. »Etwas Seltsames?«

Plötzlich stach ihn der Hafer.

»Komme ich dir verändert vor?« fragte er. »In welcher Beziehung?«

Angie stützte sich unter den Decken auf den Ellbogen und schaute ihn mit ihren tiefblauen Augen an. Ihr dunkles Haar war verwuschelt vom Schlaf, aber immer noch sehr attraktiv. Auf einmal war er sich ihres nur Zentimeter entfernten nackten Körpers deutlich bewußt. Dieses Gefühl machte jedoch sogleich Besorgnis Platz.

»Ich weiß nicht genau«, erwiderte Angie. »Ich hatte bloß so ein Gefühl, als ob etwas nicht stimmte und als ob du… Warum bist du eigentlich schon halb aufgestanden?«

»Ich? Bin ich das?« Jim schlüpfte hastig wieder unter die Felldecken. »Nun, ich habe mir gedacht, ich gehe schon mal nach unten und bereite das Frühstück. Eigentlich« – er überkreuzte unter dem besonders feinen Bärenfell die Finger – »wollte ich dir ein Tablett hochbringen.«

»Ach, Jim«, sagte Angie. »Das sieht dir wieder mal ähnlich. Aber das brauchst du nicht. Ich fühle mich wunderbar, ich kann es gar nicht erwarten aufzustehen.«

Sie hatte ihm unter der Decke die Hand auf den Arm gelegt; er reagierte auf die Berührung, erschrak aber sogleich bei der Vorstellung, seine Haut könnte unter Angies Fingern Schuppen bilden.

»Wunderbar!« Jim sprang aus dem Bett und begann sich anzukleiden. »Ich gehe trotzdem schon mal runter und bereite das Frühstück. Wenn du nachkommst, ist vielleicht schon alles fertig.«

»Aber Jim, es besteht doch kein Grund zur Eile…« Den Rest hörte Jim nicht mehr, denn er war bereits auf dem Gang, machte die Tür hinter sich zu und kleidete sich im Laufen fertig an – nicht aus Gründen der Schicklichkeit, denn Schicklichkeit hatte in der mittelalterlichen Welt, in der er nun lebte, einen geringen Stellenwert –, sondern weil die Steinwände des Korridors an der Innenseite der Festung lagen und eiskalt waren.

In sicherer Entfernung von der Kemenate blieb er stehen, schöpfte Atem und sprach dann in die leere Luft.

»Revisionsabteilung!« sagte er. »Weshalb habe ich mich in einen Drachen verwandelt?«

»Euer Konto wurde aktiviert«, antwortete die Baßstimme etwa in Höhe seiner Hüfte, was ihn wie üblich zusammenzucken ließ, obwohl er damit gerechnet hatte.

»Aktiviert? Was bedeutet das?«

»Ein Konto, dessen Besitzer noch am Leben und fähig ist, Nutzen daraus zu ziehen, aber sechs Monate lang nicht mehr darüber verfügt hat, wird stets aktiviert«, erklärte die Revisionsabteilung ein wenig herablassend.

»Aber ich begreife immer noch nicht, was ›aktiviert‹ bedeutet!« protestierte Jim.

»Die Erklärung ist selbsterklärend«, antwortete die Revisionsabteilung.

Dann verstummte sie. Jim hatte das unangenehme Gefühl, sie sei für immer verstummt, zumindest was dieses Thema betraf. Er rief sie noch ein paarmal an, erhielt jedoch keine Antwort.

Da er nicht mehr weiterwußte, erinnerte er sich auf einmal an das Frühstück und stieg in düsterer Stimmung die Wendeltreppe von der Kemenate zur Küche hinunter.

»... Du könntest mir ebensogut die Wahrheit sagen«, meinte Angie eine Stunde später beim Frühstück an der hohen Tafel im Hauptraum der Burg. »Kurz bevor ich die Augen aufgemacht habe, ist irgend etwas passiert, und ich will wissen, was es war. Ich merke es ja doch jedesmal, wenn du etwas vor mir zu verbergen versuchst.«

»Ehrlich, Angie«, setzte Jim gerade an, doch dann erübrigte sich die Antwort, da er sich abermals in einen Drachen verwandelte.

»Iiiih!« schrie Angie aus vollem Hals.

In dem Saal, der so groß war, daß er dreißig bis vierzig Personen beiderlei Geschlechts Platz bot, angefangen von den Dienstboten, die dem Baron und seiner Lady das Frühstück auftrugen, bis zu den acht Bewaffneten, die normalerweise anwesend waren, und einer Reihe anderer Bediensteter, darunter May Heather, mit ihren dreizehn Jahren die Jüngste und Rangniedrigste des Küchenpersonals, brach die Hölle los.

Die Gefahr war für alle Teil des Lebens. Das Unerwartete war der Normalfall – allgemein gesprochen –, und in einer Behausung wie dieser waren alle möglichen Waffen leicht zu finden. Im Nu hielten alle scharfe oder spitze Gegenstände in Händen, bildeten eine Igelstellung mit den Bewaffneten an der Spitze und machten Anstalten, gegen den Drachen vorzugehen, der auf einmal im Palas aufgetaucht war.

In diesem Moment nahm Angie, nachdem sie ihrer Bestürzung mit einem instinktiven, gesunden und ziemlich erfrischenden Schrei Luft gemacht hatte, sich der Angelegenheit an. Der Saum ihres weinroten Kleids fegte über den Boden, als sie sich in königlicher Haltung auf die Igelstellung stürzte.

»Hört auf!« befahl sie in scharfem Ton. »Es besteht keinerlei Gefahr. Was ihr da seht, ist bloß euer Lord, der sein magisches Talent dazu benutzt hat, vorübergehend die Gestalt eines Drachen anzunehmen. May, häng die Streitaxt wieder an die Wand, und zwar auf der Stelle!«

May hatte eine Streitaxt ergriffen, die dem ehemaligen Baron gehört hatte. Sie hatte sie geschultert wie eine Holzfälleraxt; und es war höchst zweifelhaft, daß sie etwas damit hätte anfangen können, selbst wenn es ihr gelungen wäre, sie von der Schulter herunterzubekommen, ohne sich zu verletzen. Eines aber mußte man May Heather lassen. Sie war guten Willens.

Nun aber kehrte sie beschämt zu der Wand zurück, wo die Streitaxt ursprünglich gehangen hatte.

Die übrigen Dienstboten und Gefolgsleute wandten sich wieder ihren eigentlichen Pflichten zu, bedeutsame Blicke wechselnd und im Geiste um die Anekdote reicher, wie Sir James sich beim Frühstück in einen Drachen verwandelt hatte.

Zum Glück nahm er im nächsten Moment wieder menschliche Gestalt an, wenn auch sein Gewand zerrissen war und in Fetzen auf seine Füße herunterhing.

»He, Bewegung!« schrie Angie in den Raum. »Ein neues Gewand für Seine Lordschaft!«

Eine Weile wurde umhergehastet, bis man ein frisches, unversehrtes Gewand für Jim aufgetrieben hatte. Er schlüpfte dankbar hinein.

»Und jetzt zu Euch, Theoluf!« sagte Angie zum Anführer der Bewaffneten. »Sorgt dafür, daß Sir James Pferd gesattelt wird, daß er verproviantiert und ausgerüstet wird; schafft seine leichte Rüstung herunter und bereitet alles für einen sofortigen Aufbruch vor.«

Theoluf, der sich sogleich in Bewegung gesetzt hatte, wandte sich kurz um. Er war ein mittelgroßer Mann mit einem recht angenehmen Lächeln, wenn er denn einmal lächelte, doch war sein Gesicht von Pockennarben stark verunstaltet.

»Bin schon unterwegs, Mylady«, antwortete er. »Wie viele Männer werden Seine Lordschaft mitnehmen?«

»Niemanden!« dröhnte Jim, lauter als beabsichtigt. Er wollte auf jeden Fall vermeiden, daß die Leute, über die er herrschte, mitbekamen, wie er zwischen Menschen- und Drachengestalt hin und her wechselte, und womöglich noch auf den Gedanken kamen, er habe die Verwandlung nicht im Griff.

»Ihr habt gehört, was Euer Herr gesagt hat«, meinte Angela zu Theoluf.

»Jawohl, Mylady«, antwortete der Krieger, der hätte taub sein müssen, um es nicht gehört zu haben. Er wandte sich zum Hinterausgang am Ende des Palas. Angie trat an Jims Seite.

»Warum tust du das?« flüsterte Angie gereizt.

»Ich wünschte, ich wüßte es«, erwiderte Jim in nörglerischem, aber gleichfalls gedämpftem Ton. »Ich habe keinen Einfluß darauf, weißt du, sonst würde ich es nämlich lassen.«

»Ich meine«, beharrte Angie, »was tust du, unmittelbar bevor du dich in einen Drachen verwandelst, was veranlaßt dich dazu?«

Sie hielt inne und sah ihn betroffen an.

»Du bist doch etwa nicht wieder Gorbash?«

Jim schüttelte den Kopf. Gorbash war der Drache gewesen, dessen Körper er okkupiert hatte, als es ihn in diese seltsame Welt verschlagen hatte.

»Nein«, antwortete er, »das bin bloß ich in einem Drachenkörper. Aber es passiert ohne Vorwarnung. Ich kann es nicht steuern.«

»Das habe ich befürchtet«, sagte Angie. »Deshalb habe ich angeordnet, dein Pferd zu satteln und dir deine Rüstung zu bringen. Ich möchte, daß du auf der Stelle mit Carolinus darüber sprichst.«

»Nicht Carolinus«, protestierte Jim schwach.

»Carolinus!« wiederholte Angie entschlossen. »Du mußt der Sache auf den Grund gehen. Glaubst du, du kannst lange genug Mensch bleiben, um die Rüstung anzulegen, aufzusitzen und dich außer Sichtweite zu begeben, bevor du dich wieder verwandelst?«

»Ich habe nicht die leiseste Ahnung«, antwortete Jim und schaute Angie traurig an.

3

JIM HATTE Glück.

Er gelangte außer Sichtweite der Burg und in den Wald, ohne sich wieder in einen Drachen zu verwandeln. Gottlob war das Klingelnde Wasser, wo Carolinus lebte, nicht weit von der Burg entfernt. Carolinus war der Magier, der vor einem Jahr zusammen mit Jim mit dem Verhaßten Turm befaßt gewesen war. Dabei hatte er sich als verläßlicher, wenn auch bisweilen barscher Freund von aufbrausendem Temperament erwiesen. Er war ein Magier der Kategorie Eins Plus. Wie Jim von der Revisionsabteilung erfahren hatte, gab es nur noch drei weitere Magier in dieser Welt, die nicht nur der ersten Kategorie angehörten – an sich schon der höchste Rang, den ein Magier erringen konnte –, sondern auch noch über ein Plus verfügten, was sie noch ein Stück weiter über den Rest erhob.

Jim hingegen war – wenn auch wider Willen – lediglich ein Magier der vierten Kategorie. Sowohl Carolinus wie auch die Revisionsabteilung hatten ihm zu verstehen gegeben, daß er sich glücklich schätzen könne, sollte er zu Lebzeiten auch nur in die dritte Kategorie aufsteigen. Offenbar galt in dieser Welt der gleiche Grundsatz wie im zwanzigsten Jahrhundert, das Jim und Angie hinter sich gelassen hatten; entweder man hatte es, oder man hatte es nicht.

Wie gewöhnlich übte das Reiten im Wald eine beruhigende Wirkung auf Jims Nerven aus. Allein auf einem Pferd zu reiten, das man aus Gründen der Vorsicht und um es zu schonen im Schritt gehen ließ, hatte etwas wunderbar Entspannendes. Man hatte keine Eile, und was immer einen bedrängte, trat allmählich in den Hintergrund.

Außerdem war der englische Wald des vierzehnten Jahrhunderts – selbst zu Frühlingsanfang – eine angenehme Umgebung. Die Bäume waren so hoch und warfen soviel Schatten, daß nur an den lichteren Stellen ein wenig Gras als Bodenbedeckung wuchs und überlebte. Hin und wieder gab es Brombeersträucher, Dickichte und dichte Ansammlungen von Weiden, doch umsichtigerweise schlug die Straße um derlei Hindernisse einfach einen Bogen. Wie so vieles andere in dieser Welt war die Straße ausgesprochen pragmatisch. Sie nahm die Dinge so, wie sie waren, ohne zu versuchen, ihnen ihren Willen aufzuzwingen.

Zudem war es ein wunderschöner Tag. Die letzten drei Tage über hatte es geregnet, doch heute schien die Sonne, und es ließen sich nur ganz vereinzelt Wolken zwischen den Baumwipfeln sehen. Für Ende März war es warm, jedoch nicht so warm, daß Jim die Kleidung und die Rüstung lästig geworden wären.

Er hatte auf den Plattenpanzer verzichtet, den er vom ehemaligen Baron seiner Burg übernommen hatte. Bei der Rüstung waren einige Anpassungen notwendig gewesen. Der ehemalige Baron de Malencontri war ein stämmiger, breitschultriger Mann gewesen, jedoch kleiner als Jim. Daher hatte ein Waffenschmied in Stourbridge einige Veränderungen vorgenommen. Trotzdem war es unbequem, den Plattenpanzer über längere Zeit zu tragen, besonders dann, wenn man ihn brauchte.

Heute hatte Jim nicht das Gefühl gehabt, daß er die Rüstung brauchen würde. Wie Jims guter Freund, Nachbar und Waffenbruder Sir Brian Neville-Smythe gern betonte, taugte solch ein schwerer Panzer vor allem für die Drachenjagd, für Speerwettkämpfe und ähnlich bedeutsame Ereignisse. Im Moment war Jim lediglich mit einem leichten Kettenhemd über einer ledernen Halsberge bekleidet, das Ganze verstärkt mit Ringen an den Armen und Platten an den Schultern, wo ihn nun ein scharfer Hieb zwar nicht mehr tödlich verletzen, ihm wohl aber die Knochen brechen konnte.

Außerdem trug er noch einen leichten Helm, der das Haar bedeckte und einen vorspringenden Nasenschutz aufwies, dazu an der Oberseite der Schenkel ein Paar gleichermaßen leichter Beinschienen.

Während Jim in den Klamotten, die er im zwanzigsten Jahrhundert angehabt hätte, ein wenig gefroren hätte, hatte sein jetziger Aufzug zur Folge, daß ihm eher ein bißchen zu warm war. Diese in Mittelengland gelegene Gegend marschierte bereits mit großen Schritten auf den Frühling zu.

Entsprechend gut war Jims Laune. Was wäre, wenn er sich nun tatsächlich von Zeit zu Zeit in einen Drachen verwandeln würde? Carolinus würde ihm den Grund schon sagen und das Problem beheben. Je näher er dem Klingelnden Wasser kam, wo Carolinus wohnte, desto friedvoller und heiterer wurde ihm zumute. Seine Stimmung hatte sich soweit gehoben, daß er beinahe ein Lied angestimmt hätte.

Doch gerade in diesem Moment ritt er um eine Wegbiegung und erblickte vor sich eine querende Wildschweinfamilie; die Sau an der Spitze, gefolgt von einem halben Dutzend Frischlingen. Der Familienvater, der Eber persönlich, blickte derweil in Jims Richtung, als wartete er auf ihn.

Jim vergaß das Lied und zügelte sein Pferd.

Er war nicht unbewaffnet. Soviel hatte er bei den langen Wintersitzungen mit Sir Brian gelernt, als ihn der erfahrene Ritter im Gebrauch der zeitgenössischen Waffen unterrichtet hatte. Jim hatte dabei eine bemerkenswert rasche Auffassungsgabe bewiesen, was kaum überraschte, da er von Natur aus sportlich war und im zwanzigsten Jahrhundert in der AA-Klasse Volleyball gespielt hatte. Hier in dieser Welt des vierzehnten Jahrhunderts war es jedoch ratsam, niemals unbewaffnet nach draußen zu gehen, egal ob man allein oder in einer Gruppe unterwegs war. Abgesehen von Wildschweinen, denen er sich im Moment gegenübersah, gab es auch noch Wölfe, Bären, Wegelagerer, unfreundliche Nachbarn sowie zahllose andere widrige Möglichkeiten.

Daher hatte Jim sein gewohntes Breitschwert dabei, und am Sattel hing der kleinere seiner beiden Schilde. Das Gegengewicht zum Schwert bildete ein langer Poignard, dessen Scheide auf der anderen Seite des Gürtels befestigt war – eine dolchartige Waffe mit einer fast dreißig Zentimeter langen Klinge. Gleichwohl war keine dieser Waffen sonderlich gut geeignet, den Angriff eines so großen, mit eindrucksvollen Hauern ausgestatteten Ebers abzuwehren.

Allerdings machte der Eber eher den Eindruck, daß er sich nicht einmal von einem schwerbewaffneten Ritter in voller Rüstung hätte abschrecken lassen. War ein Eber erst einmal zum Angriff entschlossen, hatte Aragh einmal gesagt, so konnte er an nichts anderes mehr denken, bis alles vorbei war.

Es gab bessere Waffen, um den Angriff eines Ebers zu parieren als die, welche Jim zur Verfügung standen. Da war einmal der Wildschweinspeer, ein kurzer, aber kräftiger Speer, der hauptsächlich aus Metall bestand, so daß der Eber den Schaft nicht entzweibeißen konnte. Etwa zehn Zentimeter hinter der mit bösartigen Widerhaken versehenen Spitze war ein Querstück angebracht. Das Querstück sollte den Eber daran hindern, sich den ganzen Speer entlang vorzuarbeiten und mit seinen Hauern über den Mann herzufallen, der ihn hielt. Sogar May Heathers Streitaxt wäre Jim im Moment recht gewesen.

Er saß da und wartete. Er hoffte, die Wildschweinfamilie, bestehend aus der Sau und den Frischlingen, werde auf der anderen Straßenseite im Wald verschwinden, und der Eber werde sich abwenden und ihnen folgen. Trotzdem war Jim sich seines Unbehagens deutlich bewußt. Auch sein Pferd fühlte sich unwohl. Jim wünschte, er hätte sich ein Pferd wie das von Sir Brian leisten können – ein guttrainiertes Schlachtroß mit ebensoviel Angriffsinstinkt wie der Eber und darauf abgerichtet, alles, was sich ihm in den Weg stellte, mit Zähnen und Hufen anzugreifen.

Solche Pferde kosteten jedoch ein kleines Vermögen, und Jim verfügte zwar über ein gewisses magisches Guthaben sowie eine Burg, jedoch nur über einen sehr kleinen Vorrat an Bargeld.

Die große Frage war, würde der Eber seinem natürlichen Wunsch, über jeden möglichen Gegner herzufallen, widerstehen und friedlich mit seiner Familie weiterziehen? Die Antwort konnte allein der Eber geben.

Der Eber hatte sich die Sache offenbar überlegt. Die Sau und der letzte Frischling waren im Wald verschwunden. Wie es aussah, hatte der Eber das Gefühl, der Moment zum Handeln sei gekommen. Die ganze Zeit über hatte er geschnaubt und mit den Vorderhufen auf dem Boden gescharrt; nun kratzte er nicht mehr bloß daran, sondern schleuderte kleine Erdbrocken hoch. Anscheinend bereitete er sich auf einen Angriff vor. In diesem Moment schrie Jims Pferd buchstäblich auf und machte einen ebenso sprichwörtlichen Satz, so daß Jim auf den Erdboden plumpste.

Beim Fallen verspürte er einen nahezu unerträglichen Druck, der mit einem Mal wieder nachließ. Er stellte fest, daß er die Szenerie aus einem leicht veränderten Blickwinkel wahrnahm.

Er war wieder ein Drache. Im Verlauf der Verwandlung war er buchstäblich sowohl aus der Rüstung wie aus seinen Kleidern geplatzt – mit Ausnahme der Kniehose, die aus einem dehnbaren, gewirkten Material bestand und sich statt zu reißen lediglich an den Beinen abgerollt hatte. Jim bot nun den ziemlich lächerlichen Anblick eines Drachen, der von etwas behindert wurde, das der unteren Hälfe einer langen Unterhose mit Damenhalbstiefeln ähnelte.

Doch darauf kam es im Moment nicht an. Wichtig war, daß der Eber immer noch da war.

Dennoch hatte sich die Lage eindeutig verändert. Der Eber hatte aufgehört zu scharren und zu schnauben. Er war erstarrt und fixierte den Drachen, der nun vor ihm stand. Zunächst begriff Jim sein Glück noch gar nicht. Dann allmählich dämmerte es ihm.

»Mach, daß du wegkommst!« brüllte er mit voller Drachenstimme den Eber an. »Verschwinde! Hau ab!«

Der Eber war, wie alle Vertreter seiner Art, gewiß kein Feigling. In die Enge getrieben, und sei es von einem Drachen, würde er zweifellos angegriffen haben. Andererseits war ein Drache selbst für einen Eber nicht der ideale Gegner; zudem war dieser Drache aus dem Nichts aufgetaucht. Der Eber mochte zwar streitlustig sein, doch wie alle wilden Tiere besaß er einen Überlebensinstinkt. Er machte kehrt und verdrückte sich im Unterholz, wo der Rest seiner Familie verschwunden war.

Jim hielt Ausschau nach seinem Pferd. Er entdeckte es in etwa zwanzig Metern Entfernung ein Stück abseits des Weges, wo es nach ihm ausspähte und, für seine teleskopischen Drachenaugen deutlich erkennbar, zitterte.

Nachdenklich befreite Jim seine Hinterbeine aus der Kniehose. Er inspizierte sie. Zumindest würde sie sich noch verwenden lassen, was man vom Rest der Kleidung und der Rüstung nicht unbedingt sagen konnte. Selbst in Menschengestalt hätte er Mühe gehabt, sich mit den Fetzen und Bruchstücken um sich herum wieder anzukleiden und neu zu rüsten. Andererseits konnte er sie auch nicht einfach so liegenlassen. Er sammelte sie auf und stapelte alles auf einen kleinen Haufen, den er mit dem Schwertgürtel zusammenband. Die Rüstung war geborsten, als er sich in einen Drachen verwandelt hatte, doch die Einzelteile würden sich, wenn auch mühsam, wieder zusammenfügen lassen.

Als er das Bündel so betrachtete, kam ihm der Gedanke, daß er es am besten auf dem Rücken transportieren könnte, wenn er den Gürtel zwischen ein paar der diagonal verlaufenden Knochenplatten hindurchführte, die an seinem Rückgrat und an den Schwanzspitze hochstanden.

Er drehte sich zu seinem Pferd um und betrachtete es aus den Augenwinkeln, denn er wollte es nicht dadurch erschrecken, daß er ihm seine volle Aufmerksamkeit zuwandte. Es hatte aufgehört zu zittern, sein Fell glänzte allerdings von Schweiß. Mit Blanchard von Tours, Sir Brians noblem Streitroß, konnte es sich wirklich nicht messen. Doch es war ein wertvolles Tier, das beste in Jims Stall, und wenn er es jetzt hier im Wald zurückließ, würde er es wahrscheinlich abschreiben können. Andererseits fürchtete es sich vor ihm als Drachen ebensosehr wie eben noch vor dem Eber.

Er setzte sich hin und dachte nach. Hätte er versucht, sich dem Pferd zu nähern, so würde es gescheut haben. Wenn er mit ihm spräche, so würde es seine Drachenstimme vernehmen und ebenfalls erschrecken. Das Problem bereitete ihm Kopfzerbrechen.

Plötzlich hatte er eine Idee. Das Pferd – in einer nostalgischen Anwandlung hatte Jim den kräftigen braunen Wallach ›Gorp‹ getauft, nach dem alten Automobil, das Angie und er sich damals, als Graduierter in der Welt des zwanzigsten Jahrhunderts, gerade so eben hatten leisten können – war wirklich nicht so ausgebildet wie Blanchard von Tours. Sir Brian hatte jedoch gemeint, ein gewisses Training könne nicht schaden.

Eine der grundlegendsten Lektionen, mit der zu beginnen Sir Brian Jim empfohlen hatte, hatte darin bestanden, Gorp darauf abzurichten, daß er kam, wenn Jim pfiff. Für jeden, der vom Rücken eines Pferdes aus kämpfte, war dies von allergrößter Bedeutung. Fiel ein Ritter vom Pferd und war sein Pferd nach wie vor einsatzfähig, dann mußte er es erst einmal herbeirufen, um wieder aufsitzen zu können. Im Kampfgetümmel, inmitten des Geschreis und Schwerterklirrens, wäre eine Stimme untergegangen. Einen Pfiff aber konnte ein Pferd trotzdem noch heraushören und sogleich identifizieren.

Jim hatte Gorp darauf abgerichtet, zu kommen, wenn er nach ihm pfiff; und das war ihm erstaunlicherweise auch gelungen, was nicht nur Angie, sondern auch alle anderen gewundert hatte. Daher war es gut möglich, daß das Pferd auf einen Pfiff sogleich herbeieilen würde. Allerdings nur, wenn Jims Drachenkörper pfeifen konnte.

Um das herauszufinden, mußte er es einfach probieren. Jim spitzte die Lippen, was sich für seine Drachensinne seltsam anfühlte, und stieß die Luft aus.

Zunächst brachte er überhaupt kein Geräusch hervor. Dann entschlüpfte seinen Drachenlippen so plötzlich, daß es ihn selbst überraschte, sein gewohnter Komm-hierher-Pfiff.

Gorp spitzte die Ohren und bewegte sich unruhig. Er schaute die Drachengestalt auf der Straße an, während Jim immer noch darauf achtete, ihm nicht direkt in die Augen zu blicken. Jim pfiff erneut.

Am Ende brauchte er fünf Pfiffe. Schließlich aber näherte sich Gorp schleppenden Schritts dem Drachen, und Jim gelang es, eine Klaue um die nachschleifenden Zügel zu schließen. Er hatte es geschafft. Jetzt konnte er Gorp bis zu Carolinus Behausung mitnehmen. Aber nicht nur das. Er konnte den Schwertgürtel am Sattelknauf einhaken und Gorp das Bündel mit den Kleidungsstücken, der Rüstung und den Waffen tragen lassen. Er ließ das Pferd zunächst an dem Kleiderbündel schnuppern, und Gorp hatte wohl endlich Zutrauen gefaßt, so daß er sich nicht sträubte, als Jims mächtige Pranken den Gürtel über den Sattelknauf streiften.

Behutsam wandte Jim sich um und versuchte, Gorp gemächlich über die Straße voranzuziehen.

Gorp sträubte sich zunächst, doch dann schickte er sich und folgte Jim.

Bis zu Carolinus Cottage am Klingelnden Wasser war es nicht mehr weit. Als er sich seinem Ziel näherte, überkam Jim ein Gefühl des Friedens, das sich zunächst ganz schwach, dann aber mit Macht bemerkbar machte. So war es immer, wenn er sich Carolinus

Behausung näherte, und Jim wunderte sich nicht mehr darüber.

Denn mittlerweile wußte er, daß der Magier Carolinus eine solche Macht besaß, daß der Ort nicht nur zeitweilig friedvoll erschien, sondern daß diese Wirkung auch in Anbetracht der unwahrscheinlichsten Ereignisse Bestand haben würde. Sollte einmal eine Feuersbrunst diesen Wald heimsuchen – was angesichts des spärlichen Unterholzes im Schatten der königlichen Ulmen kaum anzunehmen war –, so hatte Jim keinen Zweifel, daß sie sich kurz vor der Lichtung des Klingelnden Wassers sorgsam teilen, in gehörigem Abstand beiderseits passieren und sich anschließend wieder vereinen würde.

Schließlich führte Jim Gorp auf die Schneise. Trotz der unglücklichen Lage, in der er sich befand, wurde ihm beim Anblick der kleinen Lichtung mit dem Bach, der sich am oberen Ende über einen kleinen Wasserfall ergoß, ganz warm ums Herz.

Neben dem Bach und ein wenig zur Seite, dicht bei dem kleinen Haus, lag ein Teich mit einer Fontäne. Als Jim und Gorp sich dem Gebäude näherten, sprang ein kleiner Fisch aus dem Wasser, beschrieb einen anmutigen Bogen und tauchte grazil wieder kopfüber ins Naß. Einen Moment lang meinte Jim, er habe tatsächlich die Miniaturausgabe einer Wassernixe erblickt. Doch das hatte er sich bestimmt bloß eingebildet.

Wie gewöhnlich machte das Klingelnde Wasser des Baches und der Fontäne seinem Namen Ehre. Es klingelte wirklich. Allerdings nicht wie kleine Glocken, sondern eher wie ein gläsernes Glockenspiel in einer sanften Brise. Zu beiden Seiten des makellos gerechten Kieswegs – Jim hatte noch nie beobachtet, daß ihn jemand gerecht hätte – waren Blumenrabatten, dicht bepflanzt mit Astern, Tulpen, Zinnien und Maiglöckchen, die ungeachtet der Jahreszeit alle in voller Blüte standen.

In einem der Blumenbeete steckte ein Stab, an dem ein weißes Schild befestigt war, auf dem in schwarzen, eleganten Lettern der Name S. CAROLINUS stand. Jim gab lächelnd Gorps Zügel frei, damit das Pferd den dichten, grünen Grasteppich abweiden konnte, der den Rest der Lichtung bedeckte, dann wandte er sich zum Haus. Er wußte, daß Gorp nicht weglaufen würde.

Das Haus war ein schlichtes, schmales, zweistöckiges Gebäude mit einem steil geneigten Dach. Die Mauern bestanden aus kieselgroßen, gleichförmig grauen Steinen, während die Dachziegel nahezu himmelblau waren. Aus dem blauen Dach ragte ein ziegelroter Schornstein hervor. Jim ging zur grünen Vordertür, zu der eine einzelne rotbemalte Steinstufe hinaufführte.

Eigentlich hatte er an der Tür klopfen wollen, doch als er näher kam, sah er, daß sie einen Spalt weit offen stand. Aus dem Haus vernahm man eine zornige Stimme, die in einer Sprache dahertobte, die Jim unbekannt war, aber offenbar über eine große Zahl Wörter verfügte, die so klangen, als hätten sie schartige Schneiden und bestimmt nicht als Komplimente gemeint waren.

Es war die Stimme von Carolinus. Anscheinend war der Magier aus irgendeinem Grund erbost.

Von plötzlichen Zweifeln übermannt, zögerte Jim. Carolinus war nicht gerade der Geduldigsten einer. Und wie es aussah, wollte er den Magier ausgerechnet in dem Moment um Hilfe bitten, da dieser mit eigenen Problemen beschäftigt war.

Jims Unbehagen machte jedoch sogleich wieder der friedfertigen Stimmung Platz, die an diesem Ort herrschte. Er stieg die einzelne rote Stufe hoch, klopfte unsicher an die Tür, klopfte noch einmal, als keine Antwort erfolgte, stieß die Tür – da Carolinus entschlossen schien, das Klopfen zu ignorieren – schließlich auf und zwängte sich hindurch.

Der vollgestopfte Raum, in den er trat, nahm das ganze Erdgeschoß ein; im Moment fiel jedoch kein Licht durch die Fenster, obwohl weder die Läden geschlossen noch die Vorhänge zugezogen waren, und es herrschte tiefe Dunkelheit darin. Lediglich die gewölbte Decke war mit ein paar Lichtflecken gesprenkelt.

Carolinus, ein dünner, alter Mann in einem roten Gewand mit einer schwarzen Kappe und einem ebenfalls dünnen, ziemlich schmuddelig wirkenden weißen Bart, stand vor einer von innen heraus leuchtenden, elfenbeinfarbenen Kugel von der Größe eines Basketballs. Aus Öffnungen in der Kugel drang etwas Licht, das die Flecken an die Decke malte. Carolinus beschimpfte das Gebilde in der unbekannten Sprache, die Jim beim Eintreten vernommen hatte.

»Äh ...«, machte Jim zögernd.

Carolinus hörte auf zu fluchen – es bestand kein Zweifel daran, daß er mit Fluchen beschäftigt gewesen war – und blickte von der Kugel zu Jim.

»Das ist wohl heute nicht mein Tag ...«, begann er heftig, brach dann ab und setzte in kaum freundlicherem Ton hinzu: »Na so was! James!«

»Tja, nun«, meinte Jim zaghaft. »Wenn ich ungelegen komme ...«

»Wann kommt schon mal jemand *gelegen?*« fauchte Carolinus. »Ihr seid hier, weil Ihr in Schwierigkeiten steckt, hab ich recht? Streitet es gar nicht erst ab! Das ist der einzige Grund, weshalb man mich besucht. Ihr steckt in Schwierigkeiten, stimmt's?«

»Tja, also, das stimmt ...«, sagte Jim.

»Müßt Ihr unbedingt jeden Satz mit ›tja‹ anfangen?« wollte Carolinus wissen.

»Durchaus nicht«, antwortete Jim. Carolinus Stimmung färbte allmählich auf ihn ab. Carolinus hatte bisweilen diese Wirkung auf andere, selbst auf normalerweise so ausgeglichene Naturen wie Jim.

»Dann unterlaßt es bitte«, sagte Carolinus. »Seht Ihr denn nicht, daß ich eigene Probleme habe?«

»So wie Ihr redet, habe ich mir das schon gedacht«, sagte Jim. »Aber was Euch bedrückt, weiß ich nicht.«

»Wirklich nicht?« entgegnete Carolinus. »Man sollte doch meinen, das müßte selbst ein Narr erkennen – sogar ein *Magister Artium.*« Das letzte Wort hatte er mit sarkastischer Betonung ausgesprochen. Jim war zu Anfang ihrer Bekanntschaft so unvorsichtig gewesen, Carolinus gegenüber zu erwähnen, daß er an einer Universität des Mittelwestens den Magister Artium im Fach Mediävistik erworben hatte. Erst später hatte Jim herausgefunden, daß die Bezeichnung *Magister Artium* in dieser Welt und zumal im exklusiven Umkreis der Magier weitaus mehr Prestige beinhaltete und eine viel umfassendere Bildung voraussetzte, als man ihm im Staate Michigan vermittelt hatte.

»Seht Ihr nicht, daß mein Planetarium kaputt ist?« fuhr Carolinus fort. »Die Wiedergabe der Himmelssphären ist völlig auf den Kopf gestellt. Das erkenne ich auf den ersten Blick, aber ich komme einfach nicht dahinter, was da nicht stimmt. Ich bin mir sicher, daß der Polarstern nicht dort sein sollte« – er zeigte in eine Zimmerecke –, »aber wo sollte er dann sein?«

»Im Norden«, antwortete Jim naiv.

»Natürlich im ...« Carolinus brach unvermittelt ab, starrte Jim an und schnaubte. Er beugte sich über die elfenbeinfarbene Kugel und drehte sie um neunzig Grad.

Die Lichter an der Decke nahmen flackernd neue Positionen ein. Carolinus blickte zu ihnen hoch und seufzte glücklich.

»Es wäre natürlich nur eine Frage der Zeit gewesen, bis ich von allein auf die richtige Ausrichtung gekommen wäre«, sagte er. Einen Moment lang klang er beinahe freundlich.

Abermals schaute er Jim an.

»Nun denn«, fuhr Carolinus in einem Ton fort, der bei ihm als umgänglich durchgehen mußte, »was führt Euch zu mir?«

»Hättet Ihr etwas dagegen, wenn wir uns draußen unterhalten würden?« fragte Jim in nach wie vor zaghaftem Ton. Der Grund war der, daß er bei seiner Größe in dem Raum mit der niedrigen Decke und der darin herrschenden Dunkelheit befürchtete, auf etwas zu treten oder einen kostbaren Gegenstand vom Tisch zu fegen, was Carolinus in seiner schlechten Laune nur mehr bestärkt hätte.

»Warum nicht«, meinte Carolinus. »Also gut. Nach Euch.«

Jim wandte sich um und zwängte sich wieder durch die Tür in den hellen Sonnenschein. Gorp hob kurz den Kopf vom Gras und blickte zu den beiden Männern hinüber; dann wandte er sich wieder der wichtigeren Beschäftigung des Futterns zu. Jim trat von der roten Stufe auf den Weg, und Carolinus gesellte sich zu ihm.

»Dann habt Ihr also wieder Drachengestalt angenommen«, sagte Carolinus. »Weshalb?«

»Darum geht's ja gerade«, antwortete Jim.

»Was soll das heißen, ›darum geht's ja gerade‹?« echote Carolinus.

»Das soll heißen, daß meine Drachengestalt der Grund ist, weshalb ich Euch aufgesucht habe. Es scheint so, als würde ich mich von Zeit zu Zeit plötzlich in einen Drachen verwandeln. Ich habe mich bei der Revisionsabteilung erkundigt, und dort sagte man mir, mein Konto sei aktiviert worden.«

»Hmmmm«, machte Carolinus, »das stimmt, es ist ja mittlerweile gut sechs Monate her, nicht wahr? Ich wundere mich, daß das nicht schon früher geschehen ist.«

»Aber ich will nicht, daß mein Konto aktiviert wird«, sagte Jim. »Ich will nicht ständig zwischen Drachen-

und Menschengestalt hin und her wechseln. Ihr müßt mir helfen, damit das aufhört.«

»Aufhört?« Carolinus weiße Brauen hoben sich. »Gegen ein aktiviertes Konto kann ich nichts machen. Zumal dann nicht, wenn das Zeitlimit abgelaufen ist.«

»Aber ich verstehe ja nicht einmal, was es bedeutet, daß mein Konto aktiviert ist!« erwiderte Jim.

»Aber mein lieber James!« meinte Carolinus verärgert. »Das sollte sich eigentlich von selbst verstehen. Ihr habt bei der Revisionsabteilung ein gewisses Guthaben. Ein Guthaben ist Energie – potentielle magische Energie. Und Energie ist nicht statisch. Sie ist definitionsgemäß aktiv. Das bedeutet, daß Ihr sie benutzen müßt, sonst aktiviert sie sich von selbst, wie es im Moment der Fall zu sein scheint. Da Ihr nichts damit angefangen habt und da die Energie von Eurem Geschmack und Euren Vorlieben bloß soviel weiß, daß Ihr einmal Drachengestalt angenommen habt, verwandelt sie Euch eben bisweilen in einen Drachen. *Quod erat demonstrandum.* Oder um es für Euch verständlich auszudrücken ...«

»›... was zu beweisen war‹«, übersetzte Jim ein wenig unwirsch. Auch wenn er nur ein gewöhnlicher Magister Artium des zwanzigsten Jahrhunderts war, so konnte er doch immerhin Latein.

Er bemühte sich, wieder einen umgänglicheren Ton anzuschlagen. »Das ist ja alles schön und gut«, sagte er, »aber wie können wir verhindern, daß ich andauernd zwischen Menschen- und Drachengestalt hin und her wechsele?«

»*Wir* können das nicht«, antwortete Carolinus. »Das müßt Ihr schon allein bewerkstelligen.«

»Aber ich weiß doch nicht, wie!« rief Jim. »Wenn ich es wüßte, würde ich Euch nicht um Hilfe bitten.«

»Ich kann nichts dagegen tun«, meinte Carolinus mürrisch. »Schließlich geht es um Euer Konto, nicht um meines. Ihr müßt Euch darum kümmern. Wenn Ihr nicht wißt, wie Ihr das anstellen sollt, dann müßt Ihr es eben lernen. Wollt Ihr es lernen?«

»Ich muß es lernen!« sagte Jim.

»Also gut. Ich nehme Euch als meinen Schüler an«, sagte Carolinus. »Die üblichen zehn Prozent werden als Honorar automatisch und augenblicklich auf mein Konto überwiesen. Notiert?«

»Notiert!« bestätigte die Baßstimme der Revisionsabteilung aus der gewohnten Höhe und mit der gewohnten Wirkung auf Jim – der reagierte, als wäre ein Feuerwerkskörper zwischen seinen Zehen hochgegangen.

»Ein Hungerlohn«, grummelte Carolinus in seinen Bart. »Aber da es nun einmal die übliche Gebühr ist…«

Er hob wieder die Stimme.

»Werdet Ihr Euch von mir in allen magischen Belangen unterrichten lassen, so wie Merlin vom mächtigen Bleys unterrichtet wurde, seinem Meister?« fragte er. »Antwortet mit *Nein,* und die Abmachung ist ungültig, antwortet mit *Ja,* und Ihr bürgt mit Eurem gesamten Guthaben dafür, daß Ihr mir gehorchen werdet!«

»Ja«, antwortete Jim nach kurzem Zögern.

Da er der Ansicht war, daß er ohne dieses lächerliche Konto erheblich besser dran wäre, würde es ihm kaum das Herz brechen, wenn es irgendwann dazu kommen sollte, daß er Carolinus den Gehorsam verweigerte.

»Wie wäre es dann«, fragte Jim, »wenn Ihr mir jetzt wieder meine normale Gestalt zurückgeben würdet?«

»Nicht so eilig!« fauchte Carolinus. »Zunächst müssen wir Euch mit Wissen füttern.«

Er wandte sich ab und schnippte mit den Fingern.

»Enzyklopädie!« befahl er.

Ein rot eingebundener Band der *Encyclopedia Britannica* materialisierte mitten in der Luft und fiel auf den kiesbedeckten Boden. Ein zweiter Band folgte auf dem Fuß – eigentlich war er erst zur Hälfte materialisiert, als das an sich schon energische Auftreten des Magiers unvermittelter Wut Platz machte.

»*Nein!* Nicht die, Idiot!« rief er. »Die *Enzyklopädie.* Die *Nekromantische!*«

»Verzeihung«, sagte die Baßstimme der Revisionsabteilung. Der vollständig und der erst halb materialisierte Band der *Encyclopedia Britannica* verschwanden.

Jim starrte Carolinus an. Er selbst war der Revisionsabteilung noch niemals unwirsch gekommen. Irgendein Instinkt sagte ihm, daß dies unklug gewesen wäre. Selbst wenn er sich nicht an den Moment vor etwa neun Monaten erinnert hätte, als Erde, Himmel und Meer mit einer Stimme gesprochen und die Worte der Revisionsabteilung wiederholt hatten, wäre es ihm geraten erschienen, sich der Revisionsabteilung gegenüber zu mäßigen.

Wohl war, die Revisionsabteilung hatte das eine Wort damals nicht zu ihm gesprochen. Trotzdem würde er sich sein Leben lang daran erinnern.

Außerdem war es durchaus wirkungsvoll gewesen. Die Dunklen Mächte hatten Angie auf den Befehl hin augenblicklich freigegeben. Trotzdem behandelte Carolinus die Revisionsabteilung wie einen jüngeren Angestellten, noch dazu wie einen mit beschränktem Verstand.

»Ah!« machte Carolinus.

Ein Buch mit Ledereinband, neben dem der erste Band der *Britannica* wie eine Briefmarke ausgesehen hätte, erschien in der Luft und fiel zu Boden. Erstaunlicherweise fing Carolinus es mit der flachen Hand so mühelos auf, als wäre es eine Feder. Jim stand nahe genug, um die kursiven Goldlettern auf dem Einband entziffern zu können.

Enzyklopädie der Nekromantie.

Der gewaltige Band begann zu schrumpfen. Er wurde immer kleiner, bis er nur mehr die Größe eines Zuckerwürfels hatte – bis er nur noch so groß wie eine Tablette war. Carolinus reichte ihn Jim, der instinktiv den Arm anspannte, um das Gewicht aufzufangen, zu seiner Überraschung jedoch feststellen mußte, daß er das Buch in seiner schwieligen Drachenklaue kaum spürte.

»Steht nicht dumm rum«, sagte Carolinus. »Schluckt es runter!«

Nicht ohne böse Vorahnungen streckte Jim seine lange, rote Drachenzunge heraus, rollte sie um das pillengroße Etwas in seiner Hand, zog die Zunge wieder ein und schluckte.

Das Buch verschwand in seiner Kehle, ohne daß er etwas davon gemerkt hätte; im nächsten Moment allerdings fühlte er sich so gesättigt wie nach einer gewaltigen Mahlzeit.

»So, das hätten wir«, meinte Carolinus zufrieden. »Alles, was ein junger Magier zu wissen braucht. Genaugenommen alles, was irgendein Magier zu wissen braucht – jedenfalls solange er noch auf Zaubersprüche angewiesen ist. Nun wißt Ihr Bescheid, mein Junge. Jetzt müßt Ihr bloß noch lernen, Euer Wissen auch anzuwenden. Üben, üben und nochmals üben! Das ist die Lösung. Üben!«

Er rieb sich die Hände.

»Aber – wie soll ich üben?« fragte Jim, der noch immer mit dem Gefühl zu kämpfen hatte, zwei Weihnachtsessen auf einmal verzehrt zu haben.

»Wie Ihr das machen sollt?« fragte Carolinus. »Das habe ich Euch doch gerade gesagt. Üben! Schlagt den Zauberspruch, den Ihr gerade benötigt, im Inhaltsverzeichnis nach, sucht ihn in der *Enzyklopädie* und wendet ihn an. So geht das. Damit müßt Ihr solange fortfahren, bis Ihr die ganze *Enzyklopädie* auswendig könnt. Falls Ihr über die nötige Begabung verfügt, schreitet Ihr dann zur nächsten Stufe fort, wo Ihr derlei Krücken nicht mehr nötig habt. Wenn Ihr die Zaubersprüche der *Enzyklopädie* erst einmal gelernt habt, könnt Ihr Eure eigenen erfinden. Wenn Ihr eine Million

Sprüche kennt, dann könnt Ihr Euch eine Milliarde, eine Billion konstruieren – soviele Ihr wollt! Allerdings glaube ich nicht, daß Ihr es soweit bringen werdet.«

Jim mußte ihm insgeheim beipflichten. Außerdem war er nicht sonderlich scharf darauf, bis zu dieser Stufe vorzudringen.

»Wie lange wird mir das Buch eigentlich im Magen liegen?« erkundigte er sich schwach.

»Ach, das.« Carolinus winkte ab. »In einer halben Stunde werdet Ihr Euch wieder besser fühlen. Ihr müßt zunächst mal verdauen, was Ihr da geschluckt habt.«

Er wandte sich zum Haus um.

»Und damit«, sagte er, »wäre Euch nun geholfen. Ich kann mich wieder mit meinem Planetarium beschäftigen. Vergeßt nicht, was ich Euch gesagt habe. Üben, üben und nochmals üben!«

»Wartet!« schrie Jim.

4

Carolinus blieb stehen und drehte sich um. Mit den finster zusammengezogenen weißen Augenbrauen sah er richtig gefährlich aus.

»Was ist?« fragte er, wobei er die Worte drohend in die Länge zog.

»Ich bin immer noch ein Drache«, sagte Jim. »Das reicht mir allmählich. Wie soll ich es anstellen, wieder ein Mensch zu werden?«

»Mit Magie!« erwiderte Carolinus. »Was glaubt Ihr eigentlich, weshalb ich Euch als Schüler angenommen habe? Weshalb habe ich Euch wohl die *Enzyklopädie* schlucken lassen? Ihr habt das nötige Rüstzeug, jetzt benutzt es auch!«

Jim machte rasch geistige Inventur. Er spürte, daß da eine Art Wissen war; ein Klumpen, der ebenso unverdaulich und unzugänglich war wie das Gewicht in seinem Magen.

»Ihr habt mich die *Enzyklopädie* schlucken lassen«, sagte Jim verzweifelt, »aber ich weiß nicht, wie ich sie benutzen soll. Wie stelle ich es an, mich wieder in einen Menschen zu verwandeln?«

Ein boshaftes Lächeln glitt über Carolinus Züge, aber wenigstens schaute er jetzt nicht mehr so finster drein.

»Aha!« meinte er. »Als Euer Lehrer bin ich natürlich davon ausgegangen, Ihr wüßtet, wie man Quellenmaterial benutzt. Dem ist offenbar aber nicht so.«

Vorübergehend runzelte er wieder die Stirn. Er murmelte etwas in seinen Bart, das sich anhörte wie »... eine Schande ... die heutige Jugend ...«

»Wie es aussieht«, sagte er, »werde ich Euch wohl in den Anfangsgründen der Magie unterweisen müssen. Blickt auf die Innenseite Eurer Stirn«, setzte er hinzu.

Jim starrte ihn an. Dann versuchte er zu tun, was Carolinus ihm aufgetragen hatte. Natürlich schaffte er es nicht, die Innenseite seiner Stirn zu betrachten. Allerdings hatte er das eigenartige Gefühl, mit ein wenig Phantasie eine gebogene dunkle Fläche ausmachen zu können, auf der er wie auf einer Tafel zu lesen vermochte.

»Habt Ihr's?« fragte Carolinus.

»Ich glaube schon«, antwortete Jim. »Zumindest meine ich, etwas zu fühlen.«

»Gut!« sagte Carolinus. »Und jetzt laßt das Inhaltsverzeichnis darauf erscheinen.«

Jim konzentrierte sich auf die imaginäre Tafel, und mit ein wenig Mühe gelang es ihm, vor dem dunklen Hintergrund goldene Buchstaben auszumachen, die da lauteten:

INHALTSVERZEICHNIS

»Ich glaube, das hätte ich«, sagte Jim und blinzelte umher, als könnte ihm das dabei helfen, sich auf die Bilder in seiner Vorstellung zu konzentrieren.

»Ausgezeichnet«, sagte Carolinus. »Und jetzt vergegenwärtigt Euch die folgenden Eintragungen, und zwar eine nach der anderen. Fertig?«

»Fertig«, sagte Jim.

»Entstalten«, sagte Carolinus.

Jim konzentrierte sich – er hätte nicht genau beschreiben können, was er da eigentlich tat, doch es war, als versuchte er sich an etwas zu erinnern, das er ganz genau kannte. Das Wort INHALTSVERZEICHNIS verschwand; an seine Stelle trat eine Wortliste, die vom unteren Rand seiner Stirn nach oben wanderte. Diese Parade schien endlos weiterzugehen. Jim sah hin und wieder ein einzelnes Wort aufblitzen – ›fett‹, ›dünn‹, ›woanders‹ –, doch keines ergab einen Sinn. Er vermutete, daß dies irgendwelche Formmerkmale waren. Aber wie er das Tempo verlangsamen oder das Gesuchte finden sollte – vorausgesetzt, er hätte gewußt, was es war –, dieses Problem erschien ihm im Moment unlösbar.

»Drache«, bellte Carolinus ihn an. Jim stellte sich das Wort vor.

Augenblicklich wurde es von einer anderen Liste ersetzt. Jim erkannte die Worte ›groß‹, ›britisch‹ und ›wild‹ …

»Pfeil«, kommandierte Carolinus.

Jim bemühte sich zu gehorchen. Nach einer Weile bekam er eine gerade Linie mit der sprichwörtlich stumpfen Spitze eines Pfeils am rechten Ende der Linie zustande, die er vor Augen hatte. Das Bild an der Innenseite seiner Stirn sah nun folgendermaßen aus:

ENTSTALTEN DRACHE →

»Ich hab's«, sagte Jim, der allmählich den ersten Anflug von Stolz über seine Errungenschaften verspürte. »Soweit wäre ich. ›ENTSTALTEN – DRACHE – PFEIL …‹«

»*Ich!*« sagte Carolinus.

»Ich«, echote Jim und rief das Wort unmittelbar hinter der Pfeilspitze an seiner Stirntafel auf.

Es flammte kurz an der Innenseite von Jims Stirn auf.

ENTSTALTEN DRACHE → ICH

Unvermittelt wurde ihm sehr kalt. Er vergaß die Tafel, und als er sich wieder auf seine äußere Umgebung und sich selbst konzentrierte, stellte er fest, daß er splitternackt auf Carolinus Kiesweg stand.

»Also, das hätten wir«, sagte Carolinus und machte Anstalten, sich abermals abzuwenden.

»So wartet doch!« rief Jim. »Was ist mit meinen Kleidern? Und mit meiner Rüstung? Alles kaputt!«

Als Carolinus sich langsam umdrehte, war sein Gesichtsausdruck alles andere als liebenswürdig. Jim rannte zu Gorp, nahm den Schwertgürtel vom Sattelknauf und trug ihn zusammen mit den gebündelten Waffen und den Überresten seiner Kleidung und der Rüstung zu Carolinus. Es war ein wirklich kühler Märztag. Eigentlich konnte man ihn mit Fug und Recht kalt nennen. Die Kieselsteine drückten sich schmerzhaft in seine Fußsohlen. Ungeachtet dieser Unbilden ließ er das Bündel vor Carolinus auf den Boden plumpsen, löste den Schwertgürtel und breitete die Überreste seiner persönlichen Habseligkeiten aus.

»Ich verstehe«, meinte Carolinus nachdenklich und strich sich den Bart.

»Das hatte ich an, als ich mich in einen Drachen verwandelt habe«, sagte Jim. »Dabei ist mir natürlich alles vom Leib geplatzt.«

»Ja. So, so«, meinte Carolinus, sich unverwandt den Bart streichend. »Interessant.«

»Nun?« fragte Jim. »Werdet Ihr mir sagen, wie ich all diese Sachen mittels Magie wieder in den Ausgangszustand zurückversetzen kann?«

»Wie Ihr sie heil machen könnt, wolltet Ihr wohl sagen?« Carolinus buschige Brauen hatten sich abermals zu einer ununterbrochenen Linie vereinigt.

»Das hatte ich im Sinn. Ja«, sagte Jim.

»Das läßt sich natürlich machen«, meinte Carolinus bedächtig, »doch solltet Ihr zuvor die Anfangsgründe etwas besser kennenlernen, James. Aber vielleicht – ich glaube, ja.«

»Was heißt das, ja?« fragte Jim.

»Mir scheint, es ist an der Zeit für Eure erste Lektion«, sagte Carolinus und hob nachdenklich den Blick gen Himmel, dann richtete er ihn wieder auf Jim. »Ich werde Euch jetzt einiges von dem erklären, was hinter den Elementen der Magie verborgen liegt. Paßt auf.«

Jim schauderte. Es war nicht nur kühl oder kalt, es war geradezu eisig. Er hatte eine Gänsehaut. Andererseits kannte er Carolinus mittlerweile gut genug, um zu wissen, daß dieser sich soweit auf die Unternehmung eingelassen hatte, um sich weder frustrieren, ablenken noch anderweitig davon abbringen zu lassen. Er versuchte, seine Gänsehaut zu ignorieren, und hörte aufmerksam zu.

»Stellt Euch vor«, sagte Carolinus, »wie es am Anfang gewesen sein muß. Damals, als der Mensch ein Steinzeitwilder war und noch früher, war alles Magie. Wenn Ihr mit Eurem Stamm beispielsweise über einen gefährlichen Bären hergefallen seid, bis er umfiel und sich nicht mehr rührte, dann hattet Ihr den Sieg der Magie zu verdanken. Und nicht den Stöcken. Es bestand eine Verbindung zwischen dem Erschlagen mit Stöcken und dem Leben, das dem Wesen entwich, das für Euch einmal eine Bedrohung dargestellt hatte. So fing es jedenfalls an.«

Carolinus räusperte sich. Er sprach zu Jim, aber ebenso zu der kleinen Lichtung, die Klingelndes Wasser genannt wurde, und zum Himmel. Eigentlich sprach er zur ganzen Welt.

»Ihr müßt Euch vorstellen, James«, fuhr er fort, »daß damals alles auf magische Weise geschah. Regen ist Magie, der Blitz ist Magie, der Donner ist Magie; überall umgibt Euch Magie. In allem, was Tiere und Menschen tun, ist Magie. Wenn es schon nicht unmittelbar Magie ist, dann wird es zumindest von Magie beeinflußt. Versteht Ihr mich?«

Jetzt blickte er Jim gerade in die Augen.

»Äh – ich glaube, ja«, sagte Jim. »Ihr meint, am Anfang sei die Magie für alles als Erklärung herangezogen worden, alles sei mittels Magie geschehen.«

»Nicht als Erklärung!« grollte Carolinus. »Alles *war* Magie. Im Lauf der Zeit verloren jedoch diese Dinge, die zunächst zum Allgemeinwissen gehörten, von jedermann angewendet wurden und an denen nichts Geheimnisvolles war, ihre magische Aura. Und so bildete sich die Vorstellung heraus, es gäbe magische Dinge und nicht-magische. Allerdings wechselten sie eins nach dem anderen auf das nicht-magische Gebiet über. Deshalb müßt Ihr Euch vorstellen – Ihr und ich, die wir mit der Magie umgehen, James –, alles sei im Grunde *immer noch* Magie.«

»Ich … ja«, sagte Jim.

»Sehr schön«, fuhr Carolinus fort. »Dann wollen wir uns vorstellen, wie es war, als sich zum erstenmal jemand mit Fellen behängte und als jemand ein Kleidungsstück in die Hände bekam, das aus zwei zusammengenähten Fellen bestand. Und wie er es eine Zeitlang glücklich und stolz trug; bis die Nähte aus irgendeinem Grund rissen und die beiden Felle auseinanderfielen. Daraufhin brachte er sie zu der Person zurück, von der er die zusammengenähten Felle bekommen hatte, oder zu der Person, von der er vom Hörensagen wußte, daß sie die Felle zusammengefügt hatte, und das war, wie sich herausstellte, die alte, weise Frau des Stammes.«

Er brach ab und blickte Jim mit ernster Miene an.

»Damals hatte jeder Stamm eine weise Frau. Ohne ging es nicht.«

»Ja, ja«, meinte Jim, sich die Oberarme massierend. »Redet nur weiter.«

»Die Frau nahm die Felle entgegen«, fuhr Carolinus fort, »und sagte: ›*Ja, ich kann sie wieder zusammenfügen. Aber das ist geheime Magie. Ich werde sie mit in meine Höhle nehmen, aber du darfst mir auf keinen Fall folgen und mir dabei zuschauen. Falls du es doch tust, soll dir der Blitz beim nächsten Gewitter die Haut in Fetzen von den Knochen reißen!*‹«

Jim war soeben eingefallen, daß er die Kniehose, die bloß gedehnt worden, aber nicht zerrissen war, im Prinzip noch tragen konnte. Er zog sie an und hüllte sich notdürftig in die Fetzen von Hemd und Wams. Es war nicht viel, machte die Kälte aber ein wenig erträglicher.

»Sprecht weiter«, sagte Jim und betrachtete seine Stiefel, die bedauerlicherweise arg mitgenommen waren. Hineinschlüpfen konnte er zwar, doch es stand völlig außer Frage, daß sie ihm beim ersten Schritt von den Füßen abfallen würden.

»Und so«, meinte Carolinus vergnügt, von seinem Vortrag völlig in Anspruch genommen und ohne Jim zu beachten, »nahm die weise Frau die Felle mit in die Höhle, brachte sie nach einer Weile wieder heraus und – siehe da, sie waren wieder zusammengefügt! Der Mann bezahlte sie, und beide waren es zufrieden.«

Jim suchte noch immer nach den übrigen Fragmenten seiner Kleidung, um sich noch ein wenig besser vor der Witterung zu schützen.

»Was meint Ihr wohl, was passiert war?« Als Carolinus Stimme wie eine Bombe in seinem Ohr explodierte, riß er den Kopf hoch und stellte fest, daß ihn der Magier aus nächster Nähe anfunkelte.

»Nun, ich… äh… sie hat sie wieder zusammengenäht«, sagte Jim.

»Genau!« rief Carolinus. »Aber damals war Nähen, wie Euch nun klar sein dürfte, ein magischer Akt. Sie bohrte Löcher in das Fell, zog Sehnen hindurch und schuf so die magische Voraussetzung dafür, daß die beiden Felle zusammenblieben. *Habt Ihr das verstanden?*«

»Ja«, antwortete Jim, auf einmal wieder ganz bei der Sache.

»Und was«, fuhr Carolinus in nahezu liebenswürdigem Ton fort, »bedeutet das nun für Euch? Ja, in der *Enzyklopädie der Nekromantie* sind Informationen enthalten, die es Euch erlauben oder mir ermöglichen würden, Euch darin zu unterweisen, die Kleiderfetzen mittels Magie wieder zusammenzufügen. Der Zauberspruch müßte allerdings bei jedem Sonnenaufgang erneuert werden. Das wäre problematisch. Ihr wärt jeglicher Art von Gegeneinfluß seitens anderer magischer Entitäten ausgeliefert. Kurz gesagt, das wäre keine ideale Lösung. Denn, mein lieber James, die Moral dessen, was ich Euch erzählt habe, ist folgende: die beste Magie ist immer noch die, die aus dem Reich der Magie in das Reich des Alltäglichen übergegangen ist!«

Er brach ab und blickte Jim skeptisch an.

»Dabei geht es um erheblich mehr, als bloß darum, Euch wieder zu bekleiden«, fuhr Carolinus fort. »Ihr dürft nie vergessen, was Ihr soeben von mir gelernt habt. Magie, die bis in die Domäne des Alltäglichen vorgedrungen ist, ist die beste Magie. Das sollte für's erste genügen. Aber selbst die beste Magie bringt nur Unglück und Zerstörung hervor, wenn Amateure sich ihrer nicht zu bedienen wissen. Ich werde Euch eine Geschichte erzählen.«

Er blickte Jim abermals finster an. »Hört Ihr mir auch zu?«

»Ich bin ganz Ohr«, sagte Jim.

»Bei dieser Geschichte geht es um einen mir bekannten Magier, der bedauerlicherweise nicht gerade zu den besten seines Fachs zählte. Es gibt keine schlechten Magier«, fuhr Carolinus fort, »es gibt nur Magier, die vom rechten Weg abgekommen sind. Gewiß, es gibt außergewöhnliche Umstände; aber… seinen Namen werde ich Euch verschweigen. Ihr werdet schon dahinterkommen, wer es war, wenn Ihr erst einmal aufgestiegen seid – falls es dazu jemals kommen sollte –, doch auch wenn die Umstände außergewöhnlich waren, so war es dennoch unentschuldbar.«

Carolinus legte eine gewichtige Pause ein. »Dieser Magier wollte seine Fähigkeiten für profane Zwecke nutzen«, sagte er bedächtig. »In diese Falle dürft Ihr niemals tappen, James. Niemals.«

»Oh, bestimmt nicht«, meinte Jim rasch.

»Gut«, sagte Carolinus. »Wie ich bereits sagte, wollte er die Magie für profane Zwecke nutzen. Er glaubte, er könne die Macht im Königreich dadurch an sich bringen, daß er den jungen Prinzen, der soeben die Nachfolge seines Vaters angetreten hatte, dazu brächte, sich in ein Mädchen zu verlieben, das vollständig unter der Kontrolle des Magiers stand. In ein künstliches Mädchen, das ihn über alle Schritte des jungen Prinzen auf dem laufenden halten und diesen so zur Marionette des Magiers machen sollte.«

Carolinus hielt abermals inne, und Jim hatte das Gefühl, er warte darauf, daß er irgend etwas sagte. Da ihm jedoch nichts einfiel, schnalzte er lediglich mit der Zunge.

»Ts, Ts«, machte er.

»In der Tat«, sagte Carolinus. »Und daher verschaffte sich der Magier den feinsten und reinsten Schnee vom Gipfel des höchsten Berges, der so nah lag, daß der Schnee während des Transports nicht schmolz; und daraus formte er das schönste Mädchen, das die Welt je gesehen hatte. Er stellte sie dem jungen Prinzen vor, der Prinz verliebte sich heftig in sie, und ihre Vermählung wurde im ganzen Land gefeiert.«

Carolinus hielt inne, um Atem zu schöpfen.

»Während der Vorstellung, der Zeit des Werbens, bei der Heirat und so weiter«, fuhr Carolinus fort, »war der Magier sorgsam darauf bedacht, daß das Mädchen nicht mit Feuchtigkeit in Berührung kam – da es aus Schnee bestand, wäre es dadurch geschmolzen. Er schärfte dem Prinzen ein, die Haut des Mädchens sei so zart, daß es Feuchtigkeit nur in Form eines Zaubertranks vertrüge, den er sich zu einem hohen Preis von der anderen Seite der Welt verschafft habe, und daß der Prinz dem Mädchen nicht einmal beim Baden zuschauen dürfe.«

»Aber ...«, setzte Jim an.

»Jetzt rede ich«, meinte Carolinus frostig.

»Verzeihung«, sagte Jim. »Redet weiter.«

»Von allen anderen Arten Feuchtigkeit mußte sich die Prinzessin fernhalten«, fuhr Carolinus fort. »Am Tag der Hochzeit fiel ein leichter Regenschauer, doch waren genügend Bedeckungen vorhanden, um die Prinzessin zu schützen. Alles ging solange gut, bis das frischvermählte Paar sich zur Burg des Prinzen begab, der mittlerweile der König war. Ohne einen Gedanken an mögliche Gefahren zu verschwenden, hob der Prinz die Jungfer hoch, um sie über die Schwelle zu tragen. Der Magier war zu weit weg, als daß er ihn hätte warnen können, selbst wenn er diese Gefahr vorausgesehen hätte. Unglücklicherweise lag die Schwelle der Burg hinter einer kurzen Brücke, welche den Burggraben überspannte. Der Prinz schritt die Rampe zur Brücke hoch, die gerade naß vom Regen war. Er rutschte aus und stürzte. Er und die Jungfer fielen beide in den Graben – Ihr könnt Euch wohl selber denken, daß er allein wieder herauskletterte.«

Carolinus legte eine lange, eindrucksvolle Pause ein.

Jim hatte das vage Gefühl, von ihm werde erwartet, daß er seinen Kopf entblößte und sich die Rechte aufs Herz legte. Unglücklicherweise mangelte es ihm an einer Kopfbedeckung, die er hätte abnehmen können, und hätte er sich die Hand aufs Herz gelegt, wäre er sich mit Sicherheit blöd vorgekommen.

»Natürlich ist sie im Wasser geschmolzen«, sagte Carolinus. »Tragisch.«

Jim bemühte sich, angemessen beeindruckt dreinzuschauen.

»Besonders für den Prinzen war es tragisch«, fuhr Carolinus fort. »Die Pläne des Magiers waren natürlich gescheitert. Die Revisionsabteilung sah sich nämlich gezwungen, den Magier mit einer empfindlichen Strafe zu belegen – nicht aus ethischen, sondern aus formalen Gründen, die sich Eurem Begriffsvermögen einstweilen noch entziehen, mein lieber James. Die Lehre, die Ihr aus der Geschichte ziehen solltet, ist folgende: Wendet niemals Magie an, wenn Ihr auf eine profane, wenn auch nicht mehr als solche bezeichnete Form der Magie zurückgreifen könnt, die es meistens gibt. Daher schlage ich vor – und ich werde Euch dabei anleiten –, daß Ihr die gegenwärtig … äh … etwas derangierten Einzelteile Eures Gewands und Eurer Rüstung vorübergehend mit einem Zauberspruch zusammenfügt. Aber wenn Ihr nach Hause kommt, dann setzt Ihr sie mit ausschließlich profanen Mitteln wieder zusammen oder tut damit, was sonst noch nötig sein mag. Könnt Ihr mir folgen?«

»Gewiß doch!« rief Jim, erleichtert darüber, daß die Vorlesung beendet war, und heilfroh, daß er in Bälde wieder vollständig bekleidet sein würde. Er war sich ziemlich sicher gewesen, daß Gorp ihn in diesem zerlumpten Aufzug nicht hätte aufsitzen lassen; und er hatte nicht die geringste Lust, zu Fuß zur Burg zurückzugehen.

Carolinus ließ ihn nun die Prozedur an der Innenseite seiner Stirn mit dem Inhaltsverzeichnis und der *Enzyklopädie der Nekromantie* wiederholen, und schließlich war Jim endlich wieder zu seiner Zufriedenheit bekleidet und bewaffnet und befand sich auf dem Rückweg nach Hause.

Als er ein paar Stunden später zum Portal seiner Burg gelangte, verspürte er eine tiefe Genugtuung. Die Technik, sich von einem Drachen in einen Menschen zu verwandeln, hatte er sich mittlerweile fest eingeprägt; damit sollte er fortan eigentlich keine Schwierigkeiten mehr haben. Unter Carolinus Aufsicht hatte er sogar damit experimentiert, sich wieder in einen Drachen zu verwandeln, und war mehrmals zwischen Drachen- und Menschengestalt hin und her gewechselt, um sicherzustellen, daß die Lektion auch saß. Alles in allem war es ein guter Tag gewesen.

»Mein Herr!« sagte der Krieger, der am Tor Wache hielt. »Sir Brian Neville-Smythe. Er ist hier!«

»Ach«, meinte Jim. »Wie schön!«

Er saß ab und eilte in den Palas, wo er Sir Brian anzutreffen hoffte, falls Angie ihn nicht mit nach oben in die Kemenate genommen hatte, um sich ungestört mit ihm unterhalten zu können. Die Sache war nämlich die, daß es nicht viele Orte in der Burg gab, die nicht der Allgemeinheit zugänglich waren. Infolgedessen hatten Jim und Angie die mittelalterliche Gewohnheit angenommen, einfach ihr Leben zu leben und mit allen Menschen ihrer Umgebung zu verkehren. Irgendwann war es ihnen gar nicht mehr aufgefallen, daß sie selbst in den intimsten Momenten beobachtet und belauscht wurden. Sir Brian saß mit Angie, die so hübsch war wie eh und je, an der hohen Tafel im Palas. Jim näherte sich dem Tisch, reichte Sir Brian die Hand und setzte sich zu ihnen.

»Jim!« sagte Angie. »Was ist denn mit dir passiert?«

Zumindest für Jim war klar ersichtlich, daß sie die Bemerkung, so kurz sie auch gewesen war, am liebsten für sich behalten hätte. Sein Äußeres war jedoch nicht dazu angetan, unbemerkt zu bleiben, und Jim hatte sich auch bereits eine notdürftige Erklärung zurechtgelegt.

»Ach«, sagte er, »das hat etwas mit fehlgeleiteter Magie zu tun. Nichts Wichtiges. Wir werden halt die Sachen wieder zusammennähen und den Panzer ein bißchen ausbeulen müssen.«

Er war sich bewußt, daß mindestens zwanzig Personen näherrückten, damit ihnen nur ja nichts entging.

»Ihr wirkt in der Tat ein wenig mitgenommen, Mylord«, sagte Sir Brian.

»Nichts Wichtiges, Brian«, entgegnete Jim, der bei der Anrede ›Mylord‹ ein wenig zusammengezuckt war. Er überspielte dies jedoch dadurch, daß er sich hastig aus dem Krug, der zwischen Angie und Brian stand, Wein in einen der unbenutzten Becher auf dem Tisch einschenkte.

Bei ihrer ersten Begegnung – vor fast einem Jahr, als es um den Verhaßten Turm gegangen war und Sir Brian sich als einer der ersten Jims Kampf gegen die Dunklen Mächte des Turms angeschlossen hatte –, hatte Jim ihm aus dem Bedürfnis heraus, sich einen gewissen Status zu verleihen, erklärt, er sei in seiner Heimat der Baron Riveroak.

Sir Brian hatte dies als selbstverständlich hingenommen, hatte Jim aber stets mit ›Sir James‹ angeredet; erst nachdem Jim die Burg und die Ländereien des Barons von Malencontri übernommen hatte, war er dazu übergegangen, ihn ›Mylord‹ zu nennen – was Jim ein äußerst unbehagliches Gefühl vermittelte. Immerhin waren sie mittlerweile alte Freunde. Gute Freunde. Jim hatte ihn mehrmals auf dieses ›Mylord‹ angesprochen und Brian gebeten, einfach seinen Vornamen James als Anrede zu verwenden, so wie er den anderen Brian nannte. Hin und wieder unterlief Brian jedoch ein Versprecher. Der Mensch war eben ein Gewohnheitstier.

Sir Brian saß in einem spitzen Winkel zu Jim, da er, Jim und Angie sich um eine Ecke der hohen Tafel drängten, wobei Jim an der Längsseite, Brian an der

Schmalseite und Angie zwischen ihnen saß. Dabei hob sich Brians Erscheinung deutlich ab.

Er war fünfundzwanzig (wie Jim zufällig wußte) und somit gut drei Jahre jünger als Jim. Wer sie beide jedoch zum erstenmal zusammen sah, hätte Brian zweifellos für zehn Jahre älter als Jim gehalten.

Zum Teil war dies auf sein eckiges, glattrasiertes, sonnengebräuntes Gesicht zurückzuführen, das von häufigem Aufenthalt im Freien kündete. Allerdings trug dazu auch die Tatsache bei, daß Brian im Gegensatz zu Jim selbstbewußt und beherrscht wirkte und von Natur aus Autorität ausstrahlte. Brian nahm es als selbstverständlich hin, daß er der geborene Anführer war. Er hatte schon immer geführt, er war jetzt ein Führer und würde an dem Tag sterben, an dem sich das änderte, worin er ein wenig Aragh, dem Wolf, glich. Auf jeden Fall wäre es abwegig gewesen, hätte man ihm das Recht auf sein Auftreten streitig machen wollen.

Im Vergleich zu Jim und Angie war er arm. Er war ein Junggesellen-Ritter, was lediglich bedeutete, daß er kein Baronet war. Die Bezeichnung ›Junggeselle‹ bezog sich nicht darauf, daß er ledig war. Er erwartete die Rückkehr des Vaters von Geronde Isabel de Chaney, eines Nachbarn, aus dem Heiligen Land – eine Rückkehr, zu der es vielleicht niemals kommen würde –, damit er ihn um Gerondes Hand bitten konnte. Seine Burg, die Burg Smythe, war alt und in einem schlechten Zustand. Seine Ländereien waren klein im Vergleich zu denen der Burg Malencontri. Nach der Heirat mit Isabel hätte er die Ländereien der Chaneys nach dem Tod des Lords de Chaney seinem Besitz hinzufügen können. Dann wäre er Jim und Angie weitgehend gleichgestellt gewesen. Im Moment jedoch lebte er mehr oder minder am Rande der Armut, und dies schon seit einigen Jahren. Allerdings schien es ihm nicht viel auszumachen.

»Nun?« fragte Angie ungeduldig. »Wie war dein Besuch? Was hast du herausgefunden?«

»Oh. Tja«, sagte Jim, »es scheint so, als sei mein magisches Konto bei der Revisionsabteilung …«

Er blickte Brian an.

»Damit kennt Ihr Euch doch aus, nicht wahr, Brian?« fragte er.

»Aber gewiß doch, James«, sagte Brian.

»Anscheinend darf man es nicht brachliegen lassen«, meinte er. »Carolinus hat mich mit dem nötigen Wissen ausgestattet, um es zu nutzen. Wenn Ihr nichts dagegen habt, spare ich mir weitere Erklärungen, das ist nämlich ein wenig kompliziert. Aber er hat mir alles erklärt, und jetzt muß ich bloß noch üben. Genau das werde ich in den nächsten sechs Monaten tun, wenn nichts anderes dazwischenkommt. Ich werde üben.«

»Es könnte sein, daß Ihr die Zeit nicht haben werdet, James«, sagte Sir Brian ernst.

5

JIM BLINZELTE BRIAN verständnislos an, doch Angie schaltete schneller.

»Was soll das heißen, er wird die Zeit nicht haben?« fragte sie und beugte sich aggressiv zu Sir Brian hinüber. »Weshalb sollte er denn keine Zeit haben? Was sollte ihn daran hindern?«

»Eigentlich«, begann Brian, »bin ich hergekommen, weil ich darüber mit Euch sprechen wollte. Ich wollte solange damit warten, bis Jim hier ist, denn schließlich geht es Euch beide an.«

Er lächelte nicht, sondern wirkte durch und durch ernst. Angie schwieg einen Moment, und daher stellte Jim die direkte Frage.

»Was habt Ihr uns mitzuteilen?«

»Nun, in Frankreich hat an einem Ort namens Poitiers eine große Schlacht stattgefunden«, antwortete Sir Brian. »Das englische Heer wurde angeführt von Edward, dem ältesten Sohn unseres Königs Edward und Thronfolger des Reiches. Sein Gegner war König Jean von Frankreich mit all seinen Rittern und Gefolgsleuten. Auch wenn es mir und jedem loyalen Engländer das Herz bricht, so scheint es doch so, als wäre Prinz Edward von diesem Jean gefangengenommen worden.«

Jim und Angie sahen sich rasch an; beide wußten sie nicht, wie sie auf diese Nachricht reagieren sollten. Brian schien allerdings eine Reaktion zu erwarten. Sie wandten sich wieder ihm zu.

»Schockierend!« sagte Angie mit aufrichtiger Empörung in der Stimme.

»Ja, in der Tat!« setzte Jim eilends hinzu.

»Das kann man wohl sagen, und noch einiges mehr«, meinte Sir Brian grimmig. »Ganz England ist in Aufruhr. Es gibt keinen Edelmann, der diesen Namen verdient, der jetzt nicht sein Pferd sattelte, sich rüstete und Truppen sammelte, um unseren Prinzen zu befreien und diesem stolzen Franzosen eine Lektion zu erteilen!«

»Ihr auch, Brian?« fragte Angie.

»Jawohl, beim Heiligen Dunstan!« bekräftigte der Ritter. Er blickte Jim mit seinen blauen Augen durchdringend an. »Ritter wie Ihr und ich, James, werden nicht auf unseren Lehnsherrn warten – der, wie wir alle wissen, in Staatsangelegenheiten ein wenig nachlässig ist ...«

Wie Jim sehr wohl wußte, spielte Brian darauf an, daß der König ein notorischer Trunkenbold und die meiste Zeit über sturzbetrunken war. Mit einer Entscheidung konfrontiert, ganz gleich, welcher Art, zögerte er sie solange hinaus, bis die Stunde ihm einmal günstiger gewogen wäre. Es erübrigte sich zu erwähnen, daß diese Stunde niemals kam.

»... daher werden wir uns sogleich auf die Unternehmung vorbereiten«, fuhr Sir Brian fort.

Jim und Angie sahen einander an.

»Ich habe bereits gehört«, setzte Brian hinzu, »daß der Hofmarschall und ein paar andere verantwortungsbewußte Lords im Umkreis des Throns sich dafür einsetzen wollen, daß eine regelrechte Aushebung angeordnet wird. In der Zwischenzeit sollten wir uns sputen. Wir werden unsere Truppen so rasch wie möglich sammeln und von einem der Cinque Ports aus in See stechen – wahrscheinlich von Hastings aus.«

Der Ernst war weitgehend aus Brians Stimme verschwunden, von unverhohlener Begeisterung in den Hintergrund gedrängt. Jim sank der Mut. Trotz Brians ansonsten lauteren Charakters hatte sein enger Freund das Vergnügen, das die Menschen dieser Welt und dieser Zeit an jeder Art von Kampf empfanden, seit jeher geteilt. Wie Jim es Angie gegenüber einmal ausgedrückt hatte – Sir Brian und seinesgleichen würden lieber kämpfen als essen.

»Jim«, flehte Angela, »du darfst dich nicht in diese Angelegenheit verwickeln lassen!«

»Angela«, sagte Brian, »Eure weiblichen Vorbehalte gereichen Euch zur Ehre. Aber Ihr dürft nicht vergessen, daß Jim jetzt, da er diese Ländereien von Seiner Majestät persönlich als Lehen übertragen bekommen hat, dem König gegenüber in der Pflicht steht. James Feudalpflichten lassen ihm keine andere Wahl, als sich zu fügen und den König in Kriegszeiten für die Dauer von einhundertzwanzig Tagen mit einem Minimum an Soldaten zu unterstützen.«

»Ja, aber ...« Angie brach ab und blickte Jim flehentlich an. Er wußte ebensogut wie sie, daß viele Ritter die eine oder andere Ausrede finden würden, um zu Hause bleiben zu können. Brian indes war wie die meisten in dieser ländlichen Gegend des mittelalterlichen Englands von einem anderen Schlag. Und wenn

Jim zu Hause blieb, während seine Nachbarn dem Prinzen zu Hilfe eilten, würden Angie und er fortan gemieden und von denen, die in den Kampf zogen und von deren Familien wie Ausgestoßene behandelt werden.

»Ich muß mitkommen«, sagte Jim bedächtig. Er wandte sich an Brian.

»Verzeiht mir, daß ich scheinbar geringere Freude über diese Nachricht gezeigt habe als Ihr, Brian«, erklärte er, »aber Ihr dürft nicht vergessen, daß es gerade erst ein Jahr her ist, daß ich gelernt habe, mit Schwert und Schild und einigen anderen Waffen umzugehen. Gorp ist kein richtiges Streitroß. Meine Rüstung paßt mir nicht mehr richtig. Außerdem weiß ich überhaupt nicht, wie ich die Männer ausheben soll, die ich benötige, um meiner Feudalpflicht nachzukommen. Wie viele soll ich überhaupt bereitstellen, könnt Ihr mir das sagen?«

»Malencontri kann nicht weniger als einhundertfünfzig bewaffnete und gepanzerte Berittene aufbieten«, antwortete Brian. Dann setzte er in mitfühlenderem Ton hinzu: »Es stimmt natürlich, was Ihr da sagt, James. Ich weiß, Ihr fürchtet, Euer Beitrag zu dem Unternehmen könnte sich geringer ausnehmen, als Euch recht ist. So wie Ihr Euch wohl Sorgen macht, ob Angela in Eurer Abwesenheit für die Sicherheit der Burg Sorge tragen könnte.«

»Ja, das kommt noch hinzu«, warf Angie rasch ein. »Jim mag den Winter über das eine oder andere gelernt haben, ich aber wüßte gar nicht, wie ich die Burg verteidigen sollte.«

»Ich glaube, zur Lösung dieses Problems könnte ich einiges beitragen«, sagte Brian. »Allerdings muß ich sagen – verzeiht mir, Mylady –, daß Euer Problem nur zweitrangig ist. Wie Ihr wißt, habt Ihr in Lady Geronde Isabel de Chaney eine verläßliche Freundin, die es gewohnt ist, eine Burg in Abwesenheit des Lords zu führen und zu verteidigen. Aus Euch ist mittlerweile eine gute und fähige Burgherrin geworden. Von allem, was man zur Verteidigung wissen muß, einmal abgesehen, seid Ihr überaus tüchtig. Und um den Rest wird sich Geronde mit Freuden kümmern und Euch eine Woche ihrer Zeit widmen, um Euch zu zeigen, wie Ihr Angriffen und Überfällen entgegentreten müßt.«

Er wandte sich wieder an Jim.

»Und nun zu Euch, James«, sagte er. »Ihr seid zu bescheiden, um es zuzugeben; aber in Wahrheit seid Ihr recht geschickt mit dem Schwert, der Axt und dem Dolch. Eure Schildarbeit ist zugegebenermaßen verbesserungswürdig. Und außerdem – ich muß aufrichtig sein – würde ich es nicht gerne sehen, daß Ihr Euch mit einer Lanze in der Hand in vollem Galopp auf einen erfahrenen Gegner stürzt. Trotzdem will ich verdammt sein, wenn Ihr nicht gut gerüstet seid, Eure Pflicht zu tun! Ihr kennt Euch recht gut mit Waffen aus, und Ihr habt ein magisches Guthaben – das kann nicht jeder von sich sagen, der in die Schlacht zieht. Das allein ist schon eine Waffe, die uns bei der Befreiung des Prinzen eine große Hilfe sein wird.«

»Aber wie man Männer aushebt, entscheidet, wer mitreiten und wer bleiben soll, und sie dann entsprechend führt...«, warf Jim ein. »Damit kenne ich mich nun wirklich nicht aus...«

»Macht Euch nicht so viele Sorgen«, riet ihm Sir Brian. »Ich schlage vor, daß wir unsere Truppen vereinigen. Vielleicht könnten wir uns sogar des Beistands einiger Gefolgsleute von Giles o'the Wold versichern, auch wenn das Geächtete sind; in einer solchen Angelegenheit wird niemand danach fragen, ob sie das Gesetz achten oder nicht.«

Seine leuchtenden blauen Augen nahmen einen versonnenen Ausdruck an.

»Gut wäre es, wenn wir diesen meisterlichen Bogenschützen und Bogenmacher Dafydd ap Hywel gewinnen könnten. Aber wenn es um Engländer geht, sind diese Waliser eben eigen. Wahrscheinlich würde er uns selbst dann nicht helfen wollen, den Prinzen zu befreien, wenn Danielle o'the Wold, seine Gemahlin, damit einverstanden wäre. Außerdem ist er, wenn es um Engländer geht, noch eigener als die meisten Waliser – zumindest was unsere Langbogenschützen angeht. Aber das wäre der rechte Kerl in unseren Reihen!«

»Er und Danielle haben stets betont, daß sie uns im Notfall ebenso beistehen würden wie wir ihnen«, warf Angie ein, wobei sie sich auf die Abenteuer mit den Dunklen Mächten und dem Verhaßten Turm bezog.

Jim fiel es schwer zu glauben, daß Angie sich damit abgefunden haben sollte, daß er nach Frankreich in den Krieg zog. Da hatte er seine Zweifel. So leicht gab Angie sich nicht geschlagen. Aber offenbar lag es ihr am Herzen, daß er, wenn er denn fortgehen mußte, den bestmöglichen Schutz genoß. Und Brian hatte recht mit dem, was er da sagte. Dafydd ap Hywel war ein so unglaublich guter Bogenschütze, daß man seinen Augen nicht traute.

»Einen Freund um Hilfe zu bitten, ist eine Sache«, erwiderte Jim. »In den Krieg zu ziehen, um dem König eines Landes beizustehen, das jahrhundertelang gegen einen Krieg geführt hat, ist eine andere. Außerdem darfst du nicht vergessen, daß Dafydd nicht der Typ ist, der sich einfach um des Abenteuers willen in Gefahr begibt. Du erinnerst dich doch bestimmt noch, daß er uns nur wegen Danielle zum Verhaßten Turm begleitet hat.«

Angie seufzte und schwieg.

»Ihr habt recht, James«, sagte Brian. »Aber wo wir gerade davon sprechen, Fragen kostet schließlich nichts. Und dann können wir natürlich auch gleich Giles o'the Wolds Getreue fragen, ob jemand Lust hat, uns des Ruhmes und der Beute willen nach Frankreich zu begleiten.«

»Wann gedenkt Ihr aufzubrechen?« wandte Angie sich an Sir Brian.

»So bald wie möglich.« Der Ritter rieb sich nachdenklich das Kinn. »Allerdings dürfte es noch mindestens drei Wochen dauern, bis einige bestimmte tapfere Männer zu mir gestoßen sind. Es gibt welche, die mir bereits zugesagt haben, sich an einer solch großen Unternehmung beteiligen zu wollen, die aber noch in anderer Leute Diensten stehen. Diejenigen, die man freistellen wird, werden kommen. Sie haben gewiß schon vernommen, was vor sich geht, und ich weiß, daß ich sie brauche. Ich werde sicherlich noch drei Wochen mit dem Aufbruch warten. Außerdem, James ...«

Er wandte sich an Jim.

»... wird es mindestens drei Wochen dauern, Eure Leute waffenkundig zu machen und sie zu lehren, wie sie sich auf einer solchen Expedition in ein fremdes Land zu betragen haben. Gleichwohl sollten wir so bald wie möglich aufbrechen. Es dürfte eine Angelegenheit von wenigen Tagen sein, den nächstgelegenen Hafen zu erreichen. Dann jedoch könnte es noch mehrere Wochen dauern, bis wir ein Schiff gefunden haben, das uns zum Sammlungspunkt in Frankreich bringen kann. Wahrscheinlich wird es Bordeaux sein, aber die Bretagne wäre auch möglich, die liegt näher – auch wenn die dortige Küste gefährlich ist.«

Er wandte sich wieder an Angie.

»Wenn Ihr davon ausgeht, daß wir in drei Wochen aufbrechen werden, Mylady«, sagte er, »dann liegt Ihr gewiß nicht ganz falsch. Eine kurze Zeitspanne, bei Gott.«

Abermals wandte er sich an Jim.

»Weshalb Ihr sogleich beginnen solltet, die Männer auszuwählen, die Ihr mitnehmen wollt, James«, sagte er. »Das ist mit ein Grund, weshalb ich hier bin. Ich wollte Euch nicht nur die Neuigkeit überbringen, sondern Euch auch bei einigen Dingen zur Seite stehen. Laßt Euren John Steward rufen.«

Jim wandte sich an den Erstbesten, der sich in der Nähe herumtrieb. Es war Theoluf, sein erster Bewaffneter.

»Holt Steward her, Theoluf«, befahl Jim.

John Steward war erstaunlich schnell zur Stelle. Man hätte meinen können, er sei nicht weiter vom Tisch weggewesen als Theoluf, bloß daß es in fünfzehn Metern Umkreis im Palas kein Versteck für ihn gab, es sei denn, er hatte sich hinter anderen Burgbediensteten verborgen.

Er war ein hochgewachsener, knochiger Mann in den Vierzigern, allerdings besaß er noch immer fast alle Zähne. Lediglich zwei Schneidezähne fehlten, was man sah, wenn er sprach oder lächelte – was allerdings selten der Fall war. Sein verbliebenes Haar war schwarz, lang und straff nach hinten gekämmt. Er trug einen Hut, der wie ein Laib Brot geformt war, und ein mit Essensresten leicht verschmutztes Gewand, das früher einmal dem ehemaligen Baron de Malencontri gehört hatte. Den Hut wie auch das Gewand legte er niemals ab, so daß beide den Charakter einer offiziellen Uniform angenommen hatten.

»Euer Lordschaft wünschen mich zu sprechen?« fragte er förmlich.

»Ja, John«, sagte Jim. »Wie viele einsatzfähige Männer im Alter zwischen zwanzig und vierzig gibt es in der Burg und in den Vorgebäuden jenseits der Burgmauern?«

»Wie viele Männer …«, wiederholte John langsam. Er kratzte sich durch den Hut hindurch am Schädel.

»Ja«, sagte Jim. »wie viele?«

»Wie viele Männer zwischen zwanzig und vierzig …«, wiederholte John noch einmal.

»Ja, John. Das war meine Frage«, sagte Jim erstaunt.

Für gewöhnlich war John Steward weniger schwer von Begriff.

»Also«, antwortete John versonnen, »da wären zunächst einmal William von der Mühle, William vom Fleisch und William …«

»Gestattet mir eine Bemerkung, James«, mischte Sir Brian sich ein, »aber dieser Mann kennt offenbar seine Pflichten nicht. Ein Verwalter, der nicht auf der Stelle die Zahl der verfügbaren Männer nennen kann, ist schlimmer als überhaupt keiner. Ich schlage vor, daß Ihr ihn hängen laßt und seinen Posten jemand anderem gebt.«

»Nein, nein«, meinte John eilig und annähernd wieder in seinem gewohnten Sprechtempo. »Verzeiht mir, Mylord, Mylady. Ich war mit den Gedanken im Moment woanders. Achtunddreißig solche Männer gibt es, Mylord, die Bewaffneten und alle anderen eingeschlossen.«

»Merkwürdig«, brauste Sir Brian auf, ehe Jim etwas sagen konnte, »das letzte, was ich gehört habe, war, daß Malencontri über mehr als zweihundert waffenfähige Männer verfüge. Wenn es jetzt nur noch achtunddreißig sind, James, Eure Bewaffneten inbegriffen, dann befindet sich das Lehen wirklich in einem beklagenswerten Zustand.«

Er drehte sich zu Jim herum.

»Mylord«, sagte er, wobei er jedes einzelne Wort betonte, »würdet Ihr mir erlauben, diesem John Steward ein paar Fragen zu stellen?«

»Gewiß doch. Tut Euch keinen Zwang an, Sir Brian«, antwortete Jim erleichtert.

Brian richtete die Suchscheinwerfer seiner durchdringenden blauen Augen wieder auf den Verwalter, der mittlerweile ein wenig geschrumpft zu sein schien.

»Nun, mein Lieber«, sagte Sir Brian, »Ihr habt gewiß schon gehört, wie es um England und somit um Euren Lord bestellt ist. Euer Lord wird eine Streitmacht aufstellen müssen, ein Aufgebot, das den Anforderungen an sein Lehen gerecht wird. Dazu bedarf es marsch- und kampffähiger Männer. Männer, die in das genannte Alter fallen, wenngleich eigentlich niemand zu alt oder zu jung ist, wenn er denn nur *fähig* ist. Und daher werdet Ihr binnen zwei Stunden einhundertzwanzig Männer aufbieten.«

»Brian…«, meinte Jim unsicher, »wenn es aber nur achtunddreißig gibt…«

»Ich glaube, Meister Steward hat sich geirrt, was die Zahl der auf Eurer Besitzung verfügbaren Männer angeht, James. Ein Irrtum, den er jetzt bestimmt einsieht, zumal er mit seinem Hals dafür wird geradestehen müssen, wenn es ihm nicht gelingt, genug Männer bereitzustellen. Nun, Meister Steward? Wollt Ihr Euch nicht noch einmal überlegen, wie viele Männer verfügbar sind? Wir wollen gesunde, kräftige Männer, tatkräftige Männer mit Puste und Ausdauer. Sir James will keine Jammerlappen und Nörgler dabeihaben, beim heiligen Dunstan! Die üben einen ungünstigen Einfluß auf die anderen aus. So! Ihr werdet veranlassen, daß sich diese Männer binnen einer Stunde auf dem Hof einfinden, damit Euer Lord und ich sie uns anschauen können; wir haben es nämlich eilig. Ihr dürft Euch entfernen.«

»Aber… aber… aber…« John Steward wandte sich flehentlich an Jim. »Mylord, ist das wirklich in Eurem Sinn? Was der gute Herr Ritter da verlangt, ist… Nun, es ist einfach unmöglich. Selbst wenn wir diese einhundertzwanzig Männer hätten, so würde doch jeder einzelne von ihnen hier gebraucht und wäre in der Burg oder auf den Feldern unabkömmlich. Die brachliegenden Felder müssen gepflügt werden. An der Burg sind Instandsetzungen auszuführen, die bis zum Frühjahr hinausgeschoben wurden. Zahllose Dinge, für die uns bereits jetzt die Arbeitskräfte fehlen, warten darauf, getan zu werden…«

»James«, fragte Brian, »könnte ich Euch unter vier Augen sprechen?«

»Aber gewiß doch«, antwortete Jim. Er hob die Stimme.

»Ihr alle hier – Ihr auch, John ... « Er deutete auf den Verwalter. »Ihr alle verlaßt einstweilen den Saal. Aber bleibt in der Nähe, bis ich Euch wieder hereinrufe.«

Sir Brian schwieg, bis alle den Raum verlassen hatten, dann wandte er sich an Jim. Bevor er jedoch etwas sagen konnte, meldete sich Angie zu Wort.

»Brian, wart Ihr nicht ein wenig hart mit ihm?« fragte Angie. »John Steward arbeitet für uns, seitdem wir die Burg übernommen haben. Er ist ein guter, ehrlicher Mensch. Wir konnten ihm stets vertrauen, und er hat uns immer nach Kräften geholfen. Wenn er sagt, daß er nur achtunddreißig Männer hat, dann sind es halt nicht mehr.«

»Was Ihr nicht sagt, Mylady«, erwiderte Sir Brian grimmig. »Ich bezweifle keineswegs, daß Ihr völlig recht damit habt. Ein guter Verwalter. Ein braver Mann. Eben darum läßt er sich nicht sofort breitschlagen, sämtliche Männer zu einer notwendigen Aushebung herzugeben. Es ist seine Pflicht, die Burg und die Ländereien zu hegen und zu pflegen; daher muß er versuchen, hart zu bleiben und die besten seiner Leute nach Kräften zu schützen.«

Er wandte sich an Jim.

»Versteht Ihr denn nicht«, sagte er, »daß der Mann bloß mit uns feilscht? Einhundert Männer sind mehr, als wir brauchen. So viele verlangt man nicht von uns. Aber achtunddreißig ist eine lächerliche Zahl. Das ist viel zu wenig. Irgendwo in der Mitte zwischen dieser Zahl und meinen hundertzwanzig werden wir uns am Ende treffen. Das wird eine Weile dauern, und er wird uns nach Kräften Hindernisse in den Weg legen, sowohl im Hinblick auf die Zahl der Männer wie auf deren Wert. Die erste Gruppe, die er uns auf dem Hof präsentieren wird, wird kaum der Mühe wert sein, sie auch nur eine halbe Meile weit mitzuschleppen, geschweige denn, sie nach Frankreich mitzunehmen und in die Schlacht zu führen. Aber am Ende werden wir bekommen, was wir brauchen. Gestattet Ihr mir nun fortzufahren?«

Jim und Angie sahen einander an. Sie lebten schon lange genug in dieser seltsamen Welt, um zu wissen, daß die gewohnten Methoden hier nicht immer weiterhalfen. Außerdem wußten sie, daß auf Brian Verlaß war.

»Nur zu, Brian«, sagte Jim. »So wie damals, als Ihr mich im Gebrauch der Waffen unterwiesen habt, bin ich auch jetzt wieder Euer Schüler. Macht Ihr nur; ich werde Euch zuschauen und zuhören und dabei lernen, wie es gemacht wird.«

»Ausgezeichnet!« sagte Brian. »Also gut. Ich glaube, wir werden Meister Steward ein wenig warten lassen, damit er sich darüber den Kopf zerbrechen kann, ob es mir mit den hundertzwanzig Männern und dem Hängen tatsächlich ernst war. Ruft einstweilen Euren obersten Bewaffneten und laßt uns ein wenig mit ihm reden.«

Jim hob den Kopf.

»Theoluf!« bellte er.

Am Ausgang zur Wendeltreppe tauchte augenblicklich eine Gestalt auf und näherte sich der Tafel. Wahrscheinlich drängten sich dort sämtliche Burgbediensteten wie die Sardinen. Theoluf trat an den Tisch und verneigte sich.

»Mylord?«

Theoluf mochte Mitte Dreißig sein. Allerdings hatte ihn das beschwerliche Leben, das er führte, genau wie Sir Brian vorzeitig altern lassen. Er war immer noch in guter körperlicher Verfassung, wirkte jedoch alt. In mancherlei Hinsicht, dachte Jim, als er ihn so betrachtete, ähnelte er John Steward. Beide hatten Mumm und wußten es auch. Theoluf war allerdings kleiner als der Verwalter. Er hatte schmalere Schultern und wirkte daher eher drahtig als kräftig. Das lederne Panzerhemd mit den Stahlplatten und das Schwert und den Dolch, die rechts und links an seinem Schwertgürtel hingen, trug er mit großer Selbstverständlichkeit. Wie Steward hatte er schwarzes Haar, das allerdings kürzer geschnitten war, und er trug einen Helm ohne Nasenschutz, den er nun zum Zeichen der Ehrerbietung abnahm.

»Theoluf«, sagte Jim, »ich möchte, daß Ihr mir genau zuhört und diesem braven Rittersmann ehrlich und aufrichtig Rede und Antwort steht.«

»Jawohl, Mylord«, erwiderte Theoluf.

Theoluf hatte einen schwachen Akzent, den Jim nicht so recht einzuordnen wußte. Jim hatte den Eindruck, er sei irgendwo zwischen Skandinavisch und Germanisch anzusiedeln, was seltsam war in einer Welt, in der jedermann, Wölfe und Drachen eingeschlossen, dieselbe Sprache zu sprechen schien. Allerdings war es nur ein Hauch von Akzent. Die dunklen Augen in seinem V-förmigen Gesicht richteten sich auf Sir Brian.

»Sir Brian?«

»Theoluf«, sagte Sir Brian, »wir kennen einander.«

»Ja, das tun wir, Sir Brian«, antwortete Theoluf mit einem schwachen, schroffen Grinsen. »Als Sir Hugh de Malencontri noch Baron war, standen wir auf entgegengesetzten Seiten dieser Zinnen.«

»So ist es«, sagte Sir Brian mit fester Stimme, »doch auch wenn sich bisweilen unsere Klingen gekreuzt haben, weiß ich doch, daß Ihr Eurem gegenwärtigen Lord, nämlich Sir James, ein braver und verläßlicher Diener seid. Oder irre ich mich da?«

»Keineswegs, Sir Brian«, antwortete Theoluf. »Wem Theoluf dient, dem dient er aus vollem Herzen. Ich kämpfe jetzt für Sir James und würde notfalls für ihn sterben – gegen wen er auch in die Schlacht ziehen mag.«

»Niemand verlangt von Euch zu sterben«, sagte Sir Brian, »bloß daß Ihr einige Fragen beantwortet und mit der Wahrheit nicht hinter dem Berg haltet. Ihr habt gewiß schon gehört, was in Frankreich geschehen ist und daß Sir James und ich uns dorthin begeben. Wir beabsichtigen, unsere Streitkräfte zu vereinen. Desgleichen wißt Ihr, daß Sir James gegenüber seinem Lehnsherrn verpflichtet ist, ein eigenes Aufgebot zu stellen. Nun möchte ich von Euch wissen, ob es hier, abgesehen von den bereits bewaffneten Kriegern, Männer gibt, die für diese Aufgabe geeignet sind.«

»Ich wollte, es wäre so«, antwortete Theoluf, »aber diese Strohköpfe haben keine Ahnung von Waffen und noch weniger vom Kämpfen – geschweige denn, daß sie wüßten, was Krieg eigentlich bedeutet.«

»Ich glaube Euch«, sagte Sir Brian, »aber ich finde, da seht Ihr zu schwarz, Theoluf. Wie ich gerade eben zu Sir James sagte, sind Leute schon mit weniger in den Krieg gezogen. Hier bleiben uns noch zwei bis drei Wochen, und unterwegs werden wir noch mehr Zeit haben. Es liegt an Euch und an den Bewaffneten, die Ihr mitnehmt, dafür zu sorgen, daß die ausgewählten Männer einsatzbereit sind, wenn es soweit ist. Es wurden schon Schlachten von Männern geschlagen und gewonnen, die noch nie im Leben eine Waffe in der Hand gehalten haben. Euch ist aber doch wohl klar, daß einige Eurer besseren Leute hierbleiben müssen, um Malencontri und Lady Angela zu verteidigen?«

Theolufs Miene verdüsterte sich. Er zögerte einen Moment.

»Wenn es denn sein muß«, sagte er schließlich. Er wandte sich an Jim. »Mylord, darf ich Euch begleiten?«

Es war weniger eine Frage als vielmehr eine Forderung. Diesmal fiel es Jim leicht, sich in die Gedankengänge eines Bewaffneten aus dem vierzehnten Jahrhundert hineinzuversetzen.

»Auf Euch würde ich keinesfalls verzichten«, sagte Jim.

Theolufs Miene hellte sich wieder auf.

»Also gut«, sagte er und blickte wieder Sir Brian an, »wir werden unser Bestes tun. Vorausgesetzt, das Aufgebot ist gesund und kräftig und verfügt über ein wenig Verstand – dann werden wir ihnen schon beibringen, was sie zu tun haben.«

Abermals umschatteten sich seine Züge, dann runzelte er die Stirn.

»Die paar tüchtigen Armbrustschützen, die wir hatten, haben wir an diesen Teufel von einem walisischen Bogenschützen verloren, der mit Euch am Verhaßten Turm gekämpft hat – Sir Brian, Mylord und Mylady«, sagte er. »Wir brauchen dringend eigene Bogenschützen. Bestimmt werden die anderen, die Prinz Edward zu Hilfe eilen, Bogenschützen dabeihaben; aber was Malencontri angeht ...«

»Zum Teufel mit meinem schlechten Gedächtnis!« sagte Sir Brian, sich an Angela wendend. »Ich sollte Euch nämlich eine Nachricht überbringen. Dafydd und seine Gemahlin Danielle sind unterwegs zu Euch. Das sollte ich Euch ausrichten, aber weil die Rettung des Prinzen Vorrang hat, habe ich es vergessen. Ich bitte um Verzeihung.«

»Dafydd und Danielle?« wiederholte Jim. »Weshalb sollte Dafydd mich sprechen wollen?«

»Ich glaube, es war eher Danielle, die Lady Angela sprechen wollte«, antwortete Sir Brian. »Jedenfalls erreichte mich vor einer Woche die Nachricht, sie seien unterwegs. Sie müßten jeden Tag eintreffen.«

»Hmm«, machte Angie.

»Nun«, sagte Jim, »jedenfalls freue ich mich darauf, sie zu sehen ...«

Ein Geräusch an der Eingangstür des Palas ließ ihn

verstummen. Ein Mann, der offenbar zu Sir Brians Bewaffneten gehörte, taumelte in den Saal, gefolgt von mehreren von Jims Kriegern. Der Mann achtete weder auf Jim noch auf Angie, sondern wandte sich unmittelbar an Brian.

»Mylord!« sprach er Sir Brian atemlos an, wobei er sich auf die Tischkante stützte, um sich aufrecht zu halten. »Die Burg Smythe wird angegriffen, und ich habe beinahe das Pferd zuschanden geritten, um Euch die Kunde so rasch wie möglich zu überbringen.«

6

»THEOLUF!« RIEF JIM und sprang auf. »Holt die Männer, so viele, wie Ihr erübrigen könnt! Jemand soll mir frische Kleidung und den Plattenpanzer bringen! Brian …«

Brian hatte sich bereits erhoben und setzte soeben den Helm auf.

»Folgt mir, sobald Ihr könnt, James«, gab er über die Schulter zurück. »Ich kann nicht warten!«

Er packte den Boten beim Arm und drehte ihn herum.

»Könnt Ihr noch reiten?«

»Jawohl, Sir Brian!« antwortete der Bewaffnete, der die Botschaft überbracht hatte. »Ich brauche bloß ein frisches Pferd.«

»Holt Euch eins aus dem Stall!« rief Jim Brian und dem Bewaffneten nach, die bereits zum Ausgang unterwegs waren, wobei Brian den Mann stützte und beinahe im Laufschritt mit sich zog.

Jim und Angie folgten ihm zur Tür, wo bereits Brians Pferd sowie ein frisches Pferd für den Bewaffneten der Burg Smythe bereitstanden. Jim und Angie traten gerade noch rechtzeitig ins Freie, um mitzubekommen, wie Brian trotz seiner schweren Rüstung in den Sattel hechtete, wobei er den Steigbügel kaum zu Hilfe nahm.

Jim verspürte einen Anflug von Neid. Das hätte er nicht nachmachen können. Andererseits hatte Brian das Aufspringen schon von früher Kindheit an geübt.

Jim war immer stolz auf seine Sprungkraft gewesen. In der AA-Volleyball-Liga war er höher gesprungen als jeder andere. Dieser Sprung aufs Pferd aber, wie Brian ihn soeben vorgeführt hatte, überstieg seine Fähigkeiten, zumal dann, wenn er eine schwere Rüstung trug. Jim kam zwar hinauf, landete aber nicht richtig im Sattel – und das konnte sehr schmerzhaft sein.

Jim und Angie gingen wieder hinein.

Es dauerte eine gute Viertelstunde, bis man Jim frische Kleidung brachte, deren Einzelteile mit Alter Magie fest miteinander verbunden waren und mit der er die bei Carolinus notdürftig zusammengefügten Kleidungsstücke ersetzen konnte, worauf man ihm dabei half, den umgearbeiteten und schlechtsitzenden Plattenpanzer anzulegen. Eigentlich hatte er erwartet, daß Angie Bedenken vorbringen würde; doch offenbar wurde sie allmählich ebenso wie er zu einer typischen Bewohnerin dieser Welt. Sie küßte ihn zum Abschied.

»Paß auf dich auf«, sagte sie, mehr nicht.

»Das werde ich, keine Sorge!« antwortete Jim grimmig.

Er kletterte mühsam in den Sattel seines Pferdes Gorp und setzte sich an die Spitze seiner armseligen, hastig formierten Streitmacht aus sechzehn Bewaffneten. Theoluf hielt sich unmittelbar hinter Jims linkem Ellbogen. Sie schlugen den Weg zur Burg Smythe ein, Jim ritt in leichtem Galopp voran.

»Mylord«, rief Theoluf an seinem linken Ohr, »wir müssen die Pferde schonen!«

»Ihr habt recht.« Jim zügelte Gorp widerwillig bis zum Trab. Er hatte gehofft, Sir Brian einholen zu können und so zu erfahren, was bei der Burg Smythe vor sich ging; die Vernunft sagte ihm aber, daß er davon Abstand nehmen mußte. Brian würde mit seinem Begleiter ein hohes Tempo vorlegen, um seinen Leuten beizustehen, wer auch immer die Angreifer sein mochten.

Jim und seine Krieger hätten die beiden nur dann einholen können, wenn sie die Pferde bis zum äußersten beanspruchten; und das war nicht ratsam, wie Theoluf soeben angemerkt hatte. Jim hätte von Brians Bewaffnetem gern mehr über die Angreifer und die Situation vor Brians Burg erfahren, aber das war unmöglich. Jim und seine Männer taten besser daran, ihre Kräfte zu schonen.

Eigentlich lag die Burg Smythe gar nicht weit entfernt, etwa anderthalb Stunden, wenn man langsam ritt. Jim zog die Zügel noch weiter an, bis Gorp nur noch im Schritt ging. Wenn sie dort eintrafen, wäre es unsinnig gewesen, sich ins Getümmel zu stürzen, bevor sie die Lage überblickten und mit Sir Brian geredet hatten. Womöglich wären ihnen die Angreifer um das Zehn- oder Zwanzigfache überlegen, obgleich das unwahrscheinlich schien; eine so große Streitmacht wäre von den Nachbarn bemerkt worden, und man hätte ihnen Bescheid gegeben.

Jim und seine Bewaffneten zottelten nun im Schritttempo dahin. Jim bedeutete Theoluf, zu ihm aufzuschließen.

»Was meint Ihr?« fragte er Theoluf. »Wer könnte die Burg Smythe wohl angreifen? Das ist nicht unbedingt das reichste Lehen in dieser Gegend.«

»Aber dafür läßt es sich von einem Fremden vielleicht am leichtesten erobern«, bemerkte Theoluf.

»Ich verstehe«, antwortete Jim, auf einmal nachdenklich geworden. »In diesem Fall werden die Angreifer wahrscheinlich nicht allzu zahlreich sein. Bestimmt sind sie nicht aus dieser Gegend. Sir Brian steht mit jedermann auf freundschaftlichem Fuß;

außerdem verbietet uns das Gesetz, gegeneinander zu kämpfen.«

»Ein Gesetz ist halt nur ein Gesetz«, meinte Theoluf skeptisch. »Trotzdem glaube ich, daß Ihr recht habt, Euer Lordschaft. Nachbarn sind es wohl nicht. In dieser Gegend gibt es auch keine Banden, die stark genug wären, eine solche Unternehmung zu wagen; und die Grenze liegt zu weit weg, als daß es Schotten sein könnten. Möglicherweise sind die Angreifer irgendwo mit dem Schiff gelandet und beabsichtigen nun, rasch Beute zu machen und wieder zu verschwinden, bevor sich dieser Teil von England gegen sie erhebt.«

Jim nickte. Das kam der Wahrheit wohl am nächsten. Als er nichts mehr sagte, ließ Theoluf sein Pferd wieder zurückfallen, bis er sich auf seinem angestammten Platz eine halbe Pferdelänge links hinter Jim befand. Sie ritten weiter, und Jim bemühte sich, seine Ungeduld nach Kräften zu zügeln.

Als er vom Besuch bei Carolinus zurückgekommen war, war es Mittag gewesen. Jetzt war es früher Nachmittag. Auf einmal fiel Jim unsinnigerweise ein, daß er nichts gegessen hatte. Außerdem hatte er kaum etwas getrunken – bloß eine halbe Flasche Wein, deren Wirkung allmählich nachließ und einer gewissen Benommenheit und Niedergeschlagenheit Platz machte, obwohl er sich die ziemlich ausschweifenden Trinkgewohnheiten seiner Umgebung mittlerweile notgedrungen zu eigen gemacht hatte.

Dabei fiel ihm etwas anderes ein; er rief Theoluf zu sich, um sich ungestört mit ihm unterhalten zu können.

»Theoluf«, sagte er so leise, daß seine Stimme kaum das Hufgetrappel übertönte, »haben die Männer seit dem Frühstück etwas gegessen?«

Theoluf grinste ihn an.

»Keine Bange, Mylord«, meinte er. »Ein Bewaffneter muß lernen, dafür zu sorgen, daß sein Magen im Falle des Falles gut gefüllt ist.« Er zögerte und blickte Jim fragend an. »Haben Euer Lordschaft gegessen?«

»Um ehrlich zu sein, nein«, antwortete Jim, »jedenfalls nicht mehr seit dem Frühstück. Ich habe überhaupt nicht daran gedacht.«

»Wenn Euer Lordschaft in die Satteltaschen schauen wollen«, sagte Theoluf, »dann werdet Ihr darin vielleicht etwas finden.«

Als Jim in die linke Satteltasche sah, entdeckte er darin ein paar dicke Scheiben Brot, Käse und eine große Weinflasche, außerdem einen Becher.

»Kommen wir nicht bald zu einem Fluß?« fragte Jim.

»Nicht mehr lang, und wir überqueren einen kleinen Wasserlauf«, sagte Theoluf. Er blickte Jim aufmerksam an.

Die Sache war nämlich die, daß Jim genug hatte von unverdünntem Wein – auch wenn es hieß, ein Schluck Alkohol sei das beste Heilmittel für einen kleinen Kater. Diese Vorstellung, die in seiner Heimatwelt womöglich noch stärker verbreitet gewesen war als in dieser, war ein Beweis dafür, wie langlebig Hausmittel waren.

Er war durstig und hätte liebend gern ein paar Schlucke Wasser getrunken, wenn es denn nur sauber war. Zum Glück konnte man in dieser Gegend zumeist gefahrlos aus Flüssen und Bächen trinken. Ihm kam der Gedanke, daß eine Mischung aus jeweils gleichen Anteilen Wein und Wasser seinen Durst löschen und dabei helfen würde, das Brot und den Käse hinunterzuspülen. Zumal der Käse wäre sonst ziemlich trocken gewesen.

Als sie zu dem Flüßchen gelangten, schickte er die Männer weiter, während er mit Theoluf haltmachte, Wein und Wasser trank und etwas von dem Brot und dem Käse verspeiste. Mit vollem Bauch fühlte er sich gleich wieder besser. Er packte Proviant, Flasche und Becher wieder ein und ritt dann seinen Leuten nach.

Als sie sich allmählich der Burg Smythe näherten, wurden sie langsamer, wechselten vom Weg ins Unterholz und verteilten sich für den Fall, daß die Angreifer in der Nähe waren oder Wachen aufgestellt hatten.

Die Vorsichtsmaßnahme erwies sich jedoch als unnötig. Sie gelangten ungehindert zum Rand der gerodeten Lichtung, welche die Burg Smythe aus Sicherheitsgründen umgab. Als er durchs Laubwerk spähte, erblickte Jim einen bunt zusammengewürfelten Haufen von knapp einhundert Bewaffneten. Sie drängten sich ungeordnet vor dem Haupttor der Burg und wurden offenbar von einem großen Kerl mit einem schwarzen Bart befehligt.

Die Burg Smythe war verrammelt; das heißt, so fest verrammelt, wie es nur ging. Der Burggraben war halb ausgetrocknet; anscheinend war keine Zeit mehr geblieben, die Fallgitter hochzuziehen – oder aber der Mechanismus funktionierte nicht – und das Metallgitter, welches das massive Haupttor hätte schützen sollen, war dermaßen verrostet, daß es einem entschlossenen Angriff kaum Widerstand entgegensetzen würde.

Die Tore selbst waren jedoch fest verschlossen und wirkten immer noch ausreichend stabil. Allerdings wurde Jim in diesem Moment klar, warum die Angreifer nicht gegen die Burg vorgingen. Sie hatten einen großen Baum gefällt und vor das Tor geschleppt; nun waren sie damit beschäftigt, die Äste zu entfernen, damit sie den Stamm als Rammbock benutzen konnten.

»Was meint Ihr, wo Sir Brian und dieser Bewaffnete wohl abgeblieben sind?« fragte Jim.

Theoluf war an seiner Seite und spähte ebenfalls durchs Laubwerk. Jim hatte unwillkürlich leise gesprochen. In Wirklichkeit waren sie zu weit von den Angreifern entfernt, als daß diese sie hätten hören können; allerdings war die Situation zum Flüstern wie geschaffen. »Ich hoffe doch, diese Leute haben sie nicht gefangengenommen …«, meinte Jim.

»Keine Bange, James«, erscholl unmittelbar hinter Jim eine rauhe Stimme. »Sie sind im Wald, genau wie Ihr, und beobachten von der anderen Seite aus die Burg.«

Jim wandte sich um und erblickte Aragh, den englischen Wolf.

Wie üblich war Aragh trotz seiner Größe lautlos aufgetaucht. Er stand auf allen vieren und grinste Jim mit heraushängender Zunge an.

»Aragh!« sagte Jim erfreut und mit lauterer Stimme. »Ich freue mich, Euch zu sehen!«

»Weshalb?« fragte Aragh. »Glaubt Ihr etwa, ich würde Euch helfen?«

Da dies tatsächlich sein erster Gedanke gewesen war, fehlten Jim im Moment die Worte.

»Nun, das werde ich nicht«, sagte Aragh. »Ich bin hier, um dem Ritter Brian zu helfen. Seit wir gemeinsam gegen den Verhaßten Turm gekämpft haben, ist er ebenso mein Freund wie Ihr. Dachtet Ihr etwa, ich würde einen Freund im Stich lassen?«

»Nein, natürlich nicht«, sagte Jim. »Ich habe mich bloß ganz allgemein gefreut, Euch zu sehen.«

»Ob im allgemeinen oder im besonderen, jedenfalls bin ich hier«, sagte Aragh. »Ziemlich viele Fremde dort draußen, findet Ihr nicht?«

Abermals grinste er Jim an, und die rote Zunge hing ihm aus dem Maul.

»Aragh«, meinte Jim eindringlich, »Ihr bewegt Euch behender und lautloser als wir, außerdem wißt Ihr, wo Sir Brian und sein Bewaffneter im Moment sind. Würdet Ihr sie holen, damit wir gemeinsam Pläne schmieden können?«

»Nicht nötig«, erwiderte Aragh. »Sie sind bereits hierher unterwegs, denn ich habe Ihnen Euer Kommen bereits angekündigt. Nur Menschen konnte es entgehen, wie Ihr mit Euren großen Pferden durchs Unterholz gebrochen seid. Damals, als Ihr Euch mit Gorbash seinen Körper geteilt habt, habe ich nichts als die Wahrheit gesagt, als ich meinte, er sei ein wenig langsam von Begriff. Aber zumindest hätte er Euer Nahen gehört und hätte Euch lange vor Eurem Eintreffen gerochen. Nicht, daß es ein Drache mit seiner Nase und seinen Ohren je mit einem Wolf aufnehmen könnte, aber zumindest waren seine Sinnesorgane wenigstens zu etwas zu gebrauchen. Ihr Menschen habt bloß Eure Augen. Oder zumindest benutzt Ihr bloß sie. Aber um Eure Frage zu beantworten: Sir Brian und dieser Mann müßten jeden Moment hier eintreffen.«

Und tatsächlich dauerte es nicht lange, bis Sir Brian und sein Bewaffneter eintrafen, wobei letzterer beide Pferde am Zügel nachführte.

»James!« wandte Brian sich an Jim. »Ich freue mich, daß Ihr gekommen seid. Wie viele Männer habt Ihr mitgebracht?«

»Sechzehn, glaube ich, nicht wahr, Theoluf?« Als Jim sich nach Theoluf umsah, nickte dieser. »Ich habe Anweisung gegeben, daß sich die anderen sammeln und uns folgen sollen, sobald mindestens ein Dutzend beisammen sind. Ich fürchte, mehr als zwölf dürfen wir nicht erwarten. Viele werden wahrscheinlich erst gegen Abend oder in ein bis zwei Tagen eintreffen. Selbst wenn sie nachkommen sollten, hätten wir nicht mehr als achtundzwanzig bis dreißig Männer – wir beide eingeschlossen. Und dann wäre da natürlich noch Aragh.«

»Natürlich«, meinte Aragh sarkastisch. »James, Ihr solltet doch inzwischen wissen, daß ich ein halbes Dutzend Eurer faulen Männer aufwiege.«

»Was wir wirklich brauchen«, sagte Sir Brian, »das wären ein paar Bogen- oder Armbrustschützen. Damit könnten wir meinen Leuten in der Burg eine Nachricht schicken. Im Moment wissen sie nicht einmal, daß wir hier draußen sind.«

»Wie viele Männer habt Ihr eigentlich in der Burg –

kampffähige Männer, meine ich?« fragte Jim. In dem Moment, wo er es ausgesprochen hatte, wurde ihm klar, daß er die Frage ein wenig feinfühliger hätte formulieren sollen. Sir Brian wirkte sichtlich verlegen.

»Im *Moment*«, sagte er, wobei er die Worte vielleicht ein wenig stärker betonte, als nötig gewesen wäre, »habe ich bloß elf Bewaffnete und etwa noch einmal so viele Bedienstete, die notfalls ein Schwert oder eine Waffe führen könnten.«

»Also alles in allem noch einmal sechzehn?« fragte Jim.

»Sagen wir siebzehn«, antwortete Sir Brian, »wenngleich einer mein Knappe und kaum mehr als ein Knabe ist. Aber das ist immer noch ein hundsgemeiner Haufen, mit dem wir es da zu tun haben. Trotzdem könnten uns die siebzehn von Nutzen sein, wenn sie für ihren Ausfall den Moment abpassen, in dem wir die Banditen angreifen.«

Er blickte Jim grimmig an.

»Alles in allem haben wir höchstens siebenunddreißig Männer, um eine mehr als doppelt so große Gruppe anzugreifen«, fuhr er fort, »denn ich fürchte, uns bleibt nicht mehr die Zeit, solange zu warten, bis Eure Bewaffneten zu uns stoßen. Die Kerle dort werden sich innerhalb der nächsten Viertelstunde mit dem Rammbock über mein Tor hermachen. Das Tor ist in einem guten Zustand, allerdings ist es im Moment auch der einzige Schutz für die Burg. Wenn die Angreifer erst einmal durchbrechen, dann sind sie drin. Ich fürchte, wir sind auf uns allein gestellt. Wie gesagt, das Tor ist stabil, aber mit einem Rammbock sind sie in einer halben Stunde durch.«

»Ah«, meinte Aragh mit schiefgelegtem Kopf. »Da kommen noch zwei – und zwar welche, die es ein wenig besser als Ihr gewohnt sind, sich im Wald zu bewegen. Ha!«

In seinem Tonfall schwang freudige Überraschung mit – eine ungewohnte Regung bei Aragh.

»Das sind Danielle und ihr langer walisischer Bogenschütze, den sie jetzt ihren Gemahl nennt«, fuhr Aragh fort.

Jim und Sir Brian wechselten erstaunte Blicke.

»Ich habe Euch bereits gesagt, daß sie Euch besuchen wollten – und da kommen sie jetzt«, sagte Brian. »Obwohl mir scheint, daß die Burg Smythe ein wenig abseits des Weges nach Malencontri liegt. Wie haben sie bloß erfahren, daß wir hier sind?«

»Falls sie überhaupt so etwas Ähnliches wie Ohren besitzen, dann haben sie wahrscheinlich Euer Getrampel gehört«, meinte Aragh säuerlich. »Jedenfalls sind sie jetzt da.«

Bald darauf traten Danielle o'the Wold, die Tochter von Giles o'the Wold, dem Anführer der Geächteten aus dem Wold, und Dafydd ap Hywel, ein begnadeter Bogenschütze – wahrscheinlich der beste aller Bogenschützen, wenn man ihm denn Gerechtigkeit widerfahren lassen wollte – aus dem Laubwerk hervor. Seinen großen Langbogen, den er allein zu spannen und mit ruhiger Hand aufs Ziel zu richten vermochte und den er wie auch seine prachtvollen Pfeile eigenhändig angefertigt hatte – den unbespannten Schaft dieses Langbogens trug Dafydd nun auf dem Rücken. Sein linker Arm steckte in einer Schlinge aus grünem Stoff.

»Vater ist schon mit seinen Männern unterwegs«, sagte Danielle ohne Einleitung. »Er hat von den Plünderern gehört und sich gedacht, daß die Burg Smythe Hilfe bräuchte. Es wird allerdings noch eine Weile dauern, bis er seine Männer beisammen hat. Dafydd und ich sind schon vorgelaufen, da wir beide gut zu Fuß sind. Ach, Aragh!«

Sie streichelte Aragh, der an ihr hochsprang und sich nach Kräften bemühte, ihr gleichzeitig das Gesicht zu lecken.

»Was ist denn mit Eurem Arm passiert, Mann?« wollte Brian wissen.

»Bloß eine leichte Zerrung...«, setzte Dafydd an, doch Danielle schnitt ihm barsch das Wort ab.

»Ein gebrochenes Schlüsselbein, meinst du wohl«, sagte sie. »Hat mit zwei von Vaters Männern gleichzeitig gerungen. Die übliche Prahlerei!«

»Na ja, vielleicht hast du ja recht«, sagte Dafydd mit seiner sanften, musikalischen Stimme, die in so krassem Gegensatz zu seiner herkulischen Erscheinung stand. Er verjüngte sich von den breiten Schultern bis zur schmalen Hüfte wie eine Statue, die dazu gedacht war, die körperlichen Merkmale eines Athleten herauszustellen; und obwohl er größer war als Jim, stand er so aufrecht da wie einer seiner Pfeile. »Ich habe mir gar nichts dabei gedacht. Trotzdem tut es mir leid, daß ich und mein Bogen Euch in dieser Notlage kaum werden von Nutzen sein können, Sir Brian.«

»Das läßt sich zwar nicht ändern«, sagte Jim, »aber betrüblich ist es schon. Sir Brian hätte gern einen Pfeil mit einer Botschaft für seine Leute in die Burg geschossen. Wir müssen ihnen mitteilen, daß wir hier sind, und irgendein Signal mit ihnen vereinbaren, damit sie im gleichen Moment einen Ausfall machen, wenn wir von außen angreifen. Wie Ihr seht, sind die Angreifer im Begriff, das Haupttor einzuschlagen, und Sir Brian meint, das sei das einzige Hindernis, das sie noch davon abhält, die Burg zu stürmen. Wenn sie erst einmal drinnen sind, wird ihre schiere Überzahl jede Gegenwehr ersticken.«

»Wohl wahr, ich mag nur von geringem Nutzen sein«, sagte Dafydd, »aber deswegen brauchen wir auf den Einsatz eines Bogens nicht zu verzichten.«

»Keineswegs!« blaffte Danielle Jim und Brian zornig an. »Ihr wißt genau, daß ich ebensogut wie jeder andere Bogenschütze einen Pfeil in den Burghof schießen kann!«

»Gewiß, Mylady«, sagte Brian hastig, »ich habe mir bloß gedacht ...«

»Nun, das solltet Ihr beim nächsten Mal schon beizeiten tun!« meinte Danielle.

Aragh knurrte zustimmend.

»Ich nehme an, Ihr dachtet daran, einen Pfeil über die Köpfe der Männer dort draußen und über die Mauer hinweg zu schießen, so daß er auf dem Innenhof niederfällt?« fuhr Danielle in ruhigerem Ton fort. »Und zwar mit einer um den Schaft gewickelten Botschaft, hab ich recht? Kann in der Burg eigentlich jemand lesen?«

»Es gibt mindestens einen – wahrscheinlich sogar zwei«, antwortete Brian, »die meine Kritzeleien zu lesen imstande sein dürften. Aber da gibt es noch eine geschicktere Lösung. Ich ... ich danke Euch, Lady Danielle. Ihr wärt uns eine große Hilfe, wenn es durch Euch möglich sein sollte, den Burgbewohnern Bescheid zu geben, wann sie einen Ausfall machen sollen. Wir sind so wenige, daß wir die Banditen gleichzeitig angreifen müssen, wenn es überhaupt Aussicht auf Erfolg haben soll. Es ist zwar noch Verstärkung unterwegs, aber solange können wir nicht mehr warten.«

»Nun, dann schreibt Eure Botschaft«, sagte Danielle, nahm den Bogen von der Schulter und machte sich daran, ihn mit einer Sehne zu versehen. »Ich habe Faden und Nadel dabei. Mit dem Faden könnte man die Botschaft am Schaft befestigen. Hat jemand etwas, worauf Ihr schreiben könnt?«

Jim hatte derweil in seinen Satteltaschen herumgewühlt. Wenn der, welcher das Brot, den Käse und den Wein eingepackt hatte, die anderen Dinge nicht herausgenommen hatte – ah, es war alles noch da.

»Ich habe etwas«, verkündete er.

Er hatte ein Stück Holzkohle und ein Stück dünnen, weißen Stoff mit zu Carolinus genommen; bloß für den Fall, daß Carolinus ihm irgendwelche Anweisungen geben sollte, die er nicht allein seinem Gedächtnis anvertrauen wollte. Beides holte er jetzt aus der Satteltasche. Wie er wußte, konnte Sir Brian kaum schreiben, was der brave Rittersmann allerdings nur ungern zugegeben hätte. Jim hingegen war das Produkt der Schulerziehung des zwanzigsten Jahrhunderts seiner Heimatwelt.

»Was soll ich schreiben?« fragte er Brian.

»Laßt mich das lieber machen«, erwiderte der Ritter.

Er ließ sich von Jim das Stück Stoff und den Holzkohlestift geben. Dann legte er den Stoff auf seinen Sattel und zeichnete etwas auf eine Ecke in einer Art Bilderschrift.

In der Figur unterhalb der Hörner erkannte Jim eine grobe Wiedergabe des Familienwappens von Sir Brian wieder: ein schwarzes Andreaskreuz anstelle eines Hirschgeweihs auf rotem Grund, das erkennen ließ, daß er der jüngeren Linie der Nevilles von Raby, den Grafen von Worcester, entstammte.

Mit der Dolchspitze schnitt Brian die bemalte Ecke säuberlich ab und reichte sie Jim zusammen mit dem Rest des Lappens und der Holzkohle.

»So«, sagte er, »das werden sie bestimmt verstehen. Drei Hornsignale« – er deutete auf das Kuhhorn, das an einer Lederschlaufe von seinem Sattelknauf hing –, »und sie werden einen Ausfall machen.«

»Und woher sollen sie wissen, ob sie der Nachricht auch Glauben schenken können?« fragte Danielle.

»Ha!« machte Sir Brian verblüfft. Er dachte einen Moment nach.

»Wie Ihr seht, habe ich mein Wappen ans Ende der Botschaft gesetzt«, sagte er.

»Jeder, der Euer Wappen kennt, könnte das gleiche tun«, meinte Jim. »Angenommen, es hält sich überhaupt jemand auf dem Hof auf und sieht den Pfeil herunterfallen ...«

»Keine Bange!« warf Sir Brian hitzig ein. »Wenn der Feind vor dem Tor steht, sind meine Leute nicht weit.«

»Ja, gut, aber selbst wenn sie den Pfeil aufheben und die Nachricht lesen«, fuhr Jim fort, »dann stellt sich immer noch die Frage, ob sie tatsächlich von Euch stammt. Gibt es etwas, das ihr an dem Pfeil befestigen könntet, das nur von Euch und von niemandem sonst stammen kann?«

Sir Brian schaute unglücklich drein.

»Früher hätte ich den Ring meines Vaters auf den Schaft schieben können«, sagte er und hielt seine zehn unberingten Finger hoch. »Den habe ich nämlich niemals abgelegt. Bedauerlicherweise habe ich ihn ... äh ... bei einem Händler in Coventry gelassen, vergangenen Aschermittwoch waren es drei Jahre her.«

Jim verspürte jähes Mitleid mit Sir Brian. Wie fast überall auf dem Kontinent war es auch in England verboten, zum Pfandleiher zu gehen, da die Kirche den Wucher für unrechtmäßig erachtete. Trotzdem florierte das Leihgewerbe, und viele der Stammkunden waren Edelleute, die aus dem einen oder anderen Grund knapp bei Kasse waren. Jim beschloß, alles mögliche zu tun, um Sir Brians Ring wieder auszulösen. Vorausgesetzt, der Pfandleiher hatte ihn nicht bereits weiterverkauft, würde ihm das keine Mühe bereiten. Das Problem dabei war, eine Möglichkeit zu finden, ihn Sir Brian zurückzugeben, ohne den Ritter zu beschämen.

»Ich hab's!« rief Jim aus. »Das Taschentuch, das Lady Geronde Euch geschenkt hat, Brian! Eure Männer würden es auf den ersten Blick wiedererkennen, das wäre der Beweis, daß die Nachricht von Euch stammt!«

Sir Brian wurde auf einmal blaß.

»Niemals!« grollte er. »Diese Liebesgabe werde ich behalten, solange ich lebe.«

»Es wäre doch nur für kurze Zeit, Sir Brian«, meinte Dafydd. »Dann bekommt Ihr das Tuch wieder zurück. Einer Eurer Männer wird es bestimmt an einem sicheren Ort verwahren, während man in der Burg auf das Hornsignal wartet. Dort wird es sicherer sein, als wenn Ihr es bei Euch tragt.«

»Niemals!« wiederholte Brian. »Lieber sehe ich zu, wie meine Burg in Schutt und Asche fällt!«

»Ich bitte Euch, Sir Brian«, redete Danielle ihm mit sanfter Stimme zu, »Dafydd hat recht. Die Liebesgabe wird an meinem Pfeil ebenso sicher sein wie bei Euren Männern. Und sie ist der einzige untrügliche Beweis, daß die Botschaft von Euch stammt.«

»Ich kann nicht!« Brian wandte sich ab. »Ich habe gesagt, ich gebe sie nicht aus der Hand, und dabei bleibt es!«

»Was für ein Aufstand wegen eines Stoffetzens«, knurrte Aragh.

»Aragh!« tadelte Danielle, »es gibt Momente, da sollte man von Wölfen nichts sehen und nichts hören!«

Aragh – der sich dergleichen von niemand anderem als Danielle hätte sagen lassen – legte die Ohren an, senkte den Kopf und klemmte den Schwanz ein. Danielle wandte sich Sir Brian zu.

»Trotzdem, Sir Brian …«, setzte sie an, als er auf einmal aufbrauste.

»Ihr alle versteht überhaupt nichts«, sagte er. »Das ist alles, was ich von ihr habe, begreift Ihr das? Das ist alles, was ich habe!«

»Das wissen wir«, meinte Danielle in nach wie vor ungewöhnlich sanftem Ton, »aber glaubt Ihr etwa,

Lady Isabel würde wollen, daß Ihr Euer Erbteil verliert, bloß weil Ihr das Andenken nicht für höchstens eine Stunde aus den Händen geben wollt? Wäre sie hier, würde sie Euch dann nicht vielmehr befehlen, das Tuch an meinem Pfeil zu befestigen, um Eure Männer zu benachrichtigen?«

Sie verstummte. Es herrschte drückendes Schweigen. Allmählich entspannte sich Sir Brian wieder. Er seufzte unglücklich, wühlte mit einer Hand unter seinem Kettenhemd und brachte schließlich ein fadenscheiniges, safrangelbes, rechteckiges Tuch zum Vorschein, auf dessen eine Ecke die Initialen *G.d'C* gestickt waren. Er küßte es, dann reichte er es wortlos Danielle, ohne jemanden anzusehen.

»Eine tapfere Entscheidung, Sir Brian«, sagte Danielle. »Eure Dame wird stolz auf Euch sein. Wir werden es ganz behutsam mit dem Faden am Schaft des Pfeils befestigen, damit es den Flug und den Aufprall auf dem Hof unbeschadet übersteht. Außerdem bin ich mir sicher, daß Eure Männer ihm den gebührenden Respekt erweisen und achtsam damit umgehen werden.«

»So wird es wohl sein«, meinte Brian leise.

Er schüttelte den Kopf und gewann mühsam die Fassung wieder. Dann straffte er sich und blickte die anderen an.

»Wir werden tun, was wir tun müssen«, sagte er, »aber dies verspreche ich Euch. Keine Streitmacht, und wäre sie doppelt so zahlreich wie diejenige, der wir gegenüberstehen, wird mich daran hindern, in Stundenfrist meinen Burghof zu betreten.«

»Das ist gut so«, knurrte Aragh, dessen Schwanz wieder ein Stück weit zwischen den Beinen hervorkam, während sich sein Kopf ein wenig hob. »Ich könnte mir den Anführer herausgreifen und ihm die Kehle durchbeißen. Soll ich das jetzt tun?«

Brian schüttelte den Kopf.

»Das traue ich Euch ohne weiteres zu«, sagte Brian,

»aber ob Ihr unbeschadet wieder zurückkommen würdet, steht zu bezweifeln; und wir könnten Euch später noch brauchen. Soll dem Schwarzbart Gerechtigkeit widerfahren, wenn es soweit ist. Übrigens würde ich mich seiner gern als erster annehmen ...«

Er stutzte.

»Verzeiht mir«, fuhr er fort, »wer kann sich bei einem Handgemenge seinen Gegner schon aussuchen? Mag den Schwarzbart der erledigen, dem sich die Gelegenheit dazu bietet. Ich hoffe bloß, daß ich derjenige sein werde.«

Danielle hatte währenddessen die Botschaft und das Taschentuch um den Schaft des Pfeils gewickelt und mit dem Faden festgebunden. Nun biß sie das Ende des Fadens ab.

»Fertig«, sagte sie. »Soll ich den Pfeil jetzt abschießen, oder sind noch irgendwelche Vorkehrungen zu treffen?«

»Wir sollten besser aufsitzen«, meinte Brian. »Dann sind wir für den Angriff gerüstet. Wir formieren uns hier innerhalb des Waldes zu einer Kette.« Er schwenkte den Arm, um die Bedeutung seiner Worte zu unterstreichen, und Jims Bewaffnete, die bereits aufgesessen waren, dirigierten daraufhin ihre Pferde an die bezeichneten Positionen innerhalb des Waldes. »Sobald der Pfeil hinter der Mauer verschwunden ist, greifen wir an!« Brian hatte sich gefaßt und war wieder Herr der Lage. »Ein weiteres Signal ist nicht notwendig. Wenn ich den Pfeil verschwinden sehe, reite ich los – und Ihr tut es mir nach. Wir müssen die Angreifer nach Möglichkeit überrumpeln; wir sollten sie nicht nur überraschen, sondern sie auch glauben machen, wir seien lediglich die Vorhut einer größeren Streitmacht!«

Jim saß ebenfalls auf. Hinter seinem Rücken vernahm er das Schwirren der Bogensehne. Der Pfeil stieg in einem steilen Bogen gen Himmel. In dem Maße, wie er an Höhe gewann, schrumpfte er, bis er nur noch so groß wie ein Streichholz erschien; dann wurde er zu einem Punkt und verschwand außer Sicht.

Schließlich tauchte er wieder auf, wurde länger und sank zur Erde nieder. Er fiel so rasch herab, daß Jim einen Moment lang meinte, Danielle habe zu kurz gezielt und der Pfeil werde inmitten der Männer vor dem Tor niedergehen. Doch das tat er nicht.

Im nächsten Moment verschwand er hinter den grauen Steinmauern der Burg Smythe; und sogleich galoppierten sie gemeinsam aus dem Wald und stürmten über die Lichtung auf die Angreifer zu, die sich soeben anschickten, den Baumstamm gegen das Tor zu rammen.

Dreimal tönte laut und klar Sir Brians Horn.

7

Jim stürmte zusammen mit den anderen in vollem Galopp auf die Lichtung.

Er fühlte sich wie berauscht. Einen Moment lang wunderte er sich, warum er nicht vorgeschlagen hatte, sich für die Dauer des Angriffs in einen Drachen zu verwandeln. Dann sagte er sich, daß er sowieso würde lernen müssen, als Mensch zu kämpfen, und je eher er damit anfing, desto besser. Das heftige Triumphgefühl, das er empfunden hatte, als er in Gorbash Körper mitten zwischen die Männer hineingeflogen war, die das Dorf vor der Burg de Chaney verwüstet hatten, fehlte diesmal; statt dessen verspürte er adrenalininduzierte menschliche Erregung. Also war das andere Gefühl reine ›Drachenwut‹ gewesen, wie sich der alte Drache, der Großonkel von Gorbash, ausgedrückt hatte. Aber wenigstens hatte er keine Angst – und das war schon viel wert.

Ihr Angriff war alles andere als geräuschlos. Da war

nicht nur das Dröhnen der Hufe, sondern die meisten Bewaffneten und auch Sir Brian stießen obendrein noch eine Art Kriegsgeschrei aus. Jim erhaschte einen Blick auf verdutzte Gesichter, als sich die Männer vor dem Tor zu ihnen umdrehten; diejenigen, welche gerade abermals mit dem Rammbock hatten ausholen wollen, ließen ihn nun fallen und griffen zu den Schwertern oder zu anderen Waffen.

Dann prallten die beiden Gruppen aufeinander. Sicherlich war es von Vorteil, zu Pferd zu sein. Jim hatte den Eindruck, daß er mindestens drei oder vier Gegner über den Haufen ritt, bevor sein Pferd so abrupt zum Stillstand kam, daß er aus dem Sattel nach vorn geschleudert wurde.

Aufgrund seiner sportlichen Erfahrung landete er instinktiv auf den Füßen anstatt auf der Nase, und außerdem hatte er dank des Unterrichts, den Sir Brian ihm erteilt hatte, automatisch den Schild erhoben und das Schwert gezückt. Im Moment hatte er das Pferd im Rücken, das ihn in dieser Richtung abschirmte, und den Vorteil machte er sich zunutze und ging auf die beiden Männer los, die mit Schwertern in den Händen vor ihm standen.

Beiden wußten ihre Waffen zu gebrauchen, doch war keiner von ihnen Brians Schüler gewesen. Außerdem hatten sie keine Schilde. Sie schlugen einfach auf Jim ein. Dieser wehrte den einen an der Schildseite ab, stürzte sich auf den Angreifer zu seiner Rechten und sah ihn zu seiner Überraschung vor sich zusammenbrechen. Daraufhin wandte er sich dem Gegner zur Linken zu, doch der hatte sich bereits aus dem Staub gemacht, und Jim sah sich statt dessen einem Mann gegenüber, der eine Streitaxt schwang.

Jim duckte sich, und die Axt verfehlte ihn. Er stieß das Schwert nach vorn, bekam aber nicht mit, ob er getroffen hatte. Alles ging so schnell, daß er nur noch instinktiv reagieren konnte.

Einen Moment lang sah er Aragh, der keine Zeit mit einem einzelnen Gegner verschwendete, sondern zwischen den Kämpfern hindurchglitt und nach allem schnappte, was ihm in die Quere kam. Offenbar hatte er eine fürchterliche Kraft in den Kiefern, denn Jim sah, wie sich diese vollständig um die Arme und Beine, die sie packten, schlossen, und das mußte bedeuten, daß Araghs lange Zähne bis zum Knochen vordrangen und sogar ein Stück weit hinein. Die Männer, die er wieder losließ, konnten die betreffenden Glieder anschließend mit Sicherheit nicht mehr gebrauchen.

Dann fand sich Jim auf einmal zu seinem Erstaunen auf einem kleinen Flecken wieder, wo nicht gekämpft wurde. Die Angreifer und seine eigenen Bewaffneten sowie einige Männer, die wie Bewaffnete gekleidet und gerüstet waren, die er jedoch nicht kannte und die wohl aus der Burg Smythe stammen mußten, kämpften um ihn herum. Aus irgendeinem Grund schien niemand mehr da zu sein, der ihn hätte angreifen können. Es war geradezu grotesk.

… als ihn ein tiefes Wutgeheul unvermittelt aus seiner Untätigkeit aufschrecken ließ. Er fuhr herum und riß den Schild gerade noch rechtzeitig hoch, als auch schon die gewaltige Streitaxt des schwarzbärtigen Anführers der Gruppe auf den Schild niederkrachte.

Das Metall hielt stand, allerdings wurde Jim durch die Wucht des Aufpralls nahezu auf die Knie niedergedrückt. Irgendwie gelang es ihm, sich wieder von dem Angreifer zu lösen. Genau das hatte Brian mit ›holpriger Schildarbeit‹ gemeint. Jim hatte noch nicht den Bogen heraus, Hiebe im richtigen Winkel abzuwehren, so daß die Waffe des Angreifers seitlich oder nach unten abglitt. Er hielt den Schild einfach zwischen sich und den Gegner, als wollte er dessen Waffe zurückstoßen.

Sein Schild war zwar eingebeult, hatte ihn aber geschützt. Allerdings war sein Arm in Mitleidenschaft gezogen worden. Er war taub von den Fingerspitzen bis zur Schulter, und beim nächsten Axthieb seines Gegners glitt ihm der Schild aus der schlaffen Hand. Auf einmal stand Jim einem Mann gegenüber, der so groß war wie er selbst, mindestens fünfzig Pfund mehr wog und eine weitaus schwerere Waffe hatte als das Breitschwert, das Jim zur Verfügung stand.

Abermals fuhr die Axt nieder, offenbar auf seinen Kopf gezielt; dann schwenkte sie im letzten Moment ab, um ihn an den Beinen zu treffen. Jim reagierte augenblicklich. Er sprang in die Höhe.

Diesmal konnte er auf seine Beinmuskulatur wirklich stolz sein. Er sprang so hoch, daß die Axt unter seinen Füßen hindurchpfiff. Der Schwarzbärtige setzte sogleich nach. Offenbar wußte er seine schwere Waffe geschickt zu gebrauchen; allerdings war er bislang gewiß noch niemandem begegnet, der wie ein Ritter gekleidet und dabei so beweglich wie ein Springteufel war.

Jim sprang zur Seite und duckte sich; auch der nächste Hieb ging daneben. Mittlerweile hielt Jim Ausschau nach einer Lücke in der Deckung seines Gegners, durch die er sein Breitschwert hätte stoßen können. Der andere war jedoch zu geschickt, um sich eine Blöße zu geben. Jim war zu sehr damit beschäftigt, das allgemeine Kampfgeschehen im Auge zu behalten; seine größte Sorge war nämlich nicht, ob seine Ausweichmanöver auf Dauer Erfolg haben würden, sondern daß ihm jemand eine Klinge in den Rücken stoßen könnte.

Nachdem Schwarzbart offenbar sämtliche Hiebe seines Repertoires ausprobiert hatte, führte er abermals eine Finte nach Jims Kopf, während er es in Wirklichkeit auf dessen Beine abgesehen hatte.

Ob er bloß vergessen hatte, was beim erstenmal passiert war, oder ob er gemeint hatte, Jim werde allmählich müde und ließe sich nun leichter treffen, wußte Jim nicht zu sagen. Allerdings würde er nicht den ganzen Tag lang Luftsprünge vollführen können. Früher war er bisweilen in die Luft gesprungen und hatte dabei die Zehen seiner ausgestreckten Beine mit den Fingerspitzen berührt, um die Spieler der gegnerischen Mannschaft zu demoralisieren. Und nun sprang er so hoch, bis seine Füße auf einer Höhe mit dem Kopf des Gegners waren. Plötzlich überkam es ihn. Er trat mit beiden Beinen zu.

Sein Gegner konnte von Glück sagen, daß zu der Rüstung, die Jim geerbt hatte, keine Stahlschuhe gehört hatten. Gleichwohl wurde er mit voller Kraft von Jims Stiefelabsätzen getroffen.

Im nächsten Moment landete Jim mühelos auf dem Boden.

Schwarzbart wäre kein Mensch gewesen, hätte ihn der Tritt nicht benommen gemacht. Als Jim wieder vor ihm stand, ließ der Mann die Axt noch immer schlaff herabhängen; er hielt sich zwar noch auf den Beinen, stierte aber bloß blicklos vor sich hin.

Jim war allerdings zu aufgedreht, um sich um die Einzelheiten zu scheren. Er wußte bloß, daß er um sein Leben gekämpft hatte und daß der Gegner immer noch vor ihm stand und eine Waffe in Händen hielt, die ihn mit einem einzigen Hieb hätte töten können. Ohne einen Moment zu zögern trieb er die Spitze seines Breitschwerts beinahe reflexhaft durch das Lederwams, den einzigen Schutz seines Gegners, in dessen dicken Leib.

Die Klinge fuhr erstaunlich leicht hinein; und dann wankte der Anführer der Angreifer und brach zusammen.

Jim blickte erstaunt auf ihn nieder. Im Körper des Drachen Gorbash hatte er schon einmal einen Menschen getötet; dies war jedoch das erste Mal, daß er *als Mensch* jemanden getötet hatte; und Schwarzbart war unbestreitbar tot.

Er erwachte gerade noch rechtzeitig aus seiner Erstarrung, um einem Schwerthieb auszuweichen, der von links kam. Abermals reagierte er eher instinktiv als mit bewußter Überlegung und schlug zurück. Er verfehlte den Körper des großen, dünnen, nahezu weißhaarigen Mannes, der ihn angriff; statt dessen traf seine Klinge dessen Arm und trennte ihn zur Hälfte ab. Der schwerverletzte Angreifer sank auf die Knie nieder und bemühte sich, die Blutung zu stillen.

Jim hatte einen Moment Zeit, sich umzuschauen.

Es wurde immer noch gekämpft, allerdings stand es nicht gut für seine Seite. Sir Brian und Aragh waren nirgends zu sehen, doch die Verteidiger der Burg Smythe waren eifrig zugange und hatten es manchmal mit zwei oder noch mehr Angreifern gleichzeitig zu tun.

Jim wurde sich auf einmal wieder seiner Verpflichtungen bewußt. Sein eingebeulter, aber immer noch einsatzfähiger Schild lag nur ein paar Schritte entfernt auf dem Boden. Die Stelle, wo er dem Anführer der Fremden begegnet war, war erstaunlicherweise immer noch frei. Jim konnte nur vermuten, daß der Anführer seine Männer angewiesen hatte, sie sollten Jim ihm überlassen, und diese hatten gehorcht. Schließlich waren alle in das Handgemenge verwickelt, so daß nur der Mann, dessen Arm soeben von ihm abgetrennt worden war, die Zeit gefunden hatte, ihn anzugreifen.

Er hob den Schild auf und attackierte einen der beiden Männer, die in seiner Nähe mit zweien seiner Bewaffneten kämpften. Sein Gegner wich sogleich zurück und suchte ihm im Gedränge zu entkommen. Jim war auf jemanden gestoßen, der beinahe ebenso beweglich war wie er selbst – vielleicht vermochte er nicht gerade so hoch zu springen wie Jim, aber er parierte und duckte sich geschickt, wenn nicht sogar besser als er. Jim, der sich mittlerweile in Rage gesteigert hatte, hatte nichts weiter im Sinn, als seinen Gegner zu bezwingen, allerdings war er in voller Rüstung, während sein Gegner lediglich ein Lederwams anhatte und mit einem Schwert bewaffnet war. Kein Wunder, daß er so leichtfüßig war, dachte Jim.

Er hatte den Gedanken noch nicht ganz zu Ende gebracht, als sein Gegner, der sich soeben unter einem Schwertstreich hinweggeduckt hatte, sich auf einmal umwandte, stehenblieb, vorsprang und Jim das Knie brutal in den Unterleib rammte. Jim brach zusammen. Sein Gegner stürzte sich auf ihn, und plötzlich befand sich seine Schwertspitze einen Handbreit vor Jims Gesicht.

»Ergib dich!« brüllte der Mann. »Gib auf, oder ich durchstoße dir die Kehle!«

Trotz des Schmerzschleiers, der ihn vorübergehend einhüllte, wurde Jim auf einmal klar, daß er mit seiner Rüstung durchaus den Eindruck erwecken mochte, er sei es wert, ein Lösegeld von ihm zu erpressen. Mit Malencontri im Hintergrund war das gar nicht so abwegig. Bevor er jedoch antworten konnte, wurde die Angelegenheit anderweitig geregelt.

Jim vernahm einen dumpfen Aufschlag, dann ragte auf einmal die Spitze eines Pfeils aus der Brust des Mannes. Der Mann schnappte nach Luft, fiel von Jim herunter und blieb reglos liegen.

Jims erster Gedanke war, Dafydd sei wunderbarerweise von seinem Schlüsselbeinbruch genesen und decke die Angreifer mit der Geschwindigkeit einer Automatikwaffe der Neuzeit mit Pfeilen ein – wozu allein Dafydd in der Lage war.

Dann fielen Jim zwei Dinge auf. Die Angreifer hatten die Gegenwehr aufgegeben und suchten sich im Wald hinter der Burg Smythe in Sicherheit zu bringen. Durch die Lücken hindurch, die sie hinterließen, konnte Jim nicht nur erkennen, daß Aragh und Sir Brian immer noch auf den Beinen waren, sondern er erblickte auch mehrere mit braunen Lederwämsen bekleidete Bogenschützen, die sich der Burg näherten, im

Laufen immer wieder innehielten, den Bogen spannten und einen Pfeil abschossen, bevor sie weiter auf den Ort des Kampfgeschehens zurannten.

Auf einmal beugte sich Brian zu Jim herunter, nahm ihn fest bei der Hand und half ihm auf die Beine.

»Seid Ihr verletzt, James?« erkundigte sich der Ritter.

»Nicht direkt«, knurrte Jim, der immer noch so gebeugt dastand wie ein alter Mann. So wie damals, als er gemerkt hatte, daß nicht einmal ein Drache unbeschadet in einen gepanzerten Ritter hineinfliegen konnte, der mit angelegter Lanze auf einem Pferd saß, nahm er sich vor, den gleichen Fehler nicht noch einmal zu machen. Nie wieder würde er bloß deshalb, weil sein Gegner ungepanzert und nur leicht bewaffnet war, so leichtsinnig sein, ihm im Vertrauen auf seine eigene Rüstung zu nahe zu kommen. »Wer hat uns geholfen?«

»Ich glaube«, sagte Sir Brian, »das ist Giles o'the Wold, der sich mit seiner Tochter und Dafydd treffen wollte und mir, da Not am Mann war, seinen Beistand nicht versagt hat.«

Mittlerweile waren auch Dafydd und Danielle zwischen den Bäumen hervorgetreten und näherten sich ihnen; Dafydd hatte den Arm immer noch in der Schlinge, und Danielle hielt den Bogen zwar gesenkt, hatte aber immer noch einen Pfeil eingelegt. Jim lief im Kreis herum und versuchte sich aufzurichten.

»Seid Ihr auch sicher, daß Ihr nicht verletzt seid, James?« fragte Brian, der ihm folgte. Jim schüttelte den Kopf. »Was ist eigentlich passiert?«

Jim erzählte es ihm in einfachen, klaren Worten.

Sir Brian lachte laut heraus. Jim funkelte den Ritter höchst ungehalten an. Man hätte schließlich meinen sollen, sein Mißgeschick habe Mitleid verdient, anstatt daß man sich auf seine Kosten lustig machte.

»Habt Euch nicht so, James«, meinte Brian und

klopfte ihm auf die Schulter. »Davon werdet Ihr schon nicht sterben!«

Sein Blick fiel auf einen von Jims Berittenen, der ganz in der Nähe stand.

»Ihr da!« sagte Sir Brian. »Sir James Pferd steht gleich dort drüben. Schaut nach, ob nicht etwas Wein in der Satteltasche ist.«

Der Krieger machte sich eilends davon. Jim hatte mehrere Monate gebraucht, um sich daran zu gewöhnen, daß in dieser Welt Untergebene die ihnen erteilten Aufträge stets im Laufschritt erledigten – selbst wenn es sich um eine erwachsene Person handelte. Noch seltsamer dabei war, daß Jim sich schließlich damit abgefunden hatte, daß auch von ihm im Falle, daß ihm ein Höhergestellter einen Auftrag erteilte, erwartet wurde, daß er die Beine in die Hand nahm. Im Grunde war dies eine hochgradig durchstrukturierte Welt. Untergebene mußten in Anwesenheit eines Höhergestellten stehen, und das galt selbst für den zweiten Sohn des Burgherrn, wenn der Höhergestellte sein älterer Bruder war.

Als der Krieger mit der Weinflasche, der Jim zuvor schon zugesprochen hatte, zurückgelaufen kam, ging es ihm bereits wieder ein wenig besser. Sir Brian ließ ihn einen gehörigen Schluck unverdünnten Weins nehmen, und nach einer Weile stellte Jim fest, daß er sich entweder besser fühlte oder es sich wenigstens einbildete. Allmählich erholte er sich wieder und hielt sich demzufolge auch wieder gerader, so daß sein Mißgeschick nicht jedem, der sich gerade in Sichtweite befand, ins Auge fiel.

Und das war auch gut so, denn mittlerweile hatten ihn Danielle und Dafydd erreicht, in deren Begleitung sich Giles o'the Wold befand – und Jim kannte Danielle. Sie hätte keinerlei Hemmungen gehabt, ihm mit Fragen zuzusetzen, und hätte wahrscheinlich ebenso schallend gelacht wie Sir Brian, wenn sie erfahren hätte, was passiert war.

Allerdings bot sich Danielle gar keine Gelegenheit, irgendwelche Fragen zu stellen, denn Sir Brian ergriff als erster das Wort.

»Willkommen, Freunde! Willkommen und seid gedankt!« sagte er. »Ich weiß nicht, wie wir die Burg Smythe ohne Eure Hilfe hätten retten können!«

»Niemals«, meinte Aragh, der sich mittlerweile zu ihnen gesellt hatte.

»So ist es, Herr Wolf«, sagte Brian. »Da könntet Ihr durchaus recht haben. Nichtsdestotrotz ist sie gerettet, und das ist ein Anlaß zum Feiern. Laßt uns in die Burg gehen, damit ich Euch bewirten und angemessen unterhalten kann ...«

Ein großer, recht fülliger Mann, dessen Gewand eine einzige Ansammlung von Fettflecken war und der eine seltsame Waffe in der Hand hielt, die entweder eine äußerst merkwürdige Axt oder ein reichverziertes Hackmesser war, unterbrach ihn.

»Was ist?« fragte Sir Brian gereizt, während der Fremde an seinem Ärmel zupfte und ihm ins Ohr flüsterte. »Da soll doch ...«

Er brach ab und ließ sich von dem Mann mit dem Hackmesser beiseite nehmen. Aus einigem Abstand waren die anderen Zeugen einer heftigen, halblaut geführten Auseinandersetzung zwischen Brian und dem Mann, der offenbar zur Burg gehörte.

»Eine Schlacht zu gewinnen, ist eine Sache«, meinte Aragh grimmig, »seine Gäste zu bewirten, eine andere.«

»Seid still«, sagte Danielle.

Auf einmal wurde Jim alles klar. Eigentlich hätte er es schon früher wissen müssen. Es war ein Akt simpler Gastfreundschaft, daß der Burgherr diejenigen, die ihm geholfen hatten, Angreifer abzuwehren, zu sich einlud. In Wahrheit fehlte es in Brians Burg allerdings am Nötigsten, um die Art Festschmaus auszurichten, die er im Sinn gehabt hatte. Jim war sich ziemlich sicher, daß der Ritter wie die anderen Burgbewohner auch Dünnbier trank und dazu Schrotbrot verzehrte.

Jim wußte, wie gleichgültig Brian seinem beschwerlichen Leben für gewöhnlich gegenüberstand. Wenn es um ihn selbst ging, so dachte er sich gewiß nichts bei solch magerer Kost. Aber wenn es darum ging, Gäste zu bewirten, so war das ganz etwas anderes. Es hätte ihn nicht nur in seiner Familienehre sondern auch persönlich tief gekränkt, wenn er die Gäste in einen heruntergekommenen Palas hätte führen und ihnen dort die armselige Kost vorsetzen müssen, mit der er sein Leben fristete. Jim hatte eine Idee.

»Sir Brian!« rief er. »Wenn ich Eure Unterhaltung einen Moment stören dürfte…«

Brian blickte sich betrübt nach ihm um, erteilte seinem Bediensteten eine halblaute Anweisung und kam wieder zurück, wobei er sich mühsam ein Lächeln abrang.

»Ich hatte gerade einen Einfall, Brian«, sagte Jim. »Vorher bin ich nicht dazu gekommen, es Euch zu sagen, aber nach Eurem abrupten Aufbruch mußte ich Lady Angela versprechen, daß ich sogleich mit Danielle zurückkehren würde. ›Und zwar unverzüglich‹, wie sie sich ausdrückte, das heißt, sobald ich Danielle und Dafydd getroffen hätte. Ich versäume den Festschmaus nur ungern, aber ich muß meiner Dame gehorchen. Obwohl es mir gleichermaßen ausgeschlossen erscheint, mich nicht nur persönlich zu entfernen, sondern auch noch den einen oder anderen Eurer Gäste mitzunehmen. Gerade eben war ich mit meinem Latein am Ende, aber dann hatte ich eine Idee.«

»James, ich bin sicher…«, setzte Brian bekümmert an, doch Jim schnitt ihm das Wort ab.

»Hört Euch zunächst meinen Vorschlag an, Brian«, sagte er. »Warum solltet Ihr nicht Euer Fest einfach in meine Burg verlegen? Ihr könnt Euch bei meinen Vorräten bedienen und sie bei Gelegenheit ersetzen.

Auf diese Weise könnten wir alle zusammen feiern. Außerdem wäre dann auch noch Angie mit von der Partie; wenn wir sie ausschlössen, würde sie mir das niemals verzeihen.«

Brians sorgenvolles Gesicht hellte sich allmählich auf.

»James«, sagte er, »das kann ich nicht annehmen. Nein. Ich kann wirklich nicht zulassen, daß ...«

»Ich weiß, es ist eine Zumutung«, sagte Jim hastig, »und ich bin mir durchaus darüber im klaren, wie unhöflich es wäre, Eure Gäste von Eurer Burg fernzuhalten. Aber vielleicht könnt Ihr dieses eine Mal eine Ausnahme machen?«

»Jim«, meinte Brian kopfschüttelnd, »ich weiß gar nicht, was ich sagen soll. Aber – ich danke Euch. Ja, ich nehme Euer freundliches Angebot an; wir werden das Fest in Eure Burg verlegen. Und ich verspreche Euch bei meiner Ehre, daß ich Euch alles zurückzahlen werde, bis auf den letzten ...«

»Keine Ursache«, sagte Jim und wandte sich ab, um sich zu den Pferden zu begeben. »Ich weiß, auf Euer Wort ist Verlaß, Brian. Wir kennen einander doch mittlerweile gut genug, um derlei Dinge für selbstverständlich zu nehmen. Und nun auf nach Malencontri.«

8

JIM UND ANGIE HATTEN eine Reihe von Neuerungen eingeführt, die unerhört waren für eine Burg wie Malencontri. Dazu gehörte, kleine Gruppen an einem Ende der hohen Tafel zu plazieren, damit alle sich mühelos miteinander unterhalten konnten, was einige Mühe bereitete, wenn die Gäste längs der Tafel aufgereiht waren. Die Methode erwies sich als äußerst praktisch, solange die Gäste nicht so zahlreich waren, daß die ganze Länge des Tisches benötigt wurde.

Dies war momentan glücklicherweise nicht der Fall. Jim, Angie und Sir Brian saßen – in dieser Reihenfolge – am oberen Ende der Tafel, und Jim war ganz außen plaziert. Ihnen gegenüber hatten, abermals in dieser Reihenfolge, Dafydd, Danielle und Giles o'the Wold Platz genommen. Die Schmalseite war Aragh vorbehalten, der sich auf einer Bank niedergelassen hatte, die lang genug war, daß er sich darauf ausstrecken konnte, aber wiederum auch hoch genug, daß sein Kopf und seine Schultern die Tischkante überragten.

Etwas tiefer und im rechten Winkel zur hohen Tafel lag die Tafel fürs gemeine Volk, welche die ganze Länge des Palas einnahm. Deren oberes Ende befand sich unmittelbar unterhalb der Mitte der hohen Tafel, so daß beide ein sehr großes *T* bildeten. Beiderseits der unteren Tafel saßen die Bewaffneten von Malencontri und der Burg Smythe sowie die Mitglieder von Giles Bande, die an dem Festschmaus teilnahmen.

Doch ob man nun an der hohen oder der unteren Tafel saß, Jims Küche – deren Arbeit Angie und Danielle mit Argusaugen überwachten – hatte sowohl Malencontri wie auch Sir Brian Ehre eingelegt. Nach gut zwei Stunden der Völlerei waren die Gäste endlich gesättigt – ein Zustand, in dem sich jede körperliche Aktivität von selbst verbot und daher bestens geeignet, sich ernsthafter Unterhaltung zuzuwenden. Aragh, der nach Jims Schätzung in den ersten dreißig Sekunden nach dem Platznehmen an der Tafel etwa zwölf Pfund knochenloses Fleisch verschlungen hatte, lag friedlich da, beobachtete faul das Treiben und ließ hin und wieder eine bissige Bemerkung fallen.

Nun, da die Männer die Gürtel und die Damen die Hüftbänder lockerten und sich alle in die neumodischen Polster zurücklehnten, die Jim an den Rücklehnen der Bänke der hohen wie der unteren Tafel hatte anbringen lassen, brachte Brian das Gespräch auf die bevorstehende Expedition nach Frankreich.

»… Lord James und ich haben beschlossen, unsere Kräfte zu vereinen und gemeinsam zu reisen und zu kämpfen«, wandte er sich soeben an seine drei Gegenüber. »Wir warten nur noch ein paar Wochen auf einige tapfere Männer, die mir versprochen haben, mir in solchen Fällen beizustehen. Währenddessen werden wir einige der unerfahrenen Burschen von James Besitzung unterweisen. James wird seinen Verpflichtungen vollständig nachkommen; und ich werde selbstverständlich auch möglichst viele meiner Bewaffneten mitbringen, dazu noch ein paar andere Männer, die gerne mitkommen möchten. Es läßt sich allerdings nicht abstreiten, daß wir noch ein paar gute Bogenschützen gebrauchen könnten.«

Er sah über den Tisch zu Dafydd hinüber.

»Es wäre natürlich wunderbar, wenn Ihr mitkommen würdet, Dafydd«, sagte er und blickte zu Giles, »und Ihr auch und wer sonst noch von Euren Männern mitkommen mag.«

Giles Miene verfinsterte sich.

»Nein«, sagte er barsch. »Wir wären doch Narren, wenn wir ein Leben in Sicherheit aufgeben und losziehen würden, um uns mit halb England um das bißchen Beute zu balgen, das es in den umkämpften Gebieten Frankreichs noch geben mag.«

»Und was mich betrifft«, erklärte Dafydd mit sanfter Stimme, »so haben meine Leute und ich wenig Grund, die Könige und Prinzen Englands zu lieben, und somit auch keinen Anlaß, einen von ihnen zu befreien. Und was das Kriegführen um seiner selbst willen angeht, so kennt Ihr meine Meinung dazu. Somit spricht alles dagegen, daß ich Euch begleite, selbst wenn ich erwägen würde, meine Gemahlin aus uneigennützigen Gründen zu verlassen.«

Er blickte liebevoll, wenn auch ein wenig bedauernd zu Danielle.

»Ich glaube, das gälte selbst dann, wenn sie es mir erlauben würde«, setzte er hinzu.

»Recht hast du!« sagte Danielle. »Ich würde dich bestimmt nicht gehen lassen.«

»Es wäre gewiß nicht klug«, murmelte Angie in einem Ton, der Jim veranlaßte, sie neugierig zu mustern. Angie sah auf ihren Teller hinunter und stocherte in den Überresten des reichhaltigen Desserts, das weder Jim noch Angie hatten aufessen können.

Aragh, der am Kopfende der Tafel lag, gähnte herzhaft und zeigte seine gefährlichen gelben Fleischfresserzähne.

»Mich braucht Ihr gar nicht erst zu fragen«, sagte er.

»Das hatte ich auch nicht vor, Herr Wolf!« erwiderte Brian nicht ohne Schärfe. »Außerdem benötigen wir Bogenschützen, keine Wölfe.«

»Gehörte die Welt den Wölfen, dann gäbe es keine Kriege«, meinte Aragh.

»Weil Ihr Euch beizeiten gegenseitig umbringen würdet«, sagte Brian.

»Nein«, entgegnete Aragh träge, »sondern weil sich damit nichts gewinnen ließe. Wenn Euer Prinz keine Schlacht zu gewinnen vermag, wozu taugt er dann? Sollen ihn die Franzosen doch behalten.«

»Das ist nicht unsere Art«, antwortete Brian scharf, beherrschte sich aber sogleich wieder.

»Nun ja«, meinte er nach einer Weile wieder in ruhigem Ton, »ich mache keinem, der keine Lehnspflichten gegenüber der Krone hat, irgendwelche Vorwürfe. Was James und mich betrifft, ist es natürlich unsere Pflicht, nach Frankreich zu gehen.«

»Aber auch ein Vergnügen«, warf Aragh ein. Die bernsteinfarbenen Augen in seinem pelzigen Gesicht funkelten schalkhaft. Brian achtete nicht auf ihn.

»Was die benötigten Bogenschützen angeht«, sagte Brian, »so werden wir uns schon welche beschaffen, sobald sich unsere Streitmacht auf französischem

Boden versammelt hat. Der Aufmarsch wird viele tapfere Männer anlocken. Die besten Ritter werden sich eine solche Gelegenheit nicht entgehen lassen wollen; und es werden Lanzenträger und Fußkämpfer da sein – Armbrustschützen, Berittene und Bogenschützen, die von ihren Lehnsherren freigestellt wurden, sich nach ihrem Belieben zu verdingen. Die besten werden von einem solchen Aufmarsch angezogen werden, einfach deshalb, weil sie die besten sind und weil sie sich die Gelegenheit, unter Gleichgestellten und Gleichgesinnten zu sein, nicht entgehen lassen werden.«

»Ich weiß, es gibt immer welche, die sich dafür entscheiden, vom Krieg und vom Plündern zu leben«, bemerkte Dafydd, »doch bislang kannte ich nur Ritter, die sich um des bloßen Vergnügens willen auf ein solch blutiges Handwerk einlassen würden.«

»Es geht dabei weniger ums Vergnügen, als vielmehr um Stolz, bei Rittern wie bei Gemeinen«, sagte Brian. »Würde der beste Armbrustschütze von Genua vielleicht abseits stehen, während womöglich Männer, die weniger fähig sind als er, heldenhafte Taten vollbringen und den Ruhm einheimsen? Wie ich schon sagte, es werden viele dort sein. Darunter bestimmt auch ein paar der allerschlimmsten Sorte. Aber wir werden uns schon die besten herauspicken.«

»Glaubt Ihr wirklich?« fragte Dafydd, der neben dem Teller mit dem Fleischmesser herumspielte.

»Bei ähnlichen Anlässen habe ich es selbst schon erlebt«, antwortete Brian, »wenngleich ich zugeben muß, noch nie an einer solch großen Unternehmung teilgenommen zu haben. Wie Ihr aber wohl wissen dürftet, lockt ein jeder Jahrmarkt, gleich welcher Größe, die besten Bogenschützen des ganzen Landes an, die erpicht darauf sind, sich miteinander zu messen.«

»Ich habe selbst schon an einigen kleineren Wettkämpfen teilgenommen«, meinte Dafydd versonnen, noch immer mit dem Messer herumspielend. »Ihr sagt, es würden sich dort sehr verdiente und tüchtige Armbrust- und Bogenschützen einfinden?«

»Du läßt dich von ihm beschwatzen!« sagte Danielle gereizt. »Er will dich mit diesen großartigen Bogenschützen doch bloß herumkriegen. Es braucht bloß jemand zu behaupten, er sei besser als du, und schon wirst du schwach.«

Dafydd schob das Messer weg, hob den Kopf und lächelte sie an.

»So ist es«, sagte er. »Du kennst mich eben zu gut, mein Goldvogel. Es stimmt, bei solchen Gelegenheiten gerate ich leicht in Versuchung.«

Er streckte die freie Hand nach ihr aus und spielte einen Moment mit den weichen Spitzen ihres blonden Nackenhaars.

»Keine Angst«, sagte er, »ich werde der Versuchung widerstehen. Und wohlgemerkt, so wird es auch bleiben.«

»Ich bitte um Verzeihung, Mylady«, sagte Brian. »Ich habe tatsächlich versucht, Euren Gemahl in Versuchung zu führen. Jetzt aber sehe ich ein, daß dies ein unwürdiges Unterfangen war, und bitte Euch wie auch ihn inständig um Vergebung.«

»Dazu besteht kein Anlaß, Sir Brian«, meinte Dafydd rasch. »Nicht wahr, Danielle?«

»Natürlich nicht«, sagte Danielle. Ihr Tonfall allerdings strafte ihre Worte Lügen.

Dies waren so ziemlich die letzten Worte, die an der Tafel zum Thema Krieg gewechselt wurden. Aufgrund der allgemeinen Erschlaffung infolge des üppigen Mahls sowie der späten Stunde zerstreute sich die Gesellschaft an der hohen Tafel kurz darauf. Jim und Angie hatten sich den Gepflogenheiten ihrer Umgebung mittlerweile soweit angepaßt, daß sie den Sonnenuntergang als Aufforderung betrachteten, sich zur Ruhe zu begeben, während der Sonnenaufgang das Signal zum Aufstehen war. Erst als sie in ihrem Schlafgemach allein waren, ließ Angie eine Bombe in ihre sprunghafte und schläfrige Unterhaltung fallen.

»Sie ist schwanger, weißt du«, sagte Angie.

Jim, der gerade im Begriff war, sich das Unterhemd über den Kopf zu ziehen, hielt mitten in der Bewegung inne.

»Was?« fragte er.

»Ich habe gesagt«, wiederholte Angie mit überdeutlicher Betonung, »Danielle ist schwanger.«

Während Jim sich das Unterhemd endgültig über den Kopf streifte, versuchte er die Nachricht zu verdauen.

»Ich habe eh nicht geglaubt, daß er sich von Brian würde anwerben lassen«, sagte Jim, »aber wenn ein Baby unterwegs ist, wird er seine Frau bestimmt nicht allein lassen.«

Angie ließ die zweite Bombe hochgehen.

»Er weiß es noch gar nicht.«

Jim starrte sie verständnislos an. »Dafydd weiß nicht, daß seine Frau schwanger ist?«

»Das waren meine Worte«, antwortete Angie.

»Man sollte doch eigentlich annehmen, daß sie es ihm zuerst sagt«, meinte Jim. »Das ist doch wohl das Naheliegende, oder?«

»Normalerweise schon«, sagte Angie.

Nachdem Jim sich vollständig entkleidet hatte, kroch er unter die mehrlagigen Felle, wobei er Angie aufmerksam beobachtete. Er kannte Angie. Im Moment war sie entweder sehr wütend oder hatte sich zumindest über irgend jemanden oder irgend etwas aufgeregt. Ersteres erschien ihm wahrscheinlicher.

In solchen Fällen, das hatte Jim inzwischen gelernt, kam es darauf an, jeden Anschein zu vermeiden, er sei sich über den Grund von Angies Verstimmung im unklaren. Weiterhin tat er gut daran, sich schnellstmöglich zu vergewissern, gegen wen ihre Wut sich richtete und wodurch sie ausgelöst worden war. Dies ließ sich am besten durch behutsame Fragen bewerkstelligen, doch selbst das ähnelte noch immer der Durchquerung eines Minenfelds. Eine zunächst harmlos erscheinende Frage stellte sich im nachhinein nur allzu häufig als die falsche Frage heraus.

»Warum ist es in diesem Fall nicht dazu gekommen?« fragte Jim.

»Weil sie ihm nichts gesagt hat, was dachtest du denn?« fauchte Angie. Offenbar hatte sie es nicht eilig, ins Bett zu kommen, sondern schien vielmehr der Meinung zu sein, ihr Haar müsse gebürstet werden. Zu den wenigen Luxusgegenständen, die der ehemalige Baron von Malencontri sein eigen genannt hatte, gehörte auch ein Spiegel, der sich jetzt in ihrem Schlafgemach befand. Angie nahm auf dem Stuhl davor Platz und bürstete sich mit knappen, wütenden Bewegungen das Haar.

»Ich meine«, sagte Jim, »warum hat sie es ihm denn nicht gesagt?«

»Das dürfte doch wohl klar sein«, antwortete Angie dem Spiegel.

»Du weißt doch, wie unaufmerksam ich bin«, sagte Jim mit einem leisen Lachen. »Mir ist keine Veränderung bei ihr aufgefallen, und ich wäre nie auf den Gedanken gekommen, daß sie schwanger sein könnte. Aber dir hat sie es ja anscheinend gesagt.«

»Wem hätte sie es denn sonst sagen sollen?« fragte Angie. »Sie hat keine engen Freundinnen; und ich bin eine alte, weise, verheiratete Frau.«

»Alt?« fragte Jim, aufrichtig überrascht. In seiner Vorstellung war er immer noch ein sehr junger Mann; und Angie war drei Jahre jünger als er. »Du – und alt?«

»In dieser Welt und für jemanden in Danielles Alter – ja, ich bin alt!« sagte Angie. »Eine verheiratete Frau in mittleren Jahren.«

»Ich verstehe«, sagte Jim, obwohl er keineswegs verstand. Somit blieb ihm nichts anderes übrig, als eine direkte Frage zu stellen.

»Und warum«, fragte er, »hat sie ihm nichts gesagt?«

»Weil sie glaubt, er würde sie dann nicht mehr lieben!« fauchte Angie.

»Warum denn das?«

»Weil sie dick und häßlich werden und er sie dann womöglich nicht mehr anziehend finden wird. Einfach so!«

»Dafydd?« Jim war ernstlich verwirrt. »Obwohl ich ihn erst seit kurzer Zeit kenne, scheint mir Dafydd nicht der Typ zu sein, der es sich so schnell anders überlegt. Wie kommt sie eigentlich darauf, er würde sie nicht mehr lieben, wenn sie schwanger ist?«

»Um Himmels willen!« sagte Angie zum Spiegel. »Weil sie glaubt, ihr Aussehen sei der einzige Grund, weshalb er sich in sie verliebt hat. Und daß sie ihn verliert, wenn sie ihre Schönheit verliert.«

»Aber das ist doch lächerlich!« sagte Jim.

»Weshalb?« erwiderte Angie. »Du warst doch selbst dabei, als es passiert ist. Wir traten alle zusammen ins Wirtshaus, und er sah sie kurz an und sagte: *›Ich werde dich heiraten‹*.«

»Ganz so schnell ging es nicht«, protestierte Jim.

»Nein«, erwiderte Angie mit einem Anflug von Sarkasmus. »Erst ließ er den Wirt eine Laterne bringen, damit er sie eingehender betrachten konnte.«

»So war es nicht«, sagte Jim. »Wenn ich mich recht erinnere, hat er erst am folgenden Tag erste Anzeichen von Verliebtsein erkennen lassen.«

»Was macht das schon für einen Unterschied?« fragte Angie. »Sie weiß, daß sie gut aussieht. Und sie ist wirklich wunderschön und wirkt anziehend auf Männer, findest du nicht?«

Angie drehte sich auf dem Stuhl herum und sah Jim direkt an.

Eine knifflige Frage.

»Also, ich denke schon«, sagte Jim.

»Siehst du.« Angie wandte sich wieder dem Spiegel zu. »Und da sie nun einmal weiß, daß sie anziehend auf Männer wirkt, und da er sich auf der Stelle in sie verliebt hat, was bleibt ihr dann anderes übrig als zu glauben, ihr Aussehen sei der Grund gewesen, daß er sich in sie verliebt hat?«

»Aber weshalb sollte sie das immer noch glauben?« fragte Jim. »Schließlich sind sie jetzt schon seit fast einem Jahr verheiratet. In diesem Zeitraum müßte sie ihn doch eigentlich besser kennengelernt haben.«

»Das hat sie auch«, sagte Angie, »aber das ändert nichts an ihren Gefühlen, oder?«

Eine weitere heikle Frage. Jim vertrat die Ansicht, daß Menschen ihr seelisches Befinden häufig beeinflussen konnten, wenn sie sich klarmachten, daß ihre Gefühle unangemessen waren. Aber vielleicht täuschte er sich da auch. Jedenfalls sagte ihm eine innere Stimme, daß es im Moment nicht ratsam sei, das Gespräch darauf zu bringen.

»Hast du gesehen, was für ein Gesicht sie gemacht hat, als er sie seinen Goldvogel nannte?« fragte Angie. »Hast du gemerkt, wie ihr dabei zumute war? Es stand ihr deutlich ins Gesicht geschrieben!«

Jim war überhaupt nichts an Angie aufgefallen, weder im Gesicht noch sonstwo, und zwar deshalb, weil er in dem Moment nicht auf sie geachtet hatte. Er hatte sich eher auf Dafydd konzentriert.

»Ich glaube nicht«, sagte er. »Was hat sie eigentlich von dir gewollt?«

»Daß ich ihr einen Rat gebe«, meinte Angie. »Sie weiß, daß Dafydd mit in den Krieg ziehen möchte, bloß um zu sehen, ob jemand besser mit dem Bogen umzugehen versteht als er. Deshalb ist sie hin- und hergerissen zwischen dem Verlangen, ihn dazubehalten, und dem Wunsch, ihn nicht in ihrer Nähe zu haben, damit er nicht mitbekommt, wie sie fett wird, und in seiner Liebe womöglich erkaltet. Sie wollte wissen, ob ich die Antwort auf ihr Dilemma kenne.«

»Und, kennst du sie?« fragte Jim.

»Und was ist mit dir?« entgegnete Angie.

»Nein«, sagte Jim. Er fühlte sich versucht hinzuzusetzen, daß er schließlich keine Frau sei und dazu nichts sagen könne, doch dann besann er sich eines Besseren.

»*Niemand* kann ihr diese Frage beantworten!« sagte Angie.

Sie legte die Bürste weg und blies die Kerze aus, in deren Licht sie sich gebürstet hatte. Auf einmal war der Raum in Dunkelheit getaucht, welche die letzten Strahlen des Sonnenuntergangs hinter den Fenstern kaum mildern konnten. Jim spürte eher, als daß er es sah, wie Angie zu ihm ins Bett schlüpfte. Allerdings legte sie sich so hin und deckte sich so weit zu, daß sie ihn nirgendwo berührte.

Sie äußerte sich nicht weiter zu dem Thema. Und Jim stellte keine Fragen mehr, obwohl er gern gewußt hätte, ob Angie ebenfalls glaubte, daß Dafydd Danielle lediglich wegen ihres Aussehens liebe. Denn er glaubte das ganz und gar nicht.

9

DIE NÄCHSTEN DREI WOCHEN vergingen wie im Flug. Dafydd, Danielle und Giles o'the Wold mit seinen Männern machten sich auf den Weg. Brian sowie eine Anzahl seiner Bewaffneten wurden reguläre Bewohner der Burg und waren eifrig damit beschäftigt, die sechzig Männer auszubilden, die Jim aus der Bauernschaft und dem Burggesinde ausgewählt hatte, um die fünfzig Lanzen stellen zu können, die man von ihm erwartete.

Von den sechzig Männern würden am Ende lediglich die zweiundzwanzig verheißungsvollsten tatsächlich als Bewaffnete eingestuft werden. Zuvor mußten sie beweisen, daß sie reiten konnten und daß ihr Umgang mit den Waffen zumindest für die Zukunft hoffen ließ, wenn sie einstweilen den in sie gestellten Erwartungen auch noch nicht gerecht werden konnten. Der Rest der sechzig Männer würde die Pferde versorgen und Jim, Brian, Brians Knappen – ein freundlicher, blonder, sechzehnjähriger Bursche mit einem offenen Gesicht, der John Chester hieß – sowie den bereits ausgebildeten wie den zukünftigen Bewaffneten zu Diensten sein.

Mit den fünfzig ›Lanzen‹, die Jim stellen sollte, waren fünfzig Kämpfer gemeint, von denen jeder über ein Pferd verfügte und mit sämtlichen Waffen umzugehen verstand, darunter ein schwerer Dolch, Breitschwert, Schild und – im Falle der Berittenen – eine leichte Lanze beziehungsweise ein ›Speer‹.

Brian steuerte am Ende sechsundzwanzig Männer zu der Streitmacht bei; dazu gehörten fünf seiner Burgkrieger sowie fünf Rekruten aus dem Gesinde; die übrigen waren erfahrene Krieger von auswärts, die unter seiner Führung kämpfen wollten.

Eigentlich hätte Jim ebenfalls einen Knappen haben sollen. Allerdings wäre es selbst dann aussichtslos gewesen, so kurzfristig einen der Söhne eines Edelmanns aus der Nachbarschaft gewinnen zu wollen, wenn die Zeit ausgereicht hätte, ihn entsprechend auszubilden. Daher riet ihm Brian, er solle einen seiner Bewaffneten auswählen, mit dem er sich besonders gut verstand, und ihn Knappe nennen; es sei unwahrscheinlich, daß jemand den Unterschied merken werde.

Wie Jim von seinem Studium der Geschichte des Mittelalters her in Erinnerung behalten hatte, gestattete es England im Gegensatz zu Frankreich und einigen anderen kontinentalen Ländern einem Gemeinen, in die Ritterschaft aufzusteigen, und die Zwischenstufe war die des Knappen. Daher war es gar nicht so ungewöhnlich, daß ein Gemeiner Knappe wurde, wenngleich er schon außerordentliche Heldentaten vollbringen mußte, um schließlich auch Ritter zu werden.

Brian erklärte ihm, daß es kaum etwas ausmachen würde, sollte einmal bekannt werden, daß Jims Knappe ein ehemaliger Gemeiner war; höchstens würde Jim etwas weniger Respekt genießen, als wenn der Sohn eines Edelmannes dieses Amt bekleidet hätte.

Die ersten beiden Wochen verliefen in etwa erwartungsgemäß. In der letzten Woche sorgten zwei Besucher für Abwechslung, von denen jeder Jim eine Nachricht von besonderer Wichtigkeit überbrachte.

Der erste Besucher war Secoh, der Sumpfdrache. Er gehörte zu dem unglücklichen Zweig einheimischer Drachen, die unter den Dunklen Mächten zu leiden gehabt hatten, die sich im Verhaßten Turm niedergelassen hatten. Dies war der Turm an dem Küstenabschnitt, an den der abtrünnige Drache Bryagh Angie verschleppt hatte, als diese zusammen mit Jim in dieser Welt aufgetaucht war.

Wie Drachen nun einmal sind, war Secohs Stamm infolge der Ereignisse klein, schwach und furchtsam geworden, und Secoh bildete keine Ausnahme. Allerdings hatte er sich gewandelt, als der alte Smrgol, der Großonkel von Gorbash, dessen Körper Jim unabsichtlich übernommen hatte, ihn dadurch beschämt hatte, daß er für sich eingestanden war, wie ein Drache es tun sollte – sei er nun ein Sumpfdrache oder nicht.

Nachdem der alte Smrgol von einem Hieb verkrüppelt worden war, hatte Secoh ihm schließlich geholfen, den mächtigen, bösen Drachen Bryagh in der Entscheidungsschlacht am Verhaßten Turm zu töten. Jim hatte währenddessen im Drachenkörper von Gorbash gekämpft und einen Oger zur Strecke gebracht, Sir Brian hatte einen Wurm getötet, Dafydds Pfeile hatten jede einzelne Harpyie erledigt, die sich vom Turm auf sie niederstürzte, Aragh hatte die Sandmerker abgewehrt, und Carolinus hatte die Emanationen der Dunklen Mächte in Schach gehalten.

Und so war Secoh schließlich zu Jims Gefährten gestoßen und hatte mitgeholfen, Angie aus der Gewalt der Dunklen Mächte zu befreien.

Von da an war Secoh ein anderer Drache gewesen. Er zögerte nicht mehr, andere Drachen ungeachtet ihrer Größe herauszufordern. Diese gingen ihm für gewöhnlich aus dem Weg. Zwar waren ihm die meisten in körperlicher Hinsicht überlegen, doch ein Sieg hätte die Gewißheit nicht aufgewogen, im Verlauf der Auseinandersetzung von einem Sumpfdrachen, dem die Worte ›Aufgabe‹ oder ›Rückzug‹ unbekannt waren, übel zugerichtet zu werden.

Secoh landete eines Nachmittags auf dem Hof, kam, ohne vorher jemanden zu fragen, auf den Hinterbeinen in den Saal gestapft und hielt Ausschau nach Jim. Wenngleich eher klein für einen Drachen, mußte er gleichwohl den Kopf einziehen, als er durch die große Eingangstür trat; die Anwesenden rannten daraufhin verständlicherweise zu den Ausgängen.

Enttäuscht darüber, daß Jim nirgends zu sehen war und daß alle anderen vor ihm wegliefen, hob Secoh lediglich die Stimme. Diese war zwar leise für einen Drachen, nach menschlichen Maßstäben allerdings dazu geeignet, dem Nebelhorn eines mittelgroßen Schiffes Schande zu bereiten.

»Sir James!« brüllte Secoh. *»Vielmehr Lord James! Wo steckt Ihr? Ich bin's, Secoh. Ich muß mit Euch reden!«*

Im Vertrauen darauf, sein Anliegen mehr oder weniger kundgetan zu haben, stapfte Secoh zur hohen Tafel, wo er einen noch zur Hälfte mit Wein gefüllten Krug erschnupperte. Diesen packte er und schüttete sich den Inhalt schmatzend die Kehle hinunter. Für einen Sumpfdrachen war Wein ein außergewöhnlicher Luxus. Jim war immer noch nicht aufgetaucht, daher schnüffelte Secoh bedauernd am leeren Krug, stellte ihn wieder auf den Tisch, rollte sich dahinter zusammen, wobei er das Kinn auf die Tischplatte legte, damit er nach seinem Gastgeber Ausschau halten konnte, und versank in dem angenehmen Halbschlaf, wie er Drachen überkommt, wenn sie nichts Besseres vorhaben.

Es dauerte etwa fünf Minuten, bis Jim und Sir Brian, die man eilends vom Übungsgelände herbeigerufen hatte, wo die neuen Rekruten ausgebildet wurden, gefolgt von einem Dutzend ihrer erfahrenen Bewaffneten in den Palas gelaufen kamen.

Secoh setzte sich unvermittelt hinter der hohen Tafel auf.

»*Mylord!*« dröhnte er – dann fiel ihm ein, daß Jim im Körper eines Menschen über ein empfindlicheres Gehör verfügte. Er mäßigte seine Stimme, bis nur noch ein dumpfes Grollen zu vernehmen war. »Ich komme in einer wichtigen Angelegenheit, Mylord.«

»Das ist Secoh«, sagte Jim. Er wandte sich an die hinter ihm stehenden Bewaffneten. »Ihr könnt wieder zum Übungsplatz zurückgehen.«

Er blickte ihnen nach; dann näherte er sich mit Sir Brian der hohen Tafel.

»Ihr seid es doch, Secoh, nicht wahr?« fragte Jim, als sie um das Kopfende der hohen Tafel traten und vor dem Drachen stehenblieben. Aus den Augenwinkeln bekam er mit, daß Sir Brian ihn bewundernd anschaute. Mit der Rechten umklammerte der Ritter das Heft seines Schwertes.

Jim fühlte sich ein wenig schuldig. Sir Brian hatte entweder nicht bemerkt, daß er sich von einem Moment auf den anderen in einen erheblich größeren Drachen verwandeln konnte, als Secoh es war, oder er hatte es vergessen. In Wahrheit, dachte Jim beschämt, hatte er bis vor wenigen Wochen selbst noch nicht gewußt, daß er sich so mühelos verwandeln konnte. Seitdem aber hatte er, wie Carolinus es ihm geraten hatte, alle möglichen Zauberpraktiken geübt; vor allem aber hatte er sich, da er sich damit bereits auskannte, mehrere Dutzend Mal in einen Drachen und dann wieder in einen Menschen verwandelt – natürlich nur dann, wenn er unbeobachtet gewesen war.

»Immer noch der Alte, Mylord«, wisperte Secoh. »Ich muß Euch gleich etwas sagen, James.«

»Lord James, Drache!« verbesserte Brian ihn automatisch.

»Schon gut, Brian«, sagte Jim. »Jeder, der mit uns am Verhaßten Turm gekämpft hat, darf sich von gleich zu gleich an mich wenden. Ihr kennt doch meine Meinung dazu.«

»Gewiß, gewiß, ganz wie Ihr wollt«, sagte der Ritter. »Kommt mir bei einem Drachen aber trotzdem verdammt ungehörig vor.«

»Verzeihung, Lord James«, flüsterte Secoh.

»Ihr braucht Euch nicht zu entschuldigen«, sagte Jim. »Möchtet Ihr reden? Brian, nehmt Euch einen Stuhl.«

Jim zog einen Stuhl vom Tisch heran, drehte ihn zu Secoh herum und nahm darauf Platz. Brian tat es ihm nach, und Secoh ließ sich auf die Hinterbeine nieder.

»Darf ich Euch etwas anbieten, Secoh?« fragte Jim. »Eine halbe Kuh? Oder vielleicht ein Fäßchen Wein?«

»Wenn es Euch keine Umstände bereitet ...« Secohs Augen leuchteten auf wie Laternen. »Ein Schluck Wein wäre mir ganz recht.«

Jim rief nach den Bediensteten. Nach einer Weile traten sie zögernd näher und blieben in respektvollem Abstand vor Secoh stehen.

»Weißt du«, sagte Jim zum Nächststehenden, »dieser brave Drache ist Secoh, ein alter Kampfgefährte vom Verhaßten Turm. Er ist ein Ehrengast. Erfülle ihm jeden Wunsch. Einstweilen dürfte ein kleines Fäßchen Burgunder reichen.«

»Ein Fäßchen, Herr?« stammelte der Diener.

»Du hast richtig gehört«, sagte Jim. »Nimm den Deckel ab und bring es her.«

Der Diener entfernte sich und brachte bald darauf den Wein. Secoh nippte behutsam am offenen Faß, wobei er es höchstens zu einem Viertel leerte. Offenbar befürchtete er, der Nachschub könnte ausbleiben, und wollte sich den Wein daher einteilen. Er setzte das Faß wieder ab.

»Mylord«, hob er an.

»James«, verbesserte ihn Jim.

Secoh neigte den Kopf.

»Sir James«, begann er von neuem, »wie ich höre, begebt Ihr Euch nach Frankreich, um dort Krieg zu führen. Es gibt etwas, das Ihr zuvor wissen solltet, damit Ihr Euch darauf einstellen könnt.«

»Und das wäre?« fragte Jim. »Soviel ich weiß ...«

Er brach ab.

»Angela!« rief er. »Sieh mal, wen wir da zu Besuch haben. Secoh!«

Angie hatte ihr drittbestes Kleid angelegt, das königsblaue. Offenbar hatte sie die Neuigkeit bereits vernommen. Sie ging geradewegs auf Secoh zu, der sich von den Hinterbeinen erhob, den Schwanz vorsichtshalber einklemmte, damit er nicht versehentlich etwas damit umwarf, und sich zu ihr umwandte.

»Mylady.« Er versuchte eine Verneigung, die ihm allerdings nur unvollkommen gelang. Als er Angie seinen furchterregenden Kopf entgegenstreckte, hätte man fast meinen können, er beabsichtige, sie mitten entzwei zu beißen. Angie ließ sich dadurch allerdings nicht verwirren, denn diese Eigenheit von Secoh war ihr bereits wohlvertraut. Sie antwortete mit einem Knicks, da sie wußte, daß Secoh sich darüber mächtig freuen würde.

»Willkommen in unserem Palas, Secoh«, sagte sie ehrerbietig.

»Secoh möchte mir etwas Wichtiges mitteilen«, erklärte Jim und holte Angie einen Stuhl, damit sie sich zu ihm und Brian setzen konnte. Secoh ließ sich wieder auf die Hinterbeine nieder.

»Zunächst schien es mir ausgeschlossen, daß James nicht darüber Bescheid wissen sollte«, erklärte Secoh in zuvorkommend leisem Ton, »doch dann dachte ich, er weiß es vielleicht noch nicht. Deshalb bin ich gleich hergekommen.«

Er wandte sich unmittelbar an Jim.

»James«, setzte er abermals an, »beabsichtigt Ihr wirklich, zusammen mit diesen Menschen nach Frankreich in den Krieg zu ziehen?«

»Das stimmt, Secoh«, antwortete Jim. »Sir Brian und ich bereiten uns gerade darauf vor, wie Ihr beim Einfliegen bemerkt haben dürftet.«

»Deshalb also das ganze Herumgerenne vor den Mauern«, sagte Secoh. »Das hätte ich mir gleich denken können. Was ich Euch nun fragen wollte, James: Gedenkt Ihr, in Frankreich für längere Zeit Drachengestalt anzunehmen? Wie wir Drachen nämlich gehört haben, könnt Ihr Euch jederzeit in einen von uns verwandeln.«

»Vorgehabt habe ich es eigentlich nicht«, meinte Jim bedächtig, »aber nötig werden könnte es schon. Weshalb fragt Ihr?«

»Nun, in dieser Beziehung gibt es ein paar Regeln und Einschränkungen«, sagte Secoh. »Ich weiß, die meisten Menschen glauben, wir Drachen hielten nicht auf Ordnung und Disziplin; mit einigen Dingen aber nehmen wir es recht genau. Wenn Ihr nun vorhabt, in Frankreich als Drache aufzutreten, sei es auch nur für kurze Zeit – oder zumindest solange, daß die einheimischen Drachen merken, daß sich ein fremder Drache in ihrer Nähe aufhält –, so gibt es einiges zu bedenken.«

»Zum Beispiel was?« fragte Sir Brian herausfordernd.

»Nun... gewisse Dinge eben... Sir Brian«, sagte Secoh. Er blickte Jim beinahe reumütig an. »Zum einen, James, könnt Ihr nicht einfach als irgendein hergelaufener Drache auftreten, als Drache ohne Anhang. So etwas gibt es nicht; es sei denn, Ihr wärt ein böser Drache, wie Bryagh einer war. Daher müßt Ihr einer unserer Gemeinschaften angehören.«

»Das habe ich nicht gewußt«, entgegnete Jim.

»Doch, das müßt Ihr«, meinte Secoh ernsthaft, »es bleibt Euch keine andere Wahl. Da Ihr schon einmal im Körper eines unserer einheimischen Drachen wart und da Ihr auf dem Gebiet der Klippendrachen lebt, gehört Ihr auch dieser Gemeinschaft an, wann immer Ihr Euch in einen Drachen verwandelt – ob es Euch nun gefällt oder nicht.«

»Ich verstehe«, sagte Jim.

»So ist es«, meinte Secoh. »Natürlich würde ich... würden wir uns freuen, wenn Ihr einer von uns Sumpfdrachen wärt. Doch abgesehen von der Tatsache, daß Ihr... äh, dafür wirklich zu groß seid... würden es die Regeln nicht zulassen. Ein Klippendrache wart Ihr beim erstenmal. Daher werdet Ihr fortan immer ein Klippendrache sein, auch wenn aus Euch ein noch so großer Magier oder Zauberer werden sollte, und ganz gleich, wohin Ihr geht. Wenn Ihr wollt, kann Euch die Revisionsabteilung das bestätigen.«

»Nicht nötig«, entgegnete Jim. »Ich verlasse mich da ganz auf Euch. Ich habe nicht den geringsten Anlaß, Euch zu mißtrauen, Secoh.«

»Ich danke Euch, Mylord«, sagte Secoh. »Eure Zugehörigkeit zu den Klippendrachen wird von großer Wichtigkeit sein, wenn Ihr Euch in Frankreich aufhaltet, denn damit habt Ihr eine Identität, eine Heimat. Wie ich bereits sagte, seid Ihr nicht bloß irgendein hergelaufener Drache – ein ausgestoßener Drache –, sondern ein respektables Mitglied einer Drachengemeinde. Daher werdet Ihr nur dann in Frankreich als

Drache sicher sein, wenn Eure Gemeinde Eurem Aufenthalt zuvor zugestimmt hat. Mit einem Wort, Ihr braucht einen Paß.«

»Was, zum Teufel, ist denn ein Paß?« wollte Sir Brian wissen.

»Eine Reiseerlaubnis, Sir Brian«, antwortete Secoh. »Darunter ist die Bestätigung zu verstehen, daß Sir James… Lord James, meine ich… die Erlaubnis unserer Gemeinde hat, nach Frankreich zu reisen, und daß die Gemeinde als Ganzes für die Dauer seines dortigen Aufenthalts für sein gutes Betragen bürgt.«

»Was wäre denn unter schlechtem Betragen zu verstehen?« fragte Jim.

»Nun,« meinte Secoh, »zum Beispiel, wenn Ihr Euch auf irgend etwas einlassen würdet, das die dortigen Drachen in Schwierigkeiten brächte, und Ihr dann wegfliegen und die Drachen in der Patsche sitzen lassen würdet.«

»Ich verstehe«, sagte Jim. »Und wie sieht ein solcher Paß nun aus?«

»Das ist es ja gerade«, sagte Secoh. »Euer Paß müßte den wertvollsten Juwel aus dem Schatz eines jeden Drachen der Gemeinde beinhalten.«

Einen Moment lang herrschte Stille im Palas. Da Jim lange genug Drache gewesen war, um begriffen zu haben, was selbst das kleinste Schmuckstück eines Schatzes seinem jeweiligen Besitzer bedeutete, hatte er eine ungefähre Vorstellung davon, was es hieße, wenn jeder einzelne Klippendrache ihm sein kostbarstes Stück leihen würde.

»Wären die übrigen Drachen denn bereit, sich von ihrem wertvollsten Juwel zu trennen?« fragte Jim. »Damit ich es nach Frankreich mitnehmen kann?«

»Ich weiß, das ist viel verlangt«, sagte Secoh. »Für gewöhnlich hat ein Drache, der irgendwohin reist, einen offiziellen Auftrag seiner Gemeinde auszuführen; oder aber er verfügt über großen Einfluß in seiner Gemeinde und steht in hohem Ansehen. Aber ich werde Euch helfen, mit ihnen zu reden; und ich glaube, wir werden es schon schaffen, sie zu überzeugen. Allerdings sollten wir gleich aufbrechen.«

»Ihr meint, jetzt gleich?« fragte Angie scharf.

»Ich fürchte, ja, Mylady«, antwortete Secoh. »Ich glaube wirklich, daß wir sie in einer Sitzung überreden können. Aber es könnte sein, daß sie sich miteinander besprechen und sich die Sache durch den Kopf gehen lassen wollen und daß sie damit die Entscheidung hinauszögern. Das könnte womöglich bis zu einem Monat dauern. Je früher wir aufbrechen, desto besser; und dieser Moment ist am besten dafür geeignet, denn er ist der frühestmögliche.«

Jim sah Angie an. Angie sah Jim an.

»Ich glaube, ich muß los«, meinte Jim.

»Ihr müßt Euch doch nicht unbedingt in einen Drachen verwandeln, während Ihr in Frankreich seid«, warf Brian ein.

»Und wenn sich die Verwandlung nun als nützlich erweisen sollte – wenn sie womöglich der einzige Weg wäre, den Prinzen zu befreien?« fragte Jim.

»Verdammt noch mal!« rief Brian unbehaglich. »Ja, ich schätze, dann müßt Ihr wohl aufbrechen.«

Und so geschah es, daß Jim sich kurz darauf in Begleitung Secohs in der Luft wiederfand, unterwegs zu den Klippen, wo er damals in seiner gegenwärtigen Gestalt aus einer der hochgelegenen Drachenhöhlen diese mittelalterliche Welt betreten hatte. Es war so lange her, seit er zum letzten Mal in einem Drachenkörper geflogen war, daß er beinahe vergessen hatte, welchen Genuß ihm das Fliegen bereitete.

Fliegen – was soviel hieß wie mit den Schwingen Höhe zu gewinnen, bis man eine thermische Strömung erwischte, auf der man sich emportragen lassen konnte, um dann mit steif abgespreizten Flügeln auf sein Ziel zuzugleiten – bedeutete Arbeit. Zu schweben – lautlos und mit unbewegten Flügeln über die Erdoberfläche dahinzugleiten – war schiere Lust. Er nahm sich vor, sich in Zukunft hin und wieder die Zeit zu nehmen, ein wenig zu fliegen um des Fliegens willen. Vielleicht, dachte er, würde irgendwann einmal ein so guter Magier aus ihm, daß er Angie ebenfalls in einen Drachen verwandeln und an ihrer Seite dahingleiten konnte.

»Dort ist es, gleich dort vorne.« Secohs Stimme weckte ihn aus seinen Träumereien.

Unmittelbar vor ihnen lag die steile Felswand und einer der Höhleneingänge. Secoh, der Jim ein Stück weit voraus war, landete geschickt auf einem Vorsprung vor dem Eingang und verschwand in der Höhle.

Einen panischen Moment lang war sich Jim nicht mehr sicher, ob er unter solchen Umständen würde landen können, doch anscheinend verfügte sein Drachenkörper über Reflexe, die das Manöver an seiner Statt bewältigten. Mit den Hinterfüßen fand er Halt auf dem Vorsprung, und fast gleichzeitig legte er die Schwingen an, dann hatte er auch schon aufgesetzt und betrat die Höhle.

Sie befanden sich in einer vollkommen leeren, kleinen Höhle, ähnlich der, in der Jim damals im Körper von Gorbash zu sich gekommen war. Die Art Höhle, in der Drachen sich gerne zusammenrollten und schliefen.

»Niemand in der Nähe«, meinte Secoh, der mit einem Ohr in Richtung des gegenüberliegenden Höhlenausgangs lauschte. »Wahrscheinlich sind sie in der Haupthöhle. Erinnert Ihr Euch noch an den Weg?«

»Ich weiß nicht«, antwortete Jim unsicher. »Ich glaube nicht.«

»Macht nichts, ich werde schon hinfinden«, sagte Secoh. Er verließ die Höhle, in der sie gelandet waren, und betrat einen Felstunnel, der sich mitten durch die Felswand schlängelte.

Eine ganze Weile ging es nach unten; Jim hatte den Eindruck, damals, als er im Körper von Gorbash zu sich gekommen war, sei es nicht so weit bis zur Haupthöhle der Drachen gewesen. Allerdings schien sich Secoh hinsichtlich des eingeschlagenen Weges und der zu wählenden Tunnelverzweigungen sicher zu sein. Entweder war er schon einmal hier gewesen, oder er folgte einer Witterung, von der Jim nichts mitbekam. Jim verfügte jetzt zwar über den Geruchssinn eines Drachen, doch für ihn rochen alle Tunnel nach Drache. Allerdings mußte er zugeben, daß der Geruch stärker wurde, je weiter sie kamen. Nach einer Weile vernahm er ein fernes Stimmengrollen, das in dem Maße, wie sie sich ihrem Ziel näherten, immer lauter wurde, bis offensichtlich war, daß dort eine äußerst lautstarke Auseinandersetzung im Gange war, an der sehr viele Stimmen beteiligt waren, die nach Drachenart alle durcheinanderredeten.

Schließlich traten Jim und Secoh aus einem Tunnel am oberen Rand des felsigen Amphitheaters, das sich am Boden der riesigen Höhle befand. Der Raum war wirklich gewaltig. Die Wände bestanden aus dunklem Granit, waren aber von einem Netzwerk von Rinnsalen überzogen, die nicht dicker als ein Bleistift waren, aus geschmolzenem Silber zu bestehen schienen und die Wände vollständig bedeckten. Von allen strahlte Licht aus. Die Folge davon war, daß die Höhle einschließlich des dunklen, gewölbten Naturdachs davon erhellt wurde. Es war nicht gerade taghell, aber doch fast so hell wie bei Tage. Im Moment war die Höhle voller Drachen, die scheinbar heftig miteinander stritten, in Wirklichkeit aber, wie Jim sehr wohl wußte, lediglich miteinander plauderten.

Der Lärm war ohrenbetäubend – oder hätte es zumindest sein sollen. Jim hatte herausgefunden, daß Drachen zwar über ein weitaus schärferes Gehör als Menschen verfügten, seltsamerweise aber auch mehr

Lärm vertragen konnten. Ein Mensch wäre in der gewaltigen Höhle auf der Stelle wie betäubt gewesen. Jim hingegen stellte fest, daß sein Drachenkörper das Getöse erregend fand.

Er und Secoh verharrten an Ort und Stelle und warteten. Nach und nach wurden sich die unter ihnen befindlichen Drachen ihrer Anwesenheit bewußt; diejenigen, die sie bemerkt hatten, drehten sich zu ihnen herum und deuteten auf die Neuankömmlinge. Schließlich senkte sich eine ungewohnte Stille über den gewaltigen Raum. Sämtliche Drachen starrten Jim an. Secoh beachteten sie nicht. In ihren Blicken zeigte sich kein Wiedererkennen, lediglich Überraschung.

Während Jim noch überlegte, ob er sich vorstellen sollte, ergriff einer der Drachen mit höchster Lautstärke das Wort.

»*Jim!*« brüllte ein Drache, der auf halber Höhe an der gegenüberliegenden Seite des Amphitheaters saß und ebenso groß war wie Jim.

10

Es war der Drache Gorbash.

Jim fiel auf einmal wieder ein, daß die größten Drachen der Gemeinde schon immer Gorbash, in dessen Körper er sich einmal befunden hatte, sowie Smrgol, Gorbash Großonkel, und Bryagh gewesen waren, der Drache, der aus der Art geschlagen war und Angie geraubt hatte.

Als er nun seinen Namen hörte, erinnerte Jim sich mit schmerzhafter Klarheit wieder an die Zeit, die er als Gorbash verbracht hatte. Gorbash war der einzige in dieser mittelalterlichen Welt, der denselben Namen gebrauchte wie seine Freunde und Bekannte damals in der Welt, aus der er und Angie stammten. Warum Gorbash ihn lieber *Jim* nannte als *James*, war Jim nach wie vor ein Rätsel. Eine Erklärung bot sich allerdings an. Er und Gorbash hatte sich denselben Körper und dasselbe Gehirn geteilt – nämlich Gorbash Körper –, und näher konnte man sich kaum kommen. Daher war es nur natürlich, daß Gorbash ihn Jim nannte und nicht anders.

Nun blickten alle Drachen entgeistert von Jim zu Secoh.

»Was ist denn los mit euch?« brüllte Gorbash. »Das ist doch bloß der magisch begabte Georg, der sich meinen Körper mit mir geteilt hat, als wir gegen Bryagh und die Dunklen Mächte des Turms gekämpft haben! Er war die ganze Zeit über in mir drin, während ich ... während *wir* den Sieg errungen haben! Ich habe euch doch schon so oft von ihm erzählt!«

Die Drachen im Amphitheater drehten alle gleichzeitig die Köpfe zu Jim herum.

»Schön, Euch zu sehen, Jim!« dröhnte Gorbash. »Die Klippendrachen heißen Euch in unserer Mitte willkommen! Steht nicht so herum! Kommt herunter!«

Secoh versetzte Jim einen Schubs, und dieser setzte sich folgsam in Bewegung. Er stellte fest, daß man ihn aufforderte, hinunterzugehen und sich mitten in das Amphitheater zu stellen, so daß alle ihn bequem sehen konnten.

Er bahnte sich einen Weg zwischen den Leibern der sitzenden Drachen hindurch. Secoh folgte ihm sittsam hinterdrein – falls sittsam die zutreffende Bezeichnung bei einem Drachen ist –, und so stiegen sie bis zum tiefsten Punkt der Höhle hinunter. Jim blieb stehen und blickte sich um. Er hatte den Eindruck, daß er ein paar Worte sagen sollte.

»Ich freue mich ebenfalls, Euch wiederzusehen, Gorbash«, brüllte er, »und das gilt auch für den Rest von Euch!«

»Ja«, donnerte Gorbash, »und es gereicht allen Klippendrachen zur Ehre, jemanden zu den Ihren rechnen zu dürfen, der nicht nur ein mutiger Drache ist, wie ich einer bin, sondern auch ein Magier unter den Georgen und einer ihrer angesehenen Führer. Dies verleiht uns Größe und Ansehen in den Augen der George und der ganzen Welt!«

Offenbar hatte sich einiges geändert, dachte Jim. Nach dem Kampf am Verhaßten Turm und nachdem Jim sich schließlich wieder aus Gorbash Körper gelöst hatte, hatte Secoh vorhergesagt, daß der große Drache seinen Anteil an dem Ruhm, den sein Körper durch die Teilnahme an den Kämpfen eingeheimst hatte, gut nutzen würde. Wie Jim von Gorbash Großonkel erfahren hatte, war Gorbash bis dahin bei den übrigen Klippendrachen nicht sonderlich hoch angesehen gewesen.

Eigentlich war eher das Gegenteil der Fall. Gorbash galt – durchaus zutreffend – im allgemeinen als etwas langsam von Begriff; außerdem hatte es geheißen, er sei ein wenig aus der Art geschlagen, und zwar in dem Sinne, daß er eine Menge Zeit außerhalb der Höhlen mit Nichtdrachen verbrachte – ›auf dem Boden‹, wie es die Drachen nannten. Zum Beispiel mit Aragh dem Wolf.

Jim hatte damit gerechnet, daß sich Gorbash Stellung unter seinen Mitdrachen verbessern würde, zumal jetzt, da sein Großonkel, ehedem ihr anerkannter Anführer, tot war. Doch dies hier hätte er sich niemals träumen lassen. Gorbash wurde offenbar respektiert, und man hörte auf ihn.

Der Schluß lag nahe, daß Drachen dazu neigten, zu glauben, was sie glauben wollten, ob es nun der Wahrheit entsprach oder nicht. Gorbash hatte die meisten Anwesenden anscheinend davon überzeugt, daß er zumindest einer der Helden, die an der Schlacht um den Turm teilgenommen hatten, wenn nicht gar der größte von allen gewesen war.

Die meisten, aber offenbar nicht alle.

»Das stimmt!« unterbrach Secoh seinen Gedankengang. »Aber nicht bloß deshalb, weil du es sagst, Gorbash! Es mag ja dein Körper gewesen sein; aber James war es, der damit gekämpft und gesiegt hat! Ich muß es schließlich wissen, erinnerst du dich noch? Ich war nämlich dabei. Und *ich* habe gekämpft!«

Auf einmal wirbelte er im Kreis herum und durchbohrte die anderen Drachen mit Blicken.

»Ihr alle kennt mich«, sagte er. »Ich bin Secoh! Und ich bin ein Sumpfdrache! Und ich bin stolz darauf. Habt ihr dazu etwas zu sagen? Oder über mich? Falls ja, so wißt ihr, was ich davon halte!«

Die Klippendrachen rutschten unruhig auf den Plätzen und grollten, allerdings trat niemand vor, um Secohs Herausforderung anzunehmen, und niemand ergriff das Wort. Nicht einmal Gorbash.

»Und nun«, fuhr Secoh nach einer Weile fort, »werde ich euch sagen, weshalb James hier ist. Er wird nach Frankreich gehen; und das bedeutet, daß er einen Paß benötigt. Einen Paß von euch allen!«

Diese Ankündigung reichte aus, um die Klippendrachen aus der Reserve zu locken. Um Jim und Secoh herum erhob sich lautes Geschrei. *»Warte!« – »Einen Augenblick mal!« – »Für wen hält sich der eigentlich?« – »Was hat er denn in Frankreich verloren?«* Diese und zahllose andere Fragen und Kommentare hallten von den roh behauenen Felswänden der Großen Höhle wider.

Vier oder fünf Minuten lang war die Hölle los. Dann schaffte es Gorbash mit schierer Lungenkraft, den Lärm zu übertönen. Einer nach dem anderen verstummten die Drachen, und schließlich redete nur noch Gorbash.

»Wartet mal! Beruhigt euch!« dröhnte er in die Stille hinein. »Sind wir nun Klippendrachen oder ein Haufen von... ich meine, ein ungebärdiger Haufen anderer Drachen?«

»So ist es schon besser«, grummelte Secoh vernehmlich.

Gorbash beschloß, die Bemerkung zu überhören.

»Secoh hat durchaus das Recht, hier zu sprechen«, verkündete Gorbash. »Schließlich hat er, wie er sagt, tatsächlich an der Schlacht am Verhaßten Turm teilgenommen. Ich habe mit eigenen Augen gesehen, wie er meinem Großonkel, dem großen, hochverehrten Smrgol, dabei geholfen hat, den Verräter Bryagh zu vernichten. Vergeßt nicht, daß wir alle, jeder einzelne Drache und auch der Georg hier in dieser Arena, durch den Kampf profitiert haben. Wenn wir nicht gesiegt hätten, dann hätten sich die Dunklen Mächte ausgebreitet und ihren Einfluß womöglich auch auf uns Klippenbewohner ausgedehnt. Wir alle hätten enden können wic … wie Secohs Leute.«

Die anderen Drachen bewegten sich unruhig, doch keiner sagte etwas.

»Und daraus folgt nun«, sagte Gorbash, »daß Jim und natürlich auch Secoh das Recht haben, gehört zu werden. Was wir dann entscheiden werden, ist wieder etwas anderes. Zunächst aber sollten wir alle ihnen zuhören. Vielleicht planen die Dunklen Mächte ja von Frankreich aus einen Schlag gegen uns. Habt ihr daran schon einmal gedacht?«

Unter den Klippendrachen erhob sich unruhiges Gemurmel.

»Das stimmt!« rief Secoh. »Und wir wissen alle, daß wir persönlich nichts gegen die Dunklen Mächte ausrichten können. Allein die George und die Magier haben es geschafft, sie empfindlich zu treffen. Aber zum Glück gibt es einen unter uns, der nicht nur ein Drache, sondern auch ein Georg ist, und nicht nur ein Georg, sondern auch ein Magier.«

Er hüstelte verlegen.

»Das heißt, ein angehender Magier«, setzte er eilends hinzu, »aber gleichwohl jemand, der mit Magie umzugehen versteht.« Er wandte sich an Jim. »Zeigt es ihnen, James. Verwandelt Euch in einen Georg und dann wieder in einen Drachen.«

Jim dankte im stillen seinem Glücksstern dafür, daß Secoh ausgerechnet auf das eine Kunststück verfallen war, das er am häufigsten geübt hatte. Abgesprochen hatten sie das nicht. Und wenn Secoh ihn nun gebeten hätte, ein Tonne Gold oder etwas Ähnliches herbeizuzaubern?

»Also gut«, sagte Jim mit möglichst bedächtiger und feierlicher Drachenstimme. Er legte eine dramatische Pause ein; und dann nahm er wieder seine menschliche Gestalt an.

Er mußte sich zusammenreißen, sonst wäre er zusammengezuckt. Denn eine unmittelbare Folge der Verwandlung war, daß sämtliche Drachen in seiner Umgebung plötzlich viermal so groß wie vorher wirkten. Unvermittelt war er sich bewußt, daß er ein sehr einsamer, hervorragend eßbarer Mensch war, umringt von fünfzig bis hundert Drachen, die ihn mit einem einzigen Zuschnappen ihrer Kiefer in zwei Teile hätten zerlegen können.

Er hatte sich eine treffende Bemerkung zurechtgelegt, um die Drachen zu beeindrucken, solange er noch Menschengestalt hatte. Doch nun wurde ihm auf einmal klar, wie nichtig seine relativ hohe Stimme an diesem Ort und zu diesem Zeitpunkt geklungen hätte. Daher wartete er noch einen – hoffentlich eindrucksvollen – Moment ab, dann nahm er wieder die wohltuend große Drachengestalt an, in der er es zumindest an Körpergröße mit den größten anwesenden Drachen aufnehmen konnte.

Die Zuschauer taten in den tiefsten Tönen ihr Erstaunen kund. Es bestand keinerlei Zweifel, daß Jim sie beeindruckt hatte. Schließlich legte sich das allgemeine Grollen.

»Magier«, erkundigte sich ein Drache, der auf halber Höhe zu Jims Linken saß, in respektvollem Ton, »wie habt Ihr eigentlich herausgefunden, daß die Dunklen Mächte uns von Frankreich aus anzugreifen gedenken?«

»Ja«, warf ein anderer ein, ehe Jim antworten konnte. »Gibt es einen bestimmten Grund, weshalb sie es auf uns Klippendrachen abgesehen haben?«

»Seid nicht albern!« fauchte rechts von Jim ein Drache. »Was glaubt ihr wohl, worauf sie es abgesehen haben? Auf unsere Schätze!«

»Die Dunklen Mächte haben keine Verwendung für unsere Schätze!« warf ein anderer ein; und abermals mündete das Gemurmel in eine lautstarke Auseinandersetzung, die sich nun darum drehte, ob die Dunklen Mächte für Gold und Juwelen nun Verwendung hätten oder nicht.

»Fragen wir doch den Magier«, warf die respektvolle Stimme ein, die sich endlich hatte Gehör verschaffen können.

Es wurde still.

»Nun?« wurde nach einer Weile gefragt. »Sind sie nun hinter unseren Schätzen her oder nicht, Magier?«

Jim wurden gleichzeitig zwei Dinge klar. Erstens, daß es die Lage erheblich vereinfacht hätte, wenn er mit ›ja‹ geantwortet hätte. Die Antwort auf die Frage kannte er nicht, doch vermutete er stark – und eigentlich war er sich sogar sicher –, daß die Dunklen Mächte kein Interesse am Geschmeide der Drachen hatten.

»Ich glaube nicht«, sagte er.

Abermals sprach alles durcheinander, und diesmal triumphierten die, welche niemals geglaubt hatten, daß die Dunklen Mächte sich für die Schätze der Drachen interessieren würden. Gorbash kräftige Stimme brachte sie zum Schweigen.

»James!« brüllte er. »Vielleicht solltet Ihr uns einmal genau erklären, weshalb Ihr überhaupt nach Frankreich wollt!«

»Eigentlich ...« Normalerweise hätte Jim sich jetzt

geräuspert, doch das hatten Drachen offenbar nicht nötig. Ziemlich lahm fuhr er fort: »Ich will dort einen Prinzen befreien. Einen englischen Prinzen – einen Georg.«

»Das geht uns nichts an!« brüllte jemand dazwischen, und abermals mußte Gorbash für Ruhe sorgen, bevor er die nächste Frage loswerden konnte.

»James«, sagte er, »ist es wirklich Euer Ernst, daß jeder von uns Euch sein wertvollstes Schmuckstück geben soll, bloß damit Ihr einen Prinzen-Georg befreien könnt?«

»Das stimmt!« schrie Secoh. »Warum werdet ihr nicht endlich einmal schlau? Warum begreift ihr nicht endlich? Was die George uns Drachen alles antun können! Smrgol hat das gewußt! Unmittelbar vor seinem letzten Kampf hat er von einem Georg gesprochen, der ganz in unserer Nähe lebt, von einem Georg namens Sir Brian, der seinerzeit eine Menge von uns Sumpfdrachen erlegt hat. Smrgol war der Ansicht, George und Drachen sollten zusammenarbeiten.«

»Aber Jim mein wertvollstes Stück geben ...«, grummelte Gorbash, auf einmal von Entsetzen gepackt.

»Du würdest es ihm nicht geben!« sagte Secoh. »Ihr alle würdet ihm eure Juwelen bloß leihen. Damit er sie zum Beweis dafür, daß er den französischen Drachen keinen Schaden zuzufügen beabsichtigt, bei ihnen hinterlegen kann.«

Mit schwungvoller Gebärde holte er eine Perle von der Größe eines Rotkehlcheneis unter seinen Schuppen hervor und reichte sie dem überraschten Jim.

»Hier, James!« verkündete er huldvoll. »Bloß um den anderen ein Beispiel zu geben. Das ist mein wertvollstes Schmuckstück!«

Jim betrachtete die Perle staunend. Er hatte immer gemeint, Secoh sei so arm, daß er nicht einmal wüßte, wovon er seine nächste Mahlzeit bestreiten solle.

Man vernahm ein allgemeines Aufseufzen und Gemurmel. Jim bemerkte, daß Secohs Geste alle stark beeindruckt hatte, allerdings hatte sie eher Entsetzen als Bewunderung ausgelöst.

»Verrückte Sumpfdrachen!« murmelte jemand.

Diese Bemerkung war das Signal für eine weitere ausgewachsene, stimmgewaltige Auseinandersetzung unter den Drachen in der Großen Höhle. Während er ihnen zuhörte, sank Jim der Mut. Es war nur allzu offensichtlich, daß die meisten, wenn nicht gar alle dagegen waren, ihm ihre wertvollsten Schmuckstücke zu überlassen, und sei es auch nur vorübergehend. Bis zu einem gewissen Grad konnte Jim ihnen das nachfühlen, zumal jetzt, da er Drachengestalt angenommen hatte. Ein Drachenschatz wurde von Generation zu Generation weitervererbt und wuchs dabei immer weiter an. Die wertvollsten Schmuckstücke im Besitz eines Drachen mochten schon vor mehreren hundert Jahren erworben worden sein. Daher handelte es sich nicht nur um Wertsachen, sondern auch um Familienerbstücke.

Einem Drachen mußte es nahezu unvorstellbar erscheinen, diese Erbstücke einem Risiko auszusetzen. Dabei mochten sie Jim durchaus für vertrauenswürdig erachten und weiterhin glauben, daß er ihre Juwelen ebensogut hüten werde wie sie selbst. Gleichwohl konnte in dieser Welt, die sie sich mit den Georgen, den Dunklen Mächten und den übrigen Bewohnern teilten – in dieser mittelalterlichen Welt des vierzehnten Jahrhunderts –, das Unerwartete jederzeit eintreten.

Und dieses Unerwartete versetzte sie nun in Schrecken. Trotz Jims Vertrauenswürdigkeit und all seiner Fähigkeiten mußten sie gleichwohl der Tatsache Rechnung tragen, daß irgendwie, irgendwo, irgend etwas schiefgehen könnte und daß sie ihre kostbaren Geschmeide womöglich niemals wiedersehen würden. Jim war sich bewußt, daß er in mancherlei Beziehung zuviel von ihnen verlangte.

Andererseits wußten sie ebenfalls, daß man in dieser unsicheren Welt bisweilen auch große Risiken auf sich nehmen mußte. Dies war eine der grundlegenden Tatsachen des Lebens. Wenn er ihnen bloß hätte klarmachen können, daß die Überlassung des Passes eines dieser notwendigen und unvermeidbaren Risiken darstellte ...

Seine Gedankengänge gerieten ins Stocken, als er bemerkte, daß die Auseinandersetzung um ihn herum eine ziemlich häßliche Wendung genommen hatte. Einige Drachen von eindeutig ablehnender Haltung legten ihre Argumente dar, die nicht so sehr gegen den Zweck der Reise gerichtet waren, für die Jim den Paß benötigte, sondern vielmehr gegen Jim selbst, gegen seinen Kampf gegen die Dunklen Mächte und die Tatsache, daß er die Drachen mit hineingezogen hatte. Außerdem waren sie dabei mit Argumenten nicht wählerisch und zogen auch seine charakterlichen Eigenschaften in Zweifel.

Gorbash mischte sich weder als Befürworter noch als Gegner von Jims Ansinnen in die Debatte ein, sondern hielt sich vielmehr vorsichtig zurück. Seine Stimme war nicht zu vernehmen.

»Das alles geht uns überhaupt nichts an!« blaffte ein Drache auf halber Höhe des Amphitheaters.

Dieser Drache war eher fett als groß, hatte aber eine beinahe ebenso volltönende und kräftige Stimme wie Gorbash.

»Na schön, dann war Bryagh also ein Klippendrache, bevor er bösartig wurde und den weiblichen Georg geraubt hat!« wandte dieser Drache sich nun an eine stetig größer werdende Zuhörerschaft. »Dann ist dieser Magier also zufällig in Gorbash Körper eingedrungen. Er konnte sich nicht dagegen wehren. Das war Magie, und niemand, nicht einmal ein Drache, vermag gegen Magie etwas auszurichten. Aber hat man uns denn gefragt, ob wir überhaupt in die Angelegenheit verwickelt werden wollen? Hat man die Klippengemeinde gefragt, ob wir die Kreaturen der Dunklen Mächte am Verhaßten Turm angreifen wollen? Nein! Wir wurden einfach mit hineingezogen, ob es uns nun paßte oder nicht. Als hätten wir keinerlei Rechte!

Tatsache ist, daß die ganze Angelegenheit von Anfang an nur die George etwas anging!« fuhr der Schreihals fort. »Dieser Magier ist in Gorbash Körper eingedrungen, ohne ihn vorher um Erlaubnis gebeten zu haben. Keiner von uns hat um den Besuch dieses mageren, knochigen, nichtsnutzigen weiblichen Georgs gebeten, mit dem der Ärger überhaupt erst angefangen hat! Wenn dieser nutzlose, übelriechende weibliche Georg nicht gewesen wäre ...«

»Jetzt reicht es aber!« brüllte Jim aus vollem Halse.

Er war als Drache ebenso groß wie Gorbash, und in diesem Moment stellte er fest, daß er über eine mindestens ebenso kräftige Stimme wie dieser verfügte. In Wahrheit war er ein Opfer der instinktiven Drachenwut geworden, vor der Smrgol ihn gewarnt hatte, als er Gorbash Körper eingenommen hatte. Bei einem Menschen hätte man gemeint, er sähe rot und dächte nicht mehr an die Konsequenzen.

»Ihr sprecht von meiner Lebensgefährtin!« donnerte Jim.

Er verspürte eine eigentümliche Wärme im Bauch, als würde dort ein Dampfkessel allmählich auf Temperatur gebracht. Bislang hatte er noch niemals Flammen gespuckt und hatte es auch noch bei keinem anderen Drachen erlebt. Wahrscheinlich war das bloß so eine Redensart. Allerdings entsprach das Gefühl seiner gegenwärtigen Stimmung, und er genoß es. Wenn er in diesem Moment fähig gewesen wäre, Flammen zu spucken, so hätte er es getan.

»Niemand – kein Drache und auch niemand sonst –«, brüllte er, »darf so über Angie reden! Versucht es nur, und Ihr werdet schon sehen, was Ihr davon habt! Und noch etwas. Bis jetzt war ich geduldig. Ich habe zugehört, wie Ihr debattiert, Ausflüchte vorgebracht und alles getan habt, um mir den Paß, den ich brauche, nicht geben zu müssen; einen Paß, der Euch auf lange Sicht ebenso zugute kommen würde wie jedermann sonst. Wir sind hier in England, und was einem geschieht, das geschieht gleichzeitig allen, ob er nun ein Georg, ein Drache oder sonstwas ist!

Aber jetzt reicht es mir!« blaffte er sie an. »Ich habe darauf gewartet, daß Ihr der Stimme der Vernunft Gehör schenkt, doch das tut Ihr nicht. Jetzt bin ich das Warten leid! Secoh hat Euch gesagt, und ich habe es Euch bewiesen, daß ich ein Magier bin; ein angehender Magier. Eigentlich wollte ich keinen Vorteil daraus schlagen, aber Ihr laßt mir keine andere Wahl!«

Auf einmal hatte er sich daran erinnert, was Carolinus vor etwa einem Jahr zu einem Wachkäfer gesagt hatte, als er für Jim hatte herausfinden wollen, wohin Bryagh Angie verschleppt hatte. Der Wachkäfer hatte eine unvollständige Antwort gegeben, dann war er wieder in der Erde verschwunden. Nun kamen ihm Carolinus Worte in leicht abgewandelter Form gerade gelegen.

»Dann wollt Ihr also keine integren, tapferen Drachen sein?« brüllte er. »Nun, es gibt noch andere Wesen als Drachen. Zum Beispiel Wachkäfer!«

Er klappte den Mund zu, und auf einmal herrschte entsetztes Schweigen.

Die Drachen in der Arena waren so reglos und still, als wären sie aus dem Gestein der Großen Höhle gehauen. Sie starrten Jim wie gelähmt an.

Während sich das Schweigen in die Länge zog, ließ Jims Wut, in die er sich hineingesteigert hatte, allmählich wieder nach. Nach und nach wurde er sich der Wirkung seiner Worte bewußt. Die Drohung war ihm einfach so entschlüpft, ohne daß er sich vorher Gedanken gemacht hätte. Er hatte nicht die geringste Ahnung, wie er die Drachen hätte in Wachkäfer verwandeln sollen. Der entsprechende Zauberspruch war zweifellos in dem miniaturisierten Band der *Enzyklopädie der Nekromantie* enthalten, den er in seinem Inneren aufbewahrte. Er hatte bloß noch nie danach gesucht, und daher kannte er ihn auch nicht. Falls die Drachen es darauf angelegt hatten, ihn soweit zu treiben, daß er seinen Worten Taten folgen lassen mußte, dann würde er sich fürchterlich blamieren.

Kurzzeitig wallte Ärger in ihm auf. Wie hatte er nur so dumm sein können, sich eine solche Blöße zu geben? Im Grunde hatte er seine Chancen damit verspielt.

Als er jedoch die immer noch reglosen Drachen und die fast hundert Augenpaare ansah, die ihn unverwandt fixierten, erschien ihm die Situation in einem neuen Licht. Vielleicht war seine Lage doch nicht so hoffnungslos.

Bloß weil er wußte, daß er seine Drohung nicht wahr machen und sie alle in Käfer verwandelt konnte, hieß das noch lange nicht, daß sie es ebenfalls wußten. Sie hatten keinerlei Anlaß zu glauben, daß er dazu nicht imstande sei, während sie allen Grund zu der Annahme hatten, daß dem so wäre. Er hatte sich als Magier, als angehender Magier, zu erkennen gegeben. Vor ihren Augen hatte er sich in einen Menschen und dann wieder in einen Drachen verwandelt. Wenn er dazu imstande war, bedeutete das nicht, daß ihm alles möglich war?

In Anbetracht der ihnen verfügbaren Informationen mußte es vielmehr so aussehen, als sei es im Vergleich zu dem bereits vollbrachten Kunststück für ihn ein Kinderspiel, sie alle in Käfer zu verwandeln.

Je länger er sie ansah, desto überzeugter war er, daß es sich in der Tat so verhielt. Diese Überzeugung mündete in ein tieferes Verständnis des Drachenwesens, wie es ihm bislang nicht zugänglich gewesen war. Auf einmal begriff er, daß seine Drohung weitaus machtvoller gewesen war, als er eigentlich beabsichtigt hatte.

Denn jetzt, im Körper eines Drachen, vermochte er Drachengefühle auf einmal zu würdigen. Drachen waren eine Art für sich; weder Vogel noch Tier und auch kein fliegendes Säugetier wie etwa die Fledermaus. Sie waren ein mächtiges Volk, mit besonderen Eigenschaften und ihrem eigenen Stolz.

Es lag nicht bloß an ihrer Größe. Sie waren größer als die meisten anderen Wesen, aber die größten waren sie keineswegs. Seeschlangen zum Beispiel waren erheblich größer.

So deutlich, als wäre es erst gestern gewesen, vernahm er im Geiste wieder die Worte, die Smrgol kurz vor dem Kampf mit dem Wurm, den Harpyien und dem Oger vor fast einem Jahr an ihn gerichtet hatte.

»Vergiß nicht«, hatte Smrgol in beinahe zärtlichem Ton gesagt, *»daß du der Nachfahre von Ortosh, Aqtval und Gleingul bist, der die Seeschlange auf der grauen Sandbank erlegt hat, und daß du daher tapfer bist ...«*

Abgesehen von ihrer Habgier, ihrer Faulheit, ihrer Selbstsucht und vielen anderen wenig einnehmenden Eigenschaften besaßen Drachen ihren eigenen Stolz. Seeschlangen waren größer, aber Gleingul hatte eine erlegt. Oger waren nicht nur größer, sondern auch gefährlicher, trotzdem hatte Smrgol in seiner Jugend einen getötet; und Jim hatte in Gorbash Körper am Verhaßten Turm einen Oger besiegt. Einem Drachen bedeutete es eine Menge, ein Drache zu sein.

Ein Käfer zu werden, das hieße für diese geflügelten Ungeheuer, die ihm gegenübersaßen, alles zu verlieren, was einen Drachen ausmachte; ein größerer Verlust als der ihrer Schätze, die ihnen soviel bedeuteten. Einen Moment lang empfand er Schuldgefühle, weil er ihnen gedroht hatte. Dann wurde ihm bewußt, wie wenig angebracht das war. Er brauchte den Paß. Er würde als Drache auftreten müssen, und das war der einzige Weg, einen Paß zu bekommen.

»Nun?« fragte er. Damit war der Bann gebrochen, der sie alle gefangengehalten hatte.

Die Drachen wandten sich wortlos ab, schlurften langsam die Ränge hoch und verschwanden in den zahlreichen Ausgängen der Großen Höhle. Keiner sprach ein Wort. Jims einsilbige Frage blieb vielmehr solange im Raum stehen, bis sie alle wieder zurückgekehrt waren und all ihre Lieblingsjuwelen eingesammelt und vor Jim in einen Sack gesteckt hatten. Die Geschmeide waren nicht groß und der Sack zu Jims Überraschung kaum größer als ein Sack mit einem Zentner Kartoffeln. Als der letzte Klippendrache das letzte Schmuckstück darin verstaut hatte, nahm Secoh Jim seine große Perle aus der Hand, legte sie behutsam obenauf und verschnürte den Sack.

»Nun«, meinte Jim, denn er hatte das Gefühl, etwas müsse gesagt werden, »ich danke Euch Klippendrachen, jedem einzelnen von Euch. Ich werde gut auf die Schmuckstücke aufpassen und sie Euch vollzählig zurückbringen.«

Die Antwort erschöpfte sich in einem schweren kollektiven Seufzer. Die Drachen, Gorbash eingeschlossen, betrachteten ihn melancholisch; und begleitet von Secoh stieg er an der Seite des Amphitheaters hoch, die er heruntergekommen war, und verließ es durch dieselbe Öffnung, die sie beim Betreten benutzt hatten. Bald darauf war er wieder in der Luft und befand sich auf dem Rückweg nach Malencontri, wobei er sich den Sack mit einer Pranke an die geschuppte Brust drückte.

Secohs Stimme ließ ihn aus seinen Gedanken aufschrecken.

»Jim!«

Jim wandte den Kopf und sah Secoh neben sich dahingleiten.

»Ich biege hier ab«, sagte Secoh. »Ihr habt jetzt Euren Paß. Ich habe gewußt, daß Ihr es schaffen würdet. Das war großartig, wie Ihr damit gedroht habt, sie in Käfer zu verwandeln. Wäre ihnen ganz recht geschehen! Jedenfalls wünsche ich Euch in Frankreich viel Glück!«

Daraufhin drehte er ab und ließ Jim allein zu seiner Burg zurückfliegen.

Die Bemerkung des Sumpfdrachens war nicht geeignet gewesen, Jims Schuldgefühle zu beschwichtigen. Eine hartnäckige innere Stimme wollte ihm einreden, er habe sich die Paß-Juwelen nicht nur unter Vorspiegelung falscher Tatsachen verschafft, sondern obendrein dadurch, daß er den Klippendrachen eine Heidenangst eingejagt hatte.

Er verdrängte die Stimme und sagte sich, daß er das schon irgendwann wiedergutmachen würde. Auf einmal fiel ihm ein, daß Smrgol damals am Verhaßten Turm versucht hatte, für sich, Secoh, Carolinus, Brian, Dafydd und die anderen Verstärkung herbeizuholen, und daß die Klippendrachen nicht gekommen waren. In gewisser Weise war es nur gerecht, daß sie ihm zur Strafe für ihre damalige Weigerung, ihnen zu helfen, ihre Juwelen borgten.

Trotzdem fühlte er sich immer noch nicht besser.

Nicht lange, und er sauste in die Tiefe und setzte auf dem Turm über dem Palas auf, unmittelbar gegenüber der Kemenate, die ihm und Angie als Schlafgemach diente. Der Bewaffnete auf dem Turm salutierte, nachdem er zunächst bei Jims Annäherung den Speer angelegt hatte. Wie jedem anderen in der Burg war es auch ihm bewußt, daß Jim Drachengestalt angenommen hatte, und er war entschlossen, sich von dem großen, mit Fangzähnen bewehrten Ungeheuer, das unmittelbar vor ihm landete, nicht einschüchtern zu lassen.

»Schon gut«, sagte Jim. »Laßt mich hier oben allein.«

Der Bewaffnete entfernte sich sogleich über die

Treppe und begab sich an der Kemenate vorbei zum Palas.

Der Grund, warum er den Mann zum Gehen aufgefordert hatte, wäre den Burgbewohnern kaum verständlich gewesen; andererseits war das auch nicht nötig. Die Sache war nämlich die, überlegte Jim, als er sich von einem Drachen in einen Menschen verwandelte und behutsam den Sack mit den Juwelen hochhob, daß er sich nicht einmal vor den eigenen Leuten nackt zeigen wollte.

Die mittelalterliche Einstellung gegenüber der Nacktheit war von Gleichgültigkeit geprägt. Offenbar meinten die Leute, Kleider seien zum Wärmen da und dienten der Bequemlichkeit; und damit hatte es sich auch schon. Schamgefühl hatten sie noch keines entwickelt. Es hätte ihnen nicht das mindeste ausgemacht, wenn Jim die meiste Zeit über unbekleidet herumgelaufen wäre. Dies hätte man als Spleen eines Lords betrachtet. Jim allerdings sah das anders.

Er trug die Juwelen in die Kemenate hinunter, stellte sie in eine Ecke und bedeckte sie mit ein paar Fellen – wenngleich er keinen Moment daran zweifelte, daß sie in seinem Zimmer auf jeden Fall sicher waren. Erstens hätte es keiner der Burgbewohner gewagt, Hand an seine Besitztümer zu legen, da sie vor ihm als Magier eine ebensolche Scheu hegten wie die Drachen. Zweitens würde ein Sack dieser Größe, gefüllt mit beinahe unvorstellbaren Schätzen, jeden Gelegenheitsdieb zunächst einmal innehalten lassen.

Jim zog Hose, Hemd, Wams und Stiefel an; dann eilte er die Wendeltreppe hinunter zum Palas.

Dort angekommen, gewahrte er zu seiner Überraschung ihren zweiten unerwarteten Besucher, der Angie gegenüber am Kopfende der hohen Tafel saß.

Carolinus.

»Magier!« rief er glücklich und eilte hinüber. »Ihr kommt mir gerade recht!«

»Das sagen alle zu mir«, murmelte Carolinus. »Eigentlich bin ich hier, weil ich Euch etwas mitzuteilen habe. Im Moment fällt es mir bloß nicht ein.«

»Carolinus ist gerade angekommen, Jim«, sagte Angie. Sie wandte sich anmutig wieder zu dem Magier herum, der wie gewöhnlich mit einem langen, ziemlich schmuddeligen roten Gewand und einem schwarzen Käppchen bekleidet war, das einen scharfen Kontrast bildete zu dem dünnen, weißen Bart, über dem seine blauen Augen Jim und Angie durchdringend anfunkelten. »Oder möchtet Ihr statt dessen vielleicht lieber Milch?«

»Nein, wie es scheint, habe ich den Magengeschwür-Dämon dank Eures Milch-Zaubers endgültig ausgetrieben«, erwiderte Carolinus. Er nahm den Krug, der auf dem Tisch stand, und füllte den vor ihm befindlichen Becher halb mit Wein. »Ich muß schon sagen, ich bin froh, ihn endlich loszusein. Milch ist das übelschmeckendste Nahrungsmittel, das je erfunden wurde. Und so was zwingt man hilflosen Säuglingen auf! Barbarisch!«

»Ich glaube, Säuglinge sehen das vielleicht ein wenig anders als Ihr, Magier«, meinte Angie beschwichtigend.

»Bloß deshalb, weil sie noch nicht alt genug sind, um selbständig zu denken«, sagte Carolinus. Nachdem er daran genippt hatte, stellte er den Becher wieder ab. »Was war es nur, was ich Euch mitteilen wollte? Es hatte etwas mit Eurer Reise nach Frankreich zu tun.«

»Oh«, machte Jim. »Ihr habt bereits davon gehört?«

»Wer im Umkreis von fünfzig Meilen hätte noch nicht davon gehört?« entgegnete Carolinus. »Nicht, daß ich es nötig hätte, solange zu warten, bis das allgemeine Geschwätz auch zu mir gelangt. Ich habe es erfahren, gleich nachdem Ihr Euch dazu entschlossen hattet. Und da dachte ich mir, wenn Ihr schon eine solche Torheit vorhabt, dann sollte man Euch warnen …«

Er brach ab und trommelte mit den Fingerspitzen nervös auf die Tischplatte.

»Aber wovor bloß?« murmelte er vor sich hin; dann verstummte er und kramte offenbar intensiv in seinem Gedächtnis.

Jim und Angie bewahrten eine Weile höfliches Schweigen. Dann, als es den Anschein hatte, als sei Carolinus völlig in Gedanken versunken, ergriff Angie das Wort.

»Gehe ich recht in der Annahme, Magier, daß Ihr es nicht unbedingt billigt, daß Jim beabsichtigt, nach Frankreich zu gehen?« fragte sie.

»Oh! Das!« rief Carolinus, der plötzlich wieder zu sich gekommen war. »Ach, ich weiß nicht. Wäre keine schlechte Erfahrung und so. Zumal für einen jungen Magier, der in jeder Beziehung noch viel lernen muß.«

Er blickte Jim durchdringend an.

»Daß Ihr Euch bloß nicht umbringen laßt!« sagte er. »Wäre eine große Verschwendung; ständig lassen sich irgendwelche Leute ohne guten Grund umbringen. Was wir damals am Verhaßten Turm getan haben, diente immerhin einem guten Zweck. Aber einfach so nach Frankreich zu eilen, um einen jungen Kerl zurückzuholen, der dort gar nichts verloren hatte – lächerlich!«

»Ich werde mein Bestes tun«, versprach Jim ernst. »Aber wo wir gerade von Frankreich sprechen, ich bin sehr froh, daß Ihr gekommen seid. Der Zeitpunkt hätte nicht besser gewählt sein können. Ich möchte Euch eine wichtige Frage stellen ...«

»Es würde mir bestimmt wieder einfallen, wenn ich bloß aufhören könnte, daran zu denken«, murmelte Carolinus. »Es liegt mir auf der Zunge, ich komme bloß nicht auf die rechten Worte.«

»Wißt Ihr«, Jim räusperte sich, »es gibt da nämlich ein kleines Problem. Ich habe oben einen großen Sack voll erlesener Juwelen ...«

»Was Ihr nicht sagt«, meinte Carolinus versonnen. »Ich muß sagen, ich habe mir nie viel daraus gemacht. Aber eine Menge Leute sind ganz erpicht darauf – *ach*, jetzt hätte ich es beinahe gehabt! Beelzebub und Schwarze Donnerglocken!«

»Juwelen!« echote Angie. »Hast du Juwelen gesagt, Jim?«

»Ja, ja«, meinte Jim, »davon erzähle ich dir später, Angie. Und zwar die wertvollsten Juwelen aus dem Schatz eines jeden Klippendrachen.«

»Ah, ja.« Carolinus nahm noch einen Schluck aus dem Becher. »Ein Paß. Natürlich. Hätte selbst darauf kommen sollen. Aber man kann nicht an alles denken; außerdem ist es nicht so wichtig wie diese andere Sache, an die ich mich zu erinnern versuche.«

»Jim! Du hast die Juwelen für den Paß?« fragte Angie. »Wo sind sie? Ich würde sie mir gerne mal anschauen.«

»Oben in der Kemenate«, sagte Jim, noch immer ganz mit Carolinus beschäftigt. »Die Sache ist nämlich die, Magier, das ist ein ganz schöner Batzen. Vielleicht könntet Ihr mir ja einen Hinweis geben, wo sich der Zauberspruch befindet, mit dem Ihr die *Enzyklopädie der Nekromantie* habt schrumpfen lassen ...«

»Ausgeschlossen!« fauchte Carolinus. »Ihr dürft nicht vergessen, daß Ihr lediglich ein viertklassiger Magier seid, James! Und zwar ein ziemlich ignoranter viertklassiger Magier, um die Wahrheit zu sagen. Der Schrumpfspruch gehört mindestens der dritten Kategorie an ... Es sei denn natürlich, Ihr seid begabt genug, ihn selbständig in der *Nekromantie* zu finden und korrekt anzuwenden. Nein, nein, das kommt gar nicht in Frage. Eins nach dem anderen, James, nur so kommt man weiter. Bevor Ihr laufen wollt, müßt Ihr erst einmal gehen lernen.«

»Aber der Sack mit den Juwelen ist praktisch halb so groß wie ich!« protestierte Jim.

»Tatsächlich!« sagte Angie.

»Ja, ja, Angie«, meinte Jim leicht gereizt, »wie ich schon sagte, er ist oben in der Kemenate. Ich werde ihn dir zeigen, sobald wir hier fertig sind.«

»In der Kemenate?« fragte Angie und erhob sich. »Ich wollte sowieso etwas von oben holen. Ich bin gleich wieder da ...«

»Magier, Ihr müßt mir helfen«, bat Jim eindringlich. »Ich bin für den Schmuck verantwortlich, der mehr wert sein muß als der gesamte Schatz des Königreichs von England. Wie soll ich ihn denn mit mir herumschleppen und gleichzeitig darauf aufpassen, daß er mir nicht gestohlen wird? Jeder, dem schon einmal der Gedanke an Diebstahl gekommen ist, würde doch Kopf und Kragen riskieren, um sich eines dieser Schmuckstücke zu verschaffen. Könnt Ihr Euch vorstellen, wie ich dastehe, wenn ich auch nur eines davon verliere?«

»Na ja«, meinte Carolinus. »Vielleicht muß ich Euch halt doch helfen. Ich werde die Juwelen für Euch schrumpfen lassen.«

»Ich hole sie«, sagte Jim.

»Nein, nein, nicht nötig!« Carolinus schwenkte die Hand, und der Sack, den Jim in der Kemenate so sorgsam mit Fellen abgedeckt hatte, erschien auf einmal zwischen ihm und Carolinus auf der hohen Tafel. Angie nahm unvermittelt wieder Platz.

»Könntest du vielleicht einmal ...«, setzte sie gerade an, als der Sack plötzlich zu schrumpfen begann, bis er nur noch so groß war wie ein Fleck auf der Tischplatte. Carolinus hob ihn hoch. Womöglich war er noch kleiner als die *Enzyklopädie der Nekromantie,* nachdem er sie so weit verkleinert hatte, daß Jim sie schlucken konnte.

»So, das hätten wir.« Carolinus reichte den Sack Jim. »Sitzt nicht einfach so herum«, meinte er gereizt. »Schluckt das runter.«

»Ich soll das schlucken?« fragte Jim, dem bei der

Vorstellung, was für einen Brocken das zusammen mit der bereits verschluckten *Enzyklopädie der Nekromantie* auch noch in geschrumpftem Zustand ausmachen würde, ganz schummerig wurde. Wenn nun irgend etwas passierte und beide plötzlich wieder ihre normale Größe annähmen? Dann würde er regelrecht explodieren.

»Natürlich!« sagte Carolinus. »Ihr wollt doch, daß sie in Sicherheit sind, nicht wahr? Und wo wären sie besser aufgehoben als in Eurem Innern? Keine Bange, Ihr werdet sie ebensowenig ausscheiden wie die *Nekromantie.*«

Jim legte sich den winzigen Gegenstand auf die Zunge und schluckte ihn hinunter, allerdings blieb er ihm im Halse stecken. Jim spülte ihn mit Wein hinunter. Angie seufzte schwer.

»Aber das«, fuhr Carolinus an Jim gewandt fort, »war das letzte Mal, daß ich etwas für Euch getan habe. Ihr müßt lernen, auf eigenen Füßen zu stehen. Lernen, lernen und nochmals lernen. Üben! Üben!«

Unvermittelt erhob er sich.

»So, jetzt muß ich aber los«, sagte er. »Übrigens, James, wenn Ihr die Juwelen wieder hervorholen wollt, hustet einfach zweimal, niest einmal und hustet ein weiteres Mal. Um sie wieder zu verkleinern, müßt ihr einmal husten. Solltet Ihr jemals die *Nekromantie* benötigen, so müßt Ihr zunächst dreimal husten, dann zweimal niesen und dann noch einmal …«

Jim tastete in der Tasche seines Wamses hastig nach einem Holzkohlestift und notierte sich alles auf der Tischplatte.

»Eigentlich solltet Ihr die *Nekromantie* aber ein Leben lang bei Euch behalten – wie lange es auch währen mag«, schloß Carolinus. »Lebt wohl.«

Er wandte sich um und marschierte zum Ausgang des Palas. Jim und Angie erhoben sich und eilten ihm nach.

Auf halbem Weg hatten sie ihn eingeholt. Für jemanden seines Alters, der so gebrechlich wirkte, war Carolinus erstaunlich gut zu Fuß. Er machte lange Schritte und bewegte sich rasch voran.

»Ach, der Frühling«, sagte er, als die beiden rechts und links von ihm auftauchten, »war für mich schon immer die schönste Jahreszeit. Dann passen meine Blumen und die Jahreszeit endlich einmal zusammen – beim Sagittarius!«

Er schlug sich an die Stirn, ohne stehenzubleiben.

»Edelweiß!« sprudelte es aus ihm hervor. »Weshalb habe ich eigentlich noch nie an Edelweiß gedacht? Die einzige Blume, die mir noch fehlt. Edelweiß. Ja, ich muß unbedingt welches haben … Edelweiß, Edelweiß …«

Die letzten beiden Worte hatte Carolinus mit heiserer, unglaublich unmelodischer Stimme gesungen.

»Eine wundervolle Blume! Wundervoll!« fuhr er fort. Sie hatten den Ausgang erreicht. Jim stieß die rechte Türhälfte auf, damit sie auf den Hof hinaustreten konnten. Gemeinsam gingen sie zum Tor der Zugbrücke; ihre Schritte hallten hohl von den Bohlen wider, als sie den Burggraben überquerten, der trotz aller Bemühungen und aller Anweisungen an das Burggesinde immer noch einen ziemlich üblen Geruch verströmte, zumal aus der Nähe. Jim und Angie hatten noch Hoffnung, daß wiederholtes Ausleeren, eine Umleitung der Abwässer und einige andere Maßnahmen irgendwann dazu führen würden, daß der Graben aus der Nähe wenigstens erträglich wäre, wenn man schon nicht darin würde schwimmen können. Nicht zum erstenmal dankte Jim im stillen für den Freiraum, den er als Magier genoß. Normalerweise hätte das Burggesinde angesichts solcher Veränderungen, wie er und Angie sie durchzusetzen versuchten, längst zu den Waffen gegriffen.

Das Geräusch ihrer Schritte brach abrupt ab, als sie

von der Zugbrücke auf weichen Frühlingsboden traten, der an dieser Stelle bedauerlicherweise ein wenig matschig und völlig graslos war.

»Nun, ich danke Euch für Eure Gastfreundschaft. Es war mir eine Freude. Ich glaube, ich werde mich einfach zu meiner Hütte dematerialisieren ... so geht es am schnellsten ...« Carolinus streckte beide Arme auf Schulterhöhe gerade ab, drehte sich langsam um die eigene Achse und wurde an den Rändern ein wenig verschwommen.

»Lebt wohl!« Auch seine Stimme war undeutlich geworden und klang irgendwie dünn und etwas weiter entfernt, als es eigentlich hätte der Fall sein sollen.

»Ha!« rief er von ferne aus.

Auf einmal hörte er auf, sich zu drehen. Seine Umrisse wurden wieder scharf, die Arme fielen herab, und als er weitersprach, hatte seine Stimme ihre normale Kraft zurückgewonnen. Mit den blauen Augen funkelte er Jim an.

»Eben ist es mir wieder eingefallen, James«, sagte er. »Jetzt weiß ich wieder, weshalb ich mit Euch sprechen wollte. König Jean von Frankreich hat einen sehr mächtigen Minister namens Malvinne.«

»Tatsächlich?« fragte Jim. »Ist das von Bedeutung für mich?«

»Möglicherweise schon«, antwortete Carolinus. »Er ist ein Magier. Erste Kategorie, das Plus, das ich habe, fehlt ihm allerdings. Hat eine große Besitzung an der Loire, südlich von Orléans. Ihr wärt gut beraten, Euch davon fernzuhalten. Beherrscht seine Kunst ausgezeichnet. Brillanter Stinky, so haben wir ihn im Kollegium genannt ...«

Jim zuckte zusammen. Es war das erste Mal, daß er davon hörte, daß es in dieser Welt eine Schule oder gar ein Kollegium gab.

»Ein abscheulicher Kerl.« Carolinus kam allmählich

zum Ende. »Konnte ihn noch nie ausstehen. Hütet Euch vor ihm.«

Daraufhin breitete er die Arme aus, wirbelte so rasch im Kreis, daß er nur mehr als Schemen wahrzunehmen war, und verschwand.

11

FÜNF TAGE SPÄTER ließen Jim und Brian ihre Krieger antreten und brachen nach Hastings auf, dem nächstgelegenen der ›Cinque Ports‹, der Konföderation von Seehäfen, die damals der englischen Marine als Kriegshäfen dienten. Hastings war der bedeutendste dieser Häfen, zu denen noch New Rommery, Hythe, Dover und Sandwich gehörten, denen sich später, wie Jim wußte, Winchelsea und Rye hinzugesellen würden.

Ihr Aufbruch war beinahe ein festlicher Anlaß. Mehrere Wochen lang hatte Angie Jims bevorstehende Abreise scheinbar auf die leichte Schulter genommen. In der Nacht zuvor brach sie in ihrer Kemenate unter all den Fellen jedoch auf einmal in Tränen aus und preßte sich an ihn.

»Verlaß mich nicht!« flehte sie.

Er bemühte sich nach Kräften, sie zu trösten, sah sich allerdings auch gezwungen, ihr darzulegen, wie unpraktisch es für ihn gewesen wäre, hätte er es sich im letzten Moment noch anders überlegt. Nur ganz zu Anfang hätte er sich noch weigern können mitzumachen – und selbst da nur auf die Gefahr hin, künftig von allen Nachbarn und wahrscheinlich auch von Brian mit Herablassung behandelt zu werden.

»Ich kann jetzt nicht mehr zurück«, sagte er.

Es dauerte jedoch noch eine ganze Weile, bis sich der Gefühlssturm wieder gelegt hatte.

»Carolinus hat dich vor einem gewissen Malvinne gewarnt«, sagte sie.

»Sei kein Dummerchen«, meinte Jim und streichelte ihr übers Haar. »Um den werde ich einen meilenweiten Bogen machen. Was hätte ich dort auch zu suchen?«

»Ich weiß nicht!« schluchzte Angie. »Aber wenn du ihm doch zu nahe kommst, dann wirst du mir bei deiner Rückkehr Übles zu berichten haben – falls du überhaupt wiederkommst!«

Darauf konnte er nicht gut antworten. Jim hielt sie einfach in den Armen, und schließlich schliefen beide ein.

Am nächsten Tag war Angie wieder so munter wie eh und je. Ob ihre Munterkeit nun aufrichtig war, oder ob sie ihm zuliebe nur ein freundliches Gesicht machte, war schwer zu sagen. Jim hatte den Verdacht, daß es nur Fassade war. Was er am Abend zuvor zu ihr gesagt hatte, war allerdings unanfechtbar. Er konnte jetzt nicht mehr zurück.

Und so brachen sie auf, mit Jim und Brian auf ihren Reitpferden an der Spitze, die Streitrosse, die von ihren Knappen geführt wurden, hinterdrein. Sie wandten sich nach Süden und machten einen Bogen um London, da Brian fürchtete, die Männer könnten den Versuchungen der Metropole erliegen. Die meisten hatten noch keinen größeren Ort als Worcester oder Northampton gesehen. Südlich von Reading bogen sie nach Osten ab, ritten durch Gilford hindurch und hinaus auf die nördlichen Downs, dann wandten sie sich in südöstlicher Richtung geradewegs nach Hastings.

Hastings war ein Hafenstädtchen, das zwei seewärts verlaufende konvergierende Täler einnahm, welche die Klippen der Kalksteinküste durchschnitten. Die meisten wichtigen Gebäude drängten sich in der Nähe der Küste, darunter auch der Gasthof, zu dem Jim bereits vor zweieinhalb Wochen eine Vorhut ausgesandt hatte, um Zimmer reservieren zu lassen. Der Gasthof hieß *Zum Gebrochenen Anker,* und sowohl Brian wie auch sein Vater waren schon früher dort abgestiegen, wenn sie in Hastings zu tun gehabt hatten.

Die Zimmer waren nur für Jim, Brian und ihre Knappen gedacht. Die übrigen Männer würden sich mit den Ställen des Gasthofs oder denen im weiteren Umkreis begnügen müssen, falls die Ställe des Gasthofs zu wenig Platz boten. Brian hatte gemeint, sie müßten damit rechnen, daß es in Hastings von Edelleuten und deren Gemeinen, die nach Frankreich übersetzen wollten, nur so wimmeln werde.

Der Schwankwirt war ein energischer, freundlicher, aber durchtrieben wirkender Mann Mitte Vierzig. Sein Haar hatte sich bereits gelichtet, aber die Muskeln an seinen halbnackten Armen, die er vor der Brust verschränkt hatte, traten wie Taustränge hervor.

»Ich freue mich sehr«, begrüßte ihn Brian, »daß Ihr Zimmer für uns habt, Meister Sel. Wir haben uns schon gedacht, daß die Stadt voller Besucher sein würde.«

»So ist es, Sir Brian«, antwortete der Schankwirt, »aber solange es überhaupt noch Zimmer gibt, würde ich sie Eurem Vater geben, wenn nicht Euch selbst. Er war ein achtbarer Herr und genoß großen Respekt bei meinem Vater, dem dieser Gasthof vor mir gehörte.«

Er wandte sich an Jim.

»Und Ihr seid also Lord James von Malencontri«, sagte er und neigte andeutungsweise den Kopf. »Willkommen, Mylord. Wenn Ihr mir nun folgen würdet, Sir Brian und seine Lordschaft, dann zeige ich Euch Euer Quartier im ersten Stock.«

Wie Jim erwartet hatte, war die Unterkunft nichts Besonderes. Das Quartier bestand aus einem einzigen recht großen, nahezu leeren Raum mit einem ziemlich kleinen Bett in einer der Ecken. Dafür gab es zwei Flügelfenster, die auf die Straße hinausgingen.

»Hier werdet Ihr ungestört sein, Sir Brian, Mylord«, sagte der Schankwirt. »Das Bett ist natürlich für die hohen Herren; auf dem Boden ist ausreichend Platz für

Eure Knappen und das Gepäck, das Ihr werdet bei Euch haben wollen. Im Stall kann ich einen Gutteil Eurer Männer unterbringen. Was den Rest betrifft, habe ich Vorsorge getroffen, daß sie in der Nachbarschaft unterkommen.«

»Ihr seid sehr besorgt um unser Wohl, Meister Schankwirt«, sagte Brian. »Wir sind hier nicht nur untergebracht, sondern gut untergebracht.«

»Dieser Gasthof hat sich seiner Gäste stets gut angenommen«, antwortete der Wirt bescheiden und entfernte sich katzbuckelnd. Jim bemerkte, daß die Tür weder Schloß noch Riegel hatte, was ihn allerdings kaum wunderte. Der Wirt nahm wohl an, daß sie ihre Wertsachen ständig bewachen würden.

»Ihr bleibt erst einmal hier«, sagte Brian. »Ich werde mit meinem Knappen die hiesigen Repräsentanten des Königs aufsuchen und feststellen, wie die Aussichten stehen, daß wir bald in See stechen können. Falls Ihr es wünscht, gehört das Bett einstweilen Euch.«

Jim verzichtete auf das Bett mit der Begründung, daß er geschworen habe, solange auf dem Boden zu schlafen, bis der Prinz befreit sei. In Wahrheit wußte er auch ohne genaue Überprüfung, daß das Bett voller Läuse und Flöhe war. Sir Brian würde es klaglos ertragen und vielleicht sogar tief und fest darin schlafen, ohne sich von den juckenden Bissen stören zu lassen. Jim brachte das nicht fertig und hoffte inbrünstig, er werde niemals dazu gezwungen sein.

Brian ging fort und nahm für den Fall, daß er Jim eine Nachricht zukommen lassen wollte, seinen jungen Knappen John Chester mit. John Chester war nicht gerade einer der hellsten Köpfe, und das zeigte sich an seinen großen, unschuldigen grauen Augen, dem weißblonden Haar und seinem Gesicht, das besser zu einem vier Jahre jüngeren als zu einem Sechzehnjährigen gepaßt hätte. Gleichwohl war er Brian treu ergeben und äußerst rechtschaffen; und es war nicht zu übersehen, daß er Sir Brian verehrte.

Jim blieb zusammen mit Theoluf zurück, den er zu seinem Knappen befördert hatte. Ein Gemeiner namens Yves Mortain hatte Theolufs Platz als Befehlshaber der Bewaffneten eingenommen.

»Theoluf«, sagte nun Jim, »geht zu meinem Packpferd. Wahrscheinlich steht es jetzt im Stall. Bringt meine Wertsachen und was ich sonst noch brauche her, vor allem aber den Sack, den Lady Angela mir mit weichen Kleidungsstücken ausgestopft hat.«

»Jawohl, Mylord«, antwortete Theoluf und verschwand.

Als Jim allein war, schaute er sich im Zimmer um und beglückwünschte sich dazu, daß er gar nicht erst versucht hatte, sich das Bett mit Brian zu teilen. Abgesehen von den Flöhen, Läusen, Wanzen und was sonst noch darin versteckt sein mochte, war das Lager kaum breit genug für eine Person, geschweige denn für zwei. Die Vorstellung, mit Sir Brian ebenso engumschlungen wie mit Angie zu nächtigen, war ihm zuwider.

Er wollte sich gerade vom Bett abwenden, als sich unten ein Lärm erhob, der mühelos durch die dünne Zimmertür drang. Jim vernahm die laute Stimme des Wirts und eine zweite, fast ebenso laute Stimme, und wenn er auch nicht alles verstehen konnte, was gesprochen wurde, so begriff er doch immerhin, worum es ging.

Der Unbekannte erhob Anspruch auf das Zimmer, das der Wirt bereits Jim und Brian überlassen hatte.

Trotz der Vorsicht, die er sich im Laufe des vergangenen Jahres angeeignet hatte und die ihm riet, sich aus allen Unannehmlichkeiten herauszuhalten, mußte er doch feststellen, daß er sich für die Situation irgendwie mitverantwortlich fühlte. Er schnallte sich den Schwertgurt, den er gerade eben abgelegt hatte, wieder um, so daß er nun bewaffnet war. Nicht, daß er die Absicht gehabt hätte, das Schwert zu benutzen – im Grunde wünschte er sich nichts sehnlicher, als daß dies nie wieder notwendig sein würde –, doch ein Edelmann zeigte sich in der Öffentlichkeit nicht ohne. Er ging nach unten.

Im Gästeraum, der den größten Teil des Erdgeschosses einnahm, stand dem Wirt an der Eingangstür ein recht korpulenter Mann gegenüber, der einige Jahre jünger war als Jim und eine schnabelartige Nase hatte, einen buschigen Schnurrbart und einen runden Schädel mit schokoladebraunem Haar.

»Hat Euer Großvater nun diesen Gasthof geführt oder nicht?« fragte der Fremde grimmig, als Jim die Treppe herunterkam. Sein dicker Schnurrbart lief in Spitzen aus, die ebenso scharf waren wie der Ton, den er anschlug. Der Bart war von einem noch blasseren Blond als sein Haar. Er hatte volle Lippen und ein kräftiges, energisches Kinn. Obwohl er etwa einen Kopf kleiner war als Jim, erweckte er den Eindruck, ein weitaus härterer Brocken zu sein.

»Gewiß, Sir Giles«, antwortete der Wirt, »aber das war vor achtzig Jahren, und seitdem habe ich nichts mehr von Eurer Familie gehört.«

»Und wenn schon«, fauchte der andere. »Hat Euer Urgroßvater meinem Großvater nun versprochen, daß sich für ihn stets ein Platz unter diesem Dach finden würde, oder hat er es nicht getan?«

»Ja, gewiß hat er das, Sir Giles«, sagte der Wirt, »aber er hätte nie gedacht, daß Euer verehrter Urgroßvater oder irgendein anderes Mitglied seiner Familie einfach so hereinschneien könnte, ohne sich zuvor angemeldet zu haben. Zufällig habe ich soeben unser letztes Zimmer an einen edlen Ritter und einen Lord aus dem Westen vermietet.«

»Welches Versprechen ist älter?« dröhnte der kleine Herr. »Das, welches Ihr meinem Urgroßvater gegeben habt, oder das, welches Ihr gerade erst den beiden Herren gegeben habt – wer immer sie sein mögen?«

»Natürlich das Eurem Großvater gegebene«, sagte der Wirt, »aber wie ich bereits erklärt habe, Sir Giles, ist mir Eure Ankunft nicht gemeldet worden; die der anderen Gäste hingegen schon. Außerdem dürfte Euch nicht entgangen sein, daß die Stadt voller nobler Herren aus allen Teilen Englands ist, die alle mit ihren Männern irgendwo unterzukommen suchen, bevor sie sich nach Frankreich einschiffen können. Was hätte ich denn anderes tun sollen, da ich von Eurem Kommen nichts wußte, als ein Zimmer zu vermieten, das ansonsten leergestanden hätte?«

»Bringt sie her!« brüllte Sir Giles. »Sie sollen mir gegenübertreten. Sollten sie bereit sein, mir abzutreten, was mir rechtmäßig zusteht, so sollen sie des Weges ziehen. Falls nicht – werde ich, Sir Giles, mein Recht auf dieses Zimmer bei ihnen geltend machen!«

Er zwirbelte aufgebracht die rechte Schnurrbartspitze.

»Es wäre doch traurig, sollten sich die Herren wegen eines meiner Zimmer streiten«, sagte der Wirt. »Weiterhin muß ich bei aller Wertschätzung, die ich für Euch empfinde, sagen, daß ich der Ansicht bin, daß sie einen begründeteren Anspruch auf das Zimmer haben als Ihr, Sir Giles – das heißt, unter den gegebenen Umständen …«

Als er Jim gewahrte, brach er auf einmal ab.

»Mylord!« sagte er. »Ich bin untröstlich …«

»Diesen Herrn kenne ich nicht!« fauchte Sir Giles.

Trotz aller guten Vorsätze wallte Ärger in Jim auf. Dieser Sir Giles schien so hitzig und streitlustig zu sein, daß er jeden gegen sich aufbrachte, der in die Reichweite seiner Augen oder seiner Stimme gelangte.

»Mylord«, stammelte der Wirt, »darf ich Euch Sir Giles de Mer vorstellen. Sir Giles, das ist der edle Lord James, Baron von Malencontri et Riveroak.«

»Ha!« machte Sir Giles, sich den Schnurrbart zwirbelnd und Jim böse Blicke zuwerfend. »Mylord, Ihr haltet mein Zimmer besetzt!«

»Wie ich bereits dargelegt habe, Sir Giles«, warf der Wirt ein, »ist das nicht Euer Zimmer. Es wurde bereits an Sir James und seinen Waffengefährten, Sir Brian Neville-Smythe, vermietet.«

»Und wo steckt dieser Sir Brian?« wollte Sir Giles wissen.

»Er weilt im Moment außer Haus«, antwortete der Wirt. »Er wird allerdings in Kürze wieder das Zimmer aufsuchen, das fraglos ihm und Sir James zusteht.«

Sir Giles stellte den linken Fuß vor, stemmte die linke Hand in die Hüfte und schob streitlustig den Unterkiefer vor, während er Jim mit den Augen durchbohrte.

»Sir James«, dröhnte Sir Giles, »ich mache Euch das Recht auf mein Zimmer streitig! Ich fordere Euch auf, Euren Anspruch zu verteidigen. Gehen wir auf den Hof. Die Wahl der Waffe überlasse ich Euch. Ich werde ebenfalls so verfahren, das heißt, da es mir an geeigneten Waffen und an einer Rüstung mangelt, werde ich so vor Euch hintreten, wie ich bin!«

Die Situation hatte eine höchst unangenehme Wendung genommen. Kaum daß er geendet hatte, wandte Sir Giles sich um und stapfte auf den Hof hinaus. Dort machte er abermals kehrt und wartete darauf, daß Jim ihm folgte. Dem blieb keine andere Wahl, als Sir Giles zu folgen.

Als er auf die Pflastersteine des Hofs hinaustrat, war er sich überdeutlich bewußt, wie glattgescheuert sie waren; außerdem waren sie aus Gründen, die er lieber nicht erfahren wollte, ziemlich glitschig. Es war ein wunderschöner Tag, der Himmel so blau wie das Meer, mit kleinen weißen Federwölkchen darin.

»Verdammt noch mal, Sir!« blaffte Sir Giles. »Seid Ihr etwa stumm? Antwortet mir! Wollt Ihr um Erbarmen winseln und auf Euer Quartier verzichten, oder wollt Ihr Euch Mann gegen Mann mit mir messen, mit einer Waffe Eurer Wahl?«

Sir Giles hatte wie Jim lediglich ein Breitschwert am Gürtel befestigt und trug keine Rüstung. Jim konnte sich nur zu gut vorstellen, wie Sir Brian reagiert haben würde – er hätte sich mit Freuden in den Kampf gestürzt. Gleichzeitig aber erinnerte er sich auch daran, daß Sir Brian taktvoll Kritik an seiner holprigen Schildarbeit geübt und sich auch sonst eher zurückhaltend über die Fertigkeiten geäußert hatte, die Jim sich in dieser Welt angeeignet hatte. Würde er gegen einen solch aufbrausenden Kämpfer wie Sir Giles, der wahrscheinlich schon von frühester Kindheit an im Gebrauch der Waffen unterwiesen worden war, bestehen können? Das bezweifelte Jim. Aber antworten mußte er – oder aber kämpfen. Seine Gedanken überschlugen sich.

»Ich habe ein wenig gezögert, Euch zu antworten, Sir Giles«, sagte Jim schließlich, »weil ich überlegt habe, wie ich Euch die Angelegenheit erklären kann, ohne einen Ritter wie Euch aufzubringen …«

»Ha!« unterbrach ihn Sir Giles, während seine Linke, die von der Hüfte herabgesunken war, wieder zurückwanderte und zur Faust geschlossen dort verharrte.

»Die Sache ist nämlich die«, sagte Jim, »daß ich ein Gelübde abgelegt habe. Ich habe geschworen, mein Schwert solange nicht zu ziehen, bis ich die Klinge mit einem französischen Ritter gekreuzt habe.«

In dem Moment, da er es ausgesprochen hatte, wurde Jim bewußt, wie töricht seine Worte klingen mußten, zumal in den Ohren einer solch martialischen Erscheinung wie Sir Giles. Die Ausrede war jämmerlich, aber eine bessere war ihm im Moment nicht eingefallen. Er bereitete sich innerlich darauf vor, doch noch das Schwert zu ziehen und zu kämpfen, bemerkte jedoch zu seiner Verblüffung, daß sich Sir Giles Haltung auf einmal grundlegend verändert hatte.

Es war, als seien all sein Feuer und seine Wut auf einmal erloschen und als wären überwältigendes Verständnis und Mitgefühl an ihre Stelle getreten. In Sir Giles Augen funkelten tatsächlich Tränen.

»Ein nobler Schwur, bei allen Heiligen!« rief Sir Giles staunend aus. Er trat einen Schritt vor. »Hätte ich bloß soviel Zutrauen in mich, einen solchen Schwur zu leisten! Reicht mir Eure Hand, Mylord. Ein Gentleman, der alle Provokationen, Kränkungen und Beleidigungen zu ertragen vermag, unbeirrt das eine Ziel im Blick, dem alle braven Engländer nun verpflichtet sind, ist wahrlich ein tapferer Mann!«

Er ergriff Jims Rechte, die dieser ihm instinktiv hingestreckt hatte, und drückte sie dankbar. »Hätte ich von Eurem Schwur gewußt, so hättet Ihr niemals meinen Ärger erregt. Ich würde meine rechte Hand dafür hergeben, wenn mir ein solcher Schwur eingefallen wäre und ich mir zutrauen würde, ihn auch einhalten zu können – unbeschadet der ewigen Verdammnis, die als Strafe für das Scheitern drohte!«

Jim war verblüfft. Er hatte vollkommen vergessen, welche Wertschätzung Männer vom Schlage eines Brian und Sir Giles jeder Form von Tapferkeit entgegenbrachten. Im Grunde handelte es sich dabei um einen Reflex. Seine Erleichterung war so groß, daß er sich fast ein wenig wacklig auf den Beinen fühlte. Allerdings auch wiederum nicht so groß, daß er sich die Gelegenheit, die er plötzlich witterte, hätte entgehen lassen.

»Dann seid Ihr vielleicht einverstanden, Sir Giles«, sagte er, »das Problem dadurch zu lösen, daß Ihr Euch das Zimmer mit Sir Brian und mir teilt. Wenn Ihr wollt, könnt Ihr mit Sir Brian im Bett schlafen, denn ich habe noch einen anderen Eid geleistet und mich verpflichtet, ausschließlich auf dem Boden zu nächtigen.«

»Tod und Pestilenz!« erwiderte Sir Giles, Jims Finger vor lauter Überschwang beinahe zu Mus pressend. »Das ist nobel und großzügig! So sollte ein Ritter sein. Es wäre mir eine Ehre, Mylord. Es wäre mir eine Freude und eine Ehre, bei Euch zu wohnen, wie Ihr es mir angeboten habt!«

»Wenn Ihr vielleicht noch ein paar Sachen aufs Zimmer schaffen möchtet? Ich werde dem Wirt Bescheid sagen…« Als Jim sich umwandte, stellte er fest, daß nicht nur der Wirt, sondern auch fast alle Bedienstete und Gäste des Gasthofs entweder unmittelbar hinter ihm standen oder aus Eingängen und Fenstern zu ihnen herausschauten.

»Ich nehme an, Ihr habt nichts dagegen, daß Sir Giles bei uns einzieht, Meister Schankwirt?«

»Aber nicht im geringsten, Mylord. Überhaupt nicht. Ich werde mich selbst darum kümmern, daß man Sir Giles Gepäck hinaufschafft, wenn er mir nur sagt, wo es zu finden ist.«

»Das ist draußen bei den Pferden und wird von einem Bediensteten bewacht«, meinte abwinkend Sir Giles. Er hüstelte verlegen. »Wir erwarten in Kürze das Eintreffen weiterer Männer.«

»Dann erlaubt, daß ich Euch nach oben geleite, Sir Giles«, sagte Jim. »Vielleicht kann uns der Wirt etwas Wein hochschicken.«

Er führte Sir Giles über die Treppe nach oben, und bald darauf wurde auch der Wein gebracht. Dem Bett entschlossen ausweichend, nahm er auf einem Stapel Kleidungsstücke und Satteldecken Platz, die auf dem Boden herumlagen. Sir Giles, der sogleich begriffen hatte, daß Jim dazu verpflichtet war, sich ausschließlich auf den Boden zu beschränken, setzte sich ihm gegenüber auf einen weiteren Stapel.

»Verzeiht mir, Mylord«, sagte Sir Giles, als sie sich die ersten randvollen Becher des sauren Rotweins vornahmen, den der Wirt ihnen gebracht hatte. Jim zuckte innerlich zusammen, als er sah, wie der andere seinen Becher in einem Zug nahezu leerte. Wie die meisten Ritter seiner Zeit schien Sir Giles zu trinken wie ein Verdurstender, der in der Wüste über ein Wasserloch gestolpert war. »Aber ich fürchte, ich weiß nicht, wo Eure Familie herkommt. Zu meiner Schande muß ich weiterhin gestehen, daß mir – wie hieß es noch gleich – Malencontri nichts sagt. Ebensowenig erinnere ich mich an den Namen Riveroak.«

»Malencontri liegt in den Malvernhügeln«, antwortete Jim, »ganz in der Nähe von Worcester. Eigentlich noch in der Malvernjagd, die zum größten Teil zum Besitz des Grafen von Gloucester gehört. Ich habe Malencontri allerdings vom König persönlich als Lehen bekommen.«

»Ich stehe in Eurer Schuld, da Ihr die Freundlichkeit hattet, mich aufzuklären«, entgegnete Sir Giles. »Ich selbst bin ein Ritter aus Northumberland. Unsere Familie lebt schon seit vielen Generationen südlich von Berwick an der Küste des Germanischen Meers, das manche auch als Nordsee bezeichnen. Und unser Gefährte ist also der brave Ritter Sir Brian Neville-Smythe? Dieses Lehen ist mir ebenfalls unbekannt.«

»Eigentlich ist er auf der Burg Smythe zu Hause«, meinte Jim, der Sir Giles dabei zuschaute, wie er geistesabwesend seinen Becher zum dritten Mal füllte. »Die liegt ganz in der Nähe von Malencontri und ebenfalls im Malverngebiet. Wir lernten uns kennen, als wir mit einem Ort zu tun hatten, der den Dunklen Mächten gehört und als Verhaßter Turm bezeichnet wird.«

»Beim heiligen Dunstan!« Sir Giles beugte sich wißbegierig vor, wobei er in der Erregung ein wenig Wein verschüttete. »Dann seid Ihr also der Drachenritter, von dem man sich die Geschichte vom Verhaßten Turm erzählt? Es heißt, Ihr hättet im Zweikampf einen Oger getötet.«

»Ja, so war es«, sagte Jim. »Zu der Zeit war ich allerdings in Drachengestalt, falls Ihr Euch an die Geschichte noch erinnert.«

»Ob ich mich erinnere?« fragte Sir Giles. »Ganz England und ganz Schottland erinnern sich daran! Ein höchst verdienstvolles Unternehmen.«

»Es freut mich, daß Ihr das sagt«, meinte Jim. »Eigentlich handelte es sich eher um eine Notwendigkeit. Meine Frau, Lady Angela ...«

Die vertraute Stimme, die durch den dünnen Boden zu vernehmen war, ließ ihn innehalten. »Wenn ich mich nicht täusche«, sagte er, »wird Sir Brian jeden Moment zu uns stoßen.«

Er erhob sich hastig. »Wenn Ihr mich für einen Augenblick entschuldigen würdet, damit ich privatim mit ihm sprechen kann ...«

»Privatim?« wiederholte Sir Giles verständnislos.

»Unter vier Augen, meine ich. Es wird nicht lange dauern. Ich bin sicher, er wird Euch mit Freuden willkommen heißen.«

»Ha!« meinte Sir Giles, plötzlich wieder erzürnt. Offenbar nahm er jedoch wieder Abstand davon, sich über Brians mögliche Einwände entrüsten zu wollen, und widmete sich wieder seinem Becher Wein. »Bestimmt, Mylord. Ich werde hier auf Euch warten.«

Jim war bereits auf dem Gang. Er begegnete Brian auf der Treppe und hielt ihn auf. Mit knappen Worten erklärte er ihm, was geschehen war, und weshalb nun ein Fremder das Zimmer mit ihnen teilte.

»Ah«, meinte Brian mit einem verständnisvollen Nicken, als Jim ihm schilderte, wie man ihn herausgefordert hatte. Dann musterte er Jim mißtrauisch. »Habt Ihr wirklich einen solchen Eid geleistet, James? Ihr habt mir gar nichts davon erzählt.«

»Verzeiht mir, Brian«, sagte Jim. »Aber da ist noch etwas ... Ihr müßt nämlich wissen ...«, er senkte verschwörerisch die Stimme, »... der Schwur bezog sich nur auf mein Breitschwert ...«

Brian lächelte erleichtert.

»Das reicht, James«, sagte er. »Zweifellos hat es etwas mit Magie zu tun, oder es geht nur Eure Lady und Euch etwas an. Verzeiht mir, wenn ich zudringlich gewesen sein sollte.«

»Keineswegs, Brian«, sagte Jim schuldbewußt, »aber kommt nun mit, damit ich Euch Sir Giles de Mer vorstellen kann. Er ist ein wenig reizbar, beruhigt sich aber auch rasch wieder. Ich glaube, er wird Euch gefallen.«

Seine letzte Bemerkung war eher Ausdruck von Hoffnung als von Überzeugung. Er hielt es nicht für ausgeschlossen, daß Brian und Sir Giles einander zuwider sein würden. Zu seiner Überraschung schien Brian den fremden Ritter jedoch bereits zu kennen.

»Sir Giles de Mer«, wiederholte er nachdenklich. »Das trifft sich gut. Ich muß Euch nämlich etwas sagen, Jim, und seltsamerweise betrifft es auch diesen Sir Giles. Nur zu, bringt mich zu ihm.«

12

JIMS BEFÜRCHTUNG, Giles und Brian könnten sich sogleich in die Haare geraten, war nicht ganz grundlos, denn beide Ritter waren ausgesprochen eigensinnig, wenn auch jeder auf seine Art. Allerdings stellte sich heraus, daß er sich unnötig Sorgen gemacht hatte.

»Sir Giles«, sagte er, »das ist mein alter Freund Sir Brian Neville-Smythe. Brian, das ist der ehrenwerte Ritter Sir Giles, den ich soeben eingeladen habe, sich das Zimmer mit uns zu teilen, da er vorhatte, hier zu nächtigen und bedauerlicherweise alle Zimmer belegt sind.«

»Ha!« meinte Sir Giles, freundlich das rechte Ende seines Schnurrbarts zwirbelnd. »Es ist mir eine Ehre und eine Freude, Eure Bekanntschaft zu machen, Sir Brian.«

»Desgleichen ist es mir eine Ehre, Euch kennenzulernen, Sir Giles«, antwortete Brian. »Ich wollte Sir James soeben eine wichtige Botschaft überbringen. Seltsamerweise habe ich auch für Euch eine Botschaft, Sir Giles.«

»Was Ihr nicht sagt. Eine Botschaft, für mich?« Giles Miene spiegelte eine Mischung aus Verwirrung und milder Streitlust wider. »Das ist aber seltsam. Ich glaube, im Moment weiß außer Euch niemand in Hastings, daß ich hier bin, und ich kann mir auch nicht vorstellen, wer mir eine Botschaft schicken sollte.«

»Es wird Euch weniger seltsam vorkommen, wenn Ihr erfahrt, von wem die Botschaft stammt«, sagte Sir Brian. »Beide Botschaften stammen nämlich vom ehrenwerten Ritter Sir John Chandos.«

Der Name rief nicht nur bei Sir Giles, sondern auch bei Jim eine Reaktion hervor. Wie Jim sich von seinem Studium der Geschichte des vierzehnten Jahrhunderts her erinnerte, war Sir John Chandos ein großartiger Heerführer und ein enger Freund des Schwarzen Prinzen gewesen, wie der Kronprinz von England damals genannt worden war. Er hatte zu den Gründungsmitgliedern des Hosenbandordens gehört, ein Ritterorden, den in Jims Welt der Schwarze Prinz unter anderem deshalb gegründet hatte, um König Artus Tafelrunde nachzueifern. Chandos führte den Beinamen ›Zierde des Rittertums‹. Was ein solcher Mann mit ihm zu schaffen haben sollte, konnte Jim sich beim besten Willen nicht vorstellen.

Nachdem Sir Giles ein schwaches »Ha!« von sich gegeben hatte, hätte er sich die rechte Schnurrbartspitze beinahe an den Haarwurzeln ausgerissen. Entweder, überlegte Jim, ahnt er, weshalb Sir John Chandos ihm eine Botschaft zukommen läßt, oder die Erwähnung dieses Mannes und sein unerklärliches Begehren haben ihn ebenso überwältigt wie mich.

»Die Botschaft lautet beide Male gleich«, fuhr Sir

Brian fort. »Sir John möchte, daß Ihr ihn so bald wie möglich aufsucht.«

»Heißt das, sofort?« erkundigte Jim sich unbehaglich.

»Das ist wohl anzunehmen, James«, entgegnete Sir Brian mit gerunzelter Stirn und einem Anflug von Mißbilligung in der Stimme.

»Natürlich! Sofort. Aber sicher doch«, wiederholte Sir Giles mit noch immer leicht belegter Stimme. »Nun sagt uns, wo Sir James und ich diesen ehrwürdigen Ritter finden können.«

»Ich bringe Euch hin«, antwortete Brian.

Er geleitete sie auf die Straße. Wie sich herausstellte, war ihr Ziel ein anderer, größerer Gasthof ganz in der Nähe des Hafenviertels, der anscheinend zur Gänze von einer bedeutenden Persönlichkeit von Stand in Anspruch genommen wurde.

Über dem Eingang hingen ein halbes Dutzend Fahnen, deren Wappen Jim allesamt unbekannt waren. Er nahm sich vor, demnächst seine Kenntnisse der Heraldik aufzufrischen. Er hatte sich bereits ein wenig damit beschäftigt, vor allem aber mit den Wappen aus seiner Umgebung. Hier, wo ein Gutteil der englischen Ritterschaft versammelt war und wo jedermann zumindest die Wappen der bedeutenden Persönlichkeiten auf den ersten Blick erkannte, könnte er Schwierigkeiten bekommen, wenn er sich allzu unbedarft zeigte.

Brian geleitete sie an der Wand entlang zur am anderen Ende des Raumes gelegenen Treppe, als ihn plötzlich ein prachtvoll gekleideter Mann beim Ärmel packte.

»Halt, Bursche!« sagte dieser. »Bleibt stehen. Sprecht mit dem Hofmeister, wenn er vorbeikommt, und nennt ihm Euer Anliegen!«

»Habt Ihr mich etwa ›Bursche‹ genannt?« grollte Brian. »Nehmt Eure verdammte Hand weg. Mit wem, zum Teufel, habe ich das Mißvergnügen?«

Der andere ließ ihn los.

»Ich bin Vicomte Sir Mortimer Verweather, B…« – ihm lag das Wort ›Bursche‹ bereits auf der Zunge, doch besann er sich gerade noch rechtzeitig –, »und lasse mich nicht von einem drittklassigen Ritter ansprechen! Ich kann meine Abstammung bis zu König Artus zurückverfolgen.«

Sir Brian sagte ihm unverblümt, was er mit seiner Abstammung tun könne.

»Und ich, Mylord«, fuhr er fort, »bin ein Neville von Raby und brauche vor niemandem den Blick niederzuschlagen. Dafür schuldet Ihr mir Genugtuung!«

Beide Männer umklammerten das Heft ihres Schwertes.

»Gewiß doch…«, setzte Sir Mortimer gerade an, als ein stämmiger, sehr elegant gekleideter Mann mit einer schweren silbernen Halskette, an der ein Medaillon befestigt war, sich zwischen sie drängte.

»Hört sofort damit auf Mylords!« herrschte er sie an. »Was soll denn das, ausgerechnet hier zu streiten?« Auf einmal stutzte er. »Sir Brian!«

Sein Blick ruhte auf Brians Gesicht.

Die Veränderung in seinem Ton war erstaunlich, wenngleich er seine Strenge beibehielt. »Ihr habt uns vor einer Stunde verlassen. Ich habe Euch eigentlich nicht so rasch wieder zurückerwartet…«

»Wie es sich traf«, antwortete Sir Brian in ruhigerem Ton und nahm die Hand vom Schwert, »bin ich bereits fündig geworden und habe die Herren, von denen wir gesprochen haben, gleich mitgebracht.«

»Ausgezeichnet!« meinte Sir William lächelnd. »Sir John wird Euch bestimmt gleich sprechen wollen. Kommt mit.«

Er wollte sich bereits abwenden, blickte sich aber noch einmal nach Sir Mortimer um.

»Was Euch betrifft, Mylord«, sagte er streng, »so würde es Euch nicht schaden, wenn Ihr Euch die an diesem Ort geltenden Gepflogenheiten in Erinnerung rufen würdet. Sir John wird mit Euch sprechen, sobald es ihm beliebt.«

Er wandte sich wieder Brian zu. »Kommt mit, und Eure Begleiter ebenfalls.« Als er sie die Treppe hinaufführte, folgten ihnen die Blicke sämtlicher Anwesender.

Mit einem unangenehmen Gefühl im Magen stieg Jim hinter der kräftigen, würdevollen Gestalt die Treppe hoch. ›Beklommenheit‹ wäre kein zu starker Ausdruck gewesen, um seinen gegenwärtigen Gefühlszustand zu beschreiben.

Er hatte die instinktive Wut seines Drachenkörpers erfahren und sogar nützlich gefunden. Er war sosehr im Kampf gegen die Angreifer von Sir Brians Burg aufgegangen, daß er mehrere Schnitte und Schürfwunden und die Stellen, wo der schlechtsitzende Plattenpanzer ihm die Haut wundgescheuert hatte, erst eine ganze Weile später bemerkt hatte.

Die Erziehung, die ihm im zwanzigsten Jahrhundert zuteil geworden war, hatte ihn allerdings nur unzureichend auf diese Gesellschaftsform vorbereitet, wo anscheinend von einem erwartet wurde, daß man von einem Moment zum anderen außer sich geriet. Ihm hatte man das genaue Gegenteil beigebracht.

Als James und Sir Mortimer einander wutentbrannt gegenübergestanden hatten, war sein erster Gedanke gewesen, die Gemüter wieder zu beruhigen, hatte dann aber im Verlauf der Auseinandersetzung eher dazu geneigt, vor Sir Mortimer einen Rückzieher zu machen.

Im nachhinein sagte er sich, daß er schnellere Reflexe entwickeln mußte – auch wenn es ihm gegen den Strich ging. Er mußte eine Rolle in dieser Gesellschaft spielen, und das gehörte offenbar mit dazu.

Im ersten Stock geleitete man sie in einen Raum, der kaum größer als ihr eigenes Zimmer und auch so ähnlich eingerichtet war. In einer Ecke befand sich ein wieder mal zu kleines Bett mit zerwühltem Bettzeug. An einer Art großem Lesepult stand ein hagerer Mann mittleren Alters, auf dessen nahezu kahlem Schädel lediglich ein paar glatte, schwarze Haarsträhnen übriggeblieben waren, und schrieb mit einem Federkiel auf ein Stück Pergament. Ein weiterer Mann in einem dunkelblauen Wams schaffte es irgendwie, sich vor einem kleinen, quadratischen Tisch mit Papieren und dem allgegenwärtigen Krug Wein samt dazugehörigen Bechern auf einem ungepolsterten Stuhl mit vollkommen gerader Lehne zu lümmeln. Bei ihrem Eintreten nahm der Mann im blauen Wams gerade einen Schluck aus einem Becher und setzte ihn dann wieder ab.

Ihm schräg gegenüber stand ein Hocker, der so hoch war, daß man bequem am Tisch sitzen konnte, und vier weitere Hocker standen an den Wänden.

»Sir John«, sagte Sir William, als sie alle drei vor dem Schreibtisch stehenblieben, »Sir Brian Neville-Smythe steht mit den beiden gewünschten Personen zu Eurer Verfügung.«

Der Mann hinter dem Tisch – offenbar Sir John Chandos persönlich – richtete sich ein wenig auf und beugte sich vor, wobei er beide Unterarme auf den Tisch stützte.

»Ist gut, William«, sagte er. »Laßt mich mit ihnen allein.«

Er sah zu dem Mann hinüber, der emsig schrieb.

»Cedric«, sagte er.

Der Mann legte den Federkiel weg und verließ mit Sir William den Raum.

Als sich die Tür geschlossen hatte, wanderte Sir Johns Blick zu den drei vor ihm stehenden Männern.

Er hatte den hageren Körper eines durchtrainierten Zwanzigjährigen, obwohl Jim ihn auf mindestens Mitte Dreißig geschätzt hätte. Er strahlte nachlässige Grazie aus, hatte jedoch nichts von der Geckenhaftigkeit oder Anmaßung, wie sie Sir Mortimer Verweather soeben unter Beweis gestellt hatte. Eher fühlte man sich an die einschüchternde Lässigkeit einer großen und gefährlichen Raubkatze erinnert.

Jim ertappte sich dabei, daß er den Mann eingehend musterte. Die Bilder und Beschreibungen, denen er als Student begegnet war, hatten keinerlei Ähnlichkeit mit dem Mann gehabt, dem er nun gegenüberstand. Daß dieser Mann nicht nur intelligent und begabt war, strahlte von ihm aus wie die Wärme von einem Kamin.

Er forderte sie nicht auf, Platz zu nehmen, und bot ihnen keinen Wein an.

»Mylords«, sagte Sir John in unverändert leisem Ton, »Kriege werden nicht allein auf dem Schlachtfeld gewonnen. Das gilt besonders für diesen Krieg, dessen Hauptziel darin besteht, unseren Kronprinzen, Gott möge ihn schützen, unversehrt zu befreien. Wenngleich Ihr, Sir Brian, möglicherweise feststellen werdet, daß Ihr Euch mehr aufs Kämpfen werdet verlegen müssen als diese beiden Ritter.«

Sir John taxierte sie nacheinander, als versuchte er, sich mit einem Blick ein Urteil über sie zu bilden. Seine braunen Augen waren goldfarben gesprenkelt, desgleichen das sich lichtende Haupthaar.

»Um den Prinzen unbeschadet nach Hause zu bringen«, fuhr er fort, »werden wir uns zweifellos mit dem Heer König Jeans von Frankreich auf dem Schlachtfeld messen müssen. Diese Schlacht werden wir entweder gewinnen oder verlieren, wie Gott will. Nichtsdestotrotz wird die eigentliche Befreiung des Prinzen vor allem von Euch dreien und noch einigen anderen Herren abhängen.«

Er legte eine kurze Pause ein, als wollte er ihnen Zeit lassen, diese Neuigkeit zu verdauen.

»Ich fürchte allerdings«, fuhr er fort, »daß bislang keiner von Euch über Erfahrungen in derlei Dingen verfügt. Ihr müßt Euch bewußt machen, daß die Stabilität des Königreichs nicht allein darauf beruht, mit Schwert und Lanze in vollem Galopp den erstbesten Gegner anzugreifen, der sich blicken läßt, sondern vieles geschieht im stillen und häufig auch notwendigerweise im Geheimen. Was bedeutet, daß die Beteiligten während des Unternehmens und auch hinterher nicht offen darüber reden. Diese Art Stillschweigen erwarte ich von Euch dreien, besonders im Hinblick auf die bestehenden Verbindungen zwischen Euren Aktionen auf der einen und mir und dem englischen Königshaus auf der anderen Seite. Habt Ihr mich verstanden, Mylords?«

Sie bejahten seine Frage. Zu seiner Überraschung stellte Jim fest, daß er sich ebenso respektvoll anhörte wie seine beiden Gefährten. Er hatte nicht erwartet, daß ein Ritter oder Edelmann dieser Welt eine solche Autorität ausstrahlen würde.

»Na schön«, sagte Sir John. Er blickte auf die Papiere, die auf einem unordentlichen Haufen neben dem Weinkrug lagen. »Was ich Euch nun sage, darf nie jemand erfahren. Wir haben in Frankreich gewisse Ratgeber, die uns die nötigen Informationen verschaffen können, die Ihr brauchen werdet, um die Euch übertragene Aufgabe auszuführen; und deren Leben hängt von Eurem Stillschweigen ab.«

Er sah sie für einen Moment stirnrunzelnd an, dann blickte er wieder auf die Papiere.

»Diese Ratgeber sind Freunde von uns, während man in Frankreich glaubt, sie dienten aus ganzem Herzen der französischen Krone«, fuhr er fort. »Manche mögen sagen, die Arbeit, die sie tun, sei eines Gentleman unwürdig, und dies könnte man auch von dem Unternehmen behaupten, mit dem ich Euch beauftrage.«

Abermals schaute er sie an, diesmal aber mit ungekräuselter Stirn.

»Ich sage Euch, diese Behauptung ist falsch«, erklärte er. »Vielmehr handelt es sich um einen Auftrag, der nur von wahren Gentlemen ausgeführt werden kann, da er von allen Beteiligten verlangt, daß sie kämpfen, und zwar nicht mühelos und in der Öffentlichkeit, sondern unter Schwierigkeiten und im geheimen. Eure Aufgabe, Sir Giles und Sir James, wird es sein, die eigentliche Befreiung unseres Prinzen aus seinem Gefängnis zu bewerkstelligen, wo immer ihn der französische König auch gefangenhalten mag. Ihr, Sir Brian ...«

Er sah Brian an.

»... werdet diesen Herren gegebenenfalls mit der kleinen Streitmacht, die Ihr aufgeboten habt, zu Hilfe eilen. Daher werdet Ihr ihnen anhand der Zeichen und Hinweise, die sie unterwegs zurücklassen werden, etwa im Abstand eines Tagesritts folgen und Euch mit ihnen in Amboise treffen, das tief im Innern Frankreichs liegt. Dort werdet Ihr die nötigen Vorkehrungen zur Befreiung des Prinzen treffen. Habt Ihr das verstanden?«

»Jawohl, Sir John«, antwortete Sir Brian.

»Ihr, Sir Giles und Sir James«, fuhr Chandos fort, »wurdet für die eigentliche Befreiungsaktion auserwählt, weil Ihr über besondere ... Gaben verfügt. Ihr wißt beide, was ich meine, so daß ich nicht mehr dazu sagen muß; und falls Ihr von den Talenten des jeweils anderen noch keine Kenntnis habt, so dürft Ihr es einstweilen dabei bewenden lassen, bis Ihr irgendwann das Bedürfnis verspüren mögt, Euch einander anzuvertrauen. Es reicht, wenn ich erwähne, daß der Graf von Northumberland mir ausführlich von Euch, Sir Giles, berichtet hat; Ihr, Sir James, seid bereits wegen des Scharmützels am Verhaßten Turm in Liedern und Berichten in ganz England bekannt. Ihr drei werdet morgen früh mit der ersten Flut nach Brest in der Bretagne auslaufen. Könnt Ihr alle lesen und schreiben?«

»Man hat mich im Alphabet unterrichtet«, sagte Sir Giles und zwirbelte die rechte Schnurrbartspitze mit einem Anflug von Stolz, »und ich lese und schreibe ein wenig Latein. Mit den gleichen Buchstaben kann ich auch leidlich gut Englisch schreiben.«

Sir John nickte erfreut, dann wandte er sich an Jim.

»Ja«, antwortete Jim.

Sir John zog die Brauen hoch.

»Ihr scheint Euch ja sehr sicher zu sein, James«, sagte er. »Kann ich davon ausgehen, daß Ihr Euch ausgezeichnet aufs Lesen und aufs Schreiben versteht?«

»Ich schreibe sowohl Lateinisch als auch Englisch und beherrsche wohl auch ein wenig Französisch, wenn ich's recht bedenke«, sagte Jim.

Sir John drehte eines der vor ihm liegenden Papiere um, so daß nun die leere Seite nach oben zeigte.

»Wenn es Euch recht ist, Sir James, so nehmt den Federkiel, den Cedric hiergelassen hat«, sagte Sir John, »und schreibt auf das Papier, was ich Euch sage.«

Jim nahm den Federkiel, und als er auf dem Schreibpult auch noch ein Tintenfäßchen entdeckte, brachte er auch dieses mit zu Sir Johns Tisch.

Er tauchte den Federkiel in die Tinte, streifte die überflüssige Tinte von der Spitze ab und verharrte mit der Feder über dem Papier. Auf einmal fiel ihm etwas ein.

»Verzeiht, Sir John«, sagte er. »Ich habe nicht bedacht, daß Euch meine Handschrift und die Art der Buchstaben vielleicht ungewohnt erscheinen mögen. Wenn Ihr wollt, kann ich auch Druckbuchstaben schreiben, wenngleich ich dann langsamer als in Schreibschrift bin.«

Sir John lächelte. Jim gewann das unangenehme Gefühl, der Ritter glaube, er wolle seine möglicherweise übersteigerten Erwartungen dämpfen. Chandos enthielt sich allerdings einer Bemerkung, sondern lehnte sich bloß auf dem Stuhl zurück.

»Schreibt dies«, sagte er. »›*Auf dem Meer sind fünf französische Schiffe ...*‹«

Jim schrieb die Worte in Druckbuchstaben auf das Pergament, wobei er ausreichend Abstand zwischen den einzelnen Worten ließ, damit ganz klar war, welche Buchstaben zu welchem Wort gehörten. Dann hielt er inne und wartete darauf, daß Sir John mit dem Diktat fortfuhr, bemerkte jedoch, daß der Ritter ihn schon wieder mit hochgezogenen Brauen ansah.

»Ihr seid wirklich flink mit der Feder, Sir James«, sagte er. »Selten sah ich einen Schreiber so schnell schreiben. Ich denke, ich schaue mir das mal an, bevor ich den Satz beende – womöglich erübrigt es sich dann schon.«

Er drehte das Blatt Papier um und betrachtete stirnrunzelnd die Buchstaben.

»Ihr habt wirklich eine eigenartige Handschrift, Sir James«, murmelte er, »aber mit etwas gutem Willen ist sie mühelos lesbar. Ihr habt aber noch eine andere Schreibweise erwähnt?«

»Ja, Sir John«, sagte Jim. »Diese Worte habe ich in Druckbuchstaben geschrieben. Im allgemeinen benutzen die Leute dort, wo ich herkomme, allerdings die Schreibschrift, wenn sie etwas zu Papier bringen möchten – in diesem Fall zu Pergament.«

»Ich würde diese andere Schreibweise gern sehen. Wie habt Ihr sie gleich noch genannt?«

»*Schreibschrift,* Sir John«, antwortete Jim. »Mit Eurer Erlaubnis werde ich die gleichen Worte noch einmal in Schreibschrift unter die Druckbuchstaben schreiben, damit Ihr den Unterschied seht.«

»Nur zu«, sagte Sir John, der ihn durchdringend musterte.

Jim drehte das Pergament um und schrieb noch einmal die gleichen Worte so flüssig und so leserlich wie möglich. Dann drehte er das Blatt zu Chandos herum.

»Das kann ich wirklich nur schwer lesen, wenn

überhaupt«, sagte Chandos. »Gleichwohl zweifle ich nicht daran, daß es Schreiber gibt, die dies entziffern könnten. Aber ich möchte aufrichtig zu Euch sein, Sir James, und muß Euch sagen, daß mich die Geschwindigkeit dieser zweiten Schreibweise erstaunt. In diesem besonderen Fall taugt sie allerdings nicht. Ihr solltet Euch besser der ersten Schreibweise bedienen – wie habt Ihr sie gleich noch genannt?«

»Druckschrift«, sagte Jim. »Beim erstenmal habe ich die Worte mit Druckbuchstaben geschrieben.«

»Je länger ich sie betrachte, desto deutlicher sticht mir, ungeachtet der ein wenig kuriosen Ausführung, ihre wunderbare Klarheit ins Auge«, meinte Sir John. »Für unsere Zwecke scheint sie hervorragend geeignet, da wir nämlich kurze schriftliche Nachrichten werden austauschen müssen. Aber würdet Ihr mir den Gefallen tun, Eure Schreibkunst auch noch auf Latein und Französisch zu demonstrieren?«

»Mit Freuden, Sir John«, antwortete Jim. Er schrieb die gleichen Worte noch einmal in beiden Sprachen.

»Wundervoll!« sagte Sir John und bestaunte kopfschüttelnd die beiden Zeilen, die Jim sowohl in Druckschrift wie in Schreibschrift ausgeführt hatte. »Ich kann nicht behaupten, daß ich irgend etwas davon lesen könnte, habe aber keinen Zweifel, daß Ihr es vermögt. Wahrscheinlich könnte es auch ein Geistlicher lesen, zumal ein französischer Geistlicher; zumindest die Zeilen, bei denen ihr Druckbuchstaben verwendet habt, wie Ihr sie nennt. Ausgezeichnet.«

Er blickte Jim forschend an.

»Ich nehme an, die Fähigkeiten, die Ihr soeben unter Beweis gestellt habt, haben etwas mit der von mir erwähnten speziellen Gabe zu tun?«

Jim hätte am liebsten geantwortet, in seiner Welt könnten die meisten Leute so schreiben, wie er es gerade vorgeführt hatte. Aus Vorsicht hielt er sich jedoch zurück.

»Verzeiht mir, Sir John«, sagte er, »aber diese Frage darf ich nicht beantworten.«

»Ah«, meinte Sir John mit ernster Miene. Er nickte. »Natürlich. Dann hat es also tatsächlich etwas mit Eurer *Gabe* zu tun. Ich verstehe. Laßt uns nicht mehr darüber reden. Dann müssen wir nur noch ein paar Dinge klären.«

Er zog einen von mehreren Ringen von einem seiner Finger und reichte ihn Jim.

»Sir James«, sagte er, »als Gentleman von Stand werdet Ihr diesen Ring tragen. Wenn Ihr nach Brest kommt, werdet Ihr Euch mit Sir Giles in einem Gasthof mit einer grünen Tür einquartieren. Tatsächlich heißt dieser Gasthof auf Französisch auch *Zur Grünen Tür*. Man wird Euch dort ein Zimmer geben. Wartet dort, bis sich jemand an Euch wendet, der Euch einen gleichartigen Ring vorweisen kann. Ich würde vorschlagen, daß Ihr den Ring tragt, wenn Ihr den Gasthof betretet, und ihn anbehaltet, bis Ihr jemanden mit seinem Gegenstück entdeckt. Dieser Mann wird Euch sagen, was Ihr als nächstes tun sollt. Jetzt bleibt nur noch die Frage Eures Zeichens.«

»Meines Zeichens?« wiederholte Jim verwirrt.

Sir John hatte sich jedoch bereits zur Tür umgewandt und hob die Stimme. Bislang hatte er leise gesprochen, so daß Jim gar nicht aufgefallen war, daß er eine Tenorstimme hatte. Jetzt, da es ihm zu brüllen gefiel, zeigte sich, daß seine Stimme erstaunlich weit trug. Jim erinnerte sich auf einmal, daß es Infanterieoffizieren im neunzehnten Jahrhundert zum Vorteil gereicht hatte, wenn sie Tenorstimmen besaßen, da diese im Schlachtenlärm und Geschützdonner besser zu verstehen waren. Sir Johns Tenor war so durchdringend wie der eines Opernsängers.

»Cedric!« brüllte er.

Gleich darauf öffnete sich die Tür, und herein kam

der hagere Mann mit dem sich lichtenden Haar, dessen Federkiel sich Jim zuvor ausgeliehen hatte.

»Sir John?« fragte er.

»Holt Sir James Schild und den Maler«, befahl Sir John.

Cedric ging hinaus und schloß hinter sich die Tür.

»Als der Graf von Northumberland neulich bei Seiner Majestät vorsprach«, sagte Sir John, »erfuhr er zu seiner Freude, daß Seine Majestät Euch ein Wappen verliehen hat. Zweifellos besitzt Ihr in dem Land, aus dem Ihr stammt, ein eigenes Wappen. Dennoch schien es geboten, daß Ihr ein ordentliches englisches Wappen führt, da Ihr nun einer von uns seid und Euch in unserem England aufhaltet. Die Wappen sind zu einem gewissen Grad gesetzlich vorgeschrieben. Jedenfalls ist ein Mann, der Erfahrung im Wappenzeichnen besitzt, mit den nötigen Informationen von London hergekommen und hat soeben die Bemalung Eures Schildes fertiggestellt.«

»Meines Schildes?« echote Jim. Seines Wissens befand sich sein Schild zusammen mit dem restlichen Gepäck im Gasthof in der Obhut Theolufs.

»Ich habe ihn nach meiner ersten Besprechung mit Sir John von John Chester holen lassen«, erklärte Sir Brian. »Er sagte mir, Ihr hättet Euch auf dem Hof mit Sir Giles unterhalten und wünschtet nicht gestört zu werden, daher ging er nach oben, redete mit Theoluf und brachte den Schild hierher.«

»Oh«, machte Jim.

Die Sache war nämlich die, daß er seinen Schild seit dem Aufbruch von Malencontri in einer leinenen Schutzhülle aufbewahrt hatte. Er war noch nicht dazu gekommen, ein Wappen auf der blanken Metalloberfläche anzubringen, obwohl Sir Brian ihm versichert hatte, daß er dabei freie Wahl habe und daß niemand Einwände erheben werde, solange er sich dabei nicht eines fremden Wappens bediente. Sir Brian hatte sich ein wenig gewundert, daß Jim nicht sogleich das Wappen aufgemalt hatte, das er in dem weitentfernten Lande Riveroak, aus dem er stammte, zweifellos besessen hatte. Der Grund für Jims Zögern war eine Art Schuldgefühl, das daher rührte, daß er einen nichtexistenten Titel und ein falsches Wappen für sich reklamiert hatte, die er bei seiner ersten Begegnung mit Sir Brian aus einer plötzlichen Laune heraus erfunden hatte.

Währenddessen hatte sich die Tür abermals geöffnet; Cedric war zurückgekehrt, gefolgt von einem kleinen Mann mit arthritisch verkrümmtem Rücken, der höchstens in den Vierzigern war, denn sein Haar hatte gerade erst angefangen grau zu werden, und er besaß noch fast alle Zähne; aufgrund seiner sonstigen Erscheinung und seiner ledrigen Haut wirkte er allerdings wie siebzig.

Der kleine Mann hatte Jims Schild dabei, der nun nicht mehr in der Schutzhülle steckte, und hielt ihn so, daß er Jim die Rückseite zuwandte. Cedric ging zum Pult, nahm wortlos seinen Federkiel und kehrte an den Schreibtisch zurück. Der kleine Mann trat vor, verneigte sich erst vor Sir John, dann vor den drei anderen Männern und setzte den Schild mit der Spitze auf den Boden, ohne ihn umzudrehen.

»Nun, Meister Wappenmaler«, fragte Sir John, »seid Ihr fertig?«

»Fertig schon, Sir John«, antwortete der kleine Mann mit krächzender Stimme, »wenngleich die Farbe noch feucht ist, so daß ich die Herren bitten muß, sich noch etwa eine Stunde mit dem Anfassen zu gedulden. Soll ich die Zeichnung zeigen?«

»Deshalb seid Ihr hier, Mann«, meinte Sir John in leicht gereiztem Ton.

Der kleine Mann wirkte weder eingeschüchtert noch beleidigt von Sir Johns Reaktion. Er drehte lediglich den Schild herum, so daß alle die Vorderseite sehen konnten.

Jim machte große Augen. Auf der metallenen Oberfläche erblickte er einen drohend aufgerichteten Drachen, der von einer Zierlinie eingefaßt war, und zwar von einer sehr dünnen, goldfarbenen Linie, die eher aus echtem Gold zu bestehen als gemalt zu sein schien, denn anders als die anderen Farben glänzte sie nicht feucht. Der Rest des Schilds zeigte ein einheitliches Dunkelrot.

»Ihr müßt wissen, daß es in England und in allen anderen christlichen Ländern Sitte ist«, sagte Sir John, »daß jemand, der über Eure... äh... Gabe verfügt, stets etwas Rot im Wappen führt, so daß jeder ehrenwerte Ritter, der Anlaß hat, mit Euch zu streiten, beizeiten gewarnt wird, daß Ihr aufgrund Eurer Gabe möglicherweise im Vorteil seid.«

Jim hatte ihn auf Anhieb verstanden. Wenn man einmal davon absah, daß er sich jederzeit in einen Drachen verwandeln konnte, so hätte er doch kaum gewußt, wie er sich unter üblichen Kampfbedingungen in einen gefährlichen Gegner verwandeln sollte – allerdings war es nicht verwunderlich, daß man jemanden, der in allen magischen Künsten bewandert war, im Besitz eines unfairen Vorteils gegenüber anderen Rittern wähnte. Eine reizende Vorsichtsmaßnahme, wie er fand, wenn man bedachte, daß es durchaus als fair galt, wenn ein großer Ritter einen viel kleineren und schwächeren Gegner angriff, solange der Angegriffene nur ebenfalls ein Ritter und bewaffnet war. Aber er hatte schon vor vielen Monaten gelernt, die Sitten und Gebräuche dieser Welt nicht in Frage zu stellen, sondern sich damit abzufinden und sich darauf einzustellen.

Allerdings wurde jetzt wohl ein Wort der Anerkennung von ihm erwartet.

Er wandte sich an Sir John.

»Für dieses Wappen stehe ich in der Schuld Seiner Majestät und des Grafen von Northumberland«, sagte er, »und auch Euch, Sir John, und Euch, Meister« – er wandte sich an den Maler –, »bin ich zu Dank verpflichtet. Es wird mir eine Ehre sein, das mir vom König von England verliehene Wappen zu führen. Würdet Ihr Seiner Majestät und dem erlauchten Grafen bei nächster Gelegenheit meine tiefe Wertschätzung und meinen Dank aussprechen, Sir John? Ich wäre Euch dafür sehr verbunden.«

»Es wird mir eine Freude sein, Sir James«, antwortete Sir James. »Ihr bekundet Euren Dank in wohlgesetzten Worten, wie mir scheint, und ich bin sicher, der Graf von Northumberland und Seine Majestät werden sich mir anschließen.«

Drüben am Schreibpult räusperte sich Cedric. Sir John blickte kurz zu ihm hin, dann sah er wieder die drei Männer an.

»Ich glaube, die Zeit drängt«, sagte er. »Ich habe viel zu tun und muß noch einiges vorbereiten, um möglichst viele unserer Männer einzuschiffen. Ihr dürft Euch daher entfernen, Mylords. Mit Gottes Hilfe werden wir uns in Frankreich alle wiedersehen.«

Jim, Brian und Sir Giles zogen sich unter Verneigungen zurück.

13

Es war kurz vor Tagesanbruch.

Jim stand an der Backbordreling eines sehr kleinen, unübersehbar badewannenförmigen Schiffes, das sie bei Nacht über den Ärmelkanal bis vor die französische Küste gebracht hatte. Entgegen Sir Johns Ankündigung hatte der Schiffsführer nicht die morgendliche Flut abgewartet, sondern darauf bestanden, noch am selben Abend nach ihrer Unterredung mit Sir Chandos in See zu stechen.

Seine Gründe waren gut nachvollziehbar. Auf beiden Seiten des Kanals zwischen England und Frankreich war den Schiffseignern und Kapitänen wohl bewußt, daß England und Frankreich im Begriff standen, einander wieder einmal zu bekriegen. Das bedeutete, daß eine Menge Schiffsverkehr nach Süden ging. Offenbar wurde auf hoher See ein Schiff, das ein anderes kleineres oder leicht zu kaperndes Schiff sichtete, zum Piratenschiff; und dieser Kapitän war wie in den meisten Fällen gleichzeitig auch der Eigner des Schiffes. Wenn er es verlor, hätte dies den Verlust seiner Lebensgrundlage bedeutet.

Die Nachtzeit, so hatte der Schiffseigner und -führer beharrt und mit der Anrufung zahlreicher Heiligen als Zeugen bekräftigt, sei die einzig sichere und vernünftige Zeit, drei Männer wie sie nach Brest zu schaffen. Bei schlechtem Wetter hätte dies nicht gegolten; aber der Wind wie der fast volle Mond waren günstig gewesen.

Die Bauweise des Schiffes indes und das Gewässer, das sie überquerten, hatten allerdings trotz der guten Bedingungen für eine ausgesprochen unruhige Überfahrt gesorgt. Sir Brian war in dem Moment seekrank geworden, als sie den Hafen von Hastings hinter sich gelassen hatten, doch er hielt sich gut. Jim hatte schon in jungen Jahren entdeckt, daß er aus irgendwelchen Gründen immun gegen Seekrankheit war; daher machte er sich lediglich Sorgen darüber, wie eine solche Nußschale von einem Boot einen Sturm überstehen sollte. Zum Glück hielt sich das Wetter, wie der Schiffsführer vorausgesagt hatte, und war fast schon zu gut, um wahr zu sein.

Die Kanalinseln hatten sie frühmorgens passiert. Anschließend hatte sich der Kapitän vom Land ferngehalten, obwohl er einer dieser Navigatoren war – Jim wußte, daß dies für alle Navigatoren dieser Zeit galt –, die am liebsten ständig eine Küstenlinie am Horizont hatten. Als es allmählich hell wurde, rückte er näher an die dunkle Linie heran, bis Jim schließlich zweifelsfrei erkannte, daß es sich um Land und nicht um eine tiefliegende, dunkle Wolkenbank handelte.

Jetzt, bei Anbruch eines wolkenlosen, klaren Tages, sah Jim, daß sie der Küste, die sich in beide Richtungen bis zum Horizont zu erstrecken schien, schon recht nahe waren.

Er ging an der Reling entlang zum Kapitän, der mit gespreizten Beinen im Bug stand und in die Ferne spähte.

»Wo sind wir?« fragte er.

»Wir nähern uns gerade der Bucht von Brest«, antwortete der Kapitän, ohne den Blick von Meer und Land abzuwenden. »Möge Gott uns beistehen« – er bekreuzigte sich –, »denn das Wasser ist voller felsiger Untiefen, und ich muß ...«

Er brachte den Satz nicht zu Ende. Auf einmal lief ein Knirschen durch das ganze Schiff, das jäh abgebremst wurde.

»Was ist das?« rief Jim.

»Die Heiligen stehen uns bei!« schrie händeringend der Kapitän. »Ich fürchte, wir sind aufgelaufen! Wir sitzen fest!«

Jim starrte den Mann fassungslos an, denn der machte keinerlei Anstalten, etwas zu unternehmen, sondern stand einfach bloß da und rang die Hände, während ihm Tränen in die Augen traten. Mit lautem Fußgetrappel kamen die sechs Männer angelaufen, die zur Besatzung gehörten, versammelten sich am Bug um den Schiffsführer und blickten aufs Wasser hinunter. Das Schiff bewegte sich trotz der straff gespannten Segel nicht von der Stelle.

»Kannst du irgend etwas erkennen?« fragte jemand.

»Nichts«, antwortete der Mann neben ihm, unverwandt ins Wasser hinabblickend.

»Was ist los?« fragte Jim den Kapitän. »Warum unternehmt Ihr nichts?«

»Wir können nichts tun, Mylord!« antwortete der

Kapitän, ohne ihn anzusehen. »Diese Felsen sind eisenhart. Entweder wir sitzen hier solange fest, bis wir verhungern und verdursten, oder der Wind treibt uns von der Untiefe herunter, und wir sinken, weil wir bestimmt ein Leck abbekommen haben.«

»Irgend etwas muß man doch tun können«, sagte Jim. »Ihr habt doch ein kleines Beiboot an Deck. Warum laßt Ihr es nicht zu Wasser, spannt ein Seil zum Deck und versucht, uns mit Ruderkraft zu befreien?«

Der Schiffsführer schüttelte bloß wortlos den Kopf, während ihm Tränen über die Wangen strömten.

»Was ist passiert?« fragte Sir Brian, der hinter Jim getreten war.

»Offenbar sind wir auf einen Felsen aufgelaufen, Brian, auf ein Unterwasserriff«, antwortete Jim. »Ich wollte den Schiffsführer dazu bewegen, etwas zu unternehmen, aber er scheint zu glauben, es werde nichts nützen.«

»Bis zur Küste sind es höchstens zwei oder drei Meilen, und er glaubt, es sei zwecklos?« schnaubte Sir Brian. »Was ist denn das für eine Memme, daß er so schnell aufgibt?« Er hob die Stimme. »He, Ihr ...«

Er schlug dem Schiffsführer so fest auf die Schulter, daß dieser schwankte; ansonsten reagierte er nicht. Offenbar überließ er sich seiner Verzweiflung.

Brian brüllte ihn weiter an, doch der Seemann beachtete ihn nicht. Jim blickte sich über die Schulter um. Er legte Brian die Hand auf den Arm, um dessen Aufmerksamkeit auf sich zu lenken.

»Wo steckt Sir Giles?« fragte er.

»Ich will verdammt sein, wenn ich es weiß!« knurrte Brian und versetzte dem Schiffsführer einen neuerlichen Hieb. »Hört mir endlich mal zu, Ihr! Seid Ihr ein Mann oder den Windeln noch nicht entwachsen, daß Ihr tatenlos dasteht und flennt?«

Ebensogut hätte er versuchen können, jemanden aus einer Trance aufzuwecken. Von plötzlicher Neugier getrieben, überließ Jim es Brian, sich mit dem Schiffsführer abzugeben, und wanderte zum Heck, wobei er Ausschau nach Giles hielt. Es war höchst eigenartig, daß der Ritter nicht ebenfalls auf dem Vorderschiff erschienen war, wo sich das Geschehen konzentrierte.

Das Deck des kleinen Schiffes war wie der Frachtraum mit Kisten und Ballen vollgepackt, die fest miteinander vertäut waren, damit sie bei Seegang nicht verrückten. Infolgedessen mußte Jim sich zwischen den teilweise bis über Kopfhöhe gestapelten Gütern hindurchschlängeln und aufpassen, wohin er trat, damit er nicht über eines der Haltetaue stolperte, welche die Ladung an Ort und Stelle festhielten. So kam es, daß er Sir Giles erst entdeckte, als er fast schon am Heck angelangt war; dort bog der Ritter auf einmal um einen Stapel Fässer.

Zu Jims Verwunderung war Sir Giles gerade dabei, sich zu entkleiden. Er war sehr rundlich und rosig, so daß er beinahe wie ein Cherubim mit weißem Schnurrbart aussah. Jim starrte ihn fassungslos an.

»Was habt Ihr vor, Giles?« fragte er.

»Schaut nur zu, wenn Ihr wollt, verdammt noch mal!« Sir Giles funkelte ihn an. »Das ist gutes Blut, ist schon seit Generationen in meiner Familie. Habe nicht den geringsten Anlaß, mich dessen zu schämen – lauft bloß nicht rum und posaunt es jedem Tom, Will oder Hall gegenüber hinaus. Wenn Ihr's unbedingt wissen wollt, ich will die Unterseite des Schiffes inspizieren und feststellen, woran es festsitzt!«

Splitternackt lief er zur Reling, kletterte hinüber, verharrte einen Moment lang, dann ließ er los und landete mit einem lauten Platschen im Wasser. Jim, der ihm instinktiv nachgestürzt war, bekam gerade noch mit, wie Sir Giles sich bei der Berührung mit dem Meer in einen schlanken, grauen Seehund verwandelte. Der Seehund brachte sich in die richtige Lage, streckte den Kopf aus dem Wasser, schaute kurz mit Sir Giles Augen zu Jim hoch, bellte einmal, dann drehte er sich um und tauchte.

Jim blickte eine Weile auf die dunkle Meeresoberfläche hinunter. Das also war Sir Giles spezielle Gabe. Er war das, was man allgemein als *Silkie* bezeichnete, jemand, der, um eine alte Definition zu zitieren, *›an Land ein Mensch und im Meer ein Seehund‹* war.

Jim wandte sich um und eilte wieder nach vorne zum Bug, wo Brian gerade damit beschäftigt war, den Schiffsführer zu ohrfeigen. Die übrigen Besatzungsmitglieder zeigten keinerlei Neigung einzugreifen. Jeder der sechs Männer trug zwar ein langes Messer in einer Scheide am Gürtel, doch entweder wegen Sir Brians Schwert oder weil er ein Ritter war – vielleicht aber auch einfach bloß deshalb, weil sie dem Kapitän die Schuld an dem Unglück gaben und darum fanden, er habe die Bestrafung verdient –, hielten sie sich zurück.

Jim zuckte zusammen. In mancherlei Hinsicht war Sir Brian ein Ausbund an Sanftheit und Freundlichkeit; allerdings richtete er sein Leben auch nach so harten Grundsätzen aus, daß Jim und Angie die allergrößten Schwierigkeiten hatten, sich daran zu gewöhnen. Jim näherte sich Brian und packte ihn beim Arm.

»Brian!« sagte er eindringlich. »Was tut Ihr denn da?«

Brian blickte sich finster nach ihm um, doch dann, als er Jim erkannte, hellte sich seine Miene auf. »James«, sagte er, »dieser Kerl hat den Verstand verloren. Ich bemühe mich bloß, ihm wieder etwas Vernunft einzubleuen.«

»Das wird Euch nicht gelingen«, meinte Jim. »Er ist traumatisiert.«

»Traum …?« Brian blickte ihn verständnislos an. »Äh … James, meint Ihr damit vielleicht etwas Magisches?«

Jim hatte das Wort gebraucht, das ihm auf der Zunge gelegen hatte, ohne daran zu denken, es in die Sprache dieser Welt zu übersetzen oder sich Rechenschaft darüber zu geben, ob es selbst dann, wenn er es angemessen übersetzt hätte, für Brian überhaupt verständlich gewesen wäre. Einen Moment lang war er versucht, es zu erklären, doch dann erinnerte er sich an die vielen Male, da er sich bemüht hatte, die Kluft zwischen einer mittelalterlichen Gesellschaft und der technologischen des zwanzigsten Jahrhunderts zu überbrücken, und er hielt seine Zunge vorsichtshalber im Zaum.

Die Wahrscheinlichkeit war groß, daß Brian ihn nicht verstehen würde, ganz gleich, was er sagte. Von Brians Standpunkt aus betrachtet war es vollkommen vernünftig, einen verwirrten Kopf solange zu schütteln, bis die Einzelteile wieder einrasteten, so wie man in Jims Welt gegen eine Maschine geschlagen oder getreten hätte, um sie wieder zum Funktionieren zu bringen.

Außerdem gab es wichtigere Dinge. So unvernünftig es auch schien, war dies wieder mal einer der Fälle, wo es leichter war zu lügen als die Wahrheit zu sagen.

»So könnte man es ausdrücken, Brian«, sagte Jim, »aber im Moment gibt es etwas Wichtigeres. Wir müssen unter vier Augen reden.«

»Sehr richtig«, antwortete Brian und wandte sich zum immer noch teilnahmslosen Kapitän um. »Laßt uns ein Stückchen zum Heck hinübergehen – *halt!*«

Das letzte Wort brüllte er mit der Autorität eines Mannes, der es gewohnt war zu befehlen.

»Dem ersten, der das Rettungsboot anrührt, ohne von Sir James oder von mir dazu aufgefordert worden zu sein, haue ich den Arm ab!« fauchte Brian.

Vier der Besatzungsmitglieder, die sich dem Beiboot genähert hatten, das geeignet war, normalerweise drei, höchstens aber vier Personen aufzunehmen, hielten unverzüglich inne.

»Ihr bleibt alle beim Kapitän im Bug!« befahl Brian. »Wenn ich mich umschaue und mitbekomme, daß einer aus der Reihe tanzt, knöpfe ich ihn mir vor!«

»Und nun, James«, wandte Brian sich an Jim, »laßt uns ein Stückchen beiseite treten.«

Sie gingen zwischen den Kisten und Ballen hindurch zum Heck, wobei Brian sich mehrmals umsah, ob nicht einer der Matrosen die befohlene Position verlassen habe. Jim führte ihn um den Stapel Fässer herum zu der Stelle, wo Sir Giles Kleider auf dem Deck lagen.

»Was hat das zu bedeuten?« fragte Brian, sich nach dem Wams bückend. »Wo ist Giles? Und was hat seine Kleidung hier verloren?«

»Das wollte ich Euch gerade erklären«, sagte Jim. »Normalerweise hätte ich geschwiegen. Aber Ihr werdet es ja selbst sehen; daher habe ich mir gedacht ...«

Er brach ab, als Brian sich umdrehte, den Kopf hinter dem Stapel Fässer hervorstreckte und etwas zum Bug hinüberrief.

»Ha!« Er blickte eine Weile nach vorn, dann wandte er sich wieder zu Jim um.

»Einer sah so aus, als wollte er sich tatsächlich zu dem Rettungsboot davonstehlen. Bei denen heißt es offenbar *sauve qui peut*. Wenn erst mal ein paar im Boot sitzen und zur Küste rudern, dann werden sie bestimmt nicht wieder zurückkehren, um den Rest von uns in Sicherheit zu bringen, wie es ein Gentleman tun würde. Was habt Ihr mir nun mitzuteilen, James?«

»Es handelt sich um Giles«, sagte Jim, »und zwar um eine Art Familiengeheimnis. Wie ich schon sagte, hätte ich Stillschweigen bewahrt, aber wir werden ihm beide wieder an Deck helfen müssen. Dann würdet Ihr es ja selbst sehen. Brian, Sir Giles kann sich in einen Seehund verwandeln, wenn er im Meer taucht.«

»Ah«, antwortete Brian versonnen, »ein Silkie. Als er erwähnt hat, er stamme von der Küste Northumberlands, habe ich mir das fast schon gedacht. James ...«

Er hatte sich abermals umgewandt und den Kopf hinter dem Stapel Fässer hervorgestreckt. Jim konnte nicht erkennen, was für ein Gesicht er machte, allerdings blickte er eine ganze Weile nach vorn, bevor er sich wieder umdrehte.

»James, diese Schurken werden sich mit dem Boot davonmachen, wenn wir sie nicht im Auge behalten«, sagte er. »Wenn wir beide hier an der Reling gebraucht werden, haben sie ausreichend Zeit, das Boot zu Wasser zu lassen und zu verschwinden; und es könnte sein, daß wir das Boot noch benötigen. Ich kann sie in Schach halten, solange ich hin und wieder hinübersehe, aber in dem Moment, wo sie glauben, ich hätte sie vergessen, werden sie sich aufraffen und verduften.«

»Ja«, sagte Jim. »Was schlagt Ihr also vor?«

»Ich könnte mich einfach dorthin stellen«, sagte Brian, »aber Ihr sagt, ich würde hier gebraucht. Ihr seid derjenige, der ihnen einen solchen Schrecken einjagen kann, daß sie sich nicht von der Stelle zu rühren wagen. Zeigt ihnen Euren Schild. Sagt Ihnen, Ihr wärt ein Magier und würdet sie in Schildkröten oder etwas Ähnliches verwandeln, wenn sie ihren Platz verlassen. Dann können wir ihnen getrost den Rücken zuwenden. Um ihres Seelenheils willen werden sie es nicht wagen, sich von der Stelle zu rühren.«

Jim verspürte einen Anflug von Ärger. Brians naiver Glaube an Jims angeblich grenzenlose Zauberkräfte hatte ihm schon des öfteren Verdruß bereitet. Brian schien zu glauben, daß man entweder ein Magier war, oder man war eben keiner. Dazwischen gab es für ihn nichts. Und das, obwohl Sir Brian genau wußte, daß Jim von der Revisionsabteilung lediglich Viertrangigkeit zugestanden wurde, während Carolinus einer der drei Magier der Kategorie Eins Plus war, die es weltweit gab.

Jim hatte nicht die leiseste Ahnung, wie er Menschen hätte in Schildkröten verwandeln sollen, ganz gleich, ob sie sich der Verwandlung nun widersetzten oder nicht. Dann allerdings fiel ihm ein, daß, wenn

Brian es ihm zutraute, die Seeleute es wahrscheinlich ebenfalls tun würden.

»Eine ausgezeichnete Idee, Brian«, sagte er. »Genau das werde ich tun. Hättet Ihr die Freundlichkeit, in der Zwischenzeit nach Sir Giles Ausschau zu halten?«

Er zeigte an die Reling.

»Gewiß«, antwortete Brian, eilte zur Reling, beugte sich darüber und schaute aufs Wasser hinunter.

Als Jim hinter den Fässern hervortrat, bemerkte er, wie die ziemlich locker dastehende Gruppe im Bug sich auf einmal zusammenzog; daraufhin begab er sich zu seinem Gepäck und holte den Schild hervor. Der Kapitän stand noch immer unter Schock und weinte.

»Seht Ihr diesen Schild?« fragte Jim mit möglichst finsterem Blick.

Die Seeleute machten große Augen.

»Wißt Ihr, was das Rot darauf bedeutet?« wollte Jim wissen. »Antwortet mir, einer für alle.«

»Ihr … Ihr seid ein Magier, Mylord?« stammelte einer nach langem Schweigen.

»Gut!« sagte Jim. »Wie ich sehe, seid Ihr vernünftig. Ausgezeichnet.« Er nahm die Rechte vom Schild und vollführte ein paar komplizierte Schnörkel in der Luft. *»Urnray intotay oadstay!«* deklamierte er feierlich. »Nun wird sich der erste, der auch nur einen Schritt vom Bug weg macht, für immer in eine Schildkröte verwandeln. Das wird solange gelten, bis ich zurückkomme und den Bann löse!«

Die Seeleute waren entsetzt. Zunächst hatte es so ausgesehen, als stünden sie bereits so dicht wie möglich beieinander, doch nun rückten sie noch enger zusammen. Jim drehte sich um, nahm im Gehen den Schild an sich und verstaute ihn wieder bei seinen übrigen Habseligkeiten. Anschließend eilte er ans Heck.

Als Jim um den Stapel Fässer bog, hatte sich Sir Brian über die Reling gebeugt.

»Wartet noch einen Moment, bis James zurückkommt!« rief Brian gerade zum Wasser hinunter. Als Jim bei ihm angelangt war, schwamm der Seehund an die Bordwand heran und sah zu ihnen hoch.

»Ihr hättet Euch auch vorher überlegen können, wie Ihr wieder an Bord kommt«, meinte Brian zum Seehund. »Das ist wieder mal ein typisches Beispiel für northumbrische Unvernunft …«

Der Seehund bellte zweimal, was sich allerdings nicht nach Komplimenten anhörte.

»Da seid Ihr ja, James«, sagte Brian. »Giles möchte an Bord. Ich habe ihm gerade gesagt, daß Ihr jeden Moment zurück sein würdet. Habt Ihr ein Seil mitgebracht?«

»Nein«, sagte Jim. »In der ganzen Aufregung, die Seeleute mit einem Zauber zu belegen, habe ich nicht daran gedacht. Würde es Euch etwas ausmachen, eins zu holen? Ich behalte Sir Giles derweil im Auge.«

»Ich bin gleich wieder da«, antwortete Brian und wandte sich ab. »Es wird bestimmt nicht lange dauern. An Deck liegen Hunderte von diesen verdammten Dingern herum.«

»Alles in Ordnung, Giles?« erkundigte sich Jim über die Reling gebeugt. »Habt Ihr irgend etwas Hilfreiches entdeckt?«

Der Seehund bellte zu ihm hoch. Das Bellen klang immer noch gereizt, wenn auch weniger scharf als kurz zuvor. Zumindest aber wirkte es ungeduldig.

»Da wären wir«, meldete Brian sich zurück. In Händen hielt er ein zwei Zentimeter dickes Tau.

Gemeinsam ließen sie es zu dem Seehund hinab, der einen Satz aus dem Wasser machte. Bei der Berührung mit der Luft wuchsen ihm zwei Arme, mit denen er das Tau packte. Als er sich weiter aus dem Wasser zog, verwandelte er sich wieder vollständig in den nackten Sir Giles, den sie mit einiger Mühe hochzogen, um ihm dann über die Reling an Deck zu helfen.

»Verflucht kalt hier oben!« meinte Sir Giles zitternd. »Auf einmal bin ich völlig durchgefroren! Gebt mir etwas zum Abtrocknen.«

»Auch daran habe ich gedacht«, sagte Brian. »Ich habe einen der Ballen geöffnet. Hier habt Ihr ein Stück lincolngrünen Stoff, das ich mit dem Schwert abgeschnitten habe.«

Der schnatternde Giles riß Brian den Stoff aus den Händen und rieb sich damit ab.

»Hier oben soll es kalt sein?« fragte Jim. »Dann hättet Ihr im Wasser ja erfrieren müssen.«

»Ganz im Gegenteil. Es war richtig angenehm«, meinte Sir Giles. »Aber da war ich natürlich in meinem anderen Körper.«

Da das Meer in dieser Gegend für einen unbekleideten Mann alles andere als warm anzusehen war, ließ sich die Tatsache, daß Sir Giles sich darin wohl gefühlt hatte, nur damit erklären, daß er sich in Seehundgestalt darin getummelt hatte und nicht als Mensch.

»Was habt Ihr entdeckt?« wollte Brian wissen.

»Einen Augenblick, Brian«, warf Jim ein. »Giles, auch Brian weiß nun Bescheid über die … äh … spezielle Gabe Eurer Familie, auf die Sir John Chandos angespielt hat. Und Ihr beide kennt die meine. Ich bin ein Magier.«

»So ist es«, sagte Giles demütig, »das habe ich im Gasthof erfahren. Sollte ich es am nötigen Respekt habe fehlen lassen, ehrenwerter Herr Magier, so bitte ich Euch aufrichtig um Verzeihung …«

»Unsinn!« fiel Jim ihm ins Wort. Er hatte erwartet, da Giles ein Silkie war, werde er die Tatsache, daß Jim ein Magier war, weniger ernst nehmen als Brian und die anderen. »Ich bin lediglich ein Zauberer der vierten Kategorie, das heißt, noch ein rechter Anfänger.«

»Gleichwohl«, warf Brian ein, »ist es ihm gelungen, die Seeleute vorne im Bug mit einem Bann zu belegen, damit sie nicht mit dem Beiboot entwischen, während wir Euch dabei geholfen haben, wieder an Deck zu kommen.«

»Ha?« machte Sir Giles. »Das ist gut. Das ist ausgezeichnet. Wenn Ihr mir nun Unterzeug und Strümpfe reichen würdet, Mylord …«

»Giles«, sagte Jim, ihm die gewünschten Kleidungsstücke reichend, »um noch einmal auf das eben Gesagte zurückzukommen, so hatten wir doch vereinbart, uns mit Vornamen anzureden, wie Ihr Euch erinnern werdet. Bitte belaßt es dabei. Ihr seid ein Silkie. Ich bin ein angehender Magier. Sir Brian ist nichts weiter als ein ehrenwerter und tapferer Ritter. Gleichwohl verkehren wir hier von gleich zu gleich und sind alle gute Freunde. Nennt mich daher James.«

»Wie Ihr wollt. Das ist sehr freundlich von Euch, My … James«, verbesserte Sir Giles sich rasch. »Zumal ich lediglich als Silkie *geboren* wurde, während Ihr die Magie unter großen Mühen erlernt habt, wenn ich es recht verstehe. Aber wie Ihr wünscht, James« – er beeilte sich, Jims Einwand zuvorzukommen –, »so soll es sein. Und Brian, sollte meine Sprache ein wenig allzu grob gewesen sein, als ich im Wasser war …«

»Ihr habt ein paarmal gebellt«, sagte Brian. »Kränkendes ist mir nicht zu Ohren gekommen.«

»Das ist sehr freundlich von Euch, Brian«, meinte Giles, der sich mittlerweile fertig angekleidet hatte. »Und nun zum Schiff. Es ist gar nicht so schlimm aufgelaufen, und es ist vollkommen unbeschädigt.«

»Der Kapitän wird überglücklich sein, wenn er das erfährt«, sagte Jim. »Aber fahrt nur fort. Wie sieht es dort unten aus?«

»Nun, wir sind mit dem Bug auf eine kleine Felsspitze aufgelaufen, als wären wir an einem Sandstrand gelandet«, antwortete Giles. »Es handelt sich um die Spitze eines größeren Felsens; aber wir sitzen nicht besonders fest, denn das Schiff scheint stabil gebaut zu sein. Gleichwohl ist nicht damit zu rechnen, daß wir bei Flut von allein freikommen werden. Die einzige Möglichkeit besteht darin, das Schiff rückwärts zu schleppen. Das läßt sich aber nur mit ausreichend vielen Männern bewerkstelligen. Wenn der Kapitän mir ein längeres Tau gibt, dann könnte ich es an einem zweiten nicht weit entfernten Felszacken befestigen, und wir könnten mit diesem Apparat, mit dem man Lasten hebt ...«

»Mit einem Flaschenzug«, sprang Jim ihm bei.

»Egal. Wie er auch heißen mag. Das Segel müßte eingeholt werden, da der Wind unseren Bemühungen entgegenwirkt und uns bloß weiter auf den Felsen drückt. Aber wenn man es herunternimmt und wenn die Männer mit dem Flaschenzug ihre Kräfte vervielfältigen und an dem Tau ziehen, das am anderen Felsen befestigt ist, dann bin ich mir sicher, daß wir das Schiff freibekommen werden.«

»Dann sollten wir das versuchen«, sagte Sir Brian entschlossen. »Aber laßt uns gleich damit beginnen.«

Die Besatzung mußte sich vom Bug zum Heck begeben, und das Segel wurde eingeholt. Nachdem sie dem Kapitän ihren Plan erklärt hatten, worauf dieser neue Hoffnung schöpfte und wieder zum Leben erwachte, wurde am Heck ein langes, dickes Tau befestigt. Die drei Ritter schleppten das Tau an eine Stelle, wo Sir Giles sich ungesehen ins Wasser hinablassen und in einen Seehund verwandeln konnte. Der stämmige junge Ritter entkleidete sich erneut.

»Aber wie wollt Ihr das Tau am anderen Felsen befestigen?« erkundigte sich Jim.

»Ich wüßte nicht, wo da die Schwierigkeit wäre«, erklärte Giles. »Ich werde das Tau mit den Zähnen packen, es zum anderen Felsen hinüberschaffen, diesen umkreisen und dann mit dem Tauende einmal um das zum Schiff zurückreichende Tau herumschwimmen, bis ich einen Knoten habe. Anschließend ziehe ich den Knoten lediglich fest. Wenn alles klappt, müßte er am Tau entlanggleiten, bis sich dieses fest um den Ankerfelsen gelegt hat. Ihr werdet sehen«, sagte Sir Giles, »das geht ganz einfach. Dann obliegt es den Seeleuten, sich ins Zeug zu legen und ihren Teil beizutragen.«

»Dann also los mit Euch«, sagte Brian, denn Giles hatte sich mittlerweile wieder entkleidet. »Wir werden hier solange warten, bis Ihr wieder zurück seid und Euch abgetrocknet und angekleidet habt. Dann begeben wir uns alle zum Bug und sagen dem Kapitän, wie er weiter vorgehen soll.«

Alles verlief so, wie Giles es erklärt hatte. Jim hatte vorgeschlagen, der Besatzung dabei zu helfen, das lose Ende des kürzeren Ankerseils einzuholen, das am Flaschenzug befestigt war, der seinerseits mit dem Tau verbunden war, das Giles um den Unterwasserfelsen geschlungen hatte. Dieser Vorschlag wurde von Sir Brian brüsk abgetan.

»Wir sind Ritter und Männer von Stand«, sagte Sir Brian. »Wenn es erforderlich sein sollte, können wir ihnen helfen. Aber erst mal sollen sie sich allein ins Zeug legen. Die werden doch wohl noch ein Schiff von einer Untiefe freibekommen, wie Giles sie beschrieben hat.«

Jim behielt seine Meinung für sich und ließ es dabei bewenden.

Die Seeleute waren bereits damit beschäftigt, den Flaschenzug und ein kürzeres Seil an dem Tau zu befestigen. Das Seil vom Flaschenzug wurde um eine Art schmaler Trommel mit einer Bremse herumgeführt, die vom vordersten Mann mit einem Fußpedal zu bedienen war, so daß das eingeholte Tau jederzeit fixiert werden konnte. Der Kapitän bestürmte Sir Giles mit Fragen.

»Wie genau liegt das Schiff nun auf dem Felsen auf?« fragte er soeben.

Giles beschrieb es ihm in beinahe zuvorkommendem Ton. Jim kam der Gedanke, daß jemand, der so nahe am Meer lebte wie Giles, wahrscheinlich schon früher mit Schiffen und Seeleuten zu tun gehabt hatte.

»Es ist nur ein kleiner Felsen«, antwortete er, »mit einer schräg nach oben verlaufenden Mulde darin; und in diese Mulde hat sich der Bug Eures Schiffes hineingedrückt – allerdings nur ein paar Zentimeter. Die Seiten der Mulde halten den Kiel senkrecht, klemmen ihn aber nur am Ende ein. Daher scheint das Schiff festzusitzen. In Wirklichkeit kann davon kaum die Rede sein. Ein kurzer Ruck zurück, und es ist wieder frei.«

»Gepriesen seien Gott und die Heiligen!« sagte der Kapitän. »Habt ihr das gehört, Männer? Ein kräftiger Ruck, aber nur ganz kurz. Einmal ordentlich angestrengt, und wir sind wieder flott. Also legt euch ins Zeug, wenn ihr soweit seid, und zieht!«

Offenbar waren sie soweit, denn die Männer spuckten in die Hände, packten das Seil, traten alle einen halben Schritt zurück und stemmten sich gegen den Zug. Die Trommel machte eine halbe Umdrehung, während sich die Trosse straffte und aus dem Wasser hob, bis sie kaum mehr durchhing, sondern eine nahezu gerade Linie beschrieb. Noch zweimal holten sie das Tau auf dieser Weise ein. Das Schiff hatte sich noch nicht von der Stelle bewegt.

»Weiter! Weiter!« spornte der Kapitän sie an. »Holt auf, Leute!«

Die Männer legten sich ächzend ins Zeug. Sie gewannen noch ein paar Zentimeter Seil, doch das Schiff rührte sich noch immer nicht, und das Tau, dessen anderes Ende im Wasser verschwand, wirkte ebenso starr und unbeweglich.

»Vielleicht sollten wir sie schlagen, um mehr aus ihnen herauszuholen«, meinte Sir Brian versonnen.

»Vielleicht«, pflichtete Giles ihm bei.

»Nein!« rief Jim, und der Kapitän wandte sich zu den beiden Rittern um, als wollte er sich mit seinem breiten Leib schützend vor seine Männer stellen.

»Nein, nein, Mylords«, sagte er. »Meine Leute lassen es bestimmt nicht an gutem Willen fehlen. Nehmt's mir nicht übel, aber wer sein Leben an Land verbracht hat, der kann sich nicht vorstellen, was es bedeutet, ein Schiff auch nur eine Handbreit zu bewegen, säße es auch nur auf einer Nadelspitze fest. Aber wir werden es schaffen!«

»Wir *schaffen* es, Leute!« rief er den Seeleuten zu und packte das lose Ende des Seils, an dem sie zogen. »Also dann, alle gemeinsam. Und im Chor ...«

Er begann mit rauher Stimme zu singen.

»Eine Seeschlange hat keinen Herrn ...«

Sechs weitere Stimmen fielen ein, und alle gemeinsam sangen sie:

Aber ihr Seeleute habt einen
Drum haltet sie fest
Und holt sie ein!
Hauruck! Alle miteinander!
Zieht und holt sie ein!
Hauruck! Ihr tapferen Kerle!
Holt die Schlange ein!

Zunächst passierte gar nichts; doch bei der letzten Zeile tat das Schiff auf einmal einen Ruck und erbebte. Allerdings schien es sich nicht rückwärts bewegt, sondern lediglich eine andere Lage eingenommen zu haben. Der Gesang war jedoch ansteckend. Jim packte das Seil hinter dem dicken Leib des Kapitäns, stimmte in den Gesang mit ein und stemmte sich gegen den Zug. Brian und Giles taten es ihm nach.

Der Gesang der musikalisch-dröhnenden Männerstimmen vereinte sie in ihrem Bemühen und schien ihnen unvermutete Kräfte zu verleihen.

Eine Seeschlange hat keinen Herrn,
Aber ihr Seeleute habt einen
Drum haltet sie fest
Und holt sie ein!
Hauruck! Alle miteinander!
Holt ein, holt ein!
Hauruck! Ihr tapferen Kerle!
Holt die Schlange ein!

Und endlich hatten ihre schweißtreibenden Bemühungen Erfolg; das Schiff erbebte plötzlich und bewegte sich ein Stück weit zurück. Im nächsten Moment schaukelte es wieder im Rhythmus der Wellen, worauf die Männer erschöpft das Seil fallen ließen und verstummten.

»Wir sind wieder flott!« rief der Kapitän. Er sank auf die Knie nieder, faltete die Hände und hob den Blick gen Himmel. Er bewegte die Lippen, als betete er lautlos.

Einer nach dem anderen folgten die Seeleute seinem Beispiel; und als Jim sich umsah, bemerkte er, daß Brian und Giles ebenfalls knieten.

Verlegen, amüsiert und ohne genau zu wissen, warum er es tat, kniete Jim nun gleichfalls nieder, faltete die Hände und verharrte so, wenn auch ohne zu beten. Gleichwohl hätte er es nicht über sich gebracht, einfach stehen zu bleiben.

Nach einer Weile erhob sich der Schiffsführer, und die anderen taten es ihm nach. Der Kapitän hob die Stimme, und die Seeleute eilten davon, um ihren Pflichten nachzukommen.

Gut zwei Stunden später hatte das Schiff in Brest festgemacht und Jim, Brian, Giles und einige der Seeleute begaben sich über die Gangway in die Stadt.

14

DER KAPITÄN HATTE IHNEN den Weg zum Gasthof *Zur Grünen Tür* beschrieben und ihnen drei Seeleute mitgegeben, die das Gepäck schleppten. Hier in Brest herrschte am Vormittag rege Geschäftigkeit, und es war warm. Die Sonne brannte aus einem wolkenlosen Himmel herab, und die Hitze machte den Gestank im Hafen und auf den Straßen, durch die sie stapften, auch nicht besser.

Er und Angie, überlegte Jim, hatten sich an die Straßen mittelalterlicher Städte erst gewöhnen müssen. Wenn er es recht bedachte, hatte er sich immer noch nicht daran gewöhnt. Seine Gedanken schweiften ab.

Schön und gut, daß die Seeleute ihr Gepäck schleppten; aber wenn sie ihre Habseligkeiten im Gasthof *Zur Grünen Tür* abgesetzt hätten, würden sie sich davonmachen. Jim wünschte auf einmal, er hätte seinen neuen Knappen Theoluf mitgenommen; das war allerdings nicht möglich gewesen.

Seine und Sir Brians Männer mußten noch auf ein größeres Schiff warten. In der Zwischenzeit mußte jemand das Kommando führen; und das stand in dieser Welt stets dem mit der höchsten gesellschaftlichen Stellung zu. Oder wenn zwei Personen den gleichen Rang hatten, dem Rangältesten.

Bedauerlicherweise war der einzige, der überhaupt über einen Rang verfügte und den sie hatten zurücklassen können, Brians Knappe John Chester gewesen. Als Jim dies klargeworden war, hatte er Bedenken gehabt, einem Sechzehnjährigen mit unschuldigen Augen den Befehl über eine Streitmacht von dreiundachtzig Männern zu überlassen, die allesamt älter waren als John Chester und von denen manche sogar Ende Dreißig waren, über jahrelange Erfahrung im Kriegshandwerk verfügten und ein bewegtes Leben hinter sich hatten.

Seine Proteste hätten nichts genützt, und es konnte auch niemand anders das Kommando übernehmen, wenn er, Brian und Giles zusammenreisen wollten, wie Sir John Chandos es gewünscht hatte. So war es am unauffälligsten. Jim war versucht gewesen, gegen John Chesters Ernennung Einwände zu erheben. Nach fast einjährigem Aufenthalt in dieser Welt hatte er jedoch gelernt, daß es einige Dinge gab, mit denen er sich einfach abfinden mußte.

John Chester war ein Edelmann. Ein sehr junger und unerfahrener Edelmann, aber nichtsdestotrotz ein Edelmann. Es wäre unrecht gewesen, ihn dem Befehl eines Gemeinen zu unterstellen, ganz gleich, wie erfahren dieser Gemeine auch sein mochte. Daher würde John Chester das Befehlen eben lernen müssen, ob er nun dazu befähigt war oder nicht. Jim hatte sich eine Weile über die Situation den Kopf zerbrochen, bis er auf einmal mitbekommen hatte, wie Brian im Schankraum des Gasthofs in Hastings seinen obersten Bewaffneten beiseite nahm und eindringlich auf ihn einredete.

Auf einmal wurde ihm klar, wie man hier mit derlei Dingen umging. Er hielt Ausschau nach Theoluf, und als er ihn nirgends entdeckte, ging er nach oben zu dem Zimmer, das er sich mit Giles und Sir Brian teilte, und traf dort den ehemaligen gemeinen Bewaffneten an. Theoluf erhob sich bei Jims Eintreten.

»Theoluf«, sagte Jim, »stimmt es, daß Ihr in der Rangfolge gleich nach John Chester kommt?«

»So ist es, Mylord«, antwortete Theoluf. »Ich bin jetzt ein Knappe und damit gewöhnlichen Gemeinen wie Tom Seiver, der die Männer von der Burg Smythe befehligt, übergeordnet.«

»Und ich weiß«, fuhr Jim fort, »daß Ihr Euch darauf versteht, einen solchen Haufen bei der Stange zu halten und dorthin zu bringen, wo Ihr ihn haben wollt. Ihr werdet aufpassen, daß sie nicht über die Stränge schlagen, zuviel trinken, zu raufen anfangen oder sich davonmachen.«

»Jawohl, Mylord«, sagte Theoluf mit einem grimmigen Lächeln. »Befürchtet Ihr, sie könnten vielleicht nur mit einem Teil ihrer Waffen und nicht einsatzbereit an ihrem Bestimmungsort ankommen?«

»Befürchten wäre zuviel gesagt, Theoluf«, hatte Jim gemeint. »Ich mag John Chester, wie Ihr wahrscheinlich wißt, aber er hat längst nicht soviel von der Welt gesehen wie Ihr und die meisten anderen Männer, die Ihr und Tom mit nach Frankreich nehmt. Er könnte sich Entscheidungen gegenübersehen, die ihm einiges abverlangen werden ...«

Jim legte eine Pause ein. Er war sich unsicher gewesen, wie er sein Anliegen im Einklang mit den sozialen Gepflogenheiten hatte vorbringen sollen, doch Theoluf hatte ihn bereits verstanden.

»Ich verstehe, worauf Ihr hinauswollt«, sagte Theoluf. Abermals lächelte er grimmig. »Meister John Chester ist ein braver junger Herr. Seid versichert, daß Ihr John Chester und Eure Männer zur gegebenen Zeit vollzählig am vereinbarten Treffpunkt vorfinden werdet. Ich und Tom Seiver stehen mit unserem Kopf dafür ein.«

»Danke, Theoluf«, hatte Jim geantwortet. »Ich vertraue Euch.«

»Keiner meiner Herren und Meister wurde bislang in seinem Vertrauen enttäuscht«, sagte Theoluf. »Und so soll es auch bleiben.«

Jim war erheblich leichter ums Herz gewesen, als er sich wieder nach unten begeben hatte.

An diese Begebenheit mußte er nun, da sie auf den Gasthof *Zur Grünen Tür* zustapften, wieder denken. Seine Situation war der John Chesters gar nicht so unähnlich. Da trug er nun einen Ring, der ihn gegenüber dem englischen Spion, der sie an diesem Ort kontaktieren sollte, ausweisen würde, und das alles nur deshalb, weil das Wörtchen ›Baron‹ vor seinem Namen stand.

Sir Brian, der ihn mittlerweile gut kannte, und Sir Giles konnte Jims Unvermögen, als Mann von Stand, geschweige denn als kämpfender Ritter aufzutreten, kaum verborgen geblieben sein. Gleichwohl hatten sie seine Art anscheinend vorbehaltlos akzeptiert. Wahrscheinlich handelte es sich dabei um dieselbe Zweigleisigkeit im Denken, die es Brian erlaubte, seinen König als Trunkenbold und hochgradig unentschlossenen Menschen wahrzunehmen und ihm gleichzeitig sämtliche Tugenden zuzusprechen, die einem Monarchen üblicherweise zu Gebote standen.

Auf einmal kam Jim der Gedanke, daß Brian womöglich einfach deshalb dazu fähig war, weil der König *sein* König war und es ihm daher leichtfiel, Nachsicht zu üben, wenn nicht gar vor den Tatsachen die Augen zu verschließen. Dies traf gewiß auch im Falle von Lady Geronde Isabel de Chaney zu, der seine Liebe galt. In einem Atemzug konnte er von ihr sprechen, als handele es sich um ein unwirkliches und überperfektes Geschöpf, das der Phantasie eines Troubadours entsprungen war, während er sie gleich darauf als höchst reale und irdische Frau schilderte. Offenbar sah er keinen Widerspruch zwischen diesen beiden Standpunkten, sondern ließ sie nebeneinander gelten. Isabel war *seine* Dame. Möglicherweise – bloß möglicherweise – war es also die Tatsache, daß James Eckert, Ritter und Baron de Malencontri, und der magisch begabte, in allen Dingen so unerfahrene James, *Brians* Freunde waren, die ihm eine besondere Sichtweise auf Jim ermöglichte.

Bei dieser Gelegenheit fragte Jim sich auch, ob Brian und Giles, die auf bestem Wege schienen, Freunde zu werden, wohl das gleiche getan hatten, was Theoluf und Tom Seiver im Falle John Chesters getan hatten. Es konnte gut sein, daß sie stillschweigend übereingekommen waren, auf Jim aufzupassen und ihn in die richtige Richtung zu lenken, während sie gleichzeitig sorgsam darauf achteten, daß er dabei das Gesicht wahrte.

Dies ging ihm durch den Kopf, bis sie den Eingang des Gasthofs *Zur Grünen Tür* erreicht hatten. Sie betraten den großen Schankraum mit den langen Tischen aus unbehandeltem Kiefernholz und den Bänken davor. Der Schatten im Innern war angenehm nach der immer noch zunehmenden Wärme draußen; der Geruch allerdings war kaum besser, wenn auch anders als der Gestank der Straßen und des Hafens; und der Schankwirt, der sie begrüßen kam, war himmelweit entfernt von dem Wirt des *Gebrochenen Ankers* in Hastings.

Er nannte sich René Peran. Er war ein junger Mann, eher fett als kräftig, mit einem dunklen Stoppelbart, der schon ein paar Tage alt zu sein schien. Aus seinen dunklen Augen sprach Argwohn. Er erweckte den Eindruck, ihnen auf den ersten Blick zu mißtrauen. Vielleicht mochte er keine Engländer.

Gleichwohl begrüßte er sie, wie es einem Schankwirt geziemte, wenn auch mit offenkundig gespielter Herzlichkeit. Er verhielt sich so, als hätten sie ihn bei der Arbeit gestört und als wäre er sie am liebsten gleich wieder losgeworden, um seine unterbrochene Tätigkeit wieder aufnehmen zu können.

Er geleitete sie zu einem Zimmer im ersten Stock, das nicht ganz so groß wie das im *Gebrochenen Anker,* dafür aber beinahe ebenso sauber war. Die Schlafstatt war weniger ein Bett als vielmehr eine Plattform von der Größe und Form der mittelalterlichen Betten, wie Jim sie kannte, und stand wie gewöhnlich in einer Ecke des Raums.

Außerdem gab es noch einen Tisch und zwei Stühle. Grollend, wie es Jim schien, schickte der Schankwirt einen seiner Bediensteten ein weiteres Paar Stühle holen, da Brian darauf hinwies, daß sie zu dritt wären und möglicherweise noch mindestens einen Besucher erwarteten. Die Seeleute stellten ihre Lasten ab, die sie hergeschleppt hatten, und ein jeder bekam von Jim zum Abschied ein kleines Trinkgeld ausgehändigt. Jim war mit Trinkgeldern rasch bei der Hand, da er wußte, daß Sir Brian nicht viel oder überhaupt kein Geld hatte, und da Sir Giles zwar davon gesprochen hatte, einen Bediensteten mitzubringen, dieser aber nie in Erscheinung getreten war, vermutete er stark, daß dieser sich in einer ganz ähnlichen Lage befand. Jim bestellte bei der Gelegenheit auch gleich noch Wein.

Der Wein wurde bald darauf gebracht. Krug und Becher waren alles andere als sauber. Jim spülte die Becher unverhohlen mit etwas Wein aus und trocknete sie mit einem Stück Stoff aus seinem Gepäck ab. Dies war nicht das erste Mal, daß er so etwas tat, und Sir Brian und jetzt auch Sir Giles nahmen wohl an, daß es etwas mit Magie zu tun habe.

Der Wein allerdings war eine angenehme Überraschung. Als sie am Tisch Platz nahmen und davon kosteten, stellte Jim zu seiner Verblüffung fest, daß der Wein jedem Vergleich mit den englischen Weinen standhielt. Offenbar war es ein junger Wein von hellroter Farbe und einem frischen Geschmack. Er wollte schon eine Bemerkung machen, doch als er sah, daß weder Brian noch Giles Anstalten machten, sich zu äußern, hielt er es für klüger, den Mund zu halten.

»Da wären wir nun«, sagte Sir Giles und nahm einen kräftigen Schluck, bevor er fortfuhr. »Und was tun wir als nächstes?«

»Wir warten, würde ich meinen«, antwortete Brian.

Beide schauten Jim an. Der hatte sich schon die gleiche Frage gestellt; und auf einmal kam ihm der Gedanke, daß er in dieser Situation den anderen beiden gegenüber möglicherweise den einen oder anderen Vorteil hatte. Es hatte den Anschein, als ob Sir John, zumindest in dieser Welt, die Funktion eines Spionagechefs der Engländer ausübte. Als solcher kam er Jim wie eine Mischung zwischen jemandem vor, der einem Untergebenen einen Auftrag erteilte, ohne ihm detailliert zu erklären, wie dieser ihn ausführen solle, und einem wahrhaft intelligenten, vernünftigen Mann aus Jims Heimatwelt. In gewisser Weise halb mittelalterlich, halb modern.

»Im Moment können wir kaum etwas tun«, sagte Jim. Er sah auf den Ring, der etwas zu locker am Mittelfinger seiner Rechten saß. »Ich werde im Gasthof bleiben und mich mit dem Ring zeigen; dann werden wir schon sehen, was passiert.«

»Pest und Teufel!« meinte Sir Brian. »Ich kann diese Warterei nicht ausstehen.«

»Trotzdem muß es wohl sein«, sagte Jim, ihm und Sir Giles nacheinander in die Augen blickend. »Vergeßt nicht, wir sollen uns ruhig verhalten und möglichst wenig Aufmerksamkeit erregen – was natürlich nicht für unsere Kontaktperson gilt.«

»Wohl wahr«, knurrte Brian, »und ich stelle die Weisheit von Sir Johns Ratschluß auch gar nicht in Frage. Trotzdem fällt das jemandem wie mir nicht leicht!«

»Mir auch nicht!« sagte Sir Giles.

Er und Brian stießen daraufhin feierlich an.

In den folgenden Tagen hatte Brian wahrlich genug Anlaß, sich zu beklagen. Jim konnte ihm deswegen kaum einen Vorwurf machen; er und Giles waren nicht geschaffen für eine Tätigkeit im Untergrund. Ihr angestammtes Betätigungsfeld war das offene Schlachtfeld, wo sie dem Feind Auge in Auge gegenüberstanden. Gleichwohl hielten sie sich gut. Doch da sie nichts weiter zu tun hatten als zu trinken, taten sie für Jims Geschmack vielleicht ein wenig zuviel des Guten und statteten unter anderem den zahlreichen Wirtschaften und Trinkstuben Brests einen Besuch ab.

Am dritten Tag hatten beide Ritter genug vom Trinken.

Dies entsprach einem Muster, das Jim in dieser Welt schon häufiger aufgefallen war. Nach den Maßstäben des zwanzigsten Jahrhunderts nahm die Bevölkerung gewaltige Mengen Alkohol zu sich, allerdings war das Bier schwach und der Wein nicht übermäßig stark. Außerdem hatten sie eine andere Einstellung zu alkoholischen Getränken. Die Speisen wurden vorzugsweise mit Bier oder Wein hinuntergespült anstatt mit Wasser (von dem man krank werden konnte), außerdem dienten diese beiden Getränke auch als universelles Mittel zur Anregung, zur Entspannung, zur Schmerzbekämpfung und ganz allgemein zur Hebung des Befindens.

Jim hatte beispielsweise trotz aller Vorsichtsmaßnahmen herausgefunden, daß man unempfindlich gegen die Stiche und das Jucken der Flöhe und Läuse wurde, die man in der Kleidung und im Haar mit sich herumschleppte, wenn man nur genug Wein intus hatte. Desgleichen machte Alkohol es leichter, die harten Bänke und Stühle, die Kälte oder die Hitze, unter der sie gerade zu leiden hatten, und zahlreiche andere Beschwernisse zu ertragen.

Die Folge davon war, daß nahezu jeder Ritter, den Jim kannte, ein starker Trinker war, wenngleich man keinen, von König Edward einmal abgesehen, als Alkoholiker hätte bezeichnen können. Wenn sie zu alt wären, um etwas anderes zu tun, als zu Hause tatenlos am Kamin herumzusitzen, würden sie zweifellos zu Alkoholikern werden. Die allgemeinen Gepflogenheiten wie auch ihre überbordende Energie wappneten sie allerdings dagegen, zu lange stillzusitzen, so gut ihnen der Wein auch munden mochte.

Außerdem mußte er seinen beiden Gefährten insgeheim Abbitte leisten, als er feststellte, daß sie bei ihrer dreitägigen Sauftour erstaunlich viel über die anderen

Engländer in Brest, über die Lage der Stadt sowie die neuesten Gerüchte hinsichtlich der allgemeinen Lage in Frankreich in Erfahrung gebracht hatten.

Die englischen Truppen in Brest hatten unter den gleichen Umständen zu leiden, die auch Brian und Giles zu schaffen machten. Beim Wein wurde häufig von Raubzügen und Überfällen geredet, ja, es war sogar schon erwogen worden, gegen die Franzosen zu marschieren, ohne das Eintreffen der restlichen englischen Expeditionsstreitkräfte abzuwarten. Der Graf von Cumberland, der hier das Kommando führte, hatte große Mühe gehabt, die Soldaten im Zaum zu halten – zumal er insgeheim ganz ähnlich fühlte wie sie.

Währenddessen brannten Brian und Giles darauf, sich nützlich zu machen.

»Dann habt Ihr also noch keinen Kontakt mit diesem Mann aufgenommen, den wir hier treffen sollen?« fragte Brian am Morgen des vierten Tages, als sie auf ihrem Zimmer saßen und gerade Räucherfisch, zähen gekochten Schinken und ausgezeichnetes frisches Brot verspeisten, das man ihnen zum Frühstück aufgetragen hatte.

»Bis jetzt hat er sich noch nicht blicken lassen«, antwortete Jim.

»Es könnte durchaus noch ein, zwei Wochen dauern«, warf Sir Giles ein, den Mund voller Brot und Schinken. »Vielleicht hat unsere Kontaktperson zu spät Nachricht bekommen, oder sie wurde unterwegs aufgehalten.«

»Wie auch immer«, sagte Sir Brian, nahm einen Schluck Wein und stellte den Becher mit lautem Scheppern auf den Tisch, »es wäre bestimmt nicht falsch, wenn wir uns schon mal nach Pferden umsehen würden. Und nach der sonstigen Ausrüstung, die wir brauchen werden, wohin es uns auch verschlagen mag.«

»Glaubt Ihr nicht, daß Sir John dafür bereits Vorsorge getroffen hat?« wandte Jim sich an seinen Freund. »Schließlich hat er uns auch diese Unterkunft besorgt.«

»Eine Unterkunft besorgen … Das ist nicht schwer«, entgegnete Sir Brian mit ebenso vollem Mund wie eben noch Sir Giles. Er kaute eine Weile und schluckte, dann war er wieder besser zu verstehen. »Was die erforderliche Ausrüstung angeht, so dürfte Sir John wohl erwarten, daß wir sie uns selbst besorgen; das gleiche würde er an unserer Stelle auch von sich erwarten.«

Er blickte Jim bedeutungsvoll an.

»Das heißt also, daß wir mindestens drei Pferde kaufen müssen«, sagte er. »Sechs wären noch besser, dann könnten wir die anderen als Packpferde verwenden. Alles, was vier Beine hat und für unsere Zwecke in Frage käme, dürfte allerdings teuer sein.«

Jim hatte die Botschaft wohl verstanden. Er verfügte als einziger über Geld. Vorsorglich hatte er ein paar Goldmünzen in seine Kleidung eingenäht und ein paar weniger wertvolle Münzen in den restlichen Kleidungsstücken und in der Schwertscheide versteckt; alles in allem mehr als genug, um nach Frankreich und wieder zurück zu reisen. Von ihm selbst konnte man nicht gerade behaupten, daß er als Grundbesitzer es verstanden hätte, seine Besitzungen profitabel zu nutzen. Andererseits hatte Sir Hugh de Bois de Malencontri, der nach Frankreich geflohene Ritter, der Malencontri Jim überlassen hatte, es zurückhaltend ausgedrückt verstanden, seinen Besitz zu mehren. In der Burg befanden sich zahlreiche Wertgegenstände, von denen einige eine verräterische Ähnlichkeit mit der Art Silbergefäßen besaßen, wie sie im Gottesdienst Verwendung fanden.

Im Zuge der Reisevorbereitungen hatte Jim mehrere dieser Gegenstände in Worcester zu Geld gemacht. Die Münzen waren von unterschiedlichem Wert und bestanden aus Kupfer, Silber und Gold; französische wie englische waren darunter und sogar ein paar deutsche und italienische. Allerdings war es üblich, den Wert einer Münze entsprechend ihrem Anteil an Edelmetall zu bemessen.

Was Brian soeben nicht sonderlich zartfühlend angedeutet hatte, lief darauf hinaus, daß es für Jim an der Zeit sei, das nötige Bargeld für die erwähnten Erwerbungen herauszurücken.

Jim hatte mittlerweile begriffen, daß dies nicht unbedingt Ausdruck besonderer Habsucht war. Wenn Brian selbst Geld gehabt hätte, wäre er wahrscheinlich losgezogen und hätte bedenkenlos solange eingekauft, bis sein Geldbeutel leer gewesen wäre. Anschließend hätte er sich, sofern es sich um Edelleute handelte, an seine Gefährten gewandt und darauf vertraut, daß sie für seine Bedürfnisse aufkommen würden.

So hielten es viele Angehörige seines Standes; es konnte durchaus vorkommen, daß jemand einen Besuch abstattete, ein halbes Jahr blieb und sich aushalten ließ, ohne auch nur einen Gedanken daran zu verschwenden, wieviel er seinen Gastgeber kostete, während dieser wiederum die Ausgaben für seinen Gast mißachtete.

Und daher besprachen sie nun den anstehenden Pferdekauf. Es stand nicht gut, wie Jim erfuhr. Grundsätzlich hatten sie zwei Möglichkeiten. Entweder sie kauften bei den Engländern, die sich bereits in Brest aufhielten, was bedeutet hätte, daß sie wahrscheinlich gute Pferde bekommen würden. Oder aber sie wandten sich an den hiesigen Pferdemarkt.

Die eingeführten englischen Pferde befanden sich im Besitz von Rittern oder Gemeinen, die sich nur höchst ungern von ihren Tieren trennen würden, da sich diese nicht würden ersetzen lassen. Die Preise wären daher hoch. Wenn sich der Verkäufer bewußt wäre, daß solche Pferde schwer zu beschaffen waren, würde das die

Preise sogar noch weiter in die Höhe treiben. Andererseits wären auf dem hiesigen Markt nach Ansicht von Sir Brian und Sir Giles zwar Pferde erhältlich, doch befänden sich diese überwiegend in einem schlechten Zustand und wären kaum als Packpferde zu gebrauchen.

Der Schluß lag nahe, den anderen Engländern drei gute Pferde abzukaufen und drei Packpferde auf dem hiesigen Markt zu erwerben.

Offenbar hatten Brian und Giles bereits vorausgedacht und Angebote eingeholt. Dabei hatten sie sich auch schon auf einen Preis geeinigt. Jim war ein wenig verletzt, als er ihn hörte, denn nie im Leben hätte er sich träumen lassen, daß Pferde so teuer sein könnten. Wohl wahr, er besaß Geld und konnte es sich leisten, doch andererseits ließ sich unmöglich abschätzen, welche Ausgaben noch auf sie zukommen würden.

Gleichwohl holte er die benötigten Münzen hervor und reichte sie Brian, der in dieser Angelegenheit als Älterer gegenüber Sir Giles den Vorrang hatte.

Beide gingen hinaus. Jim blieb mit den Flöhen, den Läusen und der Versuchung zurück, soviel Wein zu trinken, bis er nichts mehr davon mitbekam. Was ihn davor zurückhielt, waren lebenslange Gewohnheit und die Tatsache, daß es gerade erst Vormittag war. Auch wenn seine beiden Gefährten nichts davon ahnten, so war die Warterei für ihn noch erheblich nervenaufreibender als für sie, da er nicht im Alkohol Zuflucht suchen konnte und an den Gasthof gefesselt war, dessen Wirt er mit jedem Tag weniger ausstehen konnte.

Nichtsdestotrotz begab er sich in den Gastraum hinunter, wo er jedem, der nach einem Mann mit einem gewissen Ring Ausschau hielt, ins Auge fallen mußte. Er setzte sich an einen leeren Tisch und bestellte einen weiteren Krug Wein und einen Becher – während er Anweisung erteilte, die Überreste des Frühstücks aus ihrem Zimmer fortzuschaffen.

Damit war unweigerlich ein gewisses Risiko verbunden. Oben befand sich ihr Gepäck, ungeschützt und jedem Dieb zugänglich, ob es sich nun um einen Bediensteten oder einen Fremden handeln mochte.

Jedenfalls hatte er sich so gesetzt, daß er die Treppe im Auge behalten und jeden, der nach oben ging, sehen konnte. Des weiteren hatte er dafür gesorgt, daß alle Bediensteten des Gasthofs wußten, daß er ein Magier war; und zu guter Letzt bewahrte er den Schild unverhüllt im Zimmer auf, damit Wappen und Farben jedem Eintretenden gleich ins Auge fielen.

Der gewöhnliche Mann von der Straße mochte vielleicht nicht lesen können – was in Anbetracht der Tatsache, daß die meisten Ritter und ein Großteil des Adels nicht lesen konnten, viel zu zurückhaltend ausgedrückt war –, kannte sich ungeachtet seines Bildungsstandes aber auf jeden Fall mit Wappen aus. Jim hatte nicht den geringsten Zweifel, daß die Farbe Rot sowie der Hinweis, daß der Besitzer ein Magier war, ausreichen würden, um jeden potentiellen Dieb abzuschrecken.

Da der Schild darauf hindeutete, daß einer der drei Ritter über magische Fähigkeiten verfügte, würde jeder Eindringling daraus schließen, daß das Gepäck durch irgendeinen Zauber geschützt war; oder, falls dies nicht der Fall sein sollte, daß der Magier schon davon erfahren werde, wenn jemand den Versuch unternahm, irgend etwas zu entwenden.

Daher fühlte sich Jim im Hinblick auf das Gepäck recht sicher, was von Vorteil war, da sie nur zu dritt waren und nicht ständig einen Aufpasser abstellen konnten. Desgleichen kannten sie keine verläßliche Person in dieser französischen Hafenstadt, die sie zur Bewachung des Gepäcks hätten anheuern können. Die Wahrscheinlichkeit war groß, daß die betreffende Person sich selbst bedient hätte, anstatt aufzupassen.

Die magische Drohung war bedeutend wirksamer,

erheblich realer und viel verläßlicher. Nicht nur das; die Menschen neigten dazu, etwas, das sie nicht kannten und nicht sehen konnten, mehr zu fürchten als das, was sie sehen und begreifen konnten.

Jim setzte den Becher ab und bereitete sich innerlich darauf vor, einen weiteren Tag so zu tun, als trinke er, während er sich in Wirklichkeit nur für den englischen Spion verfügbar hielt.

Er hatte sich angewöhnt, sich die lange Zeit des Wartens mit magischen Übungen zu vertreiben. Dabei beschränkte er sich auf kleine Zauberkunststücke: beispielsweise bewegte er eine unverdächtige Bank ein Stück weit durch den Raum oder veränderte die Farbe eines Möbelstücks.

Außerdem gelang es ihm mittlerweile recht gut, den Wein in seinem Becher nach und nach verschwinden zu lassen. Da er nicht den ganzen Tag lang trinken konnte, ohne unweigerlich betrunken zu werden, hatte er zu einer solchen List Zuflucht genommen.

Dabei stellte er fest, daß es nicht nur darum ging, den Wein verschwinden zu lassen. Er mußte ihn auch irgendwohin befördern. Daher verfrachtete er einen Becher Wein nach dem anderen ins etwa dreihundert Meter entfernte Hafenwasser. Damit war er den Wein los und hatte wiederum Anlaß, sich von Zeit zu Zeit nachzuschenken, damit den Dienstboten und dem Wirt nicht auffiel, daß er lediglich die Zeit totschlug – und wartete.

Seine moderne akademische Ausbildung bewirkte, daß er instinktiv nach Prinzipien suchte in dem, was er lernte, das heißt, nach den Prinzipien, auf denen die Magie basierte. Als Carolinus ihn gelehrt hatte, sich erst in einen Drachen und dann wieder in einen Menschen zu verwandeln, hatte er ihm im Grunde nur sehr wenig Hinweise gegeben, wie er sich die Kräfte der gewaltigen *Enzyklopädie der Nekromantie,* die er verschluckt hatte, zunutze machen konnte.

Mittlerweile argwöhnte er, daß dieser Mangel an Informationen beabsichtigt gewesen sein könnte. Aus irgendeinem Grund hatte Carolinus gewollt, daß er selbst einen Weg fand, sich der *Enzyklopädie* zu bedienen. Carolinus hatte Jim das Resultat eines magischen Vorgangs präsentiert, nicht den Vorgang selber.

Somit oblag es Jim, Mittel und Wege zu finden, sein Ziel zu erreichen. Zudem war er noch auf weitere Anzeichen gestoßen, die darauf hindeuteten, daß dies Carolinus Absicht gewesen war. Zum Beispiel funktionierte das bloße ›Schreiben‹ des entsprechenden Befehls, wie Carolinus es ihm beigebracht hatte, bei einigen Zaubersprüchen tadellos, während es bei anderen versagte.

Seine Versuche, sich des Weins im Becher zu entledigen, hatten erst dann Erfolg gehabt, als er über den Rand des Bechers zum Hafen hinüberblickte, wo gerade ein Schiff festmachte. Offenbar war nicht nur eine klare Vorstellung dessen vonnöten, was er verschwinden lassen, verändern oder bewegen wollte, sondern er brauchte auch noch einen Empfänger für seine geistige Anstrengung oder mußte zumindest dessen Bild klar und deutlich vor Augen haben.

Diese Theorie unterzog er nun einem Test, indem er sich eine bestimmte Bank auf der anderen Seite des Raumes und ihre genaue Lage in Bezug auf den Tisch, vor dem sie stand, und den übrigen Raum vorzustellen versuchte. Nachdem er dies etwa eine halbe Stunde lang getan hatte, gelang es ihm schließlich, sie zu bewegen, ohne hinzuschauen.

Diese magische Übung hatte ihn vollständig in Anspruch genommen. So war es eher Zufall, daß er gerade in dem Moment, da es ihm gelungen war, die Bank zu verrücken, einen Fremden in den Schankraum eintreten sah, der zu dieser Zeit nahezu leer war; außer Jim waren nur noch zwei weitere Gäste zugegen, die in einigem Abstand voneinander Platz genommen hatten.

Der Neuankömmling weckte sogleich Jims Interesse. Irgend etwas an ihm wirkte wenig überzeugend, und zwar in dem Sinne, daß er nicht die Art Mann zu sein schien, der einen solchen Gasthof ausgewählt haben würde. Außerdem blieb er gleich hinter dem Eingang stehen und wartete, bis sich seine Augen an den dunklen Raum gewöhnt hatten, der nur von den paar kleinen Fenstern notdürftig erhellt wurde, die auf die Straße hinausgingen.

Dies war eine übliche Verhaltensweise für jemanden, der einen Gasthof betrat, und in keiner Weise ungewöhnlich. Dieser Mann jedoch zögerte ein wenig länger, als Jim erwartet hätte; und weil er den Fremden genau beobachtete, bemerkte er auch, daß dieser seinerseits die Anwesenden musterte.

Seit Tagen schon hatte Jim die Rechte auf dem Tisch liegen, damit der Ring am Mittelfinger deutlich sichtbar war. Das in blutroten Stein geschnittene Siegel fing in diesem Moment ein wenig Licht aus einem der Fenster, so daß der Ring trotz des Halbdunkels im ganzen Raum zu sehen war.

Der Blick des Neuankömmlings fiel darauf, wanderte weiter. Dann wandte er sich um und näherte sich Jim.

Er war ein hochgewachsener, hagerer Mann Mitte Dreißig, dessen Gesichtshaut aber bereits einige Altersflecken aufwies. Auf der linken Wange hatte er eine zentimeterlange Narbe.

Er wäre eine auffallend stattliche Erscheinung gewesen, hätte er keine Hakennase gehabt wie Sir Giles, die bei ihm allerdings weniger fleischig ausfiel. Seine Gesichtsknochen wirkten dünn und scharf. Trotz der schlichten Kleidung strahlte Autorität von ihm aus, und er bewegte sich mit einer Gewandtheit und Sicherheit, die darauf schließen ließen, daß er in hervorragender körperlicher Verfassung war. Er hatte breite Schultern und hielt sich sehr gerade.

Als er bei Jims Tisch angelangt war, ließ er sich Jim gegenüber auf der Bank nieder, ohne dazu aufgefordert worden zu sein.

Wortlos drehte er die linke Hand um, und auf einmal sah man, daß das, was von oben wie ein einfacher Goldring ausgesehen hatte, auf der Innenseite der Hand mit einem Stein versehen war, in den das gleiche Wappen eingraviert war, das auch Jims Ring zierte. Als er es Jim gezeigt hatte, schloß er die Hand wieder zur Faust und verbarg das Siegel.

»Ich nehme an, Ihr seid der Drachenritter, den Sir Chandos geschickt hat?« fragte er mit leiser, klarer Baritonstimme.

»Das stimmt«, antwortete Jim. Er hatte sich nicht gerührt. »Aber ich fürchte, ich kenne Euren Namen nicht, Mylord.«

»Mein Name tut nichts zur Sache«, sagte der andere. »Können wir irgendwo ungestört miteinander reden?«

»Gewiß«, meinte Jim. »Oben.«

Jim machte Anstalten, sich zu erheben, doch als der Fremde brüsk den Kopf schüttelte, nahm er wieder Platz.

»Nicht jetzt«, sagte der andere. »Am Abend komme ich wieder. Ein Privatraum, nehme ich an?«

Jim nickte.

»Also bis heute abend«, sagte der Mann und stand auf. »Dann ist es hier voller, und ich falle nicht so sehr auf. Wartet oben auf mich.«

Er wandte sich zur Tür und trat hindurch. Einen Moment lang verharrte er im hellen Rechteck des Eingangs, ein dunkler Umriß ohne weitere Merkmale. Dann verschwand er.

15

Brian und Giles kehrten erst am späten Nachmittag zurück. Sie hatten die benötigten Pferde gefunden und waren überglücklich über ihre Erwerbung. Sie bestanden darauf, daß Jim auf den Hof kam und sie sich anschaute, ehe sie im Stall untergebracht wurden.

Als Jim die Tiere sah, begriff er, weshalb er sie sich hatte anschauen sollen: nicht weil Brian und Giles sich wegen des Geldes, das er ihnen gegeben hatte, verantwortlich gefühlt hätten, sondern weil sie ihm beweisen wollten, daß sie brauchbare Tiere mitgebracht hatten.

Auf dem Hof standen sechs Pferde. Jim hielt sich noch nicht lange genug in dieser Welt auf, um ein wirklicher Pferdekenner zu sein, allerdings hatte er sich mittlerweile genug Wissen angeeignet, um große Unterschiede zwischen den Tieren wahrzunehmen. Es war unübersehbar, welches die Reitpferde und welches die Lasttiere waren. Die Packpferde waren kleiner, hatten ein struppigeres Fell und wirkten unterernährt. Zwei der Reitpferde waren gut und eines sogar ausgezeichnet, und alle drei waren bereits mit Sattel und Zaumzeug versehen, das Brian und Giles anscheinend gleich mit gekauft hatten.

Bedauerlicherweise wirkten zwei der Reitpferde zwar nicht unterernährt oder verwahrlost, aber höchst durchschnittlich. Soweit Jim das beurteilen konnte, waren sie einem Edelmann oder einer Dame in keiner Weise angemessen. Eher schienen sie für einen Gemeinen zu taugen.

»Das hier«, sagte Brian und tätschelte den Sattel des besten Reitpferds, »gehört Euch, Mylord.«

Die Anrede am Ende des Satzes warnte Jim gerade noch rechtzeitig. Das beste Pferd bot man ihm nicht etwa deshalb an, weil er das Geld bereitgestellt hatte. Auch nicht deshalb, weil er der Anführer der Expedition war. Vielmehr ging es wieder einmal um die Rangfolge. Er hatte einen höheren Rang als die anderen und deshalb Anrecht auf das beste Pferd. Bei John Chester war es das gleiche gewesen.

Dabei hatte er das beste Pferd überhaupt nicht verdient. Den vergangenen Winter über hatte er mit Brians Hilfe zwar gelernt, zu Fuß die Waffen eines Ritters zu gebrauchen. Vom Kampf zu Pferde aber hatte er noch immer so gut wie keine Ahnung.

Wenn sie in Schwierigkeiten kämen, was unter den gegebenen zeitlichen und örtlichen Umständen mehr als wahrscheinlich war, sollte entweder Sir Brian oder Sir Giles das eine gute Pferd zwischen den Knien haben, da sie es am besten zu nutzen wüßten. James hätte sich allenfalls damit aus dem Staub machen oder versuchen können, einen Angreifer abzulenken, damit Giles und Brian sich um die übrigen Gegner kümmern konnten. Allerdings hätte er Mühe gehabt, seinen Standpunkt den anderen beiden verständlich zu machen.

Da sie über wichtigere Dinge reden mußten, zum Beispiel darüber, daß der Spion endlich Kontakt mit Jim aufgenommen hatte, beschloß dieser, die Angelegenheit vorerst zurückzustellen. Vielleicht würde ihm noch ein Weg einfallen, einen der beiden – insgeheim gab Jim Sir Brian den Vorzug, dessen Kämpferqualitäten er kannte – höflich dazu zu bewegen, das beste Pferd zu übernehmen. Wie auch immer, man hatte ihn hergeholt, um ihm die Tiere vorzuführen, und nun wurde von ihm erwartet, daß er entsprechend reagierte.

»Ausgezeichnet!« sagte er. »Ganz ausgezeichnet! Ich hätte nicht gedacht, daß Ihr so gute Tiere bekommen würdet. Besonders das eine Pferd!«

Die beiden Männer strahlten, und Brian rief nach den Stallburschen, um die Pferde fortschaffen zu lassen.

»Dafür müßt Ihr Euch bei Brian bedanken«, meinte Giles. »Das war schon ein großer Wurf, alle Achtung. Aber laßt uns nach oben gehen, da können wir uns besser unterhalten. Ich glaube, wir könnten jetzt einen Schluck Wein vertragen, was meint Ihr, Brian?«

»Gewiß, Giles. Gewiß.«

Die Stallburschen kamen im Laufschritt herbeigeeilt, und Brian übergab ihnen die Zügel und ermahnte sie, die Pferde auch ordentlich zu behandeln. Dann betraten alle drei den Gasthof, durchquerten den Schankraum und stiegen die Treppe hoch.

Jim bemerkte, daß die anderen beiden bester Stimmung waren. Sein Lob von gerade eben war sicherlich ebenso am Platz gewesen, wie ihre gute Laune berechtigt war. Jim mußte insgeheim zugeben, daß er sich in dieser fremden Stadt, mit seinen begrenzten Kenntnissen des mittelalterlichen Lebens und in Anbetracht des notwendigen Feilschens wohl mit einem der Packpferde hätte begnügen müssen und am Ende wahrscheinlich sein ganzes Geld für dieses eine Tier ausgegeben hätte.

Im Zimmer erwartete ihn allerdings noch eine weitere Überraschung. Brian griff mit beiden Händen in den Geldbeutel, der an seinem Schwertgürtel befestigt war, zog zwei volle Fäuste hervor und warf einen Haufen Geld auf den Tisch.

Jim betrachtete staunend die tanzenden und klingelnden Münzen.

»Aber das ist ja mehr, als ich Euch mitgegeben habe!« sagte er.

Die anderen beiden brachen in brüllendes Gelächter aus und klopften sich gegenseitig übermütig auf den Rücken. In diesem Moment klopfte die Frau, die ihnen den Wein brachte, und trat sogleich unaufgefordert ein, wie es anscheinend beiderseits des Kanals üblich war. Brian verstellte ihr geistesgegenwärtig den Blick auf den Tisch und schob das Geld wieder in den Geldbeutel zurück.

Die Frau schaute ihn seltsam an, als sie den Wein auf den Tisch stellte, doch dann, als Brian ihr mehr Geld gab, als sie erwartet hatte, hellte sich ihre Miene auf. Sie knickste und ging hinaus.

Die beiden Ritter nahmen am Tisch Platz und schenkten sich Wein ein. Jim setzte sich zu ihnen und folgte ihrem Beispiel.

»Erzählt mir, was passiert ist«, forderte Jim sie auf.

Abermals lachten seine Gefährten und klopften sich ausgelassen auf den Rücken.

»Wie ich bereits sagte«, meinte Giles, »das haben wir alles Brian zu verdanken. Erzählt es ihm, Brian.«

»Nun, von den Engländern wollte uns keiner brauchbare Pferde verkaufen – und die Einheimischen, der heilige Stephen ist mein Zeuge«, sagte Brian, »wären auch nicht bereit gewesen, uns etwas zu verkaufen, das vier Beine hat.«

Er nahm einen großen Schluck Wein.

»Was einen nicht wundern darf«, fuhr er fort, »denn schließlich sind die Pferde nicht zu ersetzen, es sei denn, man ließe mit dem Schiff neue nachkommen. Also haben wir uns hier umgesehen und dort umgesehen, konnten aber keinen Verkäufer auftreiben.«

Er legte eine dramatische Pause ein.

»So redet schon«, drängte Giles ungeduldig.

»Dann ergab sich auf einmal ein glücklicher Zufall«, fuhr Brian an Jim gewandt fort. »Wir stießen auf Percy, den jüngeren Sohn Lord Belmonts, der eine Reihe von Pferden bei sich hatte, die für seinen Vater und dessen Gefolge bestimmt waren. Lord Belmont hat für seine Leute bereits eine komfortable Unterkunft etwa fünf Meilen vor der Stadt gefunden. Sir Percy und die Tiere waren gerade eben vom Schiff gekommen, und wir begegneten ihm, bevor sein Vater Gelegenheit hatte, ihn und die Pferde zu sehen.«

Abermals legte er eine Pause ein, offenbar um die Spannung zu steigern. Und abermals drängte Giles ihn zum Weiterreden.

Sie verhielten sich, überlegte Jim mit heimlicher Belustigung, wie zwei gut eingespielte Amateurkomödianten.

»Nun ...«, begann Brian, das Wort boshaft in die Länge ziehend. Diese Verzögerung war zuviel für Giles.

»Ihr müßt wissen, James«, warf Giles hastig ein, »Sir Percy hat nämlich gewisse Schulden, die sein Vater mißbilligen würde ...«

»Ich werde es ihm sagen«, fiel Brian ihm ins Wort. »Sir Percy hat Privatschulden, über die Lord Belmont in höchstem Maße erbost wäre, wenn er davon wüßte. Kurz gesagt, er brauchte Geld.«

»Dann habt Ihr ihm also die Pferde abgekauft?« fragte Jim.

»Das war mein erster Gedanke«, antwortete Giles, »aber Brian hatte eine bessere Idee. Sir Percys Schulden rühren vom Würfelspiel her.«

»Er ist ein Spieler?« fragte Jim.

»Bei Gott, ein größerer Spieler, als ich es jemals war«, entgegnete Sir Brian. »Er braucht bloß einen Würfel in die Hand zu nehmen, und schon strahlen seine Augen. Obwohl mir das erst klar wurde, nachdem ich ihm vorgeschlagen hatte, um die Pferde zu würfeln, mit dem Preis der Tiere und den Pferden selbst als Einsatz, wobei dem Gewinner beides gehören sollte.«

Jim blinzelte und hoffte, daß er sich nichts weiter hatte anmerken lassen. Die plötzliche Erkenntnis, daß Brian bereit gewesen war, die ziemlich große Menge Bargeld, die Jim ihm mitgegeben hatte, leichtfertig aufs Spiel zu setzen, traf ihn ebenso schwer wie die Schläge, die Brian ihm den vergangenen Winter über beim Üben auf den Helm versetzt hatte.

»Zunächst einmal«, sagte Brian, »schien es so, als würde ich mit jedem Wurf verlieren. Percy war überglücklich.«

Jims Stimmung verdüsterte sich. Obwohl er den Ausgang der Erzählung kannte, wurde ihm bei der Vorstellung, daß man sein Geld, das er erst bei ihrer

Rückkehr nach England hätte ersetzen können, leichtfertig aufs Spiel gesetzt hatte, ganz kalt. Brian fuhr fort:

»Zuletzt hatte ich nur noch sowenig übrig, daß ich zu Percy meinte, ich würde mit Würfeln aufhören, wenn er nicht bereit sei, seinen Einsatz zu verdoppeln, damit ich Gelegenheit hätte, meinen Verlust wieder wettzumachen.«

»Brian!« sagte Jim. »Das war ein großes Risiko! Er brauchte doch bloß dazusitzen und abzuwarten, und am Ende hättet Ihr nicht nur keine Pferde gehabt, sondern auch kein Geld mehr, um irgendwo anders welche zu kaufen.«

»Keineswegs, James«, antwortete Brian. »Wie ich bereits sagte, bekam er allein schon davon, daß er Würfel in Händen hielt, leuchtende Augen. Ich hatte ihn durchschaut. Er konnte ebensowenig mit dem Spielen aufhören, wie die meisten Männer es nicht fertigbringen, bei einem prachtvollen Turnier müßig auf den Zuschauerrängen herumzusitzen und mit anzusehen, wie andere vor aller Augen Hiebe austeilen. Oh, er beklagte sich schon, daß es so nicht ginge; als ich ihm allerdings klarmachte, daß er keine andere Wahl habe, gab er nach.«

»Und dann fingt Ihr an zu gewinnen?« fragte Jim.

»Aber nein. Erst einmal verlor ich weiterhin jede einzelne Runde«, antwortete Brian.

»Ich dachte schon, es würde allmählich ernst«, warf Giles ein. »Aber – ha! Ich hatte Vertrauen zu Brian. Und dieses Vertrauen ...«

»... war gerechtfertigt«, meinte Brian rasch. »Kurz gesagt, James, fing ich endlich an zu gewinnen. Percy schwitzte, und als wir Gewinn und Verlust ausgeglichen hatten, mußte ich mich anstandshalber sogar wieder mit gleichen Einsätzen einverstanden erklären. Aber ich hatte ihn durchschaut. Wer gewinnen muß, der verliert. Er wollte unbedingt gewinnen. Deshalb verlor er. Und verlor. Und verlor. Und verlor ... bis ich nicht nur mein ganzes Geld zurückgewonnen hatte, sondern auch noch alles, was er bei sich hatte.«

»Worauf wir unserem Bedauern über sein Pech Ausdruck verliehen«, meinte Giles, »und ihm sagten, daß wir uns nun mit unserem Gewinn entfernen müßten.«

»Und er gab Euch auch noch die Pferde?« fragte Jim.

»Was blieb ihm als Gentleman anderes übrig?« erwiderte Brian. »Ihm zuliebe kaufte ich ihm noch die Sättel und das Zaumzeug ab und gab ihm dafür einen Teil des Geldes zurück. Dennoch läßt sich nicht leugnen, daß er unglücklich war, als wir uns von ihm verabschiedeten.«

Im Grunde empfand Jim für den glücklosen Percy, der seinem erbosten Vater nun ohne Pferde und ohne Geld gegenübertreten mußte, nicht nur eine Menge Sympathie, sondern verspürte ihm gegenüber auch leichte Schuldgefühle. Seine beiden Gefährten schienen diese Gefühle allerdings nicht zu teilen.

»Ist das nicht ein glücklicher Tag für uns, James?« strahlte Sir Brian. »Im Moment will mir einfach nicht einfallen, welcher Heilige heute dran ist, und Giles weiß es auch nicht. Aber ich werde es noch herausfinden und es mir für die Zukunft merken, sollte ich wieder einmal ein Risiko eingehen müssen, denn dieser Heilige – wer immer es sein mag – meint es offenbar gut mit mir. Ich glaube, wir sollten noch Wein bestellen. Vorher aber …«

Er griff abermals in seinen Geldbeutel, warf noch mehr Geld auf den Tisch und schob es Jim hin.

»Mylord«, sagte er gewichtig, »das Geld, das Ihr mir anvertraut habt und noch ein wenig mehr, zum Zeichen, daß Euer getreuer und loyaler Diener Sir Brian seine Pflicht getan hat!«

Jim blickte den Haufen Münzen geradezu angewidert an. Eigentlich müßte er einen Vorteil aus der Situation ziehen können, überlegte er – und dann hatte er auf einmal eine Idee.

»Da Ihr in dieser Angelegenheit soviel Geschick bewiesen habt«, erwiderte er im gleichen formellen Ton wie Sir Brian, »kann ich mir keine bessere Verwendung für das Geld vorstellen, als es in solch fähigen Händen zu belassen.«

Er teilte die Münzen energisch in zwei Haufen.

»Nehmt jeder eine Hälfte«, sagte er, »und behaltet es entweder, oder verwendet es für Eure täglichen Bedürfnisse.«

Er verspürte eine innere Freude. Diesmal war es ihm gelungen, die Gepflogenheiten der hiesigen Oberschicht zu beachten und gleichwohl seinen Willen durchzusetzen. Die Großzügigkeit von Ranghöheren gegenüber Tieferstehenden war ein tiefverwurzeltes Element dieser Gesellschaft. Die dergestalt Beschenkten waren im allgemeinen nicht nur dankbar, sondern betrachteten es als eine Beleidigung, derartige Geschenke zurückzuweisen.

Und er hatte sich nicht getäuscht.

Brian und Giles nahmen ihren jeweiligen Anteil freudig entgegen, bedankten sich höflich und verstauten die Münzen in ihren Geldbeuteln, ohne vorher nachgezählt zu haben, ob er das Geld auch gerecht geteilt hatte. Endlich war es ihm gelungen, seine Gefährten auf akzeptable Weise mit Bargeld auszustatten, das es ihnen erlauben würde, in diesem fremden Land zurechtzukommen.

»Und jetzt laßt uns trinken!« rief Giles.

Jims Gefährten war offenbar nach Feiern zumute. Das war nicht unbedingt nach Jims Sinn – schließlich wollte er dem Spion nicht mit zwei mehr oder weniger betrunkenen Gefährten gegenübertreten. Außerdem wollte er, daß sie die Neuigkeit erfuhren, damit sie den gleichen Informationsstand hätten wie er.

»Unbedingt«, pflichtete er Giles bei. »Allerdings schlage ich vor, daß wir nur mäßig trinken. Vor uns liegt ein bedeutsamer Abend. Der erwartete Spion hat heute nachmittag Kontakt mit mir aufgenommen. Am Abend wird er sich mit uns hier auf dem Zimmer treffen und mit uns reden.«

Wie erwartet, waren sie sogleich ganz Ohr. Jeder Gedanke ans Feiern wurde beiseite gestellt. Die Zeit bis zum Abend verbrachten sie mit ungeduldigem Warten, das besonders Brian und Giles zusetzte, und mit Gesprächen, die sich um die Befreiung des Prinzen drehten.

Die Schlußfolgerung, die sich aus all ihren Mutmaßungen ergab, bestand lediglich im allgemeinen Einverständnis darüber, daß der Prinz wohl an einem geheimen Ort gefangengehalten wurde und zweifellos unter strenger Bewachung stand. Zumal sich der Franzosenkönig Jean wohl bewußt sein würde, daß er solange, wie er den jungen Mann in seiner Gewalt hatte, einen hohen Trumpf besaß, den er jederzeit ausspielen konnte, wenn er es für angebracht hielt. Falls die englische Armee allen Widerstand brechen und Frankreich überrennen sollte, dann könnte er die Engländer vielleicht mit der Herausgabe des Prinzen abfinden. Oder falls die Engländer zum zweitenmal vernichtend geschlagen werden sollten, dann ließe sich mit dem Prinzen von der englischen Krone ein beträchtliches Lösegeld erpressen – einschließlich des Verzichts auf den Anspruch auf einen Großteil Frankreichs, darunter vor allem das alte Königreich Aquitanien und die Städte Calais und Guines.

Doch wo genau der Prinz nun gefangengehalten und wie stark er bewacht wurde, darüber konnte man nur Mutmaßungen anstellen. Sie würden auf das Erscheinen des Spions warten müssen, der ihnen wahrscheinlich mehr würde sagen können.

Endlich kam er. Es war noch früh am Abend – Jim schätzte, daß es gerade erst auf acht zuging –, doch Brian und Giles kam es in ihrer Ungeduld schon recht spät vor. Jim stellte dem Besucher seine beiden Gefährten vor und bestellte soviel Wein, daß er eine Weile reichen würde, sowie Becher für alle Anwesenden. Dann ließ er dem Wirt ausrichten, daß sie nicht gestört zu werden wünschten, und stellte seinen Schild als Warnung für jeden potentiellen Störenfried vor die Zimmertür.

Der Spion beobachtete mit kaum verhohlenem amüsiertem Lächeln, wie er den Schild nach draußen stellte.

»Wozu der Schild, Mylord?« fragte er. »Der wird nur unnötige Aufmerksamkeit auf uns lenken.«

»Weil ich ihn für nötig erachte, Sir«, erwiderte Jim.

Sie nahmen am Tisch Platz. Beim Einschenken herrschte angespanntes Schweigen. Der Spion unterzog Brian und Giles offenbar einer kritischen Musterung, während die beiden Ritter ihn mit unverhohlener Feindseligkeit begutachteten.

»Es paßt mir nicht«, brach Brian schließlich das Schweigen, bevor Jim eine vernünftigere Unterhaltung hatte anknüpfen können, »mit einem Mann an einem Tisch zu sitzen, der mir Namen und Rang nicht nennen mag. Woher soll ich wissen, ob Ihr überhaupt ein Edelmann seid?«

»Ich haben diesen Herrn hier«, der Spion nickte Jim zu, »heute nachmittag von meiner Glaubwürdigkeit überzeugt.«

Er blickte Jim direkt an.

»Seid Ihr überzeugt, Mylord, daß ich der bin, der zu sein ich behaupte, und auch ein Edelmann, da Sir John niemand anders mit einer solchen Aufgabe betraut haben würde?«

»Ja«, entgegnete Jim. »Gewiß. Brian, ich bin sicher, daß unser Gast ein Edelmann ist, und ich weiß, daß er der ist, mit dem wir uns treffen sollten. Somit brauchen wir uns bloß noch anzuhören, was er uns zu sagen hat.«

Der Spion sah wieder zu Brian.

»Zufriedengestellt, Mylord?« fragte er.

»Es bleibt mir wohl nichts anderes übrig«, meinte Brian grimmig, »doch in Anbetracht Eurer Aktivitäten müßt Ihr verstehen, daß jemand wie ich mißtrauisch ist.«

Nun sprach Brian mit einem ironischen Unterton, was bei ihm nur selten vorkam. Wenn er gereizt wurde, konnte er jedoch ebenso grob und verletzend sein wie jeder andere mittelalterliche Ritter. Gleichwohl war seine Unmutsäußerung so zurückhaltend ausgefallen, daß der Fremde sie sehr wohl hätte übergehen können. Dies tat er allerdings nicht.

Er sprang auf, ließ die Fäuste auf die Tischplatte krachen und funkelte sie alle an.

»Bei Gott!« fluchte er. »Ich möchte als der Ehrenmann behandelt werden, der ich bin! Lägen nicht außergewöhnliche Umstände vor, so wäre ich jetzt nicht hier. Ich bin ein loyaler Diener König Jeans von Frankreich und wünschte, alle Engländer wären tot oder verschwänden im Meer, ehe sie auch nur einen Fuß auf französischen Boden setzten. Gäbe es diese besonderen Umstände nicht, so würde ich Euch lieber mit dem Schwert aufspießen, als Euch am Tisch gegenüberzusitzen, das schwöre ich. Ihr wart eine Plage und eine Katastrophe für Frankreich. Lieber wäre es mir, Ihr würdet am Grund des Meeres ruhen, als daß Ihr auch nur einen Fuß in dieses wunderschöne Land setztet. Es ist diese Schlange – der Magier Malvinne –, der mich zu dieser unglückseligen Allianz mit Euch zwingt. Er, und er allein, ist das einzige, was noch schlimmer ist als die Engländer; außerdem hat er den Untergang meiner Familie und den Tod meines Vaters verschuldet. Das vergossene Blut meines Vaters schreit nach Rache – und nach Malvinnes Tod, könnte ich ihn nur bewerkstelligen. Daher werde ich Euch Engländern nach Kräften helfen. Das ist aber auch schon alles! Ich empfinde keine Zuneigung zu Euch. Auch nicht zu dem wertlosen Bürschchen, das Ihr einen Prinzen nennt und wohlbehalten in die Wiege zurückschaffen wollt, in die es gehört.«

Sir Giles und Sir Brian waren beide aufgesprungen.

»Ich erlaube es niemandem, in meiner Gegenwart so von unserem Kronprinzen zu sprechen!« brüllte Brian mit der Hand auf dem Schwertknauf, während er sich über den Tisch zu dem Fremden hinüberbeugte. »Bei Gott, Ihr werdet Euch auf der Stelle entschuldigen, daß Ihr solche Worte gebraucht habt!«

Der Besucher war so reglos wie ein Tänzer vor dem Sprung. Auch er hatte die Hand auf den Schwertknauf gelegt. Seine Miene war vollkommen ausdruckslos, und er ließ Brian nicht aus den Augen.

16

»Nehmt alle drei wieder Platz!« sagte Jim, der als einziger noch saß. Der Klang seiner Stimme verblüffte ihn. Es lag eine unvermutete Autorität darin. Sie forderte nicht nur bedingungslosen Gehorsam, sondern erwartete ihn auch.

Langsam nahmen die drei Männer wieder Platz, wortlos und ohne einander aus den Augen zu lassen.

»Wir sind hier«, begann Jim, »um zu besprechen, was sich in einer bestimmten Angelegenheit tun läßt. Brian, Giles, wir brauchen diesen Gentleman. Und Ihr, Mylord ...«

Er blickte dem Besucher gerade ins Gesicht.

»Ihr braucht uns, sonst hätte Ihr Euch gar nicht erst mit den Engländern eingelassen. Für unser Vorhaben ist es belanglos, ob wir einander mögen oder wer wir sind oder sein mögen. Was wir brauchen, sind Informationen!« Er schlug mit der flachen Hand auf den Tisch. »Aus diesem Grund sind wir zusammengekommen, und aus diesem Grund werden wir tun, was wir uns vorgenommen haben. Und nun ...«

Er blickte den Fremden noch immer unverwandt an.

»Eure Beweggründe und Bedenken gehen nur Euch etwas an, Mylord«, sagte er. »Das gleiche gilt für uns drei. Diese Dinge stehen nicht zur Debatte. Wir sind hier, um unseren Prinzen zu befreien und ihn nach Möglichkeit unversehrt nach Hause zu bringen. Ihr seid hier, um uns dabei nach Kräften mit Informationen zu unterstützen. Nun sagt uns, was Ihr uns mitzuteilen habt.«

Der Spion saß lange Zeit angespannt da, und seine dunkelbraunen Augen erwiderten funkelnd Jims Blick. Dann ließ seine Anspannung auf einmal nach. Er entkrampfte sich, ergriff den Becher mit Wein, von dem er noch nicht gekostet hatte, nahm einen tiefen Schluck und setzte den Becher wieder ab.

»Wie Ihr wollt«, sagte er tonlos. »Ich werde von meinen Gefühlen schweigen, wenn andere dies ebenfalls tun.«

Er nahm noch einen Schluck, und diesmal taten Giles und Brian – und mit kurzer Verzögerung auch Jim – es ihm nach und tranken gleichzeitig mit ihm. Es war, als legten sie ein schweigendes Gelübde ab.

»Ihr könnt mich Sir Raoul nennen, wenn dies die Unterhaltung für Euch erleichtert«, sagte der Fremde. Er drehte sich ein wenig auf dem Stuhl herum, damit er seine langen Beine auf einer Seite des Tischbeins ausstrecken konnte, und stützte beide Ellbogen auf den Tisch, wobei er den Becher nachdenklich in Händen hielt. Er sprach über den Rand des Bechers hinweg. »Nun, ich habe Euren Prinzen gefunden. Das war nicht schwer, denn er war genau da, wo ich es erwartet hatte. Die Schwierigkeit besteht darin, einen Befreiungsplan auszuarbeiten, der es Euch gleichwohl ermöglicht, mit dem Leben davonzukommen.«

Er setzte den Becher ab und holte ein zusammengefaltetes Stück weißen Stoff aus seinem Wams hervor.

»Ich habe hier eine Karte.«

Er faltete das Stück Stoff auf der Tischplatte auseinander, während sich alle vorbeugten, um einen Blick darauf zu werfen.

Soweit Jim erkennen konnte, handelte es sich um eine Landkarte, wie sie in seiner Heimatwelt ein Drittkläßler an eine Schultafel hätte malen mögen. Darauf war eine gekritzelte Linie zu sehen, die offenbar die Küste darstellen sollte und an deren Meeresseite ein Fisch den Kopf hervorstreckte. Landeinwärts am Ende einer V-förmigen Einbuchtung gelegen, durch die sie offenbar hergesegelt waren, stand der Name BREST in merkwürdig gezeichneten, aber lesbaren Blockbuchstaben. Die einzelnen Buchstaben waren mittels durchgezogener Linien miteinander verbunden.

Von dem Tintenklecks unterhalb des Namens führte eine Linie um die Südküste der Bretagne herum landeinwärts zu einem weiteren Tintenklecks namens Angers, der an der Loire gelegen war. Anschließend folgte sie der Loire ostwärts zu einem weiteren Klecks mit der Bezeichnung Tours.

Von dort führte sie in nordöstlicher Richtung und weiterhin der Loire folgend an einem Klecks mit der Bezeichnung Amboise vorbei zu einer Stadt namens Blois. Von Blois zog sich eine Linie zu einem etwas weiter entfernten Klecks mit der Bezeichnung Orléans. Etwa drei Viertel des Weges zwischen Blois und Orléans befand sich ein Klecks mit einem großen *M* und der groben Zeichnung eines Baums daneben. Dahinter, mitten auf dem Fluß, war ein quadratisches Gebäude mit Türmen und Türmchen eingezeichnet.

Sir Raoul tippte mit seinem schlanken Zeigefinger auf das große *M*, den Baum und die Zeichnung des turmbewehrten Gebäudes.

»Das Château – Ihr Engländer würdet Burg dazu

sagen – von Malvinne, dem Hexer«, erklärte er. »Auf den ersten Blick wirkt es recht hübsch mit seinen Lustgärten, Laubengängen und Spazierwegen. Dahinter werdet Ihr auf das Château selbst stoßen, das ebenso massiv gebaut ist wie jede andere Feste der Christenheit, stark genug, einer Armee zu trotzen. Im Innern gibt es große, prächtige Räume, aber auch unbeschreiblich fürchterliche Verliese und andere Dinge, von denen niemand weiß.«

Er hielt inne und blickte seine Zuhörer boshaft an.

»Aber Ihr seid ja alle Paladine, nicht wahr?« Dann faßte er sich wieder. »Nein, verzeiht mir. Ich habe eine spitze Zunge, und die geht manchmal mit mir durch. Doch es stimmt, Malvinnes Château ist kein Ort, den kennenzulernen man einem braven Mann wünschen würde.«

Er legte eine Pause ein.

»Schon gut«, murmelte Sir Brian.

»Ich bin Euch für Eure Freundlichkeit zu Dank verpflichtet, Mylord«, sagte Sir Raoul. »Von nun an werde ich mich um mehr Zurückhaltung bemühen. Die Sache ist jedoch die, daß Ihr von Glück werdet sagen können, wenn Ihr das hübsche Schloßgelände überhaupt erreichen werdet. Zunächst einmal müßt Ihr den Wald durchdringen, mit dem Malvinne seinen Besitz umgeben hat. Ein Wald mit undurchdringlichem Unterholz, in dessen Zweigen Ihr Euch verfangen könnt, so daß Ihr verhungert, wenn Ihr Euch nicht vorseht. Des weiteren streifen Hunderte von bewaffneten Sklaven darin umher, die er selbst erschaffen hat – Wesen, die halb Mensch, halb Tier sind und früher einmal Männer und Frauen waren …«

»Allmächtiger!« entfuhr es Jim, von Sir Raouls Schilderung dermaßen aus der Fassung gebracht, daß er ohne zu überlegen neben sich ins Leere sprach. »Revisionsabteilung! Ist diese Art Magie überhaupt erlaubt?«

»Sie ist Magiern der ersten Kategorie und höher nicht verboten, wird allerdings nicht gern gesehen«, antwortete zu Jims Linken die unsichtbare Baßstimme etwa einen Meter über dem Boden.

»Die Heiligen mögen uns beistehen!« rief Sir Raoul. Seine Pupillen hatten sich vergrößert, und er bekreuzigte sich rasch. »Dann bin ich am Ende also doch noch Malvinne in die Hände gefallen!«

Jim blickte die beiden anderen Männer schuldbewußt an. Sir Brian zeigte sich unbeeindruckt, da er die Stimme in Jims oder Carolinus Gesellschaft schon mehrmals vernommen hatte. Sir Giles allerdings war beinahe ebenso bestürzt wie Sir Raoul. Letzteren zu beruhigen beeilte sich nun Jim.

»Das war bloß die Stimme der Revisionsabteilung, der alle Magier Rede und Antwort stehen müssen und an die sie Fragen richten können«, sagte er zu Sir Raoul gewandt. »Auch Malvinne hat zweifellos mit ihr zu tun, allerdings könnte er sie ebensowenig dazu benutzen, uns ausfindig zu machen, wie wir im umgekehrten Fall. Die Revisionsabteilung führt lediglich Buch darüber, über wieviel magische Energie jeder von uns verfügt. Außerdem habe ich Euch schon gesagt, daß ich mich noch in der Ausbildung befinde.«

»Die Engel mögen mich vor einem solchen Lehrling bewahren!« sagte Sir Raoul.

Aber wenigstens nahm sein Gesicht allmählich wieder Farbe an, und seine Pupillen schrumpften wieder zu normaler Größe. Er schenkte sich mit zitternder Hand Wein nach und stürzte den Inhalt des Bechers in einem Zug hinunter.

»Ich möchte diese Stimme nicht noch einmal hören«, sagte er, »und Eure Erklärung hat mich auch nicht ganz zufriedengestellt. Das beweist wieder einmal, daß alle Magier vom gleichen Schlag wie Malvinne sind. Sie sind ausnahmslos böse, wie er.«

»Nein, nein. Bitte hört mich an, Sir Raoul«, bat Jim

eindringlich, »das hängt alles vom Charakter des einzelnen Magiers ab. Ich kenne einen Magier, und zwar einen sehr hochrangigen, der mir vor kurzem noch gesagt hat, wie sehr ihm Malvinne und dessen Methoden zuwider seien.«

Jim schmückte Carolinus Bemerkungen ein wenig aus. Nachdem es schon solche Mühe bereitet hatte, Sir Raoul auch nur so umgänglich zu stimmen, wie er gewesen war, bevor sich die Revisionsabteilung zu Wort gemeldet hatte, war Jim fest entschlossen, sich das bißchen an gutem Willen, das der französische Ritter zuvor gezeigt hatte, nicht zu verscherzen. Wie er fand, schadete es unter den gegebenen Umständen nicht, die Tatsachen ein wenig auszuschmücken. Carolinus letzter Äußerung zu dem Thema nach zu schließen, kam Jims Version den Tatsachen recht nahe.

»Ihr könnt mich nicht überzeugen«, meinte Sir Raoul grimmig. »Alle Magier sind des Bösen. Wie sollte es auch anders sein, da sie doch Umgang haben mit Dingen, die dem normalen Begreifen ganz und gar entzogen sind?«

»Ich bitte Euch«, sagte Jim. »Es hat auch gute Zauberer gegeben.«

»In der Tat!« warf Sir Brian ein. »Wie steht es beispielsweise mit dem mächtigen Merlin? Und mit Carolinus? Männer, die viel Gutes getan haben und stets auf der Seite der Rechtschaffenen standen.«

»Ha«, meinte Sir Raoul zur Seite blickend. »Ständig führt man die Namen von Magiern an, die dem Reich der Erinnerungen und Fabeln zuzurechnen sind.«

»Carolinus ist keine Fabel«, widersprach Jim. »Vielmehr ist er mein Lehrer auf dem Gebiet der Magie. Er wohnt weniger als sieben Leagues von meiner Burg Bois de Malencontri entfernt.«

Sir Raoul blickte ihm gerade in die Augen. »Nach allem, was man sich hier erzählt, gehört er dem Reich der Fabel an!«

»Ich sage Euch doch«, widersprach Jim, »das tut er nicht! Er ist ein weiser Magier und quicklebendig!«

»Und welchen Grund hätte ich, Euch zu glauben, abgesehen davon, daß Ihr mir dies sagt und daß Ihr selbst ein Magier seid – während ich gelernt habe, Zauberern zu mißtrauen?« entgegnete Sir Raoul.

»Sir James sagt die Wahrheit«, knurrte Brian. »Carolinus Besitz liegt weniger als neun Leagues von meiner Burg Smythe entfernt. Ich habe ihn und sein Haus selbst gesehen, und zwar des öfteren.«

Sir Raoul blickte von einem zum anderen, von Brian zu Jim.

»Dann wollt Ihr also behaupten, daß dieser Carolinus, der in ganz Frankreich als Fabelwesen gilt, nicht nur gelebt hat, sondern gegenwärtig in England lebt?« fragte er. »Weshalb sollte ich Euch das glauben?«

»Ob Ihr es glaubt oder nicht, das liegt bei Euch«, antwortete Jim, »aber besucht doch irgendwann England und seid mein Gast in Malencontri. Dann stelle ich Euch Carolinus vor. Ihr werdet sehen, daß er ganz anders lebt als Malvinne. So wie er anders ist als dieser. Heißt es in Euren Fabeln, er sei böse?«

»Nein«, räumte Sir Raoul bedächtig ein. »Genau wie Merlin schreibt man ihm alle möglichen guten Eigenschaften zu. Schwört Ihr mir, daß er lebt?«

»Ich schwöre es«, antworteten Jim und Brian im Chor.

»Dann will ich Euch etwas sagen«, meinte Sir Raoul, sich gerade aufrichtend und die Worte mit Bedacht formend, wobei er von einem zum andern sah. »Solltet Ihr tatsächlich unbeschadet bis in Malvinnes Burg vordringen, Euren Prinzen befreien und ihn unversehrt nach England zurückbringen, dann werde ich Euch sobald wie möglich einen Besuch abstatten und mich mit eigenen Augen vergewissern, ob dieser Carolinus existiert.«

Er hielt einen Finger hoch.

»Nicht nur um jemanden zu sehen, der sich Carolinus nennt«, fuhr er fort, »sondern um einen Magier dieses Namens zu sehen, der sich als ebenso gut erweisen möge, wie Malvinne schlecht ist – als so gut, wie der Mann, von dem die Fabeln erzählen. Das gelobe ich feierlich.«

»Ihr seid jederzeit willkommen«, sagte Jim. »Mögt Ihr nun fortfahren und uns schildern, wie wir den Wald durchdringen, die bewaffneten Kunstwesen umgehen und in die Burg eindringen können, um unseren Prinzen zu befreien?«

»Ja. Gewiß«, sagte Sir Raoul nach einer Weile. Er beugte sich abermals über die Tischplatte vor. »Paßt gut auf.«

Er tippte wieder auf das *M* auf der Landkarte.

»Wie ich schon sagte«, fuhr er fort, »war ich mir sicher, daß Euer Prinz in Malvinnes Burg gefangengehalten wird. Der König hört in allen Fragen auf Malvinne; dieser ist der Sehende, der den Blinden führt. Malvinne würde den Prinz gewiß lieber in seiner Nähe wissen als im Gewahrsam des Königs, wo man vielleicht allzu nachlässig mit ihm umgehen würde. Aber auch wenn Malvinne keinen solchen Einfluß auf König Jean hätte, würde dieser einsehen, daß es von Vorteil wäre, wenn Euer Prinz – Edward heißt er, nicht wahr? – in Malvinnes Obhut bliebe, wo er nicht so leicht zu befreien wäre.«

Er hielt inne und nahm noch einen Schluck Wein.

»Wie ich schon sagte, ich war mir zwar sicher, daß Prinz Edward bei ihm ist«, fuhr er fort, »konnte mir aber keine absolute Gewißheit verschaffen. Persönlich in die Burg einzudringen war mir vollkommen unmöglich. Ich habe bereits erwähnt, daß Malvinne meine Familie vernichtet hat. Das war ganz wörtlich gemeint. Alle … alle sind sie tot. Am schändlichsten aber war die Ermordung meines Vaters, wenngleich diese Geschichte im Moment belanglos für Euch ist. Es reicht, wenn Ihr wißt, daß Malvinne sogleich durch Zauberkraft gewarnt gewesen wäre, hätte ich meinen Fuß auf seine Besitzung gesetzt, und daß er alles darangesetzt hätte, meiner habhaft zu werden, damit meine Familie endgültig ausgerottet werde.

Ich hatte nur eine einzige Hoffnung«, fügte er zu ihnen aufschauend hinzu. »Diese galt einem von Malvinnes bedauernswerten Zauberwesen mit dem Oberkörper einer Kröte und dem Unterleib eines Menschen, das einmal einer der fähigsten Bediensteten meines Vaters und der Anführer der Bewaffneten gewesen ist. Als Malvinne das Zuhause meiner Familie zerstörte, gefiel es ihm, unsere überlebenden Bediensteten zu seinen Kreaturen zu machen. Das waren etwa ein Dutzend, mehr nicht. Bis auf einen starben sie alle im ersten Jahr, denn nachdem man sie verhext hatte, hingen sie nicht mehr am Leben. Schon beim leisesten Lüftchen wurden sie krank und starben; einem kleinen Malheur, das einen gewöhnlichen Sterblichen eine Woche lang von der Arbeit abgehalten hätte, erlagen sie binnen Stunden.«

»Allmächtiger!« rief Sir Brian. »Das ist wahre Niedertracht!«

Sir Raoul blickte Brian einen Moment lang überrascht und vielleicht sogar mit einem Anflug von Dankbarkeit an. Er hatte seine Mimik so gut unter Kontrolle, daß in seinem Gesicht nur schwer zu lesen war. Er fuhr fort.

»Malvinnes Burg ist tödlich für mich«, sagte Sir Raoul. »Der Wald allerdings stellt für mich keine größere Bedrohung dar als für jeden anderen, der sich ohne Malvinnes Erlaubnis hineinbegibt. Folglich habe ich mich mehrere Wochen lang im Wald herumgetrieben und mich jedesmal versteckt, wenn seine bewaffneten Kreaturen vorbeikamen, und habe auf den gewartet, den ich treffen wollte. Ich wußte, ich würde ihn an der Schwertnarbe in seinem Krötengesicht erkennen, denn diese Narbe hat der Mann entweder aus einer Laune Malvinnes heraus oder aufgrund einer Beschränkung seiner magischen Fähigkeiten auch in seiner neuen Gestalt behalten.«

»Und habt Ihr ihn getroffen?« fragte Jim.

»Ja – irgendwann tauchte Bernard auf, so heißt er nämlich, und erkannte mich. Er war bereit, mir gegen Malvinne zu helfen, und koste es sein Leben.«

Sir Raoul lehnte sich zurück und atmete tief durch.

»Um mich kurz zu fassen«, sagte er, »wenn Ihr eine bestimmte Stelle im Wald aufsucht, die ich Euch beschreiben werde, und dort wartet, Nacht um Nacht, dann wird Bernard irgendwann auftauchen. Wenn er Euch erst einmal gefunden hat, wird er Euch sicher durch den Wald und in die Burg geleiten. Dann aber wird er Euch verlassen. Weiter traut er sich nicht; der Zauber, unter dem er steht, bringt es nämlich mit sich, daß er sich nur außerhalb der Burg aufhalten kann, um diese zu bewachen; außerdem könnte er keinen guten Grund dafür angeben, daß er sich in der Burg aufhält. Von da an seid Ihr auf Euch allein gestellt.«

Seine Zuhörer ließen sich das durch den Kopf gehen. Sir Raoul schenkte sich zerstreut nach und trank den halben Becher leer.

»Dieser Bernard wird uns demnach sagen, wie wir zum Prinzen gelangen können?« erkundigte sich Brian schließlich. »Und uns ein paar Hinweise geben zu seiner Befreiung? Und uns sagen, wie wir die Burg anschließend wieder verlassen sollen?«

»Ich fürchte, darum werdet Ihr Euch selbst kümmern müssen«, antwortete Sir Raoul. »Wenn es Euch gelingt, aus der Burg hinauszukommen, wird Bernard Euch an einem bestimmten Ort erwarten, falls er nicht gerade zu anderen Aufgaben eingeteilt ist. Dann wird er Euch und den Prinzen wieder aus dem Wald hinausführen.«

»Und das ist alles, was wir an Unterstützung bekommen?« Sir Giles zupfte an seinem Schnurrbart.

»Wenn ich Euch mehr Unterstützung geben könnte, so würde ich es tun«, sagte Sir Raoul. »So wie die Dinge liegen, hätte ich Euch außer dem Ort, an dem die Burg liegt, und meinen Gebeten, daß Ihr unbeschadet hinein- und mit dem Prinzen wieder herausgelangen möget, nichts zu bieten gehabt, wenn nicht Bernard gewesen wäre.«

»Wenn das alles ist, dann kann man eben nichts machen«, sagte Jim.

Er legte die Hand auf die Landkarte.

»Aber Ihr könnt uns noch in einer anderen Beziehung behilflich sein«, sagte er. »Zum einen könnt Ihr uns eine klarere Vorstellung von der Gegend vermitteln, durch die wir kommen werden. Des weiteren könnt Ihr uns sagen, wie lange wir brauchen werden und mit welchen Gegnern oder Gefahren wir unterwegs zu rechnen haben.«

»Das werde ich gerne tun«, antwortete Sir Raoul und stützte die Ellbogen abermals auf den Tisch.

Er hob zu sprechen an. Sein Wissen über das Terrain und die Gegend, durch die sie kommen würden, war ebenso enzyklopädisch, wie die Karte fragmentarisch war. Jim hätte sich liebend gern Notizen gemacht. Dann erinnerte er sich aufgrund seines häufigen Umgangs mit Sir Brian, daß sowohl Brian wie auch Giles, beide als Kinder ihrer Zeit des Lesens und Schreibens nur in sehr eingeschränktem Maße kundig, daran gewöhnt waren, sich mündliche Informationen einzuprägen und im Gedächtnis aufzubewahren. In dieser Zeit war es immer noch üblich, daß ein Edelmann einem Boten lange gesprochene Nachrichten anvertraute, die dieser nach Tagen, Wochen oder Monaten andernorts wortwörtlich an den Empfänger zu übermitteln hatte. Kurz gesagt, ihre Ohren waren aufs Zuhören und ihr Gedächtnis aufs Erinnern trainiert.

Folglich tat er am besten daran, aufmerksam zu lauschen, mußte aber bald feststellen, daß er sich bei den

Einzelheiten auf seine Gefährten würde verlassen müssen. Er nahm sich vor, sich nach Sir Raouls Aufbruch Schreibutensilien zu besorgen, sich seine eigene Karte anzufertigen und Notizen zu machen, sowohl aus dem Gedächtnis wie aufgrund dessen, was Brian und Giles außerdem noch würden beisteuern können.

Die Unterredung währte mehrere Stunden, Giles und Brian stellten ein paar wichtige Fragen, die Gegend und die Gefahren betreffend, denen sie unterwegs begegnen mochten. Die Kategorien, in denen sie dachten, umfaßten Männer, Pferde und Waffen, mit denen sie es zu tun bekommen könnten, eventuelle Vorkommen großer und gefährlicher Tiere, die Verfügbarkeit von Nahrung und Wasser sowie zahlreiche andere Dinge, auf die auch Jim irgendwann gekommen wäre – wahrscheinlich aber nicht mehr im Beisein von Sir Raoul.

Im Verlauf des Gesprächs wurde Sir Raoul immer umgänglicher, bis sie am Ende alle gut Freund miteinander waren.

»Wir werden Vorräte einkaufen und wahrscheinlich sogar ein paar Bedienstete anheuern müssen, die sich um die Pferde kümmern«, meinte Brian geschäftsmäßig, als Sir Raoul gegangen war. »Wenn die Männer hier wären, die wir mit John Chester zurückgelassen haben, könnten wir ein paar von ihnen mitnehmen. Vielleicht könnte ich mir vorübergehend ein, zwei Männer von den anderen Engländern in der Stadt ausborgen – aber das ist unwahrscheinlich.«

»Jedenfalls«, meinte Sir Giles frohlockend, »gibt es endlich wieder etwas für uns zu tun, wie es Rittern geziemt, und morgen früh fangen wir an. Sobald wir uns über den Proviant und andere Notwendigkeiten geeinigt haben, kümmere ich mich um den Einkauf. Ihr, Brian, könnt derweil versuchen, verläßliche Männer aufzutreiben. Einheimische anzuheuern, wäre nicht ohne Risiko; aber wenn wir sie scharf im Auge behalten, müßte es schon gehen, denn sie bedürften unseres Schutzes ebensosehr wie wir guter Bediensteter.«

Mit dieser Bemerkung schlossen sie die Unterhaltung ab. Am nächsten Morgen standen Brian und Giles schon im Morgengrauen auf und gingen nach einem eiligen, wenn auch – zumindest nach Jims Maßstäben – überaus üppigen Frühstück in die Stadt. Jim überlegte, wie jemand derartige Mengen verspeisen konnte, ohne dabei zuzunehmen. Dann fiel ihm ein, daß es zwischen den Phasen des Schlemmens immer wieder auch Zeiten gab, wo die Nahrung knapp war – was selbst für Ritter galt. Die Menschen dieser Zeit hatten den Instinkt wilder Tiere; für den Fall, daß es eine Zeitlang nichts zu essen geben würde, schlugen sie sich den Bauch voll, solange es ging.

Nachdem die beiden Ritter aufgebrochen waren, machte Jim sich auf die Suche nach Schreibutensilien, um von der Unterhaltung vom Vorabend soviel niederzuschreiben, wie er in Erinnerung behalten hatte. Nach einer Weile des Umherstreifens – bislang hatte er den Gasthof kaum verlassen – entdeckte er schließlich einen Laden, dessen Inhaber sich nicht nur darauf verstand, nach Diktat Briefe zu schreiben, sondern der sich auch dazu überreden ließ, ihm Feder, Tinte, Holzkohlestifte und dünnes Pergamentpapier zu überlassen, und zwar zu einem ziemlich übertriebenen Preis, wie Jim fand. Er handelte ihn ein Stück weit herunter, war sich dabei aber schmerzhaft deutlich bewußt, daß er im Feilschen auch nicht annähernd so gut war wie Giles oder Brian.

Er kehrte zum Gasthof zurück und verbrachte den Rest des Vormittags am Tisch, den er ans einzige Fenster ihres Zimmers gerückt hatte, damit er beim Schreiben Licht hatte. Dort schrieb er alles nieder, was er von Raouls Erläuterungen im Gedächtnis behalten hatte, und zwar so geordnet wie möglich. Zwischen den Zeilen ließ er Platz, damit er später nachtragen konnte, was Brian und Giles hinzuzufügen hätten.

Außerdem versuchte er, eine Karte anzufertigen, in der die von Raoul erwähnten geographischen Merkmale aufgeführt waren. Gegenüber Raouls Landkarte stellte sie jedoch keine große Verbesserung dar, da Jim kein besonders guter Zeichner war. Trotzdem würde sie ihm eine Hilfe sein; auf diesem Blatt Pergament war außerdem noch genügend Raum für die Zusatzinformationen seiner Gefährten. Jim fertigte noch zwei weitere Abschriften der Merkzettel und der Karte an.

Beim Abendessen schmiedeten sie letzte Pläne. Lediglich Giles und Jim würden unverzüglich aufbrechen. Wie Sir John angeordnet hatte, würde Brian in Brest zurückbleiben, um das Kommando über die mit dem Schiff nachkommenden Männer zu übernehmen, und ihnen dann folgen. Sie verabredeten, daß Sir Giles und Jim unterwegs Zeichen anbringen würden, damit Brian sich vergewissern konnte, daß er auf dem richtigen Weg war, denn er würde sich ziemlich beeilen müssen, wenn er sie einholen wollte – zumindest zu Anfang.

Und so kam es, daß ihre letzte gemeinsame Mahlzeit doch noch zu einem Festschmaus wurde, wenngleich sie keine Bediensteten aufgetrieben hatten, die Giles und Jim unterwegs hätten helfen können. Sicherlich gab es in der Stadt Männer, die man anheuern konnte. Doch das waren Einheimische, die Jims Gefährten wenig vertrauenerweckend vorkamen. Nichtsdestotrotz waren Giles und Brian in Hochstimmung. Jim sah keinen Grund, etwas daran zu ändern. Die anderen beiden waren Männer der Tat, auf die nach tagelangem Herumsitzen endlich wieder eine Unternehmung wartete – zumindest galt dies für Jim und Giles, und Brian hoffte, daß er sich ihnen in einigen Tagen werde anschließen können.

»Ich kann mir nicht vorstellen«, sagte Brian, als sie über den Überresten des Mahls beieinandersaßen, während die beiden Ritter dem Wein noch immer munter zusprachen, »daß Sir John zögern wird, uns die Männer so rasch wie möglich nachzuschicken. Die Befreiung des Prinzen lag ihm offenbar sehr am Herzen. Ich glaube, Ihr könnt aufbrechen, ohne befürchten zu müssen, daß ich weit hinter Euch zurückbleiben werde.«

Zum erstenmal gewann das märchenhaft unwirkliche Abenteuer der Befreiung des Prinzen in Jims Vorstellung reale Konturen. Er wußte nicht warum, doch auf einmal fröstelte ihn.

17

DER WEG, den Jim und Sir Giles einschlugen, folgte Jims provisorischer Version von Sir Raouls Landkarte und führte sie über den Fluß Aulne in südöstlicher Richtung nach Quimper, entlang der Südküste durch Lorient, Hennebont und Vannes hindurch und schließlich landeinwärts nach Redon. Im Küstengebiet ließ sich recht angenehm reisen, aber als sie ins Innere von Frankreich vordrangen, wurde alles anders. Die Verwüstungen einander bekriegender Heere waren zu offensichtlich, um die Landschaft genießen zu können.

Sie kamen an mehr Ruinen vorbei, als ihnen behagte. Die Landbevölkerung versteckte sich im allgemeinen vor ihnen, und wenn sie in den Städten haltmachten, wurden sie von den Einheimischen distanziert, wenn nicht gar kühl behandelt. So ging es weiter bis nach Angers, wo sie endlich auf die Loire stießen.

Zwei Wochen lang waren sie ganz allein gewesen. Giles machte dies anscheinend nichts aus. Wie Brian betrachtete auch er die Welt als Bühne für ein einziges fortwährendes Abenteuer. Mehr noch als Brian schien ihm die bloße Tatsache, daß er am Leben war, einen enormen Genuß zu bereiten. Jim indes machte sich Sorgen, ob Brian es wohl geschafft hatte, sich mit ihren

Männern zu vereinen und ihm und Giles zu folgen, wie Sir John es angeordnet hatte. Allerdings bedrückte ihn auch noch eine größere und geheime Sorge.

Bislang hatte er noch keine französischen Drachen gesehen, gerochen oder ihre Anwesenheit auch nur von ferne gespürt.

Dies absonderlich zu nennen, war noch zurückhaltend ausgedrückt. Jedesmal wenn Jim zu Hause die Gestalt eines Drachen angenommen hatte, war er sich bewußt gewesen, daß andere Drachen in der Nähe waren. Wie das zuging, konnte er nicht genau sagen, aber das Gefühl hatte nicht getrogen. Secoh hatte ihm versichert, daß er in Frankreich die Anwesenheit einheimischer Drachen spüren werde; den erstbesten, der ihm über den Weg lief, sollte er ansprechen.

Allabendlich, wenn sie auf freiem Feld übernachteten, hatte Jim Sir Giles am Lagerfeuer zurückgelassen und war weit genug in den Wald gegangen, um sich unbemerkt in einen Drachen verwandeln zu können. Als Drache hatte er alle möglichen Anstrengungen unternommen, die Anwesenheit anderer Drachen wahrzunehmen. Gespürt hatte er jedoch nichts.

Das wunderte ihn. Dafür konnte es nur zwei Erklärungen geben. Entweder hielten sich die Drachen woanders auf – die ständigen kriegerischen Auseinandersetzungen mochten sie vertrieben haben –, oder aber sie hatten sich so gut versteckt, daß er von ihrer Anwesenheit nichts mitbekam.

Die zweite Erklärung erschien ihm unwahrscheinlich. Es wäre widersinnig gewesen, wenn Drachen zwar die Fähigkeit besessen hätten, die Anwesenheit von Ihresgleichen zu spüren, sich dieser Sinn aber hätte abschirmen lassen. Erde und Fels reichten dazu sicherlich nicht aus. Jedesmal, wenn er in Malencontri die Gestalt eines Drachen gehabt hatte, war er sich der Klippen mit ihrer Drachengemeinde ebenso deutlich bewußt gewesen wie der Gewitterwolken am Horizont an einem ansonsten wolkenlosen Sommertag. Und dies, obwohl Malencontri etwa fünf Leagues – oder fünfzehn englische Meilen – von den Felsmassen der Klippen entfernt lag.

Am ersten Tag, nachdem er und Giles östlich von Tours den Weg nach Amboise eingeschlagen hatten, wobei sie der Straße folgten, die unmittelbar nach Orléans und zu Malvinnes Burg führte, hatte Jim, als er sich in der Dunkelheit jenseits des Scheins des Lagerfeuers in einen Drachen verwandelte, das deutliche Gefühl, daß Drachen in der Nähe waren. Sie mußten sich unmittelbar nördlich des Lagers befinden. Er nahm wieder menschliche Gestalt an, kleidete sich an und näherte sich in tiefes Nachdenken versunken Sir Giles, der am Lagerfeuer saß.

»Giles«, sagte er, »es gibt etwas, das ich bislang für mich behalten habe und worüber ich noch immer nicht offen sprechen kann. Aber ich muß mich für eine Weile von Euch trennen. Was haltet Ihr davon, nach Amboise zu reiten und Euch im besten Gasthof ein Zimmer zu nehmen, das groß genug ist für uns beide? Es könnte ein paar Tage dauern, dann stoße ich dort wieder zu Euch. Sollte ich mich nach drei Tagen noch immer nicht blicken lassen, reitet Ihr weiter nach Blois und wartet dort auf mich. Es tut mir leid, daß ich ein Geheimnis vor Euch habe, aber daran läßt sich nichts ändern.«

»Ha!« machte Sir Giles und nahm einen kräftigen Schluck von dem Wein, den er sich aus einer der beiden Flaschen eingeschenkt hatte, die sie in Tours gekauft hatten – bei ihrer Ankunft hatten sie ihre Vorräte dringend auffüllen müssen.

Zu Jims Erleichterung schien es ihn nicht im mindesten zu stören, nicht eingeweiht zu werden.

Jim fuhr fort. »Verfahrt in Blois ebenso. Nehmt Euch ein Zimmer und wartet. Sollte ich Euch aus irgendeinem Grund nicht einholen, dann bleibt solange dort, bis Brian eintrifft. Sollte ich bis dahin noch nicht wieder aufgetaucht sein, dann liegt es an Euch und Brian, den Prinzen zu befreien. Ihr erinnert Euch doch noch an Sir Raouls Beschreibung der Stelle im Wald, wo wir diesen Bernard treffen sollen – den ehemaligen Bediensteten von Sir Raouls Vater, den Malvinne verhext hat?«

»Ha! Natürlich«, Giles zwirbelte sich den Schnurrbart, »aber wollt Ihr damit sagen, Brian und ich sollten gar nicht erst versuchen, Euch zu finden?«

»Ich glaube, die Befreiung von Prinz Edward ist von größerer Wichtigkeit«, antwortete Jim.

»Wohl wahr. So soll es denn sein«, sagte Giles. »Aber die Vorstellung, daß wir Euch verlieren könnten, James, behagt mir nicht. Ich hatte eigentlich gedacht, Ihr könntet mich eines Tages einmal zu Hause in Northumberland besuchen.«

Jim war tief gerührt. Das gleiche hatte er schon einmal bei Brian erlebt. Diese Ritter schlossen ebenso rasch tiefe Freundschaften, wie sie sich Feinde fürs Leben machten; im Moment lag gerade ein verdächtiger feuchter Schimmer in Giles braunen Augen. Jim hatten sich nie so recht daran gewöhnt, wie leicht die Menschen des vierzehnten Jahrhunderts in Tränen ausbrachen.

»Ich …« Er brach ab und räusperte sich. »Ich glaube, es besteht für mich keine Gefahr. Allerdings könnte es aufgrund von unvorhergesehenen Ereignissen dazu kommen, daß ich solange aufgehalten werde, daß Ihr beide besser schon vorausreitet. Ich wollte bloß sicherstellen, daß wir beizeiten für alle Fälle gerüstet sind. Ich rechne fest damit, daß wir uns in Amboise treffen werden; und wenn nicht dort, dann müßte ich innerhalb von ein, zwei Tagen in Blois eintreffen, wenn Ihr dort Station macht.«

»Ich bin sehr erleichtert, daß Ihr so denkt«, entgegnete Giles, »wirklich sehr erleichtert. Ihr seid ein

Gentleman, für den ich Zuneigung und Bewunderung empfinde, James.«

»So geht es auch mir«, sagte Jim. Er nahm Zuflucht zu dem universellen Ausweg, der sich in dieser Welt bot. »Kommt, laßt uns darauf ein Glas Wein trinken!«

»Sehr gern!« stimmte Giles ihm beinahe heftig zu.

Sie füllten ihre Becher und tranken; und als die Weinflaschen leer waren, hatten sich auch die aufgewühlten Emotionen wieder geglättet.

»Ich werde meine Pferde und meine ganze Ausrüstung bei Euch zurücklassen«, sagte Jim. »Ich nehme nur Kleider, meinen Schwertgürtel, das Schwert und den Dolch mit. Und ein kurzes Seil, für das ich besondere Verwendung habe.«

»Ha! Ein Seil?« fragte Giles, dann faßte er sich wieder. »Verzeiht mir, James. Euer Unternehmen ist geheim, wie Ihr sagt, da sollte ich keine Fragen stellen. Werdet Ihr auch Proviant brauchen?«

»Danke«, entgegnete Jim. »Um die Wahrheit zu sagen, habe ich mir deswegen noch gar keine Gedanken gemacht. Aber ja, ein wenig Fleisch, Brot und Wein, das wäre gar nicht schlecht – allerdings nur eine bescheidene Menge. Die Art Notproviant, die ein Ritter auf einen Tagesausflug zur Jagd mitnehmen würde.«

»So wenig«, murmelte Sir Giles. »Ha! Entschuldigt, James, ich mische mich schon wieder in Angelegenheiten ein, die nur Euch etwas angehen.«

Er blickte in seinen leeren Becher. Wenn Jim sich nicht täuschte, hatte er von den zwei Flaschen Wein anderthalb getrunken.

»Dann ist es wohl am besten, wenn wir uns früh schlafen legen«, sagte Giles. »Ihr brecht bei Tagesanbruch auf, James? Oder etwas später?«

»Bei Tagesanbruch, glaube ich.« Jim meinte, bei Giles eine Art Wehmut herauszuhören. Allerdings war der Drache, den Jim gespürt hatte, nicht in der Nähe gewesen. Wahrscheinlich war es ein gutes Stück Wegs bis zu ihm.

Er war Carolinus ausgesprochen dankbar dafür, daß er den Sack mit den Juwelen, der sein Paß war, soweit geschrumpft hatte, daß er ihn hatte schlucken können. Er würde sich ein kleines Bündel aus den Kleidern, dem Schwert, dem Dolch und dem Proviant schnüren und es sich um den Hals binden, um ungehindert fliegen zu können. Hätte er auch noch die Juwelen mitschleppen müssen, wäre dies recht lästig gewesen.

Eingemummt in mehrere überzählige Umhänge, ließ er sich Giles gegenüber auf der anderen Seite des Lagerfeuers nieder. Er hatte sich schon so sehr an die rauhe Lebensweise dieser Welt und dieses Jahrhunderts gewöhnt, daß er kurz nach Giles einschlief. Beide erwachten bei Tagesanbruch und frühstückten. Anschließend erklärte Jim sich damit einverstanden, daß Giles ihn ein Stück weit begleitete, bis ihre Wege sich trennten.

Damit war ein Problem gelöst, das ihm erst im Moment des Aufbruchs bewußt geworden war. Bis jetzt hatte er sich nur aus dem Lichtkreis des Lagerfeuers entfernen, die Kleider ablegen und sich im Dunkeln in einen Drachen verwandeln müssen. Doch nun war es Tag, und es war kein Wald in der Nähe, wo er sich hätte verbergen können.

Natürlich hätte er Giles zurücklassen und sich mit dem Proviant und dem Seil ins Gebüsch schlagen und eine Senke suchen können, um sich dort, von Giles unbeobachtet, zu verwandeln.

Andererseits hätte er sich in Gefahr gebracht, wäre er lediglich mit Schwert und Dolch bewaffnet – den Schild mußte er bei Giles zurücklassen – querfeldein gewandert.

Nach den jahrelangen kriegerischen Auseinandersetzungen waren die einheimischen Bauern ebenso schnell bei der Hand, schutzlose Reisende auszurauben, wie jeder andere auch. Zwei berittene Krieger, mit Schwert und Schild bewaffnet, mochten sie abschrekken. Ein einzelner Mann aber, der zu Fuß unterwegs war, wäre in Gefahr gewesen. Es gab keinen Grund, weshalb Giles ihn nicht bis zu einer günstigen, von der Straße aus nicht einsehbaren Stelle begleiten, ihn dort allein lassen und wieder umkehren sollte. Jim würde solange warten, bis Giles außer Sichtweite wäre, und sich dann erst verwandeln.

Soweit waren seine Vorstellungen gediehen, als sich unvermutet sein Gewissen zu Wort meldete. Er hatte beobachtet, wie Giles sich in einen Silkie verwandelt hatte. Sie waren Waffenbrüder. Außerdem wußte Giles, daß Jim nicht nur ein Magier war, sondern auch als Drachenritter bekannt war; und er hatte die Geschichten vom Kampf am Verhaßten Turm gehört.

Eigentlich sprach nichts dagegen, sich vor Giles Augen in einen Drachen zu verwandeln. Die einzige Schwierigkeit dabei war, daß die Pferde scheuen könnten. Er erinnerte sich, wie Gorp reagiert hatte, als er sich auf dem Weg zu Carolinus unerwartet in einen Drachen verwandelt hatte. Und Gorp war an ihn gewöhnt gewesen – wenngleich nicht unbedingt daran, daß er sich in einen Drachen verwandelte.

»Giles«, sagte Jim, während er das Proviantbündel schnürte, »um mein Vorhaben auszuführen, muß ich mich in einen Drachen verwandeln. Ich möchte die Pferde nicht erschrecken, daher sollten wir zunächst ein Stück weiter weggehen.«

»Ha?« machte Sir Giles. »Bestimmt würden sie es nicht freundlich aufnehmen, wenn Ihr Euch unmittelbar neben ihnen in einen Drachen verwandeln würdet. Ich glaube, wir sollten sie an diesen abgestorbenen Baum dort drüben anbinden, damit sie sich nicht losreißen können, wenn Ihr die Verwandlung in Sichtweite von ihnen vollziehen wollt.«

»Da habt Ihr wohl recht, Giles«, antwortete Jim.

Es waren zwar keine belaubten Bäume in der Nähe, dafür aber der von Giles erwähnte abgestorbene Baum, der aussah, als habe der Blitz eingeschlagen. Sie banden die Pferde daran fest, dann stapften sie durch das kniehohe Gras, bis sie etwa hundert Meter von den Tieren entfernt waren.

»Der Abstand dürfte ausreichen, um sie nicht in Schrecken zu versetzen«, sagte Jim und blieb stehen.

»Losreißen können sie sich jedenfalls nicht«, erwiderte Giles. Er schaute zu, wie Jim die Kleider ablegte, und verschnürte die Kleidungsstücke mit dem Seil, mit dem bereits der Proviant zusammengebunden war.

»Bindet mir das Bündel um den Drachenhals, wenn ich mich verwandelt habe«, sagte Jim. Giles nickte.

Der splitternackte Jim schrieb den Befehl an die Innenseite seines Schädels und verwandelte sich auf der Stelle in einen Drachen.

»Allmächtiger!« rief Giles verwundert aus. »Ich dachte eigentlich, ich wäre auf die Verwandlung gefaßt gewesen, James; aber ich habe nicht erwartet, daß Ihr als Drache so groß sein würdet.«

»Ich habe keine Ahnung, weshalb ich so groß bin«, antwortete Jim aus seinem Drachenkörper, »vielleicht hat es etwas mit meiner Größe als Mensch zu tun. Würdet Ihr mir das Bündel nun fest um den Hals binden? Danke. Dann breche ich auf.«

Giles verknotete das Seil um Jims schuppigen Hals.

»Ist das fest genug, James?« fragte er und trat einen Schritt zurück.

»Es könnte nicht besser sein«, antwortete Jim. »Lebt einstweilen wohl, Giles. Ich freue mich darauf, Euch bald wiederzusehen.«

»Ich ebenfalls, James«, sagte Giles. »Viel Glück!«

Jim sprang in die Luft, schlug mit den Flügeln und gewann rasch an Höhe. Schon beim ersten Flugversuch in Drachengestalt hatte ihn seine Steiggeschwindigkeit erstaunt. Als er auf eine thermische Aufwärtsströmung traf, beschrieb er zunächst mit ausgestreckten Flügeln einen Kreis und richtete seinen Teleskopblick auf Giles winzige Gestalt am Boden. Die Gestalt winkte. Jim wackelte mit den Flügeln.

Anschließend ging er wieder zum Steigflug über. Er mußte eine ganze Weile steigen, bis er auf eine weitere thermische Strömung stieß und in den Gleitflug überging, wobei er sich von seinem Gefühl leiten ließ, das ihn zu den anderen in der Nähe befindlichen Drachen hinzog.

Wie neulich, als er mit Secoh zu den Klippen geflogen war, vermittelte ihm das Dahingleiten auch diesmal wieder ein tiefes Lustgefühl. Dies war mit Abstand die angenehmste Art zu reisen, die jemals erfunden worden war. Abermals nahm er sich vor, sich häufiger Zeit für derartige Ausflüge zu nehmen.

Es war ein wolkenloser Tag, der für die Jahreszeit ungewöhnlich warm zu werden versprach. Die Temperatur stieg bereits rapide an, wie selbst in dieser Höhe deutlich zu spüren war. Ohne den Flugwind wäre ihm bereits wärmer gewesen, als ihm behagt hätte. So aber gab er sich dem Genuß des Fliegens vollständig hin.

Seine Gedanken schweiften ziellos umher. Er dachte an Angie, die in England zurückgeblieben war, und bedauerte, daß er ihr keinen Brief schreiben konnte, der sie noch vor seiner Rückkehr erreichen würde – falls er sie überhaupt jemals erreichen würde. Briefe wurden einfach von Hand zu Hand weitergereicht, bis sie irgendwann zum Adressaten gelangten. Folglich beruhte ihre Zustellung vor allem auf Glück. Er dachte an Giles, der trotz seines reizbaren Temperaments und der Engstirnigkeit, die er mit Brian und allen anderen Menschen, denen Jim in dieser Welt bislang begegnet war, gemeinsam hatte, im Grunde ein äußerst liebenswerter Mensch war.

Zum Teil lag es wohl daran, daß Giles nicht nur über ein Übermaß an Temperament, sondern in gleichem

Maße über die weitverbreiteten Eigenschaften Offenheit und Direktheit verfügte. Giles, Brian und viele andere waren in dieser Beziehung beinahe wie Kinder. Sie konnten plötzlich sehr glücklich sein, auf einmal tieftraurig werden oder sich erzürnen – worauf sich ihre gute Laune ebenso rasch wieder herstellte.

Für Giles war die Welt eine endlose Abfolge interessanter Begebenheiten. An jeder Straßenecke warteten neue Überraschungen auf ihn. Nicht nur das, Giles erwartete sogar, daß es so sein würde. Von Giles Standpunkt aus war alles möglich.

Wenn Jim seine Gedanken schweifen ließ, kam es häufiger vor, daß ihm plötzlich die Antwort auf eine Frage einfiel, die ihn irgendwann einmal beschäftigt hatte. Es war, als sei sein Verstand unbewußt ständig mit dem Problem beschäftigt gewesen und hätte endlich die Lösung gefunden.

Nun ertappte Jim sich dabei, daß er wieder einmal über Carolinus und Magie nachdachte; und über Carolinus augenscheinlichen Versuch, auch ihn das Zauberhandwerk zu lehren.

Die mögliche Erklärung, die ihm nun einfiel, war die Fortführung eines Gedankens, mit dem er sich schon einmal flüchtig befaßt hatte. Magie war keine Wissenschaft, sondern Kunst. Sie wurde nur dann zur Wissenschaft, wenn sie im täglichen Leben nutzbar gemacht und universell verstanden wurde. Genau wie beim Schneidern eines Kleidungsstücks aus einem Stück Fell, das Carolinus als Beispiel angeführt hatte.

Die Tatsache, daß Magie Kunst und nichts als Kunst war, erklärte so manches. Zum einen gab es keine besondere Magie und keinen besonderen Zauberspruch, der für jede Situation angemessen gewesen wäre. Jeder Magier griff auf den verfügbaren Energievorrat zurück, den die Revisionsabteilung verwaltete, und formte aus dem Nichts mehr als reine Energie, nämlich eine *magische* Lösung für sein jeweiliges Problem.

Aber was war nun eigentlich Kunst? überlegte Jim. Er bemühte sich, eine Definition zu finden, die alle möglichen Künstler mit einbezog, Schriftsteller, Maler, Schauspieler, Musiker, Komponisten, Bildhauer... eben jeden, der in diese Gattung fiel.

Die Antwort mußte lauten, Kunst war ein Prozeß. Eine Entwicklung. Genau wie bei dem formelhaften Prozeß, den er sich nach Carolinus Anweisungen an der Innenseite seiner Stirn hatte vorstellen sollen, um die Drachengestalt gegen die eines Menschen einzutauschen und umgekehrt.

Kunst, überlegte Jim – ein wenig erstaunt darüber, eine solch philosophische Ader in sich vorzufinden –, war ein Prozeß, und dieser mußte, unabhängig davon, welcher Arbeitsweise der Künstler sich nun bediente, einem bestimmten Muster folgen.

Zunächst einmal mußte ein Künstler sich etwas vorstellen, das es bis dahin noch nicht gegeben hatte. Wie ein Steinzeitmensch, der auf einem Hügel stand, den Vögeln am Himmel zusah und davon träumte, selbst fliegen zu können. Das war unmittelbare Imagination. Dann mußte aus diesem Brocken roher Imagination etwas entstehen, das einzig und allein der Kunst zugehörig war: Ein Entwurf, der etwas Spezifischeres war als eine bloße Vorstellung.

Es kam darauf an, phantasievolle Mittel zu finden, mittels derer die Vorstellung Wirklichkeit werden konnte; so wie Leonardo da Vincis Zeichnungen eines Schwingenflüglers lediglich ein Versuch gewesen waren, das Konzept einer Flugmaschine zu entwerfen. Anschließend mußte dieser Entwurf über viele Generationen hinweg mittels zahlreicher Experimente verfeinert werden, bis sich irgendwann eine klare Vorstellung der endgültigen Lösung entwickeln konnte.

Auf einmal kam Jim der Gedanke, daß für diese drei Schritte – Imagination, Entwurf und die Ausarbeitung einer praktikablen Lösung – genau die Verhaltensweisen vonnöten waren, die das mittelalterliche Leben Brian und Giles zu vermeiden lehrte. Die Menschen des Mittelalters sollten nicht über die Veränderung ihrer Umgebung nachdenken, sondern sie vielmehr akzeptieren und sich mit ihr abfinden. Je besser es ihnen gelang, die Dinge so zu nehmen, wie sie ihnen begegneten, desto erfolgreicher waren sie unter den Bedingungen ihres Gesellschaftsgefüges.

Kein Wunder, daß der Weg des Lernens, den Carolinus Jim gezeigt hatte, als Magie bezeichnet wurde.

Kein Wunder, daß er sich als Produkt einer Gesellschaft, in der diese Magie wissenschaftliche und technologische Wirklichkeit geworden war, in einer viel besseren Ausgangslage befand, diesen Weg zu beschreiten, als seine beiden Freunde, mochten sie auch noch so tapfer sein und noch so viele Vorzüge besitzen.

Er erwachte aus seinen Träumereien und erkannte, daß er dem Ursprung des Gefühls, das ihn in diese Richtung geführt hatte, allmählich nahe kam. Tatsächlich leitete ihn das Gefühl nur noch ein Stück weiter und wieder zur Erdoberfläche hinunter.

Er blickte in diese Richtung; in ein, zwei Meilen Entfernung bemerkte er eine Ansammlung von Bäumen, die kaum als Wald zu bezeichnen war, die jedoch eine Freifläche umschloß, in deren Mitte eine Burg zu liegen schien.

Jim stellte seinen teleskopischen Drachenblick so scharf wie möglich ein, vermochte aber dennoch kaum Einzelheiten der Burg zu erkennen, die zwar höchst real war, zu einem Großteil aber in Trümmern lag. Der Burggraben war leer, und während es aus dieser Entfernung den Anschein hatte, als sei das Dach weitgehend unversehrt, schienen Teile der Umfassungsmauer eingestürzt zu sein. Jim näherte sich dem Gebäude im Gleitflug.

Es war tatsächlich ein heißer Tag geworden. Als er sich dem Boden näherte, erstarb auch noch das letzte

Lüftchen, so daß Jim bei der Landung auf die Tragfähigkeit seiner Flügel und die Geschwindigkeit des Sinkflugs angewiesen war. Unmittelbar über dem Boden riß er sich wieder hoch und landete mit einem dumpfen Aufschlag vor dem Burggraben der zerstörten Burg. Eine Zugbrücke in erstaunlich gutem Zustand überspannte den Graben und wies den Weg zu einer großen Flügeltür, die ein wenig offen stand und den Blick freigab auf einen schmalen, senkrechten finsteren Spalt.

In Bodenhöhe war die Luft vollkommen unbewegt. Trotz der Sonne, die vom Himmel herunterbrannte, und der kurzen Grashalme, die hier und da aus dem nackten Erdboden sprossen, ging von der Stille und der zerstörten Burg eine bedrohliche Wirkung aus. Dennoch lag der Ursprung der Drachenwitterung im Innern des Gebäudes.

Jim stolperte weiter – ein Drache, der auf den Hinterbeinen ging, brachte beim Gehen kaum mehr als ein Stolpern zustande –, und das Geräusch seiner schweren Schritte dröhnte in der allumfassenden Stille. Als Jim die Doppeltür erreicht hatte, klopfte er. Die Türflügel überragten ihn um eine halbe Körperlänge. Es hätte sich nur ein Flügel öffnen müssen, um ihn einzulassen.

Er klopfte mit den Knöcheln an die Tür. Und wartete.

Nach einer Weile klopfte er erneut. Immer noch keine Reaktion.

Er drückte die Tür ganz auf und trat hindurch. Er befand sich in einem düsteren Saal, der lediglich durch zwei schmale Fensterschlitze erhellt wurde, die seitlich der Türflügel angebracht waren.

»Irgend jemand zu Hause?« rief er – obwohl er bereits wußte, daß jemand zu Hause war. Er spürte, daß jemand da war – entweder ein Er, eine Sie oder mehrere. Als immer noch keine Antwort kam, wurde ihm die Warterei allmählich zuviel.

»Ich weiß, daß Ihr da seid!« rief er. »Ihr glaubt doch wohl nicht, Ihr könntet einen anderen Drachen zum Narren halten? Kommt raus, kommt raus, wer immer Ihr seid!«

Unwillkürlich war er in den Singsang seiner Kindheit verfallen.

Die Stille dauerte unverändert an, dann fiel ein langes Stück Stoff – es mußte wohl mindestens zehn Meter lang sein, denn das andere Ende verschwand über ihm in der Dunkelheit – vor Jim herab und wurde hin und her geschwenkt.

»Verschwindet!« dröhnte eine gewaltige, hohle Drachenstimme. »Verschwindet, wenn Euch Euer Leben lieb ist!«

Die übertriebene Stimme und das hin und her schwankende Tuch erinnerten Jim an die Halloween-Partys seiner Kindheit. Beinahe hätte er gelacht.

»Macht Euch doch nicht lächerlich!« rief Jim. »Ich werde nicht verschwinden!« Er hatte nun auch seinerseits die Stimme erhoben. Sie war zwar nicht so gewaltig wie die des fremden Rufers, kam ihr allerdings recht nahe.

»Ihr seid ein englischer Drache!« dröhnte die Stimme. »Ihr habt hier nichts verloren! Verschwiiindet!«

»Na gut, ich bin ein englischer Drache«, brüllte Jim zurück, »aber ich habe einen Paß dabei, den ich einem verantwortlichen französischen Drachen übergeben soll!«

»Einen Paß?« fragte die Stimme. »Bleib, wo du bist.«

Das weiße Tuch wurde nach oben gezogen, und man vernahm ein Scharren, zunächst unmittelbar über Jim, dann verlagerte es sich zur Rückseite des Saals und wanderte schließlich zu Jim herunter. Er wartete. Nach einer Weile näherte sich das Geräusch schwerer Drachenschritte, und dann tauchten gleich zwei Drachen auf, von denen der eine merklich kleiner als der andere war. Beide wirkten unterernährt. Der größere Drache war wohl einmal ebenso groß wie Jim gewesen, doch nun war er vom Alter gezeichnet, und die Muskeln waren auf den großen Knochen verschrumpelt.

»Wie heißt Ihr?« fragte er Jim mit rauher, tiefer Baßstimme.

Kein Wunder, dachte Jim, daß die Stimme des Fremden so hohl geklungen hatte, als er von oben heruntergerufen hatte. Er war tatsächlich hohl; der Ausdruck ›nichts als Haut und Knochen‹ war hier keineswegs fehl am Platz. Offenbar war er älter, als Smrgol gewesen war. Allerdings war er kein solch freundlicher alter Drache wie Smrgol. Er wirkte alt und böse.

»James«, antwortete Jim knapp.

Der größere Drache schaute den kleineren an.

»Ein seltsamer englischer Name«, sagte er zu seiner Gefährtin. Der kleinere Drache senkte zustimmend den bösartig schmalen Kopf – soweit Jim erkennen konnte, handelte es sich um eine Drachendame. Auf einmal wurde Jim klar, daß er hier etwas vor sich hatte, das unter den englischen Drachen eine Seltenheit war. Ein Drachenpaar, das fern jeder Drachengemeinde lebte.

Die Augen des größeren Drachen funkelten begehrlich. »Wo ist der Paß?« fragte er.

Jim wurde mißtrauisch.

»Draußen«, antwortete er. »Ich werde ihn holen. Ihr beide wartet hier solange.«

Der größere Drache brummte etwas. Allerdings rührte sich keiner von beiden, als Jim kehrtmachte, wieder zur Tür hinaustrat und den Burggraben überquerte, bis er wieder auf dem nackten Erdboden und dem spärlichen Gras vor der Burg stand. Er wandte dem Eingang den Rücken zu.

Verzweifelt versuchte er sich zu erinnern, welche Anweisungen Carolinus ihm für den Fall erteilt hatte, daß er den Paß wieder hervorholen und auf normale

Größe bringen wollte. Wenn Carolinus die Angelegenheit bloß nicht dadurch kompliziert hätte, daß er ihm im gleichen Atemzug beschrieben hätte, wie er die *Enzyklopädie der Nekromantie* wieder hervorholen konnte.

Nach angestrengtem Nachdenken fiel ihm die Lösung ein.

Um den Sack mit den Juwelen hervorzuholen, sollte Jim zweimal husten, einmal niesen und dann abermals husten. Damals hatte er nicht bedacht, daß er die Gestalt eines Drachen haben würde, wenn er die Juwelen bräuchte. Natürlich konnte er sich jederzeit wieder in einen Menschen verwandeln; doch nachdem er die beiden Drachen in der Burg gesehen hatte, verspürte er nicht die geringste Neigung, auf den Schutz seines starken, jungen Drachenkörpers zu verzichten, und sei es auch nur vorübergehend.

Er versuchte zu husten. Zu seiner Erleichterung konnten Drachen husten. Eigentlich hustete er sogar sehr gut. Anschließend gleich noch einmal. Und was kam als nächstes? Ah, ja, das Niesen.

Wie sich herausstellte, war es gar nicht so leicht, sich einen korrekten Nieser abzuringen. Allmählich wurde ihm unbehaglich zumute. Wenn ihm die beiden fremden Drachen auch nicht nach draußen gefolgt waren, so spürte er doch ganz deutlich, daß sie ihn durch den Türspalt hindurch beobachteten – Jim hatte soeben festgestellt, daß sich die Tür nicht weiter schließen ließ.

»*Hatschi!*« machte er hoffnungsvoll.

Nichts geschah. Nichts davon zu spüren, daß der Sack mit den Juwelen in ihm angeschwollen wäre. Allmählich wurde es kritisch. Wenn nun Carolinus in seiner zerstreuten Art nicht bedacht hatte, daß Drachen nicht niesen konnten? Wer hatte überhaupt schon einmal gehört, daß ein Drache geniest hätte?

Verzweifelt bückte sich Jim, riß einen der mickrigen Grashalme ab und versuchte, sich damit in der Nase zu kitzeln. Allerdings war das Gras in den voluminösen Nüstern kaum zu spüren. Immer noch keine Reaktion.

Wenn er vielleicht etwas Längeres und Festeres nähme... Er schaute sich auf dem Boden um und machte schließlich in etwa fünf Metern Entfernung einen abgestorbenen Zweig aus, der den Vorzug hatte, mindestens dreißig Zentimeter lang zu sein.

So beiläufig wie möglich ging er hinüber, wobei er dem Eingang immer noch den Rücken zuwandte. Als er den Zweig erreicht hatte, ließ er – wiederum so lässig wie möglich – den Blick über die Landschaft und den Himmel schweifen, dann bückte er sich und hob den Zweig auf. Ihn mit dem Körper verdeckend, versuchte er sich damit in der Nase zu kitzeln.

Diesmal spürte er etwas. Bloß löste es kein Niesen aus. Der Stecken, der an den Stellen, wo einmal Verzweigungen gewesen waren, mehrere scharfe Ecken hatte, kratzte über die Schleimhaut, so daß ihm sogleich Tränen in die Augen traten.

Niesen aber konnte er immer noch nicht.

Nun, eine Drachenschnauze war lang, und daher waren auch die Nasenlöcher lang. Nach hinten war immer noch jede Menge Platz. Daher steckte er sich den Stecken so weit wie möglich in die Nase. Er verspürte einen durchdringenden Schmerz und gleich darauf ein fürchterliches Prickeln. Dann wurde der Stecken von einem gewaltigen Nieser herausgeblasen. Jim hustete.

Als er die Tränen fortgeblinzelt hatte, sah er, daß der Juwelensack vor ihm auf dem Boden stand. Er hob ihn hoch, drehte sich um und ging zurück zur Burg.

Als er mit dem Sack durch die Eingangstür trat, hatten sich die beiden anderen Drachen nicht von der Stelle gerührt. Allerdings starrten sie den Sack wie hypnotisiert an.

»Sieh nur!« rief die Drachendame.

Ihre Stimme war ebenso rauh wie die ihres Gefährten. Außerdem schien sie ebenso alt zu sein wie er. Allerdings war ihre Stimme sehr viel höher und dröhnte auch weniger.

»Vor ungefähr neunzehnhundert Jahren«, grollte der größere Drache, »kamen die Phönizier zu den Scilly-Inseln. Und die englischen Drachen haben das Beste davon eingesackt.«

Er sah Jim direkt an.

»Und nun«, sagte er, »gebt mir den Paß!«

»Wartet einen Moment«, erwiderte Jim, ohne den Sack aus den Händen zu geben. »Wie heißt Ihr eigentlich?«

»Sorpil«, knurrte der große Drache nach kurzem Zögern. »Ich heiße Sorpil. Das ist meine Frau Maigra. Und nun gebt mir den Paß.«

»Gebt *uns* den Paß!« fauchte Maigra.

»Noch nicht«, sagte Jim. Auf einmal war er froh, daß Secoh ihn während des Rückflugs von der Gemeinde der Klippendrachen nach Malencontri nicht nur über die Verpflichtungen, die er gegenüber seinen französischen Gastgebern haben würde, in Kenntnis gesetzt hatte, sondern auch über die Verpflichtungen, welche diese ihm gegenüber hatten. »Kann ich mich auch darauf verlassen, daß Ihr in gutem Einvernehmen mit Euren Mitdrachen steht und daß Ihr befugt seid, den Paß in ihrem Namen entgegenzunehmen?«

»Gewiß, gewiß«, knurrte Sorpil. »Und jetzt gebt her.«

»Was soll denn diese ätzende Eile!« sagte Jim, einen der Lieblingsausdrücke von Gorbash Großonkel gebrauchend. »Wir werden das Übergaberitual vollständig beachten, wenn Ihr nichts dagegen habt. Ihr seid doch bestimmt einverstanden, nicht wahr?«

Die beiden schauten verdrießlich drein. Jim wußte jedoch, daß sie keine Wahl hatten. Wenn sie seinen Paß in die Klauen bekommen wollten, dann oblag es ihnen, Jim nicht nur die richtigen Antworten zu geben, sondern ihn auch zu verköstigen und ihn zum Zeichen der Freundschaft über Nacht zu beherbergen. Damit wurde der Pakt symbolisch besiegelt.

»Ihr habt mir soeben versichert, daß zwischen Euch und Euren Mitdrachen gutes Einvernehmen herrscht«, sagte Jim. »Ich nehme an, Ihr habt Verständnis dafür, wenn ich Eure Erklärung beim nächsten französischen Drachen, dem ich begegne, überprüfe?«

»Ja! Ja!« kreischte Maigra – zumindest kreischte sie nach den Maßstäben von Drachen. Vor Aufregung wäre sie beinahe auf und ab gehüpft; den Paß ließ sie nicht aus den Augen.

»Ich bin einverstanden«, grollte Sorpil. »Wir beide.«

»Ja, ja!« wiederholte Maigra.

»Ich für mein Teil«, sagte Jim, der sich nun in das Ritual eingefunden hatte, »verspreche Euch, alles zu unterlassen, was die französischen Drachen in Schwierigkeiten bringen oder ihnen Unannehmlichkeiten bereiten könnte, und mich für den Fall, daß ich unabsichtlich einen Fehler machen sollte, nach Kräften zu bemühen, ihn wiedergutzumachen und das Problem zu beheben, bevor ich Frankreich verlasse, ohne die französischen Drachen dabei um Hilfe anzugehen. Habt Ihr meine Erklärung gehört und zur Kenntnis genommen?«

»Das haben wir«, meinte Sorpil angewidert.

»Im umgekehrten Fall«, sagte Jim, »daß ich in Frankreich aufgrund der Einstellung oder des Verhaltens französischer George oder anderer Bewohner dieses Landes Unbilden zu erleiden hätte, kann ich alle französischen Drachen um Hilfe bitten, und sie werden die Liebenswürdigkeit besitzen, mir ihre Unterstützung zu gewähren.«

Diesmal ließ die Antwort auf sich warten. Sorpil und Maigra sahen erst sich an, dann den Paß und dann wieder einander. Das Schweigen dehnte sich, ohne daß einer von beiden das Wort ergriffen hätte.

»Nun?« fragte schließlich Jim. »Lautet die Antwort ja oder nein? Vielleicht sollte ich wieder nach England zurückkehren.«

»Nein, nein«, meinte Maigra rasch.

»Jetzt habt *Ihr* es aber ätzend eilig«, murmelte Sorpil. Er wandte sich Maigra zu. »Glaubst du, die anderen ...«

»Wir würden sie natürlich bezahlen müssen ...«, sagte Maigra.

Sie schauten erst einander lange an, dann den Paß und dann wieder einander. Schließlich faßten sie wieder Jim ins Auge.

»Wir sind einverstanden«, erklärte Sorpil bedrückt, »wir sind einverstanden.«

»Sehr schön«, sagte Jim.

»Was habt Ihr hier eigentlich vor?« erkundigte sich Sorpil.

Jim, der bereits im Begriff gewesen war, den Paß zu überreichen, hielt inne.

»Das brauche ich Euch nicht zu sagen«, erwiderte er.

Sorpil fluchte, und zwar mehr wie ein Georg als wie ein Drache.

»Ihr dürft bloß nicht glauben, wir könnten Euch in irgendeiner Weise behilflich sein«, sagte er verärgert.

»Trotzdem vielen Dank«, sagte Jim. »Aber was ich hier tue, geht nur mich etwas an, und ich möchte nicht, daß mir irgendwelche einheimischen Drachen nachspionieren. Habt Ihr mich verstanden?«

»Ja!« kreischte Maigra.

»Hiermit übergebe ich den Paß bis zu meiner Abreise in Eure Obhut«, sagte Jim. »Dann werdet Ihr ihn mir unter der Voraussetzung, daß ich nicht gegen unsere Vereinbarung verstoßen habe, in unverändertem Zustand zurückgeben. Ihr seid Euch bewußt, daß es sich dabei lediglich um ein Unterpfand dafür handelt, daß ich mich für die Dauer meines Aufenthalts gut betrage.«

»Natürlich!« entgegnete Sorpil. »Und jetzt gebt ihn uns, dann werden wir Euch aufnehmen und verköstigen. Das habt Ihr doch gewollt?«

»Ich glaube, so ist es Sitte«, antwortete Jim und reichte ihnen den Paß.

»Oh, das ist es«, sagte Maigra, ohne daß sie sonderlich einladend geklungen hätte. »Dann kommt mit.«

Jim folgte ihnen, und sie durchquerten den finsteren Saal und begaben sich in noch düstere Winkel der Burg.

18

BEIM ESSEN UNTERNAHMEN Sorpil und Maigra den verspäteten Versuch, die begnadeten Gastgeber zu spielen. Darin waren sie allerdings nicht sonderlich erfolgreich, denn wie Jim während des Mahls, beim Weintrinken und im Verlauf der Unterhaltung feststellte, waren die beiden zueinander ebenso sauertöpfisch wie gegenüber allem und jedem – bloß im Moment nicht gegenüber ihrem Gast.

In die Unterhaltung mischten sich immer wieder bissige Bemerkungen, die auf den Partner gemünzt waren, während sie sich gleichzeitig bemühten, ihr gestörtes Verhältnis mit Konversationssirup zu überkleistern. Außerdem waren sie sichtlich bemüht, Jim mit List und Tücke dahin zu bringen, ihnen den Zweck seines Frankreichaufenthalts zu enthüllen.

Allerdings gingen sie dabei äußerst plump vor, wahrscheinlich deshalb, weil sie wenig Übung darin hatten. Jim vermutete, daß sie schon sehr lange keinen Kontakt mehr mit Fremden gehabt hatten, nicht einmal mit anderen Drachen.

Maigra redete viel schneller und neigte dazu, ihren langsameren Gatten mitten im Satz zu unterbrechen. Sorpil nahm hin und wieder die Gelegenheit wahr, sie deshalb zurechtzuweisen. Weil sie nicht am selben

Strick zogen, scheiterten ihre Bemühungen kläglich, Jim sein Geheimnis aus der Nase zu ziehen; vielmehr neigten sie dazu, ihre Absichten gegenseitig zu vereiteln.

Währenddessen erfuhr Jim so einiges über sie.

»Dieses Châteaux?« antwortete Sorpil auf eine von Jims Fragen. »Ursprünglich gehörte es natürlich den Georgen. Vor etwa hundertzwanzig Jahren habe ich es ihnen abgenommen. Ich hatte genug davon, daß sie hier herumsaßen und die Bauern ausnahmen, so daß uns Drachen bloß ein paar magere Ziegen zum Leben blieben. Und deshalb ...«

»Als Sorpil die George in diesem Châteaux angriff«, warf Maigra ein, »hatten sie eigentlich schon eine schlimme Niederlage durch mehrere englische George einstecken müssen. Deshalb ist das Châteaux auch so schwer beschädigt ...«

»Ich war gerade am Reden, Maigra, wenn du nichts dagegen hast«, meldete Sorpil sich dröhnend zu Wort. »Wie ich gerade sagen wollte, wartete ich nach dem Abzug der von Maigra erwähnten George, bis die Burgbewohner alle eingeschlafen waren, dann drang ich durch den zerstörten Teil der Burg ein, ich allein ...«

»Ich war bei ihm«, sagte Maigra, »aber das zählt bei ihm natürlich nicht. Die Sache ist nämlich die ...«

»Es war Nacht«, sagte Sorpil, »und die meisten ihrer Lichter – wie nennt man denn gleich noch diese Dinger ...«

»Kerzen!« fauchte Maigra.

»Die Kerzen waren alle aus«, sagte Sorpil, »und wenn sie kein Licht haben, sind sie natürlich so gut wie blind.«

Jim speiste mit seinen Gastgebern in einem Saal, der fast ebenso groß war wie die Eingangshalle und vom durch die hohen Fenster an der einen Seite des Raumes fallenden Mondschein erhellt wurde. Jim in seinem Drachenkörper störte dies natürlich nicht. Drachen konnten selbst dann noch sehen, wenn es dunkel oder sogar stockfinster war, wenngleich es ihnen besser behagte, wenn noch ein wenig Licht vorhanden war.

»Da hab ich sie mir geschnappt, jedenfalls die meisten von ihnen, einen nach dem anderen, in den Zimmern und auf den Gängen, und es war gar nicht schwer, sie zu töten. Ein paar machten mir Schwierigkeiten, aber natürlich waren sie zu Fuß und hatten ihren Panzer nicht an, und deshalb ...«

»Deshalb hatte er so gut wie keine Mühe mit ihnen«, höhnte Maigra, »und seitdem bringen die Bauern uns die Steuern anstatt den Georgen. Darum können wir Euch heute gute Speisen und Getränke vorsetzen.«

Jim fand das ein wenig übertrieben. Zwar waren die drei Schafe, die Maigra frisch geschlachtet aufgetischt hatte, komplett mit Fell, Knochen und Innereien, recht fett und vom Standpunkt eines Drachen wohlschmekkend gewesen. Der Wein war nicht schlecht, und Jim wäre nicht im Traum eingefallen, daran herumzumäkeln, hätte er nicht bereits aufgrund wochenlanger Erfahrung gewußt, was für Weine es hier in Frankreich gab.

Das Fäßchen, dessen Oberseite Sorpil mit schwungvoller Gebärde eingeschlagen hatte, so daß sie die von Menschen gemachten Krüge, die sie als Trinkgefäße benutzten, hineintauchen konnten, enthielt einen Wein, der etwas besser war als der schlechteste Wein, den Jim seit seiner Ankunft in Brest getrunken hatte. Dem Vergleich mit dem besten, den Jim seitdem verkostet hatte, hielt er allerdings in keiner Weise stand.

Jim vermutete, daß man ihm in der Annahme, ein englischer Drache werde den Unterschied sowieso nicht merken, gewöhnlichen Tafelwein vorgesetzt hatte. Dies kam einer Beleidigung schon sehr nahe. Der Paß bedeutete nämlich, daß Jim der zeitweilige Besitzer der darin befindlichen Schmuckstücke war und daher äußersten Respekt verdient hatte.

»Wo wollt Ihr hin?« erkundigte sich Maigra plötzlich mit ihrer schrillen Stimme, wobei sie Sorpil unterbrach und seinem zweifellos stark ausgeschmückten Bericht über die Eroberung der Burg ein Ende machte.

»Nach Osten«, antwortete Jim bewußt vage und rollte sich um die Beine des für George gemachten Tisches zusammen. Das Mahl war beendet, und Jim hatte genug Wein getrunken, um sich sogar als Drache recht entspannt und behaglich zu fühlen. Er schätzte, daß sie das Faß, das Sorpil angezapft hatte, mindestens zur Hälfte geleert hatten.

»Ich meine, welchen Weg wollt Ihr nehmen?« fragte Maigra.

»Ach«, sagte Jim, »ich habe mir gedacht, ich halte mich einfach ostwärts, wißt Ihr. Auf die genaue Reiseroute lege ich keinen besonderen Wert.«

»Das solltet Ihr aber!« meinte Maigra. »Nachdem sie jetzt seit über hundert Jahren von uns beherrscht werden, sind die Bauern meilenweit im Umkreis äußerst dreist geworden. Sorpil und ich setzen keinen Fuß auf den Boden, wenn wir nicht zu zweit sind. Zwanzig oder dreißig Bauern, die sich mit Mistgabeln, Sensen und ähnlichen Geräten auf einen stürzen, sollte man durchaus ernst nehmen – zumal ein so kleiner Drache wie ich.«

»Wenn Ihr mir die Grenzen Eures Territoriums beschreibt«, sagte Jim, »fliege ich einfach darüber hinweg. Obwohl ich mir schon zutrauen würde, notfalls auch mit zwanzig oder dreißig Bauern fertig zu werden.«

Er konnte nicht verhindern, daß der Wein seinen Drachenstolz in vollem Umfang zum Vorschein brachte. Eigentlich fand er die Vorstellung, mit zwanzig oder dreißig bewaffneten Bauern zu kämpfen, in seinem schläfrigen, angeheiterten Zustand durchaus reizvoll. Er bezweifelte nicht, daß es ihm gelingen würde, eine erkleckliche Anzahl von ihnen zu töten und den Rest zu verjagen.

Er erinnerte sich an das erste Mal, als er in eine Gruppe Bewaffneter hineingeflogen war, die zu Hugh de Bois de Malencontri gehört hatten, dem ehemaligen Besitzer seiner Burg und seinem damaligen Feind, und sie wie Kegel auseinandergespritzt waren. Zuvor allerdings hatte der gepanzerte, mit einer Lanze bewaffnete Sir Hugh auf seinem Streitroß ihm bewiesen, daß es Situationen gab, in denen selbst ein Drache vor einem einzelnen Georg weichen mußte – das hieß, vor einem Menschen.

Die Erinnerung daran, wie ihn der Speer durchbohrt hatte, was ihm und Gorbash, dessen Körper er okkupiert hatte, beinahe das Leben gekostet hätte, ernüchterte ihn wieder ein wenig.

»Was schlagt Ihr vor?« fragte er Maigra.

»Zunächst einmal«, sagte sie, »solltet Ihr Euch von mir den sichersten Weg beschreiben lassen. Dann solltet Ihr zu Fuß weitergehen, damit die Bauern Euch nicht vom Boden aus sehen, sich sammeln und Euch im Hinterhalt auflauern. Am günstigsten wäre es, wenn Ihr den Wald in nordwestlicher Richtung durchqueren und Euch dann nach Westen wenden würdet, bis Ihr zu einem großen See gelangt.«

Sie legte eine Pause ein, um sich zu vergewissern, daß er sie verstanden hatte.

»Sprecht weiter«, sagte er.

»Dann folgt Ihr dem Seeufer und geht weiter nach Westen«, sagte sie. »Aus irgendeinem Grund ist die Wahrscheinlichkeit, daß die Bauern Euch angreifen werden, geringer, wenn Ihr Euch dicht am See haltet. Sie können nämlich nicht schwimmen und wissen auch nicht, daß wir Drachen schwerer sind als Wasser und daher ebenfalls nicht schwimmen können. Solltet Ihr also dennoch angegriffen werden, springt einfach in den See – für uns ist er am Ufer recht seicht, aber einem Georg würde das Wasser bis zum Hals reichen –, denn dort seid Ihr vor ihnen sicher, es sei denn, sie werfen etwas nach Euch.«

Jim verkniff sich ein hämisches Grinsen. Maigra ahnte nicht, daß er eine Ausnahme war; ein Drache, der nicht nur schwimmen konnte, sondern es auch gerne tat. Dies hatte er entdeckt, als er auf dem Weg zum Verhaßten Turm zu Fuß das Moor durchquert hatte und von einem Landstück zum nächsten hatte schwimmen müssen. Damals hatte er noch nicht gewußt, daß sein Drachenkörper schwerer als Wasser war, und sich daher ohne Überlegen ins Wasser gestürzt. Nach einem Moment der Panik hatte er herausgefunden, daß er sich nicht nur über Wasser halten, sondern sogar vorwärtskommen konnte, wenn er nur heftig genug mit Beinen und Schwanz ruderte – und zwar indem er den Schwanz wie eine Wasserschlange hin und her bewegte. Das war zwar anstrengend, aber es ging. Jim kannte keinen anderen Drachen, der es jemals versucht hätte; alle glaubten sie steif und fest, daß sie wie ein Stein untergehen würden, wenn das Wasser so tief wäre, daß sie nicht mehr darin stehen und den Kopf in die Luft strecken konnten.

Gleichwohl beschloß er, Maigras Rat zu beherzigen. Insgeheim leistete er Abbitte, weil er nicht geglaubt hatte, daß sie und Sorpil wirklich daran interessiert seien, ihm zu helfen. Dieser Schluß hatte nahegelegen, denn so waren Drachen eben; wenn ihm irgend etwas zustieß, durften sie den Paß behalten. Andererseits hatte auch Maigra etliche Krüge Wein getrunken, und vielleicht hatte der Alkohol sie ebenfalls milder gestimmt.

Zumindest früher, als sie noch jünger gewesen war, mußte sie auch eine anziehende und sanftere Seite besessen haben, überlegte er. Ansonsten hätte Sorpil, der in jungen Jahren zweifellos ein stattlicher Drache gewesen war, sie bestimmt nicht geheiratet.

»Maigra, ich danke Euch«, sagte er, und ihm fiel auf, wie schläfrig er sich anhörte. Als er das Châteaux betreten hatte, war es noch nicht Mittag gewesen, doch wie es bei Drachen Sitte war, wenn sie ernstlich zulangten, hatte sich das Mahl hingezogen. Am Mondschein hätte er eigentlich erkennen sollen, daß sie bereits seit acht bis neun Stunden tafelten. Dennoch hatte er den Eindruck, die Zeit sei wie im Flug vergangen.

Jedenfalls war er unbestreitbar müde.

»Habt Ihr einen Platz für mich«, fragte er, »oder soll ich mich einfach hier zusammenrollen?«

Er hätte nichts dagegen gehabt, an Ort und Stelle einzuschlafen. Andererseits entsprach es dem Dracheninstinkt, sich zum Schlafen an einen abgeschiedenen Ort zurückzuziehen. Es war Sorpils und Maigras Pflicht als Gastgeber, ihm einen solchen Ort anzubieten – vielleicht eines der kleineren Zimmer der Burg, ganz gleich, in welchem Zustand sie sich momentan befinden mochten.

»Ich bringe Euch hin!« sagte Maigra, die sich erstaunlich munter erhob.

Sorpil blieb sitzen und grollte lediglich etwas, das sich wie »Gute Nacht« anhörte, vermischt mit einem drachenmäßigen Rülpser. Jim folgte Maigra. Sie geleitete ihn treppauf, treppab durch eine Abfolge von Gängen, die ausnahmslos alle in tiefer Dunkelheit lagen. Jim tappte ihr hinterdrein, sich auf Nase und Ohren verlassend, ohne sich Sorgen zu machen, einen Fehltritt zu tun oder den Anschluß zu verlieren.

Schließlich führte sie ihn in das Schlafzimmer eines der früheren Burgbewohner, wie er es erwartet hatte. Dort ließ sie ihn allein, und er rollte sich zwischen den Überresten des spärlichen Mobiliars zusammen. Sein letzter Gedanke vor dem Einschlafen war, daß die französischen Burgen mehr Räume hatten als die englischen.

Nach Drachenart war sein Schlaf traumlos und tief. Als er erwachte, war es heller Tag. Der Raum hatte bloß einen Fensterschlitz, aber die Sonne schien geradewegs hindurch, so daß es hell im Raum war. Der

Unterschied zur Finsternis der Nacht war ein wenig verwirrend für Jim, der das Gefühl hatte, zwischen dem Moment des Einschlafens und dem Aufwachen habe nur ein Augenblick gelegen.

Als er gähnte, schnellte seine lange, rote Zunge aus dem großen Maul hervor. Dann entwirrte er seine Gliedmaßen, streckte sich – mit Ausnahme der Flügel, denn dafür reichte der Platz nicht aus – und ließ sich von Nase und Erinnerung denselben Weg zurückleiten, den er am Abend zuvor beschritten hatte.

Als er in den Raum kam, wo er mit Maigra und Sorpil gespeist und getrunken hatte, war niemand da. Von den Schafen waren nur noch ein paar geknackte Knochen übrig, aus denen das Mark herausgeleckt war. Das Fäßchen, das Sorpil am Abend geöffnet hatte, war zu vier Fünfteln leer.

Jim schenkte sich einen Krug Wein ein und stürzte ihn in einem Zug hinunter; die Wirkung war wundervoll belebend. Um des Prinzips willen schenkte er sich gleich noch einmal nach.

Am besten brach er gleich auf. Von seinen beiden Gastgebern war nichts zu sehen. Maigra hatte ihm unter Alkoholeinfluß offenbar den besten Rat gegeben, den er von ihnen zu erwarten hatte.

Im Begriff, sich durch die Flügeltür ins Freie zu begeben, wandte er sich ein letztes Mal um und rief seinen Gastgebern, die sich nicht die Mühe gemacht hatten, ihn zu verabschieden, ein Lebewohl zu.

»Hallo, ich bin's, James!« brüllte Jim. *»Ich breche jetzt auf. Danke für Eure Gastfreundschaft, ich komme bald wieder, um den Paß abzuholen. Lebt wohl!«*

Seine Stimme hallte aus immer weiter entfernten Winkeln der Burg wider. Niemand antwortete ihm.

Er drehte sich um und trat ins Freie.

Es war wieder ein heißer, wolkenloser Tag. Jim marschierte zu Fuß los, wie Maigra es ihm geraten hatte. Aufgrund des vielen Essens und Trinkens vom Vorabend brach er heute später auf als gewöhnlich. Er hatte bis weit in den Vormittag hinein geschlafen.

Zwei Stunden später entdeckte er einen blauen Flecken, offenbar das eine Ende des Sees, den Maigra erwähnt hatte. Jim blieb stehen, um sich auszuruhen.

Sein Atem ging so laut, daß es sich für jeden im Umkreis von zwanzig Metern so anhören mußte, als mühte sich eine Dampflokomotive einen Berg hoch. Das Maul stand ihm weit offen, und die rote Zunge hing so schlaff wie eine Fahne zwischen den Reißzähnen hervor.

Er hatte schlicht und einfach nicht bedacht, daß Drachen für Fußmärsche nicht geschaffen waren. Wenn es um die Fortbewegung ging, so waren sie von Natur aus Geschöpfe der Lüfte. Und es war ein heißer Tag.

Bis jetzt hatte Jim sich darüber, daß Drachen mit ihrer nahezu undurchdringlichen Haut anders als Menschen keinerlei Schweißdrüsen besaßen, noch nicht den Kopf zerbrechen müssen. Die überschüssige Hitze führten sie wie Hunde durch Hecheln ab. Unglücklicherweise waren sie erheblich größer und schwerer als ein Hund und bewegten daher eine größere Masse mit sich herum. Bei der Fortbewegung zu Fuß kam es im Körper alsbald zu einem Hitzestau; und dieser Tag war denkbar schlecht geeignet, diese Hitze auch wieder loszuwerden.

Bis jetzt hatte sich das Problem für Jim einfach noch nicht gestellt. Die beiden Fußmärsche, die er bislang als Drache unternommen hatte, hatten in kühlerem Klima stattgefunden, und beide Male war er erregt gewesen und hatte der mühseligen Fortbewegung keine Aufmerksamkeit geschenkt.

Beim erstenmal war er außer sich gewesen vor Sorge, was Angie als Gefangene des Verhaßten Turms alles zustoßen könnte. Das zweite Mal war ein fruchtloser Versuch gewesen, die Burg Malencontri von Sir Hugh zurückzuerobern. Damals war er voller Bitterkeit und Selbsthaß gewesen. Der große Unterschied zwischen damals und heute bestand allerdings in der Temperatur. Beim Marsch nach Malencontri hatte es zuletzt sogar heftig geregnet, so daß er gar nicht erst ins Schwitzen gekommen war.

Diesmal jedoch gab es nichts, was ihn von der Hitze und seiner verdrießlichen Stimmung hätte ablenken können. Vielmehr wollte er verdammt sein, wenn er diese Plackerei noch länger mitmachte.

Maigra hatte natürlich angenommen, ihm stünden nur zwei Möglichkeiten zur Auswahl: entweder zu fliegen oder zu Fuß zu gehen; das hieß, auf den Hinterbeinen. Natürlich hatte sie nicht gewußt, daß sie einen Magier vor sich hatte, der nur vorübergehend die Gestalt eines Drachen innehatte und dem folglich eine dritte Option zu Gebote stand: sich wieder in einen Menschen zu verwandeln.

Jim schrieb die erforderliche magische Gleichung an die Innenseite seiner Stirn, und im nächsten Moment stand er im Adamskostüm da und glühte am ganzen Körper. Das Seil, mit dem er seine Habseligkeiten verschnürt hatte, hing ihm lose vom geschrumpften Hals und den Schultern.

Er nahm die Last ab und kleidete sich an, dann band er das Seil wieder um das Tuch mit dem Weinkrug und dem Proviant und formte aus dem Rest des Seils eine Schlinge, die er sich über den Kopf und eine Schulter streifte, so daß sie ihm wie ein Gehenk auf den Dolchknauf an der Hüfte hinunterhing.

Zwar war er jetzt vielleicht nicht mehr in der Verfassung, ein halbes Dutzend bewaffneter französischer Bauern abzuwehren, andererseits aber auch weit unverdächtiger, als wenn er weiterhin als Drache durch die Gegend spaziert wäre.

Sollte er tatsächlich angegriffen werden, bestand immer noch die Möglichkeit, daß er sich wieder in einen Drachen verwandelte. Wenn die hiesigen Einheimischen ebenso bereitwillig an Magie glaubten wie alle anderen, denen er in dieser Welt bislang begegnet war, würde sie allein schon die Tatsache, daß er sich vor ihren Augen in einen Drachen verwandelte, in die Flucht schlagen.

Abgesehen von dem gewaltigen Durst, der nicht nur vom Wein herrührte, den er am Abend zuvor getrunken hatte, sondern auch von dem Krug, den er sich zum Frühstück genehmigt hatte, fühlte er sich jetzt erheblich besser. Und so näherte er sich eilends dem See, wo er endlich nach Herzenslust würde trinken können.

Je näher er dem See kam, desto klarer und köstlicher wurde der Geschmack des kühlen Wassers in seiner Vorstellung. Schließlich mußte er sich mit Mühe bezähmen, um nicht loszurennen. Dies wollte er nicht etwa deshalb vermeiden, um sich nicht abermals zu erhitzen – tatsächlich kühlte er in Menschengestalt recht gut ab –, sondern weil ihn ein gewisser Stolz daran hinderte.

Wäre etwa Brian losgerannt, um die letzten paar Meter bis zum Wasser zurückzulegen, das er in wenigen Augenblicken sowieso erreicht haben würde? Nein, dachte Jim, eine solche menschliche Schwäche hätte sein Freund verachtet. Und in seiner Eigenschaft als angehender Kriegsherr sollte Jim eigentlich nicht weniger Selbstbeherrschung zeigen. Schließlich stand er nicht im Begriff zu verdursten. Er hatte lediglich eine trockene Kehle, weil er zuviel Wein getrunken hatte.

Er schaffte es, gemächlich bis zu einer Stelle am Seeufer zu gehen, wo er sich auf den Bauch legen und trinken konnte. Das Wasser war genauso blau und klar, wie er es sich vorgestellt hatte. Und die ersten paar Schluck waren so köstlich, daß er nun doch noch die Beherrschung verlor und das Wasser gierig hinunterstürzte.

Als er schließlich zum Atemholen innehielt, hatte er endlich die Muße, sein Spiegelbild zu betrachten, das, nachdem sich die Wasseroberfläche wieder beruhigt hatte, unmittelbar darunter zu ihm hochzublicken schien. Er betrachtete es erst mit Verwunderung – dann auf einmal mit Bestürzung.

Das Gesicht, das zu ihm hochschaute, war nicht seines. Es war das Gesicht eines wunderschönen Mädchens mit langem, blondem Haar. Sie lächelte ihn an – oder vielmehr lächelte ihr Gesicht ihn an, das sich nur Zentimeter unter der Wasseroberfläche zu befinden schien. Das Bild war viel zu scharf, als daß es sich um eine Halluzination hätte handeln können.

»Einen Moment mal!« Jim rappelte sich auf alle viere hoch, ohne den Blick von der Wasseroberfläche zu wenden.

Als das Gesicht aus dem Wasser hervorkam, zeigte sich, daß auch ein Kopf dazugehörte, und dann erschien der Rest des schönen Mädchens. Als sie ihn anlächelte, schwirrte ihm der Kopf.

»Da bist du ja, mein Liebster«, wisperte sie. »Endlich bist du da. Komm zu mir.«

Ihre Stimme war ein zärtliches Flüstern. Sie streckte die Arme aus, legte ihre kleine Hand um seine große, und im nächsten Moment fand Jim sich im See wieder – ohne daß er hätte sagen können, wie es geschehen war.

Es blieb ihm nicht die Zeit, sich darüber klarzuwerden, daß das Ufer nicht annähernd so flach war, wie Maigra gemeint hatte. Sie fielen wie Steine in eine ungewisse Tiefe; so tief ging es hinab, daß er nicht einmal bis zum Grund sehen konnte. Wenn ein Drache, der glaubte, er könne nicht schwimmen, ins Wasser gefallen oder hineingezogen worden wäre, so wäre er auf der Stelle untergegangen und ertrunken.

Aber er hatte keine Zeit, sich über Maigras perfiden Rat und das womöglich unglückliche Ende, das ihn erwartet hätte, wenn er wegen der Hitze nicht Menschengestalt angenommen hätte, den Kopf zu zerbrechen. Dafür war er zu sehr in Anspruch genommen von der Tatsache, daß er immer tiefer in den See hinabgezogen wurde.

Als Mensch war er ein passabler Schwimmer. Er hatte bereits in fünf Metern Tiefe geschnorchelt. Im Moment aber hatte er keine Taucherbrille und keinen Schnorchel, und aus irgendeinem Grund sah er sich vollkommen außerstande, sich dagegen zu wehren, daß ihn das Mädchen mit sich in die Tiefe zog. Dabei hatte er das Gefühl, daß es ihm nichts genützt hätte, selbst wenn er sich gewehrt hätte, und er war wie gelähmt.

Er würde ertrinken. Er konnte nichts dagegen tun.

Dann jedoch wurde ihm klar, daß er mittlerweile eigentlich die Symptome eines Ertrinkenden hätte zeigen müssen. Bis jetzt hatte er gemeint, die Luft anzuhalten, doch dem war nicht so. Er atmete unter Wasser ganz normal weiter.

Das ergab keinen Sinn. Entweder war das Wasser durch eine Luftblase ersetzt worden, die ihn einschloß, und das konnte nicht sein. Oder aber er atmete das Wasser ein, als wäre es Luft, was noch unwahrscheinlicher war.

»Es ist wundervoll, daß du endlich gekommen bist«, sagte das blondhaarige Mädchen, ohne sich nach ihm umzuschauen. »Mit dir hätte ich nie im Leben gerechnet. Eigentlich hatte ich ein Auge auf einen garstigen Drachen geworfen, der immer näher kam. Und dann ist er auf einmal verschwunden.«

Ihr Tonfall wurde nachdenklich.

»Ich begreife das alles nicht«, murmelte sie vor sich hin. »Ich habe noch nie erlebt, daß sich ein Drache so verhalten hätte. Und er näherte sich geradewegs dem See. Ich hätte ihn so leicht ertränken können!«

»Weshalb ... weshalb solltest du denn einen Drachen ertränken wollen?« fragte Jim verwirrt.

»Na, weil sie so häßlich sind!« antwortete das Mädchen. »Diese großen, abscheulichen Fledermausflügel und diese schuppige Haut. Igitt! Am liebsten würde ich sie alle umbringen. So aber bleibt mir nichts anderes übrig, als jeden, der dem Ufer zu nahe kommt, zu ertränken. Ich locke sie mittels Magie ans Ufer, und wenn ich sie erst einmal zu fassen kriege, kommen sie nicht mehr los. Ich ziehe sie ins Wasser, und dann... ertrinken sie ganz von selbst!« schloß sie mädchenhaft frohlockend.

Jim erschauerte inwendig.

»Die Fische sind dankbar dafür«, fuhr das Mädchen fort. »An so einem Drachen ist eine Menge dran. Du würdest dich wundern. Das ist einer der Gründe, weshalb sie mich alle so gern haben. Aber das ist ja auch kein Wunder. Ich meine – sie würden mich sowieso lieben, weil sie es nämlich müssen. Bloß lieben sie mich halt um so mehr, weil ich ihnen ständig leckere tote Drachen zu fressen gebe.«

Sie schwieg einen Moment.

»Na ja, nicht gerade ständig. Aber es kommt schon häufiger vor.«

Sie hatten den Grund des Sees erreicht und sanken in eine Art Unterwasserburg hinab, die breiter war als hoch. Die Mauern bestanden aus Muscheln, glänzenden Edelsteinen und zahlreichen Platten aus reinem Perlmutt, der in sämtlichen Regenbogenfarben schimmerte. Eine Schule kleiner blauer Fische kam durch das Wasser oder die Luft, oder was auch immer sie umgab, auf sie zugeschossen und führte um das blondhaarige Mädchen einen kunstvollen Tanz auf.

»Ach, ihr!« meinte neckisch das Mädchen, »ihr habt genau gewußt, daß ich gleich wieder zurückkommen würde. Ich habe euch den hübschesten Mann der Welt mitgebracht. Und er wird auf immer und ewig bei uns bleiben. Ist das nicht wundervoll?«

Jim hätte es nett gefunden, wenn sie ihn zunächst einmal gefragt hätte, ob er denn auch für immer und ewig bleiben wolle. Er sah durchaus Nachteile, die verhindern mochten, daß diese wundervolle Möglichkeit Realität wurde.

Von allem anderen einmal abgesehen, hatte er an Land etwas zu erledigen. Dabei war das Mädchen zweifellos atemberaubend schön. Jim hatte einmal geglaubt, Danielle sei die schönste Frau, der er in seinem ganzen Leben begegnet war. Dieses kleine Geschöpf strahlte jedoch etwas aus, das über gewöhnliche Schönheit hinausging. Er konnte ebensowenig verhindern, daß er sich zu ihr hingezogen fühlte, wie er sich von der Hand freimachen konnte, die ihn hier heruntergeschleppt hatte.

Das Mädchen redete immer noch zu den kleinen Fischen.

»Ich würde euch niemals für längere Zeit allein lassen, das wißt ihr doch«, sagte sie gerade. »Meine lieben Kleinen verlassen? Niemals! Ihr wißt doch, daß ich euch und alles in diesem See und auch den See selbst liebe. Ich konnte bloß nicht diesem wunderschönen Mann widerstehen, den ich am Seeufer entdeckt habe. Das werdet ihr mir doch wohl nicht übelnehmen wollen, oder?«

Mittlerweile befanden sie sich im Innern des palastähnlichen Gebäudes und betraten einen Raum mit Wänden aus Perlmutt, mit Wandbehängen, Teppichen und Möbeln aus einem zarten Gespinst, das im Unterwasserlicht in allen möglichen Blau- und Grüntönen schimmerte. Die Sitzmöbel waren große, weiche, vielfarbene Polsterbänke. Das zentrale Möbelstück des Raumes – wenn man es denn so bezeichnen mochte – war ein riesiges, farbenprächtiges Gebilde, das wie ein rundes Bett ohne Fuß- und Kopfteil aussah und an dessen Rand sich ein hoher Stapel bauschiger Kissen befand.

Zu diesen Kissen schleppte das Mädchen Jim. Er war sich nicht sicher, ob er nun ging, schwebte, schwamm oder einfach bloß durch diese seltsame wasserfarbene, atembare Atmosphäre hindurchglitt. Anschließend ließ sie Jim los, so daß er auf die Kissen niedersank. Sie waren dermaßen weich, daß er in einer halb sitzenden, halb liegenden Haltung zur Hälfte in ihnen versank.

»So«, sagte das blondhaarige Mädchen und nahm im Schneidersitz auf dem Bett Platz – vielleicht aber auch mehrere Zentimeter darüber, das konnte Jim nicht genau erkennen. Die umgebende Wasser-Luft-Atmosphäre wirkte zwar durchsichtig, doch ging ein Schimmern von ihr aus, welches die Einzelheiten verschwimmen ließ. »Hat mein Liebster vielleicht einen Wunsch?«

»Also, äh, wenn es dir nichts ausmacht«, sagte Jim, »hätte ich gern ein paar Erklärungen.«

Ihr Mund formte ein perfektes ›O‹.

»Erklärungen?«

»Ja«, fuhr Jim fort, »ich meine, es ist ja wirklich nett von dir, daß du mich den hübschesten Mann der Welt nennst. Aber wie jedermann weiß, bin ich das nicht. Tatsächlich bin ich einer der …«

Er suchte nach dem passenden Wort.

»Einer der unattraktivsten, die man sich nur vorstellen kann.«

»Nein, bist du nicht!« erwiderte das Mädchen. »Aber selbst wenn es so wäre, würde ich dich trotzdem noch genauso leidenschaftlich lieben. Ich bin nämlich ein sehr leidenschaftliches Wesen, weißt du!«

»Ich verstehe«, sagte Jim.

»Ja, wirklich«, bekräftigte das Mädchen ernst. »Wir Elementargeister – eigentlich sind wir nur sehr wenige – sind sehr, sehr leidenschaftlich!«

»Das glaube ich dir gern«, meinte Jim.

»Ja.« Sie seufzte. »Dumme Leute nennen uns Wasserfeen. Aber das kommt bloß daher, daß sie den Unterschied zwischen einer bloßen Wasserfee und einem

Elementargeist nicht kennen. Ein Elementargeist ist etwas viel, viel edleres als eine Wasserfee. Wasserfeen sind einfach bloß Feen, die im Wasser leben. Sie kennen sich ein wenig mit Magie aus, das stimmt. Sie sind unsterblich, na gut. Aber sie sind nicht sonderlich begabt. Es mangelt ihnen an den tiefen Leidenschaften der Elementargeister, und von allen Elementargeistern bin ich, das darf ich wohl sagen, der leidenschaftlichste. So war es schon immer, und so wird es auch bleiben.«

Sie blickte Jim neugierig an.

»Wie heißt du eigentlich, Liebster?«

»Äh – James«, sagte Jim.

»James …« Sie ließ sich den Namen auf der Zunge zergehen. »Ein eigenartiger Name, aber er hat Charme. *James*. Er klingt nicht so wie manche andere Namen, aber bestimmt ist es ein guter Name. *James* …«

»Wenn es dir nichts ausmacht, würde ich ebenfalls gerne wissen, wie du heißt«, sagte Jim.

»Wie ich heiße?« fragte sie verwundert. »Ich habe geglaubt, jeder wüßte meinen Namen. Ich bin Melusine. Wie kommt es, daß du das nicht weißt? Schließlich bin ich die einzige, die es gibt. Es gibt keine anderen Melusinen.«

»Weißt du«, sagte Jim, »ich bin Engländer.«

»Ach, ein Engländer!« sagte Melusine. »Von England und den Engländern habe ich schon gehört. So einer bist du also. Aber so fremdartig kommst du mir eigentlich gar nicht vor – trotz des seltsamen Namens. Aber jetzt haben wir genug über Namen geredet.«

Sie schaute Jim mit ihren tiefblauen Augen an, und Jim hatte den Eindruck, sie steigere die Leuchtkraft ihrer Attraktivität von etwa fünfhundert Watt auf über tausend.

»Laß uns von wichtigeren Dingen reden«, säuselte sie. »Ach, Liebster, was wünschst du dir am meisten auf der Welt?«

Sie steigerte die Leuchtkraft um weitere fünfhundert Watt.

Jim schloß verzweifelt die Augen.

Nein! dachte er. Ich darf nicht. Ich will nicht auf immer und ewig hierbleiben und einen Elementargeist lieben. Ich will nach Hause zu meiner Burg, ich will zurück zu Angie und hin und wieder einen Oger töten, einen Prinz befreien oder was auch immer... Was denke ich mir da eigentlich zusammen? Jedenfalls darf ich nicht. Wenn ich einmal schwach werde, dann werde ich wieder schwach werden und könnte allmählich Gefallen daran finden. Dann bleibe ich womöglich für immer hier am Grund des Sees. Und was dann? Wenn sie nun meiner überdrüssig wird, so wie sie der Männer überdrüssig geworden sein muß, in die sie sich bestimmt von Zeit zu Zeit verliebt hat? Wahrscheinlich stellt sie unaussprechliche Dinge mit ihnen an. Ich muß hier weg. Angie, hilf mir!

»Ich habe Kopfschmerzen«, sagte Jim schwach.

19

ER HÄTTE NICHT GEDACHT, daß es funktionieren würde; doch das tat es. Nachdem er von Kopfschmerzen gesprochen hatte, war Melusine überwältigend fürsorglich geworden und hatte darauf bestanden, daß er sich hinlegte und schlief. Für alles andere hätten sie schließlich alle Zeit der Welt.

Jim überlegte, daß es durchaus sein könne, daß ihre Attraktivitätsmagie sogar bei ihr selber wirkte, so daß sie wirkliche Liebe verspürte, wenn sie meinte, sie sei verliebt, und bereit war, sich für ihren Geliebten aufzuopfern. In dieser Welt, wo er die Erfahrung gemacht hatte, daß jemand, der eben noch ausgesprochen sanft und liebevoll gewesen war, von einem Moment zum anderen ausgesprochen böse werden konnte, während seine Mitmenschen den Widerspruch entweder nicht wahrnahmen oder sich fraglos damit abfanden, wunderte ihn gar nichts mehr. Melusine hatte ihn allein gelassen, und er hatte geschlafen.

Als er erwachte, war er immer noch allein. Allerdings tauchten kurz darauf ein paar der kleinen Fische auf, die um Melusine herumgetanzt waren. Sie schwammen um ihn herum und brachten ihm Geschenke. Einige hatten schlechtgeschliffene, dafür aber recht große Juwelen in den Mäulern. Einer schleppte eine Weintraube an, die so schwer war, daß er heftig mit den Flossen arbeiten mußte, um zu Jim hinüberzuschwimmen.

»Weintrauben mag ich nicht«, sagte Jim.

Das stimmte wirklich. Er hatte sich noch nie viel aus Weintrauben gemacht, und eigentlich machte er sich als Mensch auch nicht sonderlich viel aus Wein. Erst als Drache hatte er Geschmack daran gefunden.

Der Fisch ließ die Weintraube erschöpft aufs Bett fallen und schwamm wieder weg. Nach einer Weile kehrte er allerdings mit einer weiteren Weintraube zurück.

Die übrigen Fische wirkten nicht minder entschlossen. Auf Melusine mochten sie vielleicht hören, nicht jedoch auf ihn. Schließlich näherte sich ihm mit wedelnden Flossen eine ganze Schule, die ein irisierendes grünes Gewand anschleppte.

Als nächstes kam ein lächerlicher Hut, der wie eine Kreuzung aus einer Kochmütze und einem rechteckigen Zylinder aussah.

Während sich die Gaben um ihn häuften, war er froh, daß Melusine nicht in der Nähe war, denn so konnte er nachdenken, ohne daß ihre magischen Reize wie eine überdimensionale Höhensonne auf ihn ausstrahlten.

Als sie ihn verführen wollte, hatte er rein instinktiv reagiert; jetzt, da er wieder einen kühlen Kopf hatte, wurde ihm klar, wie vernünftig er sich verhalten hatte. Selbst wenn ihre Beteuerung, ihn auf immer und ewig bei sich behalten zu wollen – was er ihr keinen Moment lang glaubte –, aufrichtig gemeint war, würde jemand wie sie sich in dem Moment, da sich ein neuer Mann blicken ließ, mit Sicherheit aufs neue verlieben. Aber selbst wenn sie ernstlich vorgehabt hätte, ihn auf Dauer zu behalten, wäre er nicht bereit gewesen, bei ihr zu bleiben. Dafür gab es viele, viele Gründe.

Der wichtigste war Angie. Es bestand ein großer Unterschied zwischen dem sexuellen Reiz, der von jemandem wie Melusine ausging, und der tiefen Zuneigung – der Liebe –, die er für Angie empfand.

Im Grunde konnte er sich ein Leben ohne Angie nicht vorstellen. Das wäre gewesen, als hätte man ihn vom Scheitel bis zur Sohle mitten entzweigeteilt und ihm die eine Hälfte weggenommen. Angie hatte etwas, das Melusine völlig fehlte. Er wußte nicht genau, was es war, doch dadurch, daß sie bei ihm war, hatte sich sein Leben grundlegend verändert. Selbst jetzt, da er fern von ihr in Frankreich weilte, vermittelte ihm die Gewißheit, daß sie sich in Malencontri aufhielt und daß er sie irgendwann wiedersehen würde – er würde schon aufpassen, daß ihm nichts zustieß –, ein völlig anderes Lebensgefühl.

Er mußte zusehen, daß er von hier fortkam. Raus aus dem See und weg von Melusine. Er zermarterte sich den Kopf, wie er sie veranlassen könnte, ihn wieder ans Ufer zu bringen.

Wohl wahr, sie hatte schon in dem Moment eine magische Anziehung auf ihn ausgeübt, als er noch am Ufer gestanden und zu ihr ins Wasser hinuntergeblickt hatte. Allerdings war sie bei weitem nicht so stark gewesen wie hier am Grund des Sees.

Wenn er erst einmal wieder trockenen Boden unter den Füßen hätte, würde er einfach die Zähne zusammenbeißen, sich umdrehen und so weit gehen, bis die

Magie ihre Wirkung verloren hatte. Er glaubte nicht, daß sie ihm folgen würde. Falls doch, so würde sie wohl kaum so große Macht über ihn haben wie hier im See; das sagte ihm eine innere Stimme.

Als seine Überlegungen soweit gediehen waren, rief sich mit der Wucht einer explodierenden Granate die Tatsache in Erinnerung, daß er selbst ebenfalls ein Magier war, oder zumindest ein angehender. Wenn Melusine auf magische Weise Einfluß auf ihn gewonnen hatte, dann müßte er ihr mit seiner eigenen Magie auch trotzen können, wenn er nur wüßte, welcher Zauber das wäre und wie er ihn anwenden sollte.

Letzteres war der schwierige Teil. Die gesuchte Information war zweifellos in der *Enzyklopädie der Nekromantie* enthalten, allerdings hatte er bereits die Erfahrung gemacht, daß es gar nicht einfach war, sie sich auch nutzbar zu machen, wenn er sie brauchte.

Zunächst einmal benötigte er eine klare Definition dessen, was er wollte. Dann mußte er den Gedanken mittels der Methode weiterverfolgen, die er sich zurechtgelegt hatte. Soviel er wußte, benutzte jeder Magier seine eigene Methode, doch für ihn schien die Mischung aus Imagination und bildlicher Vorstellung der beste Weg zu sein.

Dann also los, dachte er. Er setzte sich mit untergeschlagenen Beinen aufs Bett und versuchte, seine Methode auf das Problem anzuwenden.

Erste Frage: Wie sah der Zauber aus, der ihn von hier wegbringen würde?

Nein, wenn er es recht bedachte, war das bereits die zweite Frage. Die erste Frage lautete: Wie war der Zauber beschaffen, der ihn hier festhielt?

Zum erstenmal kam ihm der Gedanke, es könnte sich dabei um eine andere Art Magie handeln als die, welche er benutzte. Melusine hatte sich als Elementargeist bezeichnet. Vielleicht war sie im gleichen Sinn ein

Elementargeist, wie Giles ein Silkie war. Dann wäre die Magie bei ihr angeboren und nicht erlernt.

In diesem Fall mußte er die Frage folgendermaßen stellen: Worin genau bestand ihre angeborene Magie?

Anscheinend gab es dabei zwei Aspekte. Der eine verlieh ihr Macht über andere Lebewesen unter oder nahe dem Wasser. Der andere betraf ihre Fähigkeit, Wasser und Atemluft austauschbar zu machen.

Offenbar war es unerheblich, ob Jim im Moment Wasser atmete, ohne daß es ihm geschadet hätte, oder ob das Wasser um ihn herum in Luft verwandelt worden war.

Das war's!

Melusines Macht über Menschen war darin begründet, daß sie willkürlich entscheiden konnte, ob sie unter Wasser atmen konnten oder nicht. Im Fall der Drachen hatte sie sich offenbar dagegen entschieden. Sie hatte es vorgezogen, sie am Wasser, das in ihre Lungen eingedrungen war, ersticken zu lassen. In seinem Fall wiederum hatte sie gewollt, daß er Wasser atmete, das sich entweder wie Luft verhielt oder in Luft verwandelt worden war. Das bedeutete, daß er lediglich…

»Autsch!« rief Jim.

Er rieb sich die rechte Kopfseite. Ein Dutzend Fischlein hatte soeben einen kleinen Goldbarren auf seinen Kopf fallen gelassen. Er funkelte sie an.

»Jetzt reicht mir's aber!« schrie er. »Ich will kein Gold, keine Juwelen, keine Weintrauben und auch nichts anderes. Ich will es nicht, habt ihr mich verstanden? *Ich will es nicht!*«

Die Fische schwammen gemeinsam davon – wahrscheinlich um ihm wieder etwas Neues zu bringen. Er rieb sich abermals den Kopf und bemühte sich, an den Gedanken anzuknüpfen, den der Goldbarren unterbrochen hatte.

Der erste Schritt war getan. Er hatte etwas, das er

sich vorstellen konnte. Er mußte sich vorstellen, es gäbe unter Wasser einen Weg, über den er bis zum Seeufer und wieder an die Luft gelangen konnte – während das Wasser um ihn herum solange atembar blieb, bis er wieder an Land war und die normale Luft atmen konnte.

Er stellte sich vor, daß er genau dies tat. Hier bin ich, dachte er, schlendere über den Grund des Sees und atme problemlos Wasser, obwohl ich vor Melusine flüchte. Mein eigener Zauber verwandelt das Wasser um mich herum in die wundervollste atembare Luft. Ich habe soviel Luft zum Atmen, wie ich mir nur wünsche. Ich kann tief durchatmen. Ich könnte sogar laufen, wenn ich es wollte, und es gäbe immer noch genug Luft mit jeder Menge Sauerstoff darin, den meine Lungen in den Körper pumpen könnten, damit er weiterarbeitet. Hier bin ich und renne über den Grund des Sees, klettere am Rand in die Höhe, dabei mühelos atmend ...

Und was soll ich nun an die Innenseite meiner Stirn schreiben, damit ich unter Wasser weiteratmen kann wie bisher? Ich weiß, die Antwort ist in mir drin, in der *Enzyklopädie der Nekromantie,* aber offenbar will mir die passende Vorstellung einfach nicht einfallen ...

»Oh! Du bist wach!« ertönte hinter ihm Melusines Stimme. Sie hüpfte neben ihm aufs Bett und landete auf den Knien. »Schhhh!«

Dies galt einer kleinen Schule Fische, die sich mit einer Krone abmühten, die ganz und gar aus Perlmutt zu bestehen schien.

Die Fische drehten ab und schwammen mit der Krone wieder davon.

»Ich bin froh, daß du wach bist, mein Liebling«, säuselte Melusine. »Geht es dir wieder besser?«

»Ja«, sagte Jim, fand jedoch, er täte besser daran, etwas mehr Begeisterung zu zeigen. »Ja, ja, wirklich. Sehr viel besser.«

»Nun, das ist schön«, sagte Melusine. »Da können wir ja jetzt …«

»Und wie war dein Tag?« erkundigte sich Jim.

Sie schaute ihn verwirrt an.

»Mein Tag?« fragte sie.

»Der Tag oder die Nacht, je nachdem, wie lange ich geschlafen habe«, sagte Jim.

»Du willst wissen, wie es mir in der Zeit ergangen ist, während du geschlafen hast?« fragte Melusine ungläubig. »Bisher hat mich noch niemand – ich meine, diese Frage stellt man mir für gewöhnlich nicht.«

»Weißt du«, sagte Jim, »wenn zwei Menschen wie du und ich …«

»O ja«, seufzte Melusine.

»Wenn zwei Menschen wie du und ich«, fuhr Jim fort, »sich zueinander hingezogen fühlen, dann vertieft und verschönert es ihre Liebe, wenn sie sich dafür interessieren, was der andere tut, auch wenn sie gerade nicht zusammen sind.«

Melusine schüttelte in höchster Verwirrung den Kopf.

»Das klingt aber äußerst seltsam, James«, sagte sie. »Kommt das daher, daß du Engländer bist?«

»Aber gewiß doch«, meinte Jim. »So empfinden in England alle. Deshalb lieben sich die Leute dort auch so innig.«

»Häßliche, brutale Wilde, die überall von Drachen umgeben sind und sich innig lieben?« fragte Melusine ungläubig.

»Aber ja. Sehr, sehr innig. Das kannst du mir ruhig glauben«, antwortete Jim.

»Aber ich glaube dir ja aufs Wort, mein Herzblatt«, sagte Melusine. »Ich kann es mir bloß so schwer vorstellen. Häßlich, brutal … weshalb glaubst du, es würde ihre Liebe stärker machen, wenn sie wissen, was der andere in ihrer Abwesenheit tut?«

»Oh, das bewirkt noch viel mehr«, sagte Jim. »Es

fügt ihrer Liebe eine ganz neue Dimension hinzu. Wer die Erfahrung noch nicht gemacht hat, kann sich einfach nicht vorstellen, was das ausmacht. Aber um deine Frage zu beantworten, ihre Liebe vertieft es deshalb, weil es bedeutet, daß sie aneinander denken, wenn sie getrennt sind, und daß sie sich danach sehnen, wieder vereint zu werden. Deshalb wollen sie alles übereinander wissen, sogar was der andere tut, wenn sie nicht zugegen sind.«

»Das ist eine äußerst seltsame Vorstellung, James«, sagte Melusine ernst. »Allerdings will mir scheinen, daß etwas daran sein könnte. Ich bin bloß wahnsinnig überrascht, daß ich nicht schon selbst darauf gekommen bin.«

»Das kommt daher, daß deine Liebesfähigkeit so groß ist«, versicherte ihr Jim. »Sie ist so groß, daß du einfach noch nie den Wunsch verspürt hast, sie noch weiter zu vertiefen.«

Sie faltete die Hände auf dem Schoß.

»Also«, sagte sie, »ich glaube, ich weiß, wie du die Zeit verbracht hast, seit ich dich zum letztenmal gesehen habe. Du hast bis vor kurzem geschlafen, hab ich recht?«

»Ja«, antwortete Jim, »aber woher weißt du das?«

Sie schwenkte über den Goldbarren, Kleidungsstücken, Juwelen und anderen Gegenständen, die auf dem Bett verstreut waren, nachlässig die Hand.

»Oh, wenn du früher wach geworden wärst, müßte noch viel mehr da sein«, sagte sie. »Ich habe meinen Fischen gesagt, sie sollten dich sorgfältig beobachten und dir Geschenke bringen, sobald du wach wärst.«

»Ich verstehe«, sagte Jim. »Du bist wirklich sehr fürsorglich. Dein Tag war bestimmt viel interessanter. Erzähl mir davon.«

»Also, ich kann nicht einfach nur die ganze Zeit herumliegen wie du, Liebling«, sagte Melusine. Sie legte Jim beschwichtigend die Hand auf den Arm. »Nicht, daß ich dir das Herumliegen nicht gönnen würde. Ich möchte, daß es dir an nichts fehlt. Aber was mich betrifft – nun, das ist wirklich ein sehr großer See, weißt du, viel tiefer, als es von oben den Anschein hat, und ich habe alle Hände voll zu tun, mich darum zu kümmern. Meine lieben kleinen Geschöpfe – die Fische und die anderen Unterwasserwesen, die hier leben – sind alle ganz reizend, aber erst seit ich die Dinge in die Hand genommen habe, halten sie auch Ordnung.«

Sie schaute ihn an mit ihren unwiderstehlichen Augen. Jim nickte, um ihr zu bedeuten, daß er sie ganz und gar verstehen könne.

»Deshalb bin ich ständig im See unterwegs und achte darauf, daß alles so ist, wie es sein sollte«, fuhr sie fort. »Daher hatte ich heute – das heißt, den Tag, die Nacht und den Vormittag über, während du geschlafen hast – im See zu tun. Die in der Tiefe wachsenden Wasserpflanzen gedeihen prächtig, aber die Gewächse weiter oben sind nicht ganz so glücklich, wie sie sein sollten. Es gibt drei kleine Flüßchen, die den See speisen, und ein paar natürliche Quellen am Grund des Sees, aber der vergangene Winter war ziemlich trocken. Es gab nicht viel Schnee, und die Folge davon war, daß der Wasserstand gesunken ist. Nicht sehr, weißt du; nicht so weit, daß es den oberen Wasserpflanzen – zum Beispiel den Binsen, die bis an die Luft reichen – geschadet hätte, aber es ist ihnen doch ein bißchen unbehaglich geworden, zumal denen, die bereits voll ausgewachsen sind.«

Sie seufzte.

»Irgend etwas gibt es immer zu tun«, sagte sie. »Wegen der Zuflüsse kann ich nichts unternehmen, wenn ich nicht die Quellen aufsuchen will. Aber ich habe die Quellen am Grund des Sees veranlaßt, stärker zu sprudeln und etwas mehr Wasser zu geben. Ich glaube, in fünf Tagen werden die Binsen wieder wunschlos glücklich sein. Und dann waren da noch die Knochen des letzten Drachen, den ich im See ertränkt habe.«

Sie hielt inne und schnitt eine Grimasse.

»Diese gräßlichen Knochen sind mir zuwider, und das wissen meine Fische auch. Sie sollten hinabschwimmen und Schlick darüberfächeln, bis man nichts mehr von den Knochen sieht; aber dabei haben sie sich dumm angestellt. Ich schimpfe nur ungern mit ihnen, aber diesmal mußte ich mit ihnen ein ernstes Wörtchen reden. Nachdem ich sie ermahnt hatte, habe ich dieses eine Mal meine eigenen Fähigkeiten eingesetzt, um Schlick über die Knochen zu häufen. Beim nächstenmal werden sie sich wohl geschickter anstellen, da bin ich mir sicher.«

»Bestimmt«, meinte Jim. »Wer wollte deinen Ermahnungen schon widerstehen?«

»Da hast du recht«, pflichtete Melusine ihm bei. »Sie haben alle versprochen, sich zu bessern; und ich weiß, das werden sie auch. Es ist nämlich so, daß wir vor einem Monat gleich mehrere Drachen hatten, und das war ein großer Brocken für sie, so daß sie mit dem Aufräumen in Verzug kamen. Also war es nicht allein ihre Schuld. Jedenfalls ist das Problem jetzt beseitigt. Dann habe ich der Perlenzucht einen Besuch abgestattet, und die macht sich hervorragend. Süßwasserperlen sind mir lieber als diese ekelhaften Salzwasserperlen, die die George offenbar mögen – oh, George wie dich, James, habe ich damit natürlich nicht gemeint. Ich spreche von viel weniger feinfühligen Georgen, und das sind nun einmal die meisten. Manche von ihnen sind fast so schlimm wie Drachen.«

»Ich weiß«, sagte Jim. »Manche von uns Georgen – ach nein, das sollte ich nicht sagen. Ich würde mir deinen wundervollen See gern einmal anschauen. Du sprichst so anschaulich darüber, daß ich ihn beinahe vor mir sehe.«

»Wirklich?« Melusine starrte ihn an. »Du bist schon

ein seltsamer Mann, James. Aber ich zeige ihn dir gern. Ich liebe meinen kleinen See nämlich, und ich hatte bis jetzt noch nie Gelegenheit, ihn jemandem zu zeigen. Wenn du möchtest, können wir gleich aufbrechen. Das heißt, wenn du ausgeruht bist und keine Kopfschmerzen mehr hast.«

»Ich fühle mich ausgezeichnet«, sagte Jim, »und ich kann es gar nicht erwarten, den Rest des Sees zu sehen.«

»Dann komm«, säuselte Melusine und schwebte vom Bett herunter. Jim stellte fest, daß er mit ihr davonschwebte. Sie hatte ihn wieder beim Handgelenk gepackt.

»Du brauchst mich nicht festzuhalten«, sagte Jim, als sie ihn durch den Palast ins freie Wasser hinauszog. »Ich folge dir auch so.«

»Ja, schon gut.« Melusine ließ sein Handgelenk los. »Konzentriere dich einfach darauf, bei mir zu bleiben, dann brauchst du dir über die Fortbewegung keine Gedanken zu machen.«

Jim tat wie geheißen und stellte fest, daß sie recht hatte. Gemeinsam bewegten sie sich durch eine Ansammlung hoher, gefiederter Wasserpflanzen und gelangten schließlich auf eine dahinter versteckte Fläche. Schwarz, flach und eben erstreckte sie sich in die Ferne, bis sich die entlegeneren Teile im schimmernden Wasser verloren.

»Das ist die Schlammzone«, erklärte Melusine. »Das ist der tiefste Teil des Sees. Ist sie nicht wundervoll?«

»Äh – ja«, sagte Jim. »Der Schlick ist so ... so ...«

»Dick und sauber«, sprang Melusine ihm bei. »Ich weiß, was du meinst. Es erfordert ständige Arbeit, dafür zu sorgen, daß alles, was darauf landet, abgedeckt oder unter die Oberfläche gedrückt wird. Aber ich glaube nicht, daß es irgendwo eine schönere Schlammzone gibt, jedenfalls nicht in Frankreich.«

»Das glaube ich dir gern«, meinte Jim.

Sie schwebten über die Schlammzone dahin.

»Das andere Ende des Sees ist seichter«, sagte Melusine. »Dort sind die Muschelbänke, und es wächst auch viel mehr. Dort sind auch die Drachenknochen, deretwegen ich mit den Fischen schimpfen mußte. Für gewöhnlich versuche ich, die Drachenknochen zu der Schlammzone zu schaffen. Sie verschwinden so hübsch darin. In ein, zwei Tagen sind sie weg. Das ist sozusagen das Problem. Alles, was auf die Schlammzone fällt, wird so rasch aufgesogen. Ich möchte, daß meine Fische alles aufgefressen haben, bevor die Überreste verschwinden. Solange der Kadaver noch etwas wiegt, kann man beinahe dabei zusehen, wie er versinkt.«

Auf einmal lachte sie, ein hohes, mädchenhaftes Lachen.

»Kannst du dir vorstellen, was passiert, wenn ein ausgewachsener Drache unmittelbar auf die Schlammzone fällt? Das kommt zwar nur äußerst selten vor, aber kannst du es dir vorstellen?« fragte Melusine. »Sie versinken auf der Stelle. Du solltest mal sehen, was für ein Gesicht sie dabei machen – das heißt, wenn man bei ihnen überhaupt von einem Gesicht sprechen kann!«

»O ja«, sagte Jim, »dabei fällt mir etwas ein. Ich habe dich noch gar nicht gefragt, was du eigentlich gegen Drachen hast.«

»Nun«, sagte Melusine, »zum einen sind sie der Unterwasserwelt so fern, wie man sich nur vorstellen kann. Sie verbringen nicht einmal die meiste Zeit an Land, sondern in diesem schrecklichen Zeug, das Luft genannt wird. Nicht, daß Luft so schlecht wäre. Ich kann sie natürlich atmen, aber sie kann schon sehr übel sein, trocken, sauer und stickig.«

Sie hatten die Schlammzone bereits hinter sich gelassen und gelangten nun zu einem Gebiet voller Furchen und Erhebungen, die überwiegend zum Ufer hin verliefen. Melusine zeigte ihm die Perlenmuscheln – die sich auf ihren Befehl hin alle bereitwillig öffneten und ihre Weichteile verdrehten, so daß man die Perlen sah. Jim bewunderte sie gebührlich, dann betrachtete er eingehend die unterschiedlichen Wasserpflanzen, deren Namen Melusine ihm nannte.

Anfangs war ihnen der Schwarm kleiner Fische gefolgt, der sich die meiste Zeit in der Nähe des Palasts aufhielt, allerdings waren sie zurückgeblieben, kurz nachdem Melusine und Jim auf die Schlammzone hinausgeschwommen waren. Die Fische, die man jetzt sah, waren unterschiedlich groß, darunter auch ein paar mächtige Hechte. Einen davon schätzte Jim auf über ein Meter dreißig. Er schwamm auf Melusine zu, vollführte in der Wasser-Luft eine Art Verbeugung, dann schwamm er wieder davon, nachdem Melusine mit ihm gesprochen und ihn getätschelt hatte.

Schließlich wandte Melusine sich um.

»Ist das alles nicht wundervoll?« seufzte sie, während sie an Jims Seite am Grund des Sees dahinglitt.

»Das ist es«, pflichtete Jim ihr mit Gefühl bei. Das Gefühl war durchaus wohlbegründet, denn er hatte festgestellt, daß es hier viel leichter wäre, an Land zu klettern, als an den fast senkrecht abfallenden Steilwänden, wo Melusine ihn ins Wasser gezogen hatte.

Wenn es ihm gelang, von Melusine wegzukommen und bis hierher vorzudringen, dann dürfte es ihm keine Mühe bereiten, bis zur Wasseroberfläche zu klettern und wieder an Land zu kommen. Anschließend würde er die Beine in die Hand nehmen und machen, daß er von hier fortkam. Nach einer Weile, wenn er sicher war, daß sie die Anwesenheit eines Drachen nicht mehr spüren könnte, würde er sich wieder verwandeln und sich fliegend in Sicherheit bringen.

Während sie über die Schlammzone zum Palast zurückkehrten, zermarterte er sich den Kopf nach einer Lösung für den magischen Befehl – die Bezeichnung *Zauberspruch* erschien ihm mittlerweile völlig fehl am Platz –, der ihn bei seiner Flucht mit Luft umgeben würde. Während Melusine ihn begeistert herumgeführt hatte, hatte er bereits ein paar kleinere Tests angestellt und den Abstand zu ihr mutwillig vergrößert, um zu sehen, wie weit er sich von ihr entfernen konnte, bis die Umhüllung aus atembarer Luft, mit der sie ihn offenbar versorgte, verlorenging. Der kritische Abstand lag bei etwa vier Metern.

Andererseits hatte er im Palast auch dann noch weiteratmen können, nachdem sie ihn allein gelassen hatte. Und dann war da noch die eigenartige Tatsache, daß die Fische in dieser Atmosphäre umherschwammen, als handele es sich tatsächlich um Wasser.

Doch das war jetzt nebensächlich. Die Lösung für das Problem, wie er seine Magie einsetzen sollte, um unter Wasser atmen zu können, hatte in seiner Vorstellung soeben Gestalt angenommen.

Er brauchte etwas, das er aus eigener Erfahrung kannte – und auf einmal fiel es ihm ein, als er sich an ein Experiment erinnerte, das sie einmal im Chemieunterricht an der Highschool durchgeführt hatten. Dabei hatten sie Metallelektroden in gewöhnliches Wasser getaucht und eine elektrische Spannung angelegt. An beiden Elektroden bildete sich Gas, da das Wasser in seine beiden gasförmigen Bestandteile zerlegt wurde – in Wasserstoff und Sauerstoff.

Die Formel war ganz einfach gewesen.

$$2\,H_2O \rightarrow 2\,H_2 + O_2$$

Dazu fiel ihm sogar ein kleiner Vers ein.

Ich bin eine O_2-Elektrode, dünn oder fett
Zeigt euch, ihr süßen Blasen, und seid nett!

Das war zwar grauenhafte Lyrik, half ihm aber dabei, sich vorzustellen, was er brauchte. Während sie so dahinglitten, streckte er verstohlen den Melusine abgewandten Arm aus; diese plapperte in einem fort und bekam nichts davon mit. An die Innenseite seiner Stirn schrieb er:

$$\text{ICH} \rightarrow O_2\text{-ELEKTRODE}$$

Augenblicklich strömten Blasen aus seinen Fingerspitzen. Hastig schrieb er die Gleichung neu, wobei er diesmal die Seiten vertauschte. Der Blasenstrom versiegte.

Er seufzte erleichtert auf. Ein Problem weniger.

Jetzt mußte er nur noch eine Antwort darauf finden, wie er es anstellen sollte, den See zu verlassen, ohne daß Melusine es merkte.

Auf einmal wurde ihm bewußt, daß es im Moment drängendere Probleme gab. Er sollte sich lieber überlegen, wie er Melusines Absichten vereiteln könnte, die um so klarer zutage traten, je näher sie dem Zimmer mit dem großen Bett kamen. Noch einmal konnte er keine Kopfschmerzen vorschützen. Selbst wenn sie ihn daraufhin in Ruhe gelassen hätte, würde sie doch bestimmt Verdacht geschöpft haben. Schade, daß er nicht über die Möglichkeit verfügte, sie in einen tiefen Schlaf zu versetzen – oder sie zumindest so schläfrig werden zu lassen, daß sie den Gedanken an Sex eine Weile zurückstellte. Seine Gedanken kreisten hektisch um dieses Problem.

Das einzige, was ihm dazu einfiel, war, daß er Carolinus Trick, Wein in Milch zu verwandeln, um damit sein Magengeschwür zu behandeln, mittlerweile beherrschte. Zu den ersten kleinen Zauberkunststücken, die Jim ausprobiert hatte, nachdem Carolinus ihm gezeigt hatte, wie er sich von einem Drachen in einen Menschen verwandeln konnte und umgekehrt, hatte gehört, Wein in Milch zu verwandeln.

Jim mochte zwar keine Weintrauben, Milch dafür um so mehr. Milch war kein selbstverständlicher Bestandteil des Speiseplans von Malencontri. Eigentlich trank dort niemand Milch, auch nicht die Bediensteten, soviel er wußte. Wenngleich die Bewohner der Hütten, die zu seiner Besitzung gehörten, wahrscheinlich alles kauten oder schluckten, was überhaupt eßbar war, denn ihnen ging es vor allem darum, sich am Leben zu erhalten mit dem, was gerade zur Hand war.

Jedenfalls hatte er bislang noch nicht den Mut aufgebracht, in Malencontri Milch zu verlangen. Statt dessen hatte er zu Meister Carolinus Trick, Wein in Milch zu verwandeln, Zuflucht genommen.

Und hatte damit Erfolg gehabt.

Eigentlich war es ganz einfach. Warum das so war, verstand er mittlerweile besser. Er kannte bereits den Geschmack von Milch, und diesen Geschmack konnte er sich vorstellen. Außerdem kannte er den Geschmack von Wein. Daher war es ganz leicht, an die Innenseite seiner Stirn zu schreiben:

WEIN → MILCH

Und der Inhalt des Weingefäßes, das er gerade in Händen hielt, wurde weiß, und wenn er davon kostete, war Milch darin.

Mittlerweile hatte er begriffen, daß ihm die Verwandlung deshalb so leicht fiel, weil er sich Wein und Milch so deutlich vorstellen konnte. Und wenn Melusine nur Milch getrunken hätte, so hätte er diese in ihrem Magen in Wein verwandeln und sie damit betrunken machen können. So betrunken, daß sie das Interesse an leidenschaftlichen Umarmungen verlor. Wenn sie überhaupt irgendwelche Gemeinsamkeiten mit den Menschen des Mittelalters aufwies, würde er sie allerdings mit Wein abfüllen müssen, bis sie tatsächlich schlappmachte.

Bedauerlicherweise war er sich sicher, daß sie keine Milch trank. Hier unten im See gab es bestimmt keine Kuh – oder sonst einen Milchlieferanten. Einige Meeressäugetiere gaben Milch; dies hier war jedoch ein Süßwassersee.

Mittlerweile waren sie wieder im Palast angelangt und näherten sich dem Bett. Sie nahmen darauf Platz.

»Liebster«, sagte Melusine, ihn verliebt anschauend, »du hast vollkommen recht. Jetzt, da ich weiß, daß du dich für meinen See interessierst, liebe ich dich noch mehr.«

»Das ist gut«, sagte Jim. »Ich meine, ich bin sehr froh darüber, weil ich nämlich genauso empfinde.«

»Ach, wirklich?« fragte sie, und ihre magische Attraktivität schnellte um mindestens tausend Watt in die Höhe.

Jim zermarterte sich den Kopf nach einem Ausweg. Der Ausflug rund um den See hatte ihn lediglich bestärkt in seiner ursprünglichen Überzeugung, daß er Melusine hörig werden und niemals den Mut und den Willen aufbringen würde, sie zu verlassen, wenn er schwach wurde. Unter dem gewaltigen Druck, unter dem er stand, kam ihm plötzlich eine Idee.

»Wie wär's, wenn wir vorher etwas Wein trinken?« fragte er. »Wir könnten darauf anstoßen, daß wir zusammen sind, und dabei den See anschauen. Ich finde, das ist eine nette Idee. Was meinst du?«

»Warum nicht«, sagte Melusine. Wie zuvor kniete sie neben ihm auf dem Bett. »Du bist schon ein außergewöhnlicher Mann, James, und du hast wirklich hervorragende Ideen.«

Sie wandte sich einer kleinen Schule Fische zu, die um sie herumschwammen.

»Wein«, befahl sie, »und zwei Kelchgläser. Die besten Gläser, die ich habe.«

Sie strahlte Jim an.

Als der Wein kam, hatten die kleinen Fische schwer

zu tun, die volle Flasche zusammen mit zwei kunstvoll verzierten, gewundenen Kelchgläsern, die Jim in ihrer Art völlig fremd waren, auf dem Bett abzusetzen.

»Ich glaube, wir könnten zwei Flaschen gebrauchen, was meinst du?« fragte Jim.

»Warum nicht«, sagte Melusine mit leisem Kichern. Sie klatschte in die Hände. »Noch eine Flasche.«

»Und einen Flaschenöffner«, meinte Jim.

»Pah!« Melusine winkte ab. »Wenn ich einer Flasche sage, daß sie aufgehen soll, dann geht sie auf.«

Sie reichte Jim eines der Kelchgläser, nahm das andere in die Linke und die Flasche in die Rechte.

»Korken!« sagte sie, die Flasche scharf musternd. »Komm heraus!«

Der Korken sprang gehorsam in die Luft; die Flasche war offen. Melusine schenkte erst sich ein, dann Jim. Offenbar bevorzugte sie moussierenden Weißwein. Sie stellte die Flasche wieder aufs Bett.

»Bleib aufrecht stehen«, sagte sie warnend.

Sie wandte sich von der Flasche ab und stieß mit Jim an.

»Auf uns, Liebster«, sagte sie.

Sie trank. Jim trank. Wie er vermutet hatte, war es Schaumwein – ein ziemlich süßer, aber erstaunlich wohlschmeckender Sekt, der ihm sogar als Mensch zusagte.

Die halbleeren Gläser in der Hand, schauten sie sich an.

»Ach, ich bin ja so glücklich«, sagte Melusine mit einem schwachen Glitzern in den Augen. »Ich habe einen wunderschönen See, und ich habe einen wundervollen Geliebten, und alles könnte gar nicht schöner sein.«

Unerklärlicherweise verspürte Jim auf einmal Gewissensbisse. Einerseits hatte Melusine im munteren Plauderton davon erzählt, wie sie Drachen ertränkte und ihre Knochen in der Schlammzone versenkte.

Gleichzeitig wirkte sie in diesem Moment so aufrichtig glücklich und verliebt in den See und in ihn, daß er sich auf einmal wie ein Schuft vorkam, weil er insgeheim Fluchtpläne schmiedete.

Er verdrängte das Gefühl, denn das war das letzte, was er gebrauchen konnte, wenn er von hier wegwollte.

Er schenkte Wein nach und setzte die Flasche wieder ab. Diesmal blieb sie von allein aufrecht stehen.

»Auf deinen wundervollen See und auf alle wundervollen Pflanzen und Tiere, die darin leben«, sagte er.

Sie tranken, zwar nur etwa halb soviel wie beim erstenmal, aber immer noch eine beachtliche Menge.

Die Fische brachten die zweite Flasche und stellten sie neben der bereits geöffneten Flasche ab. Sie tat es der ersten Flasche gleich und blieb aufrecht stehen. Anschließend stiegen die Fische in die Höhe und beschrieben über ihren Köpfen Kreise.

»Das ist einfach wundervoll«, sagte Melusine, als sie die erste Flasche leergetrunken hatten. Jim hatte recht gehabt. Sie trank wie alle Menschen des Mittelalters, denen er bislang begegnet war. »Das ist der schönste Tag, den ich je erlebt habe. Laß uns noch etwas Wein trinken.«

Sie füllte Jims noch immer dreiviertelvolles Glas und ihr leeres bis zum Rand.

»Und das ist der Unterschied«, sagte sie, sich zu Jim vorbeugend. Der Wein in ihrem Glas sprudelte über, hielt mitten in der Luft inne, machte kehrt und verschwand wieder im Glas. »Bis jetzt hat noch niemand Melusine richtig verstanden. Niemand hatte auch nur das geringste Verständnis für Melusine. Arme Melusine!«

»Ja«, sagte Jim, der nicht ganz bei der Sache war, »das muß schwer für dich gewesen sein. Wirklich sehr schwer.«

Er war damit beschäftigt, eine Idee auszuarbeiten,

die ihm gekommen war, als er sich daran erinnert hatte, wie Carolinus Wein in Milch verwandelt hatte. Das Nachdenken fiel ihm nicht leicht. Um den Anschein zu wahren, hatte er bereits anderthalb Gläser Wein getrunken, und diese Gläser waren trügerisch. Sie faßten mindestens einen halben Liter Wein.

Jim konzentrierte sich. Er mußte etwas Ungiftiges in etwas Giftiges verwandeln.

Oder – der Einfall kam über ihn wie eine jähe Erleuchtung – etwas weniger Giftiges in etwas stärker Giftiges.

»Hunderte und Aberhunderte Jahre«, sagte Melusine gerade und blickte auf die Bettdecke hinunter, »aber ich konnte wirklich nichts dafür. Jemand wie ich, der von königlicher Abstammung ist – wußtest du schon, daß ich königlicher Abstammung bin?«

Sie zupfte Jim am Ärmel, um seine Aufmerksamkeit auf sich zu lenken.

»Königlicher Abstammung?« echote Jim. »Oh, das glaube ich gern, so wie du aussiehst.«

»Ja«, sagte Melusine, »königlicher Abstammung. Ich bin die leibliche Tochter des Elinas, König von Albanien. Meine Mutter war die Fee Pressine. Aber mein Vater war so grausam. Du kannst dir gar nicht vorstellen, wie grausam er war. Deshalb mußte ich ihn in einem Berg einsperren. Ich meine, was hättest du an meiner Stelle getan? Ich bin sicher, du hättest ihn ebenfalls in einem Berg eingesperrt!«

Abermals zupfte sie Jim am Ärmel.

»Meinst du das nicht auch?«

Schnaps! Der Gedanke elektrisierte ihn. Ja, Wein in Schnaps zu verwandeln, war im Grunde die natürlichste Sache der Welt, denn Schnaps wurde schließlich aus Wein gebrannt. Aber Melusine wechselte bereits wieder das Thema.

»Findest du nicht, wir haben genug Wein getrunken?« fragte sie.

Sie setzte das Glas ab und schwenkte die Hand. Die kleinen Fische versammelten sich und trugen Melusines Glas und die beiden Flaschen fort; Jim behielt sein Glas, das noch immer zu zwei Dritteln voll war.

Als Jim Melusine ansah, fiel ihm auf, daß ihre Attraktivität mit mindestens zweitausend Watt strahlte. Jetzt ging es um alles oder nichts.

Hastig schrieb er an die Innenseite seiner Stirn:

MELUSINE-WEIN → MELUSINE-SCHNAPS

Melusine warf sich ihm in die Arme.

»Ach, ich bin ja so einsam!« jammerte sie.

Verzweifelt und hilflos schloß Jim die Augen. Zu spät. Er hatte zu lange gezögert. Sein Kopf war leer. Ihm fiel einfach nichts mehr ein, was er hätte tun können, um sich zu retten. So blieb er etwa eine Minute lang sitzen und wartete darauf, daß sie weitere Forderungen an ihn stellte oder sich in seinen Armen regte; doch das tat sie nicht.

Vorsichtig öffnete er die Augen und blickte auf sie hinab.

Melusine hatte die Augen geschlossen, ihre langen Wimpern auf die Wangen gesenkt. Sie sah aus wie ein schlafendes Kind, und als Jim sie ansprach, schlug sie weder die Augen auf noch gab sie Antwort.

Die plötzliche Verwandlung der mehr als zweieinhalb Liter Wein in ihrem Magen in Schnaps hatte – Fee hin oder her – ihre Wirkung getan. Es hatte sie glatt umgehauen.

20

ALS JIM MELUSINE AUFS BETT legte, versammelten sich die Fische um sie. Jim beachteten sie nicht, was diesem nur recht war. Im nächsten Moment wandte er sich zum Ausgang. Er hatte den Palast kaum verlassen, da atmete er anstelle normaler Luft etwas ein, das zur Hälfte aus Wasser zu bestehen schien. Hastig schrieb er die magische Formel an die Innenseite seiner Stirn, die ihn in eine Sauerstoff produzierende Elektrode verwandelte, und gleich darauf normalisierte sich die Atmosphäre wieder. Blasen strömten aus seiner Hand. Versuchsweise streckte er den anderen Arm aus und stellte fest, daß dieser ebenfalls Blasen produzierte. Jetzt, wo er darauf achtete, verspürte er am ganzen Leib einschließlich des Kopfes ein Prickeln. Offenbar wurde aus seiner ganzen Körperoberfläche Sauerstoff freigesetzt.

Er wandte sich zum anderen Ende des Sees. Da er Melusine nicht mehr bei sich hatte, konnte er auch nicht mehr über den Grund des Sees dahingleiten, sondern mußte sich gehend fortbewegen, als schritte er über trockenen Boden. Mit einem Schauder dachte er an die Schlammzone, erinnerte sich jedoch, daß sie nicht ganz bis ans Ufer reichte. Daher wandte er sich zunächst zu dem Ufer, wo Melusine ihn unter Wasser gezogen hatte und ausreichend felsiger Untergrund vorhanden war – auch wenn dieser steil anstieg und eine nahezu senkrechte Felswand bildete, welche den See an dieser Stelle einschloß –, um daran entlang zum gegenüberliegenden Ufer zu gehen, wo er an Land würde klettern können.

Erst als er am anderen Seeufer mit den Furchen und Erhebungen angelangt war, merkte er, daß sein Fortkommen offenbar auf Widerstand stieß. Der Uferstreifen, an dem er sich entlangbewegte, hatte ihn sicher um die Schlammzone herumgeführt, und er war gerade im Begriff, zwischen Schlingpflanzen und anderen Gewächsen hindurch die Unterwasserhänge emporzusteigen, als er gewahr wurde, daß seine Begleiter eine unverkennbar drohende Haltung einnahmen – und daß die von ihnen ausgehende Bedrohung durchaus real war.

Irgendwo unterwegs hatten die kleinen Fische, die denen glichen, welche Melusine im Palast bedienten, begonnen, sich um ihn zu versammeln, von den Sauerstoffblasen, die er verströmte, offenbar auf Distanz gehalten. Zum Glück sorgte die Magie, die sie entstehen ließ, auch dafür, daß sie in seiner Nähe blieben, anstatt an die Oberfläche zu steigen und ihn ungeschützt dem Seewasser und seinen Bewohnern auszusetzen.

Trotz ihrer geringen Größe waren diese Fische alles andere als freundlich gesinnt. Zunächst beachtete er sie nicht, doch als er sich dem anderen Ufer näherte, erhielten sie Verstärkung von erheblich größeren Fischen. Als es um ihn herum allmählich hell wurde und er spürte, daß die Oberfläche höchstens noch fünf, sechs Meter entfernt war, war er nicht nur von den kleinen Fischen, sondern auch von Hechten vom Kaliber des ein Meter dreißig langen Exemplars umgeben, das Melusine auf ihrem Ausflug begrüßt hatte.

Es stand völlig außer Frage, daß ihm die Hechte übel wollten. Sie schnappten nach der Luftblase, konnten oder wollten jedoch nicht darin eindringen. Jim überlegte flüchtig, ob sie wohl auf magische Weise von ihm ferngehalten wurden, oder ob es daran lag, daß die Blase aus purem Sauerstoff bestand. Wäre das Gas vom umliegenden Wasser nicht befeuchtet worden, wäre ihm das Atmen bestimmt schwergefallen. Aber auch so fühlten sich Mund, Rachen und Nase zunehmend trocken an.

Aber jetzt war die Oberfläche nicht mehr fern. Kurz darauf brach sein Kopf aus dem Wasser, und er sah, daß es bis zum Ufer nur mehr sechs Meter waren. Während er darauf zuwatete, haftete die Blase nach wie vor an dem immer noch unter Wasser befindlichen Körper, bis er schließlich zu einer felsigen Untiefe gelangte und sich mit einem Schritt ganz aus dem See befreite. Endlich stand er am Ufer, vom Scheitel bis zur Sohle unnatürlich trocken, während hinter ihm ein

Schwarm enttäuschter Hechte wütend am Ufer entlangstrich.

Als erstes verspürte er überwältigende Erleichterung, die jedoch alsbald Besorgnis Platz machte. Schließlich war Melusine kein gewöhnlicher Mensch. Sie war ein Elementargeist – oder wenn ihr Vater tatsächlich der König von Albanien gewesen war, vielleicht auch nur ein halber.

Jedenfalls ließ sich unmöglich vorhersagen, wie schnell sie sich von der großen Menge Schnaps erholen würde. Auch über ihre Reaktion konnte er nur Mutmaßungen anstellen. Bestimmt würde sie nicht glücklich darüber sein, daß Jim sie ausgetrickst hatte und geflohen war. Die Frage war, was würde sie tun?

Würde sie einfach grollend im See hockenbleiben und darauf hoffen, es ihm irgendwann heimzahlen zu können? Oder würde sie versuchen, ihm zu folgen und ihn wieder einzufangen? In Anbetracht all dieser Ungewißheiten war es das klügste, diese Gegend so schnell wie möglich hinter sich zu lassen.

Ursprünglich hatte er vorgehabt, solange zu Fuß weiterzugehen, bis er so weit vom See entfernt war, daß Melusine ihn als Drache nicht mehr würde wahrnehmen können. Aber wenn sie immer noch ihren Rausch ausschlief, gab es keinen Grund, weshalb er sich nicht gleich in die Lüfte erheben und davonmachen sollte. Er zog sich aus, schnürte wieder sein Bündel und hängte es sich so lose um den Hals, daß es ihm nicht die Luft abschnüren würde, wenn er wieder ein Drache wäre – dann verwandelte er sich.

Er stellte fest, daß es eine große Erleichterung für ihn bedeutete, wieder ein Drache zu sein. Mit der neuen Gestalt stellten sich auch eine Reihe von Emotionen und Verhaltensweisen ein, wie sie für Drachen typisch waren. Während er als Mensch über mehr Phantasie verfügt hatte, als ihm womöglich guttat, so besaß er als Drache erheblich weniger davon, so daß seine Sorge hinsichtlich Melusines Reaktion merklich geringer wurde; außerdem hatte er jetzt wesentlich mehr Vertrauen in seine Größe, seine Stärke und seine Fähigkeit, auf sich achtzugeben.

Auf einmal kam Jim der Gedanke, daß er als Drache der Sichtweise der Menschen des Mittelalters viel näher war wie als Mensch.

Jedenfalls war es an der Zeit weiterzufliegen. Er sprang in die Luft, breitete die Flügel aus und gewann rasch an Höhe.

In etwa sechshundert Metern Höhe stieß er auf günstige thermische Winde und wandte sich in die ungefähre Richtung, in der Amboise und die Straße nach Orléans lagen, in dessen Nähe sich Malvinnes Burg befand.

Es war später Nachmittag; und obwohl daran nichts verwunderlich war, da er nachrechnen konnte, wieviel Zeit er in Melusines Bett und mit der Erkundung des Sees verbracht hatte, so fand er die späte Tageszeit dennoch verwirrend. Unwillkürlich hatte er erwartet, etwa zur gleichen Tageszeit aus dem See herauszukommen, zu der er in ihn hineingeraten war – das heißt, zur Mittagszeit.

Kurz gesagt, er hatte wider besseres Wissen das Gefühl, die Zeit sei stillgestanden, solange er sich unter Wasser aufgehalten hatte. Tatsächlich wußte er ganz genau, daß er mindestens zwei Tage verloren hatte, einen bei Melusine und einen bei Sorpil und Maigra. Eigentlich war es gar nicht weit bis zu dem Ort, wo er sich von Giles, der nach Amboise hatte weiterreiten wollen, getrennt hatte. Mittlerweile war Giles bestimmt dort eingetroffen und wartete in einem Gasthof. Allerdings war es bereits so spät, daß es Schwierigkeiten geben könnte.

Sir Raoul hatte ihnen einiges über Amboise erzählt; auf jeden Fall wußte Jim, daß die Stadt von einer Mauer umgeben war. Dies galt für die meisten mittelalterlichen Städte. Für gewöhnlich war die Mauer nichts weiter als eine hohe Palisade, welche die wichtigen Teile der Stadt vollständig umschloß; davor lagen vereinzelte Wohngebäude.

Die Mauern dienten nicht allein der Verteidigung. Ihre Aufgabe war es auch, die Menschen in der Stadt zu halten und den Zugang zu überwachen. Die Tore wurden bei Sonnenuntergang geschlossen; und das bedeutete, daß jeder, der sich hinausstehlen wollte, ohne von den Wachen bemerkt zu werden, bis zum Morgen eingesperrt war.

Desgleichen wurde jeder, der die Stadt betreten wollte und verdächtig erschien, von den Torwächtern festgenommen, entwaffnet und in die Stadt gebracht. Des weiteren ermöglichten es die Mauern den Behörden, Steuern auf Güter zu erheben, die in der Stadt verkauft werden sollten. Vom Standpunkt der Schatzkammer aus betrachtet war dies nicht nur vernünftig, sondern auch notwendig.

Im Flug kam Jim viel schneller voran als Giles zu Pferd. Allerdings war es nicht mehr lang bis Sonnenuntergang, und wenn die Tore erst einmal verrammelt waren, wäre es unklug gewesen, wenn er versucht hätte hineinzukommen – entweder fliegend als Drache, aus Angst, jemand könnte ihn sehen, oder als Mensch, der die Wächter mittels Bestechung dazu zu bewegen versuchte, das Tor einen Moment zu öffnen oder ihm sonstwie den Eintritt zu erlauben –, und zwar einfach deshalb, weil sie sich an jeden erinnern würden, der unter solchen Umständen in die Stadt gekommen war.

Wenn er nicht mehr rechtzeitig in die Stadt gelangen konnte, bevor die Tore geschlossen wurden, war es am vernünftigsten, wenn er die Nacht in Drachengestalt verbrachte. Später konnte er wieder Menschengestalt annehmen und sich unter die Leute mischen, die bei Tag die Stadt betraten oder verließen. Für diesen Fall hatte er sich bereits eine Geschichte zurechtgelegt. Für einen gemeinen Bewaffneten war er etwas zu gut gekleidet; aber er konnte sich als Ritter ausgeben, dessen Pferd einen Unfall gehabt hatte oder ihm unter dem Sattel gestorben war und dessen Gefolgsleute tags zuvor in die Stadt gekommen waren. Er konnte ihnen sogar Sir Giles Namen nennen, obwohl das wohl kaum nötig sein würde. Das und ein kleines Schmiergeld – ganz ohne Schmiergeld würde es nicht gehen – sollten eigentlich ausreichen, ohne größeren Ärger in die Stadt hineinzukommen.

An einem Stadttor bezahlte man entweder Steuern oder Schmiergeld, wenn man überhaupt eingelassen wurde. Auf diese Weise würde er in die Stadt hineingelangen und bald darauf vergessen werden. Dann bräuchte er bloß noch nach Giles zu suchen.

Als er mit seinen Überlegungen soweit gediehen war, erwachte auf einmal seine Vorsicht. Er war der Straße nach Amboise nun schon eine ganze Weile gefolgt und hatte darauf vertraut, daß er vom Boden aus zu sehr einem Vogel ähneln würde, als daß man auf ihn aufmerksam werden würde.

Nun aber sagte er sich, daß jeder, der ihn vom Boden aus genauer in Augenschein nahm, rasch dahinterkommen mußte, daß er kein Vogel war, sondern ein Drache. Vögel waren nichts Besonderes. Drachen hingegen schon. Da er kaum mehr damit rechnen konnte, die Stadttore von Amboise noch vor Sonnenuntergang zu erreichen, war es vielleicht ratsam, wieder zu landen, Menschengestalt anzunehmen und zu Fuß weiterzugehen, bis es Nacht wurde.

Dann konnte er sich im Schutz der Dunkelheit wieder in einen Drachen verwandeln – Drachen machte es nämlich nichts aus, im Freien zu schlafen, da sie gegen Temperaturwechsel und gelegentliche Regenschauer weitgehend unempfindlich waren –, in Ruhe schlafen und im Morgengrauen wieder Menschengestalt annehmen, um im ersten Gedränge das Tor zu durchqueren.

Es war wirklich keine schlechte Idee, mit dem ersten Besucherschwall das Tor zu passieren. Zu diesem Zeitpunkt würden die Wachposten eine Menge Leute zu überprüfen haben und wären wahrscheinlich bemüht, sie so rasch wie möglich abzufertigen, Schmiergeld oder Steuern von ihnen einzustreichen und sie einzulassen.

Jim hatte sich mehrere Tage lang nicht rasiert, und der Bart würde seine Geschichte vom Ritter, der unterwegs sein Pferd verloren hatte, um so glaubhafter erscheinen lassen. Vielleicht sollte er berichten, er sei auf ein wildes Tier aufmerksam geworden, das er habe über den Haufen reiten und mit Schwert oder Lanze zur Strecke bringen wollen; und während er abseits der Straße diesem Tier nachgesetzt sei, habe sich sein Pferd ein Bein gebrochen, und ihm sei nichts anderes übriggeblieben, als es zu töten.

Folglich hielt er Ausschau nach einer Ansammlung von Bäumen, und als er eine entsprechende gefunden hatte, landete er dort. Er verwandelte sich wieder in Sir James Eckert, den Drachenritter, und wanderte weiter die Straße entlang Richtung Amboise, das etwa fünf Meilen entfernt sein mußte, wie er aus der Luft geschätzt hatte.

Die Straße spottete jeder Beschreibung. Zu dieser Jahreszeit war sie trocken und staubig, dafür aber tief zerfurcht und mit Schlaglöchern übersät, denen vielleicht er oder ein Pferd ausweichen konnte, die einem Karren jedoch Probleme bereitet hätten. Gleichwohl konnte man wohl davon ausgehen, daß auf dieser Straße, die im weiteren Verlauf nach Paris führte, regelmäßig auch Karren unterwegs waren.

Dennoch kam er langsamer voran, als er erwartet hatte. Schließlich fand er sich damit ab, daß er das Stadttor nicht mehr rechtzeitig erreichen würde. Allmählich begann er sich nach einem Ort umzusehen, wo er als Drache die Nacht würde verbringen können, und bemerkte, daß die Straße unmittelbar vor ihm in einen ziemlich dichten Wald abbog und sich auf einmal in einem viel besseren Zustand befand. Offenbar hatte man diesen Abschnitt ausgebessert.

Er war bereits ein Stück weit in den Wald eingedrungen und überlegte gerade, daß dies genau der richtige Ort sei, um es sich für die Nacht bequem zu machen, als er vor sich ein Geräusch vernahm, das an das Läuten einer Kirchenglocke erinnerte.

Er war immer noch zu weit von Amboise entfernt, als daß der Ursprung des Läutens eine der Kirchen hinter den Stadtmauern hätte sein können. Neugierig geworden, beschleunigte er seinen Schritt, denn die ebenere Straße entschädigte dafür, daß hier im Schatten der belaubten Bäume die Tiefe von Furchen und Schlaglöchern schwerer einzuschätzen war als im abendlichen Sonnenschein.

Die Glocke läutete noch immer. Mittlerweile war sie ganz nah, und die Bäume wichen allmählich auseinander. Im nächsten Moment trat Jim unter den Bäumen hervor und sah sich auf einmal einem Sonnenuntergang gegenüber, dessen rote Strahlen über ein offenes Feld strichen und eine ganze Ansammlung großer Gebäude vergoldeten, die überwiegend aus braunem Stein erbaut waren. Eine Gruppe von Männern in braunen Gewändern, die Hände in den Ärmeln verborgen, begab sich soeben im Gänsemarsch in den mit einem Steildach versehenen Flügel eines dieser großen Gebäude hinein.

An ihrer Spitze ging ein fülliger Mann, der ebenso bekleidet war wie die übrigen, mit einer Kapuze im Nacken und einem gekrümmten Abtstab in der Rechten. Vor ihm ging eine kleinere, etwas abgesonderte Gestalt, die einen Stab mit einem Kruzifix trug, das aus Gold zu sein schien, denn es funkelte im Licht der untergehenden Sonne vor der dunklen Steinmauer des Gebäudes.

Jim blieb stehen. Er erblickte ein Kloster, dessen Mönche sich soeben anschickten, zur Zeit des Abendgebets eine besondere Messe zu begehen.

Der Sonnenuntergang, die wuchtigen Gebäude, der schwarze, offene Eingang, die Reihe der sich langsam bewegenden Gestalten und das stetige, langsame Glockenläuten weckten bei ihm ein unerwartet tiefes Gefühl. Die Straße, der er gefolgt war, führte auf die Gebäude zu und bog dann wieder ab. Es war, als seien dieser eine Moment und die ganze Szenerie Sinnbild der Zuflucht vor der grausamen Außenwelt, die im Mittelalter allein die Kirche zu bieten hatte.

Einen Moment lang fühlte er sich unerklärlicherweise hingezogen zu den Gestalten und den Gebäuden. Er hatte nicht das Zeug dazu, sich ihnen anzuschließen, aber zum erstenmal konnte er nachempfinden, was einen Menschen dieser Zeit dazu veranlassen mochte, der Welt den Rücken zu kehren und sich einer solch abgeschiedenen Zufluchtstätte anzuschließen, zu der die Kämpfe der Ritter, Prinzen und Dunklen Mächte keinen Zugang hatten.

Er konnte nicht anders. Er schaute zu, bis der letzte Mönch im Innern des Gebäudes verschwunden war, die Tür sich geschlossen und die Glocke aufgehört hatte zu läuten. Die aufgeblähte Sonne versank zu seiner Linken hinter dem Horizont. Er nahm die Abkürzung über die Felder bis zu der hinter dem Kloster abbiegenden Straße, die ihn wieder in die Außenwelt zurückführen würde.

Bald darauf hatte er die Straße erreicht und ging weiter auf die Stadt zu, die noch immer nicht zu sehen war. Eine Zeitlang hielt der gute Zustand der Straße an, doch dann kamen wieder Schlaglöcher und Furchen, und die Straße befand sich wieder in einem ebenso kläglichen Zustand wie zuvor.

21

Wenige Minuten, nachdem Jim das Kloster hinter sich gelassen hatte, führte ihn die Straße zu einer weiteren Ansammlung von Bäumen und auf eine weitläufige Lichtung; genaugenommen eine gerodete Lichtung von der Art, wie sie aus Gründen der Verteidigung allerorten um Burgen und andere Bauwerke herum anzutreffen war und hinter der Amboise vollständig sichtbar war.

Die Tore waren verschlossen.

Obwohl er damit gerechnet hatte, ärgerte er sich doch unwillkürlich über die Verzögerung, die sich daraus ergab. Da er aber nichts daran ändern konnte, wandte er sich zurück zur Straße, um sich einen Platz zum Übernachten zu suchen.

Hier standen die Bäume zu weit auseinander, als daß sie ihm Deckung oder sicheren Unterschlupf hätten bieten können. Jim ging bis hinter das Kloster zurück und drang dann in den Wald ein, der hier viel dichter war. Nachdem ihm mehrere Zweige ins Gesicht geschlagen waren und er über zahlreiche Wurzeln gestolpert war, kam er zu dem Schluß, daß er ebensogut jetzt gleich Drachengestalt annehmen konnte.

Anschließend kam er wesentlich leichter voran. Er fand sich nicht nur besser im Dunkeln zurecht, sondern verfügte auch über einen gesteigerten Geruchssinn, ein schärferes Gehör und eine Art animalisches Gespür für das Gelände, so daß er leichter in den Wald eindringen konnte. Mit seinem schweren Drachenkörper schob er sich einfach durch das Gebüsch und das Unterholz hindurch; er schaffte es nicht nur, die biegsamen Stämme der Schößlinge mühelos beiseite zu drücken, sondern es machte ihm auch nichts aus, wenn sie auf seine dicke, schuppige Haut zurückprallten. Zur Sicherheit entfernte er sich ein paar hundert Meter von der Straße und hielt gerade

Ausschau nach einer passenden Höhlung, in der er sich zusammenrollen konnte, als er unvermittelt auf einen Felsen stieß.

Es handelte es sich um einen großen, rechteckigen Felsbrocken, der hochgekippt war, so daß er kaum dreißig Meter aus der Erde ragte. Der Fels selbst war vollständig kahl, mit Ausnahme des Fußes, wo Unkraut und kleine Büsche eine Umrandung bildeten, die an einen kreisförmigen Bart erinnerte. Als Drache wäre es ihm schwergefallen, auf den Felsen hinaufzuklettern. Jim suchte sich eine Stelle, wo er die Flügel ausbreiten, sich in die Luft emporschwingen und auf die Spitze des Felsens fliegen konnte.

Im nächsten Moment hatte er sie erreicht. Der Felsen überragte die Baumwipfel und war oben relativ eben – das hieß, er war eigentlich gar nicht eben, sondern wies eine flache Vertiefung auf, die wohl im Laufe der Zeit ausgewaschen worden war, so daß sie jetzt eine natürliche Schlafmulde bildete. Jim rollte sich darin zusammen.

Trotz der harten Unterlage aufgrund seiner zähen Drachenhaut bequem gebettet, blickte Jim schläfrig über die Bäume hinweg und richtete seinen teleskopischen Drachenblick auf die Stadt Amboise, in der bereits die ersten Lichter angingen. Die Dunkelheit und die Lichter hatten zur Folge, daß er meinte, die Stadt läge gleich zu Füßen des Felsens, auf den er sich gebettet hatte. Träge amüsierte er sich mit der Vorstellung, an einem Ort zu liegen, von wo aus er die Stadtmauer tatsächlich aus nächster Nähe überblicken konnte, als ihn vom Boden aus jemand ansprach.

»Was habt Ihr hier zu suchen?« fragte die Stimme.

Es war die Stimme eines Drachen.

Jim war auf einmal wieder hellwach und blickte nach unten. Trotz der Dunkelheit machte er eine geflügelte Gestalt aus, die sich etwa fünf Meter unterhalb von ihm an einem Vorsprung festhielt, etwa so, wie sich eine Fledermaus an einer rauhen Höhlenwand festklammerte.

»Und was macht Ihr hier?« erwiderte Jim.

»Das ist mein gutes Recht«, gab der nur undeutlich erkennbare Fremde zurück. »Ich bin ein französischer Drache. Und Ihr befindet Euch auf meinem Territorium.«

Jims Drachentemperament, das ebenso bereitwillig auf jede Herausforderung reagierte wie Brian oder Giles, wurde um ein paar Grade hitziger.

»Ich bin Gast Eures Landes«, sagte er. »Ich besitze einen Paß, der von zwei französischen Drachen namens Sorpil und Maigra akzeptiert worden ist…«

»Darüber wissen wir Bescheid«, setzte der andere Drache an. Jim unterbrach seinen Unterbrecher.

»Und deshalb kann ich mich ungehindert in Eurem Land bewegen. Ich brauche Euch nicht zu sagen, was ich hier tue. Das geht nur mich etwas an. Wer seid Ihr eigentlich?«

»Das tut nichts zur Sache«, antwortete der andere. Seine oder ihre Stimme war merklich höher als Jims, und soweit Jim erkennen konnte, war er oder sie auch erheblich kleiner als er. »Es versteht sich wohl von selbst, daß ein französischer Drache wissen möchte, was Ihr in dieser Gegend zu suchen habt.«

»Das mag schon sein«, erwiderte Jim, »aber ich fürchte, ein französischer Drache, der eine solche Wißbegier zeigt, wird sich wohl damit abfinden müssen, daß sie nicht gestillt werden wird. Wie ich schon sagte, das geht nur mich etwas an – und niemanden sonst. ›Niemand sonst‹ schließt Euch mit ein.«

Es entstand ein langes Schweigen. Jim wartete darauf, daß der fremde Drache etwas sagen oder unternehmen würde, und nahm sich vor, sich in dem Moment, da der Fremde noch eine zudringliche Frage stellte, von der Spitze des Felsens auf den Störenfried zu stürzen.

Soweit sollte es jedoch nicht kommen.

»Es wird Euch noch leid tun, daß Ihr so unhöflich seid und uns nichts sagen wollt. Ihr werdet schon sehen!« meinte der andere abschließend. Er schlug mit den Flügeln und entschwand in der Nacht.

Es dauerte eine Weile, bis Jim sich wieder beruhigt hatte. Seine Drachenemotionen waren weniger leicht zu besänftigen als die Gefühle eines Menschen. Um sich von der Unterhaltung abzulenken, wollte er sich wieder auf Amboise konzentrieren, doch gab das nach wie vor wirksame Adrenalin seinen Gedanken eine andere Richtung.

Auf einmal stellte er sich vor, wie er als Drache auf diesem Felsen hockte, der weniger ein sicherer Zufluchtsort als vielmehr für einen Angriff hervorragend geeignet war. Ein Ort, der wie geschaffen dafür war, rasch in die Stadt hinunterzustoßen und sich einen kleinen, plumpen Georg zu schnappen, um sich anschließend an ihm gütlich zu tun.

Dieser schockierende Gedanke brachte ihn wieder zur Besinnung. Bis jetzt hatte er noch nie ernstlich erwogen, daß George den Drachen oder gar ihm in Drachengestalt als Nahrung dienen könnten. Im Grunde war er überzeugt davon, daß er es nicht über sich bringen würde, einen Menschen zu verzehren. Als Drache hatte er allerdings schon des öfteren frisch geschlachtete, vollkommen rohe Tiere gegessen – samt den Innereien, aber mit Ausnahme der Hufe und Knochen – und sie ausgesprochen schmackhaft gefunden. Der einzige Grund, weshalb Drachen heutzutage keine George mehr fraßen, war wahrscheinlich der, daß sie sich dadurch bloß Ärger eingehandelt hätten.

Vor allem war den Drachen daran gelegen, sich das Leben so leicht wie möglich zu machen. Zwar hatten sie auch Spaß an einem guten Kampf, wenn sie erst einmal darin verwickelt waren, doch für gewöhnlich waren sie zu bequem, um Streit zu suchen. Zudem hatten sie im Laufe der Jahrhunderte einen gesunden Respekt vor Georgen entwickelt, und zwar noch vor der Zeit der berittenen und lanzenbewehrten Ritter. Außerdem gab es zu viele George.

Allmählich wurde Jim wieder schläfrig. Auch dies war typisch für Drachen. Drachen tranken gern, aßen gern und schliefen gern. Gab es nichts zu essen und zu trinken, stellte sich der Schlaf ganz von selbst ein. Über diesem Gedanken schloß Jim die Augen und schlief ein.

Er erwachte von den ersten Strahlen der Morgensonne, was kaum erstaunlich war, da er von dem Felsen aus freie Sicht auf den östlichen Horizont mit der Stadt im Vordergrund hatte, wo sich der Himmel als erstes aufhellte. Wie alle gesunden Drachen erwachte er ganz unvermittelt, ohne sich im mindesten schläfrig oder steif zu fühlen, obwohl er die ganze Nacht zusammengerollt verbracht hatte.

Er war hungrig und durstig, doch das machte Drachen nichts aus, denn schließlich waren sie es gewohnt, immer mal wieder für längere Zeit ohne Speis und Trank auszukommen.

Er flog zum Fuß des Felsens hinunter, verwandelte sich wieder in einen Menschen, kleidete sich an und machte sich auf den Weg nach Amboise. Nach etwa zwanzig Minuten hatte er den Waldrand zur Linken der Straße erreicht, und das Stadttor lag in Sichtweite vor ihm. Die davor wartende Menge umfaßte dreißig bis vierzig Personen und etwa halb so viele Karren und Zugtiere.

Die Sonne ging auf. Sie kletterte immer höher, dennoch blieb das Tor geschlossen. Die Wächter öffneten es ganz nach Gutdünken, wobei sie allerdings der Tatsache Rechnung trugen, daß die hiesigen Händler und gewisse einflußreiche Stadtbewohner sich beschweren würden, wenn mögliche Kunden oder Lieferanten am Zugang zur Stadt gehindert wurden. Wenn das Bestreben, ihren Vorgesetzten nicht zu mißfallen, ihre angeborene Trägheit aufwog, wurde das Tor geöffnet.

Als die Sonne bereits über die Stadtmauer hinwegschien, war es endlich soweit. Es war etwa eine halbe Stunde nach Sonnenaufgang.

Als der erste der beiden Torflügel aufschwang, marschierte Jim in raschem Schritt vom Waldrand zur Straße und näherte sich dem Tor. Er brauchte sich nicht besonders zu beeilen. Als er die Gruppe der Wartenden erreichte, hatten sich beide Torflügel gerade erst geöffnet, und die ersten Reisenden wurden von den Wachposten abgefertigt.

Jim hatte sich über diesen Moment ausgiebig Gedanken gemacht. Er war zu dem Schluß gekommen, daß es darauf ankam, möglichst wie ein typischer Ritter aufzutreten. Wie würden Brian oder Giles sich in einer ähnlichen Situation verhalten? Nicht, daß die beiden typische Vertreter ihrer Klasse gewesen wären. Zwar waren sie leicht reizbar, aber doch bei weitem nicht grob genug. Daher hatte Jim sich vorgenommen, sich nicht nur als fußwunder Ritter auszugeben, der die Nacht im Freien verbracht hatte, sondern sich auch einen groben Anstrich zu geben.

Die Menschen drängten sich ums Tor; aber ein mittelalterliches Gedränge hatte mit einer Gruppe Wartender des zwanzigsten Jahrhunderts, bei denen es ständig ›Verzeihung‹ und ›Würden Sie mich bitte durchlassen?‹ hieß, kaum etwas gemein. Dementsprechend machte er sich seine Größe und sein Gewicht zunutze und stürzte sich so, wie ein Außenverteidiger beim Football sich einer gegnerischen Stürmerkette entgegenwarf, dort ins Getümmel, wo die Menschentraube am durchlässigsten wirkte.

»Aus dem Weg, ihr Trottel!« brüllte er und drängte sich mit der Schulter voran in die wartende Menge. Die anderen Männer waren nicht annähernd so groß wie er, doch ein paar waren recht stämmig, und einige wenige waren zweifellos auch schwerer als er. Und das konnte sich in diesem Fall ungünstig auswirken. »Du da, Bursche! Hör mir mal zu!«

Die Männer, an denen er sich vorbeigedrängt hatte, wandten sich zu ihm um. Die Tatsache, daß er sie als Trottel und den Torhüter als ›Bursche‹ angeredet hatte, veranlaßte sie jedoch, zurückzuweichen und ihm Platz zu machen. Der Wächter, der vor das Tor getreten war, um von einem Mann in mehlweißer Kleidung, der mit seinem von einem Maultier gezogenen Karren in die Stadt hinein wollte, entweder das Schmiergeld entgegenzunehmen oder die entsprechenden Steuern einzutreiben, wandte sich entrüstet zu Jim herum. Als er jedoch Jims Kleidung und das Schwert und den Dolch gewahrte, die am Schwertgürtel befestigt waren, veränderte sich seine Haltung.

»Laß mich auf der Stelle durch!« blaffte Jim, der den Wächter, der unterwürfig einen Schritt beiseite getreten war, beinahe über den Haufen gerannt hätte. »Mein Pferd hat sich auf diesen verfluchten Straßen ein gottverdammtes Bein gebrochen, und ich mußte die ganze verdammte Nacht im gottverdammten Wald verbringen! Hier – laß mich durch!«

Als er *hier* sagte, warf er dem Torhüter eine Münze zu. Es handelte sich um einen Silberecu, ein viel zu großes Trinkgeld für eine Situation wie diese. Der Ecu war jedoch die kleinste Münze, die er im Moment hatte, und er hoffte, der Wächter werde das überreichliche Schmiergeld als Beweis dafür nehmen, daß dieser Herr, der sein Pferd verloren und eine Nacht im Wald verbracht hatte, ganz und gar außer sich war, wer immer er sein mochte.

»Danke, Euer Lordschaft, vielen Dank!« Der Torhüter ließ die Münze hastig in der geschlossenen Faust verschwinden. Er konnte unmöglich wissen, ob Jim tatsächlich ein Lord war, aber jedenfalls schadete es nicht, die Anrede zu verwenden; außerdem konnte er sich eine Menge Ärger einhandeln, wenn er Jim nicht den erforderlichen Respekt erwies. Jim drängte sich an ihm vorbei und befand sich im nächsten Moment in der Stadt.

Kurz darauf bog er um eine Ecke und hatte das Tor endgültig hinter sich gelassen.

Er war in eine Seitengasse abgebogen, die so schmal war, daß er mit ausgestreckten Armen die ziemlich unappetitlichen Wände hätte berühren können. Die Gasse war mit allem möglichen Unrat tierischen und menschlichen Ursprungs verdreckt und wurde entweder von den Außenwänden hoher Gebäude oder massiven, ebenso hohen Mauern begrenzt. Jim folgte ihr bis zur nächsten Abbiegung. Die Quergasse würde wohl in besserem Zustand sein. Er wandte sich nach links und hoffte, daß er so weiter zur Stadtmitte gelangen werde.

Diese Gasse führte jedoch in die Irre, und als er abermals links abbog, lag wiederum eine längere Gasse vor ihm. Es dauerte eine Weile, bis er auf eine breitere und gepflegtere Straße stieß, bei der es sich um die Hauptstraße handeln mußte, die vom Tor ins Zentrum führte. Mittlerweile befand er sich aber zum Glück außer Sichtweite des Tors.

Er würde Erkundigungen einholen müssen, wenn er Sir Giles finden wollte. Am besten bat er einen Ladenbesitzer, ihm einen Führer zu besorgen, der ihm die verschiedenen Gasthöfe der Stadt zeigen konnte. Eine simple Wegbeschreibung, das hatte Jim mühsam in den Straßen von Worcester und anderen mittelalterlichen Städten lernen müssen, hätte nur dazu geführt, daß er sich nach fünfzig Schritten hoffnungslos verirrte.

Daher ging Jim weiter, bis er einen Schuhladen gefunden hatte. Der Schuhmacher erklärte sich bereit, ihm einen seiner Gehilfen auszuleihen. Aus Erfahrung wußte Jim, daß es besser war, einen Ladenangestellten anzuheuern, als sich jemanden von der Straße herbeirufen zu lassen. Bei einem Unbekannten von der Straße hätte er damit rechnen müssen, daß dieser ihn in Absprache mit dem Ladenbesitzer in eine Falle führte und entweder ausraubte oder womöglich ermordete. Bei einem Angestellten, der einen gewissen Wert für den Ladenbesitzer besaß, war es eher unwahrscheinlich, daß er Jim in einen Hinterhalt locken würde.

Auch diesmal kam es wieder darauf an, Eindruck zu schinden. Jim stieß gräßliche Flüche aus, schlug auf die Theke und war in jeder Beziehung grob, so daß er den Eindruck hatte, den erbosten Gentleman von Stand alles in allem doch recht gut gespielt zu haben.

Ein solches Verhalten machte seinem Gegenüber zwei Dinge klar. Erstens, daß er bei der kleinsten Provokation sein Schwert benutzen würde. Zweitens, daß er in der Stadt möglicherweise über einflußreiche Freunde verfügte, die jedem, der sich mit ihm anlegte, das Leben noch schwerer machen könnten, als er es vermochte.

Die Charade hatte Erfolg. Offenbar hatte es sich in der Stadt bereits herumgesprochen, daß kürzlich Engländer eingetroffen waren, darunter ein kleiner Engländer mit einem üppigen Schnauzer. Dieser Oberlippenschmuck reichte in einer Zeit, da die meisten Ritter glattrasiert waren, zur näheren Beschreibung bereits aus.

Offenbar waren Sir Giles und mehrere andere Engländer erst vor kurzem in der Stadt eingetroffen. Sie logierten im größten Gasthof der Stadt, der seitdem überfüllt war, da sie nach Auskunft des Schusters zahlreiche grimmig wirkende Bedienstete mitgebracht hätten. Und zwar so viele, daß man sie in verschiedenen Scheunen und Häusern habe unterbringen müssen. Namen konnte der Schuster keine nennen; er wußte bloß, daß einer der Engländer einen sehr großen und wilden Hund bei sich hatte, der offenbar sein Zimmer und seine Besitztümer bewachen sollte.

Nicht, daß eine solche Vorsichtsmaßnahme in Amboise nötig sei, versicherte der Schuster. Vielmehr stelle es fast schon eine Beleidigung dar, daß der Engländer ein solches Tier mitgebracht habe. Aber was könne man von hohen Herren schon anderes erwarten? Besonders von hohen Herren aus ... nun ja ...

Auf einmal schien sich der Schuster zu erinnern, daß er keinen Franzosen, sondern einen dieser Engländer vor sich hatte. Er ließ den Satz unvollendet und fuhr den Gehilfen an, weil er tatenlos herumstünde und den Gentleman aufhalte, anstatt ihn so rasch wie möglich zu dem Gasthof zu führen.

Der Gehilfe machte sich hastig mit Jim auf den Weg. Während er dem jungen Mann folgte, überlegte Jim, ob der Schuster wohl ernstlich glaube, daß er ernstlich glaube, es bestünde keine Gefahr, ausgeraubt zu werden, und sei es im besten Gasthof der Stadt. In diesem Zeitalter hatten an Land wie zu Wasser zwei Gesetze vor allem anderen Vorrang. Das eine war das Gesetz des Überlebens. Das zweite Gesetz war das der Maximierung des persönlichen Nutzens – wobei die verschiedenen Klassen jeweils etwas anderes darunter verstanden.

Die Bauern, die Ärmsten der Armen, wollten in Ruhe arbeiten, um sich am Leben zu erhalten. Leute wie der Schuster wollten ihre Stellung unter Ihresgleichen verbessern. Die Edelleute wiederum, von Brian und Giles bis zu den königlichen Häuptern der verschiedenen Staaten, wollten ihren Reichtum mehren, nicht nur um ihren persönlichen Neigungen nachkommen zu können, sondern auch um vor dem Hintergrund gefüllter Schatzkammern königliche Großmut zu beweisen.

Aufgrund seiner bisherigen Erfahrungen hatte Jim den Eindruck gewonnen, daß die Oberschicht in der

Öffentlichkeit gewissermaßen immer auf einer Bühne stand. Angefangen von den Königen bis zu den einfachen Rittern spielten sie die Rolle, von der sie glaubten, sie sei ihnen von Gott zugeteilt; und während die Befriedigung persönlicher Gelüste zwar einen beinahe ebenso großen Stellenwert besaß, kam es ihnen vor allem darauf an, eine möglichst gute Vorstellung zu liefern.

Im wesentlichen hatten Ritter ritterlich aufzutreten und Könige königlich, und zwar in genau der gleichen Weise, wie ein Schauspieler eines späteren Zeitalters einen Ritter oder König charakterisieren würde, um das Publikum zu unterhalten, das dafür bezahlt hatte, ihn zu sehen.

Mittlerweile hatten sie den Gasthof erreicht, dessen Eingang sich in keiner Weise von den anderen Maueröffnungen unterschied, an denen sie unterwegs vorbeigekommen waren; ein Laden war im allgemeinen nur daran zu erkennen, daß die Tür zum Zeichen, daß geöffnet war, offenstand.

Auch die Tür des Gasthofs war nur angelehnt; Jim drückte sie auf und trat ein, ohne dem Gehilfen ein Trinkgeld zu geben und ihn wegzuschicken, bevor er sich vergewissert hatte, daß er hier richtig war. Dies bestätigte allerdings der Wirt, der ihn unverzüglich begrüßen kam – diesmal ein Mann, der ebenso groß war wie Jim, dafür aber sehr mager war und einen Schnurrbart hatte. Dabei handelte es sich nicht um einen stolzen, gezwirbelten Schnurrbart wie bei Sir Giles, sondern um einen langen, dünnen, schwarzen, der beiderseits der Mundwinkel herabhing. Der Wirt erklärte, daß nicht nur Sir Giles, sondern auch der andere Ritter anwesend seien.

»Wie heißt dieser andere Ritter«, fragte Jim, »und welchen Rang hat er inne?«

»Sir Brian Neville-Smythe, Euer Lordschaft«, antwortete der Wirt. Die Anrede brachte er mit erstaunlich tiefer Baßstimme hervor. »Offenbar sind sie miteinander befreundet und erwarten noch einen weiteren Freund. Sind Euer Lordschaft vielleicht der Baron James de Bois de Malencontri?«

»Der bin ich«, sagte Jim und hätte beinahe vergessen, finster dreinzuschauen, so froh war er, daß Brian – offenbar zusammen mit seinen Männern – hier war und daß er und Giles ihn erwarteten. »Bringt mich sogleich zu ihnen.«

»Sehr wohl«, antwortete der Wirt und wandte sich zur Treppe.

»Ach, und gebt diesem Kerl ein Trinkgeld«, grollte Jim. »Setzt es auf meine Rechnung.«

Nachdem er das Problem, kein Kleingeld dabeizuhaben, das er dem Schustergehilfen hätte geben können, geschickt umschifft und der Wirt dem Schustergehilfen eine kleine Münze gegeben hatte, folgte er dem Wirt die Treppe hinauf.

Das Wiedersehen verlief stürmisch. Giles und Brian hießen Jim willkommen wie einen lange vermißten Bruder.

Anfangs hatte Jim sich gewundert, weshalb die Menschen dieser Zeit ein so großes Aufhebens um die Begrüßung von Leuten machten, die sie bloß ein oder zwei Tage lang nicht gesehen hatten. Mit der Zeit hatte er allerdings begriffen, daß es unter den gegebenen Umständen gar nicht so unwahrscheinlich war, daß sich zwei Menschen, die sich trennten, niemals wiedersehen würden.

Der Tod war einem hier viel näher als im zwanzigsten Jahrhundert. Schon ein Besuch in einer nahegelegenen Stadt konnte dazu führen, daß derjenige einen Unfall hatte oder Opfer einer Gewalttat wurde, so daß er vielleicht niemals wiederkam, jedenfalls nicht als Lebender.

Schließlich hatte Jim sich mit den überschwenglichen Begrüßungszeremonien und dem darauffolgenden unvermeidlichen Feiern abgefunden. Folglich war er zunächst einmal so damit beschäftigt, Brian und Giles zu begrüßen, daß es eine Weile dauerte, bis er die große, dunkelbepelzte, vierbeinige Gestalt gewahrte, die es sich auf Brians Gepäck bequem gemacht hatte.

Jim drehte sich um.

»Aragh!« rief er aus.

Aragh schlug die Augen auf und hob ein wenig den Kopf von der vollgepackten Satteltasche, auf der er geruht hatte.

»Wen habt Ihr denn erwartet, James?« knurrte er. »Den Schoßhund einer Dame vielleicht?«

»Aber nein«, sagte Jim. »Ich freue mich, Euch zu sehen. Aber ...«

»Und nun wollt Ihr mich fragen, was ich hier mache, hab ich recht?« fragte Aragh.

»Eigentlich schon«, räumte Jim ein. Er setzte gerade zu einer weiteren Erklärung an, als Aragh ihm ins Wort fiel.

»Tut es nicht«, sagte Aragh. Er schloß wieder die Augen und legte den Kopf nieder.

Jim wandte sich erneut seinen beiden Freunden zu und blickte Brian an, der mit den Schultern zuckte und den Kopf schüttelte. Dann wußte Brian offenbar auch nicht mehr. Jim ließ die Angelegenheit einstweilen auf sich beruhen. Unterdessen hatte Giles den unvermeidlichen Krug Wein samt Bechern bestellt. Als sie am Tisch Platz genommen hatten, berichteten Giles und Brian, was in der Zwischenzeit vorgefallen war.

Nachdem Giles sich von Jim getrennt hatte, war er anderthalb Tage lang bis nach Amboise geritten, ohne daß es zu irgendwelchen Zwischenfällen gekommen war. Kaum eine halbe Stunde nach seiner Ankunft im Gasthof wurde es laut auf der Straße; als er unten nachsehen ging, war Brian mit seinen Männern eingetroffen.

Wie zu erwarten gewesen war, hatte das Erscheinen

einer solchen Streitmacht bewaffneter Männer für beträchtliche Aufregung gesorgt. Und das um so mehr, als es sich dabei um Engländer und nicht um Franzosen handelte; wenngleich es die Angewohnheit braver Bürgersleute war, jedem, der sich mit dem Kriegshandwerk befaßte, mit gleichem Mißtrauen zu begegnen.

»Der Tumult begann schon am Tor«, erklärte Brian, den Faden weiterspinnend, »aber da dort nur vier Wachposten waren und wir erst bemerkt wurden, als wir unmittelbar davorstanden, ritten wir einfach an ihnen vorbei. Anschließend brauchten wir nur noch der Hauptstraße zu folgen, jemanden beim Kragen zu packen und uns zum größten und besten Gasthof der Stadt führen zu lassen.«

»Das kann ich mir vorstellen«, sagte Jim. Das konnte er wirklich.

»Hier im Gasthof gab es dann neue Aufregung«, fuhr Brian fort. »Wir waren viel zu viele, als daß man uns alle in den Außengebäuden hätte unterbringen können. Zum Glück hat unser Wirt – habt Ihr ihn schon gesehen?«

»Ja«, antwortete Jim. »Er hat mir gesagt, daß Ihr schon da wärt, und hat mich zu Euch geführt.«

»Er ist zwar eine rechte Bohnenstange und macht nicht viel daher«, meinte Brian, »ist aber trotzdem ein tüchtiger Mann. Einen tüchtigeren gibt es in der ganzen Stadt nicht, möchte ich wetten. Wenn ich mich nicht täusche, war er in seiner Jugend selbst ein Bewaffneter. Jedenfalls hat er als einziger einen kühlen Kopf bewahrt. Er hat den Männern ein Dach über dem Kopf besorgt und einen Plan gemacht, um alle mit Essen zu versorgen. Dann führte er mich nach oben zu Giles.«

»Und ich war froh, ihn zu sehen«, sagte Giles, seinen Schnurrbart zufrieden zwirbelnd. »Sollten wir auf irgendwelche Franzosen treffen, haben wir ihnen eine hübsche kleine Streitmacht entgegenzusetzen. Außerdem hatten wir so ein Gefühl, als ob Ihr gar nicht weit hinter uns wärt. Und beim heiligen Cuthbert, jetzt seid Ihr da.«

»Ja«, sagte Jim, »und ich freue mich, wieder bei Euch zu sein.«

Er sah Brian an.

»Um die Wahrheit zu sagen, Brian, hatte ich zwar gehofft, aber nicht erwartet, daß Ihr so schnell sein würdet«, fügte er hinzu, »zumal Ihr die Männer bei Euch hattet. Wie viele habt Ihr eigentlich mitgebracht?«

»Zweiunddreißig«, antwortete Brian. »Die übrigen kommen mit John Chester und Tom Seiver nach. Ich habe bloß die Erfahrenen mitgebracht, übrigens auch Euren neuen Knappen Theoluf. Um Euch so rasch einholen zu können, mußten wir sie gleich nach Eurem Aufbruch verschiffen. Dafür danken wir …«

Jim hob die Hand.

»Aragh«, sagte er und blickte zu dem scheinbar schlafenden Wolf hinüber. »Ist jemand in der Nähe, der uns durch ein Loch im Boden oder ein Rohr in der Wand belauschen könnte?«

»Im Umkreis von einem Dutzend Körperlängen ist niemand, der so stinken würde wie Ihr«, antwortete Aragh, ohne die Augen zu öffnen.

»Danke, Aragh.« Jim wandte sich wieder Brian zu. »Trotzdem glaube ich, daß wir es von jetzt an vermeiden sollten, die Namen bestimmter Leute oder Orte laut zu erwähnen. Auch wenn uns niemand belauscht, so kann es doch nicht schaden, auf Nummer sicher zu gehen.«

»Da habt Ihr wirklich recht, James«, meinte Brian, und auch Giles bekundete halblaut seine Zustimmung. »Jedenfalls kamen wir rasch voran und erreichten vor Euch diese Stadt. Das wäre das Wesentliche in aller Kürze.«

»Ich ersticke noch in diesem Loch«, sagte Aragh, doch als Jim hinüberschaute, hatte er immer noch die

Augen geschlossen und schien sich nicht bewegt zu haben. »Wann kommen wir hier endlich raus?«

»Gibt es einen Grund, weshalb wir nicht gleich morgen früh aufbrechen sollten?« fragte Jim.

Brian und Giles schüttelten den Kopf.

»Es gibt allerdings noch einiges zu besprechen«, sagte Brian. »James, Ihr erinnert Euch doch noch, daß unser Freund geraten hat, ich solle mit den Männern hinter Euch bleiben. In dem Moment mag das ganz vernünftig geklungen haben. Jetzt aber schlage ich vor, daß wir die Männer unter ihren gegenwärtigen Anführern nachkommen lassen; und zwar alle, die ich mitgebracht habe, bis auf einen, der uns von besonderem Nutzen sein dürfte und den wir auf keinen Fall zurücklassen sollten. Wir fünf reiten dann voraus. Sir Giles und ich haben bereits darüber gesprochen, und wir können Euch weitere Gründe nennen, die dafür sprechen, wenn wir erst einmal auf offener Straße sind und ungehindert reden können.«

»Wir fünf und natürlich Aragh«, warf Sir Giles ein.

»Ich komme auf jeden Fall mit«, ließ Aragh sich vernehmen.

»Aber natürlich, Aragh«, meinte Jim hastig.

Er blickte Brian neugierig an.

»Und wer ist der fünfte?«

»Ihr seid im Schankraum an ihm vorbeigekommen«, antwortete Brian, »aber es mag sein, daß Ihr ihn übersehen habt, denn er hockt gern in einer Ecke und ist in mancherlei Hinsicht ein ruhiger Mann. Wir haben den walisischen Bogenschützen mitgebracht.«

22

»DAFYDD?« fragte Jim ungläubig.

Brian und Giles ließen sich nichts anmerken. Offenbar wollten sie, daß Jim sich in dieser Angelegenheit selbst kundig machte, und zwar indem er sich gleich an Dafydd wandte. Wie er Dafydd kannte, hatte es andererseits wohl kaum einen Sinn, ihn direkt zu fragen. Er würde eine freundliche, leise, nichtssagende Antwort geben und wahrscheinlich höflich andeuten, dies ginge nur ihn etwas an.

Deshalb stellte Jim alle drängenden Fragen einstweilen zurück und gab sich der Wiedersehensfeier hin. Erst am nächsten Tag, als sie zu fünft auf der Straße nach Blois unterwegs waren, die auch zu Malvinnes Burg führte, fiel ihm ein, ein paar Fragen zu stellen, die ihm im Kopf herumgegangen waren.

Es war zwar ein wenig kühler geworden, aber immer noch ein warmer Sommertag. Es hatte jetzt seit mehreren Wochen nicht mehr geregnet, und allmählich zeigten sich auch die Folgen.

Die Straße war mehr als staubig. Die drei Freunde ritten an der Spitze, Seite an Seite, und jeder führte an einer Leine ein Streitroß nach.

Unmittelbar hinter ihnen ritt Dafydd, der seine langen Beine angezogen hatte, damit die Füße in die auf maximale Länge gestellten Steigbügel paßten. Der Waliser trug keine Armschlinge mehr, er hatte seinen Bogen geschultert und auf der anderen Schulter den Pfeilköcher, der für den Fall, daß das Wetter plötzlich umschlagen sollte, sorgsam verschlossen war. Hinter sich hatte er seine persönlichen Habseligkeiten festgeschnallt, darunter auch die Werkzeuge, die er zur Herstellung von Bogenschäften und Pfeilen benötigte. Hinter ihm kamen drei Packpferde, die das Gepäck und die Vorräte trugen und mittels Führungsleinen mit Dafydds Pferd verbunden waren.

Aragh war in dem Moment verschwunden, als sie die Stadt hinter sich gelassen und den Wald erreicht hatten. Jim machte dem Wolf keinen Vorwurf. Er wußte, daß Aragh es nicht ausstehen konnte, eingepfercht zu sein. Nachdem er mehrere Nächte lang einem wilden Durcheinander von Gerüchen und Geräuschen ausgesetzt gewesen war, hatte er Grund genug, eine Weile für sich zu sein.

Jim war sicher, daß der Wolf wieder zu ihnen stoßen würde, wenn nicht am Abend, wenn sie das Nachtlager aufschlugen, so spätestens am nächsten oder übernächsten Tag. Wenn sie Blois erst einmal hinter sich gelassen und sich Malvinnes Burg näherten, würde er sich bestimmt wieder melden.

Allerdings harrte noch etwas anderes der Klärung. Jim entschuldigte sich bei Giles und Brian und ließ sich zurückfallen, bis Dafydd zu ihm aufgeschlossen hatte.

»Verzeiht mir, daß ich mir erst jetzt die Zeit nehme, mit Euch zu reden, Dafydd«, sagte er. »Ich kann Euch gar nicht sagen, wie froh ich bin, daß Ihr bei uns seid.«

»Es freut mich, daß Ihr Euch freut«, entgegnete Dafydd mit seiner sanften Stimme. »Es ist gut, daß wenigstens einer es für gut hält, daß ich hier bin.«

»Dann seid Ihr selbst also nicht dieser Meinung?« fragte Jim.

»Ich bin mir keineswegs sicher«, erwiderte Dafydd, »ob es richtig ist oder ob ich mich darüber freuen soll. Ich will nicht leugnen, daß ich mich so wie stets zu fremden Orten und Männern hingezogen fühle, die mit Bogen und Armbrust umzugehen verstehen – oder mit irgendeiner anderen Waffe, was das betrifft. Ihr müßt nämlich wissen, daß ich an all denen interessiert bin, die den Gebrauch einer Waffe zur Kunst erheben, ganz gleich, um welche Waffe es sich handeln mag. Gleichwohl kann ich nicht behaupten, ich wäre glücklich darüber, hier zu sein; wenngleich ich eigentlich auch nicht unglücklich darüber bin. Ich habe seltsam widerstreitende Gefühle, Sir James, und weiß wirklich nicht genau, wie ich mich im Moment fühle.«

»Gewiß gibt es häufig Gründe, eine Situation zu mögen, und andere Gründe, sie nicht zu mögen«, sagte Jim. »So ergeht es bisweilen auch mir. Allerdings gibt sich das auf lange Sicht meist von allein. Das eine oder andere Gefühl setzt sich durch und verdrängt die anderen.«

»Ich glaube nicht, daß das bei mir der Fall sein wird.« Dafydd blickte zwischen den Ohren seines Pferds hindurch auf die Straße. »Da beide Gefühle ihren Ursprung auf der Insel haben, von der wir beide stammen, bezweifle ich, daß sie sich hier verflüchtigen werden. Ihr aber, Sir James, und die beiden anderen ehrenwerten Ritter, Ihr seid gute Freunde und brave Kameraden. Deshalb bedaure ich nicht, hier zu sein.«

»Das freut mich zu hören«, sagte Jim. »Wenn ich Euch irgendwie helfen kann, könnt Ihr Euch jederzeit an mich wenden.«

»Das werde ich«, sagte Dafydd. »Eigentlich ...«

Er blickte nach vorn zu Brian und Giles, die den Abstand ein wenig vergrößert hatten, damit der Staub, den sie aufwirbelten, nicht Jim und Dafydd – vor allem aber nicht Jim – ins Gesicht wehte. Aufgrund des Hufgetrappels und der angeregten Unterhaltung, welche die beiden Ritter führten, würden sie Jim und Dafydd bestimmt nicht belauschen können.

»Ja«, sprach Dafydd in die Ohren seines Pferds, »vielleicht werde ich Euer freundliches Angebot, mir zu helfen, annehmen, Sir James. Vielleicht könnt Ihr mir in dieser Angelegenheit einen Rat geben, und so sei es denn.«

»Ich werde tun, was ich kann«, sagte Jim.

Dafydd hob den Blick von den Ohren des Pferdes und sah Jim von der Seite an.

»Wir sind beide verheiratete Männer, nicht wahr? Ohne Euch Euren Rang streitig machen zu wollen, Sir James, aber das haben wir doch gemeinsam, meint Ihr nicht?«

»Gewiß«, antwortete Jim. »Und was den Rang betrifft, so macht Euch deswegen keine Sorgen, Dafydd. Für alte Freunde wie uns ist der Rang ohne Bedeutung.«

»Es tut mir wirklich gut, daß Ihr das sagt«, erwiderte Dafydd, »deshalb möchte ich Euch eine Frage stellen. Gibt Euch Lady Angela bisweilen große Rätsel auf?«

Jim lachte.

»Häufig«, sagte er.

»Danielle bereitet mir schweres Kopfzerbrechen«, erklärte Dafydd, »und das nicht ohne Grund, wißt Ihr. In dem Moment, als ich sie zum erstenmal sah, flog ihr mein Herz nur so zu. Und anschließend habe ich ihr alles übrige geschenkt, so daß ich ihr nun schon eine ganze Weile gehöre – mit Herz, Leib und Seele. Des weiteren hätte ich schwören können, daß es ihr ebenso erging, so daß wir uns nicht stärker lieben und nicht glücklicher sein könnten. Und wir waren glücklich, bis Ihr vor etwa einem Monat England verlassen habt. Dann brach eine seltsame Zeit für uns an, in der ich ihr offenbar nichts recht machen konnte.«

Er legte eine Pause ein und ritt lange Zeit schweigend weiter, wobei er auf die Ohren seines Pferdes niedersah.

»Sprecht weiter«, drängte Jim ihn schließlich. »Das heißt, wenn Ihr mögt.«

»Ich will schon«, sagte Dafydd, »denn das, was ich in der Zeit erlebt habe, widerspricht meiner ganzen bisherigen Lebenserfahrung. Bisher war mir mein Weg immer gerade vorgezeichnet. Wenn ich etwas brauchte, mußte ich nur in mich gehen, um es zu finden. Als es um die Kunst der Bogenmacherei ging, bemühte ich mich und erlernte sie. Als es um die Herstellung der Pfeile ging, bemühte ich mich und erlernte sie. Als es um die Kunst des Bogenschießens ging, bemühte ich mich und erlernte sie. Und als ich Danielle kennenlernte, die ich liebe, so brauchte ich nur den Mut aufzubringen, ihr meine Liebe zu gestehen, um sie zu gewinnen. Mut brauchte ich dazu; und ich hätte auch schwören können, daß es dieser Mut war, mit dem ich sie gewann; und ich war mir sicher, daß es von da an so mit uns weitergehen würde.«

Jim hätte gern etwas entgegnet; dann aber sagte er sich, daß es am besten sei, wenn er Dafydd Zeit ließ. Nach einer Weile seufzte Dafydd schwer und fuhrt fort.

»Ich gebe zu, daß es damit anfing, daß ich erwähnte, ich wäre gern in Frankreich, um zu sehen, ob es dort Männer gibt, mit denen ich mich, ob nun mit dem Bogen oder der Armbrust, wahrhaft würde messen können. Ich bin nämlich schon eine ganze Weile keinem mehr begegnet, der eine Herausforderung für mich gewesen wäre. Ich weiß nicht mehr genau, was ich sagte oder wie ich es sagte. Ich bin mir nicht einmal sicher, ob ich überhaupt etwas sagte. Aber in dem Moment, als ich feststellte, daß Danielle dem Vorhaben ablehnend gegenüberstand, schlug ich es mir aus dem Kopf und sagte ihr dies auch. Ich erinnere mich auch nicht mehr genau, welche Worte ich gebrauchte, aber ich bin sicher, daß ich ihr sagte, sie sei mein ein und alles und käme noch vor der Kunst des Bogenschießens und allem anderen.«

Jim wartete.

»Anschließend dachte ich nicht mehr daran«, fuhr Dafydd fort, »bis etwa einen Monat vor Eurer Abreise. Von da an – ich weiß nicht, wie es kam – schien alles, was ich sagte, falsch zu sein, und was ich tat, tat ich zum falschen Zeitpunkt, so daß ich Danielle mehr eine Last als eine Hilfe war.«

»Hm«, brummte Jim aufmunternd.

»Dann besuchten wir Euch, damit Danielle sich eine Weile mit Eurer Dame besprechen konnte; und sie blieb in Malencontri und hatte kaum noch Zeit für mich, da sie sich die meiste Zeit über mit Lady Angela befaßte; mir schien, daß sie am liebsten sogar ständig mit ihr zusammengewesen wäre. Währenddessen nahm ihre Unzufriedenheit mit mir nicht ab. Nach wie vor war alles falsch, was ich sagte und tat, und irgendwann erklärte sie mir rundheraus, ich solle nach Frankreich gehen und mich Euch anschließen, falls ich das wolle. Auf jeden Fall aber solle ich sie allein lassen und sie erst dann wieder behelligen, wenn sie mich rufen lasse.«

Als er Jim ansah, wirkte sein Gesicht erstaunlich vergrämt.

»Damit hatte ich wirklich nicht gerechnet«, fuhr Dafydd fort, »und ich wußte auch nicht, warum sie das sagte. Bis jetzt weiß ich es nicht. Ich weiß bloß eines; nämlich daß ich bei ihr unerwünscht bin. Da ich nichts Besseres vorhatte, ritt ich Euch nach und holte John Chester und Eure Bewaffneten in Hastings ein, kurz bevor sie sich einschifften.«

Er verstummte. Eine Zeitlang ritten sie schweigend weiter. Nachdem er ausgiebig die Ohren seines Pferds gemustert hatte, blickte er schließlich wieder Jim an.

»Ihr habt mir nichts zu sagen, Sir James?« fragte er. »Habt Ihr keine Erklärung, die mir helfen könnte zu begreifen, was geschehen ist; keinen Rat?«

Jim, der sich daran erinnerte, daß Angie ihm erzählt hatte, Danielle fürchte, Dafydd werde aufhören sie zu lieben, sobald er sie erst einmal mit angeschwollenem Leib gesehen habe, fühlte sich hin- und hergerissen. Es stand ihm nicht zu, Dafydd in das Geheimnis einzuweihen, und sonst gab es nichts, womit er den Mann hätte trösten können. Obwohl er bereitwillig ein kleines Vermögen dafür hergegeben hätte.

»Der einzige Trost, den ich Euch geben kann«, meinte Jim schließlich bedächtig und stellte zu seiner Überraschung fest, daß er beinahe wie Sir Brian oder Sir Giles redete und sich der leicht gestelzten Ausdrucksweise dieser Welt bediente, »lautet, daß es in solchen Fällen stets einen Grund gibt, den Euch die Frau früher oder später sagen wird, wenn sie Euch denn liebt. Und ich gebe Euch mein Wort darauf, daß ich wirklich glaube, daß Danielle Euch noch genauso liebt wie früher.«

»Ich wünschte, ich könnte das glauben.« Dafydd verfiel abermals in Schweigen, und dieses währte so lange, daß Jim schließlich begriff, daß der andere mit Reden fertig war. Jim hob die Zügel und schloß wieder zu Giles und Brian auf.

»Dafydd ist sehr unglücklich«, sagte er, als er die beiden erreicht hatte.

Giles sah ihn erstaunt an. Brian blickte starr geradeaus und biß die Zähne aufeinander.

»Mit Gottes Führung«, sagte Brian, »lebt ein jeder sein eigenes Leben; und dieses Leben ist wie ein Haus, in das einzutreten man aufgefordert werden muß. Sollte ich eingeladen werden, so werde ich tun, was ich kann. Im übrigen haben wir jeder unser eigenes Haus, in dem wir leben; und im Moment sind wir nicht mit Dafydd befaßt, sondern mit dem, was vor uns liegt. Jetzt, da wir auf offener Straße sind und niemand uns belauschen kann, ist es höchste Zeit, darüber zu reden, anstatt über andere Dinge.«

Er blickte Jim unvermittelt an.

»Es sei denn, jemand bedient sich der Magie«, sagte er. »James, könnte man uns mittels Magie belauschen?«

»Ich fürchte, ich bin noch nicht soweit, daß ich diese Frage mit letzter Sicherheit beantworten könnte«, entgegnete Jim, »aber ich glaube nicht, daß es so ist. Das heißt nicht, daß es vielleicht nicht doch möglich wäre. Ich glaube es bloß nicht.«

»Dann laßt uns reden!« platzte Sir Giles heraus. »Beim heiligen Cuthbert, ich habe allmählich genug von dieser ständigen Geheimnistuerei! Vor uns liegt die Besitzung eines Mannes, der unseren Kronprinzen gefangenhält. Laßt uns darüber sprechen, wie wir ihn befreien und unversehrt von hier fortbringen können.«

»Ihr werdet Euch wohl noch an Sir Raouls Plan erinnern«, sagte Brian. »Wir sollen uns im Wald, der die Burg des Magiers umgibt, mit einem ehemaligen Bediensteten seines Vaters treffen; und dieser Mann soll uns zeigen, wie wir hineinkommen und wo der Prinz gefangengehalten wird. Die Beschreibung des Treffpunkts haben wir uns eingeprägt.«

»Äh ... ja«, meinte Jim schuldbewußt. *Er* hatte sich die Beschreibung notiert.

»Nun stellt sich aber die Frage«, fuhr Brian fort, »ob die Beschreibung auch ausreicht, um diesen Ort zu finden. Es könnte auch sein, daß der ehemalige Bedienstete von Sir Raouls Vater keine Gelegenheit haben wird, nach uns Ausschau zu halten, selbst wenn wir mehrere Tage lang warten. Je länger wir uns in dem Wald aufhalten, desto wahrscheinlicher wird es, daß Malvinnes Wächter uns entdecken. Daher wäre es nicht schlecht, wenn wir Pläne schmieden würden für den Fall, daß wir uns ohne diesen ehemaligen Bediensteten behelfen müssen.«

»Wie sollten diese Pläne aussehen?« fragte Sir Giles. »Wenn die Burg so weitläufig ist, wie Sir Raoul uns glauben gemacht hat, dann würden wir Wochen brauchen, bis wir einen sicheren Weg ins Innere gefunden haben.«

»Ja«, fügte Jim hinzu, »das ist wirklich ein Problem. Im Moment sehe ich allerdings keine Lösung.«

»Aber vielleicht ich«, meinte Brian. »Aus diesem Grund habe ich vorgeschlagen, Euch, James und Giles, zu begleiten, und deshalb wollte ich auch, daß Aragh und Dafydd mit uns kommen. Ist Euch eigentlich schon aufgefallen, wie hervorragend unsere kleine Streitmacht geeignet ist, in eine unbekannte Burg einzudringen und jemanden ausfindig zu machen, der dort gefangengehalten wird?«

»Daran habe ich noch nicht gedacht«, räumte Jim aufrichtig ein, »aber jetzt, wo Ihr es sagt ...«

Er verfiel in ein nachdenkliches Schweigen.

»Mit dem Bogenschützen«, fuhr Brian fort, »sind wir in der Lage, jeden beliebigen Wachposten, an dem wir vorbei müssen, lautlos aus der Ferne zu erledigen. Und der Wolf kann uns nicht nur warnen, wenn sich uns im Dunkeln ein Gegner nähert, sondern auch die Fährte der Wächter zu dem Ausgang zurückverfolgen, durch den sie ins Freie getreten sind, so daß wir uns dann überlegen können, wie wir hineinkommen.«

»Aber dabei unterstellt Ihr etwas«, sagte Giles. »Und zwar, daß es mehr als einen Eingang in die Burg gibt. Die meisten Burgen haben nur einen; und wenn es einen zusätzlichen Eingang gibt, dann handelt es sich wahrscheinlich um den wohlverborgenen und schwerbewachten privaten Fluchtweg des Lords.«

»Ich vermute«, sagte Brian, »daß eine solche Burg, die nicht nur mit Waffen, sondern auch mit Magie schützt wird, mehrere Ein- und Ausgänge hat.«

Er schaute Jim und Giles bedeutsam an. »Einen für größere Gruppen und Pferde, einen oder mehrere Geheimeingänge, wie Ihr angedeutet habt, Giles; aber auch noch andere, die von den Bediensteten der Burg benutzt werden. Wie ich schon sagte, ist das eine bloße Vermutung, aber eine plausible, wie ich finde. Derjenige, der die Wahrheit herausfinden kann, ist der Wolf, der, wenn er es für ratsam hält, vor uns in die Burg eindringen oder die Umgebung erkunden könnte, während wir am Treffpunkt warten. Wenn dieser ehemalige Bedienstete sich nicht blicken läßt, wissen wir bereits, wie es weitergehen soll.«

Jim fühlte sich beschämt. Nachdem sie in Brest an Land gegangen waren, hatte er auf dem Weg zum Gasthof darüber nachgedacht, daß er seine Stellung als offizieller Leiter dieser Expedition allein seinem Rang verdankte, und daß sowohl Brian als auch Giles viel besser dazu geeignet wären. Brians Argumentation war ein Beleg dafür.

Wohl wahr, Jim kannte sich nicht besonders mit Burgen aus. Er kannte Malencontri, er kannte die Burg Smythe und die Burg Malvern, den Wohnsitz der de Chaneys, der Familie von Brians Liebster. Aber damit hatte es sich auch schon; und außerdem mußte er zugeben, daß er sich nie die Mühe gemacht hatte, eine dieser Burgen, Malencontri eingeschlossen, auf ihre Verteidigungsmöglichkeiten und die Gefahr hin, von Feinden überrumpelt zu werden, näher in Augenschein zu nehmen.

Die Nacht verbrachten sie im Freien. Aragh ließ sich nicht blicken. Am späten Nachmittag des folgenden Tages gelangten sie nach Blois und übernachteten dort in einem Gasthof, in dem Aragh natürlich ebenfalls nicht auftauchte. Es war erst zwei Tage her, daß Jim wieder zu Brian und Giles gestoßen war. In der Zwischenzeit hatte Jim sich den Kopf darüber zerbrochen, wie er seine Magie einsetzen könnte, um den Grund für Araghs Abwesenheit herauszufinden.

Er hatte das undeutliche Gefühl, daß Carolinus ihm einen Tip geben könnte, wenn der alte Magier nur wollte. Das Problem dabei war, mit Carolinus Kontakt aufzunehmen. Offenbar benötigte er die magische Entsprechung eines Telefons. Oder zumindest irgendein Kommunikationsmittel, das geeignet war, eine geistige Verbindung zwischen ihm und Carolinus herzustellen.

Erst in der zweiten Nacht, nachdem sie Blois hinter sich gelassen hatten, kam ihm eine Idee.

Die Mythologie hielt zahllose Lösungsmöglichkeiten bereit. Außerdem gab es eine Methode, die in der Psychologie weitverbreitet war.

Die Mythologie wies zahlreiche Berührungspunkte mit der Magie auf, und zwar in dem Sinne, daß bei ihr häufig Magie mit im Spiel war. In der Mythologie kam es häufig vor, daß jemand von einer Begebenheit träumte, die sich entweder in der Zukunft ereignen würde oder die sich an einem anderen Ort ereignet hatte oder gerade ereignete.

Wenn es ihm gelang, mittels Magie einen solchen Traum hervorzurufen, dann sollte es möglich sein, eine Verbindung zu Carolinus herzustellen.

An diesem Abend schrieb er vor dem Einschlafen sorgfältig an die Innenseite seiner Stirn:

ICH/TRAUM → TRAUM/CAROLINUS

Je länger er darüber nachdachte – während er in Decken gehüllt unter den Sternen am erlöschenden Lagerfeuer lag, hinter dem seine drei menschlichen Gefährten als schwarze Umrisse zu erkennen waren –, desto besser gefiel ihm die Idee. Er wendete den Plan hin und her und bemühte sich nach Kräften, Gründe zu finden, weshalb eine solch plumpe Formel nicht funktionieren sollte. Nachdem er das Für und Wider zahllose Male gegeneinander abgewogen hatte, schlief er schließlich erschöpft ein.

Eine Zeitlang durchmaß er im Geiste verschiedene unzusammenhängende Träume, die zunächst ganz gewöhnlich und vertraut waren. Dann trat eine Pause ein, und auf einmal fand er sich vor Carolinus Cottage am Klingelnden Wasser wieder. Es war kurz vor Tagesanbruch. Carolinus und Aragh standen beide vor Carolinus Haus auf dem von Blumenrabatten gesäumten Weg. Die einzige Schwierigkeit bei dem Traumbild bestand darin, daß alles auf dem Kopf stand.

»Was soll das?« fauchte er im Traum die Revisionsabteilung an. In dem Moment, als er die Worte träumte, war er erstaunt über seine eigene Kühnheit. Bis jetzt war er mit der Revisionsabteilung noch nie so brüsk umgesprungen. Doch in seinem Traum antwortete sie ihm, und zwar keineswegs verärgert, sondern in entschuldigendem Ton.

»Oh, Verzeihung«, antwortete die Baßstimme, und das Bild drehte sich richtig herum.

»Eigentlich«, fuhr die Baßstimme fort, »wart Ihr es, der auf dem Kopf stand.«

Sie verstummte. Jim fragte sich, wie das zugehen sollte, daß er auf dem Kopf stand, obwohl er in dem Bild doch gar nicht vorkam. Er schien lediglich als körperloser Beobachter anwesend zu sein, als unsichtbares Augenpaar. Und offenbar auch als unsichtbares Ohrenpaar, denn plötzlich stellte er fest, daß er Carolinus und Aragh miteinander reden hörte.

»Nun, alles ist in Ordnung – jedenfalls hier«, sagte Carolinus gerade. »Sonst wüßtet Ihr ebenso darüber Bescheid wie ich. Schade nur, daß man das gleiche nicht auch von anderen Orten sagen kann. Ihr wißt, daß James nach Frankreich gegangen ist?«

»Ja«, knurrte Aragh. »Ich habe ihm gesagt, das wäre Blödsinn!«

»Das ist eine Frage des Standpunkts, Wolf«, erwiderte Carolinus. »Was für Euch Blödsinn ist, ist für James, Sir Brian oder verschiedene andere Leute vielleicht ganz vernünftig.«

»Die Zweibeiner sind alle...«, meinte Aragh verdrießlich, dann brach er ab. »Nichts für ungut, Magier. Euch habe ich nicht gemeint. Aber ich will verflucht sein, wenn die meisten Zweibeiner auch nur annähernd soviel Verstand haben wie ein Schmetterling.«

»Die Welt wird nicht nur von bloßer Vernunft, das heißt vom gesunden Menschenverstand, regiert, wenn Ihr versteht, was ich meine«, sagte Carolinus. »Die Rettung des Prinzen ist etwas ganz anderes als die Auseinandersetzung am Verhaßten Turm, nicht wahr? Keine festumrissene Aufgabe, bei der das Böse an einem dunklen Ort hockt, seine Kreaturen um sich versammelt und sich darauf vorbereitet, jeden zu vernichten, der da kommen mag, indem es beispielsweise seine Legionen an Sandmerkern aussendet gegen jeden, der sich ihm in den Weg stellt. Mit dem Vorfall am Verhaßten Turm hat es also nichts zu tun, nicht wahr?«

Aragh betrachtete ihn aus verschleierten Augen.

»Wenn Ihr mir etwas mitteilen wollt, dann drückt Euch unmißverständlich aus, Magier«, sagte er. »Ich habe es gern gerade heraus. Dunkle Andeutungen und verzwicktes Wortgeklingel liegen mir nicht.«

»Also gut«, sagte Carolinus, »dann will ich Euch rundheraus sagen, daß es sich auch diesmal wieder um eine Auseinandersetzung mit den Dunklen Mächten handelt, wie damals am Verhaßten Turm, als auch Ihr dabei wart. Diesmal aber wird sie verschleiert durch die weltlichen Ambitionen und Vorstellungen der Beteiligten, so daß der Sachverhalt weniger offen zutage liegt als damals. Nichtsdestotrotz ist es abermals das gleiche. Es gibt eine Bedrohung; und alle Hoffnung, zu verhindern, daß das Verhängnis losbricht und großen Schaden anrichtet, so wie es damals zu befürchten stand, ruht nun auf James, Brians und auch Dafydds Schultern. Alle sind sie da – bloß Ihr nicht.«

»Das geht mich nichts an«, knurrte Aragh.

»Ihr meint, Ihr wollt nicht, daß es Euch etwas angeht«, sagte Carolinus, »und um dieser Blindheit Vorschub zu leisten, tut Ihr so, als bräuchten Euch Eure Kameraden nicht; als hätten James und die anderen es mit einem Gegner zu tun, der ihnen an Stärke gleichkommt.«

Abermals knurrte Aragh, wortlos zwar, aber voller Unbehagen.

»Wie gewöhnlich macht Ihr große Worte, Magier, in denen nur wenig Sinn enthalten ist«, sagte er. »Ich habe Euch gebeten, mir die Situation offen zu schildern; Ihr aber weicht ständig aus, ohne mir klar zu sagen, worum es geht. Wozu habt Ihr mich überhaupt hierher bestellt? Was wollt Ihr von mir, und weshalb glaubt Ihr, daß ich mich dazu bereit erklären sollte?«

»Ich sage es Euch so«, erklärte Carolinus, »weil Ihr

ein starrsinniger, dickköpfiger, eigensüchtiger englischer Wolf seid und die Antworten auf diese Fragen selbst herausfinden müßt – sonst würdet Ihr sie nämlich niemals glauben. Ich nehme an, Ihr kennt Euch mit Wolfsjungen aus?«

»Wie sollte ich auch nicht…« Aragh ließ die Zunge heraushängen, was einem Lachen sehr nahe kam. »Ich kenne mich nicht nur damit aus, sondern es gibt auch eine ganze Menge ausgewachsener Wölfe, die… aber was soll's. Mein Leben geht nur mich etwas an. Ja, über Wolfsjunge weiß ich Bescheid. Aber was ist damit?«

»Würdet Ihr ein Wolfsjunges gegen einen ausgewachsenen Wolf kämpfen lassen?« fragte Carolinus.

»Eure Fragen werden immer verrückter, Magier – mit Verlaub«, sagte Aragh. »Natürlich würde ich das nicht tun. Ebensowenig wie ich einen zweijährigen Wolf gegen einen Wolf kämpfen lassen würde, der es geschafft hat, fünf Jahre am Leben zu bleiben – abgesehen davon, daß das unmöglich wäre, da ein englischer Wolf, gleich welchen Alters, ein englischer Wolf ist und sich von niemandem etwas sagen läßt. Im übrigen wäre dies das gleiche, als würde man mir ein Schaf in die Fänge treiben.«

»Und was haltet Ihr davon, einen jungen Magier der vierten Kategorie gegen einen Magier antreten zu lassen, der fast so erfahren ist wie ich – der nämlich der Kategorie Eins angehört? Wäre das nicht das gleiche, als wenn man einen zweijährigen gegen einen fünfjährigen Wolf kämpfen ließe? Oder ein Junges gegen einen ausgewachsenen Wolf?«

»Ihr sprecht von James, und seine Kenntnisse der Hexerei…«

»Der *Magie,* wenn Ihr nichts dagegen habt, Wolf!« blaffte Carolinus. »Bei denen, die mit der Ausübung dieser Kunst befaßt sind, gilt ›Hexer‹ als Schimpfwort. Ich bin ein Magier, und James ist ein Magier. Der, mit dem er es zu tun hat, hat die von Euch gebrauchte Bezeichnung schon eher verdient.«

»Dann wollt Ihr mir also klarmachen, daß James mich in Frankreich braucht?« fragte Aragh.

»Ja«, antwortete Carolinus.

»Dann werde ich dorthin gehen«, sagte Aragh, »obwohl ich England nicht gerne verlasse. Und ich werde James und meinen anderen Freunden nach Kräften beistehen, aber nur deshalb, weil sie meine Freunde sind.«

Aragh lachte lautlos, und die Reißzähne in seinem aufgerissenen Rachen funkelten in der Morgensonne.

»Außer gegen Wölfe werde ich ihnen gegen alle Gefahren beistehen«, sagte Aragh.

»Außer gegen Wölfe?« fauchte Carolinus. »Warum nicht auch gegen Wölfe? Sind die französischen Wölfe etwa Eure Freunde?«

Wieder lachte Aragh.

»Freunde? Ganz im Gegenteil«, sagte er. »Aber auch Wölfe haben Regeln, Magier – wenn Ihr und Euresgleichen auch nur wenig darüber wißt. In Frankreich befinde ich mich auf dem Territorium der französischen Wölfe, und das heißt, daß ich entweder vor ihnen kuschen oder mich mit sämtlichen Wölfen Frankreichs anlegen muß; und nicht einmal ich könnte sämtliche französischen Wölfe besiegen.«

Er klappte das Maul zu, legte den Kopf schief und blickte Carolinus spöttisch an.

»Und wie steht es mit Euch, Magier?« fragte er. »Worin besteht Euer Beitrag, während wir mit diesem fremden Hexer oder Magier oder wie auch immer befaßt sind?«

»Ich war von Anfang an beteiligt«, erwiderte Carolinus in barschem Ton, »auch wenn Ihr nichts davon gemerkt habt und vielleicht auch niemals davon erfahren werdet.«

Auf einmal nahm Carolinus Stimme einen ungewöhnlich sanften Tonfall an.

»Von all den Reichen, in welche die menschlichen und nichtmenschlichen Wesen unterteilt sind«, sagte er, »kommt das der Magier dem der Dunklen Mächte und ihrer Kreaturen am nächsten, Aragh. Denn die Magie ist eine gefahrvolle Kunst, die ständiges, mühsames Lernen erfordert, das nie an ein Ende kommt. Ebensowenig erschöpft sich jemals unsere Verantwortung, dazu beizutragen, daß die Dunklen Mächte eingedämmt werden. Ständig stehen wir, die wir uns Magier nennen, beim Kampf gegen diese Mächte und alles, was sie beherrschen – darunter auch diejenigen Magier, die auf die andere Seite übergewechselt sind, um *Hexer* zu werden –, in der vordersten Reihe.«

»Dann ...«, setzte Aragh an, doch Carolinus hob die Hand und hieß ihn schweigen.

»Die Gründe dafür sind nur einem Magier einsichtig, der meinem Rang nahekommt«, sagte Carolinus. »Wie zum Beispiel der, weshalb Jim in diesem Moment allein gegen Malvinne antreten muß, obwohl dieser ihn ebenso überragt, wie ein Berg ein kleines Haus wie das meine überragen würde. Während jemand wie ich, der Malvinne an Stärke gleichkommt oder ihn sogar übertrifft, abseits stehen und den Dingen ihren Lauf lassen muß. Ich kann gegenwärtig nicht vortreten. Ihr aber, Aragh, könnt es sehr wohl; und ich bin sehr erleichtert darüber, daß Ihr Euch dazu bereit erklärt habt. Denn Jim braucht Eure Hilfe, und niemand sonst könnte an Eure Stelle treten.«

»Ich habe immer schon gewußt, daß Ihr aufrichtig seid, Magier«, sagte Aragh, »deshalb sollten wir es dabei bewenden lassen. Jim ist bereits unterwegs zur Küste und hat sich womöglich schon nach Frankreich eingeschifft. Falls nicht, könnte ich ihn vielleicht noch vor seiner Abreise einholen, was mir die Überfahrt erleichtern würde. Aber ich werde einen Weg finden. Tut mir bloß einen Gefallen. Erzählt Jim nicht, ich täte dies aus Zuneigung zu ihm. Er soll gar nicht erst auf den

Gedanken kommen, er bräuchte bloß in Schwierigkeiten geraten, und schon käme Aragh angelaufen. Ich bin ein freier Wolf und entscheide für mich selbst.«

»Ich verspreche Euch«, sagte Carolinus, »daß ich ihm niemals sagen werde, daß Ihr irgend etwas aus Zuneigung zu ihm tut.«

»Ist gut«, meinte Aragh.

Er drehte sich um und war im nächsten Moment verschwunden.

Im Traum sah Jim Carolinus allein auf dem Weg vor seinem kleinen Haus stehen. Eine Weile hatte es den Anschein, als sei er tief in Gedanken versunken; dann wandte er sich um und schien unmittelbar auf Jim zuzugehen, obwohl dieser gar nicht anwesend war. Sein Gesicht wurde immer größer, bis es Jims ganzes Gesichtsfeld ausfüllte.

»In diesem Moment beginnt die eigentliche Prüfung, James«, sagte Carolinus. »Aber versucht nie mehr, mich auf diese Art zu erreichen. Malvinne träumt ebenfalls.«

Jim wachte auf. Es war noch Nacht und still ringsumher, abgesehen von einem schwachen Wind, der zwischen den Baumwipfeln wehte. Eine Zeitlang war Jim noch ganz erfüllt von dem Geschauten, dann verblaßte die Erinnerung daran allmählich, bis er sich zu fragen begann, ob es sich vielleicht um einen Wunschtraum gehandelt habe, den er selbst erzeugt hatte, um sich zu trösten.

Er legte sich wieder nieder und fiel in einen traumlosen Schlaf.

23

ALS JIM MIT SEINEN Gefährten vor fast einem Jahr zur Entscheidungsschlacht mit den Kreaturen des Verhaßten Turms aufgebrochen war, hatten am Boden, am Himmel und im Wasser – und in allem, was diese drei

Elemente in sich einschlossen – allerlei Anzeichen darauf hingedeutet, welchem Ort sie sich näherten. Alles hatte überwältigende Fadheit, Dumpfheit und tiefe Traurigkeit ausgestrahlt.

Als sie sich schließlich Malvinnes Burg näherten, waren ringsumher keine solchen Vorzeichen zu bemerken. Es war später Nachmittag, doch die Sonne schien immer noch hell. Die wenigen Wolken waren im Osten versammelt, so daß sie den Sonnenschein in keiner Weise trübten. Das trockene grüne Sommergras wuchs dicht, die Bäume standen in vollem Laub. Hier und da blühten Sommerblumen.

Die Hauptstraße hatten sie an der von Sir Raoul bezeichneten Stelle bereits vor einiger Zeit verlassen. Raoul hatte gemeint, die Straße zu Malvinnes Burg sei nur dann sichtbar, wenn Malvinne dies wolle. Ansonsten zöge der Verkehr außer Sichtweite seiner Besitzung und seiner Ländereien vorüber, ohne daß jemandem etwas auffallen würde.

Zum erstenmal erblickten sie das Châteaux Malvinne von einer Anhöhe aus, die zudem Ausblick bot auf den blauen Lauf der Loire in der Ferne, der unmittelbar hinter den Gebäuden vorbeifloß, die zu Malvinnes Burg gehörten. Was die Bauweise anging, wies das Châteaux tatsächlich so manche Ähnlichkeiten mit einer Burg auf, auch wenn es viel weitläufiger war als jede andere Burg, die Jim bislang gesehen hatte.

Dies alles funkelte im Sonnenschein.

Lediglich im finsteren, dichten Wald – der einen etwa anderthalb Meilen breiten Gürtel um die Burg bildete, so daß er diese vollständig gegen die Loire abschloß – gab es erste Anzeichen einer Dunkelheit, die derjenigen glich, der sie im Umkreis des Verhaßten Turms begegnet waren.

Die Schwärze dort war nicht bloß die Schwärze eines finsteren Waldes, sondern vielmehr die eines

Waldes, der buchstäblich schwarz war – Büsche, kleine Bäume und vielleicht sogar das Gras eingeschlossen –, wenngleich sich das aus dieser Entfernung nicht genau erkennen ließ; vielleicht war auch nur der Boden unter den Bäumen schwarz.

Die Bäume standen eng beieinander, und zwar so dicht, daß der ganze Wald wie ein einziges Brombeergestrüpp wirkte. Es gab keinen einzigen hohen Baum. Jim schätzte, daß kaum einer höher als sechs, sieben Meter war. Doch das änderte nichts. Das dichte Unterholz und die miteinander verflochtenen Zweige erfüllten allein schon ihren Zweck und zeigten, daß der Wald seinen Ruf zu Recht genoß.

Dennoch mußte es Wege geben, die hindurchführten, überlegte Jim, denn sonst hätten Malvinnes Patrouillen sich nicht darin bewegen können. Es mochte wohl sein, daß diese Wege etwas von einem Labyrinth an sich hatten – sicher zu begehen für jeden, der sich auskannte, aber eine Falle für jeden Fremden, der im Schutz des dunklen Geästs darin eindrang.

Unwillkürlich hatten sie alle auf der grünen Erhebung haltgemacht, auch Aragh, und nun blickten sie schweigend auf das Ziel ihrer Reise hinab. Die Burg hinter dem Wald lag im vollen Sonnenschein. Lediglich das abweisende Grau der mit Zinnen versehenen Mauern, Türme und Türmchen wirkte wie ein böses Vorzeichen. Die weitläufigen Parkanlagen, Lauben, kleinen Teiche und Grasflächen zu Füßen der Burg waren hübsch anzusehen und einladend. Doch dort, wo die eigentliche Burganlage begann, war alles so, wie man es von einer Festung erwarten konnte; bloß daß es keinen Burggraben gab.

Früher einmal hätte Jim sich wegen eines solchen Gedankens ausgelacht – nun aber argwöhnte er, es könnte doch ein Burggraben vorhanden sein, der für sie ebenso unsichtbar war wie der von seiner Besitzung zur Hauptstraße führende Weg, den Malvinne bisweilen auftauchen ließ, wenn er Besucher zu empfangen wünschte.

»Wir sollten warten, bis es dunkel wird«, sagte Jim, erstaunt über den herrischen Ton seiner Stimme. »In der Dämmerung werden wir den Wald erkunden. Bis die Sonne untergeht, sollten wir uns irgendwo verstecken.«

»Da habt Ihr recht, James«, sagte Brian. »Vor allem damit, daß wir uns einen Unterschlupf suchen sollten, und zwar nicht nur für den Moment, sondern notfalls für ein paar Tage. Ich habe nämlich so ein Gefühl, als ob wir mehrere Tage brauchen würden, bis wir Verbindung mit diesem Wesen aufgenommen haben, das einmal ein Mensch war.«

»Seht mal dort links, in etwa einer Viertelmeile Entfernung«, sagte Aragh. »Der Hang bildet dort eine Senke. Es gibt keine Bäume oder irgendwelches Unterholz, welche die Einkerbung verdecken könnten; und wenn ich mich nicht täusche, führt sie weiter nach innen, und dahinter liegt entweder ein abgeschlossenes Tal oder eine Höhle.«

Sie blickten in die genannte Richtung. Aragh hatte mit seinen scharfen Augen etwas entdeckt, das alle anderen übersehen hatten. Ein flüchtiger Blick wäre über das, was Aragh als Senke bezeichnet hatte, hinweggeglitten. Doch nun, da sie genauer hinschauten, entdeckten sie tatsächlich Schatten in der Tiefe, die darauf hinzudeuten schienen, daß die Einkerbung weiter in die Tiefe führte.

»Dann laßt uns hinunterreiten«, sagte Brian.

Sie ritten los und stellten fest, daß Aragh recht gehabt hatte. Die Senke erwies sich als Einkerbung, die in den Hang hineinführte und dann nach rechts abbog, so daß die vorspringende Erdwand gegenüber dem tiefergelegenen Wald und der Burg Deckung bot. Ein Bach strömte den Hang hinunter, der um die Ecke der Einkerbung floß und sich dann dem Wald zuwandte.

Es war nicht nur ein gutes Versteck, fand Jim, sondern auch ein ausgezeichneter Lagerplatz.

Allerdings war es ein kalter Lagerplatz, denn sie befanden sich zu nahe an der Burg, als daß sie das Risiko hätten eingehen können, Feuer zu machen. Zum Glück hatten sie vorgekochte Mahlzeiten dabei, dazu Brot und Käse; daraus bereiteten sie ihr Mahl und tranken dazu mit Bachwasser verdünnten Wein.

Nachdem sie gegessen hatten, hockten sie im letzten Tageslicht beieinander und unterhielten sich mit der engen Vertrautheit, die sich einstellt, wenn man sich gemeinsam in Gefahr begibt. Aragh, der wie ein Löwe auf dem Bauch lag, mit erhobenem Kopf und gerade ausgestreckten Vorderläufen, hatte nur wenig zu sagen. Wenngleich die Burg und der Wald von hier aus nicht zu sehen waren, ließ Aragh den Vorsprung, hinter dem sie sich versteckten, nicht aus den Augen. Selbst jetzt noch paßte er auf.

Die anderen verglichen die Umgebung mit ihren Karten und Erinnerungen und kamen überein, daß sie den Eingang zu dem Weg, der sie in den Wald und schließlich zu der Stelle führen würde, wo sie den ehemaligen Bediensteten treffen sollten, wohl finden würden. Sie würden etwa dreißig Meter des Waldrands absuchen müssen, jedoch nicht mehr.

Nachdem dies geregelt war, wandte sich das Gespräch anderen Dingen zu.

Sir Brian war nicht nur das älteste, sondern auch das einzige Kind seines Vaters, so daß nie in Frage gestanden hatte, daß er die Burg Smythe eines Tages erben würde. Nun aber stellte sich heraus – in einem der Momente der Offenheit, wie sie sich im Vorfeld einer gefahrvollen Unternehmung ergeben –, daß Giles der drittälteste Sohn seiner Familie war und nur mit einem geringen Erbe rechnen konnte, wenn überhaupt. Als northumbrischer Ritter ohne Freunde und Einfluß im Süden Englands, das heißt, ohne Freunde oder Einfluß bei Hofe, standen seine Aussichten schlecht, es im Leben zu etwas zu bringen.

»Offen gesagt, habe ich nie große Erwartungen gehabt«, meinte Giles zu Jim, Brian und Dafydd.

Keiner wollte darauf etwas entgegnen, am wenigsten Dafydd, dessen Erfolgsaussichten noch schlechter waren. Trotz all seiner Fertigkeiten als Bogenschütze war kaum anzunehmen, daß er in dieser Gesellschaft sozial aufsteigen würde. Allerdings bedeutete ihm ein solcher Aufstieg auch nicht viel. Für einen Mann von Stand stellte dies jedoch nicht nur eine Selbstverständlichkeit dar, sondern nachgerade eine Pflicht. Jeder, der von Geburt an eine höhere Position einnahm, welche die Ritterschaft in greifbare Nähe rückte, verfolgte das Ziel, auf die eine oder andere Art Land und Titel zu gewinnen.

Für Brian stellte dies nahezu eine Notwendigkeit dar, wenn er Geronde Isabel de Chaney ehelichen wollte. Sie waren einander versprochen, und bevor ihr Vater auf Kreuzzug gegangen war, hatte er dem Verlöbnis seine Zustimmung erteilt. Gleichwohl bestand immer noch die Möglichkeit, daß er es sich unterwegs anders überlegen würde – zumal dann, wenn er im Heiligen Land zu Reichtum und Macht gekommen war und nun dementsprechend höhere Ansprüche an den zukünftigen Gemahl seiner Tochter stellte.

Giles, der von seiner Herkunft her ein Edelmann war, hatte soeben gestanden, daß er kaum damit rechne, sich einen großen Namen zu machen oder Reichtümer zu erwerben.

»Ich habe nur einen Wunsch«, gestand er seinen Gefährten. »Bevor ich sterbe, möchte ich eine große Tat vollbringen, selbst wenn ich dabei umkommen sollte.«

Diese Bemerkung rüttelte selbst Dafydd wach, der wie gewöhnlich geschwiegen hatte.

»Es steht mir nicht zu, einem Ritter zu raten, wie er leben… oder sterben soll«, sagte Dafydd, »doch mir scheint, es spricht mehr dafür, weiterzuleben und nach Kräften seine Pflicht zu tun, als zu sterben, ohne der Welt noch von Nutzen zu sein.«

Jim hätte eigentlich erwartet, daß Sir Giles daraufhin aufbrausen würde, wie er es für gewöhnlich tat, wenn man ihm widersprach; der northumbrische Ritter war jedoch in einer eigentümlich gedämpften und nachdenklichen – geradezu melancholischen – Stimmung.

»In der Tat«, sagte er, jedoch mit sanfter Stimme, »steht es Euch, Dafydd, nicht an, mir oder irgendeinem anderen Ritter zu sagen, wie er leben oder sterben soll. Genau darin aber liegt der Unterschied zu Eurem Stand. Bedenkt, daß viele Ritter sich selbst auf die Gefahr hin, ihr Leben dabei zu verlieren, gern für eine bedeutende Sache aufopfern würden, daran aber durch die Verpflichtungen ihrer Familie, ihren Frauen und selbst ihren Namen gegenüber gehindert werden. Der Zufall hat mich von all diesen Verpflichtungen freigestellt. Mein Vater hat zwei ältere Söhne und zwei jüngere, so daß der Familienbesitz nicht in Gefahr ist, in fremde Hände zu fallen. Ich bin nicht nur keinem Höhergestellten verpflichtet – von der Pflicht, die mich hierhergeführt hat, einmal abgesehen –, ich habe nicht einmal Verpflichtungen meiner Familie und meinem Namen gegenüber, den ich lediglich nicht durch mein Verhalten beschmutzen darf. Daher steht es mir frei, vor meinem Tod zumindest eine große Tat zu vollbringen. Und das ist mein Wunsch und mein Wille.«

»Ihr seid noch zu jung, Giles, um schon ans Sterben zu denken«, sagte Jim.

Er wußte, daß er nur ein paar Jahre älter als der northumbrische Ritter war; davon einmal abgesehen, kam er sich jedoch unendlich reifer vor. Nicht nur aufgrund seiner Heirat, sondern auch deshalb, weil er in einer Welt groß geworden war, die gesellschaftlich und wissenschaftlich viel weiter fortgeschritten war als diese. In diesem Moment hegte er für Giles beinahe väterliche, wenn nicht gar großväterliche Gefühle.

»Wenn ich älter wäre, fiele es mir dann so leicht, mich aufzuopfern?« fragte ihn Giles. »Nein, jetzt ist die Zeit, etwas zu wagen, und es könnte wohl sein, daß die Befreiung unseres Prinzen die Gelegenheit für mich ist.«

Jim, der nicht die geringste Neigung verspürte, zu sterben oder sich auch nur verwunden zu lassen, fand Giles Standpunkt schockierend. Für ihn hieß das nichts weiter, als ein Menschenleben sinnlos zu vergeuden. Allerdings war ihm klar, daß Giles dabei nicht nur der Eingebung des Augenblicks folgte. Diese Vorstellung war offenbar lange in ihm herangereift, und wahrscheinlich trug er sie schon seit frühester Jugend mit sich herum. Argumente würden dagegen nichts ausrichten können und hätten Giles womöglich verletzt. Jim beschloß, sich nicht weiter dazu zu äußern.

Brian und Dafydd schienen einer Meinung zu sein. Aragh hatte entweder keine Meinung, oder aber er fand, Giles müsse selbst wissen, was er zu tun und zu lassen habe, und ihn ginge das nichts an und bräuchte ihn auch nicht zu interessieren. Nach allem, was Jim über Aragh wußte, mochte er Giles Vorhaben durchaus zustimmend gegenüberstehen. Jedenfalls paßte diese Einstellung in das wilde Zeitalter, in dem sie alle gefangen waren.

Als die Sonne hinter dem Hügel unterging, der Einschnitt in tiefer Dunkelheit lag und der tiefergelegene Wald im Zwielicht nur noch undeutlich zu erkennen war, brachen sie auf. Jim hatte beschlossen, Aragh die Führung zu überlassen, damit dessen empfindliche Nase nicht durch die Gerüche seiner menschlichen Begleiter gestört wurde. Gemeinsam begaben sie sich zur der Stelle am Waldrand, wo sie den Anfang des Weges vermuteten. Die Überquerung des baumlosen Hanges bereitete ihnen keine Mühe, und sie fanden sicheren Halt.

Als sie am Waldrand angelangt waren, dauerte es nicht lange, und sie hatten einen Zugang gefunden, der unmittelbar in das Dickicht der Bäume hineinführte.

Sir Raouls Beschreibung stimmte haargenau. An einem Astende war ein frisch abgebrochener Zweig, der aus dem Wald herauszeigte und ihnen bestätigte, daß sie nicht nur den richtigen Weg gefunden hatten, sondern daß derjenige, den sie treffen sollten, auch nach ihnen Ausschau halten würde.

Aus der Nähe wirkte der Wald noch abweisender als aus der Ferne. Die meisten Bäume waren nicht größer als Apfelbäume, trugen aber keine Früchte und besaßen anstelle von Blättern lediglich kleine, knorrige Auswüchse. Das Geäst wies scharfe Winkel auf. Die Äste wuchsen etwa fünfzehn Zentimeter in eine Richtung, dann knickten sie ab, und an den Knickstellen liefen sie spitz zu, so daß sie ebenso scharf wie Dornen waren. Instinktiv zogen die drei Ritter die Schwerter, als sie hinter Aragh im Gänsemarsch in den Wald eindrangen. Als Jim sich umschaute, sah er, daß selbst Dafydd das lange Messer gezogen hatte, daß er in einer Scheide an seinem hohen linken Stiefelschaft verwahrte.

Im Wald war es stockfinster. Nachdem sich ihre Augen an die Dunkelheit gewöhnt hatten, konnten sie sich im schwachen Schein des Abendhimmels einigermaßen orientieren. Erst später stieg der fast volle Mond – der noch vor Sonnenuntergang aufgegangen war – über das Unterholz empor und sandte seine Strahlen zwischen die Bäume.

Aragh bewegte sich zielstrebig voran. Zunächst folgte Jim ihm fast ausschließlich nach Gefühl. Dann fiel ihm ein, daß er sein Sehvermögen verbessern konnte. Er schrieb an die Innenseite seiner Stirn:

ICH → DRACHENSEHVERMÖGEN,
DRACHENGERUCHSSINN UND
DRACHENGEHÖR

Sogleich sah er ebenso gut wie in Drachengestalt. Die Verbesserung war nicht überwältigend, aber er sah doch erheblich besser als zuvor. Außerdem konnte er nun genau wie Aragh, der sich mittels des Geruchssinns am Weg orientierte, bis zu einem gewissen Grad seine Nase einsetzen.

Nicht, daß sie sich über einen Mangel an Hinweisen hätten beklagen können. Der Weg war nicht breiter als einen Meter, und bei jeder unvorsichtigen Bewegung streifte man mit einem Arm oder Bein an einem der Bäume. Eine solch zufällige Berührung brachte einen beinahe zwangsläufig mit den spitzen Knickstellen in Kontakt, die offenbar selbst dicken Stoff und Leder durchdrangen.

Dennoch gingen sie weiter, wobei ihnen das Vorwärtskommen nach einiger Zeit dadurch erleichtert wurde, daß der Mond allmählich höher stieg und immer heller schien, so daß sie den Weg deutlicher sehen konnten. Jim schaltete vorübergehend wieder auf menschliche Sehkraft um, bloß um sich zu vergewissern, wie gut seine zweibeinigen Gefährten sehen konnten.

Das Ergebnis war einigermaßen bestürzend. Ohne sein Drachensehvermögen, das sich mühelos auf Fernsicht umschalten und an Dunkelheit anpassen ließ, war selbst das Gesicht Brians, der gleich hinter ihm ging, nur mehr ein verschwommener Flecken. Er wandte sich gerade noch rechtzeitig wieder nach vorn, um einem Baum zu seiner Rechten ausweichen zu können, und wechselte wieder zur Drachensicht über.

Der Weg beschrieb wunderliche Windungen. Jim hatte längst die Orientierung verloren. Er beugte sich vor und flüsterte im Vertrauen darauf, daß ihn der Wolf mit seinem scharfen Gehör schon verstehen würde: »Aragh, glaubst du, wir bewegen uns immer noch auf die Burg zu?«

»Bis vor kurzem taten wir das«, antwortete Aragh so

leise, daß Jim seine Stimme kaum wiedererkannte. »Seitdem bleibt der Abstand gleich. Beachtet, daß wir nackten Erdboden unter den Füßen haben.«

Bis jetzt hatte Jim noch nicht darauf geachtet; doch nun, da Aragh ihn darauf hingewiesen hatte, bestätigte sein geschärfter Geruchssinn, daß am Boden nichts Grünes zu riechen war. Alles andere hätte ihn auch gewundert, denn selbst am hellichten Tag würden die Bäume kaum Licht hindurchlassen.

»Ich rieche kurz vor uns einen größeren Flecken nackten Erdbodens«, fuhr Aragh im gleichen Flüsterton fort. »Am besten halten wir hier an und beraten, wie wir weiter vorgehen sollen – eigentlich bleibt uns auch gar keine andere Wahl, als hier anzuhalten.«

Jim hatte keine Ahnung, was Araghs letzte Bemerkung zu bedeuten hatte. Erleichtert darüber, mit seiner Drachensicht besser sehen zu können als zuvor, achtete er nun auf Dinge, die er bislang nicht bemerkt hatte, und nahm auf einmal den Atem seiner drei menschlichen Begleiter wahr.

Bis auf Dafydd, der den Abschluß bildete, atmeten sie schwer und unregelmäßig. Brian murmelte sogar halblaut vor sich hin. Mit ein wenig Anstrengung und unter Zuhilfenahme seines Drachengehörs konnte Jim ihn sogar verstehen.

Brian fluchte in einem fort.

»... Tod und Teufel, verdammt noch mal ...« Auf einmal brach Brian ab, und man vernahm das Geräusch reißenden Stoffs. Offenbar war Brian gegen einen der scharfen Äste gestoßen.

Das fast lautlose Fluchen ging weiter. Giles und Dafydd, die hinter Brian gingen, waren jedoch still – bei Giles hatte man sogar den Eindruck, er hielte den Atem an. Auf einmal verspürte Jim eine beklemmende Sorge um seine Gefährten.

Abermals wandte er sich flüsternd an Aragh.

»Wie weit ist es noch bis zu der Stelle?« fragte er.

»Wir sind gleich da. Was ist denn mit Eurer Nase los, James?« wisperte Aragh spöttisch. »Seit einer Weile schnüffelt Ihr wie ein Drache. Erzählt mir nicht, Ihr könntet es nicht selbst erschnuppern.«

Jim schnüffelte. Klar, vor ihm roch es stark nach Erde, nach nackter Erde; ein Geruch, der dem des Weges glich, dem sie im Moment folgten, der aber etwas feuchter und strenger war.

Kurz darauf hatten sie die Stelle erreicht und bildeten einen Kreis, und zumindest Brian nahm die Gelegenheit wahr, einmal Atem zu schöpfen. Jim hörte, daß Giles es ihm nachtat. Er atmete schwer und wirkte ziemlich erschöpft. Dafydd atmete immer noch gleichmäßig; Aragh schien überhaupt nicht Luft zu holen, so geräuschlos atmete er ein und aus.

Einen Moment lang meinte Jim, sie hätten bereits die Stelle erreicht, wo sie sich mit dem Wesen treffen sollten, das jetzt halb Mensch, halb Kröte war und ehedem im Dienste von Sir Raouls Vater gestanden hatte. Allerdings hatten sie diesen Ort allzu leicht erreicht. Sir Raoul hatte ihnen gesagt, auf der rechten Seite des Weges gäbe es einen Durchschlupf, der zu einer Stelle führe, die ihnen ausreichend Platz böte, um nebeneinander anstatt hintereinander zu stehen. Sie aber waren ohne abzubiegen zu dieser kleinen Lichtung gelangt.

Im Licht des Vollmonds und dank seines geschärften Drachenblicks machte Jim sogar noch mindestens drei weitere dunkle, annähernd kreisförmige Öffnungen aus, die Eingänge zu weiteren Wegen darstellten. Offenbar befanden sie sich auf einer Art Kreuzung innerhalb des Labyrinths. Wie sollten sie herausfinden, welcher der Eingänge sie zur Burg führen würde anstatt nur noch tiefer in den Wald hinein?

Jetzt, im vollen Mondschein, konnte er Brian, Giles und Dafydd ausgiebig in Augenschein nehmen. Alle drei wiesen Verletzungen durch die scharfen, dornenartigen Ecken der Bäume auf. Dafydd hatte die wenigsten Kratzer an Gesicht und Händen. Brian fluchte unaufhörlich halblaut vor sich hin. Giles gab keinen Laut von sich, aber von Gesicht und Händen tropfte buchstäblich Blut.

»Giles!« sagte Jim und trat auf ihn zu. »Was ist denn mit Euch passiert?«

»Ich sehe im Dunkeln nicht so gut,« antwortete Giles in leicht abweisendem Ton. »Das liegt seit Generationen in meiner Familie. Kümmert Euch nicht darum.«

Auch Brian hatte sich ihm mittlerweile zugewendet.

»Giles!« rief er bestürzt aus. »Mann, Ihr seht ja aus, als hättet Ihr mit dem König der Katzen gekämpft! Wieso hat es Euch so schlimm erwischt, während wir bloß...«

Er zögerte kurz; dann fuhr er fort.

»... leichte Kratzer abbekommen haben?«

»Wie ich James eben sagte«, erklärte Giles in nach wie vor abweisendem Ton, »leidet meine ganze Familie unter einer Art Nachtblindheit. Ich habe geglaubt, das würde kein großes Problem darstellen, und das tut es auch nicht. Ich habe bloß ein paar kleine Kratzer abbekommen.«

»Noch ein paar mehr davon, und Ihr verblutet«, sagte Brian, diesmal in gedämpfterem Ton.

Er wandte sich zu Jim herum.

»Wir müssen ihn irgendwie verbinden und dann aufpassen, daß er sich von jetzt an in der Mitte des Weges hält.«

»Ich bin völlig Eurer Meinung«, erwiderte Jim betroffen. »Brian, wir sollten ein Stück von unseren Hemden abreißen und ihm Gesicht und Hände verbinden.«

»Ich protestiere«, sagte Giles leise, jedoch mit einem strengen Unterton. »Ein Ritter sollte derlei Kleinigkeiten nicht beachten.«

»Schon möglich«, meinte Jim grimmig, »aber wenn das so weitergeht, dann hinterlaßt Ihr noch eine Blutspur, der man mit Leichtigkeit folgen kann.«

Währenddessen hatten er und Brian die Hemden aus der Hose gezogen und bemühten sich, Streifen davon abzureißen. Begleitet von Giles ziemlich schwachem Protest verbanden sie ihm Hände, Unterarme und das Gesicht, bis nur noch Nase und Augen freiblieben. Die Enden der Stoffstreifen banden sie zusammen, damit die Bandagen nicht verrutschen konnten.

»Von jetzt an«, sagte Jim, »werdet Ihr zwischen Brian und mir gehen und Euch an meinem Gürtel festhalten; und Brian wird Euch am Gürtel halten und Euch führen, damit Ihr die Mitte des Weges einhaltet.«

Brian wandte sich an Aragh.

»Habt Ihr eine Ahnung, wo wir uns befinden, Aragh«, fragte er, »oder wohin diese drei Wege führen?«

»Die Burg liegt in dieser Richtung.« Aragh deutete mit der Schnauze auf eine undurchdringliche Wand von Bäumen zwischen zweien der Eingänge. »Wir befinden uns jetzt etwa in der Mitte des Waldes. Welcher Weg der richtige ist, weiß ich ebensowenig wie Ihr. Aber wenn ich allein wäre, würde ich einfach unter den Bäumen hindurch bis zum Waldrand kriechen, wo das offene Gelände um die Burg herum anfängt.«

Zum erstenmal schaute Jim sich den Wolf genauer an. Aragh war vollkommen unversehrt. Jim mußte zugeben, daß er trotz seiner Größe durchaus in der Lage wäre, seine Worte in die Tat umzusetzen. Geschützt von seinem Fell, hätte er sich in mehr oder weniger gerader Linie unter und zwischen den Bäumen bis zum inneren Waldrand hindurchschlängeln können.

Doch damit war ihnen nicht geholfen.

24

»WELCHEN DER DREI WEGE sollen wir nehmen?« flüsterte Brian nach einer Weile. »Wir müssen weiter, denn Sir Raoul hat schließlich gemeint, die Stelle sei über einen schmalen, nach rechts führenden Weg zugänglich, dessen Eingang verborgen sei. Was, in Gottes Namen, soll man sich in diesem Wirrwarr bloß darunter vorstellen?«

Die Frage war zwar rhetorisch gemeint, dennoch gab Aragh sogleich die Antwort.

»Zum Beispiel einen Eingang, der durch einen falschen Baum blockiert ist«, sagte der Wolf. »Das kommt davon, wenn man mich nicht vollständig ins Vertrauen zieht.«

»Was soll das heißen, Aragh?« fragte Jim.

»Das soll heißen, daß wir an diesem Geheimeingang höchstwahrscheinlich schon vorbeigekommen sind«, entgegnete Aragh. »Vor kurzem sind wir an einem Baum zu unserer Rechten vorbeigekommen, der kurz über der Erde abgesägt und dann wieder auf den Stumpf gestellt worden ist, während die Schnittfläche mit befeuchtetem Dreck vom Weg zugekleistert war. Befeuchtet worden war er mit Wein – und zwar mit Wein, der schon sauer war oder der es in der Zwischenzeit geworden ist. Beim Vorbeigehen habe ich das zwar gerochen, mir aber nichts dabei gedacht, denn schließlich hat mir ja niemand gesagt, daß der gesuchte Eingang hinter einem falschen Baum versteckt sein könnte.«

Nachdem der Wolf seine kleine Ansprache beendet hatte, herrschte wieder Schweigen. Jim hätte sich in den Hintern beißen können, und dann wurde ihm klar, daß es den beiden anderen wahrscheinlich ebenso erging. Er aber hatte am meisten Grund dazu, denn mit dem Geruchssinn eines Drachen – selbst wenn er es mit Araghs Nase bei weitem nicht aufnehmen konnte – hätte er den sauren Wein bestimmt gerochen, wenn er nur wachsam genug gewesen wäre.

»Dann laßt uns sogleich zu diesem falschen Baum zurückgehen!« brach Giles endlich das Schweigen.

»Ihr habt recht«, sagte Jim. »Dafydd, würdet Ihr wieder die Nachhut bilden?«

»Das hatte ich vor«, sagte Dafydd.

Im Gänsemarsch gingen sie denselben Weg zurück, den sie gekommen waren. Der einzige Unterschied war, daß Aragh sich nun, da er das Ziel bereits kannte, etwas schneller bewegte als zuvor.

Die anderen folgten ihm. Jim mißfiel es, abermals den Weg beschreiten zu müssen, der bereits schmerzhafte Spuren bei ihm hinterlassen hatte. Doch dann meldete sich sein schlechtes Gewissen zu Wort. Von Aragh und Dafydd – wie Dafydd es anstellte, unverletzt zu bleiben, war Jim ein Rätsel – einmal abgesehen, war Jim eigentlich noch recht glimpflich davongekommen. Dies hatte er seinen Drachensinnen zuzuschreiben, die es ihm leichter machten, sich in der Mitte des Weges zu halten.

Araghs flotteres Tempo zwang sie alle, schneller zu gehen. Da Sir Giles sich nun an Jims Gürtel festhielt und Brian ihn von hinten dirigierte, hatten sie Mühe, mit dem Wolf Schritt zu halten. Jim wollte Aragh gerade auffordern, langsamer zu werden, als der Wolf unvermittelt stehenblieb.

»Hier ist der falsche Baum«, erklärte er über die Schulter hinweg.

Mit seinem geschärften Sehvermögen konnte Jim erkennen, daß die Dunkelheit des Weges scheinbar den Stamm eines Baumes hinauffloß, der nicht größer war als ein Weihnachtsbaum. Behutsam trat er neben Aragh, der ihm bereitwillig Platz machte, dann beugte er sich vor und schnupperte am Stamm.

Er nahm eindeutig einen schwachen, essigartigen Geruch wahr.

Vorsichtig langte er zwischen die scharfbewehrten Zweige und packte den unangenehm rauhen und stechenden Stamm zwischen zwei Ästen. Jim zog ihn auf dem Weg und trat etwas zurück, damit die anderen an ihm vorbeikamen.

Sie standen vor einem weiteren, allerdings sehr

schmalen Pfad. Mit Ausnahme von Aragh würden sie sich seitlich hindurchzwängen müssen. Trotzdem betraten sie den Pfad, der Wolf an der Spitze. Jim folgte ihnen und stellte den falschen Baum hinter sich wieder an seinen Platz.

Was den Baum auf dem Stumpf aufrecht hielt, war die Tatsache, daß sein Geäst sich mit den Bäumen beiderseits des Pfads verschränkte. Jim hatte eine Wasserflasche am Gürtel befestigt, doch der Platz auf dem schmalen Pfad reichte nicht aus, sich hinzuhocken und frischen Erdbrei zu bereiten, um die Schnittfläche zu verkleistern. Daher blieb ihnen nichts anderes übrig, als es darauf ankommen zu lassen und zu hoffen, daß man ihre Anwesenheit nicht bemerken würde, bevor sich das Wesen, mit dem sie sich treffen wollten, blicken ließ.

Jim folgte den anderen zu der Stelle, an der sie sich versammelt hatten. Die Fläche war etwa halb so groß wie die Kreuzung, auf der die verschiedenen Wege zusammengetroffen waren und wo sie haltgemacht hatten, um über ihre nächsten Schritte zu beraten.

Weil es so eng war, waren sie dicht umstanden von Dornenbäumen, deren höhere Zweige sich miteinander verflochten, so daß der Mondschein durchbrochen war. Sie vermochten einander nicht einmal so gut zu erkennen wie an der Wegkreuzung. Allerdings sahen sie einander besser als auf dem Weg.

»Ich würde vorschlagen«, sagte Brian, »daß wir uns hinsetzen, etwas trinken und vielleicht ein wenig essen. Es könnte sein, daß wir hier lange warten müssen. Des weiteren schlage ich vor, daß wir diesen Ort verlassen und den Tag in unserem Lager am Hügel verbringen, sollte sich der Erwartete bis Monduntergang nicht blicken lassen. Bei Tageslicht sollten wir uns besser nicht im Wald aufhalten.«

»Genau«, meinte der an Kopf und Händen bandagierte Sir Giles.

»Ich bin ebenfalls einverstanden«, sagte Jim.

Sie setzten sich auf den Boden, mit Ausnahme von Aragh, der sich hinlegte und wiederum seine löwenhafte Pose einnahm. Sie schauten schweigend zu, wie der Mond über den Himmel wanderte und schließlich im Astgewirr des Waldes versank.

Zweimal warnte Aragh sie nahezu lautlos, still zu sein, und jedesmal kam in weniger als fünf Metern Entfernung jemand den Hauptweg entlang.

Keiner der Vorbeikommenden aber blieb am Baum stehen, der den Eingang zu dem Seitenweg verbarg; und als schließlich der Mond verschwand und nur noch ein Rest seines Scheins vom Himmel reflektiert wurde, meldete sich Brian aus der fast undurchdringlichen Dunkelheit zu Wort.

»Wir sollten jetzt aufbrechen«, sagte er. »Ihr müßt uns jetzt führen, Aragh, denn ich schwöre, daß ich die Hand vor dem Gesicht nicht mehr sehe.«

Selbst Jim mit seinen Drachensinnen vermochte kaum wesentlich mehr zu erkennen. Sie erhoben sich und faßten sich bei den Händen, während Jim die Spitze von Araghs Schwanz ergriff. So bewegten sie sich voran, bis Aragh plötzlich stehenblieb. Jim griff über ihn hinweg, schloß die Hand um den falschen Baum, auch wenn ihm das einige Kratzer einbrachte, und rückte ihn beiseite. Sie traten auf den Hauptweg hinaus und wandten sich nach links.

Jim stellte den Baum wieder auf den Stumpf. Mit dem Wasser aus seiner Vorratsflasche und viel Gefühl gelang es ihm, die Nahtstelle zwischen Stumpf und Baum wieder mit dem lehmartigen Boden des Weges zu verschmieren. Sie wandten sich nach links und gingen denselben Weg zurück, den sie gekommen waren.

Als sie aus dem Wald traten, dämmerte es im Osten bereits. Viel heller war es dadurch nicht geworden, doch nach der bedrückenden Atmosphäre im Wald kam es ihnen beinahe so vor, als träten sie ins helle Tageslicht. Sie gingen zurück zum Lager. Dort legten sie sich hin, hüllten sich in ihre Decken und bereiteten sich auf den Schlaf vor.

»Wo ist eigentlich der Wolf abgeblieben?« erkundigte Giles sich müde, kurz bevor die anderen eingeschlafen waren. Er stützte sich auf den Ellbogen auf.

»Macht bestimmt Jagd auf etwas Eßbares«, antwortete Jim. »Bedenkt, daß er im Wald nichts zu trinken und zu essen hatte und trotzdem bei uns ausgeharrt hat.«

»Ich habe gesehen, wie er am Bach getrunken hat, bevor er aufgebrochen ist«, sagte Brian. »Der kann schon allein auf sich aufpassen, Giles. Laßt uns jetzt ruhen; ich schwöre, ich hab's nötig.«

Und das galt offenbar auch für die anderen. Sie schliefen nämlich den ganzen Tag durch, bis die Sonne um den Vorsprung lugte und ihnen direkt in die Augen schien; dann erwachten sie schweißgebadet.

In den folgenden drei Nächten pilgerten sie wieder an den geheimen Treffpunkt, doch ließ sich dort niemand blicken. Giles war bereit, die Warterei aufzugeben und ein paar der anderen Wege zu erkunden. Dies sagte er auch.

»Wir sollten noch ein wenig Geduld haben«, meinte Jim. »Derjenige, den wir treffen wollen, wußte nicht einmal, in welcher Woche wir kommen würden, geschweige denn, an welchem Tag. Außerdem könnte es gut sein, daß er nur hin und wieder dort nachsehen kommt. Es wäre auch möglich, daß man ihn für eine Woche tagsüber eingeteilt hat.«

Sie hielten drei weitere Nächte hindurch Wache, wiederum ohne Erfolg. Mittlerweile schwand auch bei Brian die Hoffnung, daß sich der erwartete Krötenmann noch zeigen würde.

»Also gut«, sagte Jim, als es abermals zu dämmern begann. »Laßt es uns noch einmal versuchen. Wir können heute nacht sowieso nichts anderes mehr tun, und wir wissen nicht, welchen Weg wir einschlagen sollen, wenn wir über unser Versteck hinaus weiter vordringen wollen. Geben wir diesem ehemaligen Bediensteten noch eine Chance, sich mit uns zu treffen.«

Die anderen gaben nach, wenngleich Jim sich des Eindrucks nicht erwehren konnte, daß sie sich eher ihm als Anführer beugten, als daß sie sich von ihm hätten überzeugen lassen.

Sobald es dunkel geworden war, drangen sie wieder in den Wald ein und begaben sich zu dem geheimen Treffpunkt.

Sie hatten das Versteck kaum erreicht, als Aragh ihnen wieder einmal meldete, daß jemand sich nähere. Sie erhoben sich und zückten die Schwerter, Dafydd sein langes Messer.

Sie hörten alle, wie sich Schritte näherten. Diesmal stockten sie. In diesem Moment brach der Mond durch ein besonders dichtes Astgewirr, und es wurde beinahe hell.

Jim hatte in seiner Anspannung das Gefühl, ein Scheinwerfer sei auf sie gerichtet worden.

Sie hörten, wie der falsche Baum beiseite gerückt wurde. Dann vernahmen sie eine leise, krächzende Stimme – die kaum eine Armlänge von ihnen entfernt zu sein schien.

»Sir Raoul hat mich geschickt.«

Die Männer entspannten sich, allerdings nur teilweise. Jim hielt den Schwertknauf so fest umklammert, daß ihm die Finger weh taten. Er lockerte den Griff ein wenig, ohne das Schwert jedoch zu senken.

»Wenn Ihr der seid, den wir hier treffen sollten«, antwortete er so leise, daß sein Gegenüber ihn gerade eben noch verstehen konnte, »dann tretet vor – aber ohne eine Waffe in der Hand.«

»Meine Hände sind leer«, krächzte der Fremde.

Man vernahm ein kaum hörbares Rascheln, dann trat eine dunkle Gestalt in ihr Versteck. Mit dem Fremden war es dort so eng, daß sie einander beinahe ins Gesicht atmeten. Die Gestalt, die jetzt vom Mond beschienen wurde, hielt die Hände hoch, die eindeutig menschlich waren; und diese Hände waren leer.

Gleichzeitig lief Jim ein Schauder über den Rücken. Trotz der menschenähnlichen Hände, Arme und Beine war das Wesen, das vor ihnen stand, stark deformiert. Der Oberkörper wirkte geradezu aufgedunsen, und der Kopf war unnatürlich groß und flach.

»Nennt uns Euren Namen«, flüsterte Jim.

»Ich bin Bernard«, antwortete der Fremde mit leisem Krächzen, »der einmal ein Mensch wie Ihr war, edler Ritter – und ein Ritter seid Ihr wohl, denn einen Geringeren würde Sir Raoul wohl kaum mit einer solchen Aufgabe betrauen. Ich habe diese Gestalt jetzt schon seit Jahren – und ich danke Gott im Himmel, daß Ihr mich im Dunkeln und nicht bei Tageslicht seht, denn ich ertrage es kaum selbst, mein Spiegelbild in einem Tümpel anzuschauen.«

»Schon gut«, sagte Jim, den die groteske Gestalt rührte. »Bringt uns einfach in die Burg hinein und zeigt uns, wo wir den Prinzen finden können. Deshalb seid Ihr doch gekommen, nicht wahr?«

»Jawohl!« antwortete die Gestalt. »Zwölf Jahre lang habe ich hier den braven Bediensteten gespielt und auf eine Gelegenheit gewartet, es Malvinne heimzuzahlen für das, was er meinem Herrn und dessen Familie angetan hat. Jetzt ist diese Gelegenheit gekommen, und ich würde eher darauf verzichten, ins Himmelreich zu kommen, falls ich darauf überhaupt hoffen kann, als sie mir entgehen zu lassen. Ich werde Euch nun in die Burg hineinbringen – das heißt, nur bis zum Eingang, denn der Zugang ist mir nicht gestattet. Dann werde ich Euch sagen, wo Ihr den erwähnten jungen Mann finden könnt. Von da an liegt es ganz bei Euch. Ich bitte Euch nur um eines.«

»Und das wäre?« fragte Jim.

»Daß mich keiner von Euch direkt anschaut, solange ich Euch führe«, antwortete die Gestalt. »Versprecht mir das, um der Heiligen Mutter Gottes willen.«

»Wir versprechen es«, sagte Jim.

Brian, Giles und Dafydd bekundeten halblaut ihre Zustimmung.

»So, jetzt habt Ihr unser Wort«, sagte Jim. »Aber wird man Euch nicht verdächtigen, wenn wir den Prinzen finden und befreien? Solltet Ihr nicht besser auf uns warten und mit uns von hier flüchten?«

Die Gestalt lachte krächzend und bitter auf.

»Wo in aller Welt sollte ich mich denn hinwenden?« antwortete das Wesen, das einmal Bernard gewesen war. »Selbst die heiligen Klostermönche würden mir die Tür vor der Nase zuschlagen. Selbst die Aussätzigen würden sich von mir abwenden. Nein, was geschehen muß, soll geschehen. Ich werde hierbleiben und darauf hoffen, daß sich mir vielleicht wieder einmal eine Gelegenheit bietet, es Malvinne heimzuzahlen.«

»Aber wenn man Euch verdächtigt, bloß verdächtigt«, sagte Jim, »könnte es sehr schwer für Euch werden.«

»Das ist mir egal«, krächzte Bernard. »Nach allem, was man mir bereits angetan hat, kann es nicht schlimmer werden. Und nun laßt uns aufbrechen, es ist noch ein gutes Stück Wegs, und es könnte sein, daß wir uns unterwegs verstecken müssen. Wäre ich allein, könnte ich direkt zur Burg gehen. Aber da wir so viele sind, würde man bestimmt auf uns aufmerksam werden.«

Er hob ungeduldig die Stimme.

»Und nun laßt uns gehen! Laßt uns um alles in der Welt endlich aufbrechen!«

Ohne eine Antwort abzuwarten, machte er kehrt und zwängte sich durch die schmale Lücke zwischen den Bäumen auf den breiteren Weg. Die anderen folgten ihm. Als sie alle auf dem Weg standen, stellte Bernard den Baum wieder an seinen Platz und verkleisterte die Schnittstelle mit Schlamm, den er mit Wasser aus der Gürtelflasche angerührt hatte. Anschließend richtete er sich auf, ging aber nicht sogleich los. Statt dessen wandte er sich abermals an seine Begleiter.

»Der Pfad, den wir einschlagen werden«, sagte er, »ist nicht der kürzeste Weg zur Burg, dafür aber der sicherste, der durch dieses Waldlabyrinth führt. Ihr werdet feststellen, daß wir uns stets rechts halten werden. Auf diese Weise werden wir schließlich zum Park des Palastgeländes gelangen. Wenn Ihr es schafft, den Prinzen zu befreien und unversehrt zu flüchten, so dringt wieder an der gleichen Stelle in den Wald ein und haltet Euch stets links. Dann werdet Ihr irgendwann am Fuße des Hügels herauskommen. Von da an müßt Ihr auf Gott vertrauen; denn ich kann Euch dann nicht mehr helfen.«

Es war eine gehörige Strecke bis zum inneren Waldrand. Bernard wies ihnen jedoch in so zügigem Tempo und mit so großer Sicherheit den Weg, daß sie nicht lange brauchten.

Schließlich hatten sie den Park von Malvinnes Burg erreicht. Der unvermittelte Übergang vom Wald zum Park war geradezu unheimlich.

Auf einmal war die Nacht warm und lieblich. Der Mond, der erst seit wenigen Tagen wieder im Abnehmen begriffen war, beleuchtete verschiedene Laubengänge, Grasflächen, Blumenbeete und sorgfältig gerechte Kieswege, auf denen sie sich der dunkel vor ihnen aufragenden Burg näherten.

Die Feuchtigkeit der zahlreichen Springbrunnen und kleinen Teiche machte die Luft weicher, und es hatte den Anschein, als hinge der Duft der nachtblühenden Gewächse des Parks in Kopfhöhe in der Luft, anstatt von dem schwachen Lüftchen, das hin und wieder wehte, zerstreut zu werden.

Auf den Wegen kamen sie rascher voran. Nach etwa

zehn Minuten standen sie vor der Steinmauer der Burg. Vor ihnen befand sich eine Tür, die nicht größer war als die Haustüren, die Jim von seiner Heimatwelt her gewohnt war.

Bernard öffnete die Tür und führte sie in einen menschenleeren Raum, dann blieb er stehen.

»Hier verlasse ich Euch«, sagte er.

Jim blickte sich um. Die Wände waren aus Stein, und die Decke bestand aus massivem, dicht verfugtem Holz. Die Schicht Binsen oder Gras oder die Webteppiche, die Jim in einer mittelalterlichen Burg erwartet hätte, fehlten; statt dessen war der Boden mit kahlen Fliesen ausgelegt.

Der Raum war breit und lang, die Decke befand sich jedoch nur dreißig Zentimeter über ihren Köpfen. Alles in allem war es kein unangenehmer Ort, allerdings bei weitem nicht so attraktiv wie der Park.

»Von jetzt an«, fuhr Bernard fort, »braucht Ihr Euch nicht mehr zu verstecken. Es gibt viele Menschen in der Burg, die Malvinne dienen; einige sind sogar von hohem Stand. Wegen des Hundes wird man sich aber an Euch erinnern. Schade, daß ich nicht früher daran gedacht habe. Ihr hättet ihn im Wald lassen sollen.«

»Kommt gar nicht in Frage«, sagte Aragh.

Bernard sprang in die Luft. Man mußte es schon als Luftsprung bezeichnen, denn es war mehr als ein bloßes Zusammenzucken. Der Raum wurde von Fackeln erhellt, die in Wandhaltern steckten. Die Flammen erhellten den Raum recht gut, ließen einzelne Stellen jedoch in tiefem Schatten. An einer solch finsteren Stelle war Bernard stehengeblieben, so daß er nach wie vor nicht genau zu erkennen war.

»Ist das ein Wolf?« fragte er.

»Ein Wolf und nichts anderes«, antwortete Aragh, »und ich werde mit den anderen gehen; und Ihr solltet nicht soviele Fragen stellen – so wie wir Euch keine Fragen gestellt haben.«

»Also gut«, sagte Bernard nach einer Weile. An der Neigung seines Kopfes war zu erkennen, daß er Aragh noch immer anstarrte. »Wahrscheinlich wird man ihn für einen Hund halten, wie ich es getan habe. Aber zurück zur Wegbeschreibung. Ich nehme an, der Wolf verfügt über einen guten Orientierungssinn?«

»Sonst hätte ich in den vergangenen Jahren an vielen Tagen gehungert«, sagte Aragh, »und nicht gewußt, wie ich die fünfzehn Meilen, die bisweilen zwischen den Orten liegen, an denen ich Beute mache, hätte zurücklegen und am Tag darauf auf einer anderen Route zum Ausgangspunkt hätte zurückkehren sollen. Fahrt fort.«

»Ihr seht diese Wand dort drüben«, sagte Bernard und deutete zur gegenüberliegenden Tür. »Geht durch diese Tür und wendet Euch im nächsten Raum nach links. Anschließend biegt scharf rechts ab und durchquert in dieser Richtung eine Reihe von Räumen, die diesem hier gleichen. Einige werden verlassen sein. In anderen wird Essen zubereitet, oder man geht dort irgendeiner anderen Tätigkeit nach. Wie ich schon sagte, sieht man Euch an, daß Ihr Edelleute seid ...«

Er blickte kurz zu Dafydd.

»Zumindest dreien von Euch. Da liegt es nahe, daß man Euch unbehelligt läßt. Bewegt Euch sicher, als wüßtet Ihr nicht nur den Weg, sondern hättet einen wichtigen Auftrag von Malvinne auszuführen. Wenn Ihr unbeschadet an den abgehenden Türen und durch die neun folgenden Räume kommt« – er zögerte kurz –, »dann befindet Ihr Euch am Fuße des Turms, in dem der Prinz gefangengehalten wird. Hier droht Euch nun die allergrößte Gefahr.«

»Ja, ja, Mann! Redet weiter!« drängte Brian ungeduldig.

»Ihr tretet durch eine Tür, die von dieser Seite aus schlicht wirkt, auf der anderen aber aus mit kunstvollen Schnitzereien verziertem Holz besteht. Sie führt in ein mit Teppichen ausgelegtes Zimmer und zu weit größeren und höheren Räumen. Wendet Euch nach rechts, dann gelangt Ihr zu einer Treppe, die den Turm hinaufführt. Ihr werdet sie schon erkennen, denn die Stufen sind aus nacktem Stein, ohne Stoff- oder Teppichbelag.«

»Wie breit sind die Stufen?« wollte Brian wissen. »Breit genug, daß wir nebeneinander hinaufgehen können?«

»Es ist schon eine Weile her, seit ich sie zum letztenmal gesehen habe«, antwortete Bernard. »Genaugenommen schon ein paar Jahre; denn ich ging als Mensch hinauf und kam als das wieder herunter, was ich heute bin, ohne beim Emporsteigen die leiseste Ahnung gehabt zu haben, was mich erwartete. Mit einem Verhör, mit Folter und mit meinem Tod hatte ich fast schon gerechnet; das jagte mir keinen Schrecken ein. Solche Dinge gehören zum Leben eines Bewaffneten. Doch damit... damit habe ich nicht gerechnet. Aber um Eure Frage zu beantworten: nein.«

»Wie breit sind sie dann?« fragte Jim.

»Breit genug für drei, wenn Ihr Euch eng beieinander haltet«, sagte Bernard, »aber wenn Ihr Euch den Schwertarm freihalten wollt, schlage ich vor, daß Ihr lediglich zu zweit, Seite an Seite, die Treppe hochsteigt. Ihr werdet feststellen, daß die Stufen an einer Seite an eine Mauer angrenzen, denn die Treppe windet sich innen an der Außenmauer des Turms empor. Nachdem Ihr mehrere Stockwerke hochgestiegen seid, sind dort nur noch die nackten Stufen und die Wände des Turms, die immer weiter in die Höhe ragen, und ein Abgrund am freien Ende der Treppe, der immer tiefer wird, je höher Ihr kommt, und das geht solange weiter, bis Ihr ganz oben angelangt seid. In einer der oberen Etagen wird der Prinz gefangengehalten.«

Er hielt inne, als bereite ihm das viele Reden mit seiner krächzenden Stimme Schmerzen. »In einem der oberen Stockwerke«, fuhr er fort, »befindet sich auch Malvinnes geheimes Arbeitszimmer. Wie Ihr seht, hält sich der Gefangene ständig in der Nähe der größten Geheimnisse auf, und wird daher gewiß nicht ausschließlich mit Hilfe von Schlössern und Riegeln verwahrt – dort oben hat nämlich niemand Zutritt, es sei denn auf besonderes Geheiß –, sondern auch mittels Magie.«

Er brach ab und näherte sich rückwärts gehend dem Eingang.

»So geht denn«, sagte er, »und möge das Glück auf Eurer Seite sein. Ich würde Euch Gottes Segen wünschen, bezweifle aber, daß Gott einem wie mir Gehör schenken würde. Und solltet Ihr bei Eurem Befreiungsversuch Malvinne zufällig erschlagen, könnt Ihr für den Rest meines Lebens über mich verfügen.«

Er öffnete hinter sich die Tür, zögerte aber noch.

»Ich werde mich bemühen, in der Nähe zu sein, wenn Ihr wieder herunterkommt«, meinte er zum Abschluß, »aber versprechen kann ich es nicht, da ich meistens nicht frei über meine Zeit verfügen kann. Sollte ich aber frei haben, werde ich in der Nähe warten. Aber zählt nicht auf mich, sondern begebt Euch unverzüglich zu dem Pfad, über den Ihr hergekommen seid und auf den ich Euch ausdrücklich hingewiesen habe. Habt Ihr diesen erst einmal erreicht, seid Ihr schon zur Hälfte frei; hoffentlich sind Euch dann nicht Malvinnes Kreaturen auf den Fersen.«

Er ging hinaus und schloß hinter sich die Tür.

»Laßt uns aufbrechen«, sagte Giles ungeduldig. »Ich könnte schwören, daß ich bereits spüre, daß Seine Hoheit uns schon erwartet.«

Sie traten nacheinander durch die Tür. Im ersten Raum war niemand gewesen, und im zweiten hielten sich nur wenige Personen auf – einige rein menschlich, andere zur Hälfte Tiere –, die damit beschäftigt waren, Säcke zu stapeln, von denen Jim vermutete, daß sie

Korn oder andere Nahrungsvorräte enthielten, so daß es sich bei dem Raum um eine Art Lager oder Vorratskammer handeln mußte.

Niemand sprach sie an, und auch sie sprachen niemanden an, sondern wandten sich geradewegs zur linken Tür.

Sie gelangten in eine Küche, die offenbar der Zubereitung von Geflügel diente, und dahinter lagen weitere Räume, in denen gerade irgendwelche Gegenstände verstaut oder von den Stapeln an den Wänden geholt wurden. Es dauerte nicht lange, und sie standen vor der letzten Tür.

Hier zögerten sie einen Moment lang. Die anderen schauten Jim an.

Jim schaute die Tür an und wünschte sich, er könnte hindurchsehen. Dabei war er sicher, irgendwo in seinem Innern über die dazu notwendigen magischen Mittel zu verfügen. Er wußte nur nicht, wie er daran herankommen sollte.

»Wir müssen es riskieren«, sagte er schließlich; daraufhin öffnete er die Tür und trat als erster hindurch.

Bernard hatte nicht übertrieben. Der Raum, in den sie kamen, war beinahe ebenso groß wie alle anderen, durch die sie bislang hindurchgekommen waren, zusammengenommen. Die Wände ragten mindestens zehn bis fünfzehn Meter in die Höhe, und der Boden war nicht nur mit einem einzigen Teppich bedeckt, sondern mit zahllosen kleinen, was dieselbe Wirkung hatte. Einige mit kunstvollen Schnitzereien verzierte Möbelstücke standen, wie es im Mittelalter üblich war, an den Wänden.

Dieser Raum war voller Personen, allesamt menschlich, jung, gutaussehend und mit kostbaren, bisweilen bizarren Kostümen bekleidet. Sie standen in Grüppchen herum, anscheinend in Unterhaltungen vertieft; anders als die Leute, denen sie bislang begegnet waren, nahmen diese jedoch Notiz von ihnen, brachen die Unterhaltungen ab und starrten die vier Männer und Aragh unverhohlen an.

25

»NICHT STEHENBLEIBEN!« kommandierte halblaut Jim, worauf die fünf Eindringlinge weiterstürmten, ohne die Blicke, Kommentare und das vereinzelt zu vernehmende Gelächter um sie herum zu beachten; als hätten sie einen dringenden Auftrag auszuführen, drängten sie bis zum Fuß der Treppe zielstrebig vorwärts, die an der rechten Wand in die Höhe führte.

In dem Moment, als klar wurde, daß sie nach oben wollten, erlahmte die Aufmerksamkeit der Anwesenden. Es war, als wären sie dadurch, daß sie ihr Ziel zu erkennen gegeben hatten, nicht mehr von Interesse und als wäre es besser, ihnen keine Fragen zu stellen.

Schweigend stiegen sie die Treppe empor; das Klappern ihrer Stiefel auf den steinernen Stufen war der einzige Laut, der zu vernehmen war. Aragh bewegte sich wie immer geräuschlos.

Nach vielen Stufen entschwanden sie den Blicken der Zurückbleibenden durch eine Öffnung in der Decke und stiegen weiter die Wendeltreppe im Innern des Turms empor. Nun blickten sie auf einen anderen Raum hinunter, der ebenso kostbar möbliert war wie der vorige – in einer Zimmerecke waren sogar ein kleiner Teich mit einem Springbrunnen untergebracht –, allerdings hielt sich niemand darin auf.

Sie stiegen weiter. Jim hatte schon in früher Kindheit herausgefunden, daß er von der Höhenangst, unter der so viele zu leiden hatten, vollständig verschont geblieben war. Als Junge hatte er sich diesen Umstand zunutze gemacht und vor seinen Freunden geprahlt, indem er dorthin geklettert war, wohin sie ihm nicht zu folgen wagten.

Er hatte erst damit aufgehört, als ihm ein Freund, der es Jim trotz seiner Angst hatte gleichtun wollen, auf einen nur wenige Zentimeter breiten Sims gefolgt war, wo er in Panik geraten war und beinahe in den Tod gestürzt wäre.

Ernüchtert von der Erkenntnis, daß er keinen leichtsinnigen Gebrauch von seiner besonderen Begabung machen durfte, hatte er sie beinahe vergessen gehabt. Nur wenn er mit anderen zusammen war, die unter Höhenangst litten, erinnerte er sich wieder daran.

Infolgedessen hatte er instinktiv die Außenseite der Stufen übernommen, wo er die Füße nur Zentimeter vom Rand der grauen Steinstufen entfernt setzte, die kein Geländer hatten und unmittelbar bis zu der Decke des vorigen Stockwerks abfielen.

Zunächst ging alles gut. Doch dann fielen die unteren Etagen zurück, und es begann der lange Anstieg zu der kreisförmigen Decke weit in der Höhe, welche den Boden der obersten Etage bildete. Nun wurde der Abgrund neben seinem rechten Stiefel immer tiefer. Im stillen beglückwünschte er sich dazu, daß er von Anfang an diese Position eingenommen hatte, so daß seinen Freunden die Höhenangst erspart geblieben war, die sie ansonsten möglicherweise befallen hätte.

Wenn er seine Gefährten anschaute, sah er, daß seine Entscheidung richtig gewesen war. Brian, der neben ihm ging, klammerte sich an der Wand fest, in der die Stufen verankert waren. Giles und Dafydd, die hinter ihnen kamen, hielten sich dicht beieinander und in der Nähe der Wand. Auch Aragh, der den Abschluß bildete, war der Wand erheblich näher als dem Innenrand der Stufen.

Trotzdem stiegen sie immer höher, und da Jim nach wie vor keine Mühe damit hatte, obwohl der Abgrund neben seinem rechten Stiefel ständig tiefer wurde, blickte er die schmale Wendeltreppe hinauf zum ersten Obergeschoß des Turms. Auf einmal wurde ihm bewußt, was für eine fragile Konstruktion die freitragende Treppe darstellte.

Die Außenseiten der Stufen mußten tief in der Wand verankert sein, um ihr Gewicht auszuhalten; gleichwohl war es nicht ausgeschlossen, daß eine Steinplatte brach und nachgab, woraufhin jeder, der gerade auf ihr stand, in die Tiefe gestürzt wäre und mit Sicherheit den Tod gefunden hätte.

Bei dieser Vorstellung verspürte selbst er einen leichten Schwindel, als er die scheinbar endlose, an den mittlerweile kahlen Wänden des Turms entlangführende Wendeltreppe hinaufblickte. Allerdings änderte er nun seine Meinung, was die Fragilität der Treppe betraf. Er bemerkte nämlich, daß die Stufen über die ganze Länge der Treppe hinweg von dicken, dreieckigen Trägern gestützt wurden, die aus der Wand vorsprangen; jeder einzelne Träger war an der Wand etwa zwei Meter breit und verjüngte sich nur wenig bis zum äußeren Ende der jeweiligen Stufe.

Aus diesem Blickwinkel betrachtet, mochte die Treppe zwar fragil erscheinen, aber sie war es nicht. Vielmehr war sie äußerst stabil gebaut.

Brian unterbrach seinen Gedankengang.

»Wir sind bisher recht rasch geklettert«, keuchte Brian. »Vielleicht sollten wir eine kurze Pause einlegen und dann langsamer weitergehen, da offenbar noch so viele Stufen vor uns liegen.«

»Natürlich«, sagte Jim und blieb stehen.

Zu seiner Überraschung hatte auch er atemlos geklungen. Vor lauter Nachdenken hatte er gar nicht bemerkt, wie sehr ihnen der Aufstieg zu schaffen machte; und das war wahrscheinlich seine Schuld. Da er so mit seinen eigenen Gedanken beschäftigt gewesen war, war er unbewußt immer schneller geworden. Es gab keinen Grund, die Treppe hinaufzurennen. Hätte Brian ihn nicht darauf aufmerksam gemacht, so hätte es bestimmt nicht mehr lange gedauert, bis auch er gemerkt hätte, daß ihm der Atem ausging und daß er müde wurde.

Brian lehnte schweratmend an der Wand. Unter ihm lehnte Giles in der gleichen Weise an der Wand, und Dafydd hatte, anstatt sich an Giles anzulehnen, seinen langen Arm an dem Ritter vorbeigestreckt und sich ebenfalls an der Mauer abgestützt. Aragh lehnte sich nirgendwo an, aber das Maul stand ihm offen, und die Zunge hing ihm heraus.

Jim wunderte sich, wie er es geschafft hatte, seine Gefährten so zu erschöpfen, denn er wußte, daß sie in wesentlich besserer körperlicher Verfassung waren als er selbst. Das zeigte wieder einmal, daß man sich mit geistiger Konzentration tatsächlich bis zu einem gewissen Grad von physischen Beschwernissen ablenken konnte – es sei denn natürlich, seine magische Begabung war mit im Spiel, und er hatte seine Lungen unbewußt und auf magische Weise angewiesen, ihn mit mehr Sauerstoff zu versorgen.

Das erschien ihm als zu weit hergeholt. Allerdings brachte ihn diese Überlegung auf neue Gedanken. Er ärgerte sich, daß er nicht schon früher in diese Richtung gedacht hatte. Malvinne ließ die Treppe offenbar nicht bewachen. Möglicherweise verließ er sich darauf, daß seine Untergebenen es nicht wagen würden, die Treppe ohne besondere Erlaubnis zu erklimmen. Aber würde es ein solcher Magier dabei bewenden lassen?

Bestimmt nicht, sagte sich Jim.

Irgendwo dort oben würde Malvinne für jeden leichtsinnigen oder unwillkommenen Eindringling magische Fallen vorbereitet haben. Diese Erkenntnis deprimierte Jim zunächst, denn er wußte sehr wohl, daß Malvinne Fallen errichten konnte, die sein magisches Begriffsvermögen bei weitem überstiegen. Es sei denn, Malvinne vertraute darauf, daß potentielle Eindringlinge zu naiv und unerfahren wären, die Fallen zu erkennen.

Allerdings vermochte Jim sich mit seinen geringen magischen Kenntnissen nicht vorzustellen, welcher Fallen sich Malvinne mit seinem überlegenen Wissen bedient haben mochte.

Das stellte ein kniffliges Problem dar. Unter Mühen hatte er gelernt, daß er sich Ausgangs- und Endpunkt genau vorstellen mußte, wenn er eine magische Veränderung herbeiführen wollte. Da er keine Ahnung hatte, wie Malvinnes Fallen beschaffen waren, konnte er dieses Verfahren auch nicht darauf anwenden. Die Zwickmühle, in der er sich befand, bestand darin, daß er etwas wissen mußte, um etwas in Erfahrung zu bringen. Es mußte doch möglich sein, dieses Problem zu umgehen ...

Plötzlich hatte er eine Idee. Eilends schrieb er an die Innenseite seiner Stirn:

ICH/SEHE → MAGIE ÜBER MIR IN ROT

Wie gewöhnlich erhielt er keine Rückmeldung, ob sein Versuch Erfolg gehabt hatte. Bislang konnte er nur dann sicher sein, daß es geklappt hatte, wenn eine unmittelbare Veränderung eintrat, zum Beispiel dann, wenn er sich in einen Drachen verwandelte. Auch in Melusines See war es so gewesen, als es ihm gelungen war, im Wasser zu atmen. So aber blieb er im Zweifel, ob sein Zauberversuch erfolgreich gewesen war. Wenn er in die Höhe schaute, nahm er jedenfalls keine Veränderung wahr.

»Wir sollten allmählich weitergehen«, sagte Brian.

Der Ritter war wieder zu Atem gekommen, und auch Giles und Dafydd atmeten merklich leiser als zuvor. Auch Aragh hatte aufgehört zu hecheln.

»Ihr habt recht«, sagte Jim. »Dann also los.«

Sie kletterten weiter, diesmal jedoch langsamer als zuvor. Brian hatte mit seiner Bemerkung über die Geschwindigkeit des Kletterns recht gehabt. Auf einer solchen Treppe konnte man wirklich leicht außer Puste kommen. Hätte es sich um Stufen gehandelt, wie Jim sie aus den Gebäuden des zwanzigsten Jahrhunderts gewohnt war, wäre es nicht so schlimm gewesen. Diese Stufen jedoch mit ihrer Breite von etwa fünfundvierzig Zentimetern waren gut einen halben Meter hoch, so daß es nicht leicht war hinaufzusteigen, zumal dann, wenn man sich beeilte.

Jetzt, da sie langsamer gingen, bereitete der Aufstieg keine allzu große Mühe mehr. Sie hatten etwa die Hälfte der Entfernung zwischen dem Boden und dem ersten der oberen Stockwerke des Turms zurückgelegt, als Jim etwas sah, das ihn unvermittelt stehenbleiben ließ. Brian hielt neben ihm an, und die weiter hinten Gehenden blieben ebenfalls stehen.

»Was ist los, James?« fragte Brian.

»Ich glaube, ich habe etwas gesehen«, antwortete Jim. »Ich gehe mal eben ein paar Stufen zurück.«

Er trat auf Araghs Stufe und blickte von dort nach oben. Der Blickwinkel war immer noch schlecht, deshalb stieg er noch ein halbes Dutzend Stufen hinunter. Die anderen starrten verblüfft auf ihn hinab – alle bis auf Aragh, der zu grinsen schien, als amüsiere es sich insgeheim über einen Witz.

Von der Stufe aus, auf der er jetzt stand, hatte er eine erheblich bessere Sicht nach oben. Was ihm ins Auge gefallen war, das war die Farbe Rot. Jetzt sah er sie ganz deutlich. Die letzte Stufe vor dem obersten Treppenabsatz einschließlich der darunter befindlichen Stützpfeiler leuchtete durch und durch rot. Genaugenommen ging von dem ganzen Gebilde ein gedämpftes Leuchten aus, als wäre es aus einem Stück aus mattem Rubin gehauen.

»Ich habe lediglich mittels Magie nachgeschaut, ob Malvinne irgendwelche Fallen für unerwünschte Eindringlinge eingerichtet hat«, sagte Jim, als er sich wieder seinen Gefährten zugesellte, »und bin fündig geworden. Und zwar handelt es sich um die Stufe vor dem Absatz.«

Sie kletterten weiter, während Jim intensiv über die letzte Stufe nachdachte. Er vermutete, daß die Stufe und die Stützpfeiler mittels Scharnieren an der Wand befestigt waren und daß sie bei zusätzlicher Belastung wegklappen würden, so daß der Pechvogel, der sie betreten hatte, auf die Decke des weit unten befindlichen Stockwerks stürzen würde.

Dabei ließ er es bewenden, bis sie unmittelbar vor der letzten Stufe standen; dann allerdings ergab sich eine weitere Schwierigkeit. Die Stufe, die für ihn nach wie vor rot hervorgehoben war, war anders als die übrigen Stufen. Sie war etwa zweieinhalb Meter tief. Das bedeutete, daß man sie aus dem Stand nicht würde überspringen können. Die Falle war komplizierter, als er gedacht hatte.

Jim ordnete eine Pause an.

»Es sieht so aus, als kämen wir hier nicht weiter«, sagte er grimmig. »Eine Berührung der Stufe könnte schon ausreichen, um in die Tiefe zu stürzen. Hat vielleicht jemand einen Vorschlag?«

Seine Gefährten gaben keinen Mucks von sich. Brian und Giles sahen, abgesehen von ihrer ungewöhnlichen Tiefe, eine ganz gewöhnliche Stufe vor sich. Dafydd musterte ebenfalls die Stufe, jedoch mit nachdenklicherer Miene. Aragh betrachtete sie einfach mit leicht vorgestrecktem Kopf, geschlossenem Maul und aufgestellten Ohren.

»Schande über uns, wenn wir hier kehrtmachen sollten!« bemerkte Giles nach einer Weile.

»Ja«, sagte Brian.

Schließlich hatte Jim eine Idee. Nicht, daß sie ihm sonderlich gefallen hätte, aber etwas anderes fiel ihm einfach nicht ein. Er räusperte sich, um die Aufmerksamkeit der anderen auf sich zu lenken.

»Ich habe einen Plan«, sagte er. »Er gefällt mir allerdings nicht besonders, und ich glaube, Euch wird er auch nicht gefallen.«

»Gefallen hat kaum etwas mit Pflicht zu tun«, sagte Sir Brian, und Giles bekundete halblaut seine Zustimmung. Dafydd nickte bloß, und Aragh schaute ihn mit seinen gelben Augen an.

»Ich kann mich in einen Drachen verwandeln und über die Stufe hinwegfliegen«, sagte Jim. »Das Problem dabei ist, Euch auf die andere Seite zu befördern. Schließlich seid Ihr zu schwer, als daß ich mit Euch darüber hinwegfliegen könnte …«

»Stimmt das wirklich?« fragte Giles. »Vergeßt nicht, James, daß Ihr ein sehr großer Drache seid. Außerdem habe ich schon öfters davon gehört, daß Drachen Menschen gepackt und sie fortgeschleppt hätten, um … äh … um sich an ihnen gütlich zu tun.«

»Ich glaube, an den meisten dieser Geschichten ist nicht viel Wahres daran«, erwiderte Jim grimmig, »oder falls doch, so handelte es sich um ein kleines Kind oder etwas, das nicht schwerer war als hundert Pfund. Glaubt mir, ich weiß, wozu ein Drache imstande ist; mit dem Gewicht eines Erwachsenen auf dem Rücken könnte ich mich unmöglich in der Luft halten.«

Er wandte sich an Brian.

»Aber ich will Euch sagen, wie der Plan weitergeht«, meinte er. »Hier habe ich nicht genügend Platz, um mich in einen Drachen zu verwandeln. Deshalb muß ich in die Luft springen und mich im Fallen verwandeln.«

Aragh grinste. Brian runzelte die Stirn, und Giles Augen waren so groß wie Untertassen.

»James«, sagte Giles, »ist das immer so bei Euch? Verwandelt Ihr Euch in einen Drachen, wenn Ihr in der Luft seid?«

»Na ja, eigentlich nicht«, antwortete Jim, »aber ich glaube, mir wird ausreichend Zeit bleiben, mich zu verwandeln und wieder hochzufliegen, bevor ich unten ankomme und mir weh tue.«

Jim hielt inne, denn ihm wurde bewußt, daß die Formulierung ›bevor ich mir weh tue‹ eine maßlose Untertreibung darstellte.

»In Drachengestalt fliege ich vorbei und trage Euch nacheinander über die Stufe«, sagte Jim. »Bis auf Aragh müßt Ihr aber folgendes tun. Nehmt den Gürtel ab und schlingt Euch beide Enden um die Handgelenke, damit sie Euch nicht entgleiten; und haltet den Gürtel über Euren Kopf, damit ich ihn mit den Klauen meiner Hinterbeine ergreifen kann. Ist das klar?«

»Wenn Ihr meint, ob wir Euch verstanden haben, James«, antwortete Brian, »so glaube ich schon. Und den Rest kann ich mir denken. Ihr wollt uns also einen nach dem anderen auf den Absatz tragen? Habe ich recht?«

»So ist es«, antwortete Jim.

»Nun«, meinte Brian, »seit ich zwölf bin, beschäftige ich mich mit der Falknerei, da werde ich wohl wissen, wie ich mich in einem solchen Fall zu verhalten habe.«

»Ich möchte, daß Ihr noch etwas für mich tut«, fuhr Jim fort. »Damit ich genügend Platz habe, sollte derjenige, der als nächster an der Reihe ist, allein auf der Stufe stehen, während die anderen mindestens drei Stufen weiter unten warten. Bitte stellt Euch möglichst nahe an den Außenrand der Treppe. Ich brauche an der Mauerseite Platz für meinen Flügel. Stellt Euch geduckt hin, mit sprungbereit eingeknickten Beinen. Und wenn Ihr spürt, daß ich den Gürtel über Eurem Kopf gepackt habe, dann *springt!* Springt, als wolltet Ihr die vor Euch befindliche Stufe aus eigener Kraft überwinden, ohne meine Mithilfe. Habt Ihr mich verstanden?«

Alle drei Männer nickten.

»Da ist noch etwas«, sagte Jim. »Ich muß mich ausziehen, wenn ich mich in einen Drachen verwandeln will – sonst würde ich die Kleider sprengen. Und das werde ich jetzt tun.«

Tatsächlich hatte er bereits damit begonnen, sich zu entkleiden.

»Nehmt meinen Gürtel«, sagte Jim und reichte ihn Dafydd, »und legt Aragh eine lose Schlinge um Bauch und Rücken, so daß die Schnalle oben, unmittelbar hinter den Schultern zu liegen kommt. Dann kann ich ihn daran packen und über die Stufe heben. Außerdem könntet Ihr, Aragh, mir dadurch helfen, daß Ihr gleichzeitig nach vorne und in die Höhe springt.«

»Das kann ich gerne tun«, antwortete Aragh sarkastisch. »Wenn's drauf ankäme, würde ich es auch allein schaffen, ohne Eure Hilfe – aber es wäre knapp, sehr knapp. Ich glaube allerdings, Ihr habt noch etwas vergessen, James. Der Gürtel wird Euch wenig nützen, wenn er mir flach an den Schultern anliegt. Ihr solltet Eure Krallen besser gleich in meinen Pelz versenken, was Ihr sowieso tun würdet, wenn Ihr den Ledergürtel packen wolltet.«

»Zwei von uns könnten sich auch rechts und links neben Aragh kauern«, sagte Brian, »sich soweit ducken, daß sie nicht über seinen Rücken hinausschauen, und den Gürtel hochdrücken, damit er vom Rücken absteht und Ihr ihn ergreifen könnt. Was haltet Ihr davon, James?«

»Der Vorschlag klingt gut«, antwortete Jim. Mittlerweile war er fast nackt und spürte, wie unangenehm kalt es im Turm war. Er hatte eine Gänsehaut, und die Vorstellung, von der Treppe hinunterzuspringen und sich während des Fallens zu verwandeln, tat ein übriges dazu, daß ihm ein wenig schummerig zumute war. Höhenangst hatte er keine – die Tatsache, daß er das Schicksal herausforderte, ließ sich allerdings nicht so leicht abtun.

Nichtsdestotrotz war er jetzt splitternackt. Er schnürte seine Kleider zu einem Bündel und warf es über die magische Stufe, hinter der es sicher auf dem Absatz landete. Dann trat er an den Rand der Stufe und hielt dort inne. Der Granit unter seinen Füßen fühlte sich kalt an.

Allmählich gewann er den Eindruck, daß er zu lange zögerte. Er war sich bewußt, daß die Blicke seiner Gefährten auf ihm ruhten. Dafydd hatte Aragh den Gürtel bereits hinter den Schultern umgeschnallt. Zum Glück hatte der Gürtel einmal Sir Hugh gehört und war länger als erforderlich. Die Schlinge über Araghs Schultern war groß genug.

Er konnte es nicht mehr länger hinauszögern. Jim sprang. In der Sekunde vor dem Sprung hatte er sich einzureden versucht, daß er im Grunde nichts anderes tat als ein Fallschirmspringer, der den Fallschirm auf dem Rücken trug. Allerdings war das kein großer Trost. Auf einmal befand er sich in der Luft, und das Dach in der Tiefe stürzte ihm entgegen. Am Rande einer Panik schrieb er den Befehl zur Verwandlung an die Innenseite seiner Stirn.

Unvermittelt entfalteten sich die Flügel, und Jim begann instinktiv zu fliegen. In dem Moment, als er an seinen immer noch auf der Treppe stehenden Gefährten vorbeisauste, bremste er ab – gerade noch rechtzeitig, sonst wäre er gegen die etwa drei Meter über dem oberen Absatz befindliche Decke geknallt. Wieder einmal hatte er die gewaltige Hubkraft unterschätzt, die ein Drache kurzzeitig entwickeln konnte.

Während sich seine Panik endgültig verflüchtigte, ließ er sich in der Enge des Turms in einer Spirale nach unten sinken, wobei er äußerst enge Kurven beschreiben mußte. Dann stieg er wieder in die Höhe.

Aragh mußte entweder als erster oder zweiter aufgenommen werden, da zwei der drei Männer neben ihm hockten und die Lederschlinge hochhalten mußten. Jim stieg empor, wandte sich zur Treppe, legte sich schief, damit der linke Flügel nicht an der Wand streifte, und versuchte den Gürtel zu packen.

Daneben. Er ließ sich abermals absinken, fing sich ab und versuchte es erneut.

Wieder griff er daneben, und gleich darauf noch einmal. Als er bereits verzweifeln wollte, bekam er den Ledergürtel endlich mit den Klauen zu fassen. Aragh sprang hoch, und gemeinsam flogen sie über die magische Stufe zum Absatz hoch.

Jim ließ die Schlinge los, sonst wäre er gegen eine Wand geprallt, in die eine dunkle Holztür eingelassen war.

Er bog scharf ab, ließ sich etwa fünfzig Stufen absinken und stieg wieder empor. Jetzt zahlte sich für ihn aus, daß er mit Aragh geübt hatte. Diesmal brauchte er bloß zwei Versuche, um Dafydd hochzuheben und auf den Absatz zu tragen, und nur jeweils einen einzigen, um die beiden Ritter hinaufzuschaffen.

Nachdem er Giles als letzten über die Stufe gehoben hatte, wäre er beinahe gegen die Wand mit der Tür geprallt.

Im letzten Moment ging Jim in Schräglage und bog wieder in den Turm hinein ab. Selbst wenn er die ganze Breite des Turms nutzte, war es für ein fliegendes Wesen von seiner Größe immer noch eng. Er machte kehrt, ließ sich ein wenig absinken, stieg wieder in die Höhe und schwang sich zum Absatz empor. Einen Moment lang spielte er mit dem Gedanken, sich während der Landung in einen Menschen zu verwandeln, kam jedoch zu dem Schluß, daß dies zu schwierig sei.

Er bremste ab und landete mit einem dumpfen Schlag.

Der Aufprall war lauter gewesen als beabsichtigt; und das fanden seine Gefährten offenbar auch. Sie zogen unverzüglich Schwerter und Langmesser, während Aragh die Zähne bleckte. Sie versammelten sich vor der dunklen Tür, wie Tiger an einem Tor, hinter dem ein Beutetier Zuflucht gesucht hatte.

Eilends verwandelte Jim sich wieder in einen Menschen. Bibbernd vor Kälte kleidete er sich an, bekam von Aragh seinen Gürtel gereicht und schnallte sich Schwert und Dolch um. Diesmal hatte er sich als Drache seltsamerweise verwundbarer gefühlt denn als Mensch; zurückverwandelt und mit den Waffen eines Menschen ausgestattet, fühlte er sich wesentlich zuversichtlicher und besser gewappnet. Er zog sein Schwert und trat zu den anderen an der Tür.

»Das wurde aber allmählich auch Zeit«, sagte er.

26

JIM GING VORAN, DABEI aufmerksam nach der Farbe Rot Ausschau haltend. Sie waren in eine Art Empfangsraum getreten, von dem vier Türen in weitere Zimmer führten, welche den übrigen Raum des Turmgeschosses einnahmen. Die Räume waren hier kleiner als unten, denn der Turm verjüngte sich nach oben hin, und die Decke befand sich lediglich drei Meter über dem mit zahlreichen Teppichen bedeckten Boden.

Die Einrichtung war kärglich nach den Maßstäben des zwanzigsten Jahrhunderts, jedoch opulent und prachtvoll nach denen des vierzehnten. Mit Ausnahme der Fensterschlitze war jeder Zentimeter der Wände mit schweren Wandteppichen verhüllt, die von der Decke bis zum Boden reichten.

Die Fensterschlitze waren etwas breiter als gewöhnlich und mindestens anderthalb Meter hoch. Alle waren sie rot umrahmt, und bei näherem Hinsehen erkannte Jim auch den Grund dafür. Auf magische Weise würden sie bei Tag erheblich mehr Licht durchlassen, als ihrer Größe entsprochen hätte, und dementsprechend weit war auch der Blickwinkel, den sie aus dieser Höhe auf die umliegende Landschaft boten. Somit entsprach ihre Wirkung der eines Panoramafensters in einem Penthouse aus Jims Heimatwelt.

Mit gezückten Waffen untersuchten sie vorsichtig sämtliche Räume, doch wie Aragh sogleich vermeldet hatte, hielt sich niemand darin auf.

»Es ist aber jemand oben«, sagte Aragh. »Ein Mensch – das rieche ich.«

Zum nächsten Stockwerk führte eine Wendeltreppe empor, ähnlich der, die sie soeben erklommen hatten. Sie stiegen sie hoch und fanden oben weitere, allerdings erheblich kleinere Räume vor. Vier Zimmer waren es insgesamt, und jede der vier Türen leuchtete rot.

»Die Türen sind magisch geschützt«, informierte Jim seine Freunde. »Wenn es uns gelingt, herausfinden, hinter welcher sich der Prinz befindet, haben wir schon so gut wie gewonnen. Aragh, könnt Ihr es uns sagen?«

Aragh näherte sich nacheinander den Türen – wobei er bestimmt zwei Meter Abstand hielt-, schnüffelte und lauschte mit schiefgelegtem Kopf.

Nachdem Aragh alle vier Türen untersucht hatte, ging er wieder zur dritten zurück und sagte: »Hinter dieser Tür ist jemand. Ein einzelner Mensch, glaube ich, denn ich höre ihn atmen. Er scheint zu schlafen.«

»Das ist bestimmt unser Prinz!« sagte Sir Giles und trat vor. »Laßt uns reingehen und ihn dort rausholen ...«

»Kein Schritt weiter, Giles!« blaffte Jim ihn an.

Giles blieb stehen und wandte sich mit erstaunter, geradezu verletzter Miene zu Jim um.

»Habt Ihr etwa schon vergessen, was ich über den magischen Schutz gesagt habe?« erinnerte ihn Jim. »Jeder Versuch, die Tür zu öffnen, würde zweifellos Malvinne auf den Plan rufen – wenn nicht gar etwas Schlimmeres geschähe!«

Giles trat zurück. Jim blickte die Tür unverwandt an. Die anderen warteten und starrten ebenfalls.

»Fällt Euch denn kein Zauber ein, mit dem Ihr sie öffnen könnt, James?« fragte Brian nach einer Weile.

»Ich denke gerade darüber nach!« erwiderte Jim, dann tat es ihm auf einmal leid, daß er Brian angefahren hatte. »Verzeiht mir, Brian. Ich überlege gerade, wie ich den Zauber überwinden kann.«

»Schon gut, James«, sagte Brian ernst. »Ihr wißt ja, daß ich Carolinus gut kenne. Von einem Magier erwartet man nichts anderes.«

Zum erstenmal kam Jim der Gedanke, die ständig notwendige Konzentration könnte der Grund für Carolinus Schroffheit sein. Doch damit konnte er sich jetzt nicht befassen. Ihm schwirrte der Kopf.

Je länger er darüber nachdachte, desto wahrscheinlicher erschien es ihm, daß der magische Schutz so geartet war, daß, von allem anderen einmal abgesehen, Malvinne persönlich informiert werden würde, wenn jemand einen der Räume zu betreten versuchte. Es war kaum anzunehmen, daß er es irgendeinem Bediensteten überlassen würde, sich um etwas so Bedeutsames wie die Verletzung seiner Privatsphäre zu kümmern.

Was immer der magische Schutz sonst noch bewirken mochte – zum Beispiel könnte es passieren, daß der Eindringling auf der Stelle verschmort wurde –, er würde so beschaffen sein, daß bei Malvinnes Eintreten kein Alarm ausgelöst wurde und daß ihm auch nichts geschah. Jim konnte sich einfach nicht vorstellen, wie das bewerkstelligt wurde. Allerdings hätte er darauf gewettet, daß es möglich war, den magischen Schutz von Malvinne auf sich zu verlagern, ohne daß dieser etwas davon merkte. Denn dann würde er die Fallen umgehen können, die sie am Betreten der Räume hindern sollten.

Er dachte einen Moment nach, dann schrieb er an die Innenseite seiner Stirn:

ICH/NICHT MALVINNE → MAGISCHE WARNUNG ETC./
FALLS DIESE TÜR GEÖFFNET WIRD

Wie jedesmal, wenn er einen magischen Befehl erteilte, versuchte er sich auch diesmal vorzustellen, was der Befehl beinhaltete. In diesem Fall handelte es sich um einen Lichtstrahl, der von Malvinne auf ihn umgelenkt wurde.

Und wie gewöhnlich nahm er auch diesmal keine Veränderung wahr und spürte keinen Unterschied zu vorher.

Er starrte weiter Tür und Rahmen an und überlegte, was er als nächstes tun sollte. Theoretisch war die Tür jetzt entschärft. Jetzt sollte die Warnung eigentlich ihn erreichen, und die Fallen müßten wirkungslos bleiben, wenn er die Tür zu öffnen versuchte.

Er würde es erst erfahren, wenn er den Raum zu betreten versuchte.

Die Tür hatte natürlich keine Klinke wie die Türen des zwanzigsten Jahrhunderts. Statt dessen befand sich an der Stelle, wo die Klinke hätte sein sollen, ein kleiner Riegel, der gerade so groß war, daß man ihn bequem umfassen und zurückschieben konnte. In dem Moment, da er den Riegel berührte, würde er wissen, ob sein Zauber geklappt hatte.

»Also gut«, sagte er tief durchatmend zu den anderen, ohne sich umzudrehen. »Tretet alle zurück. Ich werde jetzt versuchen, durch diese Tür zu gehen. Wenn ich unbeschadet hindurchkomme, dann könnt Ihr es höchstwahrscheinlich auch. Seid Ihr zurückgetreten?«

Die anderen bejahten seine Frage.

Er ließ den Atem, den er angehalten hatte, wieder entweichen und holte noch einmal Luft, dann streckte er die Hand aus, packte den Riegel und schob ihn beiseite. In diesem Moment fiel ihm ein, daß er ebensogut durch etwas so Gewöhnliches und Profanes wie einen Bolzen gesichert sein könnte. Doch da lehnte er sich schon mit seinem ganzen Gewicht gegen die Tür.

Ihn traf kein magischer Blitz. In seinem Kopf ertönte lediglich dreimal ein tiefer, gongartiger Ton, und dann sagte eine Stimme: »*Das blaue Zimmer wurde geöffnet. Das blaue Zimmer wurde geöffnet. Das blaue Zimmer wurde geöffnet ...*«

Die Ansage wiederholte sich ständig, und Jim fürchtete schon, sie werde endlos weitergehen, als sie auf einmal abbrach. Er blickte sich im Zimmer um und entdeckte einen jungen Mann, der soeben in einem kleinen Bett erwachte, das wie üblich in einer Ecke stand.

So weit, so gut. Die Frage war bloß, ob Malvinne nicht doch alarmiert worden war. Wenn ja, dann würden jeden Moment seine Leute hereingestürmt kommen. Sie mußten sich beeilen.

Jim trat ins Zimmer. Der junge Mann – die Bezeichnung ›Jüngling‹ wäre treffender gewesen – setzte sich am Bettrand auf und rieb sich die Augen. Er war jünger, als er auf den ersten Blick gewirkt hatte. Jim schätzte ihn auf sechzehn bis neunzehn, obwohl man sich bei diesen frischen englischen Gesichtern, die jugendlich wirkten, bis die Zeit und das Wetter ihre unauslöschlichen Narben hinterlassen hatten, nie ganz sicher sein konnte. Außerdem hatte dieser Bursche etwas von John Chesters Unschuld an sich. Gleichzeitig war da aber auch eine Art Verfeinerung, die entweder mit seiner Erziehung zu tun hatte oder mit einer Art Selbstbeherrschung, welche die sichtbare Unschuld überlagerte.

Er war eher schlicht gekleidet, allerdings war seine Kleidung teuer. Wie es in dieser Welt üblich war, hatte er in denselben Kleidern geschlafen, die er auch tagsüber trug. Über der Hose trug er ein dunkelblaues Wams, das stellenweise mit kleinen Juwelen oder winzigen, geschliffenen Glasstücken besetzt war, in denen sich das Licht brach, wenn er sich bewegte. Sein kastanienbraunes Haar war kurz geschnitten, und er trug eine Goldkette um den Hals, an der ein Medaillon befestigt war. Wer darauf abgebildet war, konnte Jim nicht erkennen. Neben dem Bett standen knöchelhohe, weiche Lederstiefel, und diese zog er an, bevor er sich an Jim wandte.

Jim fand, daß es eigentlich nichts schaden könnte, wenn die anderen ihm nachkommen würden. Als er sich umwandte, um sie zum Eintreten aufzufordern, stellte er jedoch fest, daß sie ihm bereits gefolgt waren.

Die beiden Ritter hatten sich auf ein Knie niedergelassen. Dafydd und Aragh standen noch, allerdings hatte der Bogenschütze den Helm abgenommen, den er trug, seitdem er in Blois zu Jim gestoßen war. Es war der Helm eines Bewaffneten, der keinerlei Ähnlichkeit mit der weichen, an eine Baskenmütze erinnernden Kappe aufwies, die er sonst immer trug.

Jetzt war es sowieso zu spät, die anderen darauf hinzuweisen, daß es gefährlich sein könnte, ihm zu folgen. Er behielt seine Bedenken für sich, wurde sich jedoch gleich darauf eines anderen peinlichen Problems bewußt. Theoretisch hätte er ebenfalls niederknien sollen. Schließlich war er ein Lehnsmann des Königs, und dieser war der Vater dieses Jünglings. Gegen lebenslange Gewohnheit kam er allerdings nicht an.

»Zum Teufel damit!« murmelte er vor sich hin und blieb stehen.

»Wer seid Ihr?« fragte der junge Mann, der nun, da er auch den zweiten Stiefel angezogen hatte, Jim, Brian und Giles musterte. »Erhebt Euch. Erhebt Euch auf der Stelle. Dies ist nicht der rechte Ort für Förmlichkeiten. Falls Ihr Feinde seid, so erwarte ich keine Höflichkeit. Seid Ihr allerdings Freunde, so seid Ihr entschuldigt.«

»Wir sind Freunde, Euer Hoheit«, antwortete Brian, erhob sich und trat vor. »Und Engländer – das heißt, drei von uns sind Engländer. Der Euch am nächsten steht, ist Sir James Eckert, von Eurem königlichen Vater vergangenes Jahr zum Baron de Bois de Malencontri ernannt. Der andere ist Sir Giles de Mer, ein edler Ritter aus Northumberland. Ich bin Sir Brian Neville-Smythe und entstamme der jüngeren Linie der Nevilles von Raby, wenn Euer Hoheit erlauben. Die anderen beiden sind ebenfalls Freunde, wenn auch keine Engländer. Dieser hochgewachsene Mann ist ein Waliser namens Dafydd ap Hywel, und das ist Aragh, ein englischer Wolf.«

Der Prinz lächelte.

»Wie mir scheint, sind immerhin vier von Euch Engländer«, sagte er, »das heißt, wenn man den Wolf dazuzählt.«

»Ich wurde als englischer Wolf geboren und werde als englischer Wolf sterben«, sagte Aragh. »Allerdings gehöre ich nicht Eurem Königreich an, denn ich bin ein freier Wolf, und mein Volk ist seit jeher ein freies Volk. Trotzdem bin ich Euer Freund und werde es auch bleiben, da wir aus demselben Land stammen. Erwartet bloß keine menschlichen Manieren von mir. Das war noch nie die Art der Wölfe.«

Unwillkürlich mußte der Prinz gähnen.

»Was die Manieren betrifft, so seid Ihr entschuldigt, Herr Wolf«, sagte er. »Es steht mir in keiner Weise zu, Freunde, die es bis zu mir geschafft haben, schief anzusehen. Eigentlich hätte ich mir nie träumen lassen, daß mich überhaupt jemand, sei er nun Engländer oder nicht, hier finden würde.«

Er lächelte vom Bett aus zu ihnen hoch.

»Und was geschieht nun, da Ihr mich gefunden habt?«

»Wir bringen Euch von hier fort, Euer Hoheit«, sagte Jim, »und zwar so schnell wie möglich.«

»Aber wie wollt Ihr das anstellen, James?« fragte Brian. »In dem Moment, wo wir in Begleitung Seiner

Hoheit unten aus dem Treppenhaus treten, wird man ihn erkennen. Wenn sie uns nicht gleich angreifen, dann werden sie sich zerstreuen und die Nachricht verbreiten. Und wir befinden uns mitten in Malvinnes Burg.«

»Ihr sprecht von der Wendeltreppe in diesem Turm?« fragte der Prinz und erhob sich.

»Jawohl, Euer Hoheit«, antwortete Brian.

»Ich bin mir nicht ganz sicher«, sagte der Prinz mit leicht gerunzelter Stirn, »aber ich glaube, Malvinne hat einen anderen Ausgang benutzt, einen Geheimgang, von dem er allein wußte. Er hat ihn hin und wieder erwähnt, wenn wir zusammen waren.«

»Habt Ihr ihn häufig gesehen?« fragte Jim.

»Bisweilen speist er mit mir«, sagte der Prinz. »Genaugenommen war er der einzige, den ich an diesem verfluchten Ort meiner Gefangenschaft bislang zu Gesicht bekommen habe.«

Jim überlegte rasch. Als Bernard sie gefunden und in die Burg geführt hatte, war es noch früh in der Nacht gewesen. Seitdem konnten höchstens drei Stunden verstrichen sein. Es stand nicht zu befürchten, daß Malvinne plötzlich zum Essen erscheinen und sie überraschen würde.

»Er ist ein lästiger, übermäßig von sich eingenommener Tischgenosse«, fuhr der Prinz fort, »ganz zu schweigen davon, daß er zum Essen stets nur Wasser trinkt. Aber ich muß zugeben, der Wein und die Speisen, die er mir auftischt, sind recht gut. Die meiste Zeit über redet er davon, wie groß seine Macht ist und was er alles vermag, und dabei kam er auch hin und wieder darauf zu sprechen, daß er im Château seine eigenen Geheimgänge benutzte.«

»Aber wo sollte der sich befinden?« fragte Sir Giles. »Verzeiht mir, Hoheit, wenn ich den Eindruck erwecken sollte, Eure Worte zu bezweifeln, aber abgesehen von der Wendeltreppe gibt es nichts in diesem

Turm. Ich kann mir nicht vorstellen, daß selbst eine Fliege einen anderen Weg nach draußen nehmen könnte als über die Treppe.«

»Ich auch nicht, mein braver Ritter aus Northumberland«, sagte der Prinz. »Gleichwohl hat er davon gesprochen – oder vielmehr darauf angespielt, sollte ich wohl besser sagen. Denn direkt erwähnt hat er den Geheimgang mir gegenüber nicht.«

»Dann wird es sich wohl um etwas Magisches handeln«, warf Brian ein.

»Vielleicht ...«, sagte Jim.

Er dachte angestrengt nach. Wenn Malvinne sich von seinem jeweiligen Aufenthaltsort unmittelbar in den Turm hineinversetzte, dann wäre das erheblich bequemer für ihn, als die vielen Stufen hochzusteigen. Andererseits ...

Carolinus Bemerkung über das ausschweifende Leben, das Malvinne im Vergleich zu ihm führe, ging Jim nicht aus dem Kopf.

Gleich bei ihrer ersten Begegnung, als Jim in Gorbash Drachenkörper eingesperrt gewesen war, hatte Carolinus ihm eingeschärft, das erste Gesetz der Magie sei das Gesetz der Bezahlung.

Jede Art von Magie mußte entsprechend bezahlt werden. Außerdem war die Revisionsabteilung dafür zuständig, die Konten zu führen und dafür zu sorgen, daß die Zahlungen den Einnahmen entsprachen. Einnahmen erzielte man dadurch, daß man anerkannte Arbeit leistete, die einem zusätzlich zu der üblichen Bezahlung ein Guthaben auf dem Magiekonto einbrachte. Gewöhnliche Bezahlung und magische Bezahlung hatten nichts miteinander zu tun.

Bei ihrer ersten Begegnung beispielsweise hatte Carolinus zuletzt wie ein Kesselflicker mit Gorbash Großonkel Smrgol gefeilscht. Erst für eine gewaltige Summe in Gold und Edelsteinen hatte er sich bereit erklärt, Jim bei Angies Befreiung zu helfen.

Später hatte er erklärt, daß er ihnen auch umsonst geholfen hätte, wenn er von Anfang an gewußt hätte, daß es sich dabei um einen guten Zweck handelte. Gleichwohl hatte er das Gold und die Edelsteine für sich behalten. Allerdings warf die Episode Licht auf die Tatsache, daß ein Magier ein reguläres Einkommen benötigte, um in der normalen Welt überleben zu können. Gleichzeitig brauchte er ein wohlgefülltes magisches Konto bei der Revisionsabteilung, um seine magische Kunst ausüben zu können.

Offenbar war die Magie der Kategorie Eins Plus in Carolinus bzw. der Kategorie Eins in Malvinnes Fall ein teurer Spaß.

Dies lief nun darauf hinaus, daß Malvinne zwar über ein beträchtliches Alltagseinkommen verfügen mochte, gleichzeitig aber sehr knapp dran sein konnte, was sein Magiekonto betraf. Die Revisionsabteilung kannte bestimmt seinen Kontostand, allerdings war sich Jim ziemlich sicher, daß sie einem Magier der vierten Kategorie nicht verraten würde, wie hoch das Guthaben eines Magiers der ersten Kategorie war. Aber bloß einmal angenommen, daß Malvinne sich in einer Situation befand, in der er sein Magiekonto bis zum äußersten belasten mußte, um seinen Lebensstandard zu wahren?

In diesem Fall würde er hin und wieder oder vielleicht auch ständig nach Möglichkeiten suchen, bestimmte Dinge auf normale Art und Weise anstatt mittels Magie zu bewerkstelligen, um sein Magiekonto nicht unnötig belasten zu müssen.

Dann war es gut möglich, daß der geheime Zugang, falls es ihn überhaupt gab, *nicht* magischer Natur war. Es konnte sich um einen ganz gewöhnlichen, allerdings sehr gut verborgenen Geheimgang handeln.

Wie Giles bereits angedeutet hatte, stellte sich dann die Frage, wie man einen solchen geheimen Zugang – der vom Erdgeschoß bis nach hier oben führen mußte – im offenen Gehäuse des Turms verbergen sollte.

Jim faßte einen plötzlichen Entschluß.

»Wie dieser Zugang beschaffen ist, das ist im Moment nebensächlich«, sagte er. »Laßt uns erst einmal den Eingang suchen, falls es denn einen gibt. Wenn wir den erst einmal gefunden haben, wird uns alles andere schon klar werden.«

Die Gesichter der anderen hellten sich auf, doch Jim hatte sich bereits zur Tür gewandt, ohne zu bedenken, daß er eigentlich die Erlaubnis Seiner Hoheit benötigte, um sich entfernen zu dürfen.

In dem Moment, als er durch die Tür getreten war, fiel es ihm wieder ein. Doch dann sagte er sich, daß er sich richtig verhalten habe; denn in Anbetracht der Schwierigkeiten, denen sie noch begegnen würden, bevor sie den Prinz zur Armee der Engländer zurückgebracht hätten, blieb keine Zeit, auf protokollarische Feinheiten zu achten. Und damit konnten sie ebensogut auch gleich anfangen.

Als die anderen ihm folgten, hatte er sich bereits den übrigen drei Türen zugewandt. Um die Räume unbeschadet betreten und durchsuchen zu können, beabsichtigte er, das Warnsignal auf die gleiche Weise wie zuvor auf sich zu übertragen. Einen Moment lang spielte er mit dem Gedanken, eine Art Allzweckbefehl zu verwenden, der ihm alle drei Türen gleichzeitig öffnen würde. Dann allerdings beschloß er doch, auf Nummer sicher zu gehen. Er näherte sich der ersten Tür zu seiner Linken und schrieb den magischen Befehl an seine Stirn, der die Warnung von Malvinne auf ihn umlenkte.

Diesmal trat er ohne Zögern ein. Der Raum war vollkommen kahl. Die anderen waren ihm gefolgt, und er ließ sie sich umschauen, während er wieder hinausging und den nächsten Raum inspizierte. Auch dieser war vollkommen leer. Da waren nur die steinerne

Außenwand mit den Fensterschlitzen – die geschwungene Außenmauer des Turms – und die drei flankierenden Wände, ebenfalls aus Stein erbaut. Nirgendwo deutete die Farbe Rot darauf hin, daß hier ein Geheimeingang versteckt worden war.

Er ging wieder hinaus und betrat den vierten Raum, der nur etwa ein Drittel so groß war wie die drei anderen Räume, einschließlich des Zimmers, in dem der Prinz eingesperrt gewesen war.

Dieser Raum war das mittelalterliche Gegenstück eines Laboratoriums. Auf Tischen und Wandregalen standen etliche seltsame Instrumente und Gefäße herum. Die meisten der Behälter waren mit kryptischen Zeichen beschriftet. Vermutlich gab es einen Zauber, mit dem er die Zeichen hätte lesbar machen können, doch für derartige Dinge war im Moment keine Zeit. Was immer sich in diesem Labor befinden mochte, es würde ihnen wahrscheinlich nicht bei der Flucht behilflich sein.

Abgesehen von diesen Gegenständen und den Tischen, auf denen sie ausgelegt waren, gab es in dem ganzen Wirrwarr nichts Lebendiges, mit Ausnahme eines Art großen, gelben Vogelkäfigs, in dem sechs gewöhnliche Mäuse untergebracht waren.

Um wenigstens den Mäusen Gelegenheit zu geben, sich aus Malvinnes Gefangenschaft zu befreien, öffnete Jim den Käfig. Die Mäuse drängten sich allerdings bloß in eine Ecke und machten keine Anstalten, den Käfig zu verlassen. Jim ließ die Käfigtür einfach offenstehen. Früher oder später würden sie schon noch den Mut aufbringen, den Kopf hinauszustrecken, und gleich darauf wären sie frei. Dann mußten sie selbst sehen, wie sie zurechtkamen.

Er trat wieder auf den Absatz des zweiten Stockwerks hinaus, von dem die vier Türen abgingen. Die anderen versammelten sich um ihn und warteten auf weitere Anweisungen.

Jim wunderte sich, daß der Prinz weder Fragen noch Forderungen gestellt hatte. Insgeheim hatte er sich bereits für diese Gelegenheit gewappnet. Allerdings galt in dieser Gesellschaft derjenige, der gerade führte, auch als Anführer. Dessen Führerschaft konnte natürlich angezweifelt werden und wurde es wahrscheinlich häufig auch. Doch bis es soweit kam, ordneten sich alle unter und gehorchten instinktiv.

»Sir James ist ein Magier, Euer Hoheit«, erklärte Brian gerade dem Prinzen. »Deshalb konnte er die Türen auch gefahrlos öffnen. Andernfalls hätte uns der Zauber wahrscheinlich vernichtet und Malvinne gewarnt.«

»Was Ihr nicht sagt!« meinte der Prinz, der Jim auf einmal mit ganz neuem Respekt betrachtete.

»Bedauerlicherweise bloß ein Magier einer viel niedrigeren Stufe und mit weit geringeren Fähigkeiten als Malvinne, Euer Hoheit«, sagte Jim. Es hätte nichts genutzt, wenn sich der Prinz falsche Vorstellungen von Jims Möglichkeiten gemacht hätte. »Also, hier oben gibt es offenbar keinen Ausgang. Wir sollten unten weitersuchen, in den Räumen, die Malvinne anscheinend für sich benutzt.«

Gefolgt von den anderen eilte er die Treppe hinunter, wobei er sich insgeheim dafür tadelte, daß er nicht unten zuerst nachgeschaut hatte. In Malvinnes Privatgemächern war viel eher mit einem Geheimgang zu rechnen als im Labor oder in den übrigen Räumen, die er entweder als Gefängniszellen oder zu irgendwelchen anderen Zwecken nutzte.

Unten angelangt, fiel ihm erneut die erlesene Einrichtung ins Auge. Jedes einzelne Möbelstück war sorgfältig hergestellt, mit Schnitzereien verziert und poliert. Außer ein paar niedrigen Tischen und einigen Kissenstapeln, die den Räumlichkeiten einen orientalischen Anstrich verliehen, gab es keine gewöhnlichen Hocker und keinen Tisch, die allein der Zweckmäßigkeit gedient hätten.

Der Boden war mit dicken Lagen Teppichen bedeckt, und an den Wänden hingen noch immer die schweren Wandteppiche, die sich nicht einmal dann regten, wenn von unten ein Luftzug den Turm hochwehte.

»Ich glaube«, sagte Jim, »wir sollten uns alle an der Suche beteiligen, um so rasch wie möglich zu verschwinden, auch Ihr, Hoheit, wärt Ihr so gut? Vielleicht hat er Euch gegenüber eine Bemerkung gemacht, an die Ihr Euch zwar nicht auf Anhieb erinnert, die Euch aber wieder einfällt, wenn Ihr Euch hier unten umseht. Und Ihr anderen, sucht nach allem, was einer Tür ähnelt oder wohinter eine Tür versteckt sein könnte – nach einem Brett, einer Truhe oder was auch immer.«

Sie verteilten sich in den Räumen. Währenddessen machte auch Jim sich auf die Suche, allerdings nicht nach speziellen Hinweisen auf einen Ausgang, sondern nach allem, was eine Rotfärbung aufwies. Wenn es einen geheimen Ausgang gab, dann war er aller Wahrscheinlichkeit nach magisch geschützt. Während die anderen jeden Raum eingehend durchsuchten und Aragh überall herumschnüffelte, suchte Jim die Wände und den Boden nach der Farbe Rot ab.

Die Gesamtfläche, welche die Räume hier unten einnahmen, war nur geringfügig größer als im Stockwerk darüber, denn der Turm verjüngte sich nach oben zu nur ganz allmählich. Über dem anderen Geschoß mußte es entweder ein Dach geben oder eine von Brustwehren umgebene Freifläche, damit sich der Turm im Falle eines Angriffs verteidigen ließe.

Jim glaubte nicht, daß es Sinn hätte, dort oben nachzusehen. Wenn der Eingang zu dem Geheimgang oben lag, dann hätte er durch zwei Stockwerke nach unten führen müssen, und während man hier einen Geheimgang durchaus hätte verbergen können, so war das im Stockwerk darüber ausgeschlossen. In allen Räumen hatte man die kahle Außenmauer des Turms sehen können.

Sie brauchten etwa eine halbe Stunde für die Durchsuchung. Hätten sie nicht etliche Möbel und ein paar Kammern und Schränke inspizieren müssen, hätte es nicht so lange gedauert. Keiner der Schränke war magisch geschützt, deshalb ließ Jim die anderen hineinschauen. Aragh streckte überall seine Nase hinein und schnüffelte ausgiebig. Jedesmal ohne Erfolg. Und das galt auch für die ganze Etage. Schließlich versammelten sie sich wieder auf dem Treppenabsatz. Sie standen vor einem Rätsel.

»Ich fürchte, Sir James«, sagte der Prinz, »Malvinne benutzt einen magischen Ausgang. Wir haben diese beiden Etagen gründlich abgesucht und nichts entdeckt.«

Seltsamerweise weckte ihr Mißerfolg Jims Trotz. Je länger er darüber nachdachte, desto sicherer wurde er, daß es einen geheimen und ganz natürlichen Weg nach unten geben mußte. Plötzlich hatte er einen Einfall.

»Schaut noch einmal nach!« sagte er. »Seht hinter die Wandteppiche. Achtet auf alles Rote – aber rührt es bloß nicht an.«

»Rot, James?« fragte Brian.

Jim fluchte lautlos. Klar, er war schließlich der einzige, der die Warnfarbe Rot sehen konnte. Eilends schrieb er einen neuen Befehl an die Innenseite seiner Stirn.

ALLE SEHEN → MAGIEWARNUNG ROT, HIER

»Ja«, sagte Jim. »Ich habe soeben ein wenig gezaubert, so daß Ihr nun den Ausgang werdet rot leuchten sehen. Wenn Ihr etwas entdeckt habt, ruft mich sogleich hinzu. Vermeidet es nach Möglichkeit, Euch der Tür zu nähern. Alles Rote könnte tödlich sein.«

Sie verteilten sich erneut, und auch Jim begann fieberhaft die Wände abzusuchen, indem er die Wandteppiche anhob und dahinter blickte.

Diesmal dauerte die Suche etwas länger, nämlich etwa eine Stunde, und verlief wiederum ergebnislos.

Als sie alle wieder beisammen waren, bemerkte Jim, daß Aragh auf einem Stapel Kissen lag und zu schlafen schien. Es sah ganz so aus, als läge er schon eine ganze Weile dort.

»Aragh!« rief Jim. »Habt Ihr Euch denn nicht an der Suche beteiligt?«

Aragh öffnete erst ein Auge, dann das andere, und schließlich erhob er sich und schüttelte sich.

»Nein«, antwortete er.

Alle starrten ihn an.

»Warum nicht?« fragte Jim.

»Eigentlich hätte das jemand wie Ihr doch wissen müssen, James«, sagte Aragh. »Wir Wölfe vermögen nicht zu sehen, was Ihr Zweibeiner Farben nennt. Für uns gibt es nur Schwarz und Weiß und Grau. Ich weiß es nur aus dem Mund der Menschen, daß es außer diesen Schattierungen, die ich wahrnehme, noch etwas anderes gibt.

Und selbst wenn ich diese rote Farbe sehen könnte, wäre ich wohl kaum von Nutzen gewesen«, fuhr Aragh gähnend fort. »Meine Augen sind nicht gut genug, auch wenn ich in anderer Beziehung häufig Dinge wahrnehme, die anderen verborgen bleiben. Könnte man dieses ›Rot‹ riechen, dann wärt Ihr mir bei der Suche weit unterlegen.«

»Aber natürlich! Wie dumm von mir!« sagte Jim. »Aragh, macht Euch bereit, Eure Nase zu gebrauchen!«

»Ihr wollt mich doch nicht etwa verzaubern?« fragte Aragh rasch.

»Aber nein!« sagte Jim. »Ich werde das verzaubern, wonach wir suchen, so daß es nicht nur eine Farbe hat, sondern auch einen Geruch. Wie wäre es mit Knoblauch?«

»Den Geruch«, sagte Aragh und riß das Maul auf,

als ob er lachte, »würden sogar Menschen bemerken. Sorgt dafür, daß es nach Knoblauch riecht.«

Jim schrieb einen neuen magischen Befehl an die Innenseite seiner Stirn.

MAGIE → ROT RIECHT NACH KNOBLAUCH

Er hatte den Befehl kaum fertiggeschrieben, als Aragh auch schon die Ohren spitzte und zu dem Absatz über der magischen Stufe trottete, die zu überwinden sie soviel Mühe gekostet hatte. Er schnüffelte an den Teppichen, die dort lagen. Dann steckte er die Schnauze unter den obersten Teppich und schnüffelte allem Anschein nach voller Wohlbehagen. Er packte den Teppich mit den Zähnen und zerrte ihn beiseite.

»Nun, James?« Aragh ließ den Teppich fallen und machte sich über den nächsten her. »Worauf wartet Ihr noch? Ich habe den Ausgang gefunden.«

Sie eilten zu ihm und zogen die vielen Teppiche rasch weg.

Als sie die Stelle freilegten, wurde ein farbiger Schimmer sichtbar. Ein roter Schimmer.

»Haltet Abstand, alle miteinander!« sagte Jim. »Den Rest erledige ich.«

Er wartete, bis die anderen zurückgetreten waren, dann beugte er sich vor und zog die letzten Teppiche beiseite. Darunter kam eine Falltür im Boden zum Vorschein, von der ein intensives rotes Leuchten ausging. Abermals vernahm Jim im Geiste die magische Warnglocke.

Er wartete, bis sie verstummt war, dann wandte er sich an die anderen.

»Ich werde jetzt versuchen, die Falltür zu öffnen«, sagte er. »Eigentlich sollte das nicht mehr Schwierigkeiten bereiten als das Öffnen der übrigen Türen, aber für den Fall, daß mir doch etwas dabei zustoßen sollte, fertigt Euch ein Seil an, befestigt ein Gewicht an der

Tür und laßt es über den Absatz herunterfallen, so daß die Falltür davon aufgezogen wird. Dann sollte sich einer von Euch vergewissern, ob der Geheimgang gefahrlos zu betreten ist. Wenn dem so ist, können die anderen ihm folgen.«

»Ihr fürchtet um Euer Leben, wenn Ihr die Falltür anhebt, James?« fragte Brian.

»Ganz ohne Risiko ist es nicht«, räumte Jim ein.

»In diesem Fall möchte ich es versuchen«, sagte Brian. »Ihr seid Seiner Hoheit bei der Flucht von diesem verfluchten Ort von größerem Nutzen als jeder andere von uns. Darum laßt mich der erste sein.«

»Danke, Brian«, sagte Jim. Er war gerührt, denn in Brians Worten schwang mehr mit als nur die Sorge um die Sicherheit des Prinzen. Er kannte Brian nur allzu gut. Er machte sich auch um ihn, James, Sorgen, und wie üblich bot er ihm an, sich zwischen die Gefahr und seinen Freund zu stellen. »Aber ich fürchte, der Zauber, der mich eigentlich schützen müßte, erstreckt sich nicht auf Euch. Also bleibt uns keine andere Wahl. Ich muß die Tür als erster anheben. Tretet zurück.«

Er wandte sich wieder der Falltür zu, ohne sich zuvor vergewissert zu haben, ob seine Gefährten seinen Anweisungen auch Folge leisteten. Er packte den Griff der offenbar sehr schweren Falltür, der sich, abgesehen davon, daß er versenkt angebracht war, von den Türriegeln im oberen Stockwerk kaum unterschied.

Er bereitete sich darauf vor, ein großes Gewicht anheben zu müssen. Doch anscheinend war die Falltür mit einem Gegengewicht versehen, denn sie ließ sich mühelos aufklappen. Darunter kamen eine Öffnung und Stufen zum Vorschein, die in die Tiefe führten. Das Rot erstreckte sich nicht auf die Unterseite der Falltür und die darunter befindliche Höhlung. Bei genauerem Hinsehen fiel Jim auf, daß sich der rote Schimmer verflüchtigt hatte, wie es wohl stets der Fall war, wenn Malvinne als Benutzer der Falltür identifiziert worden war.

»So«, sagte Jim, »das ist unser Fluchtweg. Seht Ihr, wo er hinführt?«

Er zeigte in die Richtung, die er meinte. Die Stufen führten in die Stützpfeiler unter der regulären Treppe. Der Gang war so schmal, daß sie im Gänsemarsch würden gehen und Dafydd und Jim die Köpfe würden einziehen müssen, da zwischen den Stufen der Geheimtreppe und der darüberliegenden Haupttreppe so wenig Platz war. Jedenfalls war das zweifelsfrei der Geheimweg, der nach draußen führte.

»Folgt mir nach«, sagte Jim. »Euer Hoheit sollten sich am besten unmittelbar hinter mir halten. Achtet darauf, daß Ihr vom Teppich gleich auf die erste Stufe tretet. Ich glaube zwar nicht, daß Euch die Öffnung noch gefährlich werden kann, aber man weiß ja nie.«

»Das habt Ihr gut gemacht, Sir James«, sagte der Prinz in beinahe ehrfürchtigem Ton. »Das gleiche gilt auch für den Herrn Wolf. Das werde ich Euch nicht vergessen.«

Er blickte von einem zum anderen.

»Euch allen werde ich nicht vergessen, daß Ihr meine Retter seid«, sagte er.

»Wir sind noch nicht wieder draußen«, sagte Jim, »aber wenigstens sind wir einen großen Schritt weitergekommen.«

Gleichwohl war ihm jetzt leichter ums Herz. Wenn Malvinne sich schon die Mühe gemacht hatte, einen solchen Geheimgang zu bauen, dann führte er bestimmt auch aus der Burg hinaus. Zumindest standen die Chancen dafür gut. Aus Angst, seine Hoffnungen könnten sich als verfrüht erweisen, traute er sich jedoch nicht, dies den anderen auch zu sagen.

Er trat auf die Treppe, und die anderen folgten ihm. Anschließend schloß Jim sorgfältig die wieder mit Teppichen beschwerte Falltür.

27

TREPPE UND WÄNDE verströmten ein Licht, das ganz offensichtlich magischen Ursprungs war. Als sie alle drei, vier Meter hinabgestiegen waren, nahm die Kopffreiheit ein wenig zu, so daß Jim und Dafydd aufrecht gehen konnten. Jim hatte befürchtet, sie würden im Dunkeln hinuntersteigen und sich den Weg ertasten müssen. Daß Malvinne für Beleuchtung gesorgt hatte, war allerdings nicht überraschend, und insgeheim war es Jim peinlich, daß er nicht von vornherein damit gerechnet hatte.

Dennoch gab es keinen Grund, sich auf die Schultern zu klopfen. Vor ihnen lag noch ein langer, mühseliger Abstieg, der über die Geheimtreppe zu den bewohnten Regionen hinunterführte, aus denen die reguläre Wendeltreppe nach oben führte. Ein Gutes hatte dieser spezielle Fluchtweg allerdings. An manchen Stellen waren zwischen Stufen und Futterstufen kleine Risse freigeblieben.

Offenbar handelte es sich um zufällige Risse. Allerdings traten sie in ziemlich regelmäßigen Abständen auf, und wenn Jim hindurchschaute, bekam er einen eingeschränkten, aber sehr nützlichen Überblick darüber, wie nahe sie dem Stockwerk gekommen waren, auf dem sie den Aufstieg begonnen hatten.

Schließlich waren sie fast wieder am Ausgangspunkt angelangt. Jim führte seine Gefährten die letzten Stufen hinunter, und dort stieß der Geheimgang auf einen weiteren Gang, der in entgegengesetzte Richtungen führte.

Zur Linken führten steile Stufen in die Höhe und bogen um eine Ecke. Zur Rechten erstreckte sich ein leicht abschüssiger Gang, der in sanfter Neigung zu einem tiefergelegenen Geschoß zu führen schien.

Um den anderen auf dem Treppenabsatz Platz zu machen, trat Jim nach rechts auf den glatten Boden des

Ganges. Durch Risse in der Treppe zur Linken drang ein wenig Licht, und auch die Decke des Ganges wies Risse auf, die jedoch zu hoch gelegen waren, als daß man hätte hindurchblicken können. Gleichwohl war es so hell, daß sie erkennen konnten, wohin sie traten.

»Und wohin jetzt, Sir James?« fragte der Prinz dicht an Jims Ohr.

Jim wandte sich im trüb erhellten Gang wieder zur Treppe und seinen Gefährten um.

»Ich weiß nicht, ob wir nach links oder nach rechts gehen sollen«, antwortete er. »Glaubt jemand einen Grund zu kennen, weshalb wir der einen oder anderen Richtung den Vorzug geben sollten?«

Niemand sagte etwas. Nicht einmal Aragh machte einen Vorschlag.

»Aragh«, sagte Jim, »könnt Ihr nicht erschnuppern, was uns hinter der Treppe oder in diesem Gang erwartet?«

»Es riecht überall gleich«, antwortete Aragh. »Nach Zweibeinern, nach Essen und nach all den anderen Gerüchen, die man in den Behausungen der Menschen antrifft.«

Jim holte tief Luft.

»Also gut«, sagte er. »Dann würde ich sagen, daß wir auf keinen Fall nach oben wollen. Der Gang zur Rechten weist eine leichte Abwärtsneigung auf, woraus man schließen könnte, daß er ins Freie führt oder unterirdisch vielleicht sogar ein Stück weit von der Burg weg. Somit handelt es sich um einen geheimen Fluchtweg, den Malvinne für den Fall angelegt haben mag, daß die Burg angegriffen und eingenommen wird. Ich glaube, wir sollten uns nach rechts wenden.«

Nach kurzem Schweigen ließ sich der Prinz vernehmen.

»In diesem Fall solltet Ihr die Führung übernehmen, Sir James«, sagte der Prinz. »Ich wüßte nicht, wer besser dafür geeignet wäre.«

»Ich danke Euch, Hoheit«, antwortete Jim. »Dann also los.«

Er drehte sich um und trat in den abschüssigen Tunnel. Die anderen folgten ihm.

Zunächst wirkte alles ganz normal – bis sich der Weg auf einmal steil nach unten senkte und Jim ausrutschte, als wäre der Boden mit Schmierseife bedeckt. Er stürzte und rutschte mit wachsender Geschwindigkeit in die Tiefe. Auch die anderen stürzten und rutschten ihm nach, begleitet vom wortlosen Alarmschrei des Prinzen und Brians und Giles saftigen Flüchen.

Sie beschleunigten auf eine unglaubliche Geschwindigkeit, die der eines Bobs auf einer Rodelbahn gleichkam. Offenbar beschrieb der Weg wie die Wendeltreppe im Turm Spiralen. Auf einmal blitzte es rot vor Jims Augen auf – nicht in Wirklichkeit, sondern bloß in seiner Einbildung.

Während ihm von der unglaublich schnellen Kreisbewegung allmählich schummrig wurde, fand er noch Zeit, sich über einen Fehler zu ärgern, den er ganz allein sich selber zuzuschreiben hatte.

Während des Aufstiegs über die Treppe hatte er den magischen Befehl an seine Stirn geschrieben, der ihn befähigte, jede über ihm befindliche magische Falle in Rot zu sehen. Doch das hatte ausschließlich für Fallen gegolten, die über und vor ihm lagen.

Dabei hatte er nicht bedacht, daß sie auch in den tiefergelegenen Etagen der Burg auf magische Fallen stoßen könnten. Jetzt aber war es geschehen. An der Stelle, wo der Geheimgang auf den Querweg gestoßen war, hatte sich eine magische Falle befunden. Und er hatte den Befehl so idiotisch formuliert, daß sich beim Abstieg die Falle, anders als die weiter oben befindlichen, nicht rot leuchtend zu erkennen gegeben hatte. Jetzt war es zu spät, und sie waren in dieser glitschigen, gewundenen Rutsche gefangen, die ins Erdinnere hinunterführte.

Wie lange der Fall andauerte, war schwer zu sagen. Später hatte Jim den Eindruck, er sei irgendwann ohnmächtig geworden, entweder vor Benommenheit oder aus einem anderen, magischen Grund. Jedenfalls fand er sich irgendwann vor einer unnachgiebigen Wand wieder, begraben unter den Leibern seiner Gefährten, so daß er kaum noch Luft bekam.

Er wollte sie gerade bitten, von ihm herunterzusteigen, da rappelten sie sich auch schon auf. Kurz darauf konnte auch er sich erheben.

Um sie herum war es stockfinster.

»Wo sind wir?« ließ sich Giles vernehmen. »Mir versagt das Gedächtnis. Ich weiß bloß noch, daß ich soeben hier zu mir gekommen bin.«

Brian und der Prinz pflichteten ihm bei.

»Aber wo sind wir? Sir James?« fuhr der Prinz fort. »Seid Ihr da, Sir James?«

»Ich stehe unmittelbar neben Euer Hoheit«, sagte Jim. Zum Beweis bewegte er den Arm, der gegen die Seite des Prinzen drückte.

»Was sollen wir jetzt tun, Sir James?« fragte der Prinz. »Ich bin immer noch ganz benommen, aber ich glaube, ich kann mich auf den Beinen halten. Wo sind wir?«

»Ich weiß es nicht, Hoheit«, antwortete Jim. »Neben mir befindet sich eine Art Wand. Wartet einen Moment. Ich will sehen, ob es darin eine Öffnung gibt oder ob sich die Wand vielleicht als Ganzes öffnen läßt.«

Er wandte sich der senkrechten Fläche zu, gegen die er gedrückt worden war, und fuhr mit den flachen Händen darüber. Das Material fühlte sich eher an wie Holz als wie Stein, und ihm schien so, als handle es sich um eine Art Tür. Er tastete in der Höhe umher, wo sich der Öffner befinden würde, und tatsächlich entdeckte er auch einen der kleinen Knäufe, denen sie in Malvinnes Burg schon öfters begegnet waren.

Er drückte dagegen. Nichts geschah. Als er daran zog, ging die Tür mühelos auf.

Da er die Tür eher unbeabsichtigt weit aufgerissen hatte, wurden sie von dem einströmenden Licht alle für einen Moment geblendet. Jim, der sich vorgebeugt hatte, taumelte nach vorn, und die anderen folgten ihm. Allmählich konnte er wieder etwas erkennen.

Sie befanden sich auf einem schmalen Absatz, der von einem Geländer umgeben war und ihnen kaum genug Platz zum Stehen bot. Zur Rechten führten von dem Absatz ein paar Treppenstufen auf den Boden einer gewaltigen Felsenhöhle hinunter. Zumindest waren der Boden und die nächste Wand aus Fels, und auch die andere, etwa dreißig Meter entfernte Wand schien aus Fels zu bestehen. Allerdings ragten die Wände so weit in die Höhe, daß das diffuse Licht nicht bis dorthin reichte. Es ließ sich nicht erkennen, ob es sich um eine natürliche Höhle handelte, die vollständig von Felswänden umschlossen war.

Allerdings erschien es nur vernünftig, daß es irgendwo dort oben ein Dach geben mußte. Sie waren so tief gefallen, daß sich ein Gutteil der Erdkruste zwischen ihnen und der Erdoberfläche befinden mußte. Außerdem stammte das Licht weder von der Sonne noch vom Mond oder von den Sternen. Es war ein seltsames, unnatürliches Licht, durchaus passend für einen unterirdisch gelegenen Ort.

Wie Gefangene in einem dreiseitigen Käfig standen sie dicht beieinander und blickten auf den Höhlenboden hinunter. Es wimmelte dort von Menschen, von Männern und Frauen in schwarzen Uniformen, die mit eigentümlichen, heftlosen Messern von der Länge eines Schwertes und runden, an Zielscheiben erinnernden Schilden bewaffnet waren. Alle waren sie in dem unnatürlichen Licht deutlich zu erkennen.

Wenn Jim ihnen unmittelbar ins Gesicht blickte, erkannte er keinen von ihnen wieder, doch wenn er den

Blick schweifen ließ, meinte er bisweilen, aus den Augenwinkeln wahrzunehmen, wie das Gesicht, das er soeben angeschaut hatte, sich von einem Moment zum anderen veränderte und zum Gesicht eines Menschen wurde, den er einmal gekannt und gemocht, wenn nicht gar geliebt hatte. Alle Gesichter aber schienen erstarrt in einer Grimasse des Hasses, der Angst und des Entsetzens.

Die einzige freie Stelle lag etwa dreißig Meter entfernt von dem Absatz, auf dem sie standen, und zwanzig Meter entfernt von den vordersten der schwarzgekleideten Gestalten; diese Stelle war leer bis auf zwei gewaltige Thronsessel, auf denen zwei ebenso gewaltige Gestalten saßen.

Die eine war männlich, die andere weiblich. Beide trugen lose Gewänder, die ihnen von der Brust bis unter die Knie reichten. Die Unterarme ruhten auf den Armlehnen der Thronsessel. Abgesehen von ihrer Größe – Jim schätzte, daß sie mindestens sieben Meter groß waren – unterschieden sie sich von den Menschen vor allem aufgrund ihrer überlangen Hälse, die etwa anderthalb Meter zu ihrer gesamten Körperlänge beitrugen.

Der Kopf des Mannes war stattlich, mit dunklem, dicht am runden Schädel anliegendem Haar und durchdringenden Augen. Das Haar der Frau war ebenfalls schwarz und anliegend, und auf geheimnisvolle Weise war sie wunderschön.

Beide Gesichter waren ausdruckslos. Doch erst als Jim wieder auf die schwarzgekleidete Horde hinunterschaute, fiel ihm das Besondere an den beiden Gestalten auf den Thronsesseln auf.

Wie die Gesichter der übrigen Schwarzgekleideten schienen sich auch die Gesichter des Mannes und der Frau – wenn man sie denn als solche bezeichnen wollte – zu verändern; die Frau hatte auf einmal das Gesicht einer Schlange, das Gesicht des Mannes erinnerte an einen Schakal. Ihr tierischer Aspekt blieb allerdings verborgen, wenn Jim sie direkt anschaute. Nur aus den Augenwinkeln konnte er den Schlangen- und den Schakalkopf erkennen.

Wo immer sie sich befinden mochten, dies war kein Ort für Jim und seine Gefährten. Jim wandte sich rasch zur Tür um, packte den Knauf und versuchte, die Tür zu öffnen. Doch nun war sie ebenso fest und unbeweglich wie der Fels ringsum.

Rasch schrieb er an die Innenseite seiner Stirn:

ALLE SCHLÖSSER
UND RIEGEL → GEHEN AUF

Er stellte sich zurückweichende Riegel und aufgehende Schlösser vor, um die vor ihm befindliche Tür vom Rahmen zu lösen.

Sie gab jedoch nicht nach. Allerdings ließ sein mißglückter Zauberversuch eine der beiden Throngestalten aufmerksam werden. »Vergehen um Vergehen! Einer von Euch ist ein Magier. Nachdem Ihr Euch – Ihr alle – vor Uns bereits dadurch versündigt habt, daß Ihr lebend hierhergekommen seid, stellt sich nun auch noch heraus, daß sich einer von Euch verbotenen Künsten verschrieben hat. Euresgleichen ist der Zugang zu diesem Ort seit jeher verwehrt, Magier – und wie Ihr feststellen werdet, wird Euch Eure Magie hier nichts nützen. Hier herrscht allein Unser Gesetz.«

»Gott steh uns bei!« entfuhr es Giles.

»Euer Gott kann Euch hier auch nicht helfen.« Die gewaltige Stimme hallte wie Donner von den Felswänden wider. »Sechs an der Zahl. Ein Tier, vier lebende Menschen und ein Magier. Welch ein Frevel! Und obendrein noch bewaffnet. Weg mit den Waffen!«

Keiner der Schwarzgekleideten rührte sich, allerdings bewegten sich die Dolche und Schwerter der Ritter in den Scheiden. Mehr geschah nicht. Brian und

Giles hatten bereits die Hände auf die Hefte ihrer Waffen gelegt. Brian zog sein Schwert aus der Scheide und hielt es sich mit der Spitze nach oben vor die Brust.

»Das könnt Ihr mir nicht wegnehmen!« schrie er außer sich vor Zorn. »Das ist ein *Kreuz*, und so sehr Ihr auch prahlen mögt, das könnt Ihr einem christlichen Ritter nicht rauben! Entreißt es mir, wenn Ihr könnt!«

Der Mann und die Frau auf dem Thron schauten so finster drein wie Gewitterwolken. Das Schwert in Brians Hand regte sich zwar wieder, er aber hielt es fest.

»So ist es«, sagte Dafydd so beherrscht wie eh und je. »Mein Messer hat zwar kein Heft, gleichwohl hat man es mir nicht nehmen können. Ah, jetzt fällt mir auf, daß der Riemen, mit dem ich es festgebunden habe, am Griff ein Kreuz bildet, der es in der Scheide festhält. Das gleiche gilt auch für die Schnüre, mit denen ich Bogen und Köcher befestigt habe.«

Jim, der im Begriff gewesen war zu verzweifeln, schöpfte neue Hoffnung.

»Dies ist das Reich der Toten; und wir sind sein König und seine Königin!« donnerte die gewaltige Männergestalt. »Auch wenn ein paar unbedeutende Gegenstände nicht auf uns hören wollen, so wird Euch das nicht retten! Man wird schon noch mit Euch fertig werden! Darauf könnt Ihr Euch verlassen!«

Aragh fauchte.

»Ihr gehört Uns«, fuhr der König der Toten ungerührt fort, »und wir werden Euch in einer Weise bestrafen, die allen, die daran denken mögen, diesen Ort mit lebendigen Leibern zu entweihen, jahrtausendelang eine Lehre sein wird. Hier unten nehmen wir die Toten auf; niemals aber die Lebenden! Frevel, Frevel, *Frevel* – Ihr seid eine Beleidigung für Unsere Augen!«

Jim überlegte fieberhaft. Nachdem er neue Hoffnung geschöpft hatte, arbeitete sein Verstand wieder. Es mußte einen Weg geben, diesen langbeinigen Ungeheuern und ihren schwarzgekleideten Kolonnen ein Schnippchen zu schlagen. Er verspürte eine gewisse Verwegenheit. Seitdem er in Frankreich war, hatte er von seinem Konto gezehrt und sein magisches Guthaben für dies und jenes aufgebraucht; ob der Rest noch ausreichte, etwas so Großes und Dramatisches zu bewirken wie das, was ihm vorschwebte, war schwer zu sagen.

Die Idee, die ihm gekommen war, hatte noch keine festumrissenen Konturen. Sie entzog sich ihm. Aber er spürte, daß da etwas war, was in ihm gärte. Was immer es sein mochte, es war etwas Großes; und es würde eine große Lücke in sein restliches Guthaben reißen – falls überhaupt noch genug davon übrig war. Um das herauszufinden, würde er es einfach versuchen müssen.

Zuvor aber mußte er sich klarmachen, was er eigentlich vorhatte; und die Zeit wurde allmählich knapp. Es mußte einen Weg geben, sie mittels klar umrissener Vorstellungen alle gleichzeitig an einen sicheren Ort zu befördern.

Die unglaublich mächtige Stimme des Königs der Toten dröhnte noch immer durch die Höhle.

»Schaut Euch die Gestalten unter Euch an!« brüllte er auf sie ein. »Das sind die, welche ich von den Toten auferweckt habe, damit sie mir als Leibwache dienen. Sie werden Euch jetzt zu mir bringen …«

Er brach ab. Am Boden der Höhle tat sich etwas. Er blickte hinunter und hob einen Finger von der Armlehne des gewaltigen Throns, auf dem er saß. Die schwarzgekleideten, zwischen dem Absatz und den Thronsesseln befindlichen Gestalten bildeten eine Gasse. Entsetzt sah Jim mit an, wie Giles entschlossen auf die Thronsessel und die beiden gigantischen Göttergestalten zumarschierte. Er blieb stehen, blickte zum Totenkönig empor und streifte sich mit der behandschuhten Rechten den linken Handschuh ab.

Er hielt den Handschuh mit der Rechten hoch, stellte einen Fuß etwas vor und stemmte die Linke in die Hüfte. Er blickte zu der gewaltigen Männergestalt empor.

»Mir wurde die Ehre zuteil«, rief Sir Giles – obwohl er eine kräftige Stimme hatte, klang sie nach dem Getöse des Totenkönigs wie Vogelgezwitscher –, »zusammen mit meinen Gefährten Edward, Kronprinz des Throns von England, vorübergehend in Obhut nehmen zu dürfen. In seinem Namen fordere ich Euch hier und jetzt zum Zweikampf heraus. Stellt unter Beweis, daß Ihr Anspruch auf mich habt, wenn Ihr es denn vermögt!«

Daraufhin schleuderte er den dicken Lederhandschuh zu der mächtigen Gestalt empor.

Der Handschuh flog in die Höhe, verharrte aber plötzlich etwa anderthalb Meter vor dem Gesicht des Totenkönigs – dann schwebte er lautlos und so sanft wie eine Feder auf den Felsboden nieder, wo er etwa vier Meter vor dem Gott liegenblieb.

»Giles, Ihr Idiot!« brüllte Jim und sprang die Treppe hinunter; seine Stimme ging im ohrenbetäubenden Grollen des Totenkönigs allerdings unter.

»Ergreift ihn!« Der Totenkönig zeigte auf Giles. Sogleich umringten die Schwarzgekleideten Giles, und dieser wirbelte zu ihnen herum und zog das Schwert.

Eigentlich hätte man erwarten sollen, daß sie ihn überwältigen würden wie eine schwarze Woge die von einem Kind am Strand erbaute Sandfigur; Dafydds Pfeile forderten allerdings bereits den ersten Tribut, und dann stürzten sich auch noch Brian und Jim ins Getümmel. Araghs schwarzbepelzte Gestalt war allen anderen voraus; er wütete unter den Schwarzgekleideten und schleuderte sie mit einer Halsbewegung beiseite, als wären es Spielzeugpuppen.

Sie kämpften sich bis zu Giles vor, umringten ihn und zogen sich mit ihm, wie die Wahnsinnigen kämpfend, bis zum Fuß der Treppe zurück, dann erklommen sie die Stufen und waren wieder auf der Plattform angelangt.

Die schwarze Flut wogte ihnen nach, war aber einstweilen eingedämmt.

»Halt!« donnerte der König. »Alles muß seine Ordnung haben. Ihr werdet dort hinaufgehen und den Ungehörigsten ergreifen, den ich euch nennen werde; dann den nächsten und wiederum den nächsten, ganz gleich, welche Verluste ihr erleiden mögt.«

Jetzt, wo er keuchend und zerzaust wieder auf dem Absatz stand und umringt war von seinen atemlosen Gefährten, arbeitete Jims Verstand endlich wieder auf vollen Touren. Was Giles da getan hatte, war dumm gewesen, aber auch großartig und *kühn!*

Etwas Ähnliches war jetzt von Jim auf dem Gebiet der Magie gefordert. Wenn er sie alle von hier fortbringen wollte, mußte er *kühn* denken!

Und da fiel ihm endlich ein wildes Szenario ein, das sie sehr wohl würde retten können, wenn es ihm denn gelang, es in Magie umzusetzen. Allerdings blieb keine Zeit mehr, es auszuprobieren.

Er schrieb an die Innenseite seiner Stirn:

WIR ALLE → HOLOGRAFIEN →
HOCHGELEGENER ORT

Wunder, o Wunder – es funktionierte!

Jim sah, wie seine Freunde flackerten, verblaßten und durchscheinend wurden. Er selbst spürte nichts, doch als er an sich hinuntersah, stellte er fest, daß seine Beine nahezu durchsichtig geworden waren. Er hatte einen willkürlichen hochgelegenen Ort ausgewählt, den erstbesten, der ihm gerade in den Sinn gekommen war, und zwar das Wohnzimmer von Malvinnes Privatgemächern, das sie erst vor kurzem mit so großer Erleichterung verlassen hatten – wie lange es her war, vermochte er nicht zu sagen, da Schwindel und Desorientierung sein Zeitgefühl durcheinandergebracht hatten. Die rasende Fahrt in der spiralförmigen Rutsche mochte Sekunden oder auch Stunden gedauert haben.

Auf einmal befanden sie sich wieder in Malvinnes Wohnzimmer. Um ihn herum nahmen Brian, Giles, der Prinz und Aragh wieder Gestalt an.

HOLOGRAFIEN → KÖRPER

... schrieb er eilends an die Innenseite seiner Stirn. Sie waren gerettet. Sie hatten es geschafft.

Wie Jim allerdings feststellen mußte, war Malvinne jetzt ebenfalls anwesend.

28

OFFENBAR WAR MALVINNE soeben damit beschäftigt, ein Nachtmahl oder ein sehr frühes Frühstück einzunehmen. Jedenfalls hatte er sich noch nicht vergewissert, ob sein prinzlicher Gefangener noch immer in Gewahrsam war.

Er saß an einem kleinen Tisch, der erstaunlicherweise mit einem Tuch gedeckt war, und darauf befanden sich die Überreste einer anscheinend recht kargen Mahlzeit sowie eine Glaskaraffe mit Wasser. Die Karaffe faßte etwa einen Liter, doch nun war höchstens noch ein Glas Wasser darin.

Malvinne hatte sich erhoben und beobachtete verdutzt, wie sich die transparenten Gestalten verfestigten.

Jim hatte ihn noch nie gesehen, und man hatte ihm Malvinne auch nicht beschrieben. Gleichwohl hatte er keinerlei Zweifel daran, daß der Mann vor ihm Malvinne war.

So wie langjährige Lehrer, Ärzte und Menschen in ähnlich spezialisierten Berufen gegen Ende ihrer Laufbahn als typische Vertreter ihres jeweiligen Berufsstandes zu erkennen waren, sah man auch Malvinne an – zumindest fand das Jim –, daß er ein erfahrener Magier war.

Dies hatte nichts mit seiner äußeren Erscheinung oder seiner Kleidung zu tun. Er wirkte etwa fünfzig Jahre jünger als Carolinus, der, wie Jim wußte, in Malvinnes Alter war. Sein kastanienbraunes Haar wies einen ganz schwachen grauen Schimmer auf. Auch sein gepflegter Schnurrbart war kastanienbraun. Er war ein kleiner, braunäugiger, spatzenhafter Mann und trug prachtvolle Gewänder, die eines Magiers mehr als würdig waren – ein rotsamtenes Wams über einer weichen, blauen Hose, die einen Höfling am Hofe eines Monarchen hätten neidisch machen können. An der Seite trug er ein schmales Schwert, zu leicht für ein Breitschwert und zu lang, als daß es sich um ein bloßes Zierschwert hätte handeln können – beinahe so, als hätte er das Rapier bis zum Säbelkorb selbst entworfen.

Auf den ersten Blick hätte man ihn für alles andere als für einen Magier halten können. Aufgrund seiner langen Bekanntschaft mit Carolinus fielen Jim die Gemeinsamkeiten, die Malvinne mit seinem Freund vom Klingelnden Wasser hatte, allerdings deutlich ins Auge.

Er hatte den gleichen aufmerksamen, klaren Blick und die gleiche, schwer zu beschreibende Ausstrahlung von Autorität und Macht, eine Ausstrahlung, die über die Wirkung der prachtvollen Kleidung weit hinausging. Selbst jetzt, in seiner Überraschung über ihr unerwartetes Erscheinen, deutete alles an ihm darauf hin, daß er überzeugt war, diese Situation ebenso meistern zu können wie jede andere.

»*Stillgestanden!*« fauchte er.

Jim und die anderen erstarrten. Jim wehrte sich gegen den Zwang, dem er unterlag, war jedoch paralysiert. Ohne die anderen zu beachten, schaute Malvinne ihn an.

»Bei Bleys, Merlins Meister!« sagte er. »Ein Lehrling, ein blutiger Anfänger, ein Halbamateur, der in meinem Château den wilden Mann spielt! Was fällt Euch eigentlich ein ...«

Er brach ab und kniff die Augen zusammen.

»Seid Ihr etwa ein Schüler der Klapperstange ... von Carolinus, meine ich? Woher solltet Ihr sonst die Frechheit nehmen, überhaupt hier aufzutauchen? Ist es so? Antwortet mir! Ich gestatte Euch den Gebrauch der Stimmbänder, damit Ihr mir antworten könnt.«

»Carolinus hat nichts damit zu tun«, sagte Jim, der auf einmal wieder sprechen konnte. »Wir haben den Auftrag, den Prinzen aus Eurer Gewalt zu befreien, das ist alles; und – Aragh! Hilf mir!«

Im nächsten Moment lag Malvinne rücklings auf dem Rücken; Araghs Vorderpfoten drückten seine Schultern nieder, Araghs aufgerissenes Maul war vor seinem Gesicht, und der heiße Wolfsatem strich über den kleinen kastanienbraunen Schnurrbart.

»Ich wollte doch mal sehen, wie dieses kleine Spielchen ausgehen würde«, fauchte Aragh. »Konntet Ihr es nicht noch ein wenig hinauszögern?«

»Du junger Teufel!« keuchte Malvinne, der hilflos auf dem Teppich lag. »Woher wußtet Ihr, daß der Wolf vom Zauber nicht betroffen war?«

»Ein sehr großer Herr, der sich ein ganzes Stück unter uns befindet, hat mich darauf gebracht«, antwortete Jim. »Wie wär's, wenn Ihr uns jetzt freigeben würdet?«

»Euch will ich als ersten im Feuer Beelzebubs schmoren sehen!« grollte Malvinne.

»Gebt uns frei«, flüsterte Aragh, »oder Ihr seid tot.«

Jim spürte, wie die Lähmung von ihm abfiel. Er

konnte sich wieder bewegen, und aus den Augenwinkeln sah er, daß seine Gefährten ebenfalls wieder frei waren.

»Was soll das heißen, da sei jemand unter uns?« fauchte Malvinne. Obwohl er flach auf dem Rücken lag, bewahrte er dennoch Haltung. »Das habt Ihr bestimmt von Carolinus, daß meine Befehle nichts bewirken bei einem … einem Tier.«

»Von Carolinus habe ich es nicht«, sagte Jim. »Carolinus hat mich einfach losgeschickt, damit ich selbständig Erfahrungen sammele.«

Beim Reden zerbrach er sich unablässig den Kopf. Solange Malvinne nicht so gut wie tot war, stellte er eine Stange Dynamit dar, die in dem Moment losgehen würde, da Aragh ihn freigab. Es mußte eine Möglichkeit geben, ihn bewegungsunfähig zu machen. Die gewöhnlichen Methoden würden allerdings nichts nutzen. Ihn einfach bloß zu fesseln, würde kaum ausreichen. Jim konnte sich gut vorstellen, daß Malvinne sich im Handumdrehen von jeder Art Fessel befreien würde.

Ebenso nutzlos wäre es, Malvinne in einen Schrank oder etwas Ähnlichem einzusperren. Jim hätte jede Wette darauf abgeschlossen, daß man Malvinne in Blei gießen und an der tiefsten Stelle des Meeres versenken könnte und daß er dennoch wieder freikommen würde.

Plötzlich kam ihm sein Gedächtnis zu Hilfe. Die Bemerkung des Totenkönigs über die verschiedenen Reiche hatte ihn darauf gebracht, daß das Tierreich gegenüber den Machenschaften eines Menschenmagiers vielleicht eine gewisse Immunität aufweisen könnte. Menschen – und das war der Grund, weshalb Jim ein rotes Wappen führte, das jedermann vor seinen magischen Fähigkeiten warnte – mußten ihre Vorkehrungen treffen gegen Ihresgleichen, die sich mit der Magie eingelassen hatten.

Mehr konnte man nicht tun, als gewöhnliche Männer und Frauen davor zu warnen, daß sie es mit jemandem zu tun hatten, der über magische Fähigkeiten verfügte. Bei Tieren sah es allerdings ganz anders aus. Sie hätten keine Möglichkeit, sich nur deshalb zu verteidigen, weil man sie davor gewarnt hatte, daß der Mensch, der sie in die Ecke getrieben hatte, mit Magie umzugehen verstand. Deshalb mußten sie weitgehend unberührt davon bleiben. Zumindest war dies Jims Überlegung gewesen. Darauf hatte er gesetzt, und er hatte gewonnen.

Just in diesem Moment meldete sich abermals sein Gedächtnis zu Wort. Plötzlich mußte er daran denken, wie Melusine sich ihm in die Arme geworfen und geklagt hatte, wie einsam sie sei – worauf sie das Bewußtsein verloren hatte. Hastig schrieb er an die Innenseite seiner Stirn:

WASSER/MALVINNES MAGEN → COGNAC

Abermals war er ein Wagnis eingegangen. Diesmal hatte er darauf gesetzt, daß Malvinne die Zauberbefehle eines anderen Magiers nicht unmittelbar mitlesen konnte, auch wenn es durchaus sein mochte, daß er merkte, daß gezaubert wurde. Wie sich herausstellte, war seine Vermutung richtig gewesen.

Malvinne lachte.

»Glaubt Ihr etwa, Ihr könntet mich verzaubern, mein Kleiner?« fragte Malvinne. »Was immer es sein mag, seid versichert, Eure Mühe war vergebens. In dem Moment, wo ich merke, worum es sich handelt, ist es auch schon null und nichtig.«

»Das mag sein«, sagte Jim. »Warten wir's ab. In der Zwischenzeit wärt Ihr vielleicht so gut, uns den kürzesten und unauffälligsten Weg zu beschreiben, der aus Eurer Burg hinausführt.«

Abermals lachte Malvinne, und zwar heftig.

»Dieser Bursche ist wahnsinnig«, sagte er, »zu glauben, ich würde ihm den Gefallen tun!«

»Vielleicht möchtet Ihr doch lieber sterben«, sagte Aragh.

»Nein, nein«, meinte Malvinne kichernd, »das klappt nie und nimmer. Tötet mich, weil ich Euch Eure Frage nicht beantworten will, Bursche, und Ihr werdet große Schwierigkeiten bekommen. Schwierigkeiten, aus denen Euch nicht einmal Euer Lehrer retten könnte. Alles, was Ihr Euch von diesem Wolf, der mir die Schulterknochen zerquetscht, erwarten könnt, ist, daß er mich daran hindert, etwas gegen Euch zu unternehmen. Der Wolf hat das Recht zur Selbstverteidigung, und Ihr steht mit dem Wolf in Verbindung; zumindest im Moment. Aber das wird sich ändern.«

»Glaubt Ihr wirklich?« fragte Jim interessiert. »Würdet Ihr Euch näher erklären?«

»Ich?« Malvinne lachte abermals. »Carolinus ist mit Eurer Ausbildung betraut, nicht ich. Da müßt Ihr schon selbst darauf kommen.«

Wieder lachte er.

»Ihr ganz allein«, fügte er hinzu – und Jim entging nicht, daß seine Aussprache bereits ein wenig undeutlich geworden war. Malvinne war offenbar Abstinenzler, und das verwandelte Wasser in seinem Magen tat bereits seine Wirkung. Die Frage war nur, ob Malvinne genug getrunken hatte. Die Größe der Karaffe und der niedrige Wasserstand darin ließen allerdings vermuten, daß er etwa einen Liter Wasser in Form von Cognac intus hatte.

Es kam darauf an, daß er weiterredete.

»Vielleicht möchtet Ihr erläutern, weshalb Ihr so zuversichtlich seid«, sagte Jim.

»Wie sollte es auch anders sein?« fragte Malvinne. »Der Wolf kann mich nicht ewig festhalten; und wenn er mich erst einmal losläßt, kann ich mich mit Materialien wappnen, die er nicht zu durchdringen vermag, und dann kann ich wieder tun, was ich will. Und glaubt mir, das *werde* ich auch.«

Jim spürte, daß er den Mann zum Weiterreden veranlassen mußte. Er fürchtete, Malvinne könnte bemerken, daß er das Wasser in seinem Bauch in Cognac verwandelt hatte. Bis jetzt hatte Malvinne anscheinend noch nichts bemerkt; vielleicht kam es daher, daß er ans Wassertrinken gewöhnt war und aus den mit der einsetzenden Trunkenheit einhergehenden Empfindungen bislang noch keine Schlüsse gezogen hatte. Und betrunken wurde er, das bewies seine undeutliche Aussprache.

»Was würdet Ihr denn tun?« fragte Jim, sich den Anschein von Verzagtheit gebend.

Malvinne lachte schallend. Eigentlich lachte er recht viel, was wiederum ein Hinweis darauf war, daß der Alkohol seine Wirkung tat.

»Hat Carolinus Euch denn nicht die Gesetze gelehrt… ich meine, alle Gesetze… ich meine, alle Gesäße der Maggi?«

Das Sprechen fiel ihm bereits schwer; gleichwohl besaß er immer noch zuviel Energie und Entschlußkraft, als daß Aragh die Pfoten von seinen Schultern hätte nehmen können.

»Wie würde es Euch gefallen, als Mussa… als Musterexemplare auf ein Brett genagelt zu werden? Auf'n Brett, genau wie'n Schmedderling. Häh?«

Seine Aufmerksamkeit und sein Blick schweiften für einen Moment ab; dann richteten sich seine Augen wieder auf Jims Gesicht. »Ich habe Euch was gefragt. Ich habe Euch gefragt, ob Ihr die Gesäße kennt. Ihr kennt doch die Gesäße?«

»Wie ich bereits sagte«, antwortete Jim, »hat Carolinus mich gar nicht richtig unterrichtet; er wollte, daß ich von selber lerne, und…«

»Und deshalb habt Ihr keine Ahnung«, meinte Malvinne triumphierend. »Dann will ich Euch mal was verraten. Es gibt ein Gesäß, das besagt, daß jede Gruppe, die einen Maggir bei sich hat, von je'm anderen Maggir als ebenbürtig zu betrachten ist. Und Eure Einstufung bei der Revisionsabteilung hat nix damit zu tun!«

»So, so«, machte Jim, der sich bemühte, seiner Stimme einen sorglosen Klang zu verleihen. In Wirklichkeit war sein Inneres in Aufruhr. Er fand, Carolinus hätte ihm zumindest von diesem einen Gesetz erzählen sollen. »Somit sind wir in einer ziemlich unangenehmen Lage, nicht wahr?«

»Das stimmt«, nuschelte Malvinne.» Sehr unan-unanehm ...«

Er schloß die Augen, und Jim faßte wieder Mut. Dann schlug Malvinne die Augen wieder auf.

»Also glaubt ja nicht... glaubt ja nicht... glaubt ja nicht ...«

Malvinnes Stimme wurde immer leiser und verstummte dann ganz. Er schloß abermals die Augen. Alle warteten angespannt, doch diesmal öffnete er sie nicht wieder.

»Er atmet wie ein Schlafender«, meinte Aragh schließlich.

»Na gut«, sagte Jim, »vielleicht könnt Ihr ihn jetzt loslassen. Tretet von ihm runter, aber haltet Euch bereit, jederzeit wieder auf ihn draufzuspringen, falls er zu sich kommen sollte. Denkt daran, daß Ihr ihn berühren müßt, um ihn auszuschalten.«

Aragh trat langsam zurück und nahm die Pfoten von Malvinnes Schultern. Malvinne begann leise zu schnarchen.

»Ich glaube, je eher wir von hier wegkommen, desto besser«, meinte Jim zu den anderen. Er erklärte ihnen, was er mit dem Magier angestellt hatte.

»Sollten wir ihn vorher nicht knebeln und fesseln?« fragte der Prinz.

»Das würde alles nichts nützen, Hoheit«, antwortete Jim.

»Aber was dann?« fragte Sir Brian. »Wenn er aufwacht, wird er alles und jedes, jeden Mann und jede Frau, die unter seiner Fuchtel stehen, auf uns hetzen, meint Ihr nicht auch?«

»Schon möglich«, sagte Jim. »Aber Ihr habt gehört, was er gesagt hat. Seiner Hoheit zufolge trinkt er nichts anderes als Wasser. Daher ist er an Alkohol nicht gewöhnt. Wahrscheinlich wird er erst am nächsten Morgen aufwachen, und dann dürfte ihm so übel sein, daß es eine ganze Weile, wenn nicht gar einen vollen Tag dauern wird, bis er die Suche nach uns organisiert hat. Allerdings sollten wir es ihm bequem machen, damit er möglichst lange schläft.«

»Kommt mir komisch vor, einen Feind ins Bett zu stecken«, knurrte Aragh.

Gleichwohl hoben sie ihn hoch, trugen ihn in das Zimmer, in dem sein luxuriöses Bett untergebracht war, zogen ihm die Stiefel aus, öffneten ihm den Hemdkragen, betteten sein Haupt auf ein Kissen und deckten ihn zu. Dann begaben sie sich über die Geheimtreppe abermals ins Erdgeschoß.

Obwohl sie sich beeilten, nahm der Abstieg eine ganze Weile in Anspruch.

Als sie unten angelangt waren, fiel Jim auf einmal etwas ein.

Eilends korrigierte er den früheren magischen Befehl, der ihn zuvor am Fuß der Treppe in die Irre geführt hatte.

ICH/SEHE → ALLE MAGIE ÜBERALL IN ROT

Dies stellte er sich auch vor.

Das hätte er gleich zu Anfang tun sollen; aber wenigstens war es ihm noch rechtzeitig eingefallen, bevor sie am Fuß der Treppe angelangt waren und dem Problem zum zweitenmal gegenüberstanden. Unten angelangt, blieben sie wiederum stehen; doch diesmal nahm Jim beim Treppenaufgang ein unübersehbares, verschwommenes rotes Leuchten wahr.

»Weshalb bleibt Ihr stehen, Sir James?« erkundigte sich hinter ihm der Prinz. »Diesmal sollten wir doch wohl die Treppe zur Linken nehmen, was meint Ihr?«

Jim besah sich die Treppe genauer. Es war nicht zu übersehen, daß sie wie der nach rechts führende Weg einheitlich rot schimmerte.

»Ich fürchte, Euer Hoheit«, antwortete er, »daß es sich in beiden Fällen um eine magische Falle handelt. Im Moment sehe ich magische Zeichen, die erkennen lassen, daß beide Wege gefährlich sind.«

»Beide Wege?« wiederholte der Prinz, dann verstummte er. Auch die anderen schwiegen.

Jim dachte angestrengt nach. Es mußte eine Möglichkeit geben, die Falle zu überwinden. Die einzige Lösung, die ihm einfiel, bestand allerdings darin, die Falle wirkungslos zu machen – sie am besten ganz verschwinden lassen.

»Im Moment zerbreche ich mir gerade den Kopf nach einer Lösung«, sagte er. »Laßt mich noch ein wenig überlegen.«

Seine Gefährten bewahrten höfliches Schweigen.

Je länger Jim darüber nachdachte, desto wahrscheinlicher erschien es ihm, daß beide Wege sie in eine höchst unerquickliche Lage bringen würden. Wahrscheinlich führten sie beide geradewegs ins Totenreich; und dort wollte er keinesfalls wieder hin. Am liebsten hätte er das Problem an Sir Brian weitergereicht, damit dieser eine einfache und praktische Lösung fände.

Dieser Gedanke wirkte wie ein Katalysator. Beinahe hätte er sich vor lauter Ärger über seine eigene Dummheit an die Stirn geschlagen. Gut, daß Carolinus ihn im Moment nicht sehen konnte. Carolinus hatte ihn ausgesandt, damit er lernte; und eines der Dinge, die er bereits gelernt hatte, war, daß ein und derselbe magische Befehl in mehrerlei Hinsicht nützlich sein konnte, wenn man mit unterschiedlichen Situationen fertig werden mußte. So hatte er Malvinne, den erfahrenen Magier, beispielsweise auf genau die gleiche Weise ausgeschaltet wie Melusine.

Außerdem hatte er sich einen Befehl ausgedacht, mit dem er Türen hatte öffnen können, die eigentlich Malvinne vorbehalten gewesen waren. Mit einer kleinen Veränderung dieses Befehls sollte eigentlich auch dieses Problem lösbar sein.

Er schrieb an die Innenseite seiner Stirn:

ICH=MALVINNE → ENTFERNEN/ERSETZEN DIESE MAGIE

Nichts geschah. Dann fiel ihm ein, daß er den notwendigen magischen Vorgang noch nicht vollendet hatte. Er fügte einen weiteren Befehl hinzu:

ENTFERNEN → DIESEN ZAUBER

Die rote Farbe verschwand; aber es geschah noch viel mehr. Die Treppe verwandelte sich auf einmal in einen ebenerdigen Gang, der nach links führte; und dort, wo sich der Gang zur Rechten befunden hatte, befand sich jetzt nur mehr eine Steinmauer.

»Hört mal her«, sagte Jim und trat auf den Gang, der die Stelle der Treppe eingenommen hatte, »der Zauber ist aufgehoben. Auf geht's.«

Er führte sie ein Stück weit den Gang entlang, dann blieb er stehen.

»Wartet«, sagte er.

Er machte kehrt und ging ein paar Schritte zurück, blieb aber kurz vor dem Fuß der Treppe, über die sie soeben heruntergekommen waren, stehen und schrieb einen weiteren Befehl an seine Stirn:

ERSETZEN → ZAUBER

Die Treppe und alles, was sich an ihrem Fuß befunden hatte, wurde übergangslos von der Unterseite der steinernen Stufen verdeckt, die durch die Decke des Ganges in die Höhe führten und unübersehbar rot leuchteten. Malvinne würde sich dadurch, daß alles unverändert wirkte, nicht lange täuschen lassen. Womöglich vermochte er den Quergang sogar zum Sprechen zu bringen, so daß dieser ihm mitteilen konnte, was geschehen war. Allerdings war nicht ausgeschlossen, daß Malvinne so eine Zeitlang aufgehalten wurde.

Jim drehte sich um, gesellte sich wieder zu den anderen und setzte sich an die Spitze der Kolonne.

»Jetzt können wir weitergehen«, sagte er.

29

DER NEUE GANG FOLGTE keiner eindeutigen Richtung, sondern bog immer wieder unvermittelt ab.

Offenbar verlief er innerhalb der Innenmauern von Malvinnes Burg, und nach einer Weile wurde ihnen zumindest ein Grund dafür klar.

Nach etwa zwanzig Schritten war die magische Illumination der Treppe hinter ihnen verblaßt. Aber das machte nichts. Aus zahlreichen Gucklöchern in den Wänden fiel ausreichend Licht.

Anscheinend legte Malvinne Wert darauf, sein Gesinde unbemerkt im Auge zu behalten. Außerdem war sein Gesinde offenbar daran gewöhnt, die ganze Nacht über tätig zu sein. In der ganzen Burg herrschte ein solch reges Treiben, daß man meinen mochte, es fände eine ausgelassene Party statt. Erhellt wurden die Räume von Kerzenleuchtern an den Wänden und großen Fackeln. Die Luft, die durch die Gucklöcher drang, war demzufolge heißer als die pralle Sonne an einem Tag im August.

Jims Ansicht nach war das Licht, das die Gucklöcher spendeten, ihr größter Vorzug. Seine Begleiter allerdings waren geradezu fasziniert von der Vorstellung, durch die Gucklöcher das Geschehen auf der anderen Seite beobachten zu können.

Jim machte ihnen keinen Vorwurf daraus. Unter anderen Umständen hätte auch er sich für das Treiben von Malvinnes Gesinde interessiert – und sei es auch nur, um Erkenntnisse über Malvinne zu sammeln. Zum Problem wurde dies jedoch erst, als alle mit Ausnahme von Aragh an einem bestimmten Abschnitt des Ganges stehenblieben. Zumal Brian und Giles spähten nicht nur auf die andere Seite, sondern gaben auch anerkennende Kommentare ab.

Jim fügte sich dem allgemeinen Druck und suchte sich ein Guckloch, das ihm gute Sicht bot. Er blickte in einen Raum voller Frauen in unterschiedlichen Stadien des Entkleidens. Offenbar handelte es sich um eine Mischung aus Kleiderkammer und Tratschbude.

»Verdammt noch mal!« meinte Brian gerade. »Seht Euch nur mal die mit dem grünen Ding an, Giles ...«

»Meine Herren«, sagte Jim, der vom Guckloch zurücktrat, »so interessant das auch sein mag, glaube ich doch ...«

»Ich erinnere mich«, hatte der Prinz im gleichen Moment angesetzt, »wie mich mein Onkel John, der Graf von Cornwell, vor zwei Jahren – Sir James, Ihr habt mich unterbrochen!«

Er trat vom Guckloch zurück und blickte Jim hochmütig an.

»Ich bitte Euch demütigst um Verzeihung, Euer Hoheit«, sagte Jim. »Ich versichere Euch, das war nicht meine Absicht. Aber Zeit ist kostbar, wenn wir ordentlich Strecke machen wollen, bevor Malvinne aufwacht und wieder in der Verfassung ist, unsere Verfolgung aufzunehmen. Ich halte es für unklug, unsere Zeit damit zu vergeuden, daß wir durch Gucklöcher spähen.«

Der Prinz senkte wieder ein wenig den Kopf, und seine hochmütige Miene machte Stirnrunzeln Platz.

»Ihr habt zweifellos recht, Sir James«, sagte er. »Ich hätte selbst daran denken sollen. Aber diese Herren haben mich verleitet, es ihnen nachzutun.«

»Zwei dieser Herren haben bereits eigene Damen«, erklärte Jim ernst. Er blickte Brian, Dafydd und Giles an, die nach wie vor in den angrenzenden Raum spähten. »Vielleicht sollten sie besser an diese Damen denken, als andere zu beobachten.«

»In der Tat – ich bin zerknirscht!« sagte Sir Brian. »Ihr habt vollkommen recht, James. Ich habe mir über Lady Geronde Isabel de Chaney nicht annähernd soviel Gedanken gemacht, wie es einem Mann, der in der Fremde weilt, seiner Liebsten gegenüber geziemt.«

»Ich ebenso«, sagte Dafydd mit betrübter Miene. »In Wahrheit will ich nichts als meinen Goldvogel. Wie Sir Brian schon sagte, James, Ihr habt recht. Wir sollten an unsere eigenen Damen denken.«

»Bedauerlicherweise«, sagte Giles – und er klang wirklich betrübt – »habe ich keine Dame. Mit dieser Mordsnase würde mich keine Dame zweimal anschauen. Und ich kann's ihnen auch nicht verdenken.«

»Ach was, Giles«, meinte Brian, »so groß ist Eure Nase auch wieder nicht. Ich habe schon größere gesehen. In Eurem Fall würde ich eher von einer *kräftigen* Nase sprechen.«

»Seid versichert, Sir Giles«, sagte der Prinz, »daß ich bei Hofe schon Gentlemen mit weit eindrucksvolleren Nasen gesehen habe, denen die Damen nur so nachlaufen.«

»Meint Ihr wirklich, Euer Hoheit?« fragte Sir Giles zweifelnd und betastete seinen Zinken. »Dann hieße das, eine solche Nase wirke eher anziehend, als daß die Damen davon abgestoßen wären?«

Als alle ihm versicherten, daß dem so sei, hellte sich seine Miene merklich auf.

»Aber wie der gute Sir Giles soeben bemerkte«, sagte der Prinz, »müssen wir uns beeilen. Laßt uns damit aufhören, durch Gucklöcher zu spähen.«

»Das finde ich allerdings auch. Beim heiligen Cuthbert!« meinte Sir Giles enthusiastisch, und auch die anderen bekräftigten ihre neugefaßten Absichten mit den Namen ihrer jeweiligen Lieblingsheiligen.

»Menschen!« knurrte Aragh angewidert. »Genau wie die Hunde. Ein männlicher Wolf würde sich einem Weibchen niemals gegen seinen Willen aufdrängen.«

»Er ist ein eingebildeter Wolf!« meinte der Prinz aufgebracht.

»Vergeßt nicht, ich gehöre einem anderen Reich an«, sagte Aragh. »Ich bin nicht Euer Untertan, junger Prinz, und ich sage, was mir paßt. So war es bisher, und so wird es in Zukunft auch bleiben. Dafür könnt Ihr mir aber auch glauben, denn ich lüge nie.«

»Wohl wahr, Ihr seid kein Engländer«, sagte der Prinz, auf einmal nachdenklich geworden, »und niemand kann von Euch erwarten, daß Ihr Euch wie ein Edelmann aufführt. Wenn Ihr wirklich niemals lügt, so ist das sehr löblich. Ich habe im Laufe der Jahre viele Menschen kennengelernt, jedoch kaum einen, dem ich vollständig hätte vertrauen können.«

»Euer Hoheit, liebe Freunde«, sagte Jim, »vergeßt nicht, daß uns die Zeit allmählich davonläuft. Laßt uns rasch weitergehen.«

Das taten sie auch und gelangten nach etwa einer Viertelstunde zu einer Stelle, wo der Gang an einer massiven Steinmauer endete. Über eine Treppe, die zur Linken nach unten führte, hätten sie den Weg fortsetzen können.

»Ob das wieder eine magische Falle ist?« fragte der Prinz, der die Treppe bekümmert betrachtete. Der Treppengang lag im Dunkeln, und feuchter Erdgeruch drang heraus.

»Durchaus nicht, Hoheit«, antwortete Jim mit einiger Gewißheit, denn die Treppe wies eine schlichte Steinfarbe auf. Nirgends war eine Spur Rot zu sehen.

»Ich glaube, wir haben die Außenmauer der Burg erreicht«, fuhr Jim fort. »Wenn ich mich nicht irre, dann führt die Treppe am Fundament entlang und dann darunter hindurch zu einer Art Fluchtweg oder einem Tunnel. Malvinne wird sich für den Notfall bestimmt einen Notausgang vorbehalten haben.«

»Da habt Ihr wohl recht, James«, sagte Brian, »ich kenne keine Burg, deren Besitzer nicht einen geheimen Notausgang angelegt hätte.«

»Dann also los«, sagte Jim.

Er zauberte ein Reisigbündel herbei, das Brian mit Stahl und Feuerstein aus seiner Tasche entzündete. Sie betraten die Treppe. Dieser Abstieg hatte nichts zu tun mit der rasenden Fahrt in der spiralförmigen Rutsche, die ins Totenreich hinabgeführt hatte. Eher war es, als stiege man in einen lange nicht mehr betretenen Keller hinab. Schließlich gelangten sie in einen rechtwinklig abknickenden Tunnel, der bald darauf unter der Mauer hindurchführte. Die Wände waren mit Balken abgestützt, und der Boden war gepflastert. Trotzdem war noch genügend Dreck um sie herum, und es roch ausgesprochen erdig.

Sie eilten den Gang entlang, und die Flammen der Fackel bogen sich im Luftzug und warfen unstete Schatten auf die Stützbalken und den Steinboden. Sie mußten eine beträchtliche Strecke zurücklegen, und selbst Jim fragte sich allmählich, ob sie nicht doch etwa einer neuen Falle entgegenmarschierten. Doch dann endete der Gang unvermittelt an einer massiven Holztür.

Die Tür war mit einem schweren Riegel gesichert, der auf zwei L-förmigen metallenen Stützen auflag. Den Riegel schien man leicht anheben zu können, dennoch zögerte Jim. Zwar war nirgendwo die Farbe Rot zu sehen, gleichwohl aber war er mißtrauisch.

Er wandte sich zu Aragh herum.

»Aragh«, sagte er, »riecht Ihr an der Tür oder dahinter etwas, das uns gefährlich werden könnte?«

Aragh näherte sich der Tür und beschnüffelte sie eingehend, besonders an den Fugen.

»Dahinter sind nur Pflanzen und Erde«, meinte er schließlich.

»Also gut«, sagte Jim, »dann wollen wir mal.«

Er packte den Riegel. Er war nicht sonderlich schwer, war aber so lange nicht mehr bewegt worden, daß er an den Halterungen ein wenig eingerostet war. Brian kam ihm zu Hilfe, und gemeinsam hoben sie den Riegel aus der Halterung. In dem Moment, wo sie ihn entfernt hatten, schwang die Tür aufgrund ihres eigenen Gewichts nach innen auf.

In der Öffnung eines schrägen Erdlochs erblickten sie einen Ausschnitt des Nachthimmels, übersät mit Sternen und eingerahmt von Grashalmen und Gebüsch.

»Ich gehe als erster hoch und schaue mich mal um«, sagte Jim. »Brian, Ihr bleibt bei den anderen und bewacht Seine Hoheit.«

»In manchen Dingen seid Ihr doch ein Narr, James«, knurrte Aragh. »Laßt jemanden vorgehen, der sich besser aufs Erkunden versteht als Ihr.«

Und schon schoß Aragh an ihnen vorbei und die Schräge hoch. Oben angelangt, verdeckte er einen Moment lang die Sterne; dann war er verschwunden.

Sie warteten.

»Glaubt Ihr, er könnte in Schwierigkeiten geraten sein oder beschlossen haben, uns endgültig zu verlassen?« wisperte der Prinz Jim nach einigen Minuten besorgt ins Ohr.

»Nein, Euer Hoheit. Niemals«, flüsterte Jim zurück. »Er hatte recht mit dem, was er gesagt hat. Wenn einer von uns dort hinaufgehen, sich umschauen und unbeschadet wieder zurückkommen kann, dann er. Wir müssen eben warten.«

Sie warteten voller Unbehagen. Währenddessen steigerte sich auch Jims Unruhe immer mehr. Angenommen, Aragh war etwas zugestoßen? Aus Angst, seine Gefährten mutlos zu machen, wagte er es nicht, seinen Befürchtungen Ausdruck zu verleihen. Denken allerdings mußte er daran.

Dann kam Aragh auf einmal wieder die Schräge herunter, und eine andere Gestalt, die aufrecht am Rand des Erdlochs stehenblieb, verdeckte die Sterne.

»Alles in Ordnung«, knurrte Aragh. »Es hat sogar jemand auf uns gewartet. Und zwar der da oben.«

»Wer ist das?« fragte Jim und spähte angestrengt zu der in der Dunkelheit am Rand des Lochs wartenden Gestalt empor.

»Ein Freund«, antwortete Aragh. Jim vermochte Araghs Maul in der Finsternis nicht zu erkennen, stellte sich aber vor, daß es offenstand, aufgerissen in dem lautlosen Gelächter, das typisch war für Araghs wölfischen Humor. »Dann los.«

Das Schwert für alle Fälle gezogen, kletterte Jim als erster die Böschung hoch. Es stellte sich allerdings heraus, daß er keine Verwendung für das Schwert hatte, abgesehen davon, daß er es in die Erde treiben konnte, um sich auf der unkrautüberwucherten Böschung zusätzlich Halt zu verschaffen. Oben angelangt, sprach ihn eine vertraute Stimme an.

»Schön, Euch zu sehen«, sagte die Stimme. »Da seid Ihr also, wie man es mir gesagt hat.«

Es war Bernards Stimme. Jim wischte sich das Schwert an den Blättern ab und steckte es zurück in die Scheide.

»Wer hat Euch das gesagt?« fragte Jim. »Und weshalb habt Ihr hier auf uns gewartet? Woher habt Ihr gewußt, daß wir hier auftauchen würden?«

»Alle diese Fragen werden beizeiten beantwortet werden«, sagte Bernard, während Jim beiseite trat, um den anderen Platz zu machen. »Es gibt jemanden, der diese Fragen besser zu beantworten vermag als ich. Meine Aufgabe ist es, Euch so rasch wie möglich zu ihm zu bringen.«

»Zu Sir Raoul?« fragte Jim aufs Geratewohl.

»Der ist auch da«, antwortete Bernard. Wie zuvor wandte er dem Mondschein den Rücken zu, so daß sein Oberkörper im Dunkeln lag. »Aber ich werde keine Fragen mehr beantworten. Wenn alle herausgeklettert sind, folgt mir bitte.«

Sie folgten ihm. Sie befanden sich in einem von Malvinnes Gärten; zur Rechten ragte der Wald auf wie eine schwarze Wand. Bernard führte sie im Laufschritt hindurch, bis er auf einmal abbog und sie zu einer Lücke in der undurchdringlichen Wand der Baumstämme und Zweige dirigierte.

Anschließend führte er sie im Licht der Handvoll Sterne, die das verflochtene Astgewirr durchdrangen, weiter im Laufschritt etwa zwei Meilen weit über einen gewundenen Trampelpfad, bis sie unvermittelt ins Freie gelangten und vor sich die offene Hügellandschaft erblickten.

»Hier können wir für einen Moment ausruhen«, sagte Bernard.

Er achtete nach wie vor darauf, daß nur das schwache Licht der Sterne auf sein Gesicht und seinen Oberkörper fiel, und das reichte nicht aus, um in der unförmigen dunklen Masse seines Oberkörpers irgendwelche Einzelheiten zu erkennen.

Sobald sie sich ausgeruht hatten, führte er sie in eine Schlucht inmitten der Hügel, die eine große Ähnlichkeit mit dem Einschnitt aufwies, in dem sie ihr Lager aufgeschlagen hatten, bevor sie in den Wald eingedrungen waren. Diese Schlucht führte allerdings weiter in die Hügel hinein. Im Gegensatz zu dem Einschnitt gab es keinen Wasserlauf darin, wenngleich einmal Wasser darin geflossen sein mußte, denn am Boden gab es weder Erde noch Gras, bloß nackten Fels.

Eine Weile knirschten ihre Schritte über diesen Fels. Jim versuchte, die Entfernung zu schätzen, doch aufgrund der vielen Windungen, welche die Schlucht beschrieb, hatte er nicht nur die Orientierung verloren, sondern konnte auch nicht mehr sagen, wie lange es her war, seit sie den Wald verlassen hatten.

Schließlich gelangten sie auf einen weiteren Hang, der von spärlich bewaldeten Anhöhen umschlossen war und wo ein Feuer brannte, in dessen Schein sie ein grasendes Pferd und zwei – nein, drei – Gestalten ausmachten.

Jim starrte die dritte Gestalt verwundert an. Denn diese überragte die anderen beiden, wenngleich er sie von seinem Standort aus nur als Silhouette sah. Es war die Gestalt eines kleinen Drachen.

Jim und dessen Gefährten schlugen einen Bogen um das Feuer und näherten sich den drei davor sitzenden Gestalten, die der von Bernard angeführten Gruppe bislang den Rücken zugewendet hatten.

Der eine war Sir Raoul, dessen schmales Gesicht im unsteten Feuerschein boshaft zu grinsen schien. Der andere war Carolinus, wie Jim anhand der Silhouette bereits vermutet hatte. Das war eine Überraschung, aber so überraschend auch wieder nicht. Carolinus vermochte sich auf magische Weise von einem Ort zum anderen zu begeben. Nach dem entscheidenden Sieg über die Dunklen Mächte am Verhaßten Turm hatte er sie sogar alle in den Gasthof befördert, wo sie später ihren Sieg gefeiert hatten.

Die Anwesenheit des dritten aber stellte eine Sensation dar.

»Secoh!« rief Jim.

»Überrascht, James?« Secoh warf sich in die Brust. »Vielleicht hättet Ihr mich erkannt, wenn ich Euch damals mit dieser Stimme angesprochen hätte: *Ich bin ein französischer Drache.*«

Die Worte schlugen eine Saite in Jims Innerem an.

Sie erinnerten ihn an den Abend, als er sich auf einem Felszacken zur Nacht gebettet und sich ein kleiner, im Dunkeln verborgener Drache ein paar Meter unter ihm am Fels festgeklammert und ihn nach seinen Absichten gefragt hatte.

Allerdings war nicht zu überhören, daß es Secohs Stimme war.

»Ich habe mit tiefer Stimme gesprochen und Euch so an der Nase herumgeführt«, sagte Secoh.

Schon möglich, daß er damals mit besonders tiefer Stimme gesprochen hatte, dennoch war nicht zu überhören, daß es Secohs Stimme war. Jim versuchte sich vorzustellen, wie sie für sein Drachengehör geklungen haben mochte, hatte aber nicht den Eindruck, daß sie damals viel tiefer geklungen hatte als jetzt.

Die Sache war nämlich die, daß Secoh wahrscheinlich gar nicht fähig war, die Tonhöhe seiner Stimme stark zu verändern. Kein Drache schaffte das – auch nicht Jim. Jim nahm sich vor, dies irgendwann einmal in Drachengestalt auszuprobieren. Allerdings hatte er damals nicht mit Secoh gerechnet und war selbstverständlich davon ausgegangen, daß er den Drachen, den er undeutlich in der Tiefe wahrgenommen hatte, nicht kannte. Jim hatte ihm geglaubt, als er sich als französischer Drache ausgegeben hatte.

Es hatte allerdings keinen Sinn, Secohs Gefühle dadurch zu verletzen, daß er dessen Fähigkeit, seine Stimme zu verstellen, in Zweifel zog.

»Da habt Ihr wohl recht. Ich habe Euch nicht erkannt«, sagte Jim, »aber weshalb habt Ihr Euch als französischer Drache ausgegeben und mir all diese Fragen gestellt?«

»Das war so«, sagte Secoh und nahm die bequeme Haltung eines Drachen ein, der beabsichtigte, sich lang und breit entweder über sich oder einen anderen Drachen auszulassen.

»Nicht jetzt, Secoh«, unterbrach ihn Carolinus scharf.

»Aber Magier, ich muß ihm doch sagen, daß ich der Botschafter der englischen Drachen bin.«

»Später«, sagte Carolinus in einem Ton, der Secoh endgültig verstummen ließ. Im Unterschied zu Sir Raoul und Secoh saß Carolinus auf einer Art Kissenstuhl. Ein weiches Gebilde, daß aber gleichwohl eine Rückenlehne und Armstützen hatte. Seinen aufmerksamen, blaßblauen Augen entging nicht, daß Jim das Gebilde interessiert musterte.

»Alte Knochen« blaffte er. »Werdet erst mal so alt wie ich, James, dann könnt Ihr auch so etwas haben. Nehmt einstweilen dort drüben am Feuer Platz, damit wir alles in Ruhe besprechen können.«

Jim, Brian, Giles, Dafydd und der Prinz setzten sich. Bernard blieb am Rande des Feuerscheins stehen.

»Ihr auch, Mann!« fuhr Carolinus Bernard an. »Wenn ich eine Versammlung abhalte, tut der Rang nichts zur Sache.«

»Ich bin kein Mann«, antwortete die dunkle, im Schatten verborgene Gestalt, »und es ist nicht der Rang, der mich daran hindert, Platz zu nehmen; denkbar wäre es allerdings schon, denn am Feuer sitzt der Sohn meines ehemaligen Herrn. Doch ich ziehe es vor, mich nicht zu zeigen, und das ist schließlich mein gutes Recht, meint Ihr nicht?«

»Natürlich«, warf Jim hastig ein, bevor Carolinus darauf antworten konnte. »Wenngleich Ihr bedenken solltet, daß Carolinus das, was Malvinne Euch angetan hat, möglicherweise ungeschehen machen und Euch wieder zu einem vollwertigen Menschen machen kann.«

»Was sagt Ihr da?« fragte Carolinus.

»Bis Malvinne ihn verhext hat, war er Bewaffneter in meines Vaters Diensten«, antwortete Sir Raoul an Jims Stelle, »und nun ist er halb Mensch, halb Kröte. Könntet Ihr wirklich wieder einen normalen Menschen aus ihm machen?«

Carolinus starrte die Schattengestalt am Rande des Feuerkreises an.

»Möglich wäre es schon«, setzte er bedächtig an.

»Nein, danke«, unterbrach ihn Bernard. »Solange ich bleibe, wie ich bin, kann ich Malvinne nahe sein, und vielleicht gelingt es mir eines Tages, ihn eigenhändig vom Leben zum Tode zu befördern. Allein dafür lebe ich. Und das würde ich nicht gegen meine alte Gestalt eintauschen, selbst wenn Ihr sie mir schenken würdet.«

Einen Moment lang herrschte rings ums Feuer unbehagliches Schweigen.

»Damit wäre wohl alles gesagt«, meinte Carolinus schließlich. »Ihr dort...«

»Er heißt Bernard«, warf Sir Raoul ein.

»Ihr dort, Bernard«, sagte Carolinus, »Ihr laßt Euch von Eurer Entscheidung also nicht abbringen?«

»Nein.«

»Dann ist wirklich alles gesagt.« Carolinus wandte sich den anderen zu. »Laßt uns über die allgemeine Lage sprechen. Zunächst einmal solltet Ihr, Raoul, die anderen hinsichtlich der englischen und französischen Streitkräfte auf den neuesten Stand bringen.«

»Die Lage entspricht ganz den Erwartungen«, sagte Raoul. Er klang ein wenig bitter. »Die englischen Ritter konnten nicht lange stillsitzen. Alsbald wurden sie des Trinkens und Streitens müde und marschierten gegen unseren französischen König, ohne das Eintreffen der restlichen Armee und zumal des Großteils der Berittenen und der Bogenschützen abzuwarten. Kurz nachdem Ihr, Sir Brian, Brest verlassen hattet, begannen sie damit, plündernd und brandschatzend in östlicher Richtung quer durch unser schönes Frankreich hindurch auf Tours, Orléans und Paris vorzurücken.«

»In welcher Stärke?« entschlüpfte es Sir Brian.

»Viertausend Berittene und etwa viertausend Bogenschützen und Bewaffnete. So sagte man mir jedenfalls«, antwortete Sir Raoul.

»Und wie viele Bogenschützen für sich genommen?« erkundigte sich Dafydd leise.

Sir Raoul tat die Frage mit einer Handbewegung ab. »Die genaue Zahl kenne ich nicht«, sagte er. »Sie liegt irgendwo zwischen ein- und zweitausend, glaube ich. Die Hälfte der Armee« – auf einmal klang er so, als wollte er mitten im Satz ausspucken – »besteht natürlich aus Prahlhälsen!«

In die darauffolgende Stille hinein fuhr Sir Raoul fort:

»Aber unser braver König Jean hat seinerseits eine aus loyalen Franzosen bestehende und mehr als zehntausend Mann zählende Streitmacht um sich geschart und rückt in diesem Moment nach Süden auf die englische Armee vor, um sich mit ihr zu messen. Mittlerweile dürfte er Châteaudun bereits hinter sich gelassen haben und befindet sich möglicherweise schon in Vendôme. Wenn Ihr Euren Prinzen zur englischen Armee schaffen wollt, bevor Franzosen und Engländer aufeinandertreffen, müßt Ihr Euch beeilen.«

»Und die französischen Streitkräfte?« fragte Brian erneut. »Gehören ihnen auch Bogen- oder Armbrustschützen an?«

»Die genaue Zahl kenne ich nicht«, sagte Sir Raoul, wiederum mit einer geringschätzigen Handbewegung. »Hinlänglich viele Genueser Armbrustschützen, nehme ich an. Im Unterschied zu Euch Engländern verlassen wir Franzosen uns nämlich nicht auf Söldner.«

»Zu Eurem großen Nachteil, zumal was die Bogenschützen angeht«, warf Dafydd mit sanfter Stimme ein.

»Darüber wollen wir nicht streiten«, sagte Sir Raoul. »Ich möchte Euch daran erinnern, daß ich bei der Armee wäre, wenn es nicht um Malvinne ginge. Dies ist der einzige Grund, weshalb ich mich mit einer ungeliebten Nation gegen meinen König und mein Volk verbünde. Malvinne muß zum Wohle Frankreichs Einhalt geboten werden, komme was da wolle, sonst wird Frankreich untergehen.«

»Das ist nun wirklich eine seltsame Bemerkung, Sir Raoul«, sagte Brian. »Ich wüßte nicht, weshalb einem Magier eine solche Bedeutung zukommen sollte.«

»Und zwar deshalb, weil Ihr nichts begreift!« blaffte Sir Raoul. »Aber wenn Ihr wüßtet…«

»Ich glaube, ich sollte nun mit den Erklärungen fortfahren.« Carolinus alte, aber gebieterische Stimme unterbrach den Redefluß des französischen Ritters. »Es geht hier um Dinge, über die Ihr alle Bescheid wissen solltet. Wie ich James einmal sagte, ist die Zeit für einen meiner Vorträge gekommen. Ich rate Euch dringend, stillzusitzen und mir zuzuhören – und Euch das Gehörte genau einzuprägen. Besonders Ihr, Edward. Denn Ihr vor allem müßt Eure Schlüsse daraus ziehen.«

Er hatte mit einem eigentümlichen Ernst über die flackernden Flammen des Lagerfeuers hinweg gesprochen. Eine tiefe Stille senkte sich herab, allerdings hatte Jim den Eindruck, daß Carolinus daran nicht ganz unbeteiligt war. Er hatte sie nicht bloß gebeten, ihm zuzuhören, er hatte sie dazu gezwungen.

Carolinus schwieg einen Moment. Er hob einen Stock auf und stocherte im Feuer herum, so daß Funken in die Dunkelheit emporstoben.

»Was die Magie und diejenigen angeht, welche diese Kunst ausüben«, begann er langsam, »so gibt es Dinge, die Ihr niemals ganz begreifen werdet, und normalerweise bestünde dazu auch keine Notwendigkeit. Doch nun seid Ihr an einem Punkt angelangt, da Ihr Euch zumindest ansatzweise damit vertraut machen müßt.«

Ein Schauder lief Jim über den Rücken. Carolinus blickte ins Feuer, und seine Stimme klang kühl und sachlich, dennoch übten seine Worte eine seltsame Macht aus, die sie alle enger zusammenrücken ließ.

30

Unvermittelt erhob sich ein kalter Wind, der um sie herum kreiste. Der dunkle, sternenvolle Himmel schien sich abzusenken und näher an sie heranzurücken.

»Es gibt viele Reiche«, sprach Carolinus ins Feuer, wenngleich seine leise Stimme deutlich zu vernehmen war, »und ein paar davon habt Ihr neulich kennengelernt. Das Reich der Toten und das Reich der Wölfe, die selbst dem Einfluß solcher Magier wie mir und Malvinne entzogen sind. Das Gesetz besagt, daß der Herrscher über ein solches Reich – falls es ihn denn gibt – nur über diejenigen unmittelbare Macht ausübt, die diesem Reich angehören. Die übrigen vermag er nur mit jenem Teil der Magie zu beeinflussen und zu beherrschen, der aufgehört hat, Magie zu sein und der zu einem Teil des alltäglichen Lebens geworden ist.«

»Aber, Magier«, platzte Giles heraus, »woher wollt Ihr dies alles über Araghs Reich und das der Toten wissen? Bis vor kurzem wußten wir nicht einmal, daß beide überhaupt existieren.«

»Woher ich das weiß, tut nichts zur Sache«, sagte Carolinus, der kurz zu Giles aufschaute. »Es gibt Gesetze über Gesetze, die noch keiner von Euch entdeckt hat, nicht einmal James. Ich werde Euch nicht sagen, woher ich das weiß. Ich könnte es nicht, und wenn ich es könnte, würde ich es doch nicht tun. Euch sollte reichen, daß ich es weiß. Und uns sollte im Moment reichen, daß Ihr wißt, daß es diese Trennung von Orten und Reichen gibt, und daß ein jedes seine eigenen Gesetze, Rechte und Mächte hat – jedoch nicht mehr.«

Er stocherte wieder im Feuer, und eine Weile herrschte Schweigen, bevor er fortfuhr, den Blick starr in die Flammen gerichtet.

»Es gibt das Reich der Toten«, sagte er, »und das Reich der Tiere. Viele dieser Reiche aber umfassen weitere Reiche. Innerhalb des Tierreichs gibt es kleinere Reiche, in denen andere Gesetze gelten. Bei den Tieren sind dies das Reich der Wölfe und das Reich der Drachen, denn sie sind mehr als bloße Tiere. Das sind eigene Völker. Über die einfachen Tiere mag ein Menschenmagier – Ihr habt selbst erlebt, James, wie ich mit dem Wachkäfer umgegangen bin – eine gewisse Macht ausüben. Jedoch nicht über Wölfe und Drachen und über einige andere, die ich jetzt nicht nennen will.«

Er legte abermals eine Pause ein.

»Manche dieser Reiche«, fuhr er fort, »beinhalten Entitäten – Ihr werdet das Wort nicht kennen, James allerdings schon –, die anders sind als wir. Anders als Menschen, Wölfe, Drachen oder Elementargeister wie die Fee Melusine …«

Er blickte rasch zu Jim auf.

»Die Euch übrigens noch immer verfolgt, James«, fügte er hinzu. »Ihr habt einen solchen Eindruck auf sie gemacht wie noch kein anderer Mann zuvor, und sie stellt Euch nach, seitdem sie Euch verloren hat. Weil Ihr ein Magier seid, wenn auch nur ein unbedeutender, ist ihr Begehren aussichtslos. Doch das weiß sie noch nicht.«

Er blickte wieder ins Feuer.

»Aber um den Faden wieder aufzugreifen«, fuhr er fort, »zu den Reichen, in denen das, was herrscht, unbelebt ist in dem Sinne, wie wir Leben verstehen, gehört auch das der Revisionsabteilung und das der Dunklen Mächte.

Die Dunklen Mächte können Menschen, die ihrem Reich nicht angehören, unmittelbar nichts anhaben. Alles Menschliche vermögen sie nur mittels ihrer Diener anzugreifen – mittels der Oger, der Würmer und der Sandmerker …«

Er hielt eine Weile inne, ehe er weitersprach.

»Das bedeutet allerdings nicht, daß wir vor ihnen sicher wären. Sie sind ständig auf der Suche nach Menschen, die sie gegen Ihresgleichen hetzen können. So wie Bryagh, der Drache, sich gegen seine Mitdrachen gewandt und Lady Angela geraubt hat.«

»Er war kein schlechter Drache, bevor er böse wurde«, meinte Secoh versonnen.

»Schon möglich. Gleichwohl wurde er unter dem Einfluß der Dunklen Mächte böse«, beharrte Carolinus. »Doch das braucht uns jetzt nicht zu beschäftigen. So wie es bei den Tieren und anderen Wesen Reiche innerhalb der Reiche gibt, so ist auch das Menschenreich unterteilt. Die Menschen, die sich vollständig Gott überantwortet haben, sind dem Zugriff der Dunklen Mächte entzogen. Nicht einmal die Diener der Dunklen Mächte können denen, die sich voll und ganz Gott verschrieben haben, etwas anhaben.

Die Gefahr«, fuhr er fort, »geht von den Bösewichten aus, die sich von den Dunklen Mächten verleiten und gegen uns aufbringen lassen. Aber um Euch begreiflich zu machen, was das bedeutet, muß ich Euch zunächst etwas anderes verständlich machen. Etwas, das nur sehr wenige verstehen.«

Abermals hatte er im Feuer herumgestochert, doch nun legte er den Stock weg und blickte seine Zuhörer der Reihe nach an.

»Wenn ein gewöhnlicher Mensch an einen Magier denkt«, sagte er, »dann stellt er sich darunter etwas vor, das nur sehr wenig mit der Wirklichkeit zu tun hat. Ein Meistermagier gilt als jemand, der sich mit einer Handbewegung jeden Wunsch erfüllen kann – ohne Mühe und Kosten. Selbst wenn sie damit recht hätten, was nicht der Fall ist, dann lassen sie doch völlig außer acht, was es ihn gekostet hat, überhaupt erst einmal zum Meistermagier zu werden.

Die Großen der Magie«, fuhr er fort, »diejenigen, die man nicht vergißt, wie beispielsweise Merlin und sein Lehrer Bleys, haben sich nicht um ihres persönlichen Vorteils willen mit der großen Kunst der Magie befaßt.

Weder Reichtum noch Macht haben sie auf den langen Weg gelockt, der sie zu dem machte, was sie geworden sind. Vielmehr war es einzig und allein dieses wundervolle Etwas, das Magie genannt wird, und zwar in seiner Eigenschaft als Kunst und Wissenschaft.«

Er seufzte schwach, und von irgendwo aus dem Dunkeln wehte ein Luftzug heran, der einen Moment lang mit seinem dünnen, weißen Bart spielte. Der Klang seiner Stimme schien sich nicht zu verändern. Gleichwohl aber meinten die Zuhörer auf einmal, sie aus sehr weiter Ferne zu vernehmen, wie aus einem langen Gang hervor, der sich im ungewissen verlor.

»Es ist wichtig, daß Ihr – Ihr alle – ein gewisses Verständnis für den Preis entwickelt, den jeder, ob Mann oder Frau, entrichten muß, um ein Meister der Magie zu werden.«

Er hielt inne, hob den Kopf und blickte abermals in die Runde.

»Im Grunde«, sagte er, »umfaßt dieser Preis alles – alles, was der oder die Betreffende in sich trägt, ist der Preis für das, was er oder sie lernt.«

Sein Blick verweilte für einen Moment auf Aragh.

»Von Euch allen«, fuhr er fort, »vermag Aragh die Einsamkeit dieses langen Weges am ehesten zu ermessen. Ihr alle kennt die Einsamkeit, denn den Menschen ist es bestimmt, daß sie, so nahe sie ihren Mitmenschen auch kommen mögen, dennoch in sich abgeschlossen bleiben. Die Einsamkeit des Meistermagiers ist allerdings noch umfassender. Er gleicht dem Einsiedler, der sich in die Wüste zurückzieht, um sich ausschließlich dem zu widmen, was wichtig für ihn ist. Habt Ihr Euch schon einmal gefragt, was einen Einsiedler dazu bewegen mag?«

Niemand antwortete ihm, das Schweigen aber bedeutete: »Nein«.

»Es ist die Liebe«, erklärte Carolinus. »Die übergroße Liebe zu dem, was ihn auserwählt und seinen Geist und seine Seele in Beschlag genommen hat, so daß sein Sehnen jetzt alle anderen Bedürfnisse übersteigt. So ergeht es uns allen, die wir unser Leben der Magie widmen und die man *Magier* nennt, wenn auch auf unterschiedliche Weise. Das, was wir lieben, läßt keinen Raum mehr für andere Dinge. Und deshalb suchen wir uns andere Orte, innerhalb der Welt, doch wiederum auch fern von ihr – zumindest tun dies die meisten von uns.«

Er blickte ins Feuer, hob den Stecken auf und stocherte damit in der Glut, daß die Funken heftig stoben.

»Und irgendwann kommt die Zeit«, fuhr er mit beinahe sanfter Stimme fort, »da auch der Beste von uns sich fragt: War es das wert? War es richtig, daß ich auf alle gewöhnlichen Freuden des Lebens verzichtet habe, um zu lernen, was ich gelernt habe, und um zu begreifen, was ich nun verstehe? Und jedesmal lautet die Antwort: *Ja, das war es wert.* Aber weil wir vor allem Menschen sind und dies bis zu unserem Tod auch bleiben werden, weicht der Schmerz über das, was wir verloren haben oder was uns unerreichbar war, niemals von uns. Eben dieses Sehnen und Schmachten versuchen die Dunklen Mächte auszunutzen. Das ist wie das Verlangen eines Drachen nach einem noch größeren Schatz oder sein Durst nach immer mehr Wein.«

Er sah zu Secoh auf.

»Ihr kennt diesen Hunger und diesen Durst, Secoh«, sagte er; und Secoh neigte den Kopf. Carolinus blickte Jim an. »Selbst Ihr, James, kennt dieses Verlangen von den Zeiten her, da Ihr die Gestalt eines Drachen innehattet.«

Auch Jim wandte den Blick von diesen blaßblauen Augen ab und sah ins Feuer.

»Das Versprechen der Dunklen Mächte, ihm einen größeren Schatz und soviel Wein zu verschaffen, wie er wollte, ließ Bryagh böse werden«, sagte Carolinus.

»Selbst unsere größten Meister verspüren noch dieses Verlangen nach dem, was wir als Preis für das Gewonnene aufgegeben haben, und dies ist ein Riß, in dem die Ranke des Bösen Fuß zu fassen vermag. Noch nie hatten die Dunklen Mächte bei wahrhaft großen Magiern Erfolg, abgesehen von Nivene, die Merlin beschwatzte, ihr den Zauberspruch zu verraten, der ihn in einem großen Baumstamm einsperren würde – bis dieser nachgab und sie den Zauber auf ihn anwandte und noch mehr Böses in der Welt freisetzte.

Doch diejenigen, die nur annähernde Größe besitzen und bereits über gewaltige Kräfte und große Weisheit verfügen – denen setzt die Versuchung heftig zu, denn sie besitzen bereits soviel, daß sie sich gut vorstellen können, noch mehr zu besitzen.«

Als sein Blick auf Jim fiel, wurde sein Tonfall wieder milder.

»Aus diesem Grund wird aus James auch niemals ein wahrhaft großer Magier werden«, sagte Carolinus. »Er ist durch die Liebe, die er in sich verspürt und die teilweise schon existierte, bevor er mit der Magie in Berührung kam, bereits zu sehr mit der Außenwelt verwoben.«

Sein Tonfall wurde wieder härter.

»Aber das ist nebensächlich«, fuhr er fort. »Der springende Punkt dabei ist der, daß James aufgrund seiner Herkunft aus einer anderen Welt – aus der er vieles weiß, wovon Ihr anderen nur das wenigste begreifen würdet – und seiner Verbindung mit dieser Welt und der Magie zu einem besonders lästigen Widersacher der Dunklen Mächte geworden ist. Darauf wurde er nicht vorbereitet; diese Rolle ist ihm aufgrund der Wechselfälle des Schicksal zugefallen.« Carolinus hielt inne und blickte Jim einen Moment lang durchdringend an. »Ich werde ein andermal unter vier Augen mit Euch reden, James«, fuhr er fort, »dann mehr dazu. Was ich soeben sagte, mag einstweilen genügen. Ihr braucht bloß zu wissen, daß James und daher auch Ihr anderen, die Ihr seine Gefährten seid, in diesem Moment, da die Dunklen Mächte abermals auf dem Vormarsch sind und dicht davor stehen, einen entscheidenden Sieg davonzutragen, in dessen Folge es schwer wäre, ihnen dessen Früchte wieder zu entwinden, von ausschlaggebender Bedeutung seid.«

Abermals blickte er ins Feuer und zögerte lange, ehe er fortfuhr.

»Ich schäme mich, es zu sagen«, meinte er schließlich, »aber es ist einer von uns, ein Angehöriger meines Reiches; ein anderer Magier von großer Macht und Weisheit, der von den Dunklen Mächten gewonnen wurde. Ihr könnt Euch denken, wer es ist – Malvinne.«

Er sah zu ihnen auf und sprach mit fester Stimme weiter.

»Aus Gründen, die ich Euch jetzt nicht darlegen kann«, sagte er, »wäre es viel zu riskant, wenn ein wahrer Adept der magischen Kunst wie ich – der Malvinne gleichkommt oder ihn sogar übertrifft – sich anschicken wollte, ihm auf dem Weg, den die Dunklen Mächte ihn einschlagen ließen, Einhalt zu gebieten. Auf der anderen Seite hätte ein unerfahrener Magier unter gewöhnlichen Umständen keine Chance gegen ihn. Einzig und allein jemandem, der anders ist als wir alle, der noch nicht stark ist auf dem Gebiet der Magie, dafür aber erfahren in anderen Dingen, von denen nicht einmal die Dunklen Mächte eine Vorstellung haben, könnte es womöglich gelingen, ihn zu besiegen und aufzuhalten. Somit ist es mir als sein Freund und Lehrer und als Meister der Kunst, der wir beide verbunden sind, zugefallen, ihn für die gefährliche Aufgabe auszuwählen, es mit Malvinne aufzunehmen.«

Er legte eine kurze Pause ein.

»Und dies habe ich getan«, sagte er. Er sah Jim direkt an. »Wenn Ihr mich dafür tadeln wollt, James, nur zu. Die Entscheidung lag ganz allein bei mir, und ich habe sie getroffen, ohne Euch zu fragen und ohne Euch Gelegenheit zur Widerrede zu geben – die Angelegenheit duldete nämlich keinen Aufschub. Es mußte getan werden, und ich habe es getan.«

»W-w-wissen die Dunklen Mächte darüber Bescheid?« stammelte Secoh. »Weiß Malvinne Bescheid?«

»Die Dunklen Mächte wußten es in dem Moment, da ich James ausgewählt hatte«, antwortete Carolinus.

Jim hatte er währenddessen nicht aus den Augen gelassen.

»Der Angriff auf Eure Burg, Brian, galt eigentlich ihm. Nicht auf die Burg hatten sie es abgesehen, sondern darauf, James in einem Kampf, für den er kaum gerüstet war, umkommen zu lassen – damals war er dem Tod näher, als Euch allen bewußt war.«

»James, wenn ich das geahnt hätte…«, setzte Brian schuldbewußt an, doch Carolinus unterbrach ihn.

»Selbst wenn Ihr es gewußt hättet, Brian«, sagte er, »hätte sich dadurch doch nichts geändert. Diesem Anschlag mußte sich James ganz allein stellen und ihn vereiteln. Seitdem hat James aufgrund der Bemühungen der Dunklen Mächte mehrmals in Lebensgefahr geschwebt. Allein die Umsicht seiner Freunde und Gefährten hat ihn vor dem Tode bewahrt. Eigentlich solltet Ihr, Giles, ihn beim Streit wegen des Zimmers töten!«

»Um Himmels willen, James!« platzte Giles heraus. »Das war mein verfluchtes Temperament, nur das! Wie könnt Ihr mir jetzt, da Ihr dies wißt, noch vertrauen?«

»Ich werde Euch stets vertrauen, Giles«, sagte Jim.

»Euch trifft keine Schuld, Giles«, meinte Carolinus. »Ihr hattet einfach kein Glück an diesem Tag, und das konntet Ihr nicht ahnen. Und erinnert Euch, daß Ihr später, als das Schiff auf einen Felsen aufgelaufen war, dem ein Kapitän, der sich in diesen Gewässern ganz genau auskannte, normalerweise niemals nahegekommen wäre, alle an Bord gerettet habt.«

»Das stimmt, Giles«, sagte Jim. »Damals habt Ihr uns gerettet.«

Obwohl die Beleuchtung zu wünschen übrigließ, war zu erkennen, daß Giles errötete und nun seinerseits ins Feuer blickte.

»Da ging's doch bloß darum, ein Tau zu schleppen«, murmelte er vor sich hin.

»Ich befehle Euch, die Angelegenheit zu vergessen«, sagte Carolinus, und Giles hob mit leicht verwirrter Miene den Kopf. »Ihr habt Euch ebensowenig etwas vorzuwerfen, wie man Melusine Vorwürfe machen könnte, wenn Jim nicht rechtzeitig Menschengestalt angenommen hätte, bevor er den See erreichte, zu dem die beiden bösen Drachen ihn geschickt hatten.«

Er wandte sich Jim zu.

»Habt Ihr Euch schon einmal gefragt, James«, sagte er, »weshalb es Euch so schwerfiel, in Frankreich Drachen ausfindig zu machen?«

»Das hat mich allerdings gewundert«, antwortete Jim, »aber ich dachte, das läge vielleicht daran, daß das Land in den vergangenen Jahren von gegnerischen Armeen verwüstet wurde. Es wäre allerdings auch denkbar gewesen, daß es in manchen Gegenden Frankreichs nur wenige Drachen gibt.«

»Weder noch«, sagte Carolinus. »Die Dunklen Mächte haben Eure Wahrnehmung getrübt, bis Ihr dem Drachenpaar begegnet seid, dem Ihr den Paß gegeben habt. Aber genug davon. Ich möchte bloß noch sagen, daß Malvinne noch nicht lange ein korrupter Magier ist, sondern erst dazu wurde, als die Dunklen Mächte den von mir erwähnten wunden Punkt getroffen haben. Erst dann erwachte sein Verlangen nach Reichtum und weltlicher Macht. Da er es nicht wagte, deswegen sein Konto bei der Revisionsabteilung auf Null zu bringen, verlegte er sich darauf, menschliche Werkzeuge einzusetzen, um die Menschen in seiner Umgebung auszurauben.«

»Zum Beispiel meinen Vater und meine Familie, Gott ist mein Zeuge!« warf Sir Raoul heftig ein. »Mit der gleichen Begierde hat er Dutzende großer französischer Familien zugrunde gerichtet, indem er sie zunächst bei unserem guten König in Mißkredit gebracht und sie dann mit seiner eigenen Streitmacht angegriffen hat. Meine beiden älteren Brüder sind bei der Verteidigung unserer Burg mit dem Schwert in der Hand gefallen. Mein Vater wurde gefangengenommen und später grausam zu Tode gebracht.«

»So war es«, sagte Carolinus. »Aber das ist nun Vergangenheit. Jetzt müssen wir uns dringend mit der Zukunft beschäftigen, und zwar mit der allernächsten Zukunft. Die französische und die englische Armee marschieren gegeneinander. Es kann sich nur noch um Tage handeln, bis sie aufeinandertreffen. Und der englischen Armee fehlt es an den Bogenschützen, die ihr bei den Schlachten von Crécy und Nouaille-Maupertuis im Jahre 1365 zum Sieg verhalfen – im allgemeinen als Schlacht von Poitiers bezeichnet.«

»Das dachte ich mir«, murmelte Dafydd vor sich hin.

»Ja«, sagte Carolinus und blickte ihn rasch an, »aber wichtiger noch, in Kürze wird Malvinne zur französischen Armee stoßen, und zwar in Begleitung eines falschen Prinz Edward ...«

»Ein falscher – ein Hochstapler, meint Ihr wohl?« explodierte der Prinz.

»Kein Hochstapler, wie Ihr ihn im Sinn habt, Edward.« Carolinus wandte sich zu ihm herum. »Der falsche Prinz wurde auf magische Weise erschaffen. Nicht einmal James dürfte ich erklären, wie es gemacht wurde, ohne das Schicksalsmuster zu stören – aber er ist Euer exaktes Ebenbild, Edward, bis hin zu den Kleidern, die Ihr tragt. Außerdem wurden bereits Gerüchte in Umlauf gebracht, wonach Ihr Euch mit König Jean verbündet hättet und gemeinsam mit ihm gegen die englischen Truppen kämpfen würdet.«

Er ließ den anderen einen Moment Zeit, die Neuigkeit zu verdauen.

»Sollte eine Seite gewinnen«, sagte er bedächtig und mit Nachdruck, »wohlgemerkt, *irgendeine* Seite – dann käme es zu einem blutigen, langwierigen Krieg, der Frankreich auseinanderreißen und Malvinne mit immer größerer weltlicher Macht ausstatten würde; bis irgendwann *er* anstelle von König Jean regiert und mit seinen Streitkräften und seiner Magie die Engländer ein für allemal aus dem Lande wirft.«

Er blickte Sir Raoul an.

»Raoul«, sagte er, »Ihr mögt die Vertreibung der Engländer ungeachtet des Preises, der dafür zu entrichten ist, begrüßen. Aber laßt Euch gesagt sein, daß dies weder der passende Zeitpunkt noch die angemessene Methode ist. Außerdem würdet Ihr Frankreich unter Malvinne nicht mehr wiedererkennen; es wäre ein eiterndes Geschwür im Antlitz Europas, von dem alle möglichen Übel ausgehen würden, denn es würde versuchen, sich nicht nur die angrenzenden Länder zu unterwerfen, sondern letztlich auch England und die ganze Welt. Je länger dieser Zustand anhielte, desto mächtiger würde es, bis niemand es mehr aufhalten könnte.«

»Das braucht Ihr mir nicht zu sagen«, meinte Sir Raoul. »Ich weiß sehr wohl, daß aus dem, was Malvinne tut, nichts Gutes erwachsen kann. Aber wie sollen wir das verhindern?«

»Es gibt nur eine Hoffnung«, sagte Carolinus. Er blickte wieder zu Jim. »Und es ist mir versagt, Euch zu raten, wie Ihr dabei vorgehen sollt, James. Irgendwie müßt Ihr das Schlachtfeld rechtzeitig erreichen, den Krieg beenden, bevor eine Seite gewonnen hat, den falschen Prinzen demaskieren und den wahren Edward seinen Platz einnehmen lassen. Es ist jetzt früher Morgen, und obgleich Ihr die ganze Nacht auf den Beinen wart, rate ich Euch dennoch, unverzüglich aufzubrechen. Ich habe Raoul bereits mitgeteilt, wo die beiden Armeen aufeinandertreffen werden, nämlich gar nicht weit von der Stelle, wo die Schlacht von Poitiers stattgefunden hat – als die Engländer vom Vormarsch der Franzosen erfuhren, haben sie sich nach Süden gewandt, um eine günstigere Verteidigungsposition einzunehmen.«

Auf einmal wurde Jim bewußt, daß es tatsächlich schon hell wurde. Er mochte es kaum glauben, daß die Nacht mit ihrer Flucht aus der Burg und Carolinus kleiner Ansprache so schnell vorbeigegangen war; doch im Osten dämmerte bereits der neue Tag, und die letzten Flammen des Lagerfeuers, das in sich zusammengesunken war, bis fast nur noch Glut übriggeblieben war, verblaßten allmählich.

»Ich habe Pferde für uns alle«, sagte Raoul.

»Wir haben in unserem Lager eigene Pferde samt Ausrüstung«, meinte Brian. »Bis dorthin kann es nicht mehr weit sein.«

»So ist es«, sagte Bernard. »Ich werde sie schnell holen.«

»Nur die Ausrüstung, Bernard«, befahl Raoul. Er lächelte sarkastisch. »Es wäre doch seltsam, wenn Euch ein französischer Ritter in Frankreich nicht bessere Tiere verschaffen könnte. Und das habe ich getan.«

31

›PFERDE FÜR UNS ALLE‹ – das bedeutete Pferde für die Menschen, und zwar wirklich gute Tiere, versehen mit Sätteln, Zaumzeug und aller notwendigen Ausrüstung. Allerdings waren sie natürlich nur für die Menschen. Secoh und Aragh blieb nichts anderes übrig, als sich aus eigener Kraft fortzubewegen.

Für Secoh, der schließlich fliegen konnte, stellte das kein Problem dar. Was Aragh betraf, so hielt er mit den

Pferden ohne große Mühe mit, wobei es ihm eine boshafte Freude bereitete, daß sie scheuten, wenn er ihnen nahe kam. Tatsächlich trieb er es so schlimm mit den Pferden, daß Jim ihn bitten mußte, damit aufzuhören.

Aragh tat erst gar nicht so, als wüßte er nicht, wovon Jim redete.

»Ich muß zugeben, das macht wirklich Spaß«, sagte Aragh. »Unter den gegebenen Umständen und angesichts der vor uns liegenden Aufgabe werde ich tun, was Ihr von mir verlangt, James, und mich ein wenig abseits halten. Das heißt, solange uns der Weg nicht zum Zusammenrücken zwingt – aber macht mir bloß keine Vorwürfe, wenn diese großen, vierbeinigen Klappergäule dann scheuen, weil ich ihnen zu nahe komme.«

»In diesem Fall«, sagte Jim, »seid Ihr entschuldigt.«

Secoh vermochte zu Fuß bequem mit ihnen Schritt zu halten. Einem Drachen bereitete es zwar einige Mühe, auf den Hinterbeinen zu gehen, doch war er immer noch so schnell wie ein im Schritt gehendes Pferd. Allerdings legte Raoul ein flotteres Tempo vor, wenn ein freies Wegstück vor ihnen lag. Für Jim war das ein wenig beschwerlich, denn obwohl er sich schon ein Jahr in dieser Welt aufhielt, war immer noch kein richtiger Reiter aus ihm geworden. Für Secoh war es noch beschwerlicher. Ein Drache konnte zwar auf den Hinterbeinen rennen, doch das war eine anstrengende Übung, für die er eigentlich nicht geschaffen war. Außerdem ängstigte Secoh die Pferde noch mehr als Aragh.

Schließlich fand Secoh eine Lösung, und fortan verabredeten sie einen Treffpunkt, den er anflog, um dann auf ihr Eintreffen zu warten. Das funktionierte recht gut; Secoh flog ihnen eine viertel bis eine halbe Stunde voraus und stieß wieder zu ihnen, wenn sie rasteten, um die Pferde ausruhen zu lassen oder um zu essen oder zu trinken.

Es war immer noch sonnig und warm, ohne drückend heiß zu sein. Sie kamen gut voran und stießen bald auf die ersten Spuren der französischen Armee. Den Berichten von Einheimischen, denen Sir Raoul sich nähern konnte, während sie vor Jim oder dessen Gefährten geflohen wären, entnahmen sie, daß die Armee ihnen mindestens zwei Tage voraus war. Das französische Heer schien nach Westen abzuschwenken. Daraus folgerten sie, daß die Franzosen erfahren hatten, daß die britischen Streitkräfte sich in diese Richtung absetzten und daß sie deren Verfolgung aufgenommen hatten.

»Ihr habt mir noch gar nicht erzählt, wie Ihr hierhergekommen seid. Ihr habt gemeint, Ihr wärt ein *Botschafter?*« wandte Jim sich während einer Rast an Secoh.

Sie rasteten jetzt häufiger, entweder unter dem Vorwand, den Pferden eine Verschnaufpause zu gönnen, oder um selbst zu essen oder zu trinken. In Wirklichkeit waren sie mit Ausnahme von Sir Raoul und Secoh alle todmüde; und niemand wollte der erste sein, der im Sattel einschlief.

»Ich bin einfach noch nicht dazu gekommen«, sagte Secoh vorwurfsvoll. »Carolinus hat mich am Weiterreden gehindert.«

»Ich weiß«, meinte Jim mitfühlend, »aber es gehen so viele bedeutsame Dinge vor …«

Er brach ab. Secohs Miene hellte sich ein wenig auf, und er hörte auf zu schmollen.

»Also«, sagte er, »das war so: Carolinus hat mir von Euch und den Dunklen Mächten erzählt und daß sie Euch zu den beiden bösen Drachen in dem alten Château geleitet hätten. Deshalb suchte ich noch einmal die Klippendrachen auf und schlug ihnen vor, mich als Botschafter zu Euch zu schicken, damit ich Euch über Eure Rechte den französischen Drachen gegenüber aufklären kann, jetzt wo zwei aus der Art geschlagen sind und sich einen wertvollen Paß angeeignet haben – wofür man sie zur Rechenschaft ziehen wird. Langer Rede kurzer Sinn: ich brauchte gar nicht viel zu reden, da erklärten sie sich auch schon bereit, mich ziehen zu lassen, auch wenn das bedeutete, daß sie ein paar zusätzliche Juwelen berappen mußten, um mich als Botschafter zu akkreditieren.«

»Das war aber nett von ihnen«, sagte Jim. »Ich hätte nicht gedacht, daß sie sich Sorgen um mich machen.«

»Nun«, meinte Secoh, »in Wahrheit sorgen sie sich wohl eher um die Paßjuwelen. Um ihre Schätze.

Um ehrlich zu sein«, fuhr Secoh mit plötzlicher Offenheit fort, »habe auch ich mir ein wenig Sorgen um den Juwel gemacht, den ich zu dem Paß beigesteuert habe. Ihr müßt nämlich wissen, daß das der einzige Juwel ist, der mir von meinem Familienschatz geblieben ist. Erworben hat ihn mein Urgroßvater elften Grades, und jeder Vater ließ seinen Sohn schwören, sich niemals davon zu trennen. Mein Vater ließ mich schwören, und ich gab die Perle auch nie her, ganz gleich, wie hungrig ich war.«

Eine Träne bildete sich in seinem rechten Auge und rollte die lange, knochige Schnauze entlang.

»Und jetzt«, sagte er, »ist sie vielleicht für immer verloren.«

»Secoh, das war wirklich großzügig von Euch, die Sammlung für den Paß mit einem Juwel zu beginnen, der Euch soviel bedeutet!« sagte Jim.

Die Träne hatte das Ende der Schnauze und die rechte Nüster erreicht. Secoh schniefte.

»Wozu sind Freunde denn da?« fragte er. »Außerdem wollte ich ihn ja nicht auf Dauer weggeben. Ich war sicher, daß ich ihn zurückbekommen würde.«

»Das werdet Ihr auch, Secoh, wartet nur ab«, meinte Jim grimmig. »Entweder diesen Juwel oder einen ebenso wertvollen Ersatz. Ich werde die beiden Drachen finden und sie zwingen, mir den Paß zurückzugeben! Und wenn mir das nicht gelingt, wird sich schon eine Möglichkeit finden – ich weiß noch nicht wie, aber irgend etwas wird mir schon einfallen –, einen gleichwertigen Ersatz für den Juwel aufzutreiben.«

»Leicht ist das nicht«, schniefte Secoh. »Wir Drachen spielen nicht, wißt Ihr – jedenfalls nicht um wertvolle Juwelen.«

»Ich werde ihn Euch trotzdem wiederbeschaffen oder ihn ersetzen«, sagte Jim. »Als erstes werde ich die beiden Drachen zur Rede stellen.«

»Falls Ihr sie überhaupt finden könnt«, sagte Secoh. »Vergeßt nicht, das hier ist Frankreich, und es sind französische Drachen. Sie kennen bestimmt Verstecke, wo Ihr sie niemals aufstöbern würdet.«

»Trotzdem werde ich ...«, setzte Jim an, doch Secoh fiel ihm ins Wort.

»Eigentlich«, meinte Secoh, »war Carolinus der Ansicht, und ich stimme ihm da zu, daß es besser wäre, wenn Ihr die französische Drachengemeinde unter Druck setzen würdet. Wenn bekannt würde, daß sie es zugelassen haben, daß zwei von ihnen einen Paß stehlen, würde keine andere Drachengemeinde ihnen mehr vertrauen, ganz gleich, was sie an Pässen anschleppen würden; oder aber die anderen Gemeinden würden glauben, es stünde ihnen frei, sich jeden angebotenen Paß anzueignen. Die französischen Drachen haben eine Menge zu verlieren, wenn Ihr sie unter Druck setzt, James. Außerdem könnten sie die beiden bösen Drachen erheblich leichter finden und sie zwingen, den Paß herauszurücken, als Ihr oder ich.«

»Wie sollte ich es denn anstellen, sie unter Druck zu setzen?« fragte Jim.

»Nun, deshalb wurde ich zum Botschafter ernannt«, antwortete Secoh, »damit ich mich für Euch einsetze. Ich kann mit den französischen Drachen Kontakt aufnehmen, eine Versammlung mit den Verantwortlichen anberaumen lassen und ihnen die Lage schildern. Ich kann ihnen Eure Forderungen übermitteln. Ihr könnt mich ermächtigen, eine beliebige Strafe einzufordern, einschließlich der Rückgabe des Passes. Die Strafe kann so hoch angesetzt werden, daß sie den Wert des Passes weit übersteigt, so daß sie Euch lieber den Paß zurückgeben werden, als Eure Forderung zu erfüllen.«

»Meint Ihr wirklich?« fragte Jim, dessen Interesse plötzlich geweckt war.

»Wir sollten allmählich wieder aufsitzen und weiterreiten.« Sir Raouls Stimme übertönte die verschiedenen Unterhaltungen, die im Gange waren.

Jim hievte seinen mehr als wunden Hintern in den mittelalterlichen Sattel mit dem hohen Sattelknauf, der die letzten sieben oder acht Stunden über sein Gefängnis gewesen war, wobei er leise stöhnte, als die Innenseite seiner Schenkel, die sich anfühlten, als wäre die Haut dort abgerieben, abermals mit dem Leder in Berührung kam. Der Schmerz ließ jedoch rasch nach, und im übrigen war Jim wieder hellwach. Secohs Ausführungen hatten ihn zum Nachdenken gebracht.

Während sie sich wieder in Marsch setzten, dachte er angestrengt nach. Als erstes überlegte er, welche Entschädigung er für den verlorengegangenen Paß festsetzen sollte. Zunächst fiel ihm nichts ein, was dem enormen Wert der riesigen Juwelen, die er nach Frankreich gebracht hatte, entsprochen hätte. Wenn er sich nicht täuschte, hätte er damit die Hälfte Frankreichs aufkaufen können. Er zerbrach sich jedoch weiter den Kopf, und schließlich hatte er eine Idee. Eine halbe Stunde später bei der nächsten Rast nahm er den Gesprächsfaden mit Secoh wieder auf.

»Beantwortet mir eine Frage«, wandte er sich an den Sumpfdrachen. »Die französischen Drachen können die französischen George doch wohl kaum besser leiden als die englischen Drachen die englischen George, hab ich recht?«

»Das würde ich wohl meinen«, antwortete Secoh prompt. »Oh, ich will ja nicht abstreiten, daß manche George durchaus sympathisch sind – zum Beispiel Ihr und Sir Brian, den ich mittlerweile besser kennengelernt habe, und vielleicht auch Sir Giles, denn der ist offenbar ein Silkie und anders als die anderen George. Die meisten George, englische wie französische, sind jedoch wie Sir Hugh – erinnert Ihr Euch noch an Sir Hugh de Bois de Malencontri, den Vorbesitzer Eurer Burg? *Er* hat mich gefangengenommen und mir versprochen, mich am Leben zu lassen, wenn ich Euch rufe, damit man Euch auf dem Weg zum Verhaßten Turm ergreifen kann. Erinnert Ihr Euch noch? Und dann, nachdem ich dies getan und man Euch ergriffen hatte, lachte er bloß, als ich ihn bat, mich freizulassen, und meinte, er wolle sich meinen Kopf an die Wand hängen.«

»Dann habe ich eine Idee«, sagte Jim. »Ich habe nämlich nachgedacht, und mir scheint, die Lösung besteht darin, einen Schadenersatz von ihnen einzufordern, den zu zahlen sie nicht ablehnen können, den sie aus dem einen oder anderen Grund aber nicht *wagen* werden zu bezahlen.«

»Das verstehe ich nicht, James«, sagte Secoh. »Wie sollte dieser Schadenersatz beschaffen sein?«

»Das werde ich Euch sagen«, meinte Jim.

Ihm war nämlich eingefallen, wie er zwei Fliegen mit einer Klappe schlagen konnte – oder vielmehr zwei Vögel mit einem Pfeil erlegen, wie man es in dieser Welt und zu dieser Zeit ausgedrückt hätte. »Angenommen, Ihr richtet ihnen aus, daß ich die Juwelen innerhalb von drei Tagen zurückerwarte. Des weiteren, daß alle gesunden französischen Drachen im kampffähigen Alter in geschlossener Formation auf dem Schlachtfeld zu erscheinen haben, um an der Seite der Engländer gegen die Franzosen zu kämpfen.«

Secoh starrte ihn an.

»Ich verstehe nicht… Aber ja doch!« rief Secoh plötzlich aus. »Sie mögen zwar die einzelnen George nicht, müssen aber in Frankreich mit ihnen zusammenleben; und wenn alle George des Landes sich zusammentun würden, um die Drachen loszuwerden, dann hätten sie einen schweren Stand. Und genau dazu würde es kommen, wenn sie auf der Seite der Engländer kämpfen würden. Daher *müssen* sie den Paß wiederbeschaffen – und wenn ihnen das nicht gelingt, dann eben einen Sack mit ebenso wertvollen Juwelen! James, Ihr seid der klügste Georg auf der ganzen Welt!«

»Das bezweifle ich«, sagte Jim, »aber darauf kommt es jetzt nicht an. Werdet Ihr ihnen das ausrichten? Vergeßt den genauen Wortlaut nicht. *Sie sollen in geschlossener Formation auf dem Schlachtfeld erscheinen, um an der Seite der Engländer zu kämpfen.*«

»Weshalb ist der genaue Wortlaut denn so wichtig?« fragte Secoh und schaute Jim verwirrt an.

»Verlaßt Euch drauf«, sagte Jim. »Wie Carolinus sagte, das kann ich Euch nicht erklären. Ich könnte es nicht, und wenn ich es könnte, würde ich es doch nicht tun. Es ist von höchster Wichtigkeit, daß Ihr meine Worte exakt wiedergebt.«

»Oh, das werde ich«, versprach Secoh. »Ihr wollt, daß sie in drei Tagen in geschlossener Formation erscheinen, um an der Seite der Engländer zu kämpfen, und daß sie den Paß mitbringen. Da bleibt ihnen nicht viel Zeit.«

»Nein, gewiß nicht«, sagte Jim. »Vielleicht solltet Ihr Euch gleich auf den Weg machen. Jetzt sofort.«

»Ich bin schon unterwegs!« sagte Secoh.

Er entfernte sich watschelnd ein paar Meter, um mehr Platz zu haben, duckte sich ein wenig und breitete die Flügel zu voller Länge aus. Mit einem lauten Flügelklatschen sprang er in die Luft und gewann rasch an Höhe. Die angebundenen Pferde wieherten und bäumten sich verängstigt auf.

»Was geht da vor?« erkundigte sich Sir Raoul in einiger Entfernung. »Sir James, was gibt es?«

Jim fand, es sei an der Zeit, Sir Raoul deutlich zu machen, wer hier das Kommando führte.

Er ging zu den anderen hinüber.

»Sir Raoul«, sagte er, »keiner von uns kennt Euren Rang.«

Sir Raoul machte ein finsteres Gesicht.

»Mein Familienname und mein Rang sind mein Geheimnis, Sir James«, sagte er, »und Ihr habt meine Frage noch nicht beantwortet.«

»Das werde ich gleich tun«, sagte Jim. »Wir respektieren Euren Wunsch, Euren wahren Namen und Euren Rang geheimzuhalten. Etwas anderes aber ist kein Geheimnis. Nämlich daß ich ein Magier bin. Seid Ihr ein Magier, Sir Raoul?«

Sir Raouls Miene verfinsterte sich noch mehr.

»Was soll dieser Unsinn?« fragte er erbost. »Ihr wißt doch, daß ich keiner bin!«

»Das heißt also, daß ich der einzige Magier bin, habe ich recht?« fragte Jim.

»Selbstverständlich«, antwortete Sir Raoul.

»Dann werdet Ihr wohl einsehen, daß es hier nur einen Anführer geben kann«, sagte Jim. »Und zwar den Ritter, der auch Magier ist. Nämlich mich. Eure Aufgabe ist es, uns zu dem Ort zu führen, den Carolinus Euch bezeichnet hat, da wir Mühe hätten, ihn zu finden. Ich aber führe das Kommando. Habt Ihr irgendwelche Einwände?«

Einen Moment lang fixierten sie sich. Dann schlug Sir Raoul die Augen nieder.

»Nein, Sir James«, sagte er in leiserem Ton. »Ihr habt natürlich recht. Es kann nur einen Anführer geben, und der seid Ihr.«

»Gut. Ich freue mich, daß wir einer Meinung sind«, sagte Jim. »Dann werde ich Euch dieses eine Mal eine Erklärung geben, was Ihr in Zukunft aber nicht mehr erwarten dürft. Ich habe Secoh mit einer besonderen Mission betraut. Es tut mir leid, daß dadurch die Pferde gestört wurden und vielleicht auch Ihr selbst. Das ist auch schon alles, was Ihr darüber zu wissen braucht, und mehr werdet Ihr nicht erfahren.«

Sir Raoul nickte langsam und sah zu ihm auf.

Jim wandte sich zu den anderen um, die auf ihre Unterhaltung aufmerksam geworden waren. Jim musterte sie. Alle waren sie schwer angeschlagen – vielleicht mit Ausnahme von Aragh, der seinen wahren Zustand besser verbergen konnte. Aragh lag auf dem Bauch, hatte den Kopf auf die Vorderpfoten gelegt und blickte mit seinen gelben Augen zu Jim auf.

Es war schon erstaunlich, daß Aragh keinerlei Anzeichen von Müdigkeit erkennen ließ. Dabei mußte er ebenso erschöpft wie alle anderen sein. Oder war er es womöglich auch? Auf einmal erinnerte Jim sich daran, wie er Aragh schlafend vorgefunden hatte, nachdem sie Malvinnes Gemächer nach der Farbe Rot abgesucht hatten. Er verspürte einen Anflug von Neid, den er aber sogleich unterdrückte. An diesem kurzen Nickerchen konnte es nicht liegen. Seit sie vom Lager aufgebrochen waren, um sich im Wald mit Bernard zu treffen, war Aragh ebenso beschäftigt gewesen wie sie alle.

Er blickte wieder Brian, Giles, Dafydd und den Prinzen an. Alle wirkten sie erschöpft.

Brian und Giles, das wußte er, wären eher aus dem Sattel gekippt, als zuzugeben, daß sie müde waren. Der Prinz hatte offenbar eine ähnliche Erziehung genossen. Er war von königlichem Geblüt und sollte andere daher in jeder Beziehung übertreffen – auch im Wachbleiben. Nichtsdestotrotz war es an der Zeit, dem ein Ende zu machen. Jim wandte sich wieder an Sir Raoul.

»Ich weiß, es ist erst Nachmittag«, sagte er zu dem französischen Ritter, »doch ich glaube, wir sollten allmählich eine Pause einlegen. Wir werden uns in der Nähe einen geschützten Ort suchen und ein wenig schlafen. Es ist besser, wenn wir im Morgengrauen aufbrechen, nachdem wir eine ganze Nacht geschlafen haben, als übermüdet in eine Situation hineinzureiten, die wir hätten vermeiden können. Kennt Ihr einen Ort in der Nähe, wo wir die Nacht verbringen können?«

»Ich habe Freunde in der Gegend«, antwortete Sir Raoul knapp. »Wenn Ihr aufsitzen und mir folgen würdet.«

Sie mußten drei Meilen reiten, dann gelangten sie zu einer kleinen Burg. Es war, wie Raoul gesagt hatte; er wurde nicht nur von dem Burgherrn sogleich erkannt, sondern auch von den Wachen am Tor. Dankbar und erschöpft ließen sie sich von ihren Gastgebern auf die Zimmer geleiten – alle mit Ausnahme von Aragh, der es wie gewöhnlich vorzog, im Freien zu bleiben.

»Ich schlafe lieber im Wald«, sagte er und verschwand, bevor jemand Einwände erheben konnte.

Jim erwachte im ersten fahlen Morgenlicht, das durch den Fensterschlitz des Zimmers fiel, in dem er, Brian, Giles und Dafydd – nicht jedoch Sir Raoul und der Prinz, denen man wohl ein etwas besseres Quartier zugewiesen hatte – auf Pritschen geschlafen hatten.

Jim fühlte sich erholt und energiegeladen. Erst als er sich erhob, merkte er, wie steif er vom vielen Reiten noch war.

Die Burg war so klein, daß sie mühelos in den Palas fanden, wo Jim einen Bediensteten zu Sir Raoul schickte. Als dieser eintraf, bestellte er Frühstück; kurz darauf saßen sie wieder im Sattel, und Aragh hatte sich wieder zu ihnen gesellt.

Jim stellte fest, daß der zweite Tag im Sattel weniger anstrengend war als der erste. Während die Sonne am Himmel höher stieg, ließen die Schmerzen in seinem geschundenen Hintern immer mehr nach. Außerdem hatte er den Aufenthalt dazu genutzt, sich die Beine an den Stellen, wo sie am Sattelleder scheuerten, zu polstern. An diesem Tag waren die Wagenspuren und die Dunghaufen im Gefolge der französischen Armee noch ganz frisch. Sie näherten sich dem Ort, den Carolinus ihnen beschrieben hatte, in einem weiten Bogen.

Sie kamen gut voran, und bevor es Mittag geworden war, deuteten die ersten Anzeichen darauf hin, daß sie sich auf der Spur der englischen Armee befanden. Diesmal hatten sie weniger häufig gerastet als tags zuvor, doch als die Sonne hoch am Himmel stand, hielten sie an, um auszuruhen. Bei dieser Gelegenheit redete Jim mit Brian.

»Wie sollen wir mit unseren Leuten Kontakt aufnehmen?« fragte er. »Wahrscheinlich warten sie immer noch in der Nähe von Malvinnes Burg auf uns. Ich habe schon daran gedacht, Sir Giles zurückzuschicken oder sie selbst nachzuholen; aber jetzt, wo sich die Armeen so nahe sind, reicht die Zeit nicht mehr aus, zurückzureiten und die Männer rechtzeitig herzuschaffen, bevor die Schlacht losgeht.«

»Das glaube ich nicht«, erwiderte Brian. »Sie müßten bereits bei der englischen Armee sein. Ich habe John Chester angewiesen, nur zwei Tage bei Malvinnes Burg zu warten. Wenn wir uns dann nicht gemeldet hätten, sollte er sich den englischen Streitkräften anschließen, wo immer sie sich befinden mögen – damit sie wenigstens ein paar Hiebe gegen die Franzosen austeilen können.«

Sir Brian machte ein grimmiges Gesicht. »Trotzdem müssen wir sie treffen«, fuhr er fort. »Habt Ihr das vergessen, James? Unsere Panzer und die ganze Ausrüstung sind bei ihnen. So ungeschützt und schlecht bewaffnet wie wir sind, ist keiner von uns für die Schlacht gerüstet. Ganz zu schweigen davon, daß mir mein treues Streitroß Blanchard fehlt, ohne das ich schwergepanzerten Rittern nicht gerne nahe kommen würde.«

»Vergessen hatte ich es nicht«, sagte Jim, »doch könnte es sein, daß ich eine andere, besondere Verwendung für unsere Männer habe. Wir werden sehen. Angenommen, sie haben sich den englischen Streitkräften angeschlossen, glaubt Ihr, wir könnten sie dann finden?«

»Gewiß, James«, antwortete Brian. »Wir alle erkennen John Chester und unsere eigenen Bewaffneten auf den ersten Blick. Und sie würden uns ebenfalls erkennen. Allerdings würden wir sie nicht gleich finden, wißt Ihr. Es könnte durchaus bis zu einem halben Tag dauern, sie in einem Kriegsheer dieser Größe ausfindig zu machen.«

»Ich denke, so sollten wir es machen«, meinte Jim, »und während wir nach unseren Leuten Ausschau halten, bleiben die übrigen ein wenig abseits und suchen einen sicheren Ort für den Prinzen. Wenn es stimmt, was Carolinus gesagt hat, dann glauben die Engländer, daß der Prinz zu den Franzosen übergelaufen ist. Jeden, der so gekleidet ist und so aussieht wie er, würden sie für einen Hochstapler halten, während sie davon ausgehen, daß Malvinnes Kreatur der wahre Prinz ist. Andererseits, wenn die französischen Streitkräfte den wahren Prinzen entdecken, wären sie um so erpichter darauf, ihn zu ergreifen. Womöglich wissen sie gar nicht, daß Malvinnes Prinz ein magisches Kunstwesen ist, aber ihnen wird klar sein, daß es nicht zwei Prinzen geben kann; und wahrscheinlich würden sie versuchen, Edward gefangenzunehmen und ihn zu den französischen Anführern zu schaffen, um herauszufinden, was es mit ihm auf sich hat.«

»Ihr habt recht, James«, meinte Brian ernst, »genauso würde es kommen. Wenn Ihr möchtet, reite ich voraus und fange mit der Suche an.«

»Nein, ich glaube nicht, daß das ratsam wäre«, sagte Jim. »Wir sollten nach Möglichkeit zusammen bleiben. Die Armeen werden gewiß nicht gleich aufeinander losgehen, wenn sie in Sichtweite geraten, oder?«

»Bei solch großen Heeren«, meinte Brian nachdenklich, »dauert es für gewöhnlich eine Weile, bis sie eine Schlachtordnung eingenommen haben. Meistens werden vorher auch noch Verhandlungen geführt – man fordert sich gegenseitig zur Kapitulation auf und so weiter. Ihr habt recht. Wahrscheinlich dürfte es fast einen Tag dauern, bis die französische Armee Aufstellung genommen hat und tatsächlich gegen uns vorrückt. Das heißt, falls sie die Angreifer sind.«

»Könnt Ihr Euch denn vorstellen, daß wir angreifen, obwohl wir ihnen zahlenmäßig stark unterlegen sind und es uns an der üblichen Zahl Bogenschützen fehlt?«

»Nein«, antwortete Brian bedächtig, »das kann ich mir nicht vorstellen. Allerdings läßt sich nur schwer vorhersagen, was passieren wird.«

»Dann werde ich versuchen, etwas über die Absichten der Franzosen in Erfahrung zu bringen«, sagte Jim, worauf er zu Raoul hinüberging.

Der französische Ritter hatte den ganzen Tag über auf Distanz gehalten. Nicht, daß er tatsächlich etwas gegen sie gehabt oder sich in ihrer Nähe unwohl gefühlt hätte. Vielmehr schien er es als seine Pflicht zu betrachten, deutlich zu machen, daß er nicht zu ihnen gehörte.

»Sir Raoul«, redete Jim ihn an.

Raoul, der mit untergeschlagenen Beinen auf dem Boden saß und gerade von dem Fleisch und dem Brot aß, das ihre Gastgeber ihnen mitgegeben hatten, erhob sich.

»Ja, Sir James«, erwiderte Sir Raoul.

»Ihr wißt besser als wir alle, wie schnell die französischen Streitkräfte vorrücken können«, sagte Jim. »Ich habe soeben mit Sir Brian gesprochen; es sieht ganz so aus, als wäre die englische Armee keinen Tagesritt mehr entfernt. Wie lange, glaubt Ihr, wird es dauern, bis die französische Armee sie eingeholt hat?«

»Nicht viel länger als einen Tag, Sir James«, antwortete Raoul. »König Jean wird bestimmt darauf brennen, sich mit den Eindringlingen zu messen. Und das dürfte auch für seine Ritter gelten. Sobald sie die englischen Streitkräfte gesichtet haben, werden sie Schlachtordnung einnehmen. Das dürfte etwa einen halben Tag in Anspruch nehmen.«

»Dann haltet Ihr es also für möglich, daß die Schlacht morgen um die Mittagszeit ihren Anfang nehmen könnte?«

Sir Raouls hageres Gesicht verzog sich zu einem bitteren Lächeln.

»Daran habe ich nicht den geringsten Zweifel, Sir James«, sagte er.

»Dann werde ich dies den anderen mitteilen«, sagte Jim. »Wir müssen uns nach Kräften beeilen. Heute sind wir ausgeruhter, deshalb reiten wir heute!«

Und so ritten sie. Dank der Polster und der Reiterfahrung der letzten beiden Tage hielt Jim sich besser als erwartet. Er vermutete, daß es den anderen ebenso erging. Sie beklagten sich nicht und zeigten anders als am Vortag keine Anzeichen von Müdigkeit. Sie kamen gut voran.

Kurz nach Anbruch der Dunkelheit erreichten sie die Ausläufer der englischen Armee und bezogen Nachtquartier in einer stark zerstörten Kapelle in einiger Entfernung von den englischen Lagerfeuern. Die Kapelle war so klein, daß man unwillkürlich staunte, wieviel Arbeit man sich mit einem Gebäude gemacht hatte, daß so wenige Gläubige aufzunehmen vermochte.

32

JIM ERWACHTE VOR TAGESANBRUCH von Stimmenlärm und Pferdegetrappel. Er spähte aus den Trümmern der zerstörten Kapelle hervor, in der sie sich zur Nachtruhe gebettet hatten, und erblickte etwa ein Dutzend vorbeireitende Bewaffnete. Allem Anschein nach handelte es sich um einen Erkundungstrupp mit dem Auftrag, die Gegend nach Eßbarem für die englische Armee zu durchstöbern.

Die Kapelle beachteten sie nicht. Jim folgerte daraus, daß man diese als uninteressant abgetan hatte, was nur gut für sie war, da die Pferde am Wald hinter der Kapelle festgebunden waren; wenn der Erkundungsstrupp eine nur geringfügig andere Richtung eingeschlagen hätte, wäre er über sie gestolpert. So aber waren sie und die Pferde in Sicherheit – jedenfalls für den Augenblick.

Jim warf die Satteldecke ab, in die er sich zum Schlafen eingerollt hatte, stand fröstelnd auf, trat nach draußen und schaute sich im Licht des anbrechenden Tages um.

Über einen kurzen Weg gelangte er durch die Bäume vor der Kapelle zu einer Freifläche, wo der englische Trupp kampiert hatte. Die Stelle lag auf einer kleinen Anhöhe und bot Ausblick in die Ferne. Es war bereits so hell, daß Jim bis zum Horizont blicken konnte, und was er sah, versetzte ihm einen gehörigen Schrecken.

Die französische Armee war bereits da. Aufstellung genommen hatte sie anscheinend noch nicht. Aber sie hatte auf offener Wiesenlandschaft kampiert in etwa einer halben Meile Abstand von der englischen Armee.

Sie hatten keine Zeit mehr zu verlieren. Jim ging zur Kapelle zurück und weckte die anderen.

»Frühstück!« krächzte Brian automatisch, als er geweckt wurde – wie ein Nestling, der piepsend den saftigen Wurm einforderte, mit dem ein Elternteil auf dem Nestrand gelandet war.

»Nur kaltes Essen«, sagte Jim. »Jetzt, wo Erkundungstrupps in der Nähe sind, können wir es nicht riskieren, ein Feuer zu machen.«

Schließlich hatten sie sich alle im Freien versammelt,

und Giles und Brian verteilten das letzte Brot und Fleisch.

»Giles, Brian, Dafydd«, sagte Jim, »Ihr werdet mit mir die englischen Reihen durchsuchen, bis wir John Chester und unsere Männer gefunden haben. Sobald wir sie entdeckt haben, sollen sie sich in aller Stille zu zweien und dreien möglichst unauffällig verdrücken und sich hier an der Kapelle sammeln.«

»Und wie steht es mit mir, Sir James?« fragte Edward. »Wäre es nicht besser, wenn ich einfach losritte und mich meinen Leuten zeigte?«

»Es wäre zu riskant, wenn Ihr Euch blicken ließet, Hoheit«, antwortete Jim. »Jedenfalls solange, wie die meisten glauben, Ihr wärt zum französischen König übergelaufen. Man würde Euch auf der Stelle umzingeln und wahrscheinlich als Feind behandeln. Auf jeden Fall würde man Euch anpöbeln, und die englischen Streitkräfte würden sich in jene spalten, die Euch glauben, und jene, die Euch mißtrauen, während sie sich doch vielmehr auf den Angriff der Franzosen vorbereiten sollten. Warten wir lieber ab, bis unsere Männer hier sind. Dann läßt es sich vielleicht einrichten, daß Ihr Euch zeigen könnt, ohne Euch in Gefahr zu begeben, und daß Ihr Malvinnes magischem Doppelgänger entgegentretet.«

»Ich kann es gar nicht erwarten«, sagte der Prinz mit zusammengekniffenen Augen und ineinander verkrampften Händen, »meinem Doppelgänger mit der Waffe in der Hand gegenüberzutreten.«

»Wenn alles gutgeht, werdet Ihr das auch, Hoheit«, sagte Jim, »aber solange wir unsere Männer nicht bei uns haben, wäre es zu gefährlich, wenn Ihr Euch zeigen würdet.«

»Was schlagt Ihr also vor, Sir James?« fragte der Prinz.

»Haltet Euch hier verborgen, Hoheit«, antwortete James. »Ich habe mir die Kapelle genau angesehen. Es gibt nur einen freien Zugang, der gerade breit genug ist für einen Mann. Es handelt sich dabei um ein ehemaliges Seitenschiff, und der Gang endet vor einem Steinhaufen, der zu einem noch erhaltenen Teil des Dachs hochführt. Wie es scheint, geht es von dort aus nicht mehr weiter. Tatsächlich aber läßt sich einer der unteren Steine leicht von einer Person entfernen. Hinter der ehemaligen Rückwand der Kapelle befindet sich ein Loch. Wenn Ihr Euch am hinteren Ende des Seitenschiffs aufhaltet, könnt Ihr mühelos durch das Loch schlüpfen und den Stein hinter Euch wieder einsetzen, falls jemand in die Kapelle kommt. Oder bleibt an Ort und Stelle, wenn jemand draußen ist, aber laßt Euch bloß nicht blicken. Aragh, der sich auf keinen Fall unter Menschen begeben sollte, und Sir Raoul können zu Eurem Schutz hierbleiben.«

»Ich glaube, ich weiß etwas Besseres, Sir James«, sagte Sir Raoul.

Jim und die anderen wandten sich zu dem französischen Ritter um.

»Ich kann mich unter die französischen Abteilungen mischen, deren Anführer mich nicht persönlich kennen«, sagte Raoul. »Auf diese Weise würde ich eine Menge über die Absichten König Jeans und seiner Streitkräfte in Erfahrung bringen. Es könnte sein, daß Ihr diese Informationen brauchen werdet.«

»Ich weiß nicht, Sir Raoul«, wandte Jim skeptisch ein. »Der Prinz braucht Schutz, und Aragh kann es zwar mit mehreren leichtbewaffneten Menschen aufnehmen, nicht aber mit Bogen- oder Armbrustschützen.«

»Ich werde schon überleben«, sagte Aragh. »Und falls nicht, dann sollte mich der Tod eben hier ereilen und nicht anderswo.«

»Laßt Sir Raoul gehen«, sagte der Prinz mit einem Unterton von Geringschätzung. »Allerdings sollte einer von Euch mir auf jeden Fall seinen Schwertgurt samt Schwert überlassen. Es gehört sich nicht, daß ein Angehöriger des Königshauses und ein Plantagenet unbewaffnet ist.«

Seine Bitte löste allgemeines Unbehagen aus. Keinem der Anwesenden, am wenigsten aber den Rittern, behagte die Vorstellung, sich von seiner wichtigsten Waffe zu trennen. Andererseits fiel es ihnen schwer, dem Prinzen etwas abzuschlagen – vor allem aber Brian und Giles. Keiner von beiden trug die goldenen Sporen, die Zeichen der Ritterschaft waren; und abgesehen von den Sporen waren es das Schwert und der Schwertgürtel, die sie als Männer von Stand auszeichneten. Für Raoul – falls er denn überhaupt bereit gewesen wäre, sein Schwert einem englischen Prinzen zu überlassen – hätte es einen schwerwiegenden Nachteil bedeutet, wenn er sich nur mit einem Dolch bewaffnet unter die französischen Streitkräfte gemischt hätte, um Erkundigungen einzuholen. Für Brian und Giles – und übrigens auch für Jim – wäre es nicht ganz so heikel gewesen, auf ihr Schwert zu verzichten. Gleichwohl kamen sie um die Tatsache nicht herum, daß sie kein Schwert für den Prinzen erübrigen konnten, wenngleich sie seine Bitte eigentlich nicht abschlagen konnten.

»Ich wüßte vielleicht einen Ausweg«, meinte Dafydd leise. »Ich hole meine Ausrüstung und bin gleich wieder da.«

Bevor ihn jemand fragen konnte, was er damit eigentlich meinte, war er auch schon verschwunden. Kurz darauf kam er mit einem langen Bündel zurück, und als er die Umhüllung entfernte, kam nicht nur ein Ritterschwert, sondern auch ein juwelenbesetzter Schwertgürtel zum Vorschein.

»Dieses Schwert steht einem Ritter von Rang wohl an«, sagte der Prinz mißtrauisch. »Aber woher habt Ihr es?«

»Ein ehemaliger Gouverneur Eures königlichen Vaters aus der walisischen Marsch«, antwortete Dafydd, »beschloß irgendwann, ein Turnier zu veranstalten. Und er verfiel darauf, daß es für das englische Publikum unterhaltsam und für die Waliser unter ihnen lehrreich sei, zu sehen, wie drei englische Ritter mit Lanzen und in voller Rüstung einen gewissen walisischen Bogenschützen niederritten, von dem alle schon gehört hatten und von dem es hieß, daß er selbst für gepanzerte Ritter ein tödlicher Gegner sei.«

»Und dieser Bogenschütze wart Ihr?« fragte der Prinz.

»Ich wurde gar nicht erst gefragt, ob ich an dieser Belustigung teilnehmen wolle«, sagte Dafydd. »Jedenfalls ging ich mit ihnen, und als der Zeitpunkt gekommen war, stand ich mit meinem Bogen am Rand des Turnierplatzes, während die drei Ritter auf mich zugeritten kamen.«

»Und dann?«

»Ich hatte keine Wahl«, sagte Dafydd. »Ich habe alle drei getötet, mit einem Pfeil mitten ins Herz.«

»Durch den Plattenpanzer hindurch?« fragte der Prinz ungläubig. »Auf welche Entfernung?«

»Über die ganze Länge des Turnierplatzes«, antwortete Dafydd, »obwohl sie unter dem üblichen Plattenpanzer noch zusätzlich Kettenhemden trugen. Vor dem Turnier hatte ich mir vom Gouverneur nur eines ausbedungen, nämlich die Rüstung und die Waffen der Verlierer behalten zu dürfen, wie es üblich ist, wenn sich zwei Ritter in einem Turnier miteinander messen – und lachend erklärte er sich damit einverstanden.«

Eine Weile herrschte Schweigen.

»Ich glaube, am liebsten hätte er sich anders besonnen und sein Versprechen gebrochen, als er die drei Ritter tot am Boden liegen sah«, fuhr Dafydd im gleichen Tonfall fort, »doch es waren zu viele Zuschauer anwesend, Engländer wie Waliser. Auf das Wort eines Mannes in seiner Stellung muß Verlaß sein. Deshalb überließ er mir das Gewünschte; und ich wählte nur ein Teil aus, und zwar den besten Schwertgürtel samt Schwert, denn für eine Rüstung hatte ich ebensowenig Verwendung wie für ein Streitroß. Ich wollte bloß, daß mir Gerechtigkeit widerfuhr.«

Er verstummte, und noch immer machte niemand Anstalten zu reden. Alle starrten ihn bloß an.

»Es ist schon seltsam,« meinte er versonnen. »Ihr erinnert Euch doch noch, Sir James, wie wir damals, als es gegen die Dunklen Mächte am Verhaßten Turm ging, im Palas der Burg de Chaney speisten und Ihr für einen Moment Eure Pflicht, Lady Angela zu befreien, zurückgestellt habt? In diesem Augenblick neigten sich die Kerzenflammen, obwohl kein Lüftchen wehte. Wißt Ihr noch, daß ich damals eine Bemerkung darüber machte, die von den anderen unbeachtet blieb? Ich erinnere mich, damals erwähnt zu haben, daß in meiner Familie seit vielen Generationen vom Vater auf den Sohn und von der Mutter auf die Tochter die Gabe vererbt werde, Vorzeichen zu erkennen, und zwar gute wie schlechte. Und so verhielt es sich auch mit diesem Schwert. Als ich in betrübter Stimmung meine Ausrüstung auswählte, um Euch zu begleiten, dachte ich nicht daran, es einzupacken. Es war der Morgen, als mein Goldvogel Danielle mir zu verstehen gab, daß sie mich nicht mehr zu sehen wünsche, und es kam mir so vor, als ob sich alles, was ich berührte und mitnehmen wollte, kalt anfühlte. Doch als ich zufällig das Schwert und den Schwertgürtel berührte, fühlten sie sich warm an. Und mich überkam das altvertraute Gefühl. Deshalb packte ich beides ein – ohne zu wissen warum. Vielleicht war es für diese Gelegenheit.«

Er legte Gürtel und Waffe auf einen Stein vor dem Prinzen nieder.

Der Prinz streckte zögernd die Hand danach aus, dann zog er sie wieder zurück.

»Das ist zwar ein Ritterschwert«, meinte der junge

Mann bedächtig, »gleichwohl aber möchte ich es nicht tragen.«

Abermals herrschte Schweigen, das Giles schließlich brach.

»Wenn Euer Hoheit sich herablassen würden, Schwert und Gürtel eines kleinen, aber tapferen Ritters zu tragen«, sagte Giles, seinen Schwertgürtel lösend, »so wäre ich stolz, ihm meines zu geben und statt dessen Dafydds Schwert zu tragen.«

Er reichte Schwert und Gurt dem Prinzen, der beides fast ein wenig gierig entgegennahm.

»Ich nehme Euer Angebot dankend an, Sir Giles«, sagte der Prinz, »und betrachte es als eine Ehre, das Schwert eines Mannes zu tragen, der sich im Gegensatz zu mir bereits in der Schlacht bewährt hat.«

Edward schnallte sich Sir Giles Schwertgurt um, während Giles den Gurt anlegte, den Dafydd mitgebracht hatte. Der Juwelenbesatz funkelte in der Morgensonne, und Schwert und Gurt wirkten ein wenig fehl am Platz bei diesem kleinen, grimmigen Mann mit der Hakennase und dem buschigen grauen Schnurrbart.

»Das wäre also geklärt«, sagte Jim. »Aragh wird bei Euch bleiben, Hoheit – und Ihr werdet Euch bis zu unserer Rückkehr versteckt halten?«

»Ich werde es nicht drauf ankommen lassen, mich blicken zu lassen, Sir James«, entgegnete Edward mit einem Anflug von Belustigung. »Darauf könnt Ihr Euch verlassen.«

»Und Ihr könnt Euch darauf verlassen, daß ich Euch unter Einsatz meines Lebens beschützen werde«, knurrte Aragh.

»Ihr seid ein braver Wolf«, meinte der Prinz.

»Weder brav noch eingebildet«, antwortete Aragh. »Ich bin ein Wolf – das können nur wenige von sich sagen. Und ich bin Aragh; den gibt's nur einmal.«

Und so löste sich die Versammlung nicht ohne Verlegenheit auf seiten der Ritter auf. Der Prinz zog sich in die Sicherheit der zerstörten Kapelle zurück, und Aragh verschwand im Wald, wie es seine Gewohnheit war, während die anderen aufsaßen und in verschiedene Richtungen davonritten.

Als sie sich den britischen Linien näherten, schwärmten sie aus. Jim hatte sich für die linke Flanke entschieden, obwohl die Kapelle nahe dem Außenrand der rechten Linie lag. Aber er wollte seine Suche am linken Flügel beginnen, denn dort waren für gewöhnlich die Bogenschützen postiert, wenn sie für die Schlacht Aufstellung nahmen. Daher stand zu erwarten, daß die englischen Bogenschützen am Ende des Lagers zu finden sein würden, wo sie sich wahrscheinlich bereits darauf vorbereiteten, Kampfposition zu beziehen.

Jim gelangte ans andere Ende der Lagerlinie – oder was er für das Ende des Lagers hielt, denn es war nicht genau zu erkennen, wo die englische Armee nun genau aufhörte. Ständig liefen Leute hin und her. Jim machte kehrt und ritt an der Linie entlang zur Mitte zurück.

An den Bogenschützen ritt er in raschem Tempo vorbei, denn zu den Männern, die er suchte, gehörten keine Bogenschützen, und es war unwahrscheinlich, daß er dort ein bekanntes Gesicht entdecken würde. Dafydd würde die Bogenschützen am anderen Ende der britischen Linien eingehender daraufhin mustern, ob er jemanden für sich rekrutieren könnte.

Hinter den Bogenschützen kamen die Bewaffneten. Sie saßen in kleinen Gruppen um die Lagerfeuer, schärften ihre Waffen oder saßen einfach nur da und schwatzten.

Es wurde wenig gegessen und getrunken, denn die Erkundungstrupps waren vor allem deshalb losgeschickt worden, weil den Engländern ebenso wie bei der Schlacht von Poitiers, die in Jims Heimatwelt stattgefunden hatte, buchstäblich die Vorräte ausgegangen waren. Jim fielen mehrere mit Beute beladene Wagen auf, doch der Nahrungsmangel stellte offenbar ein ernstes Problem dar.

Sie hatten verabredet, daß er und Brian nur einen kurzen Blick auf die Bogenschützen an den Enden der Linie werfen und sich dann langsamer an den Bewaffneten vorbei vorarbeiten würden, bis sie sich irgendwo in der Mitte träfen. Dafydd mochte sich indessen unter die Bogenschützen gemischt haben, um nach Rekruten Ausschau zu halten.

Wenn er am rechten Ende der Linie keinen Bekannten fand, sollte er es an der linken Seite versuchen. Wenn er an der rechten Seite erfolgreich war, sollte er so rasch wie möglich zur Kapelle zurückkehren und Aragh bei der Verteidigung des Prinzen unterstützen, falls jemand auf den Kronprinzen aufmerksam werden sollte.

Jim ritt langsam an den sitzenden Männern vorbei, die ihm kaum einen Blick gönnten. Er war ein typischer Ritter in Alltagskleidung – ohne Rüstung, schwere Waffen und Streitroß. Bedauerlicherweise erkannte er niemanden; weder John Chester noch einen von Brians Bewaffneten, die er vom Sehen kannte, und auch keinen seiner eigenen Männer. Schließlich kam Sir Brian langsam auf ihn zugeritten, woraus Jim schloß, daß dieser ebenfalls kein Glück gehabt hatte.

Jim sank der Mut. Er fragte sich, was passiert war. Am wahrscheinlichsten war, daß John Chester und seine Männer die englischen Streitkräfte verfehlt hatten oder den Franzosen in die Hände gefallen waren. In beiden Fällen würden sie auf sie verzichten müssen. Dann steckten sie ernstlich in Schwierigkeiten, denn Jims bislang noch verschwommene Pläne gründeten darauf, daß sie auf die komplette Anzahl ihrer Bewaffneten würden zurückgreifen können.

Schließlich hatte er Brian erreicht und sprach ihn mit

leiser Stimme an, damit niemand sie belauschen konnte.

»Ebenfalls kein Glück gehabt?« fragte er.

»Nein, kein Glück – ha!« erwiderte Brian ebenso leise; doch dann verzogen sich seine Mundwinkel zu einem Lächeln, und seine Rechte zuckte auf dem Sattelknauf. Jim wurde klar, daß Brian die Hand am liebsten zur Faust geballt und ihn damit ausgelassen gegen die Schulter geboxt hätte. »Natürlich hatte ich Glück! Ich habe sie vor einer Viertelstunde gefunden. Einer der Männer wußte sogar, wo die Kapelle liegt, so daß er John Chester hinführen kann. Anschließend wird er umkehren und die anderen in Zweier- und Dreiergruppen nachholen. Theoluf wird bis zuletzt dableiben, um sicherzustellen, daß alle fortkommen, ohne bemerkt zu werden. Ich bin weitergeritten, um keine Aufmerksamkeit zu erregen.«

Er hob die Stimme.

»Kommt«, sagte er so laut, daß die Umstehenden es hören konnten. »Das Fleisch mag uns zwar ausgegangen sein, aber ich habe noch eine Flasche Wein. Kommt mit, alter Freund!«

Er klopfte Jim auf die Schulter und lenkte sein Pferd von den Linien fort. Jim folgte ihm, und gemeinsam ritten sie von der Frontlinie weg, nicht in Richtung Kapelle, sondern zurück zum Wald. Sobald sie im Schutz der Bäume angelangt waren, machten sie jedoch wieder kehrt und galoppierten auf die Kapelle zu.

Als sie dort anlangten, waren bereits ein Dutzend Männer eingetroffen. John Chester trat ihnen breit lächelnd entgegen.

»Gut gemacht, John!« meinte Brian überschwenglich, ließ sich vom Pferderücken hinuntergleiten und wies einen der Bewaffneten an, sich um ihre Pferde zu kümmern. »Und zwar von Anfang bis Ende. Wir werden noch einen Ritter aus Euch machen!«

»Ich danke Euch für das Kompliment, Sir Brian«,

sagte John Chester, »doch ich glaube, Ihr wißt sehr wohl, daß ich einen schlechten Anführer abgegeben hätte, wäre ich ganz auf mich allein gestellt gewesen. Theoluf und die erfahreneren Bewaffneten waren es, die Ordnung gehalten und dafür gesorgt haben, daß auch alle das Ziel erreicht haben.«

»Aber Ihr habt dazugelernt, John? Ha?« Brian knuffte ihn so grob, daß es kaum noch als freundschaftlich durchgehen konnte, woran sich John Chester allerdings nicht zu stören schien. »Das ist die Hauptsache. Ihr habt dazugelernt. Lernt nur fleißig weiter, dann werden meine Worte schon noch wahr werden. Die Ritterschaft gewinnt man nicht allein auf dem Schlachtfeld – wenngleich Ihr dazu noch Gelegenheit bekommen werdet, bevor die Sonne zweimal untergegangen ist, oder ich müßte mich sehr täuschen!

Laßt uns nun«, meinte er zu Jim, »hineingehen und sehen, wie Seine Hoheit die Zeit totgeschlagen hat.«

Brian und Jim betraten Seite an Seite die Ruine. Als sie jedoch zu dem schmalen, mit Steinen übersäten Gang gelangten, der einmal ein Seitenschiff gewesen war, mußten sie hintereinander gehen, und Jim übernahm die Führung. Am Ende des Seitenschiffs saß der Prinz mehr oder weniger bequem auf seinen Habseligkeiten, mit denen er die harte Steinunterlage gepolstert hatte. Aragh lag vor ihm. Sie waren in ein Gespräch vertieft.

Es überraschte Jim, daß Aragh mit seiner leisen, grollenden Stimme den Großteil der Unterhaltung bestritt. Als er Jim und Brian gewahrte, brach er ab und sah ihnen entgegen.

»Der Herr Wolf ist sehr weise«, sagte Edward. »Er würde einen guten Lehrmeister abgeben. Ich habe viel von ihm gelernt.«

Aragh öffnete den Rachen und lachte lautlos.

»Erst ›brav‹ und nun ›weise‹«, sagte Aragh. »Das wird ja immer besser.«

»Wohl wahr, ich habe noch viel zu lernen«, meinte Edward ernsthaft, »und da ich noch jung bin, mißachte ich häufig das Gold der Weisheit, wenn ich darüber stolpere. Das jedenfalls tue ich im Moment nicht. Wenn ich einmal König bin, werde ich Verantwortung tragen. Dann werde ich Wissen und Weisheit brauchen. Denn dies ist der Anbruch eines neuen Zeitalters, Mylords; in meiner Generation bricht eine neue Zeit an.«

»Mir wäre das gar nicht recht«, knurrte Aragh. »Ich bin ein Anhänger der alten Lebensweise und möchte nicht, daß sich irgend etwas ändert. Aber wenn mir jemand zuhört, dann rede ich mit ihm.«

»Und ich habe Euch gerne zugehört«, sagte Edward. »Es ist eine neue Erfahrung für mich, jemandem Gehör zu schenken, der mich weder fürchtet noch sonderlich schätzt. Jemandem, dem selbst ein Mann von meiner Abstammung in mancherlei Hinsicht unterlegen ist.«

»Ich glaube, Hoheit, daß wir alle bisweilen voneinander lernen können«, sagte Jim. »Jedenfalls haben wir die englischen Linien erkundet und unsere Leute gefunden. Sie kommen in Zweier- und Dreiergruppen hierher; und bald werden wir dreißig bis fünfzig tapfere Männer hierhaben, nebst den Bogenschützen, die Dafydd noch mitbringen mag.«

»Eine armselige Streitmacht, fürwahr«, sagte der Prinz, »aber ich habe um keinen Schutz gebeten, und sei er auch noch so dürftig.«

»Verzeiht mir, Hoheit«, sagte Jim, »doch ich habe nicht Euren Schutz im Sinn. Ein paar der Männer werde ich Euch zu diesem Zweck dalassen, auf die übrigen warten jedoch andere Aufgaben. Ich hoffe, mit ihrer Hilfe an den falschen Prinzen heranzukommen und ihn Euch gegenüberzustellen.«

»Möge es mit Gottes Hilfe gelingen!« sagte der Prinz. Seine Augen glitzerten feucht, und er nestelte am Griff von Sir Giles Schwert.

Als Giles zurückkam, waren sie bis auf Sir Raoul,

Dafydd und die Männer, die dieser noch mitbringen mochte, vollzählig. Sir Raoul traf als nächster ein. Jim, Brian, der Prinz und Aragh hatten sich wieder ins Freie begeben, und John Chester hatte sich ihnen auf Brians Anweisung hin angeschlossen. Sir Raoul ritt zu ihnen heran und saß mit einem schwachen Lächeln ab.

»Wie ich sehe, habt Ihr Eure Leute gefunden«, sagte er, während einer der Bewaffneten auf ein Zeichen von Theoluf hin sein Pferd bei den Zügeln nahm und es hinter die Kapelle führte, wo auch die anderen Tiere standen. »Nun, auch ich hatte Erfolg und habe einiges in Erfahrung gebracht. Es soll einen Waffenstillstand und Verhandlungen über die von König Jean gestellten Bedingungen geben.«

»Von einem Waffenstillstand habe ich auf englischer Seite nichts gehört«, meinte John Chester. Es stand zu bezweifeln, daß er sich gegenüber Brian oder einem anderen englischen Ritter gegenüber ebenso freimütig geäußert haben würde, doch da Sir Raoul Franzose war, hatte er offenbar den Eindruck, es stünde ihm frei.

»Wahrscheinlich redet Ihr Engländer nicht soviel miteinander wie wir Franzosen.« Raoul tat den Einwand mit einer Handbewegung ab, ohne John Chester anzusehen. »Vor dem morgigen Tag wird es jedenfalls zu keinen Kampfhandlungen kommen. Beide Seiten werden die Nacht nutzen, um sich zu bereden und Boten hin und her zu schicken, denn es ist bereits zu spät, um die Truppen Aufstellung nehmen zu lassen und eine Schlacht zu beginnen, denn wenn sie jetzt begänne, würde sie im Dunkeln in heilloser Verwirrung enden.«

»Dann also morgen?« fragte Brian. Sir Raouls Lächeln verflüchtigte sich.

»Ich rechne damit, daß es kurz nach Tagesanbruch losgehen wird«, sagte er, »denn König Jean und seine Berater werden nicht nachgeben, und der Graf von Cumberland, der die englischen Truppen befehligt, ist zu dickköpfig, um von seinem Standpunkt abzugehen.«

»Wißt Ihr, an welcher Stelle der König und seine Leibgarde kämpfen werden?« erkundigte sich Jim.

Raoul sah ihn an.

»Mir war klar, daß Euch an der Beantwortung dieser Frage besonders gelegen ist«, antwortete er. »Meines Wissens wird der König die dritte Abteilung an der Rückseite der drei Schlachtreihen der französischen Streitkräfte befehligen. Doch das kann sich bis morgen noch ändern. Ich glaube allerdings, daß Ihr in diesem Fall davon ausgehen könnt. Bei dieser Aufstellung könnte es gut sein, daß er und seine Abteilung gar nicht in die Kämpfe eingreifen werden. Die ersten beiden Abteilungen werden sicherlich ausreichen, um die Engländer niederzukämpfen.«

»Wir brauchen nicht ganz auf Bogenschützen zu verzichten«, sagte Brian, »und bei Crécy und Poitiers fiel es Euch Franzosen gar nicht so leicht, uns niederzukämpfen. Wäre König Jean in seiner Weisheit nicht darauf verfallen, die Genueser Bogenschützen zunächst zu schonen und sie zu einem Zeitpunkt, da der Ausgang der Schlacht auf der Kippe stand, insgeheim auszusenden, damit sie die rechte Flanke der Engländer beschossen, hättet Ihr die Schlacht nicht gewonnen.«

»Aber er hat es getan, und wir haben gesiegt!« Sir Raouls Augen blitzten.

»Wir wollen doch keine vergangenen Schlachten schlagen«, sagte Jim. »Vergeßt nicht, weshalb wir uns hier versammelt haben. Wir wollen den von Malvinne erschaffenen falschen Prinzen entlarven, während ich von Carolinus den Auftrag erhalten habe, dafür zu sorgen, daß keine von beiden Parteien siegt. Das läßt sich nur bewerkstelligen, wenn es gar nicht erst zur Schlacht kommt.«

»Habt Ihr schon einen Plan?« fragte Sir Raoul.

»Noch keinen festen.« Jim schüttelte den Kopf. »Die ersten Umrisse zeichnen sich allerdings bereits ab, und ich bin zuversichtlich. Es könnte sein, daß wir mehr Unterstützung bekommen werden, als wir uns vorstellen können.«

»Welche Art Unterstützung könnte das sein, James?« fragte Giles.

»Das möchte ich noch nicht sagen«, erwiderte Jim. »Am besten verlaßt Euch nicht darauf. Ich werde nämlich versuchen, es so hinzubiegen, daß selbst dem französischen König die Augen hinsichtlich Malvinnes Falschheit geöffnet werden. Allein damit wäre schon viel erreicht.«

»Ich kann mir trotzdem nicht vorstellen, wie sich die Schlacht abwenden ließe«, wandte Sir Raoul ein, als sich Stimmenlärm unter den Bewaffneten erhob. Sie teilten sich, und durch die Lücke kam Dafydd herangeritten, gefolgt von drei Männern mit Bogen über den Schultern und mit Köchern voller Pfeile an den Gürteln.

»Nur drei Bogenschützen?« fragte Sir Raoul geradezu höhnisch. »Da hätten wir ja unsere Verstärkung!«

33

DAFYDD RITT AN DIE Gruppe heran. Die drei Männer, die er mitbrachte, waren zwar nicht so groß wie Dafydd, trotzdem stand für Jim außer Zweifel, daß sie Bogenschützen waren. Sie waren hager, und ihre sonnengebräunten Gesichter waren vom vielen Aufenthalt im Freien von Falten durchzogen, wenngleich alle höchstens Mitte Dreißig waren. Die Bogen schienen ihnen an den Schultern angewachsen zu sein.

Dafydd näherte sich mit ihnen den Wartenden und wandte sich unmittelbar an Jim.

»Hier bringe ich Euch Wat von Easdale, Will o'the

Howe und Clym Tyler«, sagte er. »Alle drei sind meisterliche Bogenschützen, mit denen ich mich in den vergangenen Jahren bei Wettbewerben gemessen habe, und sie gehören zu den Besten ihres Fachs.«

Bevor ein peinliches Schweigen entstehen konnte, rang Jim sich wenigstens ein paar Worte zur Begrüßung ab.

»Wir freuen uns, solche Männer bei uns zu haben, Dafydd«, sagte er. »Wenn einige von uns nicht gerade begeistert wirken, so liegt das daran, daß wir eigentlich erwartet haben, daß Ihr Euch längere Zeit bei den Bogenschützen aufhalten und mehr Männer mitbringen würdet.«

»Das hätte ich wohl tun können«, antwortete Dafydd, »jedoch scheint mir, daß diese drei mit mir zusammen für das, was ich im Sinn habe, mehr als genügen werden. Vor allem kommt es darauf an, daß sie Meister ihres Fachs sind, die nicht nur mit dem Langbogen umzugehen verstehen, sondern auch Kampferfahrung haben, so daß man sich darauf verlassen kann, daß sie auch mitten im Getümmel ihre Pflicht tun werden.«

»Beim heiligen Dunstan!« rief Brian. »Ich kann mich nicht erinnern, daß man Euch gebeten hätte, einen Schlachtplan zu entwerfen!«

»Ich sollte Bogenschützen auftreiben; und Bogenschützen werden für bestimmte Aufgaben gebraucht, sonst sind sie überflüssig«, erwiderte Dafydd. »Da ich der einzige Bogenschütze unter Euch bin, mußte ich mir selbst überlegen, was die Aufgabe der Bogenschützen sein würde, da Ihr dazu nicht ausgebildet seid. Oder irre ich mich da?«

»Nein, Dafydd«, antwortete Jim für die anderen, »Ihr habt Euch nicht geirrt. So laßt uns hören, was Ihr im Sinn habt.«

»Ich weiß, es ist ungewöhnlich, daß ein Bogenschütze gegürtete Ritter in Fragen des Kampfes belehrt«, sagte Dafydd, »aber ein Bogenschütze ist wie ein Werkzeug, müßt Ihr wissen. Es gibt keine zwei gleichen Werkzeuge, und manche eignen sich besser für eine bestimmte Aufgabe als andere, auch wenn sie für den ungeübten Blick kaum Unterschiede aufweisen mögen. Was immer Ihr sonst noch vorhaben mögt, Sir James«, sagte er, unmittelbar an Jim gewandt, »Ihr beabsichtigt, mit diesen Herren und vor allem mit dem Prinzen in die Nähe von König Jean und Malvinne zu gelangen. Stimmt das?«

»So ist es«, sagte Jim.

»Und stimmt es auch, daß der König von Frankreich während der Schlacht von mindestens fünfzig ausgewählten Rittern umgeben sein wird, die mit ihren Pferden dicht an dicht stehen und bereit sind, unter Einsatz ihres Lebens dafür zu sorgen, daß kein Gegner in seine Nähe gelangt?«

»Auch das ist die reine Wahrheit«, sagte Sir Raoul, »und bei den Lilien und Leoparden, ich konnte mir von Anfang an nicht vorstellen, wie eine kleine Gruppe von Männern eine solche Abwehr durchdringen sollte. Wenn Ihr einen Weg wißt, Bogenschütze, so bitte ich Euch nachträglich um Verzeihung, sollte ich in der Vergangenheit zu gering von Euch gedacht haben.«

»Mein Plan«, sagte Dafydd so bedachtsam wie zuvor, »beruht nun darauf, daß ich mit diesen drei Männern unbeschadet in eine gewisse Entfernung von König Jean und seiner Leibwache gelange. Von da an werden sie zu einem Werkzeug, das den stählernen Schild zu öffnen vermag, der nicht nur den französischen König und Malvinne, sondern auch den falschen Prinzen umgeben wird, denn der wird sicherlich zugegen sein, um beiden Armeen zu signalisieren, daß er auf französischer Seite steht.«

»Ich glaube, was der Bogenschütze da sagt, hat Hand und Fuß«, meinte unerwartet der Prinz.

»Da haben Euer Hoheit wohl recht«, sagte Brian. »Aber wie sollen wir Euch so dicht an ihn heranbringen, Dafydd?«

»Ach, das«, antwortete Dafydd mit sanftem Lächeln. »Das überlasse ich Euch Rittern, die Ihr mit Stahl gewappnet und gerüstet seid. Denn wer auch immer sich diesen Rittern nähern will, darf nicht so ungeschützt daherkommen wie ich und diese drei Bogenschützen, sondern muß gepanzert sein wie Ihr. Ihr wißt doch, daß in einer solchen Schlacht die Bogenschützen, sobald der Feind sich nähert, äußerst wirkungsvoll sind. Auf kurze Distanz aber sind sie so gut wie tot.«

»Wohl wahr, Dafydd«, sagte Jim, nicht nur, um Dafydd Gerechtigkeit widerfahren zu lassen, sondern auch um die Diskussion zu beenden. »Wie wir es bewerkstelligen sollen, in die Nähe des Königs zu gelangen, das ist meine Sache. Auch unsere Bewaffneten müssen uns gepanzerten Anführern folgen, sonst würden sie den Zusammenprall mit denen, die gewappnet und gerüstet sind wie wir, nicht überstehen. Wahrscheinlich würden sie den Zusammenprall kaum besser verkraften als Ihr mit Euren Bogenschützen. Zufällig habe ich mir darüber bereits Gedanken gemacht.«

»Es wäre von großem Nutzen«, meinte Brian nachdenklich, »wenn Ihr uns in Drachengestalt vorausgehen und zumindest ihre Pferde scheu machen würdet. Wenn sie die Pferde beruhigen müssen, können sie uns weniger Widerstand entgegensetzen. Allerdings wäre das eines Gentlemans unwürdig, James, wie Ihr wohl wissen werdet. Magie sollte sich nur mit Magie messen; andernfalls ist es so, wie Dafydd gesagt hat, denn dann handelt es sich um einen höchst ungleichen Kampf.«

»Könnt Ihr Euch wirklich in einen Drachen verwandeln, Sir James?« fragte der Prinz fasziniert.

»Ja, Hoheit«, antwortete Jim, »wenngleich es ansonsten mit meinen magischen Kräften nicht weit her ist.«

»Er ist allzu bescheiden, Euer Hoheit«, sagte Brian. »Er hat uns in Malvinnes Burg hineingeführt und sicher wieder herausgebracht. Aber das wißt Ihr ja selbst.«

»Das ist wohl wahr«, sagte der Prinz. »Aber ich würde wirklich gern einmal sehen, wie Ihr Euch in einen Drachen verwandelt, Sir James.«

»So wie ich gern noch einmal in die Burg eines Magiers eindringen möchte, um einen Prinzen zu befreien«, knurrte Aragh. »Möglich ist es schon; allerdings tut man es nur aus ganz besonderen und sehr schwerwiegenden Gründen heraus.«

Die Ritter im Umkreis des Prinzen wichen unwillkürlich zurück, als erwarteten sie, daß diesem ob des Rüffels der königliche Kragen platzen werde. Zur Verwunderung aller Anwesenden schaute der Prinz allerdings lediglich nachdenklich drein.

»Auch damit habt Ihr recht, Herr Wolf«, sagte er. »Wieder einmal habt Ihr mich darauf hingewiesen, daß ich nachdenken soll, bevor ich rede. Ich stehe in Euer aller Schuld; und ich bin überzeugt, daß es guter Gründe und großen Mutes bedurfte, mich aus Malvinnes Gefangenschaft zu befreien.«

Bevor ein peinliches Schweigen entstehen konnte, wandte sich Brian eilends an Jim.

»James, Ihr habt gesagt, Ihr hättet Euch Gedanken darüber gemacht, wie wir in die Nähe des Königs gelangen können«, sagte er. »Bedenkt, daß Raoul uns soeben darauf hingewiesen hat, daß der König in der dritten Abteilung stehen wird, gedeckt vom Großteil der französischen Armee.«

»So ist es«, sagte Jim. »Deshalb beabsichtige ich, mit all unseren Männern einen weiten Bogen zu schlagen und mich dem König von hinten zu nähern, wo sie einen Angriff am wenigsten erwarten werden.«

Brian schaute skeptisch drein. Sir Raoul ebenfalls.

»Leichter gesagt als getan, Sir James«, meinte Raoul.

»Hinter der dritten Linie kommen der Troß, die Gefolgsleute, die Pferdeburschen; der ganze Pöbel im Gefolge einer Armee. Wenn Ihr dort durchstoßen wollt, werden Pferde und Männer erschöpft sein, bevor sie den Ring um den Prinzen auch nur erreicht haben; während die Leibgarde mittlerweile gemerkt haben wird, daß Ihr Euch von hinten nähert.«

»Zweifellos«, entgegnete Jim, »aber wenn ich auch in der Schlacht keine Magie anwenden würde, so halte ich es doch für gerechtfertigt, sie dafür einzusetzen, uns an einen Ort zu bringen, von wo aus ein Angriff erfolgversprechend wäre.«

Als er sich umschaute, entdeckte er keinen Unglauben in den Gesichtern der Umstehenden. Das war nicht ohne Ironie, denn er war sich keineswegs sicher, daß er dazu tatsächlich imstande wäre. Vom Standpunkt seiner Gefährten aus ließ sich mit Magie jedoch alles bewerkstelligen; einem Magier war eben nichts unmöglich.

Er hatte zumindest erwartet, daß sie ihn fragen würden, wie er die Magie einzusetzen gedachte, um in die Nähe des Königs und seiner Leibgarde zu gelangen. Doch keiner stellte eine Frage; und er war froh, daß ihm eine Antwort erspart blieb. So gering die Erfolgsaussichten auch waren, brauchten sie dennoch einen Hoffnungsschimmer. Es war besser, wenn keiner wußte, daß es sehr wohl sein konnte, daß keine der Möglichkeiten, die er sich gerade durch den Kopf gehen ließ, Erfolg haben würde. Vielleicht würden sie sinnlos ihr Leben opfern, alle miteinander. Doch das würde sich morgen noch früh genug herausstellen.

»Soviel also dazu«, sagte Brian. »Jetzt aber laßt uns ein wenig beiseite gehen – Ihr auch, Dafydd –, damit wir uns ungezwungener unterhalten können, ohne daß unsere Leute alles mitbekommen. Zuvor aber – Theoluf! Tom Seiver!«

Jims neuer Knappe und Brians ehemaliger Bewaffneter lösten sich von der Gruppe, von der die drei Bogenschützen immer noch ein wenig Abstand hielten, und näherten sich Sir Brian.

»Ja, Sir Brian?« fragten sie.

»Sorgt dafür, daß die drei braven Bogenschützen freundliche Aufnahme bei unseren Leuten finden. Habt Ihr mich verstanden, Tom, Theoluf? Sie gehören jetzt zu uns und sollten dementsprechend behandelt werden.«

»So sei es, Sir Brian«, sagte Theoluf.

Sie gingen zu den Bogenschützen hinüber und geleiteten sie zu den Bewaffneten. Brian führte die anderen bereits um die Ecke der zerstörten Kapelle zu einer kleinen grasbewachsenen Stelle.

Dort angelangt, wandte Brian sich an Dafydd.

»Dafydd«, sagte er, »jetzt, wo uns die Bewaffneten und Eure Bogenschützen nicht mehr hören können, sagt frank und frei, wie Ihr mit vier Männern eine Bresche in der Mauer der Ritter öffnen wollt, die König Jean abschirmen.«

»Ich habe mir überlegt«, antwortete Dafydd, »daß der Langbogen nicht vom Pferderücken aus abgefeuert werden kann, wie es die Bogenschützen im Osten mit ihren Kurzbogen tun, die sie sogar in vollem Galopp gebrauchen. Gleichwohl könnten wir uns zu Pferd der Leibgarde des Königs so weit nähern, daß wir ihnen trotz der Plattenpanzer herbe Verluste zufügen können. Zu diesem Zweck müßt Ihr uns Pferde geben. Ein Grund dafür, daß ich nur drei Männer mitgebracht habe, ist der, daß ich nicht nur meisterliche Bogenschützen wollte, sondern Bogenschützen, die sich auch aufs Reiten verstehen – und diese drei sind von Kindheit an ans Reiten gewöhnt.«

»Ich sehe zwar ein, daß uns dies eine Hilfe sein könnte«, meinte Brian, »aber der eigentliche Zweck ist mir nach wie vor unklar. Wir hätten es immer noch mit einer massiven Mauer aus stählernen Rüstungen, Lanzen und anderen Waffen zu tun, die man gegen uns wenden wird, sobald man auf uns aufmerksam geworden ist.«

»Ihr unterschätzt die Wirkung eines Bogens, wie es die meisten tun, die selbst keine Bogenschützen sind«, erwiderte Dafydd. »Zumal die Wirkung von Bogen, die von solchen Männern geführt werden, wie ich sie ausgewählt habe. Stellt Euch vor, Sir Brian, mit unseren Pfeilen können wir die vor uns befindlichen Männer aus dem Sattel holen und so eine Bresche in der massiven Mauer der Verteidiger öffnen, gegen die Ihr vorrückt, so daß Ihr mitten unter ihnen seid, bevor sie soweit sind, Euch mit Pferd und Waffe zurückzuschlagen.«

»Hm«, machte Brian, auf einmal nachdenklich geworden, »das eröffnet wirklich neue Möglichkeiten.«

»So ist es«, fuhr Dafydd fort. »Und wenn es uns gelingt, die Position zu Eurer Streitmacht einzunehmen, die ich mir vorstelle, dann können wir weiter die vor Euch befindlichen Männer unter Beschuß nehmen; und da die Ritter dicht an dicht stehen werden, dürften sie Mühe haben, Euch anzugreifen, wenn sie einen Toten oder ein reiterloses Pferd vor sich haben, solange dieses Hindernis nicht beseitigt ist – was sich gar nicht so leicht wird bewerkstelligen lassen, da alle Ritter der Leibgarde gleichzeitig versuchen werden, sich auf Euch zu stürzen.«

»Ich verstehe«, sagte Brian. »Ein ausgeklügelter, wenn auch kaum sonderlich ritterlicher Angriffsplan. Aber da wir es mit einer großen Übermacht zu tun haben, glaube ich, daß es gerechtfertigt wäre. Außerdem fällt mir gerade ein, daß Eure Pfeile die leichter bewaffneten Männer schützen könnten, die uns gepanzerten Rittern folgen werden.«

»So habe ich mir das gedacht«, sagte Dafydd.

»Was haltet Ihr davon, James?« fragte Brian, sich zu Jim umwendend.

»Das fügt sich ausgezeichnet in meine Pläne«, antwortete Jim. »Allerdings bedeutet das, daß wir noch zusätzliche Pferde für die drei Bogenschützen und selbstverständlich auch eines für Seine Hoheit benötigen, dazu noch Waffen.«

»Und eine Rüstung«, warf der Prinz rasch ein. »Und die Lanze nicht zu vergessen, Sir James.«

Abermals drohte ein peinliches Schweigen, das zu brechen diesmal Jim auf sich nahm.

»Ich fürchte«, sagte er zu Edward, »Euer Hoheit vergessen, wie schwer es sein dürfte, eine Rüstung aufzutreiben, die Euer Hoheit passen würde. Wir werden Euch nach Kräften rüsten, aber wahrscheinlich werdet Ihr mit Helm, Kettenhemd und Panzerplatten an den Oberschenkeln und Armen Vorlieb nehmen müssen. Auch mit einem Schild könnt Ihr rechnen. Doch was die Lanze betrifft...«

»Ich möchte, daß Ihr eines wißt, Sir James!« unterbrach ihn Edward heftig. »Ich wurde von den besten Lehrmeistern Europas im Gebrauch aller erdenklichen Waffen ausgebildet. Ich bezweifle nicht, daß ich es mit jedem der Anwesenden und mit jedem, dem wir morgen auf unserem Weg zum König begegnen werden, aufnehmen kann!«

»Das bezweifelt auch niemand, Hoheit«, sagte Jim, »aber...«

»Dann werdet Ihr mir einen Panzer und eine Lanze samt aller anderen Waffen eines Edelmannes herbeischaffen!« verlangte der Prinz hochmütig. »Ich befehle es Euch!«

Jim fühlte sich leicht erschöpft. Die Herren, Lords und Könige führten sich stets so auf, als stünden sie auf einer Bühne, so wie Kronprinz Edward nun in Anbetracht der Möglichkeit, daß man ihm den Gehorsam verweigern könne, königlichen Zorn zur Schau stellte.

Diesmal unternahm es Brian, dem königlichen Zorn die Stirn zu bieten.

»Verzeiht mir, Hoheit«, sagte er, »aber ich fürchte, Sir James hat vollkommen recht. Das bedeutet nicht, daß jemand Eure Kampferfahrung in Zweifel zöge, aber Ihr solltet bedenken, daß eine Lanze bei einem solchen Gedränge allenfalls im ersten Moment etwas ausrichten könnte, wenn überhaupt. Sollte es Dafydd gelingen, die Reiter im Außenring aus dem Sattel zu schießen, wäre es besser, wenn wir ganz auf Lanzen verzichten und uns allein auf unsere Schwerter verlassen würden. In einem solch wüsten Gedränge könnte es sogar sein, daß unsere Schwerter weniger wirkungsvoll wären als unsere Dolche. Ich wünschte mir sogar, ich hätte meine kleine Streitaxt dabei, die am besten für eine solche Situation geeignet wäre.«

»Wir werden uns in der Zeit, die wir erübrigen können, nach einer Rüstung für Euer Hoheit umschauen«, sagte Jim. »Allerdings muß ich ehrlich sagen, daß ich nicht damit rechne, etwas Passendes zu finden. Aber wir werden es versuchen. Mehr kann ich Euch nicht versprechen.«

Nachdem sich der Zorn des Prinzen als unbegründet erwiesen hatte, verflüchtigte er sich ebenso rasch, wie er aufgeflackert war.

»Verzeiht mir, Sir James, Sir Brian und Ihr alle«, sagte er, »aber ich habe bei Poitiers noch kein Schlachtengetümmel erlebt, denn ich war gezwungen, mich zu ergeben, ohne daß es in meiner Nähe überhaupt zu einem Schlagabtausch gekommen wäre. Wie sollte ich denen raten, die aus Erfahrung wissen, wie es mitten im Getümmel zugeht? Ich werde mich mit dem begnügen, was Ihr mir anbieten könnt, Mylords, und mich entsprechend kleiden.«

»Ich danke Euch, Hoheit«, sagte Jim, »Ihr seid ein wahrer Edelmann und versteht es, denen, die für Euch kämpfen werden, nicht nur zu befehlen, sondern ihnen auch zuzuhören.«

Der Prinz errötete.

»Diese Lektion lerne ich gerade«, meinte er kurz angebunden. Er winkte ab. »Aber fahrt mit Eurer Unterhaltung fort, und ich höre zu.«

»Danke, Hoheit«, sagte Jim. Er wandte sich an die anderen. »Was den eigentlichen Angriff angeht, dessen Ziel es ist, die Abwehr zu durchdringen, so habe ich da schon eine Idee. Es gibt da eine Formation ...«

»Formation?« fragte Giles.

»Darunter versteht man die Gruppierung bei einem Angriff«, erklärte Jim. »Ich weiß, daß Ihr eher daran gewöhnt seid, nebeneinander vorzurücken. Diese Linie wird jedoch unweigerlich auseinandergerissen, da einige Pferde das Gros überholen; der Angriff kann jedoch nur dann wirkungsvoll sein, wenn die Reitereinheiten auf beiden Seiten dicht zusammenbleiben.«

Er wartete, ob irgendwer Einwände erheben würde, doch dem war nicht so.

»Es gibt aber noch eine andere Art des Vorrückens gegen eine gegnerische Linie«, fuhr er fort. »Diese wird als Keilformation bezeichnet und hat die Form einer breiten Pfeilspitze, wie man sie an den Schäften des Langbogens findet.«

Er hielt inne, um sich zu vergewissern, ob sie seinen Erklärungen hatten folgen können.

»Der große Vorteil dieser Formation besteht darin, daß alle gemeinsam vorrücken und den Gegner mit der Keilspitze treffen, so daß der gemeinsame Schwung aller Pferde dazu beiträgt, die Abwehr zu durchdringen.«

Abermals legte er eine Pause ein.

»Ich habe mir gedacht, daß wir, solange es noch hell genug ist, üben könnten, die Leibgarde auf diese Weise zu überrennen. Wenn wir uns eine Stelle hinter diesen Bäumen suchen, wo uns niemand sieht, können wir ein Stück weit in dieser Formation reiten und darauf achten, beieinander zu bleiben, so wie wir es morgen tun werden, mit den schwergepanzerten

Männern an der Spitze und den leichter gerüsteten am Ende.«

Eigentlich hatte er erwartet, seine Gefährten dazu überreden zu müssen, diese neue Angriffsmethode zu erproben. Statt dessen zeigte sich jedoch, daß sie ganz erpicht darauf waren. Schwierigkeiten gab es erst später, als sie sich etwa eine halbe Meile weit hinter die Bäume begeben hatten, welche die zerstörte Kapelle umgaben. Dort gab es eine Wiese, wo sie Geschwindigkeit aufnehmen und einen Angriff auf eine gegnerische Stellung vortäuschen konnten.

Erste Einwände wurden erhoben, als Jim bekanntgab, er wolle, daß sie ohne Rüstung übten und anstelle von Waffen und Schwertern Äste in den Händen hielten, damit sie nicht unnötig Aufmerksamkeit erregten.

Insbesondere der letztere Vorschlag verdarb den meisten den Spaß an der Sache. Zumal den Rittern kam es lächerlich vor, in geschlossener Formation herumzugaloppieren und dabei, wie sie sich angewidert ausdrückten, Stöcke in Händen zu halten. Nichtsdestotrotz beharrte Jim auf seinem Ansinnen, und schließlich gaben sie nach.

Wie er erwartet hatte, bestand die Hauptschwierigkeit darin, sie dahin zu bringen, daß sie die geschlossene Formation beibehielten. Der größte Reiz beim Sturm auf eine gegnerische Stellung bestand für sie nämlich darin, als erster mit dem Gegner die Waffen zu kreuzen. Schließlich verlegte Jim sich darauf, ein wenig Zauberei vorzutäuschen, um sie zu beeindrucken.

Er ließ sie eine Keilformation einnehmen, dann schritt er langsam um sie herum, murmelte dabei vor sich hin und schwenkte die Hände.

Er erklärte ihnen, er habe ein magisches Netz über sie gestülpt, das sie aneinanderfesseln werde, und der Sieg hinge einzig und allein von der Festigkeit des Netzes ab. Er versprach, daß das Netz sie nicht nur beieinanderhalten, sondern ihnen mittels seiner festen, wenn auch unsichtbaren Maschen dreifache Kräfte verleihen werde. Nur wenn jemand die Verbindung zu seinem Nachbarn verlöre, ginge er der zusätzlichen Kraft verlustig, die das Netz ihm verlieh.

Diese Erklärung nahmen sie so vertrauensvoll auf, daß Jim sich insgeheim schämte. Allerdings tröstete er sich damit, daß er sie anders nicht zu bändigen vermocht hätte und daß dies von lebenswichtiger Bedeutung für sie sei.

Zu seiner Überraschung glaubten sie so fest an den Zauber, daß sie beim nächsten Scheinmanöver wie Veteranen aneinanderklebten, die bereits fünfzig solcher Angriffe hinter sich hatten; anschließend versicherten sie einander eifrig, sie hätten genau gespürt, daß das magische Netz ihre Kräfte verdreifacht habe.

»Das kommt daher, daß Ihr auf magische Weise wechselseitig an Eurer Stärke teilhabt«, erklärte Jim mit ernster Miene.

Dies verschaffte ihnen eine solche Genugtuung, daß er sicherheitshalber hinzufügte, dies funktioniere nur während eines solchen Keilangriffs. Unter normalen Kampfbedingungen sollten sie gar nicht erst versuchen, sich dadurch zusätzliche Kräfte zu verschaffen, daß sie beieinander blieben. Jim hatte bereits herausgefunden, daß zuviel Gutgläubigkeit ebenso gefährlich sein konnte wie zuviel Mißtrauen.

Als er dies sagte, hatte sich der Keil bereits wieder in die üblichen drei Gruppen geteilt; zu der einen gehörten Jim, dessen Gefährten, der Prinz und Sir Raoul; eine weitere bildeten die Berittenen und eine dritte Dafydds drei Bogenschützen. Da die Bogenschützen keine Pferde besaßen, hatten sie die ganze Zeit über abseits gestanden und den Manövern zugeschaut, wobei sie sich offenbar ein wenig ausgeschlossen fühlten – wenngleich ihr Interesse an den Vorgängen stärker war als ihr Unbehagen.

Diese Teilung mußte überwunden werden, und deshalb erklärte Jim, es sei höchste Zeit, zusätzliche Pferde zu beschaffen, nicht nur für die drei Bogenschützen, sondern auch für den Prinzen. Bei den Pferden der Bogenschützen brauchte man nicht wählerisch zu sein. Unglücklicherweise würde der Prinz ein besseres Pferd haben wollen – kurz gesagt, das Pferd eines Ritters. Jim kam zu dem Schluß, die einzige Möglichkeit, sich diese Pferd zu beschaffen, bestünde darin, hinter die französischen Linien zu schleichen und sie den Franzosen zu stehlen. Sir Raoul würde ihnen den Weg zeigen.

Jim ritt zu seinen Bewaffneten hinüber. Mit einem Anflug von Ärger bemerkte er, daß Theoluf noch immer bei ihnen war.

Jim winkte Theoluf beiseite.

»Theoluf!« sagte er leise. »Ihr seid jetzt mein Knappe. Ihr solltet dort drüben bei uns Anführern sein.«

»Ich danke Euch, Mylord«, erwiderte Theoluf. »Ich gebe zu, es ist nicht recht, daß ich mich mit Tieferstehenden abgebe. Aber es ist nicht so einfach, die Berittenen dazu zu bringen, daß sie die Bogenschützen als ihresgleichen ansehen, auf die sie gerne hinunterschauen. Darum wollte ich mich gerade kümmern.«

»Schon recht«, sagte Jim, »aber nehmt ab sofort an unserem Kriegsrat teil, damit Ihr wißt, was vorgeht. Wenn Ihr bei den Berittenen bleibt, erfahrt Ihr nur das, was an Befehlen zu ihnen durchdringt. Eurem Rang nach steht Euch mehr zu.«

»Ich gebe meinen Fehler zu, Mylord«, sagte Theoluf. »Von jetzt an werde ich mich an Eurer Seite halten.«

»Schon gut«, sagte Jim. »Und jetzt möchte ich, daß mir die Berittenen einmal zuhören.«

Theoluf wandte sein Pferd zu den Berittenen herum.

»Hört mal her!« brüllte er. »Lord James hat Euch etwas zu sagen!«

Jim und Theoluf ritten zu der Gruppe hinüber. Jim blickte auf die Gesichter der Männer hinunter. Brian hatte ausschließlich Veteranen mitgebracht. Die Gesichter, die zu Jim hochschauten, waren dementsprechend harte, erfahrene Gesichter, die keinerlei Gefühlsregung preisgaben.

»Männer!« sagte Jim mit erhobener Stimme. »Die Dinge sind soweit gediehen, daß wir Pferde für Prinz Edward und die neuen Bogenschützen herbeischaffen müssen. Wer von Euch hat Erfahrung im Pferdestehlen?«

Auf seiten der versammelten Berittenen herrschte Totenstille. Niemand sagte etwas.

Jim wartete einen Moment, bis klar war, daß niemand das Wort ergreifen würde. Abermals hob er die Stimme.

»Kennt einer von Euch vielleicht Pferdediebe? Oder hat jemand gehört, wie sie dabei vorgehen?« fragte er.

Abermals erntete er pokergesichtiges Schweigen. So hatte es wohl keinen Zweck. Er wandte sich an Theoluf.

»Kommt mir nach, sobald Ihr könnt«, meinte er leise zu seinem neuen Knappen. Daraufhin ritt er zu der Gruppe der Edelleute zurück.

Als er zu ihnen gelangte, war er in Gedanken mit dem Problem beschäftigt, das soeben aufgetaucht war. Er hatte geglaubt, daß mindestens einer der erfahrenen Soldaten Ahnung hätte, wie sie sich unter den gegebenen Umständen Pferde verschaffen könnten. Offenbar war dem aber nicht so.

Die Frage war nun, wie es weitergehen sollte. Sir Raoul würde sie zu den hinteren Linien der Franzosen führen, und sobald es dunkel wurde, konnten sie zu Werke gehen. Allerdings hatte er nicht den leisesten Schimmer, wie er sich die benötigten Pferde verschaffen sollte. Außerdem war er sich ziemlich sicher, daß auch keiner der Edelleute weiterwissen würde.

Als Brian ihn am Ellbogen zupfte, schreckte er aus seinen Gedanken auf. Er sah zu ihm auf, und Brian fing seinen Blick und neigte ein wenig den Kopf. Sie ritten ein Stück weit weg, bis sie außer Hörweite beider Gruppen waren.

»Ich habe Euch gehört«, sagte Brian. Er schüttelte den Kopf. »James, James! Manchmal halte ich Euch für den klügsten Mann auf Erden, für klüger noch als Carolinus. Dann wieder scheint Ihr so wenig über die einfachsten Dinge des Lebens zu wissen, als kämt Ihr aus der Tiefe des Meeres oder von der anderen Seite der Welt.«

»Ich verstehe nicht, was Ihr meint.« Jim blickte ihn verständnislos an.

»Nun«, sagte Brian, »Ihr habt die Männer in aller Öffentlichkeit gefragt, ob sie Pferdediebe seien. Wie konntet Ihr bloß glauben, daß sie Euch darauf antworten würden? Wenn jemand ja gesagt hätte, dann würden sich die anderen jedesmal, wenn irgendwo ein Pferd abhanden kommt, daran erinnern, daß er sich als geschickten Dieb bezeichnet hat, und dies auch kundtun.«

»Ich verstehe«, antwortete Jim nachdenklich. Er lebte lange genug in dieser Welt, um zu wissen, daß hier eine Beschuldigung gleichbedeutend war mit der unumstößlichen Gewißheit, daß die betreffende Person tatsächlich schuldig war. »Aber wie soll ich herausfinden, ob jemand von ihnen weiß, wie wir die Pferde für die Bogenschützen und den Prinzen beschaffen sollen?«

Brian wandte sich ohne zu antworten um und brüllte in die Richtung der Berittenen: »Tom Seiver!«

Tom löste sich aus der Gruppe und kam herüber.

»Tom«, sagte Brian, »wir brauchen mindestens zwei Männer, die Erfahrung im Pferdestehlen haben. Wählt sie für uns aus. Wir warten hier solange.«

»Jawohl, Sir Brian«, sagte Tom Seiver und ging wieder zu den Berittenen hinüber.

»Ist Theoluf noch bei Euch?« rief Brian ihm nach.

Tom blieb stehen und drehte sich um.

»Ja, Sir Brian«, antwortete er.

»Vielleicht kann Theoluf Euch dabei helfen. Jedenfalls kümmert Euch darum. Bringt uns die beiden sogleich her«, sagte Brian.

»Sofort, Sir Brian«, sagte Tom so geschäftsmäßig, als wollte er nur zwei Flaschen Wein holen. Er ging zur Gruppe zurück.

»Begreift Ihr jetzt, James?« fragte Brian. »Dafür gibt es Männer wie Tom, die als Anführer über die Bewaffneten eingesetzt werden. Sie wissen bereits, ob jemand Erfahrung im Pferdestehlen hat. Laute Fragen sind da ganz unnötig, denn sie wissen schon Bescheid und erteilen einfach einen Befehl.«

»Ja«, meinte Jim erschöpft. Offenbar gab es unendlich viel zu lernen über diese neue Welt, in der zu leben er und Angie sich entschlossen hatten. Alles, was deren Bewohner von Kindesbeinen an wußten, beinahe ohne sich dessen bewußt zu sein, mußte er sich mittels Versuch und Irrtum erst mühsam aneignen.

34

FÜNF MINUTEN SPÄTER kam Tom mit zwei Männern zurück. Der eine war ein kleiner, lebhaft wirkender Bursche mit einem roten Haarschopf und einem offenen, treuherzigen Gesicht. Der andere war ein größerer, hagerer und älterer Mann mit sich lichtendem schwarzem Haar. Beiden sah man an, daß sie im Umgang mit Waffen erfahren waren.

»Der Rotschopf heißt Jem Wattle«, sagte Tom, »der andere Hal Lackerby. Sir Brian kennt sie gut, aber ich habe mir gedacht, Ihr würdet gern ihre Namen erfahren.« Tom Seiver lächelte grimmig. »Das sind genau die Richtigen, um die französischen Linien nach Anbruch der Dunkelheit auszuspionieren.«

»Danke, Tom«, sagte Jim.

»Jem – Hal!« sagte Brian. »Haltet Euch zu Sir James Verfügung, bis er Euch wieder entläßt.« Er wandte sich an Jim. »Soll ich bei Euch bleiben, James, oder …«

»Wenn Ihr möchtet, Brian«, antwortete Jim. »Ich werde jetzt mit Sir Raoul reden. Es kann nicht schaden, wenn jemand weiß, was wir vorhaben.«

»Dann kommt«, sagte Brian.

Er wendete sein Pferd und ritt voran. James folgte ihm zu Pferd, und die beiden Bewaffneten schlossen sich ihnen zu Fuß an. Sir Raoul stand neben seinem Pferd.

»Sir Raoul«, sagte Jim, als der Ritter zu ihm aufsah, »wir würden gern mit Euch sprechen – ein wenig abseits, wenn es Euch nichts ausmacht.«

Sir Raoul schwang sich in den Sattel, und alle fünf begaben sich von der Wiese in die länger werdenden Schatten des Waldes. Als sie außer Hörweite der anderen gelangt waren, zügelte Jim sein Pferd und wandte sich zu Sir Raoul, Brian und den beiden Gemeinen um.

»Sir Raoul«, sagte Jim, »Ihr wißt, daß wir Pferde für die Bogenschützen brauchen und ein weiteres von einigem Wert für den Prinzen. Ich habe zwei Männer gefunden, die uns bei der Suche nach den Pferden behilflich sein werden. Würdet Ihr uns hinter die französischen Linien führen?«

»Natürlich nicht hinter die englischen«, meinte Sir Raoul sarkastisch. »Ich habe mir schon gedacht, daß es die französischen Linien sein würden. Dann kommt alle mit.«

Als sie die Rückseite der französischen Linien erreichten, war es vollständig dunkel geworden. Sie waren gezwungen, ganz langsam zu gehen, denn sie bewegten sich mitten durch den Wald, und der Mond war noch nicht aufgegangen. Als sie zu den hintersten Wagen des französischen Trosses gelangten, stieg die dünne Mondsichel gerade am Himmel empor. In ihrem stetig heller werdenden Schein näherten sie sich der Nachhut der Franzosen.

»Wir befinden uns jetzt mitten im Troß der Franzosen«, sagte Sir Raoul. »Rechts und links von uns sind Pferde angepflockt, allein und in Gruppen. Was Ihr von nun an tut, geht allein Euch etwas an. Ich halte mich lediglich in Bereitschaft, bis Ihr wieder zu unserem Lager zurückwollt.«

Brian hatte derweil leise mit den beiden Gemeinen gesprochen.

»Dann also los, Männer«, schloß er gerade. »Ihr wißt, worum es geht. Wir brauchen Pferde, Sattelzeug und Waffen für Seine Hoheit. Seht zu, daß Ihr das Gesuchte findet.«

Die beiden Männer verschwanden zwischen den Troßwagen und allen möglichen Ausrüstungsgegenständen.

»Und nun, James«, sagte er, »bleibt uns nichts anderes übrig, als zu warten.«

»Ich glaube, ich werde die Gelegenheit nutzen, mich ein wenig umzuschauen«, meinte Jim. »Würdet Ihr hierbleiben, Brian, für den Fall, daß Jem und Hal vor uns zurückkommen? Dann treffen wir uns alle wieder bei Euch.«

»Ich halte die Stellung«, antwortete Brian grimmig.

»Danke, Brian«, sagte Jim erleichtert. »Es wird nicht lange dauern.«

Er wandte sich an Sir Raoul.

»Sir Raoul?« fragte er. »Würdet Ihr mir die Stelle zeigen, die der König und seine Leibgarde während der Schlacht vermutlich einnehmen werden? Ich würde mir gern ein Bild von dem Gelände machen, gegen das sich unser Vorstoß richtet.«

»Darüber kann ich nur Mutmaßungen anstellen, Sir James«, antwortete Raoul ein wenig steif, »aber wenn das Euer Wunsch ist ...«

»Das ist es«, sagte Jim.

Sir Raoul setzte sein Pferd in Bewegung. Jim schloß zu ihm auf, und gemeinsam ritten sie zwischen den Troßwagen hindurch auf die erste Linie zu, die wie eine Kette kleiner Hügel aussah. Beim Näherkommen erwiesen sich die Hügel als die mittelalterliche Entsprechung von Zelten. Die meisten waren von innen beleuchtet, und man vernahm den Stimmenlärm ausgelassener Männer, die zweifellos Speis und Trank zusprachen, wahrscheinlicher aber vor allem letzterem.

Sir Raoul ritt durch die Reihe der Zelte hindurch und führte Jim zu einer Stelle, wo das Gelände ein wenig anstieg und von weniger Bäumen bestanden war. Sie befanden sich am Rand des offenen Geländes, auf dem sich die beiden Armeen einander gegenüberstanden.

»Ich glaube, Seine Majestät wird diesen Ort auswählen, um die Schlacht mitzuverfolgen«, sagte Sir Raoul. »Ich muß Euch allerdings noch einmal darauf hinweisen, daß dies reine Mutmaßung ist. Aber wenn ich den Oberbefehl über die Armee hätte, würde ich diese Stelle auswählen.«

Jim ritt ein wenig umher und untersuchte das Gelände aus verschiedenen Richtungen. Sollte sich der König tatsächlich für diese Stelle entscheiden, boten sich gleich mehrere Richtungen an, aus denen sie Geschwindigkeit aufnehmen könnten, wenn sie den Wald, welcher den Ort von allen Seiten umschloß, verlassen hätten.

»Wenn sich der König für diese Stelle entscheidet, stehen unsere Chancen gut«, meinte er zu Raoul, der seine Bemerkung lediglich mit einem Brummen quittierte. »Sagt mir noch eines. Gibt es in der Nähe eine Stelle, wo wir den Prinzen mit ein paar Männern postieren und wo diese Männer ihn verteidigen könnten, falls jemand zufällig auf sie aufmerksam werden sollte? Er muß sich in der Nähe bereithalten, für den Fall, daß es uns gelingt, zum König und zu Malvinne vorzudringen; allerdings darf es auch nicht so nahe sein, daß man ihn womöglich bemerkt und ergreift, noch bevor wir überhaupt in Aktion treten konnten.«

Sir Raoul senkte für einen Moment den Kopf auf die Brust, als dächte er nach.

»Es gibt da eine steinerne Ruine«, sagte Raoul nach einer Weile, »und zwar gar nicht weit von hier, mitten im Wald. Sie ist kleiner als die Kapelle, die wir zum Hauptquartier erkoren haben. Früher war es vielleicht eine Kapelle am Wegesrand. Gleichwohl ist sie aus Stein erbaut, und es könnte wohl sein, daß sie als Verteidigungsstellung geeignet ist. Ich bringe Euch hin.«

Er hob die Zügel und ritt voran. Jim folgte ihm. Nach einigen Minuten gelangten sie zu einer dunklen Erhebung, die über den Waldboden aufragte. Wie Raoul gesagt hatte, war die Ruine aus Stein und wahrscheinlich mehrfach ausgeplündert worden.

»Wenn Ihr solange mein Pferd halten würdet, Sir Raoul«, sagte Jim, »dann werde ich das Gelände zu Fuß erkunden.«

Er saß ab und tastete sich im düsteren Zwielicht um den Steinhaufen herum. Die Ruine war kleiner als die andere und befand sich womöglich in einem noch schlechteren Zustand. Gleichwohl entdeckte er einen Weg, der etwa drei Meter weit in die Trümmer hineinführte. Der Weg bot lediglich Platz für eine Person. Wenn der Prinz am Ende dieses Weges stünde und sich seine Männer schützend vor ihn stellten, wäre buchstäblich nur über die Leichen der Leibgarde an ihn heranzukommen. Jim wandte sich um, wischte sich den Staub von den Händen und saß wieder auf.

»In Ordnung«, meinte er knapp zu Sir Raoul. »Laßt uns nun wieder zu Brian zurückreiten.«

Als sie bei Brian anlangten, waren Jem Wattle und Hal Lackerby bereits wieder da und hatten nicht nur vier, sondern sogar fünf Pferde mitgebracht. Eines davon war größer und befand sich in einem besseren

Zustand als die anderen, außerdem war es – soweit Jim das im Dunkeln erkennen konnte – gepanzert.

Sie hatten es tatsächlich geschafft, ein Ritterpferd zu stehlen, oder jedenfalls ein Pferd, das ein Ritter bereitwillig besteigen würde.

»Seid Ihr fertig?« fragte er Brian. Als dieser nickte, wandte er sein Pferd.

Sie ritten in zügigem Tempo zurück. Der Mond stand mittlerweile so hoch, daß sie es den drei Bogenschützen gestatteten, ihre Pferde auszuprobieren und zu beweisen, daß sie tatsächlich reiten konnten, wie Dafydd behauptet hatte.

»Jetzt legt Euch alle hin und versucht zu schlafen«, sagte Jim. »Wir müssen die Nacht über Wache halten. Und die letzte Wache sollte uns bei Monduntergang wecken, das dürfte eine gute Stunde vor Sonnenaufgang sein. Ich möchte, daß wir uns noch vor Tagesanbruch auf den Weg zum Troß der Franzosen machen.«

Eine Hand auf Jims Schulter – Jim erfuhr nie, wessen Hand es gewesen war –, weckte ihn am Morgen. Er erhob sich schwankend, steif von der Kälte, obwohl er sich in eine Satteldecke gewickelt und sich eine windgeschützte Nische zwischen den Trümmern der Kapelle gesucht hatte. Die Steifheit, die Kälte und das Verlangen weiterzuschlafen hätten beinahe die Oberhand gewonnen. Doch er sagte sich, daß es besser werden würde, wenn er sich ein wenig bewegte.

Er begab sich aus der Deckung der Kapelle und vergewisserte sich, ob auch alle aufgestanden waren.

Es sah ganz danach aus, wenngleich es noch zu dunkel war, um Köpfe zu zählen. Die meisten machten einen viel muntereren Eindruck als er. Seitdem Jim Bewohner dieser Welt war, beneidete er die Leute in seiner Umgebung. Die meisten konnten in jeder Körperhaltung und ungeachtet der äußeren Umstände schlafen, und wenn man sie weckte, waren sie sogleich hellwach, ohne daß sie unter den Beschwerden zu leiden schienen, die Jim im Moment zusetzten. Lebenslange Übung, vermutete er.

Im Dunkeln stieß er mit mehreren Leuten zusammen, bis er Brian gefunden hatte.

»Sind schon alle auf?« fragte er Brian, vor allem um überhaupt etwas zu sagen.

»Ja, ja«, antwortete Brian mit der Gereiztheit, die ihn vor jeder Unternehmung üblicherweise befiel. »Seid so nett, Jim, und macht mir Platz. Ich muß jetzt in die Rüstung steigen. Das solltet Ihr auch tun. Wo ist denn unser Theoluf? Ein Knappe sollte bei solchen Gelegenheiten stets bei seinem Herrn sein. Ho! John Chester!«

»Hier, Sir Brian«, antwortete im Dunkel eine Stimme.

»Wo ist meine Brustplatte? Sucht Theoluf und sagt ihm, er soll Sir James die Rüstung bringen und ihm beim Anlegen helfen!« befahl Brian. »Wo habt Ihr eigentlich die ganze Zeit gesteckt?«

»Ich war ganz in der Nähe, Sir Brian«, antwortete John Chester. »Ich habe bloß gewartet, daß Sir James aufhört, mit Euch zu sprechen, und beiseite tritt.«

Jim trat hastig nach links und stieß offenbar gegen einen Bewaffneten, denn dieser murmelte »Verzeihung, Mylord« und verschwand in der Dunkelheit.

»Sobald es so hell geworden ist, daß wir einander sehen können«, sagte Jim, »möchte ich, daß Ihr mit mir ein Stück fortreitet. Ich möchte etwas ausprobieren und brauche dabei Eure Hilfe.«

»Gewiß, Sir James. Gewiß. John Chester, die Brustplatte bedeckt die Brust und nicht den Bauch!« meinte Brian.

»Tut mir leid, Sir Brian«, sagte John.

»Es wird Euch noch mehr leid tun, wenn Ihr nicht lernt, mich anzukleiden, wie es sich gehört, und Euch dabei zu beeilen!« sagte Brian. »Ja. Gleich, Jim. Sobald ich angekleidet bin. Holt mich dann einfach. John Chester …«

Aber Jim war bereits in der Dunkelheit verschwunden.

Er prallte gegen jemand anders.

»Verzeihung, Mylord«, sagte Theoluf. »Ich bringe Euch die Rüstung …«

»Oh«, sagte Jim. Er rührte sich nicht. »Nun gut, wenn Ihr genug erkennen könnt, dann solltet Ihr mir das Ding anlegen.«

Wie Theoluf und der andere Bewaffnete ihn in der Finsternis erkannt hatten, war Jim ein Rätsel. Vielleicht roch er anders als die anderen. Er und Angie badeten regelmäßig, doch im Laufe der Monate hatten sie sich an den Geruch gewöhnt, den ungewaschene Menschen und zumal die Bediensteten in ihrer Umgebung verströmten, da sie kaum jemals die Kleider wechselten. Andererseits hatte er nicht mehr gebadet, seit er von zu Hause aufgebrochen war, und das war mittlerweile einige Wochen her. Trotzdem bestand möglicherweise immer noch ein Unterschied. Er hielt möglichst still, während Theoluf ihm die Teile des Plattenpanzers um Beine, Arme und Oberkörper befestigte. Darunter trug er eine gepolsterte Jacke und Kniehosen, welche die Wucht eines auf das Metall prallenden Hiebes dämpfen sollten. Bislang hatte Jim allerdings noch nicht den Eindruck gehabt, daß sie viel nützten, und wenn er in voller Rüstung war, schien unweigerlich jedesmal die Sonne, so daß das Gewicht der Rüstung beinahe unerträglich war.

Da dies alle jedoch klaglos hinnahmen, hatte er lernen müssen, die Zähne zusammenzubeißen, den Mund zu halten und sich damit abzufinden. Schließlich war er bis zu den Sporen an den Fersen komplett eingekleidet. Der einzige Teil seiner Ausrüstung, den Theoluf ihm nicht anlegte, war der Helm, den er erst im letzten Moment aufsetzen würde, nicht nur weil er unbequem war, sondern weil das kleine Klappvisier das Sichtfeld erheblich einschränkte.

Theoluf steckte ihm den Helm fürsorglich unter den Arm.

»Soll ich jetzt das Pferd Eurer Lordschaft holen?« fragte er und trat zurück.

Im Osten war es schon so hell, daß die Sterne allmählich verblaßten und die Umstehenden undeutlich zu erkennen waren.

»Noch nicht«, antwortete Jim. »Holt erst Sir Brian her. Dann holt unsere Pferde.«

»Jawohl, Mylord.«

Theoluf ging fort, das hieß, er verschwand in der allumfassenden Gräue, die kaum besser war als die pechschwarze Finsternis, in der Jim aufgewacht war. Bald darauf kehrte der frischgebackene Knappe zurück, gefolgt vom gepanzerten Brian, der ebenfalls den Helm in der Hand trug. Theoluf hatte ihre Pferde bereits gesattelt und aufgezäumt und führte sie an den Zügeln hinter sich her.

In voller Rüstung fiel das Reiten leichter als das Gehen. Jim kletterte mit Theolufs Hilfe unbeholfen in den Sattel, während Brian ohne fremde Unterstützung aufsaß. Brian hängte den Helm über den vorderen Sattelknauf, und Jim tat es ihm nach.

»Wohin, James?« fragte Brian.

»Bloß ein Stück weiter, bis man uns nicht mehr sehen kann«, antwortete Jim.

Sie ritten eine kurze Strecke, bis Jim das Zeichen zum Absitzen gab. Jim suchte sich einen Busch, von dem er einen Zweig mit mehreren Blättern abbrach. Er steckte ihn in den Visierspalt von Brians Helm und vergewisserte sich, daß der Zweig auch gut festgeklemmt war.

»Was habt Ihr vor?« fragte Brian verblüfft.

»Nichts Besonderes«, antwortete Jim. »Ich wollte bloß mit Eurer Hilfe einen Zauber ausprobieren. Würdet Ihr den Helm jetzt aufsetzen?«

Brian tat wie geheißen und klappte das Visier hoch.

Zu Jims Genugtuung klemmte der Zweig nach wie vor fest.

»Wenn Ihr einen Moment so stehenbleiben würdet«, sagte Jim, »ich möchte jetzt nämlich zaubern.«

Über das Folgende hatte er sich ausgiebig Gedanken gemacht. Unsichtbar zu sein, war etwas, an das Jim als Mensch des zwanzigsten Jahrhunderts nicht glauben und das er sich deshalb auch nicht vorstellen konnte. Aber daß jemand etwas anschaute, sich aber weigerte, es auch wahrzuhaben – daran konnte er glauben. Das war ein beliebter Hypnosetrick.

Und so schrieb er an die Innenseite seiner Stirn:

JEDER OHNE BLÄTTER → SIEHT KEINEN MIT BLÄTTERN

Brian verschwand vor Jims Augen.

»Wann wollt Ihr denn nun zaubern?« Brians Stimme tönte hohl aus der Leere hervor.

Jim steckte den zweiten Zweig in das Scharnier seines eigenen Helms und setzte diesen auf. Auf einmal war Brian wieder sichtbar; er stand unmittelbar vor Jim.

»Ich habe Euch gefragt, wann Ihr endlich anfangen wollt«, sagte Brian. »Ich will mich nicht beklagen, aber es müssen Befehle erteilt werden, und wenn wir rechtzeitig aufbrechen wollen, sollten wir allmählich die Leute sammeln.«

»Ich bin schon fast fertig«, antwortete Jim. »Bloß noch eine Kleinigkeit. Haltet still, während ich hinter Euch trete.«

Brian gehorchte. Jim trat hinter ihn, entfernte die Zweige aus Brians und seinem eigenen Helm und warf sie weg.

»Ich begreife das alles nicht«, sagte Brian, als Jim wieder vor ihn trat. »Was soll das mit den Zweigen? Wann werdet Ihr endlich zaubern? Wie ich bereits sagte, wir sollten allmählich wieder zurückreiten.«

»Wir können jetzt los«, sagte Jim, »ich bin fertig. Würdet Ihr mir aufs Pferd helfen, bevor Ihr selber aufsitzt?«

»Jetzt soll ich auch noch den Knappen für Euch spielen«, grummelte Sir Brian, als er Jim aufs Pferd half. Jim enthielt sich einer Bemerkung. Brian war womöglich noch etwas übler gelaunt, als er es für gewöhnlich vor Anbruch einer Schlacht war. Wenn es erst einmal losging, würde sich seine Stimmung wieder bessern.

Als Jim wohlbehalten im Sattel saß, saß auch Brian auf, und gemeinsam ritten sie zu den wartenden Männern zurück. Während Brian der Meinung zu sein schien, seine Anwesenheit bei der Kapelle sei dringend erforderlich, hatte Jim den Eindruck, für alles sei wohl gesorgt. Die Gemeinen hatten sich bewaffnet und gerüstet; alle hielten Lanzen in der Hand und waren bereits aufgesessen. Die Bogenschützen und die anderen Ritter desgleichen. Offenbar hatten sie nur auf Jims und Brians Rückkehr gewartet.

Eine schlanke Gestalt ohne Panzer kam auf Jim zugeritten. Die Gestalt trug einen Helm und hielt eine schwere Lanze in der Hand. Das Visier war heruntergeklappt.

»Sir James.« Als der Mann das Visier hochklappte, kam darunter das Gesicht des Prinzen zum Vorschein. Er zügelte neben Jim sein Pferd. »Die Rüstung hat nicht gepaßt.«

»Das habe ich befürchtet, Hoheit«, sagte Jim. »Ich glaube aber, es läßt sich trotzdem bewerkstelligen, daß Ihr nicht ganz leer ausgeht, auch wenn Ihr Euch zunächst einmal werdet zurückhalten müssen.«

»Ich hatte eigentlich vor, mit Euch zusammen anzugreifen!« beklagte sich der Prinz.

»Das dachte ich auch, Hoheit«, log Jim, »aber ohne Rüstung habt Ihr im Angriffskeil nichts verloren. Ich sage Euch etwas; wir werden einen sicheren Ort für Euch suchen, von wo aus Ihr nachkommen könnt, sobald wir in der Mauer der Leibgarde eine Bresche zu König Jean, Malvinne und dem Doppelgänger geöffnet haben.«

»Gut!« sagte der Prinz. »Aber ich halte es trotzdem für eine Schande und einen Fehler, daß ich beim Angriff nicht dabeisein soll. Aber wir, die wir königlicher Abstammung sind, müssen wohl lernen, uns an Dinge zu gewöhnen, mit denen Männer von geringerer Herkunft sich nicht abfinden würden.«

Er ritt zu der Gruppe der Ritter hinüber, der Brian sich bereits angeschlossen hatte und die auf das Kommando zum Aufbruch wartete.

»Also gut!« sagte Jim und hob die Stimme. »Sir Raoul, reitet Ihr voran und übernehmt die Führung? Dann also los!«

35

ALS SIE DIE FRANZÖSISCHEN Linien erreichten, war die Sonne noch nicht aufgegangen. Der Himmel reflektierte jedoch bereits soviel Licht, daß es etwa so hell war wie an einem wolkenverhangenen Tag. Jim ließ etwa dreihundert Meter hinter dem Troß anhalten. Aus einer Lücke zwischen den Bäumen heraus den Gegner beobachtend, befahl er zwei Gemeinen, abzusitzen und Zweige zu besorgen, für jede Person zwei. Die Zweige brachten sie Jim; er beugte sich aus dem Sattel hinunter, nahm zwei der kleinen belaubten Zweige entgegen und hielt sie hoch, damit alle sie sehen konnten.

»Und jetzt«, sagte er, »möchte ich, daß Ihr mich und mein Pferd aufmerksam beobachtet.«

Er wartete, bis alle Blicke auf ihm ruhten, dann beugte er sich vor und wand einen der beiden Zweige fest um die Ledergurte des Zaumzeuges. Dann beugte er sich wieder zurück und hielt den anderen Zweig für alle sichtbar hoch.

»Was seht Ihr?«

Unter den Männern erhob sich verwundertes Gemurmel. Offenbar wollte niemand auf seine Frage antworten.

»Sir Brian«, fragte Jim, »was seht Ihr?«

»Nun, Ihr sitzt mitten in der Luft!« antwortete Brian.

»So ist es«, sagte Jim. »Und nun aufgepaßt.«

Er klemmte den anderen Zweig in das Scharnier seines Helmvisiers.

»Und was seht Ihr jetzt?« wandte er sich abermals an seine Zuhörerschaft. »Brian?«

»James«, sagte Brian, »seid Ihr noch da? Wir sehen weder Euch noch Euer Pferd, falls Ihr überhaupt noch da seid.«

»Keine Angst, ich bin noch da«, sagte Jim, »und Ihr werdet mich gleich wieder sehen.«

Er blickte auf die Bewaffneten hinunter, welche die restlichen Zweige in Händen hielten und ungläubig ins Leere starrten.

»Ihr beide«, befahl er, »teilt jetzt die übrigen Zweige aus, jeweils zwei pro Kopf. Und Ihr anderen, wenn Ihr die beiden Zweige erhalten habt, steckt sie fest in das Zaumzeug am Kopf Eures Pferdes, damit sie aus der Ferne gut erkennbar sind. Befestigt den zweiten Zweig an Eurem Helm oder an einer anderen Stelle und vergewissert Euch, daß er nicht versehentlich abfallen kann.«

Die beiden Bewaffneten beeilten sich, der aus der leeren Luft tönenden Stimme zu gehorchen; sie gingen von einem zum anderen und teilten die Zweige aus. Die Bewaffneten starrten diejenigen an, die ihre Zweige zuerst erhalten hatten und daraufhin verschwanden, während diese wieder sichtbar wurden, sobald sie ihrerseits die Zweige befestigt hatten.

»Laßt uns leise sein«, sagte Jim. »Wir müßten eigentlich weit genug vom Troß entfernt sein, aber ich möchte trotzdem sichergehen, daß man uns nicht hört. Habt Ihr alle Eure Zweige befestigt? Wenn ja, könnt Ihr mich und Eure Kameraden wieder sehen?«

Es erhob sich zustimmendes Gemurmel.

»Wie wundersam, Sir James!« vernahm man klar und deutlich die Stimme des Prinzen.

»Danke, Hoheit«, antwortete Jim halblaut, »aber vergeßt nicht, daß ich darum gebeten habe, leise zu sprechen. Jetzt seid Ihr für jeden unsichtbar, der keine Zweige im Haar stecken oder an der Kleidung oder sonstwo befestigt hat. Achtet darauf, diesen Vorteil nicht dadurch wieder zunichte zu machen, daß Ihr durch laute Geräusche den Eindruck erweckt, da sei jemand – und sei er auch unsichtbar.«

Er hielt inne, um sich zu vergewissern, daß ihn auch alle verstanden hatten. Dann fuhr er fort: »Denkt daran, dies ist eine besondere Art der Magie. In Wirklichkeit seid Ihr gar nicht unsichtbar geworden. Ihr seid lediglich so verwandelt worden, daß jemand, der Euch anschaut, *glaubt*, Ihr wärt unsichtbar. Wenn Ihr redet, könnte dies den Glauben zerstören, so daß man Euch am Ende doch sieht. Das gilt auch für die Pferde. Laßt uns im Schrittempo reiten, so leise wie möglich.«

Er wandte sich an Sir Raoul.

»Sir Raoul«, sagte er, »würdet Ihr jetzt Seine Hoheit und die Ritter zu der Stelle geleiten, die wir gestern ausgewählt haben, und sie dort im Schutz der Bäume zurücklassen? Kehrt anschließend hierher zurück und führt dann die nächste Gruppe an diese Stelle, bis alle dort angelangt sind. Ich werde solange hier warten und mich dann der letzten Gruppe anschließen.«

Es geschah, wie Jim gesagt hatte. Als er mit der letzten Gruppe den Waldrand erreichte, hatten die anderen bereits im Schutz der Bäume am Rand der kleinen Erhebung zwischen den feindlichen Armeen Stellung bezogen.

Die Ritter hatten sich erwartungsgemäß die günstigste Stelle ausgesucht. Diese lag inmitten einer Ansammlung von Bäumen, an die sie sich anlehnen konnten, unmittelbar am Rande eines Bachlaufs, der innerhalb des Waldes verlief, ohne auf das offene Schlachtfeld hinauszuführen. Jim saß ab, leerte seine Sattelflasche, die einen guten Liter faßte, und füllte sie mit dem Wasser des Baches.

»James!« rief Brian vom Boden aus. »Was macht Ihr denn da? Ihr schüttet guten Wein auf die Erde und füllt Eure Flasche mit Wasser?«

Er erhob sich besorgt und näherte sich Jim, der die Flasche gerade unter Wasser hielt und vollaufen ließ, während Luftblasen an die Wasseroberfläche stiegen.

»Ich will Wasser in der Flasche haben«, antwortete Jim.

»Aber reines Wasser ist nicht gut für Euch«, meinte Brian besorgt. »Ich muß Euch warnen, James. Zumal von französischem Wasser werdet Ihr Durchfall bekommen.«

»Wir werden sehen«, erwiderte Jim. Die Flasche war jetzt voll. Er hob sie hoch und verschloß sie mit einem Stopfen. »Außerdem kann ich mich mittels Magie vor Durchfall schützen.«

»Oh. Natürlich. Das hatte ich vergessen«, sagte Brian.

»Das verstehe ich gut«, meinte Jim, stand auf und trug die Flasche zu seinem Pferd, wo er sie am Sattel festband. Er wünschte, er hätte Gewißheit gehabt, daß er sich mittels Magie vor dem Durchfall schützen konnte. Er band sein Pferd an der Stelle fest, wo auch die Pferde der Ritter und das des Prinzen festgebunden waren. Brian begleitete ihn.

»Raoul hat uns berichtet, weshalb Ihr diesen Ort ausgewählt habt«, sagte Brian, als er sein Pferd festband. »Ich nehme an, wir werden nun abwarten, ob der König mit seiner Leibgarde dort in etwa fünfundsiebzig Yards Entfernung in Stellung gehen wird?«

»Ja, das stimmt«, antwortete Jim. »Falls er dort noch nicht aufgetaucht ist, wenn beide Armeen Aufstellung genommen haben, müssen wir feststellen, wo er steckt. Es ist wichtig, daß die Männer Ruhe bewahren und daß keiner seine Zweige verliert.«

»Ein paar der Burschen haben sich einen Spaß daraus gemacht, sich gegenseitig die Zweige vom Helm oder von der Kleidung zu stibitzen und sie für die anderen sichtbar werden zu lassen. Dem muß ich ein Ende machen.«

»Gut«, sagte Jim. »Es wäre auch ganz nützlich, wenn wir ein paar Späher in den Wipfeln der kleineren Bäume hätten, dann könnten sie uns über den Aufmarsch der Armeen auf dem laufenden halten – wie ich sehe, geht die Sonne gerade auf. Haben wir jemanden, der besonders scharfsichtig ist?«

»Da kenne ich jemanden, es sei denn, Theoluf wüßte unter Euren Leuten jemand Besseren«, sagte Brian. Sie waren nun bei den übrigen Rittern angelangt, die auf dem Boden saßen. John Chester und Theoluf standen ganz in der Nähe und hatten sich an Baumstämme angelehnt, da sie sich nicht trauten, sich in Gegenwart von Höhergestellten zu setzen. »John Chester! Theoluf! Kommt her!«

Die beiden Knappen kamen herüber.

»John Chester, wer von unseren Männern ist besonders scharfsichtig? Luke Allbye? Holt ihn her. Und Ihr Theoluf, kennt Ihr jemanden unter Sir James Männern, der es mit Luke auf weite Entfernung aufnehmen kann?«

»Jawohl, Sir Brian, und zwar mich selbst«, antwortete Theoluf. »Ich würde wohl meinen, daß ich Luke an einem klaren Tag übertreffen kann, wenngleich er bei Nebel oder im Zwielicht etwas besser sehen mag; doch das ist einerlei.«

»Dann also er – was meint Ihr, James?« wandte Brian sich an Jim. »Es gehört sich nicht, daß ein Knappe einen Baum hochklettert und sich mit einem Gemeinen mißt. Wir werden Luke hinaufschicken, und dann warten wir ab, was er uns über den Aufmarsch der Franzosen und der Engländer zu berichten hat.«

Es dauerte noch eine Weile, bis Luke, ein lang aufgeschossener, traurig dreinblickender Gemeiner Anfang Dreißig, bei ihnen auftauchte. In der Zwischenzeit brachte ihnen Dafydd den grauhaarigen Bogenschützen.

»Nun, Dafydd?« fragte Sir Brian.

»Ich habe gehört«, antwortete Dafydd ruhig, »wie Sir James gemeint hat, er bräuchte das schärfste Augenpaar, um den Aufmarsch der Franzosen und Engländer zu beobachten. Dies ist, wie Ihr Euch erinnern werdet, Wat von Easdale, von dem ich glaube, daß er besser sieht als jeder andere von uns, und der vielleicht sogar die schärfsten Augen von ganz England und Wales hat.«

Luke Allbye und John Chester blickten mürrisch drein. Brian runzelte die Stirn.

»Damit ein Bogenschütze sicher ins Ziel trifft, braucht er nämlich schärfere Augen, als die meisten Menschen haben, müßt Ihr wissen«, fuhr Dafydd fort, »und ein Meisterbogenschütze wie Wat übertrifft gewöhnliche Schützen noch beträchtlich. Habe ich recht, Wat?«

»Mit Eurer Erlaubnis, Mylords«, sagte Wat von Easdale, »das ist die reine Wahrheit!«

»Nun, die Frage läßt sich ganz einfach entscheiden«, meinte Jim. »Lassen wir sie beide hochklettern, und dann sollen sie uns berichten, was sie sehen. Wir wollen schließlich nicht nur wissen, wer von beiden besser ist, sondern vor allem wollen wir möglichst viel in Erfahrung bringen. Wenn der eine uns mehr zu berichten weiß als der andere, sind wir schon fein heraus.«

»Da habt Ihr sicherlich recht, James«, sagte Brian, wenngleich sein zusammengekniffener Mund deutlich erkennen ließ, wie sehr es auch ihn getroffen hatte, daß ein Fremder behauptete, besser sehen zu können als der Scharfsichtigste unter seinen eigenen Leuten. »Klettert beide in den Baum hoch und schaut Euch aufmerksam um. Kommt dann wieder herunter und berichtet uns, was Ihr gesehen habt.«

Jim, Brian und Dafydd setzten sich wieder hin, um den Ausgang des Wettstreits abzuwarten. Währenddessen kletterte die Morgensonne am Himmel empor, die Luft begann sich zu erwärmen, und die Wärme brachte den frischen Geruch des Grases und der Bäume mit sich. Seit sie in Frankreich an Land gegangen waren, hatten sie fast jeden Tag gutes Wetter gehabt, und wie es aussah, würde es auch heute wieder allen Erwartungen gerecht werden. Es versprach ein wunderbarer Tag zu werden – allenfalls ein wenig zu warm für die gepanzerten Ritter. Jim wand sich bereits insgeheim unter der Polsterung seines Brustpanzers.

Der Wald tönte wider von Vogelrufen. Man mochte eigentlich meinen, daß es kaum friedlicher hätte sein können. Jim erschien es kaum vorstellbar, daß sie, wenn kein Wunder geschah, in wenigen Stunden mit Hieb- und Stichwaffen aufeinander losgehen würden, um sich gegenseitig umzubringen.

Er erinnerte sich, daß Carolinus gemeint hatte, bei dieser Schlacht dürfe es keinen Gewinner geben, wenn die Dunklen Mächte nicht triumphieren sollten. Jim hatte keine Ahnung – oder zumindest nur eine verschwommene Vorstellung –, wie er das bewerkstelligen sollte. Offenbar verließ sich Carolinus auf ihn; bislang allerdings hatte er kaum weiter gedacht als bis zu dem Punkt, da sie zum falschen Prinzen vordringen und König Jean dazu bringen würden, den wahren Prinzen anzuerkennen.

Seine Gedanken schweiften ab. Er überlegte, wie sie herausfinden sollten, wo der König Stellung bezog, falls er sich für einen anderen Ort entscheiden sollte.

Unsichtbar zu sein, war gut und schön, dennoch würde es schwierig sein, mit einem Trupp Männer von dieser Größe unbeschadet an einer Stellung von Kriegern vorbeizureiten, die sich auf die Schlacht vorbereiteten.

Allerdings wäre es auch sehr riskant gewesen, kleinere Gruppen zu bilden. Dann hätte er darauf vertrauen müssen, daß sie bei der Beobachtungsstellung von König Jean wieder zueinander fanden.

Die Rückkehr von Luke Allbye und Wat von Easdale unterbrach seinen Gedankengang. Bei ihnen waren John Chester und Dafydd, die sie offenbar begleitet und dann am Fuße des Baumes, den sie als Ausguck erklommen hatten, ausgeharrt hatten.

»Das wurde allmählich auch Zeit«, sagte Brian, als die beiden Männer auftauchten. »Luke, was habt Ihr zu berichten?«

Luke nahm respektvoll den Helm ab, bevor er antwortete, und Wat – der anstelle der flachen Kappe der Bogenschützen ebenfalls einen Helm trug – tat es ihm nach.

»Sir James, Mylord«, antwortete Luke, »beide Armeen haben ihren Aufmarsch so gut wie abgeschlossen. Die Franzosen sind erwartungsgemäß in drei hintereinander aufgestellte Abteilungen gegliedert, deren hinterste Linie fast an die Zelte der Edelleute grenzt. Soweit ich es erkennen konnte, bilden die Engländer eine einzelne Linie in diagonaler Formation, wie damals bei Crécy und Poitiers. Die Bewaffneten sind frontal aufgereiht, die Bogenschützen stehen dichtgedrängt in zwei nach vorn weisenden Linien an beiden Enden der Schlachtreihe. Diese Linien sind an den vorderen Enden nach innen gebogen, so daß die Schützen vorbeischießen können.«

Er hatte die ersten Beobachtungen hervorgesprudelt, ohne Atem zu holen, und hielt nun inne, um Luft zu schöpfen.

»Sir Brian, Mylord«, fuhr er fort, »ich schätze, daß die Engländer sechstausend Bewaffnete haben, etwa ein Drittel dessen, was die Franzosen mit ihren drei Linien aufbieten. Die Franzosen haben auch Genueser Bogenschützen vor der ersten Linie der Bewaffneten aufgestellt, und zwar ein wenig vorgerückt, damit sie gegenseitig über ihre Köpfe hinwegschießen können. Ich schätze, daß es dreitausend Bogenschützen sind. Die Engländer scheinen zwischen vier- und sechstausend Bogenschützen zu haben, und nicht bloß zweitausend, wie es ursprünglich hieß.«

»Ich danke Euch, Luke«, sagte Sir Brian. Er blickte zu Jim. »Habt Ihr noch irgendwelche Fragen, James?«

Jim schüttelte den Kopf.

»Und Ihr ...« Brian blickte zu Wat von Easdale, dem Bogenschützen. »Habt Ihr Lukes Bericht noch irgend etwas hinzuzufügen?«

»Nur, daß es nicht sechstausend Bogenschützen sind, sondern bestenfalls zweitausend«, antwortete Wat trocken.

Nicht nur Brian und Jim, sondern auch die anderen lauschenden Ritter starrten den Bogenschützen an, der die Musterung mit unerschütterlicher Ruhe über sich ergehen ließ.

»Woher wollt Ihr das wissen?« fragte Brian. »Die Schützen waren sicherlich zu weit weg, um Einzelheiten zu erkennen, und ich weiß, daß Luke Zahlen gut schätzen kann.«

»Es wundert mich nicht«, meinte Wat von Easdale gelassen, »daß Luke den Eindruck hatte, die Enden der diagonalen Formation umfaßten sechstausend Schützen in den beiden Linien, die von der Hauptabteilung der Bewaffneten ausgehen. Doch dabei handelt es sich offenbar um eine Finte unserer Leute, welche die Franzosen täuschen soll. Mindestens zwei Drittel dieser Männer waren nämlich gar keine Bogenschützen, sondern einfache Bewaffnete – oder Köche und Bäcker aus dem Troß, soweit ich das erkennen konnte –, die einen Stab von der Länge eines Bogens in Händen hielten und eine Haltung eingenommen hatten, von der sie wohl glauben, es sei die Haltung eines Bogenschützen.«

»Mylords, das waren alles Bogenschützen!« warf Luke heftig ein. »Das kann ich beschwören.«

»Dann bringt Ihr Eure Seele in Gefahr«, erwiderte Wat ruhig, ohne den anderen anzusehen. »Man kann einen beliebigen Mann hinstellen und ihm einen Stab in die Hand drücken, doch es bedarf einer jahrelangen Ausbildung, bis ihm die richtige Haltung gelingt. Für mich, der ich ein Bogenschütze bin und seit jeher mit anderen Bogenschützen zusammenlebe, war deutlich zu erkennen, daß mehr als zwei Drittel der Männer keine richtigen Bogenschützen waren.«

»Selbst wenn Ihr recht habt – doch, Dafydd, ich glaube, daß er einen Bogenschützen von einem Bewaffneten unterscheiden kann«, fiel Brian sich selbst ins Wort, als er sah, daß Dafydd gegen das Wörtchen *wenn* Einwände erheben wollte. »Gleichwohl waren die Linien der Bogenschützen weit entfernt, wie konntet Ihr da solch geringe Unterschiede in ihrer Haltung erkennen?«

»Ich konnte es«, sagte Wat, »und ich tat es. Bei allem Respekt, Sir Brian, wenn Ihr daran gewöhnt wärt, über eine Pfeilspitze hinweg auf ein dreihundert Yards weit entferntes Ziel zu blicken, dann würdet Ihr auf eine solche Entfernung auch kleine Unterschiede wahrnehmen. Ich erkläre entschieden, daß die Engländer höchstens über zweitausend Bogenschützen verfügen und daß die übrigen Männer die Franzosen lediglich einschüchtern sollen.«

»Es mag schon sein, daß sich einige wenige Franzosen davon werden einschüchtern lassen«, meinte aufgebracht Sir Raoul, »aber glaubt Ihr wirklich, sie ließen sich dadurch davon abhalten, zum gegebenen Zeitpunkt anzugreifen? Und wenn sie erst einmal dicht herangekommen sind, werden sie dann die Täuschung nicht bemerken und um so wütender angreifen?«

»Davon bin ich überzeugt, Sir Raoul«, sagte Wat, »und eben darin besteht der Vorteil für die Engländer, wenn sich beiderseits der Diagonalformation auch nur fünfhundert Bogenschützen liegend im Gras oder hinter Hecken verstecken. Wenn die Franzosen dahinterkommen, daß man sie getäuscht hat, und sie daraufhin um so stürmischer angreifen, wird sich ihre Linie ungewöhnlich weit auseinanderziehen, und die schnelleren Pferde werden die langsameren hinter sich lassen. In dem Moment werden sich die auf beiden Seiten versteckten Schützen aufrichten und schießen; und wenn sie mit der ersten Salve nicht schon die Hälfte der französischen Pferde erledigen, bevor auch nur ein einziger Franzose den ersten falschen Bogenschützen erreicht hat, um ihn niederzuhauen, fresse ich meinen Bogen und den Köcher obendrein!«

»Selbst wenn sie die Hälfte der Berittenen beim ersten Angriff erledigen sollten, was würde das schon ausmachen?« entgegnete Sir Raoul geradezu wütend. »Weiter hinten gibt es noch fünfmal so viele Franzosen, die bloß darauf warten, ihren Platz einzunehmen.«

»Ich finde, der Vorteil liegt auf der Hand«, sagte Jim. Da er bis jetzt geschwiegen hatte, sahen alle ihn an. »Ein solch unerwarteter Umschwung und die Aussicht, daß womöglich noch weitere Fallen auf die Angreifer warten, könnten bewirken, daß die Franzosen und vielleicht sogar König Jean außer sich geraten. Und Ihr wißt ja selbst, Sir Raoul, daß Eure Landsleute nur einen Gedanken im Kopf haben, wenn sie in Rage geraten, nämlich so rasch wie möglich an den Gegner heranzukommen. Das bedeutet, daß der Schlachtplan der Franzosen der allgemeinen Verwirrung anheimfallen würde und Makulatur wäre.«

Sir Raoul funkelte Jim an, öffnete den Mund und

klappte ihn dann wieder zu, ohne etwas gesagt zu haben. Bevor sie sich in die Haare geraten konnten, kam jedoch Tom Seiver auf sie zugerannt.

»Mylords, ein großer Trupp Ritter nähert sich uns! Sie reiten in geschlossener Formation; und wenn ich mich nicht irre, führen sie das königliche Leoparden- und Lilienbanner mit sich!«

»Das muß der französische König sein!« rief Sir Giles freudig aus. »Dann kommt er also doch!«

Sämtliche Bewaffneten waren bereits auf den Beinen, und die Ritter stürmten zu den Pferden.

»Nicht, nicht!« Jims Befehl ließ sie innehalten. »Wir sollten noch abwarten, bis sie ihre Position eingenommen haben. Bleibt alle in Deckung der Bäume. Euer Hoheit, der Zeitpunkt ist gekommen, da ich mit Euch etwas besprechen muß. Würdet Ihr ein Stück mit mir beiseite treten?«

»Ganz wie Ihr wünscht, Sir James«, antwortete der Prinz.

»Gesellt Euch bitte ebenfalls zu uns, Sir Giles«, sagte Jim.

Der Prinz hob die Augenbrauen, sagte aber nichts. Giles stellte keine Fragen, sondern kam einfach mit. Gemeinsam gingen sie etwas tiefer in den Wald.

»Wo gehen wir hin, Sir James?« fragte der Prinz nach einer Weile. »Ich dachte, Ihr wolltet bloß ein Stück beiseite treten, damit man uns nicht belauschen kann. Jetzt aber sieht es ganz so aus, als brächtet Ihr mich irgendwohin.«

»So ist es, Hoheit«, antwortete Jim. »Geduldet Euch noch einen Moment. Es ist nicht mehr weit.«

Gefolgt von Sir Giles, gingen er und der Prinz noch ein paar Schritte weiter. Dann hatten sie den Waldstreifen durchquert und gelangten zu der zerstörten Kapelle, die sie am Vorabend aufgesucht hatten. Jim führte den Prinzen zur Ruine und blieb dort stehen.

»Euer Hoheit«, sagte er, »ich weiß, daß Ihr lieber

beim Angriff dabeisein oder Euch zumindest irgendwo in der Nähe aufhalten würdet. Bedenkt jedoch, daß alles verloren wäre, sollte Euch etwas zustoßen oder sollten wir Euch durch irgendeinen Zufall verlieren. Für die englischen Streitkräfte wäre alles verloren. Für England wäre alles verloren. Inmitten der Steine befindet sich eine kleine Nische etwa von der Länge eines Mannes. Sie ist gerade so breit, daß sie einem Mann Platz bietet. Wenn Ihr dort hineinkriecht und Sir Giles den Eingang bewacht, kommt niemand an Euch heran. Ihr seid nicht nur geschützt, sondern auch versteckt.«

Der Prinz errötete.

»Sir James, was erdreistet Ihr Euch!« sagte er. »Ich bin kein kleiner Junge und auch kein Bediensteter, der sich solange versteckt, bis der Krieg vorbei ist. Und deshalb werde ich mich auch nicht verstecken. Ich werde auf der Stelle zu den anderen zurückgehen und den Platz einnehmen, von dem aus ich den Angriff beobachten kann!«

Er wandte dem Haufen behauener Steine den Rücken zu.

»Euer Hoheit! Bleibt stehen!« sagte Jim, ohne sich von der Stelle zu rühren. »Denkt an Eure Pflicht! Denkt an Eure Verpflichtung Eurem Vater und England gegenüber. Bleibt wenigstens solange stehen, um zu überdenken, was ich Euch soeben gesagt habe!«

Der Prinz hatte sich bereits in Bewegung gesetzt, doch wurden seine Schritte immer langsamer, bis er endlich ganz stehenblieb. Zögerlich wandte er sich um und kam wieder zurück. Vor Jim blieb er stehen.

»Ich erachte die Gefahr für weitaus geringer als Ihr, Sir James«, sagte er in ruhigem Ton. »Ihr vergeßt, daß ich ein englischer Prinz bin. Lebend bin ich von unendlich größerem Wert als tot. Selbst wenn die Franzosen mich finden und umzingeln sollten, so daß für mich keine Hoffnung mehr bestünde, zu fliehen oder mich freizukämpfen, so würden sie sich doch nach

Kräften bemühen, mich lebend gefangenzunehmen. Und mein Vater würde mich beizeiten mit einem Lösegeld freikaufen. Anders kann es gar nicht sein.«

»Nein. Überlegt doch mal!« entgegnete Jim. »Malvinne hat einen falschen Prinz Edward erschaffen, den er vollständig beherrscht. Und in Wirklichkeit wird Frankreich jetzt von Malvinne regiert. Die Macht liegt beim König, daran besteht kein Zweifel. Aber der Wille hinter dieser Macht ist Malvinnes Wille. Kein Franzose würde Euch umbringen wollen. Wie Ihr schon sagtet, würden sie Euch eher gefangennehmen als töten. Kein Franzose – mit einer Ausnahme. Und diese Ausnahme ist Malvinne. Solange Ihr lebt, stellt Ihr eine Bedrohung für den falschen Prinzen dar, den er erschaffen hat. Ihr könnt sicher sein, daß Malvinne Euch von dem Augenblick an, da Ihr aus seiner Burg geflüchtet seid, gejagt hat, nicht um Euch zurückzuholen, nicht um Euch gefangenzunehmen und ein Lösegeld mit Euch zu erpressen, sondern um Euch zu vernichten – im geheimen und vollständig –, damit niemand mehr die Echtheit des Wesens, das er erschaffen hat, bestreiten kann.«

Jim verstummte. Er wartete ab, wie der Prinz reagieren würde. Auch der Prinz stand einfach nur da und sah an Jim vorbei. Schließlich seufzte er und ließ die Schultern hängen. Er sah wieder zu Jim.

»Auch diesmal wieder, Sir James«, sagte er, »habe ich Euch wider Willen zugehört. Aber Ihr habt recht, ich habe eine Verpflichtung. Ob es sich damit so verhält, wie Ihr gesagt habt, weiß ich nicht. Im Moment aber will es mir richtig erscheinen. So sei es denn. Wo ist das Sumpfloch, in das ich mich verkriechen soll?«

»Zu kriechen braucht Ihr nicht, Euer Hoheit«, sagte Jim. »Ihr könnt aufrecht hineingehen. Es wäre auch nur für ein oder zwei Stunden. Wenn der König und seine Ritter hierher unterwegs sind, brauchen wir nur zu warten, bis sie Aufstellung genommen haben und ihre ganze Aufmerksamkeit dem Schlachtverlauf gilt, so daß sie nicht mehr darauf achten, was hinter ihnen vorgeht. Dann greifen wir an; und entweder wir siegen in Minutenschnelle, oder wir unterliegen in der gleichen Zeit. Das Waffengeklirr dürftet Ihr von hier aus hören können. Wenn es abbricht und wenn nicht binnen einer halben Stunde entweder ich oder jemand anders Euch holen kommt, um Euch dem falschen Prinzen gegenüberzustellen, dann müßt Ihr davon ausgehen, daß wir geschlagen wurden, und Euch selber Gedanken um Eure Sicherheit machen.«

Er hielt kurz inne.

»Sir Giles«, fuhr er fort, »wird bei Euch bleiben; und falls es ein böses Ende mit uns nimmt, solltet Ihr versuchen, Brest zu erreichen und Euch in den Schutz der dort befindlichen Engländer zu begeben, die eingetroffen sind, nachdem der Großteil der Armee bereits aufgebrochen war. Wenn Malvinne es nicht wagen kann, Euch am Leben zu lassen, dann kann er es sich auch nicht leisten, nach einem Mann suchen zu lassen, der dem gefangenen Prinzen von England ähnlich sieht. Das würde zu viele Fragen aufwerfen. Mit etwas Glück solltet Ihr es eigentlich bis Brest schaffen.«

Unterdessen hatte er den Prinzen zu dem zerstörten Gebäude geführt und dabei Ausschau nach der Öffnung gehalten. Entdeckt hatte er sie im Dunkeln, und bei Tageslicht sah alles ganz anders aus. Doch schließlich hatte er die Nische gefunden und zeigte dem Prinzen den Eingang.

»Der Gang ist etwa zwei Meter tief«, sagte er. »Und horcht auf das Waffenklirren.«

»Also gut, Sir James«, sagte der Prinz. »Widerstrebend tue ich, was Ihr sagt.«

Er drehte sich um und ging hinein.

Giles hatte ihm instinktiv folgen wollen, doch faßte Jim ihn unmittelbar am Eingang der Nische beim Arm.

Der kleine Ritter wandte sich um und blickte Jim fragend an.

»Ich habe Euch überhaupt nicht gefragt, ob Ihr die Aufgabe übernehmen wollt«, sagte Jim. »Verzeiht mir, mein Freund.«

»Weswegen?« fragte Sir Giles, ebenfalls in gedämpftem Ton, aber lächelnd. »Das bedeutet eine große Ehre für mich, James! Und dafür muß ich Euch danken!«

Jim ließ seinen Arm los und sah ihm nach, wie er in der Nische verschwand. Von drinnen vernahm er das Geräusch von Stimmen, als der Prinz und Sir Giles sich bereitmachten zu warten, dann wandte er sich ab und ging eilig zu der Stelle zurück, wo ihn die Ritter und die übrigen Männer erwarteten.

Als er dort anlangte, stellte er fest, daß Ritter und Gemeine sich instinktiv hinter Bäumen und Büschen in Deckung begeben hatten, während sich König Jean zusammen mit Malvinne, dem falschen Prinzen, den königlichen Bannern und den Rittern der kleinen Anhöhe näherte.

36

»EIN PRACHTVOLLER ANBLICK«, bemerkte Sir Brian, als der König mit seinen Rittern auf der kleinen Anhöhe Stellung bezog.

»Das kann man wohl sagen!« meinte Sir Raoul versonnen, der neben Jim stand, der seinerseits von dem französischen Ritter und Sir Brian flankiert wurde.

Sie standen dicht am Waldrand, um besser beobachten zu können. Wären sie für den König und dessen Leibgarde nicht unsichtbar gewesen – *nicht wahrnehmbar* wäre die passendere Bezeichnung für den von Jim verwendeten Zauber gewesen –, so hätte man sie zweifellos bemerkt.

Der König zügelte auf der Anhöhe sein Pferd, die ihn begleitenden Ritter hielten ebenfalls an, und alle wandten ihre Aufmerksamkeit der etwa fünfhundert Meter entfernten englischen Armee zu, die auf dem Schlachtfeld Stellung bezogen hatte. Die große Fahne über dem Haupt des Königs knatterte in der frischen Brise, die auf die Windstille der Morgendämmerung gefolgt war, bevor sich die Erwärmung durch die Sonne bemerkbar machen konnte.

»Ich schlage vor«, sagte Brian, der die Augen beschattete und nicht zum König oder den Rittern, sondern zu der französischen Schlachtlinie hinüberblickte, die sich zu ihrer Linken und Rechten bereits formierte, »daß wir abwarten, bis die erste französische Abteilung zum Angriff übergeht. Das heißt, falls das möglich ist. Wenn Wat richtig beobachtet hat, wäre es am besten, wenn wir solange warten, bis die falschen und die verborgenen Bogenschützen auf englischer Seite ins Spiel kommen, so daß das ganze Augenmerk des Königs und seiner Männer dem Schlachtfeld gilt. Das könnte eine Weile dauern, dürfte die Warterei aber lohnen.«

»Ein guter Vorschlag, Brian«, sagte Jim.

Jemand zupfte Jim am Ellbogen. In der Annahme, Dafydd, der mit seinen drei Bogenschützen unmittelbar hinter ihm stand, habe ihn auf sich aufmerksam machen wollen, wandte er sich um. Doch es war weder Dafydd gewesen noch die Schützen, und auch sonst niemand, mit dem er gerechnet hatte. Vor ihm stand Carolinus.

»Die anderen können mich weder sehen noch hören«, sagte Carolinus. »Tretet unter einem Vorwand ein Stück beiseite, damit wir miteinander reden können.«

Jim blickte wieder nach vorn. Er leckte sich über die Lippen, atmete einmal tief durch und sagte: »Ha! Das hatte ich doch glattweg vergessen! Ihr bleibt hier und paßt auf. Ich bin gleich wieder da.«

»Das werden wir«, antwortete Brian, der sich noch

immer die Augen vor der Morgensonne beschattete. »Ich glaube, die erste Abteilung der Franzosen wird jeden Moment losreiten.«

»Die können es bestimmt nicht mehr erwarten«, murmelte Sir Raoul.

Jim vergewisserte sich, daß er nicht beobachtet wurde. Sogar Dafydd und der hinter ihm stehende Schütze blickten unverwandt auf das Schlachtfeld mit den beiden Armeen. Carolinus wartete in ein paar Schritten Entfernung und winkte ihn zu sich. Jim folgte ihm.

Carolinus geleitete ihn zu drei Bäumen, die ihnen zum Schlachtfeld und zu ihren eigenen Leuten hin Sichtschutz gewährten. Dort angelangt, wandte er sich an Jim. Dieser war überrascht, wie abgespannt und müde Carolinus wirkte; er war ganz grau im Gesicht, als wären die Anstrengungen der letzten Zeit über seine Kräfte gegangen.

»James«, begann Carolinus, »Ihr kennt diese Welt noch nicht. Deshalb müßt Ihr mir verzeihen, was ich getan habe.«

»Euch verzeihen?« fragte Jim. »Soviel ich weiß, habt Ihr noch nie etwas ohne Grund getan, Magier. Nicht nur das, Euer Handeln diente nicht nur Euren eigenen Zwecken, sondern kam für gewöhnlich auch anderen zugute. Habt Ihr mir nicht einmal gesagt, wir müßten uns alle anstrengen, die Dunklen Mächte zurückzutreiben, wenn sie sich zeigen?«

»Habe ich das wirklich gesagt?« fragte Carolinus. »Nun, jedenfalls stimmt es. Was ich meinte, James, war allerdings, daß Ihr noch immer nicht ganz begriffen habt, wie sehr ein Tiefergestellter von einem Höhergestellten abhängig ist. Brian könnte beispielsweise einen seiner Bewaffneten hängen lassen, wenn ihm danach ist, ohne daß man ihn dafür zur Rechenschaft ziehen könnte. Wenn er dies ohne triftigen Grund täte, würde er allerdings die meisten seiner Männer verlieren, und darunter sicherlich die besten. Deshalb würde er es auch nicht tun. Aber wenn er dazu gezwungen wäre oder einen Grund dazu hätte, würde er es trotzdem tun.«

»Ich glaube, Ihr unterschätzt mich«, wandte Jim nüchtern ein. »Ich glaube, das habe ich bereits begriffen.«

»Tatsächlich?« meinte Carolinus. »Habt Ihr Euch schon einmal gefragt, inwieweit dies auch auf unser Verhältnis zutrifft?«

Jim starrte ihn an.

»Auf unser Verhältnis?« echote Jim. »Auf Euch und mich?«

»So ist es«, sagte Carolinus. »Auf unser Verhältnis als Lehrer und Schüler. Als ich Euch als Schüler der Magie annahm, wurdet Ihr zu meinem Eigentum. Ich wollte Euch unterrichten, gleichzeitig aber stand es mir frei, Euch entweder zu benutzen oder zu vernichten. So geht es zu in unserer Welt.«

»Nein«, meinte Jim bedächtig, »daran habe ich nicht gedacht.«

Er blickte in Carolinus blaßblaue Augen.

»Jedenfalls würde ich meinen, daß Ihr keinen Anlaß habt, etwas Derartiges zu tun«, sagte er, »und wie Brian ...«

Carolinus fiel ihm ins Wort.

»Es gibt da einen Unterschied, James«, sagte er. »In Eurem Fall könnten mich die Umstände dazu zwingen, Euch in einem Maße in Anspruch zu nehmen, wie Ihr es nicht erwartet habt. Unglücklicherweise ist Euch bei dieser besonderen Auseinandersetzung mit den Dunklen Mächten die Rolle eines Bauern in einem Schachspiel zugefallen, der entweder zielstrebig vorgezogen oder aber geopfert wird. Helfen konnte ich Euch nur insofern, als ich Euch Aragh geschickt und dazu beigetragen habe, daß Dafydd zu Euch stieß. Es gab auch noch ein paar andere Kleinigkeiten; ein direktes

Eingreifen war mir jedoch unmöglich. Eigentlich sollte ich Euch beglückwünschen. Es war ein kluger Einfall, Euch und Eure Männer unsichtbar zu machen.«

»In Wahrheit«, sagte Jim, »ist mir einfach keine andere Vorgehensweise eingefallen. Und ich habe festgestellt, daß ich für das, was ich mir nicht vorstellen kann, auch keine magische Lösung finde. Vielleicht ist das ein Gesetz der Magie?«

»Ich würde es anders ausdrücken«, sagte Carolinus, »aber es kommt der Wahrheit schon recht nahe. Jedenfalls beglückwünsche ich Euch dazu, nicht nur irgendeinen Zauber gefunden zu haben, sondern einen, der die Energie Eurer Vergangenheit in einer anderen Welt angezapft hat. Deshalb habt Ihr Euer magisches Konto nur gering belastet. Ist Euch eigentlich schon aufgefallen, daß Ihr für einen Adepten der vierten Kategorie eine ganze Menge gezaubert habt?«

»Daran habe ich noch nicht gedacht«, antwortete Jim.

»Nun, dann solltet Ihr es jetzt tun«, meinte Carolinus grimmig. »Die Sache ist nämlich die, daß Ihr die Energie, die es Euch zu zaubern gestattet, schon vor einer ganzen Weile aufgebraucht habt.«

»Weshalb hat es dann trotzdem geklappt?« fragte Jim. »Habt Ihr mir Energie von Eurem Konto geliehen?«

»Das ist streng verboten«, sagte Carolinus, »und zwar aus gutem Grund. Ansonsten könnte ein Lehrer seinen Schüler dadurch, daß er ihm Energie von einem höherrangigen und besser aufgefüllten Konto leiht, stärker machen, als es ihm aufgrund seiner Einstufung bei der Revisionsabteilung eigentlich zustünde. Nein, leihen konnte ich Euch nichts. Allerdings gewähre ich Euch seit einigen Tagen Zugriff auf mein eigenes Konto. Strenggenommen dürfte ich das ebenfalls nicht, und wenn alles vorbei ist, wird mir die Revisionsabteilung zweifellos eine Buße auferlegen; es sei denn, wir siegen in dieser Auseinandersetzung mit den Dunklen Mächten, und unsere Konten werden zu deren Lasten aufgefüllt.«

»Das verstehe ich nicht«, sagte Jim. »Wo nimmt die Revisionsabteilung die Energie auf unseren Konten eigentlich her? Verfügt sie über einen eigenen Vorrat an ungenutzter Energie, oder ...«

»Stellt keine Fragen!« entgegnete Carolinus so heftig, daß Jim eingeschüchtert verstummte. Einen Moment lang schwiegen beide.

»Je mehr Ihr über Magie lernt«, fuhr Carolinus schließlich in sanfterem Ton fort, »desto klarer wird Euch werden, was alles unmöglich, verboten oder aus anderen Gründen unerreichbar ist. Desgleichen werdet Ihr erkennen, wieviel Ihr noch lernen müßt.«

Er hielt inne.

»Aber genug davon«, sagte er. »Weiterhin kann ich nur wenig für Euch tun. Dieses wenige aber werde ich auch tun. Zum einen werde ich Euch warnen, falls es erforderlich ist. Deshalb habe ich Euch auch darauf hingewiesen, daß Euer Konto leer ist. Das bedeutet, daß Eure Ausbildung zum Magier solange ruhen muß, bis Euer Konto wieder aufgefüllt wurde. Im Grunde seid Ihr ein Botschafter ohne Portefeuille. Ihr müßt Euch darüber im klaren sein, daß Ihr im Begriff seid, ein Magier zu werden – wofür Ihr dankbar sein solltet.«

Er blickte Jim ungewöhnlich grimmig an.

»Des weiteren«, fuhr er fort, »hat sich der Totenkönig bei der Revisionsabteilung heftig über einen Magier beklagt, der in sein Königreich eingedrungen sei. Eure Begleiter zählen dabei nicht. Das sind Menschen. Wenn sie in das Reich des Totenkönigs gelangen, gehören sie rechtmäßig ihm, es sei denn, es gelingt ihnen, wieder zu entwischen, wie es bei Euch und Euren Freunden der Fall war. Bedauerlicherweise habt Ihr Euch mit magischen Mitteln befreit. Im Reich des Totenkönigs, der über alle Magie herrscht – es ist keine wahre Magie, aber damit vergleichbar –, stellt der Gebrauch von Magie ein noch größeres Verbrechen dar als Euer Eindringen. Ihr müßt damit rechnen, daß man Euch deswegen zur Rechenschaft ziehen wird.«

»Aber wir waren doch nur deshalb dort, weil wir in Malvinnes Falle geraten sind!« protestierte Jim.

»Das stimmt«, sagte Carolinus, »und die Revisionsabteilung wird es auch berücksichtigen; jedoch nur dann, wenn Ihr Malvinne und die Dunklen Mächte besiegt. Dann wird Malvinne deswegen zur Rechenschaft gezogen werden. Allerdings nur dann.«

»Das finde ich ungerecht«, empörte sich Jim.

»Wer hat denn behauptet, es sei gerecht?« wandte Carolinus heftig ein. »Aber hört mir zu. Ein weiteres Problem, das Euch bislang entgangen sein mag, besteht darin, daß sich Melusine ganz in der Nähe aufhält. Sie will Euch wiederhaben. Allerdings geht das nicht.«

»Es geht nicht?« fragte Jim, dessen Stimmung sich augenblicklich wieder hob. »Weshalb nicht?«

»Weil Ihr, wie ich bereits sagte«, antwortete Carolinus mit einem Anflug seiner gewohnten Gereiztheit, »auch ohne ein Guthaben bei der Revisionsabteilung immer noch ein Magier seid. Das Gesetz bestimmt, daß es keinen Austausch zwischen den verschiedenen Reichen geben soll. Deshalb hat der Totenkönig außerhalb seines Reiches keine Macht. Aus demselben Grund hat er nicht einmal Gewalt über die verstorbenen Angehörigen christlicher Kirchen. Diese gehen anderswo hin – und damit haben sich er und seine Gemahlin, die Ihr dort unten gesehen habt, niemals abgefunden. Und es bringt ihn zusätzlich auf, wenn ein Magier in sein Königreich eindringt und sich dann mittels verbotener Magie wieder befreit.«

»Aber was hat das alles mit mir und Melusine zu tun?« fragte Jim. »Hat die Tatsache, daß sie mich nicht zurückholen kann, weil ich ein Magier bin, etwas mit den für die verschiedenen Reiche geltenden Regeln zu tun?«

»So ist es«, sagte Carolinus. »Melusine ist ein Elementargeist; und das Reich der Elementargeister besteht getrennt für sich – wenigstens so gut wie. Euer Freund Giles ist eine Mischung aus Elementargeist und Mensch; wenngleich ich vermute, daß er sich dessen als Kind geschämt und deshalb alles getan hat, um seine zweite Natur und alles, was damit zusammenhängt, zu verleugnen. Melusine ist durch und durch Elementargeist.«

»Ich weiß«, sagte Jim. »Ich habe erlebt, wie sie sich ihrer Magie bedient hat.«

»Das, worüber die Elementargeister verfügen, ist keine wahre Magie«, meinte Carolinus. »Allein die Menschen verwenden wahre Magie. Wenngleich die meisten Elementargeister und so manche andere das Gegenteil behaupten würden. In Wirklichkeit verfügen Elementargeister über einen angeborenen Instinkt, der sie befähigt, ihre Umgebung nach ihren Wünschen zu verändern. Wißt Ihr eigentlich, wie Melusine es anstellt, die Drachen, die in die Nähe des Sees kommen, zu ertränken?«

»Nein«, sagte Jim.

»Sie bringt den See dazu, sich so weit auszudehnen, daß der Drache auf einmal in tiefem Wasser steht. Der Drache strampelt und ertrinkt, dann zieht sie ihn zu der gewünschten Stelle und überläßt es den Fischen, ihn bis aufs Skelett abzunagen.«

»Weshalb haßt sie die Drachen eigentlich so?« fragte Jim. »Als ich sie einmal danach fragte, meinte sie, Drachen seien wie Fledermäuse und bewegten sich durch die Luft und so weiter. Aber verstanden habe ich sie nicht.«

»Darauf kommt es auch nicht an«, erwiderte Carolinus so gereizt wie eh und je. »Vielleicht hat sie ein Drache mal grob angefaßt. Wahrscheinlich hat sie längst vergessen, was es war. Wie ich schon sagte, Elementargeister lassen sich von ihrem Instinkt leiten. Sie denken weniger nach als wir Menschen. Vor allem besitzen sie die Fähigkeit, ihre Umgebung nach ihren Wünschen zu verändern. Bis zu einem gewissen Grad kann Melusine auf diese Weise ihr Umfeld bis zu Euch ausdehnen, ganz gleich, wo Ihr Euch aufhaltet. Ganz so einfach, wie sich das anhört, ist es nicht; aber im wesentlichen verhält es sich so, daß Melusine instinktiv auf Euch zustrebt, wo Ihr auch sein mögt. Bislang wart Ihr in Bewegung und habt sie darum auf Abstand gehalten. Doch nun, da Ihr hier am Schlachtfeld festsitzt, wird sie Euch unweigerlich finden.«

»Aber was bedeutet das schon, wenn sie mich nicht bekommen kann?« fragte Jim.

»Mehr, als Ihr mit Eurem Dickschädel wahrhaben wollt!« sagte Carolinus. »Habe ich Euch nicht gerade eben dargelegt, daß man Euch für Euer Eindringen ins Reich der Toten zur Rechenschaft ziehen wird, wenn Malvinne nicht dafür blechen muß? Und mit Melusine verhält es sich ebenso. Jeglicher Schaden, den sie außerhalb ihres eigenen Reichs bei der Suche nach Euch oder im Zorn des Zusammentreffens, falls sie Euch denn finden sollte, anrichten mag, geht zu Euren Lasten. Ihr müßt dafür geradestehen. Habt Ihr das verstanden?«

»Wenn man Euch so reden hört, könnte man fast meinen, es handle sich um eine juristische Angelegenheit«, sagte Jim, dem der Kopf schwirrte.

»Es *ist* eine juristische Angelegenheit. Es geht um das Gesetz – auch wenn dieses Gesetz anders ist als das Gesetz, wie Ihr es kennt!« sagte Carolinus. »Ich habe Euch gewarnt. Mehr kann ich im Moment nicht tun, bloß eines noch. Auch dafür wird man mich zur Rechenschaft ziehen; allerdings werde ich dadurch nur insofern in Eure Gesetzesübertretungen verwickelt, als ich eine Buße entrichten muß. Eine sehr hohe Buße, nach Euren Maßstäben. Nach meinen – nun, ich werde damit leben können. Wie auch mit dem, was ich nun tun werde. Theoretisch sollte ich auf magischem Gebiet nichts für Euch tun, solange Ihr über kein Guthaben verfügt und nicht praktiziert, auch wenn Ihr technisch gesehen ein Magier seid. Aber ich werde es trotzdem tun und eine weitere empfindliche Buße auf mich nehmen. Für die nächsten vierundzwanzig Stunden schütze ich Euch hiermit vor allen magischen Machenschaften Malvinnes.«

»Das ... das ist sehr freundlich von Euch«, stammelte Jim, »aber wenn es Euch mehr kostet, als Ihr Euch leisten könnt, dann sollte ich vielleicht versuchen, mich so durchzuwursteln ...«

»Das wäre vollkommen aussichtslos, mein Junge!« sagte Carolinus. »Begreift Ihr denn nicht? In dem Moment, da Ihr Malvinne in die Enge treibt, wird er seine Magie gegen Euch einsetzen. Mit Euren geringen Kenntnissen werdet Ihr dann nicht mehr ausrichten können als ein Sperling, der mitten in einen Wirbelsturm hineinfliegt.«

»Dann beantwortet mir noch eine Frage«, bat Jim. »Wie Ihr bereits sagtet, soll ich irgendwie verhindern, daß eine der beiden Armeen die Schlacht gewinnt; bloß habe ich nicht die leiseste Ahnung, wie ich das anstellen soll. Wenn Ihr mir nur einen kleinen Hinweis geben könntet ...«

»Ich kann Euch gar nichts sagen!« erwiderte Carolinus streng. »Ich habe getan, was ich konnte; und zwar mehr, als mir erlaubt war. Ihr wißt, worauf es ankommt. Und jetzt tut, was ihr könnt.«

Auf einmal wurde sein Tonfall milder.

»Meine Liebe und meine guten Wünsche sollen Euch begleiten, James«, sagte er sanft. »Verzeiht mir, aber mehr kann ich Euch im Moment nicht mit auf den Weg geben. Kommt, Ihr solltet wieder zu Euren Männern zurückgehen. Die erste Abteilung der französischen Berittenen hat mit dem Angriff auf die englische Linie bereits begonnen.«

37

»VERDAMMT! JETZT SCHON?« rief Jim und rannte zu seinen Leuten hinüber.

Doch bereits nach wenigen schweren, dumpf dröhnenden Schritten wurde ihm klar, daß er das Tempo in der Rüstung nicht durchhalten konnte. Er verlangsamte, schritt jedoch so rasch aus wie er konnte. Als er die Stelle erreichte, wo der Wald aufhörte und das Feld anfing, erblickte er in einiger Entfernung Brian und die anderen Ritter, die fasziniert beobachteten, wie die erste, etwas ungeordnete, dafür aber dichte Linie französischer gepanzerter Berittener ihre Streitrosse in Trab versetzte und sich der Mitte des Schlachtfelds näherte.

Die unmittelbar vor ihnen befindlichen Genueser Schützen brüllten wie ein einziger Mann. Die englische Linie hingegen bewahrte Schweigen. Die Genueser feuerten ihre Armbrüste ab, worauf ihre Bolzen wie ein breites Band in den blauen Himmel stiegen, und verteilten sich dann, um den hinter ihnen reitenden Rittern den Weg freizumachen.

Die Armbrustbolzen stürzten in die englischen Reihen hinein, die zu weit entfernt waren, als daß Jim hätte Einzelheiten erkennen können, obwohl er sich keuchend bemühte, Brian und die anderen zu erreichen. Nun stiegen auch von den beiden Enden der englischen Formation, wo die Bogenschützen postiert waren, Pfeile in die Luft, und auf seiten der Franzosen gerieten die ersten Pferde ins Stolpern und gingen zu Boden.

Die gestürzten Pferde konnten den Vormarsch der

Reiter jedoch nicht aufhalten, vielmehr gingen sie vom Trab in einen leichten Galopp über, so daß der Boden unter den dröhnenden Hufen erbebte. Wimpel und Fahnen flatterten prachtvoll in der Sonne, und Lanzen wurden in Kampfposition erhoben. Es war ein erhabener Anblick, und es schien kaum vorstellbar, daß die enorme Wucht dieser gepanzerten Phalanx nicht alles beiseite fegen würde, was sich ihr in den Weg stellte, zumal die dünne Schlachtreihe der Engländer.

»Brian!« keuchte Jim, als er seine Gefährten endlich erreicht hatte. »Was habt Ihr hier zu suchen? Die verborgenen Bogenschützen, falls es sie überhaupt gibt, werden jeden Moment losschlagen. Der König und seine Ritter sind vom Geschehen auf dem Schlachtfeld genauso gefesselt wie Ihr. Laßt die Männer aufsitzen! Sie sollen im Schutz der Bäume Keilformation einnehmen und sich bereithalten. Niemand darf die Zweige vom Pferd oder von der Kleidung entfernen, bevor ich es sage!«

Brian und die anderen zuckten zusammen, als hätten sie sich von Statuen plötzlich wieder in Menschen verwandelt. Angeführt von Brian rannten sie in den Wald und bedeuteten den Bewaffneten, mit ihnen zu den Pferden zurückzulaufen.

Bei Jim, der noch immer nach Atem rang, blieb nur ein Mann zurück. Dafydd.

»Habt Ihr nicht gehört, was ich gesagt habe?« keuchte Jim. »Haltet Eure Männer bereit – die Bogenschützen. Bringt sie in Stellung!«

»In Stellung sind sie schon, und zwar seit einer halben Stunde«, antwortete Dafydd ungerührt. »Wat und der junge Clym Tyler befinden sich an der rechten Flanke des Weges, den Eure Keilformation einschlagen wird. Will o'the Howe ist an der linken Flanke und wartet auf mich; ich werde jetzt zu ihm gehen. Ihr braucht bloß ein Wort zu sagen. Auf welches Signal hin sollen wir Bogenschützen die Blätter abnehmen und uns zeigen?«

»Wir ...« Jim schnappte immer noch nach Luft. »Wir werden bis zum letzten Moment warten. Unmittelbar vor dem Angriff lasse ich die Ritter das Grünzeug abnehmen. Wenn ich länger damit warte, besteht die Gefahr, daß es einer vergißt. Allerdings möchte ich, daß die Bogenschützen so lange wie möglich unsichtbar bleiben. Wie wäre es, wenn sie sich jetzt schon schußbereit aufrichten und die Blätter in dem Moment fortwerfen würden, wenn unsere Truppe an ihnen vorbeikommt? Oder ist das zu haarspalterisch?«

»Keineswegs«, meinte Dafydd. »Wenn wir die Pfeile in dem Moment anlegen, da Ihr an uns vorbeikommt, bleibt uns immer noch genügend Zeit, ein Ziel auszuwählen. Dann machen wir es so.«

Er wandte sich um und stolzierte auf seinen langen Beinen von dannen. Weder der König noch seine Gefährten blickten sich um und bemerkten, wie sich das Gras teilte, als der unsichtbare Dafydd seine Stellung bezog. In Schußposition angelangt, blieb er aufrecht stehen. Will o'the Howe erhob sich neben ihm aus dem Gras, und als die beiden anderen Bogenschützen dies sahen, richteten auch sie sich auf und blieben aufrecht stehen.

Jim eilte zu seinen Männern zurück. Zu seiner Erleichterung waren sie alle gepanzert, zu Pferd und angriffsbereit, wenngleich sich der Keil noch nicht formiert hatte. Theoluf hielt Jims Pferd bei den Zügeln. Jim kletterte in den Sattel, nahm von Theoluf die Lanze entgegen und schaute zu, wie sein Knappe seinerseits aufsaß.

Dann ritt er zu den Männern und Pferden hinüber, die sich an der Spitze des Keils drängten, wo sich die Ritter befanden.

»Alle bereit?« fragte er. »Dann werde ich die Spitzenposition des Keils einnehmen ...«

»Den Teufel werdet Ihr tun, verflucht noch mal!« explodierte Brian. Er faßte sich wieder, atmete einen Moment lang schwer und fuhr dann in kaum gedämpfterem Ton fort: »Verzeiht mir, wenn ich Euch vor diesen Herren widerspreche, James. Aber Ihr wißt sehr wohl, wie es um Eure Kampferfahrung bestellt ist. Und ich sage Euch offen ins Gesicht, daß eine Lanze wie Ihr an der Spitze des Keils fehl am Platze ist. Ich werde die Spitze übernehmen. Sir Raoul, ich halte Euch für einen Mann mit Schlachtenerfahrung. Würdet Ihr Euch eine halbe Pferdelänge rechts hinter mir halten? John Chester, Ihr übernehmt die gleiche Position an der linken Seite. Dann kommen John Chester und Theoluf – und vergeßt nicht, Theoluf, daß Euer Schild zwei Männer schützen soll; nicht nur Euch selbst, sondern auch Sir James!«

»Keine Sorge, Sir Brian«, erwiderte Theoluf grimmig. »Das werde ich bestimmt nicht vergessen.«

»James, Ihr übernehmt die Mittelposition unmittelbar hinter mir und haltet Euren Speer auf Höhe des Widerrists von John Chesters Pferd«, fuhr Brian fort. »Tom Seiver, Ihr reitet rechts von Sir James und solltet ebenfalls daran denken, daß Ihr nicht nur auf Euch aufzupassen habt; und Ihr solltet Eure Lanze rechts am Widerrist von Sir Raouls Pferd entlangführen, wenn es zum Zusammenprall kommt ...«

»Einen Augenblick!« blaffte Jim. »Was redet Ihr denn da, Brian? Wollt Ihr mich etwa ebenso beschützen, wie man über den König von Frankreich wacht? Ich habe vor, genauso zu kämpfen wir Ihr alle; schließlich kommt es auf jede einzelne Lanze an!«

»Auf jede einzelne Lanze, bis auf Eure, James«, stieß Brian zwischen den Zähnen hervor. »Bis auf *Eure*, James! Vergeßt nicht, daß wir alles verlieren würden, wenn wir Euch verlieren. Was nützt es uns, wenn wir zum König von Frankreich, zu Malvinne und dem falschen Prinzen vordringen, wenn Ihr Malvinne nicht entgegentreten und mit Eurer Magie den falschen Prinzen entlarven könnt? Solltet Ihr getötet werden, wäre der ganze Angriff vergebens gewesen. Wie die Dinge liegen, werdet Ihr bestimmt noch genug zu tun bekommen, auch wenn wir Euch in die Mitte nehmen!«

Jim zuckte innerlich zusammen. Das war das gleiche Argument, das er vor kurzem bei Prinz Edward gebraucht hatte. Jetzt konnte er schlecht Einwände dagegen erheben. Außerdem mußte er sich insgeheim eingestehen, daß Brian viel besser als er dazu geeignet war, die Führung zu übernehmen und die nötigen Entscheidungen zu treffen. Wenn Giles hier gewesen wäre, wäre er ebenfalls vor oder neben ihm geritten – und das mit Fug und Recht, wie Brian soeben ausgeführt hatte. Jim mußte Brian in jeder Beziehung zustimmen. Er verkniff sich jede weitere Erwiderung.

»Alle anderen nehmen die Positionen ein, die wir eingeübt haben«, sagte Brian gerade. »Los, macht schon. Achtet auf mein Signal zum Angriff, aber haltet Euch auch bereit, auf Sir James Befehl hin die Zweige wegzuwerfen. Daß mir das ja keiner vergißt, denn sonst muß er hängen. James, wenn es soweit ist, solltet Ihr am besten schreien. Die Pferdehufe und Rüstungen werden eine Menge Lärm machen. So fasziniert der König und seine Umgebung auch das Schlachtfeld beobachten mögen, zweifle ich dennoch nicht daran, daß sie unsere Annäherung bemerken und sich zu uns umdrehen werden.«

Jim vergewisserte sich, ob auch alle die verabredeten Positionen eingenommen hatten.

»Jetzt!« rief er. »Werft alle Zweige und Blätter weg!«

Sir Brian wandte sich rasch um und schenkte ihm ein breites, grimmiges Lächeln. Dann blickte er wieder nach vorn.

»Reitet los!« brüllte er. »Und haltet Euch dicht beieinander!«

Wie die erste Angriffslinie der Franzosen legten sie

zunächst Schrittempo vor, gingen aber viel rascher als diese erst in Trab, dann in leichten und schließlich in vollen Galopp über. Als sie zwischen den Bäumen hervorkamen, ertönte in der Umgebung des Königs ein lauter Schrei. Jim bemerkte, daß sich zu beiden Seiten der Diagonalformation den Franzosen jeweils eine neue Linie von Männern entgegenstreckte, die aufrecht standen und Bogenschäfte in Händen hielten. Eine weitere Pfeilsalve stieg in den blauen Himmel empor.

Einen Moment lang hatten der König und seine Ritter einzig für das Geschehen vor ihnen Augen. Dann hatte offenbar jemand das Hufgetrappel in seinem Rücken bemerkt, denn eine einzelne Stimme übertönte die allgemeine Geräuschkulisse.

»Wir werden angegriffen!«

Wegen der sich im Galopp auf und ab bewegenden Gestalten vor ihm konnte Jim den König und dessen Ritter nicht genau erkennen. Er hatte den Eindruck, es dauere über Gebühr lange, bis sie die Gruppe um den französischen König erreicht hatten. Dann waren sie auf einmal am Ziel.

Jim verfügte über die Erfahrung des Kampfes mit dem Oger, als er dem Körper des Drachen Gorbash innegewohnt hatte; und er hatte die Wucht des Zusammenpralls gespürt, als er mit seinen und Brians Bewaffneten in die Angreifer vor der Burg Smythe hineingeritten war. Doch nichts von alledem hatte ihn auf die unglaubliche Wucht vorbereiten können, mit der schwergepanzerte Männer auf schweren Pferden mit einer Geschwindigkeit von mindestens dreißig Stundenkilometern gegen ebenso schwergepanzerte Männer und Pferde prallten.

Die Wucht des Zusammenpralls verschlug ihm den Atem. Jim wurde buchstäblich gegen die harte Innenseite seiner Rüstung geschleudert. Pferde wurden von den Kräften des Zusammenstoßes auf die Hinterbeine hochgezwungen, wieherten laut und schlugen mit den

Vorderbeinen aus. Ein unvorstellbarer Stoß durchlief die Lanze in seiner Hand, und er starrte ungläubig auf das gesplitterte Ende, das ihm geblieben war.

Sie waren tief in die Gruppe der französischen Ritter eingedrungen, doch der Keil hatte sich unter der Wucht des Zusammenpralls aufgelöst. Jim sah sich auf einmal einem gepanzerten Unbekannten gegenüber, dessen Visier und Helm mit schrägen, schwarzen Linien bemalt waren. Jims Schwert – er hatte nicht einmal gemerkt, wie er es gezogen hatte – kreuzte sich in der Luft mit dem des Gegners. Während Jim sein Schwert wieder löste, erinnerte er sich daran, den Schild zu heben, so daß der zweite Hieb des Fremden gegen den Schild klirrte und Jim rückwärts in den Sattel drückte.

Jim erwiderte den Hieb, verfehlte jedoch sein Ziel. Der Ritter mit den schwarzen Linien auf dem Helm war mit dem Gesicht nach vorn aus dem Sattel gestürzt; mitten aus der Rückenplatte des Panzers ragte ein gefiederter Pfeil. Einen Moment lang war Jim ohne Gegner. Als zwei weitere gegnerische Ritter wie von selbst aus dem Sattel kippten, wußte Jim, daß die Pfeile der Bogenschützen ihnen wie von Dafydd versprochen den Weg freimachten. Brian war immer noch vor ihm. Brian ritt vor, und Jim folgte ihm.

Auf einmal war der Platz vor ihnen frei, und sie waren umringt von ihren eigenen Männern.

Jim befand sich etwa gleichauf mit Brian und Sir Raoul; auf der kleinen Freifläche vor ihnen stand ein Ritter von leicht unterdurchschnittlicher Größe mit einem Panzer voller Goldintarsien, der anscheinend sein Pferd verloren hatte. Er hielt ein Schwert in der Hand, hatte aber keinen Schild. Die französische Fahne, deren Schaft hinter ihm im Boden steckte, kräuselte sich in der schwachen Brise bedächtig.

Wie durch ein Wunder war Brians Speer heil geblieben. Er richtete ihn nun auf den Ritter in der prachtvollen Rüstung.

»Ergebt Euch!« sagte er.

Sir Raoul, der bereits abgesessen war, kniete vor dem Mann nieder, auf den Jims Speer zeigte, und versuchte, die freie behandschuhte Hand des Ritters zu ergreifen und sie an die Lippen zu führen, nachdem er das Visier zurückgeklappt hatte.

»Mein Lehnsherr!« sagte Sir Raoul. »Verzeiht mir! Euer Majestät war ich stets treu ergeben, nicht aber Malvinne!«

»Und wer seid Ihr?« fragte der Ritter in der prachtvollen Rüstung, klappte das Visier zurück und blickte auf Sir Raoul nieder.

»Ich bin der Sohn des ehemaligen Comte d'Avronne, der ein ergebener Diener Eurer Majestät war, auch dann noch, als der Erzhexer Malvinne ihn fälschlicherweise des Verrats bezichtigt und ihn seines Titels und seiner Ländereien beraubt hatte – um sich selbst zu bereichern. Gleichwohl diente er Zeit seines Lebens Euer Majestät, und das gleiche gilt auch für mich. Mein einziges Ziel ist es, Euch von dem erwähnten Inkubus zu befreien. Ihm gilt mein ganzer Haß! Verzeiht mir, wenn mich dieser Haß dazu geführt hat, mich scheinbar gegen Euch zu verbünden, mein König!«

»Ergebt Euch, Majestät!« wiederholte Brian. »Ihr seid umstellt. Eine Flucht ist unmöglich.«

»Dann ergebe ich mich also …« Der französische König blickte auf Sir Raoul hinunter und reichte ihm sein Schwert. »Allerdings bloß diesem Herrn, der vor mir kniet und der ein braver Franzose und kein Engländer ist. Ich ergebe mich unter einer Bedingung. Ruft diese teuflischen Bogenschützen zurück. Ich möchte verhindern, daß noch mehr meiner Herzöge und Ritter von ihren verruchten Pfeilen dahingerafft werden.«

»Dafydd!« rief Jim über die Schulter. »Sagt den Schützen, sie sollen aufhören!« Das Schwirren der Pfeile brach ab.

Nun hob König Jean die Stimme.

»Ich habe mich ergeben!« rief er. »Alle meine Ritter sollen die Waffen niederlegen und sich ebenfalls ergeben.«

Brian war mittlerweile abgesessen und hatte sich vor dem Franzosenkönig auf ein Knie niedergelassen. Jim kletterte schwerfällig aus dem Sattel und folgte, verwundert über sich selbst, Brians Beispiel. Er erinnerte sich daran, daß er es nicht fertiggebracht hatte, vor dem englischen Prinzen niederzuknien. Nun aber kniete er vor dem französischen König. Vielleicht gewöhnte man sich ja an alles.

»Verzeiht auch uns, Majestät«, sagte Brian. »Wir empfinden keinen Triumph über Eure Gefangennahme. Allein unsere Verpflichtung unserem König gegenüber hat uns hergeführt.«

Er richtete sich wieder auf, was für Jim das Signal war, sich seinerseits zu erheben. König Jean ergriff Sir Raouls Hand und zog ihn ebenfalls auf die Beine.

»Und nun habt Ihr mich bezwungen, Mylords«, sagte der König und nahm den Helm ab. Er war in mittleren Jahren und bot einen angenehmen Anblick, wenngleich das wenige Haar, das ihm noch verblieben war, bereits grau wurde. »Was habt Ihr jetzt mit mir vor?«

Er blickte zu Brian.

»Ich nehme an, Ihr führt den Befehl über diese englischen Rüpel?«

Brian trat einen halben Schritt zurück.

»Nicht ich, Euer Majestät«, antwortete Brian frei heraus, »sondern Sir James Eckert, der hier neben mir steht. Sein Ruhm mag noch nicht bis in Euer Land vorgedrungen sein, doch bei uns wird er gerühmt für seine Taten, die ihm den Beinamen Drachenritter eingetragen haben.«

»Aha«, meinte der König, Jim von oben bis unten musternd. Jim hatte das Gefühl, er müsse den Helm abnehmen, und tat dies auch. »Gewisse Gerüchte, Mylord, sind sogar uns zu Ohren gekommen. Außerdem habe ich das Rot auf Eurem Schild bemerkt. Dann seid Ihr also ebenfalls ein Magier, habe ich recht?«

»Nur ein unbedeutender Magier, Majestät«, antwortete Jim. »Doch in dieser Eigenschaft bin ich hier, denn auch mir geht es um Malvinne, Euren Minister.«

»Ein unbedeutender Magier, der es mit Malvinne aufnehmen will?« fragte der König. »Wie sollte das zugehen? Malvinne ist ein mächtiger Hexer und Zauberer. Sonst hätte ich ihn nicht zu meinem Berater gemacht. Einen unbedeutenden englischen Magier gegen ihn antreten zu lassen, ist nicht nur lächerlich, sondern kommt einem Affront gegen den König gleich. Übrigens, wo stecken eigentlich Malvinne und der englische Prinz?«

Der König blickte sich suchend um.

»Er ist hier!« antworteten ein halbes Dutzend Stimmen, die Jim bekannt vorkamen und die von einer anderen, gereizten Stimme unterbrochen wurden, die Jim schon einmal in der Burg vernommen hatte, als er mit seinen Gefährten den jungen Prinzen befreit hatte.

»Faßt mich nicht an, wenn Ihr nicht wollt, daß Eure Hände vom Aussatz befallen werden!«

Malvinne trat zwischen den Pferden hervor, und an seiner Seite war der Prinz. Jim stockte für einen Moment der Atem, denn er meinte, den jungen Mann vor sich zu haben, den er vor kurzem in das Versteck in der Ruine geführt hatte. Die Gestalt sah nicht nur aus wie Prinz Edward, sondern sie *war* Prinz Edward, bis zu den kleinsten Einzelheiten der Kleidung, der Haltung beim Gehen und dem Gesichtsausdruck.

»Ich habe mich zunächst zurückgehalten, um abzuwarten, wie sich die Dinge entwickeln würden«, sagte Malvinne und stellte sich neben den König. Der Prinz folgte ihm. Malvinne zeigte mit dem Finger auf Jim. *»Stillgestanden!«*

Jim fühlte sich völlig ungehindert, sich zu bewegen. Zum Beweis zog er die Panzerhandschuhe aus und hakte einen Daumen hinter den Schwertgürtel. Er blickte Malvinne unverwandt an.

»*Stillgestanden,* habe ich gesagt!« wiederholte Malvinne gereizt, und sein Finger verharrte mitten in der Luft. Seine Augen weiteten sich. »Wo habt Ihr gelernt, Euch meinem Befehl zu widersetzen?«

»Ich habe ihn gegen all Eure Zauberkünste gefeit«, antwortete Carolinus in trockenem Ton. Er trat hinter Jim hervor und stellte sich neben ihn, worauf die Männer hinter Jim ein erstauntes Gemurmel vernehmen ließen.

»Aber eben war er doch noch gar nicht da...«, wurde hinter Jims Rücken gemurmelt.

»Ihr!« Malvinne funkelte Carolinus an. »Was hat er mit Euch zu schaffen?«

»Er ist mein Schüler, Stinky«, meinte Carolinus im Plauderton. »Erinnerst du dich noch an die Streiche, die wir uns in der Schule immer gespielt haben? Wir haben uns lange nicht gesehen, Stinky.«

»Verschont mich mit Eurem Schülergequatsche!« sagte Malvinne. »Ein Plus macht noch keinen großen Unterschied aus.«

»Ich erlaube mir, anderer Meinung zu sein«, sagte Carolinus. »Das Plus kann dich vernichten.«

Er wandte sich an Jim.

»Wolltet Ihr nicht, daß der wahre Prinz dies mit ansieht?« fragte er.

»Was soll das bedeuten?« fragte König Jean. Bevor Carolinus ihm antworten konnte, schloß er jedoch schon die nächste Frage an. »Seid Ihr wirklich der Carolinus, von dem man sich soviel erzählt? Manche behaupten, Ihr wärt so alt wie Merlin. Was tut Ihr hier, fernab der magischen Inseln im westlichen Meer?«

»Ihr seid falsch unterrichtet, Sohn«, sagte Carolinus. »Merlin ging der Welt schon vor vielen Generationen verloren, als ich noch nicht geboren war. Und ich lebe auch nicht auf einer magischen Insel im Westen, sondern in England.«

»In England!« König Jean zog die Brauen hoch und machte ein hochmütiges Gesicht. »Was sollte einen Magier von Eurem Ruf dazu veranlassen, in England zu leben?«

»Zum Beispiel die Tatsache, daß ich schon Engländer war, bevor ich Magier wurde«, antwortete Carolinus. »Aber das tut nichts zur Sache.«

Er wandte sich wieder an Jim. »Der Prinz?« fragte er.

»Ja«, antwortete Jim. Er drehte sich um und musterte die hinter ihm stehenden Männer. Sein Blick fiel auf Theoluf, der noch immer auf seinem Pferd saß. »Theoluf, reitet hundert Yards in westlicher Richtung zu der Stelle, wo wir auf Seine Majestät gewartet haben, wendet Euch dann nach rechts und reitet geradewegs zurück. Irgendwann werdet Ihr zu einem Steinhaufen gelangen, die Überbleibsel einer Kapelle, in der Sir Giles und Seine Hoheit warten. Nehmt zwei Pferde mit und bringt beide her – und zwar so rasch wie möglich!«

»Sogleich, Mylord«, antwortete Theoluf. Er wendete sein Pferd, befahl zwei Bewaffneten ohne weitere Umstände abzusitzen, packte die Zügel der Pferde und ritt durch die Menge, die ihm Platz machte, davon. Die Gasse inmitten derer, die stehend oder sitzend dem sich unter der großen Fahne abspielenden Drama zuschauten, schloß sich sogleich wieder.

»Von welchem Prinzen ist hier eigentlich die Rede?« fragte König Jean.

»Von Edward, Kronprinz von England«, antwortete Brian brüsk.

»Edward?« Der König blickte von Brian zum Prinzen an Malvinnes Seite, wieder zurück zu Brian und dann wieder zum Prinzen.

»Was soll denn dieser Unsinn?« fragte er Carolinus.

»Was redet Ihr ... dieser junge Magier ... da von Prinzen?«

»Diese Fragen müßt Ihr Sir James Eckert stellen«, sagte Carolinus.

König Jean starrte ihn eine Weile an, doch Carolinus zuckte mit keiner Wimper. Ebensogut hätte er aus Holz geschnitzt sein können.

»Was soll das bedeuten?« wandte sich der König an Malvinne.

»Euer Majestät«, sagte Malvinne, »man hat sich gegen mich verschworen. Erklären kann ich es nicht, denn es ist magischer Natur.«

»Ihr, Mylord!« fuhr der König Jim an. »Würdet Ihr mich endlich aufklären? Was ist hier los? Ich bestehe auf einer Antwort!«

»Ihr werdet es in Kürze erfahren, Majestät«, sagte Jim. »Es läßt sich leichter zeigen als erklären.«

»Ich nehme an«, sagte Malvinne mit einem tückischen Zucken der Mundwinkel und einem bösartigen Unterton, »sie werden irgendeinen Doppelgänger präsentieren und behaupten, er sei Prinz Edward und nicht dieser junge Mann hier, den wir beide kennen und schätzen.«

»So ähnlich verhält es sich in der Tat«, stimmte Jim ihm zu, »aber nur annähernd.«

»Sir James!« rief Theoluf aus einiger Entfernung. Im nächsten Moment teilte sich der Kreis der Zuschauer und ließ ein Pferd durch, das so heftig gezügelt wurde, daß es unruhig tänzelte und festgehalten werden mußte. »Sir James, ich habe den Steinhaufen gefunden, und wenn sich der Prinz dort aufhält, so wird er angegriffen! Die Angreifer sind Ritter mit ganz ähnlichen schwarzen Streifen auf dem Helm wie diese hier – ich schätze sie mindestens auf ein Dutzend! Ich glaube, ich habe Sir Giles an einer kleinen Öffnung in dem Steinhaufen kämpfen sehen, aber man wird ihn in Kürze überwältigen, wenn man ihm nicht augenblicklich zu Hilfe kommt!«

38

»SCHWARZGESTREIFTE HELME?« rief Sir Raoul und hechtete in den Sattel. »Das sind Malvinnes Ritter, die den Prinzen, den wahren Prinzen, töten wollen, bevor er sich hier zeigen kann! Beeilt Euch, ehe Sir Giles überwältigt wird!«

Das war das Signal, zu den Pferden zu hasten. Giles war nicht nur bei seinesgleichen, sondern auch bei den Gemeinen beliebt. Unter seiner rauhen Schale lag eine Unschuld, die jeden anzog.

Trotz des schweren Panzers stürmte Brian los, setzte einen Fuß in den Steigbügel und schwang das andere Bein über den Pferderücken. Er wollte sein Pferd schon herumwenden, als er sich besann.

»Nehmt zwanzig Männer, Theoluf!« brüllte er. »Nicht mehr als zwanzig. Die anderen sollen hierbleiben und die Ritter bewachen, die sich ergeben haben!«

Langsam saß er wieder ab.

»Dann gibt es also wirklich einen Doppelgänger«, sagte König Jean zu Malvinne.

»Dessen könnt Ihr sicher sein, Majestät«, entgegnete Malvinne, »wenngleich meine Ritter Anweisung haben, ihn lediglich gefangenzunehmen und nicht zu töten, wenn sie ihn gefunden haben. Ich habe Euch nichts davon gesagt, weil ich Euer Majestät mit diesen Kleinigkeiten nicht behelligen wollte. Wenn er erst einmal hier ist, wird sich herausstellen, daß er unserem Prinzen kein bißchen ähnlich sieht.«

»Ich glaube, das Gegenteil wird sich erweisen«, sagte Jim. Zu seiner Überraschung fühlte er, wie sich in ihm Wut auf Malvinne ansammelte. »Wenn Ihr behauptet, Eure Ritter sollten ihn lediglich gefangennehmen, so ist das gelogen. Es gibt nur einen Grund, weshalb sie ihn aufspüren sollten: um ihn zu töten, bevor König Jean von seiner Existenz erfahren konnte.«

»Ihr bezichtigt mich der Lüge?« Malvinne schwenkte aufgebracht zu Jim herum und hob abermals den Finger. Als er die Nutzlosigkeit seines Unterfangens einsah, ließ er die erhobene Hand wieder sinken. »Wir werden sehen.«

Sie warteten etwa eine Viertelstunde, während die Verwundeten auf beiden Seiten versorgt wurden, soweit dies den Soldaten des vierzehnten Jahrhunderts möglich war. Der König, Brian und alle anderen, die nicht beschäftigt waren, hatten ihre Aufmerksamkeit wieder dem Schlachtfeld zugewandt.

Die erste Abteilung der Franzosen war von den verborgenen Bogenschützen überrascht und aufgerieben worden. Im Verlauf des vergangenen Jahres hatte Jim schon häufiger den Einsatz der Bogenschützen beobachten können, so daß er sich über die verheerende Wirkung, welche Pfeile anrichten konnten, im klaren war. Die vereinte Wirkung von mehreren hundert gleichzeitig schießenden Bogenschützen hatte er allerdings noch nie erlebt. Ganze Reihen angreifender Ritter in voller Rüstung waren einfach ausgelöscht, die Sättel leer, die Pferde zusammengebrochen. Was als nahezu unbesiegbarer Vormarsch begonnen hatte, hatte sich auf dem Schlachtfeld in ungeordnete Haufen überlebender Berittener verwandelt.

Wie die Engländer erwartet hatten, war dieser Anblick zuviel für die in der zweiten Abteilung wartenden Franzosen gewesen. Ohne einen Befehl abzuwarten, hatten sie einen Angriff am anderen Ende des Schlachtfelds begonnen, so daß sie als ungeordneter Haufen in den tödlichen Hagel hineingestürmt waren. Nun griff die dritte Linie an, der sich die englischen Berittenen entgegenwarfen, so daß sich die Schlachtordnung in zahllose Grüppchen von Einzelkämpfern auflöste.

In diesem Moment erschollen am äußeren Rand der den König umringenden Gruppe laute Rufe, und gleich darauf tat sich unter den Engländern eine Gasse auf. Theoluf ritt hindurch, gefolgt vom Prinzen, der ohne Rüstung und Kopfbedeckung war und das Schwert in der Scheide stecken hatte. Als er bei König Jean und den anderen angelangt war, die sich unter der Fahne versammelt hatten, sprang er aus dem Sattel.

»Cousin…«, sagte er, als er sich mit ausgestreckten Armen dem König näherte, um ihn nach Art der Könige zu begrüßen.

König Jean wich zurück und verschränkte die Arme vor der Brust, worauf der Prinz stehenblieb und die Arme sinken ließ.

»Und Ihr, Mylord, wer seid Ihr?« fragte der König.

»Ich?« Der junge Mann reckte hochmütig den Kopf. »Was glaubt Ihr wohl? Ich bin Edward Plantagenet, Kronprinz von England, erstgeborener Sohn Edwards, König von England. Wer seid Ihr, Mylord?«

Der König überging seine letzte Frage.

»Es läßt sich nicht abstreiten«, meinte er zu Malvinne, der neben ihm stand, »daß er unserem Prinzen sehr ähnlich sieht.«

»Man sollte wohl eher sagen, daß Euer Prinz eine große Ähnlichkeit mit unserem Kronprinzen Edward aufweist«, sagte Brian schroff.

»Wollen wir mal sehen«, sagte Malvinne.

Er sprang vor und reckte dem jungen Edward den Zeigefinger entgegen, bis er fast dessen Nase berührte.

»Stillgestanden!« kommandierte er.

Der Prinz wurde von einer Reglosigkeit ergriffen, die keinen Zweifel daran ließ, daß Malvinnes Zauber funktioniert hatte. Malvinne lachte und blickte zu Carolinus.

»Ich habe mir schon gedacht, daß Ihr nicht alle Anwesenden unter Eure Fittiche nehmen konntet«, sagte er. »Jetzt habe ich Euren sogenannten Prinzen!«

Carolinus gab keine Antwort. Er verharrte ebenso

reglos wie der Prinz, wenngleich er den Anschein erweckte, er könne sich bewegen, wenn er nur wollte. Aber er wollte nicht. Es war, als stünde er einfach nur da und beobachte, während Malvinne für ihn nicht zu existieren schien.

»Und nun«, sagte Jim, trat zu seinem Pferd und löste die Sattelflasche, »wollen wir mal schauen, wer von beiden der wahre Prinz ist.«

»Haltet ihn auf!« rief Malvinne. »Was er da in der Flasche hat, ist ein Zaubermittel! Laßt ihn nicht an den wahren Prinzen heran!«

»Das ist bloß Wasser«, sagte Jim. Er näherte sich König Jean, nahm den Stopfen ab und schüttete sich etwas vom Inhalt der Flasche in die hohle Hand. Er ließ den König daran riechen.

»Riecht Ihr etwas, Majestät?« fragte er. »Wie ich schon sagte, es ist reines Wasser.«

»Das ist Zauberwasser!« schrie Malvinne.

Jim beachtete ihn ebensowenig wie Carolinus. Er trat vor den wahren Prinzen.

»Verzeiht mir, Majestät«, sagte er, »aber es muß sein!«

Er schleuderte Edward eine Handvoll Wasser ins Gesicht.

Edward vermochte sich nicht zu regen und zuckte mit keinem einzigen Muskel. Bloß seine Augen funkelten wütend, und unter den anwesenden Engländern erhob sich unwilliges Gemurmel. Zu Pferd und zu Fuß entstand eine allgemeine Bewegung in Jims Richtung. Dann hörte sie auf.

»Ich bitte Euch noch einmal um Verzeihung, Euer Majestät.« Jim verneigte sich. »Hätte es eine andere Möglichkeit gegeben, so hätte ich sie gewählt.«

Er drehte sich um und näherte sich dem anderen Prinzen, der nun zwischen dem König und Malvinne stand. Malvinne versuchte, sich vor ihn zu stellen, doch Brian trat rasch vor und drängte den Magier beiseite. Ehe der König zwischen Jim und den Prinzen treten konnte, schleuderte Jim Malvinnes Prinzen eine Handvoll Wasser ins Gesicht.

Alle schrien auf, auch König Jean, der fluchend zurückwich.

Das mit Wasser bespritzte Gesicht des Prinzen begann sich zu verändern. Man vernahm ein leises Zischen oder Prasseln; und wenngleich sich die Gesichtszüge des Prinzen nicht veränderten, so schrumpften sie doch. Der Mund wurde schmaler, die Nase kleiner, die Augen rückten zusammen.

Von alledem schien der Prinz, der soeben bespritzt worden war, nichts zu merken. Er starrte Jim unverwandt an wie jemand, der nicht begriff, was um ihn herum vorging.

Jim nahm die offene Flasche und verteilte den Inhalt mit ein paar raschen Handbewegungen großzügig auf dem Gesicht des falschen Prinzen.

Das Zischen und Prasseln wurde lauter. Das Gesicht schrumpfte immer rascher. Die ganze Gestalt des Prinzen verlor an Statur und schrumpfte in der Kleidung, die nur noch lose an ihm herunterhing. Der Prinz wurde immer kleiner, obwohl das Wasser mittlerweile verschwunden war.

Jim trat zurück. Für alle sichtbar, schrumpfte der Prinz immer mehr, bis er vollständig verschwand und nur noch ein Haufen Kleidungsstücke auf dem Boden übrigblieb.

Carolinus regte sich auf einmal und wandte sich heftig auf dem Absatz um.

»Revisionsabteilung!« blaffte er.

»Hier bin ich«, antwortete die tiefe Baßstimme etwa einen halben Meter über dem Boden.

»Merkt Euch die Fragen und Antworten gut, die Ihr gleich hören werdet. James?«

Jim sah von dem Kleiderhaufen zu Carolinus auf. Obwohl er gewußt hatte, was passieren würde, war er dennoch erschüttert. Er hatte das Gefühl, jemanden ermordet zu haben.

»James«, sagte Carolinus, »habt Ihr soeben wirklich bloß reines Wasser benutzt?«

»Reines Wasser«, antwortete Jim. »Ich habe es vor ein paar Stunden aus einem Bach geschöpft. Sir Brian hat gesehen, wie ich den Wein aus dieser Flasche ausgegossen und durch Wasser ersetzt habe.«

»Bei Gott, so war's«, sagte Brian mit bebender Stimme.

»Weshalb habt Ihr den falschen Prinzen mit Wasser bespritzt?« fragte Carolinus.

»Weil ...« Jim schluckte. »Weil ich wußte, daß er davon schmelzen würde. Ich wußte, daß solche Scheinbilder stets aus Bergschnee erschaffen werden.«

»Und wer hat Euch gesagt, daß Scheinbilder aus Schnee bestehen?« wollte Carolinus wissen. »Wer hat Euch gesagt, daß sie bei der Berührung mit Wasser schmelzen würden wie Schnee?«

»Das wird des öfteren in den Märchen meiner ... in den Märchen der Gegend, aus der ich komme, erwähnt«, sagte Jim.

»Revisionsabteilung, habt Ihr das gehört?« fragte Carolinus.

»Ich habe es gehört«, antwortete die Baßstimme.

Carolinus entspannte sich. Sein Tonfall wurde geradezu sanft.

»Das reicht einstweilen«, sagte er. »Jim, tretet einen Moment mit mir beiseite, damit wir ungestört miteinander reden können.«

Er wandte sich ab, ohne Malvinne eines Blickes zu würdigen, und Jim wagte es nicht, den anderen Magier anzusehen. Er wollte Carolinus gerade folgen, als die vor ihm stehenden Männer in Bewegung gerieten. Sieben Bewaffnete mit einem ramponierten Schild tauchten auf, der ihnen als Tragbahre diente. Darauf lag eine reglose Gestalt. Einer der Männer stützte ihren unbehelmten Kopf; zwei weitere Männer hielten die Beine, die über den Schild hinausragten. Nicht weit von der Fahne setzten die Männer ihre Last ab.

»Giles!« schrie Jim. In diesem Moment passierten zwei Dinge gleichzeitig.

»Eure Schulden sind getilgt«, sagte die unsichtbare Baßstimme knapp über dem Boden, und ein schlanker Mann mit blauem Wams drängte sich an Jim vorbei und fiel neben der Gestalt auf der Bahre auf die Knie.

»Mein tapferer Sir Giles!« Es war der echte Prinz, und er weinte. »Wie soll ich Euch nur für alles danken, was Ihr getan habt, um mich, mein Leben und meine Ehre zu retten?«

Giles war kalkweiß im Gesicht. Er bewegte die Lippen, doch Jim konnte ihn nicht verstehen. Die Prinz ergriff Giles schlaffe Hand und drückte sie an seine Lippen. Giles Rüstung war in Stücke gehackt, und es gab keine einzige Stelle, die nicht blutverschmiert gewesen wäre. Theoluf kniete neben Giles nieder und begann Giles Wunden mit befeuchtetem Stoff zu säubern und die Blutungen zu stillen.

In diesem Moment lenkte eine Bewegung unter den Umstehenden die Aufmerksamkeit der gepanzerten Männer an Giles Bahre auf sich. Durch die offene Gasse kamen vier Ritter hindurchgeritten. Der Anführer, ein großer, stämmiger Mann, ritt fast bis an die Fahnenstange heran. Dort saß er ab und nahm den Helm ab, unter dem ein runder, ergrauender Kopf und ein quadratisches, starkknochiges Gesicht mit einem kurzgeschnittenen, graugesträhnten Bart zum Vorschein kamen. Vor König Jean kniete er nieder.

»Euer Majestät«, sagte er, ohne Jim, Brian und die anderen zu beachten. »Verzeiht mir, daß ich nicht schon eher gekommen bin, doch die Kunde, daß Ihr Euch einem Engländer ergeben hättet, hat mich gerade erst erreicht. Wenn Ihr erlaubt, mich vorzustellen: Ich bin Robert de Clifford, Graf von Cumberland und Befehlshaber der englischen Streitkräfte. Wir bedauern, wenn ein solcher Monarch und Ritter wie Ihr gezwungen ist, sich zu ergeben, doch stellt sich jetzt eine Frage. Seid Ihr als englischer Gefangener nun bereit, das Schlachtfeld zu räumen und die Engländer als Sieger anzuerkennen, wie es dem Kriegsrecht entspricht?«

»Erhebt Euch, Graf Robert«, antwortete König Jean trocken. »Aber Ihr befindet Euch im Irrtum. Ich habe mich keinem Engländer ergeben, sondern einem Franzosen – dem Comte d'Avronne, den Ihr hier an meiner Seite seht –, und lediglich den Rittern meiner persönlichen Leibgarde befohlen, die Waffen niederzulegen. Ich sehe keinen Grund, weshalb ich das Schlachtfeld räumen sollte, solange der Ausgang noch offen ist.«

Er blickte wieder aufs Schlachtfeld hinaus, und alle anderen taten es ihm nach. Der Ausgang der Schlacht war tatsächlich noch ungewiß. Soweit das Auge reichte, wurde Mann gegen Mann und in Gruppen gekämpft. Außer in einigen Einzelfällen ließ sich unmöglich sagen, welche Seite siegen würde.

Der Graf von Cumberland hatte sich erhoben und machte ein finsteres Gesicht.

»Euer Majestät werden schwerlich einen Nutzen darin erkennen können, wenn die Kämpfe fortgeführt werden«, sagte er, »da dies nur den Tod vieler Franzosen bedeuten kann.«

»Und vieler Engländer, Graf Robert«, sagte König Jean. »Wer kann in diesem Moment schon sagen, wer mehr Leute verlieren wird? Oder welchen Ausgang die Schlacht schließlich nehmen wird? Am Ende muß eine Seite ihre Gegner vom Schlachtfeld vertreiben. Soweit ist es noch nicht; ich weiß nicht, wie Ihr Engländer es haltet, aber wir Franzosen geben keine Schlacht verloren, solange über den Ausgang noch Zweifel bestehen.«

»Aber Euer Majestät...«, setzte Graf Robert an, als

es zu einer weiteren unerwarteten Unterbrechung kam.

Sie näherte sich in Gestalt eines sehr attraktiven jungen Mädchens, das mit einem leichten, durchscheinenden grünen Gewand bekleidet war und leichtfüßig durch die Gasse, welche die umstehenden Soldaten für den Graf von Cumberland geöffnet hatten, auf die Fahne zugerannt kam. Wie Jim zu seinem Bedauern jedoch sogleich feststellte, wurde die Schönheit des Mädchens für ihn von der Tatsache beeinträchtigt, daß sein Name Melusine lautete; und sie kam geradewegs auf ihn zu.

Er versuchte ihr auszuweichen, doch sie packte ihn und schlang die Arme um ihn.

»Ach, Geliebter!« rief sie. »Endlich habe ich dich gefunden. Wie konntest du nur glauben, daß ich jemand so hübschen wie dich jemals freigeben würde! Wir kehren jetzt zu meinem See zurück! Du gehörst mir!«

»Nein, das tut er nicht«, sagte Carolinus. »Ihr könnt ihn nicht haben.«

Mit flammenden Augen wirbelte sie zu Carolinus herum – als sie jedoch sah, wen sie vor sich hatte, wurde ihr Blick sogleich milder. Sie vollführte einen Knicks.

»Magier«, sagte sie mit schmeichelnder Stimme, »es ist mir eine Ehre, Euch zu treffen. Ihr seid auch sehr stattlich. Aber ich weiß, daß Ihr vollkommen unerreichbar für mich seid. Weshalb sollte ich James nicht haben können?«

»Aus demselben Grund, weshalb Ihr mich nicht haben könnt«, antwortete Carolinus. »Er ist ebenfalls ein Magier.«

»Ein *Magier!*«

Melusines Augen weiteten sich, ihre Arme fielen von Jims Hüfte herab, und sie wich zurück und starrte ihn an. »Und du hast mir das die ganze Zeit verschwiegen, James! Wie konntest du mir das bloß antun?«

»Tja…«, meinte Jim, ohne zu wissen, was er darauf erwidern sollte.

Melusine weinte anmutig in ein zartes grünes Taschentuch hinein, das sie irgendwo unter ihrem Gewand hervorgeholt hatte.

»Mich so zu verführen, um mich dann so grausam zu enttäuschen!« schluchzte sie. »Wie konntest du mir das bloß antun, James!«

»Nun ja…«, setzte Jim hilflos an.

»Also gut.« Melusine trocknete sich ziemlich energisch die Augen, worauf das Taschentuch wieder verschwand. »So ergeht es mir jedesmal. Wie es scheint, muß ich mich halt nach einem neuen Liebsten umsehen – ach, was für ein reizender kleiner Mann. Ich muß dich haben. Und dann gebe ich dich nie wieder her!«

Sie sprang vor und umklammerte König Jeans Brustplatte.

»Den könnt Ihr auch nicht haben«, sagte Carolinus.

»Weshalb nicht?« fragte Melusine schmollend, ohne ihre Umklammerung indes zu lockern.

»Weil ich ein König bin, gütiger Herr Jesus!« stammelte Jean. »Als König bin ich bereits versprochen und der Magie und dem Wirken solch übernatürlicher Wesen, wie Ihr eines seid, entzogen!«

»Ach, wirklich?«

Tränen traten Melusine in die Augen. Sie ließ die Hände sinken. Abermals kam ihr Taschentuch zum Vorschein.

»Gleich zweimal so enttäuscht zu werden!« Sie weinte heftig. »Und Ihr seid sogar noch hübscher als James. Ich werde Euch ewig lieben, mein König. Aber – wenn ich Euch ebenfalls nicht haben kann…«

Sie schaute sich um, und ihr Blick fiel auf Giles, hinter dem Theoluf sich kniend bemühte, mit Stoffetzen seine zahlreichen blutenden Wunden zu stillen.

»Ach, der Arme!« sagte sie, lief zu ihm und fiel neben Giles auf die Knie. »Er ist verletzt. Ich werde ihn wieder gesund machen!«

»Könnt Ihr Blut machen, Mylady?« fragte Theoluf grob. »Für sich genommen, sind die Verletzungen nicht tödlich. Aber er hat so viele kleinere Wunden, daß er fast sein ganzes Blut verloren hat und auch noch das wenige, das ihm geblieben ist, verliert, denn ich kann die Blutungen nicht stillen.«

»Menschliches Blut machen?« fragte Melusine angewidert. »Nun, dafür seid Ihr Menschen alleine zuständig.«

»Es wundert mich gar nicht, daß er so stark blutet«, brummte Theoluf. »Ich habe vor dem Loch, in dem sich der Prinz verborgen hat, sechs tote Ritter mit schwarzgestreiften Visieren gezählt.«

»Könntet Ihr ihn nicht wenigstens in den Schatten schaffen?« schlug Melusine vor.

»Das kann ich gern tun«, sagte Theoluf. »Das ist eine gute Idee, Mylady.«

Er richtete sich auf und wählte unter den Bewaffneten ein paar Männer aus, während Melusine sich an Giles hinunterbeugte.

»Ach, es ist ja so traurig«, gurrte sie. »Du bist so jung und so hübsch. Und ich habe das seltsame Gefühl, als wären wir einander ähnlich.«

Giles bewegte die Lippen. Die Umstehenden konnten ihn nicht hören, doch Melusine hatte ihn anscheinend verstanden.

»Aber deine Nase ist *wunderschön!*« sagte sie. »Eine solch prachtvolle Nase habe ich noch nie gesehen! Das war das erste, was mir an dir aufgefallen ist. Ach, sie ist einfach wundervoll! Ich könnte sie dir auf der Stelle abbeißen!«

Sie beugte sich über ihn und bedeckte seine Nase mit Küssen.

»Und jetzt hebt ihn vorsichtig hoch!« sagte Theoluf

zu den Männern, die er ausgewählt hatte. »Wir tragen ihn zu dem Baum dort drüben.«

Die Männer gehorchten. Mit Melusine im Schlepptau trugen sie Giles in den Schatten, während die übrigen Männer ihnen Platz machten.

Währenddessen hatte Jim zugehört, wie der Graf von Cumberland mit König Jean beratschlagte. Trotz seiner stämmigen Erscheinung erwies sich der Graf als geschickter Unterhändler. Seine Argumente hatten den König schließlich zu der Einsicht gebracht, daß nichts damit gewonnen wäre, wenn sie die Schlacht noch weiter fortführten, und daß sich später noch bessere Bedingungen würden aushandeln lassen, auch wenn der Preis der Kapitulation zunächst hoch erschien. Es schien nur vernünftig, die erfahrenen französischen Krieger vor dem Tod – und vor Verletzungen, die beim gegenwärtigen Stand der Medizin womöglich zum Tod führen würden – zu bewahren, um sie später noch gegen die Engländer einsetzen zu können.

Auf einmal bemerkte Jim, daß der Prinz neben dem Grafen stand und ihn unverwandt anschaute. Das Gesicht des Prinzen ähnelte mehr und mehr einer Gewitterwolke, die jeden Moment einen Wirbelsturm hervorbringen mochte. Jim bemühte sich sogleich, den drohenden Ausbruch zu verhindern.

Er unterbrach den Grafen.

»Verzeiht mir, Mylord«, sagte er, »aber ich glaube, unser Kronprinz möchte ein Wort mit Euch reden.«

Der Graf wandte langsam den Kopf zu Edward herum, den er schwerlich die ganze Zeit übersehen haben konnte.

»Ja, Hoheit?« fragte er kühl.

»Dann wißt Ihr also, wer ich bin, Mann?« blaffte der Prinz.

»Ich weiß, daß Ihr der Kronprinz seid«, erwiderte der Graf noch immer in kühlem Ton, »allerdings ist mir zu Ohren gekommen, Ihr hättet Euch von den

Engländern und Eurem Heimatland abgewendet und unterstütztet jetzt die Franzosen gegen alles, was englisch ist; womöglich hättet Ihr derweil auch noch einen anderen Titel erworben.«

»Unfug!« fauchte der Prinz. »Nieder auf die Knie, oder ich lasse Euch köpfen, weil Ihr das nicht schon früher getan habt. Und ich verfüge über die nötigen Männer, um meinem Befehl Nachdruck zu verleihen.« Er blickte hinter sich. »Ist es so?«

Die Bewaffneten brüllten aus vollem Halse ihre Zustimmung hinaus. Im Moment hätte nichts ihrer Stimmung besser entsprochen, als dem Grafen auf Befehl ihres Prinzen den Kopf abzuschneiden.

Der Graf hatte lediglich drei Begleiter dabei. Er fiel augenblicklich auf ein Knie nieder.

»Blickt nach rechts, Mylord«, fuhr der Prinz in eisigem Ton fort. »Seht Ihr den Kleiderhaufen dort, der meiner eigenen Kleidung ähnelt? Das trug bis vor kurzem ein von dem Hexer, der hinter Euch – und wie ich gerade feststelle, hinter dem König von Frankreich – steht, aus Schnee erschaffener Doppelgänger. Er war es, der das Gerücht in Umlauf gebracht hat, ich sei zu den Franzosen übergelaufen. Wie könnte ich denn England im Stich lassen, wo es mein ein und alles ist? Wollt Ihr mir etwa sagen, Ihr hättet diese Lüge geglaubt?«

»Ich kann nicht behaupten, daß ich sie von ganzem Herzen geglaubt habe, Euer Majestät«, antwortete der Graf. Er war blaß im Gesicht geworden, doch seine Stimme war noch immer leidlich fest. »Bloß gab es nicht nur die Gerüchte, sondern auch Augenzeugen mit gutem Leumund, die Euch aus der Ferne dabei beobachtet haben, wie Ihr in Gesellschaft der Franzosen umhergeritten seid, vollständig bewaffnet und offenbar in gutem Einvernehmen. Es fiel mir nicht leicht, dies alles zu glauben. Aber schließlich bin ich auch nur ein Mensch, und deshalb hatte ich meine Zweifel. Majestät, ich gebe freimütig zu, daß diese Zweifel viele Engländer befallen haben. Wenn ich für diesen Irrtum meinen Kopf verlieren soll, so liegt die Entscheidung darüber ganz bei Euch.«

»Wohl wahr«, sagte der Prinz, der sich wieder etwas beruhigt hatte. »Allerdings wart Ihr wohl kaum weniger verwirrt als die anderen. Außerdem muß ich zugeben, daß der magische Doppelgänger mir so vollkommen glich, daß ich mich nur schwer des Eindrucks erwehren konnte, in einen Spiegel zu blicken. Nun, was glaubt Ihr jetzt? Soll ich Euch weitere Beweise liefern, Mylord? Soll ich mich auf ein Pferd setzen und gegen die Franzosen reiten? Wenn ja, so stehen wenigstens einige Männer hinter mir, die mir folgen werden.« Er sah sich über die Schulter um. »Habe ich recht?« Er blickte die hinter ihm stehenden Ritter und Gemeinen herausfordernd an.

»Habe ich recht?« wiederholte er.

Ihm antwortete ein noch tieferer und kräftigerer Schrei als beim erstenmal.

»Nun«, sagte der Prinz, »bezweifelt Ihr noch, Mylord, daß mir diese Männer folgen und mit dem Schlachtruf *›Heiliger George-Guienne‹* die erstbesten Franzosen angreifen werden, die uns über den Weg laufen, so daß alle Engländer, die mich sehen, sich am Ende um mich scharen werden? Das frage ich Euch.«

»Euer Hoheit«, antwortete der Graf mit großem Ernst. »Ich wäre der erste, der Euch folgen würde!«

Der Prinz blickte ihn lange Zeit unverwandt an. Dann entspannte er sich.

»Erhebt Euch, Mylord«, sagte er. »Ich glaube Euch, daß Ihr loyal zu mir und meinem Vater, dem König, steht. Aber gebt mir nie wieder Anlaß, an Euch zu zweifeln.«

»Das werde ich bestimmt nicht tun, Hoheit«, versprach der Graf, »und zwar solange ich lebe.«

Er richtete sich wieder auf.

»Das höre ich mit Freuden«, sagte der Prinz. »Da diese Angelegenheit nun geklärt ist, dürft Ihr fortfahren, mit unserem Cousin, dem König von Frankreich, die Kapitulationsbedingungen auszuhandeln. Ich werde lauschen und das Reden Euch überlassen, denn Ihr, Mylord, verfügt in diesen Dingen über die größere Erfahrung, das gebe ich gerne zu. Außerdem wird dadurch sichergestellt, daß die Kämpfe ein möglichst rasches Ende nehmen.«

»Ich fürchte, Ihr befindet Euch im Irrtum, Cousin«, sagte König Jean. »Zu keinem Zeitpunkt unserer Unterredung habe ich mich zur Kapitulation bereit erklärt. Wir werden entweder weiterkämpfen, wie es sich Ehrenmännern geziemt, oder den Engländern solch leichte Bedingungen anbieten, daß sie ohne Gesichtsverlust darauf eingehen können. Ich bemerke die Gewitterwolken, die sich auf Eurer Stirn zusammenziehen, junger Cousin. Ihr wollt mich daran erinnern, daß ich Euer persönlicher Gefangener bin. Laßt mich dies ein für allemal klarstellen. Eher könnt Ihr mir anstelle des Grafen von Cumberland den Kopf abschneiden, als daß ich meinen Leuten befehle, eine noch längst nicht entschiedene Schlacht verlorenzugeben.«

»In diesem Fall«, sagte der Prinz, »bleibt mir keine Wahl. Ein Pferd für mich! Ein Pferd! Ho!«

Der nächste Berittene saß ab und führte sein Pferd zum Prinzen, vor dem er auf ein Knie niederfiel und ihm die Zügel reichte. Der Prinz nahm die Zügel und schwang sich in den Sattel.

»Ihr laßt mir keine andere Wahl, Cousin«, sagte der Prinz zu König Jean. »Eine ganze Weile schon habe ich den Eindruck, als stünde die Schlacht ausgeglichen. Vielleicht wendet sich das Blatt zugunsten der Engländer, wenn ich aufs Schlachtfeld hinausreite. Und hinausreiten werde ich – dann werdet Ihr Franzosen schon sehen, ob Euch dieser Tag wohlgesonnen ist!«

Er blickte sich über die Schulter nach den Berittenen um.

»Folgt mir!« rief er, zog sein Schwert aus der Scheide, hob es hoch in die Luft und wandte sein Pferd zum Schlachtfeld um.

39

»WARTET!« RIEF KÖNIG JEAN. Sein Gesichtsausdruck hatte sich zwar nicht verändert, gleichwohl aber meinte Jim, der dicht bei ihm stand, einen schwach glänzenden Schweißfilm auf der königlichen Stirn auszumachen. »Wartet, junger Cousin! Euer Wunsch, die Engländer zum Sieg zu führen, gereicht Euch zur Ehre. Aber überlegt doch einen Moment. Auf beiden Seiten gibt es tapfere Ritter, die sterben werden, wenn Ihr Euer Ansinnen durchführt; denn die Engländer und die Franzosen werden sicherlich todesmutig kämpfen, wenn Sie Euch mitten im Getümmel sehen ...«

Die Tatsache, daß der Graf die gleichen Argumente gegenüber dem König angeführt hatte, hinderten diesen offenbar nicht daran, sie nun dem Prinzen gegenüber zu gebrauchen.

»Überlegt doch nur, Cousin«, fuhr König Jean fort. »Es ist bereits so manches schiefgelaufen heute. Wir wollen doch nicht den Fehler machen, Irrtum auf Irrtum zu häufen. Wir sollten unbedingt miteinander reden. Wenn ich Euch damit davon abhalten kann, aufs Schlachtfeld zu reiten, bin ich bereit, nicht nur über die Kapitulation der Engländer zu sprechen, sondern auch über die *eventuelle* Kapitulation der Franzosen – wenngleich es sich dabei lediglich um einen Diskussionsvorschlag handelt, Ihr versteht.«

»Hoheit?« fragte hoffnungsvoll der Graf von Cumberland.

Der Prinz verharrte einen Moment lang reglos auf

seinem Pferd, offenbar in Gedanken versunken. Dann sah er den Grafen direkt an.

»Mylord«, sagte er, »Ihr kennt Euch in diesen Dingen besser aus. Würdet Ihr mir raten zu warten, damit Ihr noch ein Weilchen mit dem König verhandeln könnt?«

»Das würde ich, Euer Hoheit«, antwortete rasch der Graf. »Ich rate Euch dringend dazu. Ich erkenne nichts Unehrenhaftes darin; und dabei denke ich an den Wert, den Ihr nicht nur jetzt für England habt, sondern auch in Zukunft haben werdet.«

»Die Angst um mein Leben kann mich nicht davor zurückhalten, aufs Schlachtfeld hinauszureiten!« grollte der Prinz.

»Nein, nein, das würde sie gewiß nicht, Euer Hoheit«, meinte hastig der Graf. »Dennoch rate ich Euch dringend, weitere Gespräche mit Seiner Majestät von Frankreich zu führen.«

Edward schwang sich aus dem Sattel.

»Also gut«, sagte er, »ich werde Eurem Rat folgen. So verhandelt denn weiter. Ich werde genau zuhören.«

Er gesellte sich zum Grafen und zum König.

Jim, der ebenfalls den Verhandlungen lauschte, stellte fest, daß diese nun eine ganz neue Wendung nahmen. Es wurde sogleich deutlich, daß jetzt sowohl der Graf wie der König bemüht waren, eine Art Patt herbeizuführen, bei dem es keine Verlierer gäbe. Die Schwierigkeit bestand darin, eine angemessene Sprachregelung zu finden, da dergleichen Unterredungen zur Polarisierung neigten, wobei die eine Seite die Sieger- und die andere die Verliererrolle einnahm.

Es sah ganz so aus, als ob sich die schwierige Aufgabe, mit der Carolinus Jim betraut hatte, von selbst erledigen würde. Das kam unerwartet, denn Jim hatte sich bis jetzt unablässig den Kopf darüber zerbrochen, welche Auswirkungen es gehabt hätte, wenn der junge Prinz die Engländer gegen die etwa gleiche Anzahl von Franzosen ins Feld geführt hätte. Die Engländer hätten dadurch, daß sich der Prinz eindeutig zu ihnen bekannte, natürlich neuen Mut geschöpft. Und die Franzosen hätte es unweigerlich schwer enttäuscht, wenn sie auf den Vorteil, den der angeblich auf die französische Seite übergelaufene Prinz darstellte, nicht mehr hätten zählen können.

Dies war genau der Punkt, der den Ausgang einer solchen Schlacht entscheiden konnte; und das wußten offenbar nicht nur der Prinz und der Graf, sondern auch König Jean.

Währenddessen drehte sich die Unterhaltung um die geeignete Formulierung einer Lösung für die augenblickliche Lage. Es war schwierig, von einem Waffenstillstand zu sprechen, da die Bedingungen, unter denen ein Waffenstillstand üblicherweise zustande kam – vor allem dann, wenn die beiden Armeen ihre Kräfte noch nicht miteinander gemessen hatten – nicht gegeben waren. Das Kräftemessen fand vielmehr gerade statt.

Schließlich einigte man sich auf einen befristeten Waffenstillstand. Daran anschließen sollten sich Verhandlungen, in deren Verlauf die Frage, wer nun der eigentliche Sieger sei, immer wieder vertagt werden würde, bis sie irgendwann Schnee von gestern wäre. Diese Lösung war sowohl für König Jean wie für den Grafen annehmbar; auch der Prinz konnte sich damit abfinden.

Somit stimmten alle zu. Unglücklicherweise stellte sich dadurch ein äußerst heikles Problem: Wie sollte man den Waffenstillstand verkünden und die Kämpfe beenden?

Die Vorgehensweise lag auf der Hand. Man würde Boten mit Trompeten und Verlautbarungen aufs Schlachtfeld hinausschicken; französische und englische Herolde würden bekanntgeben, daß mit sofortiger Wirkung ein Waffenstillstand gelte, da der junge

Kronprinz von England sich wieder auf die Seite der Engländer geschlagen habe, so daß nun diplomatische Fragen zu klären seien, ehe man sich daranmachen könne, das Kräftemessen auf dem Schlachtfeld fortzusetzen. Daß in Wirklichkeit niemand – jedenfalls keiner der am Zustandekommen der Vereinbarung beteiligten Personen – daran dachte, das Kräftemessen wiederaufzunehmen, würde dabei verschwiegen werden.

Das Problem dabei war, daß dies leichter gesagt als getan war, und bis auf Jim war dies auch allen klar.

»Aber wo liegt das Problem?« flüsterte Jim Brian ins Ohr, weil er nicht wollte, daß andere die Frage mitbekamen.

Brian wandte den Kopf, um ihm auf gleiche Weise zu antworten.

»Ritter hören nicht immer auf zu kämpfen, bloß weil man es ihnen sagt«, meinte er. »Vor Beginn einer Schlacht kann ein Befehl sie noch aufhalten; aber wenn diese erst einmal begonnen hat, dann hören sie so schnell nicht wieder auf. Besonders dann nicht, wenn die eine oder andere Seite sich im Vorteil wähnt und den Eindruck hat, es wäre nur noch eine kleine Anstrengung vonnöten, um den Sieg zu erringen.«

Während Jim das Schlachtfeld beobachtete, nachdem König Jean und der Graf die Herolde durch Boten angewiesen hatten, den Waffenstillstand auf beiden Seiten zu verkünden, dämmerte ihm allmählich, was Brian gemeint hatte.

Brians Einschätzung erwies sich leider als zutreffend. Die Herolde galoppierten von einem Ende des Schlachtfelds zum anderen, bliesen ihre Trompeten und brüllten auf Englisch und Französisch ihre Verlautbarungen hinaus, bloß scherten sich die Kämpfenden nicht darum.

Jim begriff allmählich. Ein mittelalterlicher Ritter zog nicht in den Krieg, um das Kämpfen zu beenden.

Er zog in den Krieg, um Schlachten zu gewinnen und Menschen zu töten. Vielleicht auch, um selbst getötet zu werden. War das Glück ihm abhold, konnte es passieren, daß er eine Schlacht verlor. Aber wenn er in den Krieg zog, war er keinesfalls bereit, plötzlich damit aufzuhören. In Wahrheit kämpften diese unerschrockenen Ritter *gern*. Selbst bei den Gesellschaften, denen er den ganzen Winter über beigewohnt hatte und die von jedem Edelmann gegeben wurden, der eine Burg hatte, die groß genug war, Gäste zu empfangen, hatte er ihre Klagen gehört. Der Winter war die Zeit des ungeduldigen Wartens auf den Frühling, um endlich wieder das tun zu können, was das Leben wirklich lebenswert machte – nämlich zu kämpfen.

Zahllose Male hatte er Edelleute sagen hören, das Essen und Trinken und die Frauen würden irgendwann langweilig. An diesen Zerstreuungen ergötzte man sich eine Weile, und dann hieß es Däumchendrehen, bis der Schnee geschmolzen war und das wahre Ritterleben wieder beginnen konnte.

»James.«

Jim wandte sich schuldbewußt zu Carolinus um. Auf einmal war ihm wieder eingefallen, daß Carolinus unter vier Augen mit ihm sprechen wollte, doch hatten sich die Ereignisse dermaßen überstürzt, daß er es ganz vergessen hatte.

»Kommt mit«, sagte Carolinus. »Niemand wird Euer Fehlen bemerken – außer Malvinne. Und er kann sich denken, daß wir miteinander reden wollen.«

Ohne eine Antwort abzuwarten machte Carolinus kehrt und drängte sich durch den Ring der Bewaffneten hindurch. Jim folgte ihm. Er bemerkte, daß die Bewaffneten sie zwar nicht wahrzunehmen schienen und ihnen auch nicht wissentlich auswichen, dabei aber doch mit unauffälligen Bewegungen beiseite rückten, so daß Carolinus sich gerade eben durch die entstandene Lücke hindurchzwängen konnte. Als sie den

Kreis der Bewaffneten hinter sich gelassen hatten, begaben sie sich in den Schutz der Bäume.

Am Fuße eines hohen Baums, der die mittägliche Sonnenglut abhielt, blieb Carolinus stehen und wandte sich zu Jim um. Auch Jim blieb stehen; sie blickten sich in die Augen.

»James, Ihr müßt Euch überlegen, wie Ihr mit Malvinne verfahren wollt«, sagte Carolinus. »Es ist an der Zeit, daß Ihr Euch entscheidet.«

»Muß ich das wirklich?« fragte Jim. »Die Dinge haben sich doch recht gut entwickelt. Der falsche Prinz ist verschwunden, und der Graf und König Jean sind zu einer Übereinkunft gelangt. Jetzt kommt es nur noch darauf an, die Kämpfe auf dem Schlachtfeld zu beenden.«

»Wie Ihr seht«, bemerkte Carolinus trocken, »läuft es in dieser Hinsicht nicht so gut.«

»Nein«, räumte Jim ein, »aber ich habe den Eindruck, daß Malvinne jetzt nicht mehr viel zu melden hat.«

»Im Moment vielleicht nicht«, sagte Carolinus. »Die Frage aber, was im Hinblick auf das Reich der Magie mit ihm geschehen soll, harrt nach wie vor einer Antwort.«

»Aber darüber zu entscheiden, steht mir doch wohl kaum an, oder?« fragte Jim, dem auf einmal äußerst unbehaglich zumute war. »Es gibt doch bestimmt andere Leute oder andere Gesetze, die für ihn zuständig sind.«

»So könnte man sagen«, erwiderte Carolinus. »Vor allem natürlich die Revisionsabteilung. Das Verhalten der Revisionsabteilung hängt jedoch davon ab, was Ihr unternehmen werdet.«

»Weshalb? Was soll ich denn tun?« fragte Jim.

»Wie ich bereits sagte«, antwortete Carolinus, »liegt die Entscheidung darüber ganz allein bei Euch. Ich kann Euch jetzt ebensowenig helfen wie zuvor. Es war notwendig, Malvinne aufzuhalten und ihn zur Rechenschaft zu ziehen; allerdings brauchte es dazu keinen Magier wie mich, sondern jemanden wie Euch, der einen niederen Rang innehat. So sind die Spielregeln, denen jeder gehorchen muß, der sich mit Magie befaßt. Der Grund dafür ist der, daß es zu verhindern gilt, daß starke Magier gegeneinander kämpfen, was die anderen Reiche dieser Welt, die des Himmels und die der Unterwelt, in Gefahr bringen könnte. Ich glaube, darüber haben wir bereits gesprochen. Ich habe Euch deshalb hierhergeführt, um Euch zu erläutern, wo Ihr im Moment gerade steht.«

»Dann sagt es mir«, meinte Jim.

»So sei es«, sagte Carolinus. »Zunächst einmal müßt Ihr wissen, daß von allen Magiern dieser Welt Ihr als einziger in der Lage wart, erfolgreich gegen Malvinne vorzugehen. Wie ich bereits sagte, war es notwendig, daß er von einem Tieferstehenden besiegt wurde. Selbstredend konnte ein Tieferstehender darin allerdings nicht erfolgreich sein. Die Ausnahme von der Regel war ein Tieferstehender, der über Kenntnisse verfügt, die keinem anderen Magier dieser Welt zugänglich sind – nämlich Kenntnisse einer Kunst, für die Ihr eine andere Bezeichnung habt, die aber die zukünftige Welt, aus der Ihr stammt, vollständig geformt hat.«

Allmählich dämmerte es Jim.

»Ihr sprecht von der Technik?« fragte er.

»Wenn das der Name dafür ist, ja«, sagte Carolinus. »Dies war nötig, weil ich Euch in keiner Weise behilflich sein durfte – und das bedeutete, daß ich Euch die Kenntnisse, die Ihr gebraucht hättet, um Euch gegen Malvinnes magische Angriffe zu wappnen, vorenthalten mußte. Außerdem wußte ich nicht, wie er gegen Euch vorgehen würde, und um Euch gegen alle Möglichkeiten zu wappnen, hätte ich Euch soviel lehren müssen, bis Ihr ihm ebenbürtig gewesen wärt. Selbst wenn mir dies erlaubt gewesen wäre, hätte die Zeit dafür nicht ausgereicht. Allein der Unterricht hätte Jahre in Anspruch genommen.«

»Aber was hat die Technik damit zu tun?« fragte Jim.

»Aufgrund Eurer besonderen Herkunft konntet Ihr Euch fortbilden, wie es keinem Schüler der Magie aus dieser Welt möglich gewesen wäre«, sagte Carolinus in seltsam geduldigem Ton. »Zunächst einmal werdet Ihr nicht durch die Gewohnheiten und Verhaltensweisen eingeengt, welche Menschen, die in dieser Welt aufwachsen, erwerben, ohne es zu bemerken. Bis man zu den höheren Bereichen fortschreiten kann und sich diese Gewohnheiten und Verhaltensweisen wieder abgewöhnt hat, ist ein jahrelanges Studium der Magie erforderlich. Zum Beispiel braucht ein junger Magier viele Jahre, bis er die instinktive Ehrfurcht vor der Magie und allem, was damit einhergeht, verloren hat – dazu gehören auch die Fähigkeiten solcher Elementargeister wie Melusine oder die des Totenkönigs und seiner Gemahlin.«

»Das war mir nicht bewußt«, sagte Jim. »Und weshalb bin ausgerechnet ich frei von dieser Ehrfurcht?«

»Weil Ihr«, antwortete Carolinus, »aufgrund Eurer Vertrautheit mit dieser Kunst, die Ihr *Technik* nennt, an Situationen und Gerätschaften gewöhnt seid, die Euch bemerkenswerte Dinge oder Erfahrungen zugänglich machen, ohne daß Ihr über ihre Wirkungsweise Bescheid wißt. In Eurer Welt gibt es sicherlich andere Menschen, die begreifen, wie derlei Dinge funktionieren, und die sie sogar erklären können; Ihr aber begnügt Euch mit den Ergebnissen, ohne sie weiter zu hinterfragen. Tatsächlich nehmt Ihr sie als selbstverständlich hin. Trotz Ihrer Wunderwirksamkeit erscheinen sie Euch nicht bemerkenswerter als etwa ein Spaten oder eine Axt.«

»Meint Ihr wirklich?« fragte Jim, noch nicht ganz

überzeugt. Dann allerdings mußte er an Autos und Fernsehgeräte denken.

»Ich werde Euch ein Beispiel nennen«, sagte Carolinus. »Als Ihr von den beiden Drachen aufgebrochen seid, zu denen man Euch geleitet hatte, schickten sie Euch absichtlich zu Melusines See, damit Ihr in ihre Hände fallt und ertrinkt.«

»Ja«, sagte Jim, »aber weshalb zeigt sich darin meine Andersartigkeit?«

»Weil ein junger Magier wie Ihr«, antwortete Carolinus, »aus zahlreichen Gründen nicht einfach deshalb die Drachengestalt gegen die eines Menschen eingetauscht hätte, weil es ihm darin unbequem war. Von Eurem Standpunkt aus betrachtet war dies jedoch naheliegend. Folglich seid Ihr als Mensch am See angekommen, und Melusine hat ganz anders reagiert, als wenn Ihr immer noch ein Drache gewesen wärt. Und als Ihr Eure Gefährten in Malvinnes Burg hineingeführt habt, kam es Euch gar nicht erst in den Sinn, daß die magischen Fallen, die er aufgestellt hatte, womöglich unüberwindbar sein könnten. Zu keinem Zeitpunkt habt Ihr Euch gesagt: ›Diese Fallen hat ein größerer Magier als ich konstruiert, deshalb brauche ich mir gar nicht erst den Kopf darüber zu zerbrechen, wie ich sie umgehen oder überwinden könnte.‹«

»Das stimmt«, sagte Jim, »aber was hat das mit meinem weiteren Vorgehen zu tun?«

»Im Moment«, sagte Carolinus, »muß sich Malvinne des Vorwurfs des Totenkönigs erwehren, er habe zum Eindringen eines Magiers in sein Reich Beihilfe geleistet. Dieser Anschuldigung kann er nur dadurch begegnen, indem er sich zumindest teilweise verantwortlich erklärt und dem Totenkönig einen beträchtlichen Anteil seines Guthabens bei der Revisionsabteilung überweist, der ihn gleichwohl nicht lahmlegen würde. Abgesehen davon stellt die Revisionsabteilung keine Forderungen an ihn.«

»Und was ist mit dem Doppelgänger, dem falschen Prinzen?« fragte Jim erstaunt.

»Ihr unterliegt einem naheliegenden Trugschluß«, bemerkte Carolinus trocken. »Ihr glaubt, die Revisionsabteilung kümmere sich um Moral oder Ethik. Beides ist falsch. Sie kümmert sich ausschließlich um den Energieausgleich, für den sie verantwortlich ist. Die Klage des Totenkönigs ist deshalb für sie von Belang, weil damit eine Störung im Energiegleichgewicht zwischen dem Totenreich und der Menschenwelt einhergeht, der Malvinne, auch wenn er ein Magier ist, immer noch angehört. Malvinnes Schneeprinz hatte jedoch nur auf die Menschenwelt Auswirkungen, so daß dieses energetische Gleichgewicht zufällig nicht davon betroffen ist.«

Carolinus hatte eine besondere Betonung auf die letzten Worte gelegt, und Jim blickte ihn mit schmalen Augen an.

»Wollt Ihr damit etwa andeuten, es gäbe noch etwas anderes, was für die Revisionsabteilung von Interesse wäre?« fragte er.

»Das wäre durchaus möglich«, sagte Carolinus. »Nämlich dann, wenn ein anderer Magier darlegen würde, daß die Absicht zugrunde lag, den Dunklen Mächten dabei zu helfen, die Zukunft zu verändern. Zukünftige Entwicklungen darf nicht einmal die Revisionsabteilung voraussehen. Magier sind strikt gehalten, alles zu unterlassen, was zu einer Störung der Zukunft führen könnte. Deshalb stellt dies ein äußerst schweres Vergehen dar. Könnte man es beweisen, wäre Malvinne nicht nur sein ganzes Guthaben bei der Revisionsabteilung los, sondern auch sämtliche mit dem Rang eines Magiers der Kategorie Eins einhergehenden Privilegien. Dies wiederum ist von großer Bedeutung für das Reich der Magier selbst. Es bedeutet, daß er nur noch seine weltliche Macht behalten würde – vor der Ihr gleichwohl auf der Hut sein solltet, denn aufgrund seines großen weltlichen Vermögens ist er immer noch gefährlich.«

»Aber wenn er immer noch gefährlich ist«, wandte Jim ein, »welchen Sinn hat es dann, ihn seiner magischen Kräfte zu berauben? Wozu haben wir dann diese ganzen Mühen auf uns genommen?«

»Weil er dann den Dunklen Mächten nicht mehr von Nutzen wäre – andernfalls würden sie erneut auf ihn zurückgreifen.«

»Aber warum wendet Ihr Euch dann nicht ...« Jim brach ab und starrte Carolinus an. »Ihr meint, ich soll bei der Revisionsabteilung gegen Malvinne Anklage erheben?«

»Ich meine gar nichts«, sagte Carolinus. »Ich darf mich in keiner Weise einmischen, denn das Gesetz verbietet mir, Euch in irgendeiner Weise zu helfen, auch wenn ich insofern dagegen verstoßen habe, daß ich Euch für die Dauer des heutigen Tages gegen Malvinnes persönliche Magie gefeit habe. Wenn der vierundzwanzigstündige Schutz, den ich Euch verliehen habe, erlischt, werdet Ihr übrigens wieder angreifbar. Dann kann Malvinne sein restliches Guthaben dazu benutzen, es Euch heimzuzahlen.«

Jim starrte Carolinus fassungslos an. Carolinus erwiderte vielsagend seinen Blick.

»Dann wollt Ihr damit also sagen, mir blieben weniger als vierundzwanzig Stunden, um Malvinne anzuklagen?«

»Noch einmal«, sagte Carolinus, »ich *sage* Euch gar nichts. Welche Schlußfolgerungen Ihr aus meinen Äußerungen zieht – Äußerungen über bestimmte Sachverhalte –, ist Eure Sache.«

»Könnt Ihr mir eine Frage beantworten?« fragte Jim.

»Vielleicht«, antwortete Carolinus knapp.

»Wenn ich keine Anklage erhebe und die Beschränkungen, die Ihr Malvinne auferlegt habt, hinfällig werden ...«

»Wofür ich eine Buße werde zahlen müssen, wie ich bereits erklärt habe«, warf Carolinus ein. Er zuckte zusammen. »Das wird mich eine ganze Menge kosten. Mein Guthaben bei der Revisionsabteilung ist schwer erarbeitet.«

»Ja, ja«, sagte Jim, »ich weiß. Was ich nun wissen möchte, ist folgendes: Wieviel von seinen Verlusten wird Malvinne wettmachen können, wenn ich bis nach Sonnenaufgang warte, ohne etwas zu unternehmen?«

»Ich bin nicht in der Lage, Mutmaßungen über das Verhalten eines anderen Magiers anzustellen«, sagte Carolinus. »In einem solch hypothetischen Fall könnte ein Magier wie Malvinne allerdings seine gesamten Verluste mehr als wettmachen!«

»Anders ausgedrückt, wenn man ihn aufhalten will, so muß es gleich geschehen«, sagte Jim.

»Wenn Ihr diese Schlußfolgerung zieht, so muß ich Euch zustimmen«, sagte Carolinus. »Allerdings solltet Ihr dabei beachten, daß ein tieferstehender Magier, der eine solche Anklage gegen einen Magier der ersten Kategorie vorbringt, im Falle eines Scheiterns all seine Kräfte verliert und womöglich sogar ganz aus dem Reich der Magier ausgeschlossen wird. Das kann Malvinne nicht einmal im schlimmsten Fall passieren.«

»Aber ich weiß doch gar nicht, welche Anschuldigungen ich vorbringen soll!« meinte Jim verzweifelt.

»Als Euer Lehrer würde ich Euch in einem solch hypothetischen Fall raten, die Anklage so zu formulieren, daß man ihr entnehmen könnte, es drohe eine Situation, die letztlich dazu führen könnte, daß der von der Revisionsabteilung verwaltete Energievorrat auf Dauer vermindert würde. Dadurch würde die Macht der Revisionsabteilung geschwächt und ihre Fähigkeit eingeschränkt, als Kontrollorgan über das Reich der Magier zu herrschen.«

Jim starrte die magere Gestalt mit dem schütteren Bart fassungslos an.

»Wollt Ihr damit sagen«, meinte er schließlich, »daß dies tatsächlich eine Folge von Malvinnes Verhalten sein könnte?«

»In diesem hypothetischen Fall. Das zu entscheiden wäre natürlich Sache der Revisionsabteilung. Meiner unmaßgeblichen Meinung nach ist die Anklage vollkommen unwiderlegbar. Man würde Maßnahmen gegen den fraglichen hypothetischen Magier ergreifen müssen – ich meine, gegen den Magier, von dem wir gerade sprechen!« verbesserte sich Carolinus verärgert.

»Meine Grammatik wird von Jahr zu Jahr fürchterlicher«, grummelte er. »Doch davon einmal abgesehen, solltet Ihr jetzt eine ungefähre Vorstellung davon haben, wie sich die besprochene Situation darstellt. Meine Aufgabe ist erfüllt. Die Entscheidung, ob Ihr bei der Revisionsabteilung Anklage erheben wollt oder nicht, liegt bei Euch.«

»Und einen Mittelweg gibt es nicht?« fragte Jim. »Wenn ich Anklage erhebe, führt das zum Ruin des hypothetischen Magiers?«

»Ja«, antwortete Carolinus, »und ganz unter uns gesagt, wüßte ich keinen anderen hypothetischen Magier, dem ich dieses Schicksal eher wünschen würde! Zumal er die große Kunst der Magie jahrelang mißbraucht und großes Leid unter den Menschen angerichtet hat.«

Lange Zeit schwiegen sie.

»Nun«, sagte Carolinus, »wir sollten allmählich wieder zurückgehen. Was ich Euch sagen wollte, habe ich gesagt.«

Er wandte sich um und marschierte los. Jim folgte ihm. Als sie die Menschenansammlung auf der Anhöhe erreicht hatten, stürzte Theoluf auf Jim zu.

»Sir James!« sagte er. »Ich konnte Euch nicht finden. Mit Sir Giles geht es zu Ende, er hat nach Euch verlangt!«

40

ALS JIM SICH DEM BAUM näherte, in dessen Schatten Sir Giles lag, stellte er fest, daß dieser es jetzt immerhin etwas bequemer hatte. Man hatte ihm die gepolsterte Jacke eines Gemeinen als Kissen unter den Kopf gelegt und ihm den Helm und die Teile des Panzers abgenommen, die man hatte entfernen können, ohne ihm allzu große Schmerzen zu bereiten. Melusine kniete noch immer neben ihm, hielt seine schlaffe, bleiche Hand und redete mit ihm, wenngleich Giles ihr anscheinend nicht antworten konnte.

Als Jim zu ihnen trat, verstummte Melusine und sah zu Jim auf.

»Gut!« sagte sie. »Rasch, rasch! Er möchte mit dir sprechen und hat kaum noch Kraft dazu. Du mußt dein Ohr an seinen Mund legen!«

Jim kniete neben Giles nieder und ergriff dessen andere Hand, die sich kalt und fremd anfühlte, da kaum noch Blut darin war.

»Ich würde alles dafür hergeben, wenn ich Euch behalten könnte, Giles«, sagte er.

In Giles Augen zeigte sich wieder etwas mehr Leben.

»Ich höre Euch zu, wenn Ihr mir etwas mitteilen wollt«, sagte Jim. »Ich werde mein Ohr an Eure Lippen legen.«

Er beugte sich vor und legte sein Ohr an die kalten Lippen, dann rückte er wieder ein Stückchen ab, damit Giles sprechen konnte. Er spitzte die Ohren.

»Meer …«, flüsterte Giles unter Mühen, »… bestatten …«

»Darauf gebe ich Euch mein Wort, Giles«, sagte Jim und drückte ihm die Hand. »Seid beruhigt. Ihr werdet im Meer bestattet werden. Das verspreche ich Euch!«

Vielleicht seufzte Giles, oder aber der Atem machte ein Geräusch an seinen Lippen. Dann schloß er die Augen, und sein Gesicht entspannte sich.

»Ach, der Arme«, sagte Melusine, die immer noch seine Hand hielt.

In Giles war noch ein Rest von Leben. Seine Brust hob und senkte sich noch leicht im Rhythmus des Atems.

»Es ist das Wasser«, sagte Melusine, unverwandt auf ihn niederblickend. »Wie ich wünscht auch er sich, im Wasser die letzte Ruhestätte zu finden…«

Als sich Jim aufrichtete, fand er sich in einem Halbkreis von Gemeinen wieder, die hinter dem Prinzen standen, der Jim und Giles die ganze Zeit über angeschaut hatte. In seinen Augen wie in denen der Gemeinen stand die Hoffnung zu lesen, es ließe sich noch irgend etwas tun, damit Giles nicht zu sterben bräuchte.

Jim schüttelte langsam den Kopf.

»Er wollte mir sagen, daß er im Meer bestattet werden möchte«, erklärte Jim. »Ich habe es ihm versprochen.«

Stärker gerührt, als er für möglich gehalten hätte, wandte Jim sich von Giles ab. Er räusperte sich, drängte sich zwischen den Umstehenden hindurch und ging zur Fahne zurück, wo der Graf von Cumberland und König Jean noch immer über die Bedingungen eines Waffenstillstands verhandelten, der angesichts der nach wie vor in Kämpfe verwickelten Krieger auf dem Schlachtfeld noch immer keineswegs gesichert war. Als Jim zu ihnen trat, sprachen sie gerade über die Bestattung der Gefallenen.

»Ja«, meinte König Jean soeben, »dieser Vorschlag gefällt mir, werter Graf. Ich werde eine Kapelle stiften, in der man für die heute auf dem Schlachtfeld gefallenen Franzosen beten wird.«

»Und König Edward wird für die gefallenen Engländer wohl das gleiche tun«, sagte der Graf. »Man sollte das Schlachtfeld weihen und alle englischen Gefallenen gemeinsam bestatten.«

»In einem einzigen Massengrab. Ja, so wollen wir

auch mit den französischen Toten verfahren«, sagte König Jean. »Das wäre eine würdige Erinnerung an das Ereignis und würde – ganz im Einklang mit unseren Absichten – die Aufmerksamkeit der Welt auf den Ort lenken anstatt auf die Tatsache, daß das Problem des Waffenstillstands noch ungelöst ist. Unsere Toten, die Seite an Seite, wenn auch in verschiedenen Gräbern ruhen, werden ein Zeichen setzen, das alle Fragen zum Verstummen bringen wird.«

»Wir müssen das Schlachtfeld säubern, damit wir keinen englischen Leichnam übersehen. Die unteren Ränge« – er machte eine wegwerfende Geste – »können im Wald begraben werden, damit die Würde unserer begrabenen Edelleute keinen Schaden nimmt.«

»Was auch für die französischen Edelleute gilt«, sagte König Jean. »Die Gemeinen und zumal die Genueser müssen vom Schlachtfeld entfernt und gesondert begraben werden. Dann ...«

»Verzeiht mir ...«, sagte Jim.

Einen Moment lang schien es so, als hätten ihn die beiden entweder nicht gehört oder als wären sie entschlossen, ihn zu ignorieren. Dann wandten beide langsam den Kopf zu ihm um und starrten ihn an.

»Ich glaube, der gehört zu Euch Engländern« murmelte König Jean.

»Zu meiner Schande ist es so!« blaffte der Graf, Jim unverwandt anblickend. »Mylord, hat man Euch dort, wo Ihr herkommt, keine Manieren beigebracht? Der König von Frankreich war in ein Gespräch vertieft – in ein Gespräch unter vier Augen.«

Der Tonfall des Grafen ging Jim zwar durch Mark und Bein, gleichwohl aber antwortete er möglichst ruhig und höflich.

»Ich weiß«, sagte er. »Verzeiht mir, daß ich Euch unterbrochen habe, Majestät. Ich hätte gewiß nicht das Wort ergriffen, hätte ich Euch nicht von Euren Plänen für zwei Massengräber für die Gefallenen beider Seiten und den Bau von Kapellen sprechen hören, wo man für die Seelen der Toten wird beten können. Das ist eine ausgezeichnete Idee. Ich möchte lediglich darauf hinweisen, daß einer der englischen Ritter, der heute hier gefallen ist, unbedingt woanders bestattet werden muß.«

Dem Grafen von Cumberland sträubte sich der graue, kurzgeschnittene Bart samt Schnurrbart.

»Was soll das bedeuten?« knurrte der Graf. »Er wird selbstverständlich bei den anderen bestattet! Ansonsten wäre es unsinnig, eine Kapelle zu errichten und der ganzen Welt zu erzählen, sämtliche englischen Gefallenen wären hier begraben.«

»Ich fürchte«, sagte Jim, um einen ruhigen, beschwichtigenden Tonfall bemüht, »das wird nicht möglich sein …«

»Zum Teufel noch eins!« explodierte der Graf. »Wollt Ihr mir etwa Vorschriften machen? Woher nehmt Ihr diese Frechheit? Ich sage Euch, er wird bei den anderen bestattet werden, wenn es soweit ist! Und jetzt verschwindet!«

»Ihr habt mich nicht verstanden«, sagte Jim verzweifelt. »Ich spreche von Sir Giles de Mer. Von dem Ritter, der den Prinzen beschützt hat, den ansonsten Malvinnes Ritter getötet hätten, als wir uns hier oben unterhalten haben. Ihm steht es doch gewiß zu, bestattet zu werden, wann und wo es ihm beliebt.«

»Er soll bei den anderen liegen!« knurrte der Graf. »Geht! Sonst lasse ich Euch fortschaffen!«

»Ihr wollt mich fortschaffen lassen, Mylord?« Allmählich machte sich Jims Wut, die er bislang mühsam im Zaum gehalten hatte, auch in seiner Stimme bemerkbar. »Ihr habt vier Männer bei Euch.«

Unerwähnt ließ er die Tatsache, daß er über fünfzig Männer verfügte, doch war dies dem Grafen nicht verborgen geblieben.

»Verschwindet!« sagte er.

Jim neigte bisweilen zur Sturheit, und jetzt wurde diese geweckt.

»Ich werde mich zurückziehen, sobald feststeht, daß Sir Giles im Meer bestattet wird, wie er es sich von mir gewünscht hat«, sagte Jim. »Ich habe ihm mein Wort gegeben.«

»Was geht mich Euer Wort an?« knurrte der Graf. »Glaubt Ihr etwa, Ihr könntet mich mit Eurem roten Schild einschüchtern? Glaubt Ihr, Ihr könntet mich bloß deshalb, weil ich allein bin, mit einer Handvoll Männer zu irgend etwas zwingen? Solche Entscheidungen stehen Euch nicht zu. Die werden von mir und Seiner Majestät getroffen. Er wird zusammen mit den anderen begraben, und dabei bleibt es. Das ist mein letztes Wort!«

Jims Neigung zur Sturheit hatte nun vollständig Besitz von ihm ergriffen.

»Dann habt Ihr Euren Atem an Dinge verschwendet, die nicht eintreffen werden, Mylord«, sagte er. »Ich werde gehen. Aber ich sage Euch rundheraus, daß Sir Giles nicht auf diesem Schlachtfeld begraben werden wird. Er wird dort bestattet, wo er bestattet werden wollte – im Meer.«

Der Graf war zornesrot im Gesicht.

»Eine solche Frechheit ist mir noch nicht unterkommen!« brüllte er. »Bei den himmlischen Heerscharen, von mir aus könnt Ihr ruhig sagen, daß Euer Freund, dieser Wald-und-Wiesen-Ritter, im Meer bestattet wird. Ihr könnt sogar versuchen, seinen Leichnam dorthin zu schaffen. Aber in dem Moment, da der Waffenstillstand ausgehandelt ist, was sicherlich binnen vierundzwanzig Stunden geschehen wird, werde ich eine Streitmacht auf Eure Fährte setzen, die Euch wie ein Kaninchen jagen und sein Gebein mitsamt dem stinkenden Fleisch, das ihm dann noch anhaften mag, hierher zurückbringen wird, wo es auch hingehört!«

»Euer Lordschaft werden nicht einmal vierundzwanzig Stunden warten müssen«, meldete sich Malvinne hinter König Jean gehässig zu Wort. »Ich, der Minister Frankreichs, verspreche das.«

»Nur zu!« fauchte Jim und wandte sich ab, um Giles – falls er denn bereits tot war – zum fernen Meer des Ärmelkanals zu bringen, über den sie gemeinsam hierhergesegelt waren.

»Einen Augenblick ...«, sagte Carolinus.

Der alte Magier war plötzlich wie aus dem Nichts aufgetaucht. Doch nicht Jim blickte Carolinus an, sondern den Grafen, und an ihn richtete er auch das Wort.

»Wenn Euer Lordschaft mir einen Moment Gehör schenken würden ...«

»Verschwindet, Ihr Hexer, alle miteinander!« tobte der Graf. »Ich will zu dem Thema nichts mehr hören. Es ist beendet. Ihr habt gehört, was ich gesagt habe! Ich habe hier das Sagen, und mein Wort ist Befehl. Mehr braucht Ihr nicht zu wissen.«

Er wandte sich wieder dem König zu, um ihre Unterhaltung weiterzuführen. Carolinus faßte Jim beim Arm.

»Wartet hier«, sagte Carolinus mit ernster Miene.

Jim verharrte an Ort und Stelle. Carolinus näherte sich mit erstaunlich langen Schritten der Gruppe um Giles. Er verschwand dahinter. Jim wartete; als jedoch nichts geschah, wandte er sich wieder zum Grafen und dem König um, die bereits wieder über die Kapellen debattierten, die errichtet werden sollten, um darin für die in den beiden Massengräbern Bestatteten zu beten.

Sie beachteten ihn nicht, und er hatte nichts zu sagen. Und so stand er einfach bloß da und hörte ihnen mit einem Ohr zu. Er war abgelenkt, weil er so fest entschlossen war wie noch nie im Leben. Er würde Giles Leichnam zum Meer schaffen, komme was da wolle. Das war eine feststehende Tatsache.

Als er aus den Augenwinkeln ein blaues Wams erspähte, sah Jim auf und erblickte den Prinzen Edward. Das Gesicht des jungen Prinzen war gerötet.

»Was höre ich da, Mylord?« wandte er sich an den Grafen von Cumberland. »Meinem tapferen Sir Giles soll die Ruhestätte seiner Wahl vorenthalten werden?«

Mit sichtlicher Anstrengung hielt der Graf von Cumberland die Emotionen im Zaum, die Jim in ihm geweckt hatte. Er bemühte sich, vernünftig mit dem Prinzen zu reden.

»Es geht dabei lediglich um die Einzelheiten des Waffenstillstands, den ich gerade mit König Jean aushandle«, sagte er. »Um den Waffenstillstand tragfähig und für beide Seiten zufriedenstellend zu gestalten, sind wir übereingekommen, an dieser Stelle zwei Kapellen zu errichten und zwei große Gräber auszuheben; eins für die französischen Edelleute, die auf dem Schlachtfeld gefallen sind, und eins für die englischen, die das gleiche Schicksal ereilt hat. So begraben zu werden, bedeutet eine große Ehre, ganz zu schweigen davon, daß die Gläubigen für ihre Seelen beten werden.«

Der Prinz funkelte ihn zornig an.

»Ihr weicht meiner Frage aus, Mylord! Ich habe Euch gefragt, weshalb Sir Giles nicht dort bestattet werden soll, wo er es wünscht.«

»Euer Hoheit«, antwortete der Graf, »selbstverständlich muß er bei den anderen englischen Gefallenen bestattet werden.«

»Trotz seines gegenteiligen Wunsches?«

»Ich bedaure, Majestät«, antwortete der Graf ernst, »aber so ist es.«

»Trotz *meines* gegenteiligen Wunsches?«

Der Graf war offenbar ein tapferer Mann. Gleichwohl riskierte er in diesem Moment einen Blick auf König Jean. Der König von Frankreich sah jedoch aufs Schlachtfeld und schien sich aus der Auseinandersetzung heraushalten zu wollen. Cumberland wandte sich wieder dem Prinzen zu. Daran, daß er im Gesicht abermals rot anlief, merkte Jim, daß auch sein Starrsinn nun geweckt war.

»Normalerweise würde ich Euren Wünschen niemals widersprechen, Majestät«, sagte er, »doch – verzeiht mir – Ihr seid immer noch ein junger Mann, und wenn Ihr Euch auch auskennen mögt in der Welt, so gibt es gleichwohl Elemente der Politik zwischen verschiedenen Staaten, die ...«

»Trotz *meiner* Wünsche, habe ich Euch gefragt?« knurrte der Prinz.

»Also gut, Hoheit«, sagte der Graf, dessen Gesicht noch eine Schattierung dunkler wurde, »wenn es denn unbedingt sein muß! Ich bin der Oberbefehlshaber der englischen Streitkräfte, und eine Armee kann nur einen Befehlshaber haben. In dieser Eigenschaft muß ich gemäß meiner Ehre und meiner Verantwortung Eurem königlichen Vater gegenüber entscheiden, was für alle das beste ist. Ich bedaure, aber Sir Giles muß hier begraben werden. Da führt kein Weg daran vorbei. Ich denke, Ihr werdet das einsehen.«

»Ich sehe vor allem einen erzürnten Grafen vor mir, der seinem Prinzen zu trotzen wagt!« Der Prinz hob immer mehr die Stimme. »Ihr laßt dabei außer acht, daß Sir Giles nicht unter Eurem Befehl stand und auch nicht Euren Truppen angehörte. Wie auch der brave Ritter hier neben mir gehörte er einer anderen Gruppe an, die man ausgeschickt hatte, mich aus einer höchst mißlichen Lage zu befreien; und diese Aufgabe haben sie löblich gemeistert! Er steht unter meinem Befehl, nicht unter Eurem. Ich sage, er wird dort bestattet, wo er bestattet werden will, und zwar im Meer und nirgendwo sonst!«

»Ich bedaure es außerordentlich, Hoheit«, erwiderte der Graf starrsinnig, »aber ich muß darauf bestehen, daß er unter meinem Befehl steht. Alle Engländer, die hier gekämpft haben und gefallen sind, stehen unter meinem Befehl. Er muß bei den anderen begraben werden.«

Jim, der neben dem Prinzen stand, zuckte zusammen, wußte aber nicht, wie er etwas erreichen konnte. Das war wieder so ein Fall von Bühnenverhalten, wie er ihm beim Adelsstand dieser Welt schon des öfteren begegnet war. Der Graf spielte die Rolle, zu der er sich berufen fühlte. Er spielte den Grafen. Obwohl er in Gefahr stand, sich die tödliche Feindschaft eines Mitglieds der Königsfamilie zuzuziehen, das zudem in der Thronfolge ganz oben stand, beharrte er auf seiner Autorität.

Wenn der Prinz seinem Vater eines Tages nachfolgen würde, stünde der Graf unweigerlich vor dem Ruin. Und wahrscheinlich konnte ihn der Prinz sogar schon vorher ruinieren oder womöglich sogar hinrichten lassen. Doch da er ein Ritter war und ein Graf, würde er auf keinen Fall nachgeben.

Auf ähnliche Weise fühlte sich auch der Prinz herausgefordert. Es war undenkbar, daß ein bloßer Graf dem Kronprinz von England in irgendeiner Weise die Stirn bot. Beide befanden sie sich in einer ausweglosen Situation, in der sie nicht mehr zurückkonnten. Jim zerbrach sich den Kopf, wie sich der Streit beenden ließe, als der Prinz von sich aus zu einer Entscheidung gelangte.

»Also gut, stolzer Graf!« blaffte der Prinz. »Ihr habt mir die Entscheidung abgenommen! Ich hatte von Anfang an recht. Ich werde mich aufs Pferd setzen, so viele Engländer wie möglich um mich scharen und sehen, ob wir die Schlacht nicht doch noch gewinnen können!«

»Junger Cousin …«, begann König Jean, trat vor und streckte die Hand aus, um den jungen Mann aufzuhalten.

Der Prinz indes hatte bereits auf dem Absatz kehrtgemacht.

»Mein Pferd!« rief er. »Und macht Euch bereit, mir aufs Schlachtfeld zu folgen...«

Er brach ab. Alle hinter ihm Stehenden blickten zum Himmel empor. Auch der Prinz wandte sich um und blickte nach Westen über die englischen Reihen hinweg. Jim tat es ihm nach.

Er erblickte ein langgezogenes Band sich rasch nähernder schwarzer Flecken, die alsbald als Drachen zu erkennen waren.

Es war ein unheimlicher Anblick. Jim, der derlei Dinge aufgrund seiner eigenen Erfahrungen als Drache besser einschätzen konnte, zügelte nach dem ersten Schrecken seine ausufernde Phantasie und schätzte, daß höchstens einige hundert Drachen in großer Höhe auf sie zugeflogen kamen. Auf den ersten Blick hatte es jedoch so ausgesehen – und diesen Eindruck mußten wohl auch alle anderen haben –, als wäre der Himmel voller Drachen. Als wären es Tausende von Drachen.

Als die vorderste Reihe der mächtigen fliegenden Gestalten über den englischen Reihen angelangt war, flogen ein paar Pfeile zu ihnen empor. Die Drachen waren jedoch zu hoch, als daß die Pfeile ihnen etwas hätten anhaben können. Sie flogen weiter und überschatteten allmählich das Schlachtfeld, auf dem alle Kämpfe aufgehört hatten. Die Gegner, die eben noch aufeinander eingehauen hatten, saßen nun mit dem Schwert in der Hand auf den Pferden und blickten ohne Ausnahme zu den Drachen empor.

Jim seufzte erleichtert auf, was allerdings niemand mitbekam.

Nun, dachte er und hätte sich beinahe ein Lächeln gestattet, besser spät als überhaupt nicht.

Die Drachen kamen immer näher. Als sie unmittelbar über dem Schlachtfeld angelangt waren, suchten sie sich thermische Aufwinde und begannen jeder für sich zu kreisen. Es waren nicht so viele, daß sie tatsächlich die Sonne verdeckt hätten, gleichwohl aber hatte es den Anschein, als überschatteten sie den Erdboden.

Endlich fanden die Herolde auf dem Schlachtfeld Gehör. Waffen wurden entweder in Scheiden gesteckt oder am Sattel befestigt. Schilde wurden gesenkt. Es schien beinahe so, als hätten sich Franzosen und Engländer im Schatten der Drachen vereint. Endlich vernahmen alle die Nachricht vom Waffenstillstand, die von französischen und englischen Herolden verkündet wurde.

»Wo kommen die denn her?« ließ sich der verdatterte König Jean hinter Jims Rücken vernehmen. »Was haben sie vor?«

Jim wandte sich zum König und zum Grafen um.

»Sie sind gekommen, um den Engländern zu helfen, Majestät«, sagte er in barschem Ton. »In meiner Eigenschaft als Drachenritter habe ich vor einiger Zeit diese Vereinbarung getroffen. Sie kommen ein wenig später, als ich erwartet hatte. Aber jetzt sind sie da.«

Der König starrte ihn an. Der Graf starrte ihn an. Der Graf allerdings gewann schneller die Fassung zurück.

Er wandte sich an den König.

»Vielleicht möchtet Ihr jetzt über die Kapitulationsbedingungen verhandeln, Euer Majestät?« fragte er.

»Nein!« widersprach Jim heftig.

Der Graf wandte sich ebenso heftig zu ihm herum. Als ihm auf einmal klar wurde, daß sich die Lage geändert hatte, schluckte er die wütende Bemerkung, die ihm auf der Zunge gelegen hatte, jedoch hinunter.

»Dürfte ich mich nach dem Grund erkundigen, Herr Drachenritter?« fragte er schließlich, um einen ruhigen, höflichen Ton bemüht.

»Weil es diesem Tag bestimmt ist, mit einem Waffenstillstand zu enden«, antwortete Jim, »zum Nutzen und zur Ehre nicht nur Englands, sondern auch Frankreichs. Das müßt Ihr mir glauben, Mylord, Euer Majestät. Es muß so sein.«

Abermals wechselten der Graf und der König Blicke, dann faßten sie wieder Jim ins Auge. Sie waren sprachlos. Und das war auch kein Wunder. Denn jetzt blieb ihnen auch nicht mehr viel zu sagen.

41

FÜR DEN ÄRMELKANAL war es ein ruhiger Tag, und das Segelschiff, das Jim, Brian, Dafydd, Aragh und all ihre Männer und Pferde an Bord genommen hatte, war viel größer als das Schiff, mit dem Jim, Brian und Giles von England nach Frankreich übergesetzt waren.

Gleichwohl schwankte das Schiff unangenehm, seit sie vor Anker gegangen waren, um Sir Giles zu bestatten; und unter den Bewaffneten und Bogenschützen, die zu ihnen gestoßen waren, gab es einige, bei denen Jim den Verdacht hatte, daß sie die Zeremonie so schnell wie möglich hinter sich bringen wollten, um weitersegeln zu können. Nicht, daß die Schiffsbewegungen beim Segeln besser für die gereizten Mägen gewesen wären, aber wenigstens hätten sie dann das Gefühl gehabt, daß sie mit jeder Minute England und dem festen Boden ein Stück näher kamen.

Nichtsdestotrotz hatten Jim, Brian und Dafydd nicht die Absicht, Giles Meeresbestattung zu verkürzen. Es war ihnen nicht gelungen, einen Priester mit an Bord zu nehmen, deshalb trug Jim vor, was er von der Bestattungszeremonie noch in Erinnerung hatte, wobei er sich darauf verließ, daß die Zuhörer aufgrund ihrer geringen Lateinkenntnisse seine Auslassungen und Fehler nicht bemerken würden.

Der Himmel war zwar bewölkt, doch es regnete nicht. Sie standen an einer Stelle, wo die Reling durchbrochen war, und die grauen Wolken schienen sie zu umschließen. Der Leichnam von Sir Giles, komplett gerüstet und mit Waffen versehen, war auf ein paar

Planken aufgebahrt und wartete darauf, seiner letzten Ruhestätte übergeben zu werden.

Jim kam zum Ende seiner Ansprache. Er nickte Tom Seiver und den anderen Bewaffneten zu.

Die Männer hoben die Enden der Planken an, und Sir Giles rutschte ins Wasser. Die meisten wandten im letzten Moment die Augen ab, doch Jim, Brian und Dafydd beugten sich über die Reling, um ihrem Gefährten nachzublicken.

Und das war gut so.

Als Sir Giles ins Wasser glitt, geschah nämlich etwas, das die meisten Zuschauer höchst erschreckend gefunden hätten, während sich die drei Freunde kaum einen schöneren Anblick hätten vorstellen können.

Als die gepanzerte Gestalt ins Wasser glitt, schien ein Wunder zu geschehen. Die Rüstung barst, so wie Jims Rüstung geborsten war, als er sich auf dem Weg zu Carolinus in einen Drachen verwandelt hatte. Diesmal jedoch kam ein grauer Seehund zum Vorschein, der einen Moment lang mit höchst lebendigen Augen zu ihnen hochschaute, bevor er tauchte und für immer im grauen Wasser des Ärmelkanals verschwand. Die drei Männer traten von der Reling zurück.

»Habt Ihr gewußt, daß dies geschehen würde?« wandte sich Brian ehrfurchtsvoll an Jim.

Jim schüttelte lächelnd den Kopf.

»Nein«, antwortete er so leise, daß nur Brian und Dafydd ihn hören konnten, »aber es wundert mich nicht.«

»Wird er von jetzt an als Seehund weiterleben?« fragte Dafydd ebenso leise.

»Ich weiß es nicht«, sagte Jim. »Vielleicht ...«

Er schüttelte den Kopf, und die Frage blieb unbeantwortet. Seit dem Abend nach der Schlacht, als er die Revisionsabteilung angerufen und die Anklage gegen Malvinne vorgebracht hatte, hatte er sich unerklärlicherweise niedergeschlagen gefühlt. Bis zu diesem

Moment war er sich nicht sicher gewesen, ob sein Verhalten für alle Beteiligten tatsächlich das beste war. Doch nun, da er einen Moment lang die strahlenden Augen des Seehunds hatte aufblitzen sehen, fühlte er sich getröstet.

»Ho, Schiffsführer!« rief Brian dem Kapitän zu, »wir sind soweit. Auf nach England!«

Es dauerte noch etwa anderthalb Wochen, bis die drei Gefährten mit den Berittenen und den Bogenschützen im Schlepptau – deren Zahl auf dem Rückweg unerklärlicherweise gewachsen war – sich durch den Wald der Burg Malencontri näherten.

Schließlich waren sie nur noch eine Meile von Jims Zuhause entfernt, und das Wetter war wie bestellt für die Heimkehr. Es war ein wolkenloser, heißer Tag Ende August, und wer eine Rüstung oder schwere Schutzjacken aus Leder trug, wie sie die Bogenschützen und einige der Berittenen bevorzugten, war dankbar für den Schatten des Waldes.

Jim, Brian und Dafydd ritten an der Spitze. Aragh hatte sie gleich nach dem Anlegen verlassen und zuvor gemeint, er habe keine Lust, sich ihrem langsamen Tempo anzupassen. Währenddessen waren auch die letzten Rangunterschiede zwischen den dreien verschwunden, nicht nur aufgrund dessen, was sie durchgemacht hatten, sondern auch wegen des Todes von Sir Giles und dessen Verwandlung im Meer.

Brian hatte stärker um Giles getrauert, als Jim erwartet hatte; allerdings neigte er auch sonst dazu, die Tiefe der Gefühle zu unterschätzen, welche die Menschen, mit denen er nun zusammenlebte, von einem Moment zum anderen entwickeln konnten. Schließlich aber schien sich Brians Trauer ganz verflüchtigt zu haben, gebannt durch Giles Meeresverwandlung und aufgrund der typischen Haltung der Menschen des Mittelalters, sich mit dem Unabänderlichen abzufinden und es zu vergessen.

Nun galt Brians ganze Sorge Malencontri und der Frage, ob seine Liebste noch dort weilte. Dafydd hatte zwar nichts gesagt, doch vermutete Jim, daß der walisische Bogenschütze ebenfalls darauf hoffte, seine Frau bei ihrer Ankunft in Malencontri dort anzutreffen. Offenbar um sich abzulenken, plauderte Dafydd von anderen Dingen.

»Ihr habt von Malvinne nichts mehr gehört, obwohl Ihr über magische Fähigkeiten verfügt«, wandte er sich nun an Jim. »Ist Euch eigentlich aufgefallen, daß er in dem Moment verschwunden ist, als die Drachen auftauchten? Ihr hättet mir schon früher sagen sollen, daß Carolinus Euch davor gewarnt hat, er werde Euch nur vierundzwanzig Stunden lang vor Malvinne schützen können.«

»Das war nicht entscheidend«, antwortete Jim ein wenig geistesabwesend. »Zu diesem Zeitpunkt hatte ich bei der Revisionsabteilung bereits Anklage erhoben.«

»Anklage?« fragte Brian.

Jim nahm sich zusammen. Das betraf allein das Reich der Magier.

»Das ist zu kompliziert, um es zu erklären«, sagte er. »Aber Ihr könnt mir glauben, daß Malvinne für lange Zeit und vielleicht sogar für alle Zukunft niemandem mit seiner Magie wird schaden können.«

»Trotzdem seid Ihr bedrückt«, meinte Dafydd, der neben Jim ritt.

»Ein wenig«, gab er zu.

»Bedrückt?« echote Brian sogleich. »Weswegen, James?«

»Ich glaube, er weiß es nicht«, sagte Dafydd, »aber es liegt immer noch ein schwarzer Schatten über allem. Wo Malvinne sich auch aufhalten mag, dort ist es am dunkelsten. Ich spüre es auch, aber ich begreife es ebensowenig wie er.«

Jim biß sich auf die Unterlippe und überlegte, ob er versuchen sollte, es zu erklären. Dann entschied er sich dagegen. Es erschien ihm alles zu verworren.

»Dafydd hat recht«, sagte Jim. »Es gibt diesen dunklen Schatten tatsächlich – und ich begreife es nicht. Fragt mich bitte nicht nach dem Grund, Brian. Wenn ich mehr weiß, werde ich es Euch sagen.«

»Wie Ihr wollt, James«, sagte Brian, »aber falls Ihr Hilfe brauchen solltet – dann werdet Ihr mich doch nicht vergessen?«

»Falls ich Hilfe brauchen sollte, Brian«, antwortete Jim, »seid Ihr der letzte, den ich vergessen würde.«

»Dann können wir dem Ungemach getrost entgegensehen«, sagte Brian. »Ungemach ist in der Welt ebenso verbreitet wie Fliegen. Und es ist unmöglich, damit ein für allemal aufzuräumen. Es bleibt einem nichts anderes übrig, als abzuwarten, bis es einen ereilt, und dann damit fertig zu werden.«

Aus irgendeinem Grund fand Jim diese leichthin vorgetragenen Lebensweisheiten tröstlich. Doch den Schatten, den Dafydd mit seiner außergewöhnlichen Feinfühligkeit wahrgenommen hatte, nahmen sie dennoch nicht fort. Irgend etwas stimmte nicht. Er hatte etwas übersehen.

Zum hundertsten Mal vergegenwärtigte er sich die Lage. Theoretisch konnte es gar nicht besser stehen. Er hatte Carolinus Anweisungen erfolgreich ausgeführt. England und Frankreich hatten einen Waffenstillstand geschlossen, mit dem zwar keine Seite so recht glücklich war, den zu brechen es allerdings auch keinen vernünftigen Grund gab.

König Jean war freigelassen worden und hatte einer geheimen Zusatzvereinbarung gemäß wieder seinen Platz auf Frankreichs Thron eingenommen. Jim hatte seinen Paß zurückerhalten.

Überbracht hatte ihn der strahlende Secoh, der sich aus der über dem Schlachtfeld kreisenden Drachenhorde herabgesenkt hatte und gelandet war – wobei er sich von den drei Bogenschützen, die Dafydd rekrutiert hatte, beinahe nicht nur einen, sondern gleich mehrere Pfeile eingefangen hätte.

Lediglich der Tatsache, daß Jim und Dafydd gerade noch rechtzeitig eingegriffen hatten, war es zu verdanken gewesen, daß auf den im Landeanflug befindlichen Secoh nicht geschossen wurde, sonst wäre er wohl mausetot gewesen. Allerdings wäre er auf dem Boden kaum sicherer gewesen als in der Luft. Sämtliche Bewaffnete – was wortwörtlich zu verstehen war –, waren bereit gewesen, seinem Angriff dadurch zuvorzukommen, daß sie ihrerseits angriffen. Dies jedoch hatten Jim und Brian verhindert und damit Secoh das Leben gerettet.

In Anbetracht von Edwards Drohung wurde die Schlacht beendet, ohne daß es einen Sieger gegeben hätte, und Jim hatte den Paß zurückerhalten. Zunächst hatte er Mühe gehabt, sich an die erforderliche Prozedur zum Schrumpfen des Passes zu erinnern, doch schließlich war ihm der Zauber wieder eingefallen, und nach einer Weile hatte er auch das darauffolgende Völlegefühl überwunden. Er war froh, die Verantwortung endlich loszuwerden und den Paß den Klippendrachen zurückzugeben.

Er verspürte immer noch ein Unbehagen, das er nicht genau zu benennen vermochte, eine Vorahnung von Gefahr. Von welcher Seite ihm diese Gefahr drohte, war ihm allerdings schleierhaft. Sollte tatsächlich irgend etwas passieren, so hatte er eine beachtliche Streitmacht von Bewaffneten und Bogenschützen hinter sich. Brian hatte recht. Am besten wartete man ab, bis sich das Ungemach zu erkennen gab, bevor man sich ernsthaft damit befaßte.

Brian stellte Dafydd, der an Jims anderer Seite ritt, soeben eine Frage, so daß er buchstäblich an Jim vorbeiredete.

»Was ich Euch schon immer fragen wollte«, meinte Brian zu dem Bogenschützen. »Ich halte mich in keiner Weise für gutaussehend. Des weiteren kann ich wirklich nicht sagen, ob ein Mann anziehend auf eine Frau wirkt oder nicht, wenngleich ich mir schmeichle, das Aussehen edler Damen und selbst gewöhnlicher Frauen recht gut beurteilen zu können. Aber meine eigene Dame hat mir gegenüber erklärt, Ihr, Dafydd, wirktet auf jede Frau in höchstem Maße attraktiv. Damals, als Melusine plötzlich an allen möglichen Männern Gefallen fand, nachdem sie sich Jim und König Jean hatte aus dem Kopf schlagen müssen, habe ich mich gefragt und tue es heute noch, weshalb sie nicht auf Euch verfallen ist, da Ihr doch dem schönen Geschlecht als so begehrenswert erscheint.«

»Ich glaube, damit ist es nicht so weit her«, erwiderte Dafydd, »wenngleich man mir schon des öfteren gesagt hat, daß ich auf einige Frauen anziehend wirke. Allerdings möchte ich um alles in der Welt vermeiden, daß meinem Goldvogel irgendwelche Verleumdungen zu Ohren kommen, aus denen sie schließen könnte, es bestünden zarte Bande zwischen mir und einer anderen Dame. Als ich daher merkte, daß Melusine im Begriff war, an mir Gefallen zu finden, nahm ich einen Zweig mit ein paar Blättern daran und steckte ihn mir an die Kappe. Ob mich das unsichtbar gemacht hat, weiß ich nicht, aber jedenfalls fiel ihr Blick nicht auf mich, und sie …«

Gänzlich unerwartet brach er ab, gab seinem Pferd die Sporen und zügelte es in etwa fünf Metern Entfernung.

»Anhalten!« rief er und hob die Hand.

Dieser Befehl aus dem Mund von jemandem, der ansonsten niemals Befehle gab, brachte die Kolonne zum Stehen. Jim und Brian beobachteten, wie Dafydd sich weit aus dem Sattel beugte und etwas aus einem Unkrautbüschel am Wegesrand hochhob, das sich als Pfeil herausstellte.

Als er wieder aufrecht im Sattel saß, untersuchte er den Pfeil eingehend.

»Was habt Ihr?« wollte Brian wissen. »Das ist doch bloß ein Pfeil, wie ihn Bogenschützen häufig bei der Jagd verlieren.«

Dafydd blickte ihn so grimmig an, daß Brian sich im Sattel versteifte.

»Dieser Schaft ist von meinem Goldvogel!« sagte Dafydd. »Und das kann nur bedeuten, daß meine Liebste in Schwierigkeiten steckt und uns warnen wollte!«

»Aber wie wollt Ihr das aus einem bloßen Pfeil herauslesen?« fragte Brian.

»Kenne ich die Schäfte meines Goldvogels nicht etwa ebensogut wie meine eigenen?« blaffte Dafydd ihn an. »Außerdem hätte er nicht hier gelegen, wenn er nicht eine Botschaft beinhalten würde. Diese Botschaft betrifft uns alle, doch muß man schon genau hinschauen, um sie zu erkennen!«

»Ich verstehe mich nicht darauf, Pfeilschäfte zu deuten, Gott ist mein Zeuge«, sagte Brian. »Lest uns die Botschaft vor, wenn sie denn für unsere Ohren bestimmt ist.«

»Ich fürchte, dem ist wirklich so«, sagte Dafydd. »Bedenkt, daß wir gerade den weitesten Punkt erreicht haben, den Danielle vom obersten Turm der Burg Malencontri aus erreichen könnte. Außerdem ist dies die am weitesten von der Burg entfernte Wegbiegung, die von einer solch hohen Warte aus durch die Bäume noch zu sehen ist. Wenn Ihr Euch umschaut, werdet Ihr bemerken, daß in der Nähe des Weges keine hohen Bäume stehen. Danielle kennt die Straße gut und deshalb auch diese Stelle. Sie hat den Pfeil mit aller Kraft in diese Richtung abgeschossen.«

»Seid Ihr Euch auch wirklich sicher?« fragte Jim.

»Woher wollt Ihr wissen, daß sie diesen Pfeil nicht vor ein paar Wochen bei der Jagd verloren hat?«

Dafydd wandte sich grimmigen Blicks an Jim. »Bedenkt, daß er beinahe senkrecht im Erdboden steckte, deshalb muß er steil in die Luft abgeschossen worden sein, um eine möglichst große Entfernung zu überbrücken. Der Schaft war der Witterung höchstens ein oder zwei Tage ausgesetzt – ansonsten würde ich es merken. Außerdem verliert mein Goldvogel keine Pfeile. Beim Zielen blickt sie nämlich über das Ziel hinaus und überlegt, wo der Pfeil niedergehen könnte, damit sie ihn später wiederfindet, sollte sie das Ziel verfehlen – und Ihr solltet eigentlich wissen, daß dies nicht häufig geschieht. Eigentlich kann ich mich nicht erinnern, daß sie überhaupt jemals ihr Ziel verfehlt hätte, wenngleich sie noch nicht so weit geschossen hat wie ich.«

»Also gut. Ich verstehe, was Ihr meint«, sagte Jim. »Der Pfeil wurde steil abgefeuert – aber woher wißt Ihr, daß er von der Burg kam?«

»Weshalb sollte Danielle wahllos in die Luft schießen?« fragte Dafydd. »Nein, nein, die Annahme, sie hätte ihn wahllos abgefeuert, wäre zu weit hergeholt. Wenn sie den Pfeil gezielt abgeschossen hat, dann muß er von der Burg gekommen sein. Daraus folgert, daß sie wollte, daß wir ihn finden. Daher handelt es sich eindeutig um eine Botschaft und eine Warnung.«

»Aber Ihr hättet den Pfeil doch auch leicht übersehen können«, wandte Brian ein. »Ich schwöre, daß ich ihn erst in dem Moment bemerkt habe, als Ihr ihn aus dem Unkraut gezogen habt.«

»Ich sollte einen Pfeil vom Bogen meiner Liebsten übersehen?« entgegnete Dafydd. »Würdet Ihr etwa einen Stoffetzen eines Kleides übersehen, das Eure Dame häufig trug und das sich im Wald an einem Brombeerstrauch verfangen hat?«

»Wohl kaum«, sagte Brian, »aber das ist etwas anderes ...«

»Keineswegs. Ich möchte mich nicht wiederholen«, sagte Dafydd. »Der Worte sind genug gewechselt. Ihr könnt mir glauben, daß uns der Pfeil warnen sollte und daß er eine Botschaft beinhaltet. Diese Botschaft ist das eigentlich Bedeutsame.«

»Was folgert Ihr daraus?« fragte Brian.

»Daß Danielle und somit wahrscheinlich auch alle anderen Burgbewohner in der Burg gefangengehalten werden«, antwortete Dafydd. »Der Pfeil wurde entweder im Morgengrauen oder in der Abenddämmerung abgeschossen – was erklären würde, weshalb er den Weg verfehlt hat. Ansonsten hätte er mitten auf dem Weg gelegen. Danielle und die anderen werden von Leuten gefangengehalten, die uns feindlich gesinnt sind. Der Pfeil sollte uns davor bewahren, ahnungslos in einen Hinterhalt zu geraten.«

»Aber wir haben keine Feinde«, sagte Brian. »Abgesehen von der Räuberbande, die wir vor unserem Aufbruch nach Frankreich abgewehrt haben, sind wir mit allen Nachbarn gut Freund. Desgleichen ist kaum anzunehmen, daß schon wieder Piraten von der Küste so weit landeinwärts vorgestoßen sind.«

»Denkt noch einmal gut nach«, sagte Dafydd, der den Pfeil eingehend betrachtete. »Sie werden von schwarz Gekennzeichneten festgehalten – von vierfach schwarz Gekennzeichneten.«

»Wie kommt Ihr darauf?« fragte Brian.

»Vier der Federn wurden in schwarze Tinte getaucht, und zwar dicht am Schaft, damit es nicht so auffällt. Wen kennen wir, der sich und seine Leute vierfach schwarz kennzeichnet?«

»Malvinne!« sagte Jim.

Er hatte den Namen laut ausgesprochen, doch waren Brian und Dafydd bereits zu demselben Schluß gelangt.

»Ich kann es einfach nicht glauben«, murmelte Jim vor sich hin. »Malvinne hier? Und uns so weit voraus, daß er meine Burg einnehmen und einen Hinterhalt vorbereiten konnte?«

»Ihr seid ein Narr, wenn Ihr daran zweifelt, James«, sagte eine rauhe Stimme, und auf einmal tauchte Aragh neben ihnen auf.

Alle blickten auf ihn hinab.

»Aragh«, sagte Jim, »wie lange seid Ihr schon hier? Hat Dafydd mit seinen Vermutungen recht?«

»So recht, wie man nur recht haben kann«, erwiderte Aragh, »und wenn Ihr mit etwas Derartigem nicht gerechnet habt, James, dann sinkt Ihr in meiner Achtung. Es mag schon sein, daß Malvinne seiner Magie beraubt wurde. Aber habt Ihr nicht bemerkt, daß er vor allen anderen aufgebrochen ist – daß er verschwunden war, ehe der Tag geendet hatte, und zwar eine ganze Nacht und einen halben Tag, bevor wir selbst vom Schlachtfeld aufgebrochen sind?«

»Das stimmt«, meinte Jim düster. »Aragh, Ihr habt recht. Ich hätte eher daran denken sollen.«

»Das würde Euch gut anstehen, James«, sagte Aragh. »Ich würde es Euch dringend empfehlen. Offenbar ist er so rasch er konnte zur Küste geritten und hat unterwegs irgendwie Geld und Leute aufgetrieben, so daß er sich lange vor uns einschiffen konnte. Somit blieb ihm ausreichend Zeit, Malencontri zu erreichen und die Burg mit seiner kleinen Streitmacht zu erobern – falls er sich nicht irgendeine List hat einfallen lassen. Seitdem wartet er auf uns. Bestimmt hat er in Hastings und in den anderen Häfen der Cinque Ports Leute zurückgelassen, die ihn von Eurer Ankunft auf englischem Boden in Kenntnis setzen sollten. Auf diese vorgewarnt, konnte er sich mühelos ausrechnen, wann Ihr hier eintreffen würdet, und rechtzeitig einen Hinterhalt vorbereiten. Und daran habt Ihr wirklich nicht gedacht?«

»Nein. Ich schäme mich, es einzugestehen, aber es stimmt«, sagte Jim, schwankend zwischen Kummer und Wut. »Ich habe lediglich gefühlt, daß uns von irgendwoher Gefahr droht.«

»Wo kommen Malvinnes Männer her, wie viele sind es und über welche Waffen verfügen sie?« erkundigte sich Brian nüchtern.

»Er hat gewußt, daß Ihr diesen Weg nehmen würdet, wenn Ihr nichts Böses ahntet«, erwiderte Aragh. »Hinter der Burg erwarten Euch achtzig Berittene, aufgeteilt in zwei Gruppen. Allerdings sind sie nicht mit Euren leichtgepanzerten und leichtbewaffneten Gemeinen zu vergleichen. Alle sind schwerbewaffnet und gepanzert, bereit, beiderseits der Burg hervorzustürmen, sobald Ihr den Schutz des Waldes verlassen habt. Sie warten nur auf ein Signal aus der Burg. Sobald man Euch von den Zinnen aus herannahen sieht, wird man den Bewaffneten am Tor und hinter der Burg, die jetzt bereits voll gerüstet sind, Bescheid geben. Dann werden beide Gruppen aufsitzen und gleichzeitig beiderseits der Burg hervorstürmen und Euch angreifen.«

»Wie viele Bogen- und Armbrustschützen sind es?« fragte Dafydd.

»Ich habe achtzehn gezählt«, antwortete Aragh. »Es könnten aber grob geschätzt auch zwanzig bis fünfundzwanzig sein.«

Dafydd fuhr sich langsam mit der Rückseite der Hand über Augen und Stirn. Als er die Hand sinken ließ, hatte er die Augen geschlossen. Als er sie wieder öffnete, blickte er die hinter ihm versammelten Männer an und hob die Stimme.

»Wer kennt im Umkreis von zwanzig Meilen jeden Weg und Strauch?«

Mehrere Stimmen antworteten ihm, doch nur ein Mann drängte sich nach vorn. Es war ein Gemeiner mit grauen Stoppeln auf Kinn und Wangen, unter dessen Helm graue Zotteln hervorlugten.

»Ich bin hier aufgewachsen«, sagte er zu Dafydd, als er vor dem Waliser stand.

»Wir brauchen einen Führer«, sagte Dafydd. Sein Blick fiel auf Wat von Easdale, Clym Tyler und Will o'the Howe, die ganz in der Nähe beieinanderstanden. Er winkte Wat zu sich. »Wie viele Bogenschützen haben wir?«

»Sechs«, antwortete Wat. Er verzog keine Miene. »Mich selbst eingeschlossen.«

»Und in der Burg sind zwanzig bis fünfundzwanzig – wie viele davon Langbogen- und wie viele Armbrustschützen sind, weiß ich nicht«, sagte Dafydd. »Wie heißt Ihr?«

»Rob Aleward«, antwortete der Gemeine.

»Rob Aleward wird Euch führen, Wat«, sagte Dafydd. »Ich möchte, daß Ihr die Umgebung durchstöbert, zunächst die nahegelegenen Orte aufsucht und jeden mitbringt, der jemals einen Langbogen gespannt hat. Wie gut sie damit sind, ist ohne Belang. Sie sollen herkommen und für Lord James kämpfen. Am besten wäre es, wenn sie freiwillig mitkämen, aber notfalls zwingt Ihr sie dazu. Kann ich mich auf Euch verlassen?«

»Das könnt Ihr«, sagte Wat. Er wandte sich an Aleward. »Führt mich zum nächsten Ort, in dem es einen Bogenschützen gibt.«

Sie ritten gemeinsam los.

Dafydd wandte sich wieder Jim und Brian zu.

»Mehr kann ich nicht tun«, sagte er. »Mit Freuden würde ich die Burg ganz allein stürmen, falls es etwas nützen würde. Alles übrige liegt bei Euch, Sir Brian, Mylord.«

Daß Dafydd diese förmliche Anrede gewählt hatte, unterstrich den Ernst der Lage. Jetzt kam es nicht auf Freundschaften und Rücksichtnahme an, sondern einzig und allein darauf, wer am besten zu führen verstand. Dies war Jim ebenso klar wie Dafydd. Er wandte sich an Brian.

»Brian«, sagte er, »Ihr verfügt in derlei Dingen über mehr Erfahrung als ich. Was schlagt Ihr vor?«

42

BRIAN DACHTE angestrengt nach.

»Was wir auf keinen Fall wollen«, sagte er, »ist loszureiten und uns schnappen zu lassen wie eine Fliege von einem Fisch. Zahlenmäßig sind sie uns überlegen. Um den Nachteil wettzumachen, sollten eigentlich wir ihnen im Hinterhalt auflauern statt umgekehrt. Und das, James …«

Er blickte Jim an.

»… ist die Antwort, wenn Ihr denn eine von mir hören wollt«, sagte er. »Legen wir ihnen einen Hinterhalt. Allerdings will ich verdammt sein, wenn ich weiß, wie das zugehen sollte. James, da müßt Ihr Euch etwas einfallen lassen.«

Brian hatte wirklich recht, überlegte Jim. Für diese militärische Situation gab es keine einfache, naheliegende Lösung. Es war ungerecht von ihm, Brian die ganze Verantwortung zuzuschieben und von ihm einen fertigen Plan zu erwarten.

»Nun, wir werden sehen«, sagte er. »Hinter der Burg befinden sich achtzig Männer, die wahrscheinlich den ganzen Tag lang herumfaulenzen und auf den Befehl zum Aufsitzen und zum Angriff warten …«

Er dachte laut nach, denn mehr fiel ihm im Moment nicht ein.

»Da fällt mir ein, daß sie kaum die ganze Nacht über dort bleiben können«, fuhr er fort. »Morgens werden sie nach draußen kommen und abends wieder hineingehen. Wann also sind sie am verwundbarsten? Frühmorgens, wenn sie gerade aufgewacht sind und herauskommen? Oder am Abend, wenn sie müde und gelangweilt und erhitzt in ihren Rüstungen sind vom langen Warten auf etwas, das nicht eingetroffen ist?«

»Am Abend, würde ich meinen«, sagte Brian. »Morgens ist man vielleicht steif und friert, doch wenn der Kampf beginnt, wärmt man sich rasch auf. Aber später am Tag – zum Beispiel nach einer Mahlzeit – werden die Männer müde vom Nichtstun sein. Wahrscheinlich wird es kleine Reibereien wegen irgendwelcher Unstimmigkeiten geben. Ein Dutzend Kleinigkeiten werden ihnen die Laune verdorben haben, sich munter ins Getümmel zu stürzen. Kommt dann noch ein unerwarteter Rückschlag hinzu, der sie entmutigt und durcheinanderbringt, so daß plötzlich alles schiefzulaufen scheint, dann könnten sie wohl in heillose Verwirrung geraten, so daß man sie über den Haufen reiten und aufreiben kann.«

»Ich glaube, da habt Ihr recht, Brian«, sagte Jim. »Ihr habt den wunden Punkt getroffen. Vor allem kommt es darauf an, daß etwas geschieht, womit sie überhaupt nicht gerechnet haben. Wir müssen sie angreifen, nicht umgekehrt. Und wir sollten es nicht nur zu einem Zeitpunkt tun, zu dem sie es am wenigsten erwarten, sondern uns auch etwas ausdenken, das sie vollständig überrumpeln wird.«

Er dachte an die gerodete Fläche hinter der Burg. Wie auf der gerodeten Fläche davor waren dort nur ein paar Baumstümpfe stehen geblieben, und anschließend waren das Gras und das Unkraut, die jetzt die Sonne abbekamen, nachgewachsen. Abgesehen von den Baumstümpfen gute Vorbedingungen für einen Angriff Berittener auf einen lagernden Gegner. Sein Verstand begann zu arbeiten, als sei er gerade erst aufgewacht.

»Es gibt dabei noch einen Gesichtspunkt, den wir bedenken sollten«, dachte er abermals laut nach. »Weshalb tut Malvinne das?«

»Um an Euch Rache zu nehmen«, brummte Brian. »Welchen Grund sollte er sonst haben?«

»Das reicht als Begründung wohl aus, nehme ich an«, sagte Jim. »Ich habe ihm alles genommen, was er besaß, habe dazu beigetragen, seine Pläne zu vereiteln, und ihn gezwungen, die Dunklen Mächte zu enttäuschen. Allerdings scheint mir, daß Malvinne womöglich mehr als Rache im Sinn hat. Bestimmt wird er versuchen, sich zu rächen; gleichzeitig aber wird er danach trachten, einen Vorteil zu erringen, um sich wieder in den Besitz der verlorenen Macht und der Position zu bringen, die er ursprünglich innehatte.«

»Wenn er Euch lebendig ergreifen würde«, sagte Brian, »könnte er Euch natürlich wieder nach Frankreich schleppen; entweder um ein Lösegeld zu erpressen, oder um Euch nach französischem Recht vor Gericht zu stellen, so daß Ihr alles, was Ihr durch die Beendigung der Schlacht in den Augen der Franzosen und der Engländer gewonnen habt, wieder verlieren würdet. Vielleicht hofft er sogar darauf, sich mit König Jean zu versöhnen.«

»Ja«, meinte Jim nachdenklich, »der Hinterhalt dient bestimmt dazu, mich und vielleicht auch Euch und Dafydd gefangenzunehmen – anstatt uns zu töten. Auch meine Anklage bei der Revisionsabteilung stünde auf tönernen Füßen, wenn ich als Ankläger ausgerechnet von der angeklagten Person gefangengehalten würde.«

»Aber man würde doch wohl nicht gegen Euch urteilen?« fragte Dafydd, der die ganze Zeit über zugehört hatte. »Man wird doch wohl nach der Sachlage und nicht nach dem Augenschein entscheiden.«

»Ich denke schon«, sagte Jim. »Aber jetzt, wo wir gerade davon sprechen, würde ich am liebsten Carolinus danach fragen – wäre er denn hier. Aber Ihr habt davon gesprochen, Malvinnes Ritter oder was sie auch sein mögen durch etwas Unerwartetes in Verwirrung zu stürzen. Sie sind gerüstet und bewaffnet, um zu Pferde zu kämpfen, und die Pferde haben sie bestimmt bei sich. Angenommen, sie sind schwerer bewaffnet und gerüstet als unsere Männer. Aber wenn sie nun auf dem Boden kämpfen müßten, während unsere Bewaffneten sie zu Pferd mit Lanzen angreifen? Könnten unsere Männer dann etwas gegen sie ausrichten, was meint Ihr?«

Jim blickte Brian an.

In Brians Augen glomm ein bösartiges Feuer.

»Worauf Ihr Euch verlassen könnt, James«, sagte er. »Die schwere Rüstung würde sie am Boden behindern, während unsere leichtgepanzerten Berittenen sie mit den Lanzen ohne große Mühe überrennen würden. Doch wie gedenkt Ihr Malvinnes Leute die Pferde zu rauben?«

»Mir ist gerade eine Idee gekommen«, antwortete Jim. »Wir wollen heute nachmittag sowieso nicht mehr bis zur Burg weiterreiten, nicht wahr?« Er wartete die Antwort nicht ab, denn das verstand sich von selbst. »Wenn wir uns am Waldrand verstecken, können wir am Abend – bis dahin sind es nur noch ein paar Stunden – beobachten, wie sie wieder in die Burg hineingehen. Wir können jeden Mann zählen und uns ein Bild von dem Gegner machen, mit dem wir es zu tun haben. Währenddessen kann Wat die Umgebung nach Bogenschützen oder anderen Mitstreitern abkämmen. Ich habe keine Ahnung, ob er jemanden auftreiben wird ...«

»So solltet Ihr nicht denken«, sagte Brian. »Ihr seid bei Eurem Gesinde wie auf all Euren Ländereien bereits als guter Herr bekannt. Das hat man mir erzählt. Ich glaube, daß wir mindestens ein halbes Hundert Männer jeglichen Alters und jeglicher Eignung bekommen werden – wieviel wir davon werden verwenden können, weiß ich nicht. Habt Ihr Euch schon weitergehende Gedanken gemacht?«

»Ja«, sagte Jim, »und ich bin gespannt, was Ihr davon haltet. Wir verstecken uns den Nachmittag und den Abend über. Nachts begeben wir uns mit Hilfe von Einheimischen, die sich im Wald auskennen, zur Rückseite der Burg, wo wir unsere Leute im Halbkreis verteilen, so daß sie aus verschiedenen Richtungen gleichzeitig über Malvinnes Männer herfallen können. In der Zwischenzeit finden wir heraus, wie die Pferde festgebunden sind, wenn die Männer tagsüber warten. Vielleicht können wir die Knoten der Stricke irgendwie lockern – ohne daß Malvinnes Männer morgen bemerken, daß ihre Pferde nicht mehr fest angebunden sind.«

»Eine gute Idee«, bemerkte Brian.

»Im Laufe des morgigen Tages«, fuhr Jim fort, »machen wir die festgebundenen Pferde scheu, damit sie sich losreißen. Dann versuchen wir, sie in den Wald zu treiben oder zumindest weg von Malvinnes Männern. Anschließend greifen wir zu Pferd vom Wald aus an.«

»James, das ist ein guter Plan!« sagte Brian. »Wirklich gut. Aber wie wollt Ihr es anstellen, daß die Pferde scheuen und sich losreißen? Habt Ihr vielleicht daran gedacht, Euch in einen Drachen zu verwandeln und plötzlich aus der Luft auf sie herunterzustoßen? Das würde jedes Pferd scheu machen.«

»Ich fürchte, so geht es nicht«, sagte Jim. »Vielleicht habe ich mich nicht klar genug ausgedrückt, aber Malvinne ist nicht der einzige Magier, der nicht mehr zaubern kann. Das gleiche gilt auch für mich. Ich war schließlich bloß ein Magier der vierten Kategorie, mit einem kleinen Guthaben bei der Revisionsabteilung. Das habe ich in Frankreich gleich am Anfang aufgebraucht.«

Brian starrte ihn an. »Aber Eure Zauberei in der Burg... und als Ihr uns später unsichtbar gemacht habt...«

»Das hatte ich Carolinus zu verdanken«, sagte Jim. »Er hat mir gestattet, zeitweise sein Konto zu belasten.«

»Wollt Ihr damit sagen, Ihr könntet überhaupt nicht mehr zaubern, James?«

»Ich kann noch zaubern«, antwortete Jim, »aber es würde nichts mehr passieren, weil mein Konto bei der

Revisionsabteilung leer ist. Deshalb ist es im Moment ausgeschlossen, daß ich mich in einen Drachen verwandle. Ich kann nicht mehr tun als jeder andere auch.«

»Ein höchst beklagenswerter Zustand!« meinte Brian nachdenklich, sich die hellbraunen Stoppeln reibend, welche seine untere Gesichtshälfte bedeckten. »Mir fällt wirklich nichts ein, womit wir die Pferde so erschrecken könnten, daß sie sich losreißen.«

»Pferde fürchten sich vor Feuer«, sagte Jim, »zumal dann, wenn sie festgebunden sind und nicht weglaufen können. Wie wäre es, wenn ein paar unserer Männer aus dem Wald galoppiert kämen und brennende Reisigbündel mitten unter sie werfen würden? Wenn sie plötzlich auftauchen, hätten Malvinnes Krieger keine Zeit, sie aufzuhalten. Die brennenden Reisigbündel würden allein schon die Pferde erschrecken, und das Gras steht um diese Jahreszeit hoch und ist verdorrt. Bestimmt würde es Feuer fangen – oder zumindest anfangen zu schwelen. Das würde nicht nur die Pferde scheu machen, sondern auch bei Malvinnes Männern Verwirrung stiften.«

»Beim heiligen Dunstan!« sagte Brian. »Ich glaube, damit könnten wir ein heilloses Durcheinander auslösen, wenn wir angreifen!«

Er blickte kurz zur Sonne hoch.

»Bis Sonnenuntergang sind es noch mindestens drei Stunden«, fuhr er fort. »Ich für meinen Teil kann es gar nicht mehr erwarten, mich hinter Eure Burg zu begeben und nachzuschauen, wo die Pferde festgemacht sind. Aber wir sollten besser solange hier warten, bis die Männer wieder in der Burg verschwunden sind und wir sie gezählt und eingehend begutachtet haben. Aber leicht fällt mir das Warten nicht!«

»Ich für meinen Teil«, sagte Dafydd, »werde mit unseren Bogenschützen und mit denen, die Wat mitbringen wird, genug zu tun haben.«

Zufällig trafen gerade in diesem Moment die Rekruten ein. Wat hatte die Umsicht bewiesen, beim ersten Haltepunkt ein Hauptquartier einzurichten und von dort aus Boten in alle Richtungen auszusenden.

Jim staunte über die Anzahl der Männer, die allmählich eintrudelten. Abermals hatte er etwas über die Welt herausgefunden, die jetzt seine Heimat war, was ihm bisher noch nicht klar gewesen war.

Er wußte inzwischen, daß die Ritter den Kampf liebten und daß die Bewaffneten und die Bogenschützen es in dieser Hinsicht mit ihnen aufnehmen konnten. Einmal losgelassen, ließen sie sich nicht so leicht wieder aufhalten. Allerdings hätte er sich niemals träumen lassen, daß die freundlichen und unterwürfigen Pflüger, Holzfäller und Landarbeiter der Ländereien, die er als Herr von Malencontri besaß, sich mit der gleichen Begeisterung in einen Kampf stürzen würden, der für sie sehr wohl einen tödlichen Ausgang nehmen konnte.

Junge und Alte waren darunter, angefangen von acht- oder neunjährigen Knaben bis zu weißbärtigen, gebeugten alten Männern mit arthritischen Knochen, bewaffnet mit Messern, Sensen, Hämmern, Äxten oder auch nur einfachen Knüppeln.

Die meisten würden gegen schwergepanzerte und erfahrene Krieger nichts ausrichten können, selbst wenn diese zu Fuß kämpfen mußten anstatt zu Pferd. Gleichwohl wurde Jim ganz warm ums Herz angesichts der Hilfsbereitschaft seiner Leute. Vermutlich war sie teilweise darauf zurückzuführen, daß er als guter Herr galt – wenngleich er selbst nichts Besonderes in sich sah.

Offenbar reichte es schon aus, sie nicht zu mißhandeln, damit sie ihn für einen guten Herrn hielten. Noch wichtiger aber war, daß sie es buchstäblich kaum erwarten konnten, sich ins Getümmel zu stürzen. Für einen Menschen des zwanzigsten Jahrhunderts war das verblüffend anzusehen. Anscheinend bedeutete für sie jede Art von Kampf – wie später der Zirkus oder etwa eine Parade – eine Abwechslung – und Abwechslung gab es im Leben der meisten nur höchst selten.

Die Neuankömmlinge verteilten sich zusammen mit den Bewaffneten und den Bogenschützen in der Nähe der Burg im Wald – jedoch weit genug davon entfernt, um nicht gesehen zu werden. Die Sonne sank herab; und gerade als sie unterging, kamen die beiden Gruppen von Malvinnes Gepanzerten rechts und links hinter der Burg hervorgeritten, näherten sich der heruntergelassenen Zugbrücke, überquerten sie polternd und ritten durch das Tor auf den Innenhof.

»Achtzig Männer, tatsächlich«, sagte Brian, als der letzte in der Dunkelheit des Tores verschwand.

»Hab ich's nicht gesagt?« knurrte Aragh.

»Das habt Ihr, Herr Wolf«, sagte Brian, »und ich wollte Eure Zählung auch gar nicht anzweifeln, sondern mich bloß über ihre Rüstungen, Waffen und Reitweise vergewissern. Das ist kein bunt zusammengewürfelter Haufen, James. Das sind alles erfahrene Männer, die an den Sattel gewöhnt sind. Und wenn es darauf ankommt, wird sich zeigen, daß sie auch mit Waffen umzugehen verstehen.«

»Etwas anderes habe ich auch gar nicht erwartet«, erwiderte Jim düster.

»Ich auch nicht«, sagte Brian. »Aber ist Euch aufgefallen, daß sie zwar beieinander ritten, dabei aber nicht sonderlich kameradschaftlich wirkten? Entweder können sie sich nicht besonders gut leiden, oder aber die lange Warterei hat sie so mitgenommen, daß sie erst wieder essen und trinken müssen, um ihre gute Laune wiederzufinden.«

Die Zugbrücke wurde hochgezogen.

»Je rascher wir uns jetzt zur Rückseite der Burg begeben«, sagte Brian, »desto besser. Dann ist es noch hell genug, um die Lage zu erkunden. Wir werden uns im Schatten der Burg befinden, was uns zwar Deckung verschafft, es aber auch erschweren dürfte, Einzelheiten zu erkennen.«

Sie begaben sich zum Rand der Lichtung hinter der Burg. Die Lichtung lag nicht nur im Schatten der Burg, sondern die Rückseite von Malencontri bestand im großen und ganzen aus einer einzigen massiven Steinmauer, in der es, abgesehen von den Zinnen, nur einige wenige Ausgucke gab.

Jim, Brian und Dafydd legten Rüstung und Waffen ab, so daß sie von Einheimischen kaum noch zu unterscheiden waren. Anschließend machten sie sich daran, das Gelände zu inspizieren, auf dem sich Malvinnes Krieger tagsüber versteckt hielten. Sie schlenderten scheinbar ziellos umher, suchten dabei das Gelände jedoch gründlich ab. Sollte man sie von der Burg aus sehen, so würden sie kaum Erstaunen erregen, war es doch ganz natürlich, daß ärmere Gemeine in der Hoffnung, irgendwelche verlorenen oder fortgeworfenen Wertsachen zu entdecken, den Boden absuchten, auf dem Höhergestellte den Tag verbracht hatten.

Ein leiser Pfiff von Brian ließ Jim aufmerksam werden. Als er bemerkte, daß dieser ihm unauffällig Zeichen gab, ging er zu ihm hinüber.

Brian beugte sich über niedergetrampeltes Gras, wo offenbar die Pferde gestanden hatten.

»Seht Ihr«, meinte er leise zu Jim, »die Pferde werden lediglich an Pflöcken festgebunden. Es müßte möglich sein, ein wenig Erde wegzukratzen, die Pflökke teilweise durchzusägen und dann die Erde wieder drüberzuschieben. Den normalen Zug eines Pferdes müßte der Pflock dann noch aushalten, aber wenn das Tier in Panik gerät, wird er mühelos brechen. Laßt uns abwarten, bis es dunkler geworden ist, und die Pflöcke derweil markieren. Dann bleibt uns die ganze Nacht, um sie im Schutz der Dunkelheit durchzusägen.«

Dies taten sie, und etwa eine halbe Stunde später waren fünfzehn Gestalten – Jim, Brian, Dafydd und ein paar der Rekruten – mit ihren Messern damit beschäftigt, die Pflöcke mehr oder weniger nach Gefühl teilweise durchzuschneiden und die Schnittstelle mit Erde zu bedecken.

Als sie fertig waren, zogen sie sich in den Wald zurück, bevor der Mond aufging. Es kam nur selten vor, daß Gemeine das Haus nach Anbruch der Dunkelheit verließen – weniger deshalb, weil sie bei Sonnenaufgang mit der Arbeit beginnen mußten, sondern eher aus abergläubischer Angst vor den Gefahren der Dunkelheit.

Die Einheimischen nahmen die Bogenschützen und Bewaffneten in ihre kleinen Häuser mit. Brian, Jim und Dafydd zogen es vor, um ein Lagerfeuer herum im Wald zu kampieren, weit genug von der Burg entfernt, so daß das Feuer von dort aus nicht zu sehen war. Keine der Hütten, in denen die unteren Ränge aufgenommen worden waren, wäre Brian für einen Ritter angemessen erschienen, und so konnten sie ihr weiteres Vorgehen ungestört besprechen.

Jim hatte seine eigenen Gründe, nicht in einer der Hütten zu nächtigen. Darin wimmelte es bestimmt von Flöhen, Läusen und anderem Ungeziefer. Gänzlich davon verschont geblieben war er nicht auf seiner Reise nach Frankreich und zurück, doch wollte er sich möglichst sauber halten, bis er die Burg wieder betreten, seine Kleidung gründlich auskochen und in der Abgeschiedenheit der Gemächer, die ihm und Angie vorbehalten waren, ein Bad nehmen konnte.

Den ganzen Abend über herrschte reges Kommen und Gehen. Die Reisigbündel, die sie in Brand stecken wollten, mußten vorbereitet werden. Dafydd wollte noch seine Bogenschützen instruieren. Es war ihm gelungen, aus den dreißig bis vierzig Bewerbern mindestens ein Dutzend passabler Schützen auszuwählen.

Deren Aufgabe würde es sein, Bogen- oder Armbrustschützen auf den Zinnen daran zu hindern, die Angreifer zu beschießen. Zumindest würden sie die gegnerischen Schützen veranlassen, die Köpfe unten zu behalten. Der Befehlshaber der Bewaffneten mußte ebenfalls noch Anweisungen erteilen.

Gleichwohl waren gegen zehn Uhr alle verschwunden. Das Feuer war heruntergebrannt und im Begriff, sich in ein Häuflein Glut zu verwandeln. Die drei Gefährten rollten sich in Satteldecken ein, und Dafydd und Brian schliefen auf der Stelle ein, als wäre morgen ein ganz gewöhnlicher Tag. Um dieses Fähigkeit hatte Jim sie schon häufiger beneidet.

Er lag noch eine Weile wach, in Gedanken weniger mit dem bevorstehenden Kampf beschäftigt, als vielmehr mit den Bedingungen, unter denen Angie in der Burg gefangengehalten wurde. Schließlich tröstete er sich damit, daß es sich für Malvinne nicht auszahlen würde, wenn er die drei in der Burg befindlichen Frauen mißbrauchte, bevor er wußte, daß Jim und seine beiden Gefährten in seiner Gewalt waren, und schlief endlich ein.

Wie die anderen erwachte auch er im Morgengrauen. Sie hatten kaum das Lagerfeuer entfacht, um sich zu wärmen, als einige Einheimische ihnen auch schon Essen und selbstgebrautes Bier zum Frühstück brachten. Jim entwickelte zu seiner Überraschung einen ebensolchen Heißhunger, wie Dafydd und Brian es üblicherweise taten. Vielleicht, überlegte Jim, übernahm er ja allmählich die gängigen Verhaltensmuster.

Sie füllten die Sattelflaschen mit Bier und banden Proviantbündel am Sattel fest, dann machten sie sich daran, ihre Streitmacht in Position zu bringen. Brian hatte darauf hingewiesen, daß dies geschehen müßte, bevor die Berittenen aus der Burg kamen, damit sie nicht womöglich aufmerksam wurden.

Bald darauf verließen ihre ahnungslosen Gegner die

Burg, saßen ab, banden die Pferde an den Pflöcken fest, ließen sich nieder und beschäftigten sich fortan mit Spielen, angefangen vom Würfelspiel bis zu einer primitiven Form des Schachs.

Und jetzt kam der schwierige Teil.

Wie Brian am Vorabend ausgeführt hatte, mußten sie nun solange warten, bis die Ritter, Gemeinen oder was auch immer Malvinnes Krieger sein mochten, zu dem Schluß gekommen waren, daß sie auch diesen Tag wieder mit sinnloser Warterei zubringen würden. Diesmal fiel das Warten den im Wald Versteckten fast ebenso schwer wie ihren schwergepanzerten Gegnern.

Aber nur fast. Denn die im Wald Wartenden befanden sich im Schatten und genossen relative Bewegungsfreiheit, während die hinter der Burg postierten Männer in der Sonne laut fluchten und sich in die kleinen Schatteninseln flüchteten, als die Sonne am Himmel emporkletterte und der Schatten der Burg immer mehr schrumpfte.

Dann endlich kam der Moment, auf den Brian gewartet hatte. Gegen Mittag brachten Bedienstete aus der Burg den Bewaffneten etwas zu Essen. Zur Genugtuung der heimlichen Zuschauer langten diese kräftig zu. Sie legten sich keinerlei Einschränkungen auf, da sie offenbar nicht damit rechneten, daß Jim, Brian, Dafydd und die anderen vor dem Nachmittag oder dem Abend auftauchen würden.

Als sie sich die Bäuche vollgeschlagen hatten, rekelten sie sich im Gras, zu müde, um die Spiele fortzusetzen, mit denen sie bislang die Zeit totgeschlagen hatten. Brian – der geborene Befehlshaber und als dieser von allen akzeptiert – ließ den im Halbkreis des umliegenden Waldes Verborgenen ausrichten, sie sollten sich bereitmachen.

43

Als die bewaffneten und gepanzerten Männer gesättigt in der Sonne dösten, da es hinter der Burg mittlerweile überhaupt keinen Schatten mehr gab, erscholl rechts hinter der Burg der heisere Schrei eines Fasanenhahns. Ihm antwortete ein ähnlicher Schrei an der Westseite.

Plötzlich kamen jeweils drei Pferde an den entgegengesetzten Seiten der Burg aus dem Wald hervorgaloppiert, deren Geschwindigkeit von den brennenden Reisigbündeln, die sie nachschleppten, kaum beeinträchtigt wurde. Sie stürmten in vollem Galopp über die Lichtung und näherten sich den angepflockten Pferden.

Malvinnes Krieger, die am Boden gedöst hatten, stützten sich erst auf die Ellbogen auf, dann rappelten sie sich mühsam hoch. Als sich die Mehrheit endlich aufgerichtet hatte, waren die sechs Reiter bereits bei den Pferden, und das verdorrte Gras hatte vom brennenden Reisig Feuer gefangen. Die festgebundenen Pferde wieherten furchtsam, rissen sich von den Pflöcken los und rannten in alle möglichen Richtungen davon.

Mittlerweile hatten die galoppierenden Reiter die Schnüre, an denen sie die brennenden Reisigbündel nachgeschleppt hatten, durchtrennt und waren wieder im Wald untergetaucht. Die angepflockten Pferde waren ebenfalls verschwunden.

Das trockene Gras brannte lichterloh und entwickelte dichten Qualm; zwar reichte er nicht aus, das Schlachtfeld zu vernebeln, doch bewirkte er zumindest, daß den Kriegern die Nasen liefen und die Augen tränten. Während sie noch damit beschäftigt waren, eine Art Schlachtordnung einzunehmen, wurden sie von erneutem Hufedonnern abgelenkt, und im nächsten Moment kamen weitere Berittene aus dem Wald hervorgestürmt.

Dies aber waren keine unbewaffneten Einheimische, wie die Reiter der ersten sechs Pferde es gewesen waren. Das waren Bewaffnete in leichter Rüstung, mit Lanzen, die sie machtvoll in ihre Ziele trieben. Diese Ziele waren die Männer, die soeben ihre Pferde verloren hatten, und obwohl sie sich noch so sehr anstrengten, auszuweichen und die Schwerter zu ziehen, lagen zwei Drittel von Malvinnes Kämpfern binnen Minuten flach am Boden, erblickten Messerspitzen hinter ihren Visieren und vernahmen die Aufforderung, sich zu ergeben.

Fünfzehn bis zwanzig waren immer noch auf den Beinen und hatten mit erhobenen Schilden und Waffen eine Igelstellung gebildet, die nicht so leicht zu überwältigen sein würde wie verstreute Einzelkämpfer.

Gleichwohl tat der Aufprall einer Lanze, auch wenn sie nur von einem leichtgepanzerten Reiter auf einem Reitpferd geführt wurde, seine Wirkung. Die Außenstehenden wurden getroffen und anschließend nur noch von ihren Kameraden aufrecht gehalten.

Schließlich war die Igelstellung aufgerieben. Erst jetzt griffen Jim und Brian persönlich ins Kampfgeschehen ein. Die zermürbten Gegner, auf die sie trafen, als sie zu Pferde angriffen, vermochten ihnen keinen nennenswerten Widerstand entgegenzusetzen. Nicht lange, und kein einziger von Malvinnes Kriegern stand mehr auf den Beinen. Währenddessen hatte man von den Mauern aus begonnen, sie mit Armbrüsten zu beschießen, und die außerhalb der Burg befindlichen Bogenschützen erwiderten den Pfeilhagel.

Eher war es der an Hexerei grenzenden Treffsicherheit Dafydds und seiner drei Rekruten als dem Geschick der unterwegs aufgelesenen und unter den Einheimischen angeworbenen Schützen, von denen die meisten höchstens mal auf ein Kaninchen geschossen hatten, zu verdanken, daß dem ein Ende gesetzt wurde. Bald darauf waren die gegnerischen Schützen entweder verwundet, tot oder so eingeschüchtert, daß sie den Beschuß einstellten.

Brian musterte die auf dem Schlachtfeld umherliegenden Gestalten.

»Wer ist hier der Anführer?« brüllte er.

Ein schwergepanzerter Mann richtete sich mühsam auf.

»Ich, Charles Bracy du Mont«, krächzte er.

»Ergebt Ihr Euch mit all Euren Männern, oder wollt Ihr, daß wir Euch die Kehlen durchschneiden?« rief Brian.

Seine Drohung war durchaus ernst gemeint. Die über hundert Einheimischen, die Jim zu Hilfe geeilt waren, waren mittlerweile mit gezückten Messern und wildentschlossener Miene aus dem Wald hervorgetreten.

»Ich ... ergebe mich«, sagte Bracy du Mont.

»Und was ist mit Euren Männern?« Diesmal hatte Jim sich in scharfem Ton an den gegnerischen Anführer gewandt.

»Mit all meinen Männern«, sagte dieser erschöpft, worauf er zusammensackte.

»Entwaffnet sie und bindet ihnen die Hände hinter dem Rücken zusammen!« befahl Brian. Bracy du Mont hob heftig den Kopf.

»Was?« rief er. »Uns fesseln? Die meisten von uns sind gegürtete Ritter! Wir geben Euch unser Ehrenwort!«

»Ritter, die auf seiten der Dunklen Mächte kämpfen, besitzen keine Ehre«, sagte Brian. »Fesselt sie, alle miteinander!«

»Und jetzt?« fragte Jim, als sie die letzten noch einsatzfähigen Gegner gefesselt und zusammengedrängt hatten.

»Jetzt gehen wir mit ihnen zur Vorderseite der Burg«, antwortete Brian grimmig. »Ich vermute, daß dies schon der Großteil von Malvinnes Streitmacht war – und

Dafydds Schützen haben die Verteidiger auf den Zinnen außer Gefecht gesetzt. Dann wollen wir doch mal sehen, ob Malvinne vernünftig genug ist, die Burg zu übergeben ...«

Auf einmal kam es zu einer Unterbrechung, die sicherlich allgemeine Verwirrung ausgelöst haben würde, wenn die meisten der auf dem Schlachtfeld Versammelten nicht zu beschäftigt gewesen wären, um die Annäherung des Neuankömmlings zu bemerken. Secoh landete mit einem dumpfen Aufschlag etwa drei Meter vor Jim.

»Jim!« rief er freudig aus, während ein paar schlechtgezielte Pfeile an ihm vorbeiflogen, zum Glück so weit von ihm entfernt, daß Secoh nichts davon mitbekam. »Schön, Euch zu sehen! Im Namen der Sumpfdrachen heiße ich Euch herzlich zu Hause willkommen!«

»Nun ... richte ihnen meinen Dank aus«, antwortete Jim, der sich von der Überraschung erst einmal erholen mußte. »Sie müssen ja richtig gerührt gewesen sein, daß sie sich in der kurzen Zeit seit meiner Rückkehr bereits versammelt und diesen Beschluß gefaßt haben.«

»Also, eigentlich haben sie dafür noch gar keine Zeit gehabt«, meinte Secoh. »Deshalb habe ich Euch auf eigene Faust willkommen geheißen. Die Klippendrachen wollen wissen, weshalb Ihr schon länger als vierundzwanzig Stunden in der Gegend seid und ihnen immer noch nicht den Paß zurückgegeben habt.«

»Seid Ihr wahnsinnig, Drache?« explodierte Brian. »Wir waren viel zu beschäftigt, um an Pässe zu denken!«

»Das habe ich mir auch schon gedacht«, erwiderte Secoh. »Aber Ihr wißt ja, wie das ist, der Paß enthält den Lieblingsjuwel eines jeden Drachen, und überhaupt ... Wenn Ihr mir den Paß jetzt geben würdet, Jim, dann könnte ich gleich damit zu ihnen zurückfliegen ...«

»Er wird nichts Derartiges tun…«, setzte Brian wutentbrannt an, doch Jim legte ihm die Hand auf den Arm und hieß ihn schweigen.

»Ich glaube, es ist besser, wenn ich es tue, Brian«, sagte Jim. »Es wird nicht lange dauern. Wenn Ihr nichts dagegen habt«, meinte er zu Brian, Dafydd und allen anderen Zuhörer gewandt, »ziehe ich mich für einen Moment zurück – ich meine, ich muß einen Moment für mich sein. Das hat nämlich etwas mit Magie zu tun, versteht Ihr.«

»Aber Jim«, sagte Brian, »Ihr habt uns doch erklärt, Ihr könntet nicht mehr…« Er brach ab, und zwar gerade noch rechtzeitig, wie Jim fand.

»Das ist ein besonderer Fall, Brian«, sagte Jim. »Ich bin gleich wieder da.«

Er verschwand im Wald. Nachdem Carolinus auf dem Schlachtfeld in Frankreich behauptet hatte, Jim habe beim Zaubern lediglich dessen Konto belastet, hatte er sich gefragt, ob es ihm trotzdem noch gelingen würde, den Paß so weit schrumpfen zu lassen, daß er ihn verschlucken konnte. Gleichwohl hatte der Zauber funktioniert. Die einzige Erklärung dafür war, daß es ihm in diesem speziellen Fall nach wie vor gestattet war, Carolinus Konto zu belasten.

Nachdem er sich im Schatten der Bäume die Prozedur ins Gedächtnis gerufen hatte, gelang es ihm, den Paß in Pillenform auszuwürgen. Ganz von allein schwoll er rasch zu seiner ursprünglichen Größe an, und Jim schleppte den Sack voller Juwelen zu Secoh zurück.

»Ich glaube, es war klug von Euch, mir den Paß jetzt gleich zurückzugeben, James«, sagte Secoh, ihn dankbar entgegennehmend. »Ich werde ihn gleich zu den Klippen bringen – äh, einen Moment. Mein eigener Beitrag, wißt Ihr.«

Er stellte den Sack ab, schnürte ihn auf und langte hinein. Eine Weile wühlte er besorgt darin herum, dann auf einmal hellte sich seine Miene auf. Als er den Arm wieder hervorzog, hielt er die Perle in der Klaue, die er Jim überlassen hatte.

»Ausgezeichnet!« sagte er. Er steckte sich die Perle in eine Backentasche, schnürte den Sack hastig wieder zu und breitete die Flügel aus. »Wir sehen uns bald wieder, James!«

Er flog empor und gewann rasch an Höhe, dann hatte er einen thermischen Aufwind gefunden und schwebte zu den Klippen davon.

»Also gut«, sagte Brian in leicht gereiztem Ton, »wenn das erledigt ist, können wir jetzt vielleicht die Gefangenen zur Vorderseite der Burg bringen.«

»Unbedingt«, antwortete Jim hastig.

Sie marschierten um die Burg herum. Jim, Brian und Dafydd führten die Kolonne an, dann folgten die erfahrenen Bewaffneten, die Bogenschützen und schließlich die Gefangenen, die in Viererreihen aufgestellt waren. Den Abschluß bildeten die einheimischen Freiwilligen, die Messer in den Händen hielten – für alle Fälle.

Sie bogen um die Nordostecke der Burg. Die Zugbrücke war heruntergelassen, und davor standen Malvinne und eine Gestalt in einem Plattenpanzer mit geschlossenem Visier, in der einen Hand den Schild und in der anderen einen Streitkolben. Hinter diesen beiden, auf der Brücke und bis hinein in den Burghof, standen mehrere Reihen von Kriegern, gepanzert und bewaffnet wie die, welche sie soeben hinter der Burg überwältigt hatten. Sie alle schienen einfach zu warten, bis Jim, Brian, Dafydd und die anderen sie erreicht hatten.

Dies alles nahm einen wohldurchdachten, beinahe förmlichen Verlauf. Die drei Gefährten hielten vor der Zugbrücke an, wo sie, mit der Kolonne im Rücken, etwa drei Meter vor Malvinne und der schweigenden, bedrohlich anzuschauenden Gestalt neben ihm verharrten.

Inzwischen waren am Himmel einige Wolken aufgezogen, so daß kein direktes Sonnenlicht auf die Szenerie fiel. In dem gedämpften Licht ging von der reglosen, metallumschlossenen Gestalt an Malvinnes Seite ein stumpfer Schimmer aus.

»James«, flüsterte Brian, ohne Malvinne aus den Augen zu lassen, »ich fürchte, von jetzt an müßt Ihr das Kommando übernehmen.«

»Das war auch meine Absicht«, antwortete Jim rauh, ohne die Stimme zu senken. Er dachte an Angie und die anderen, die irgendwo in der Burg gefangengehalten wurden.

Er saß ab. Brian und Dafydd folgten seinem Beispiel und traten vor.

»Was habt Ihr vor, James?« fragte Malvinne, als Jim ein paar Schritte vor ihm stehenblieb.

»Ich beabsichtige, Euch so rasch wie möglich aus meiner Burg hinauszuwerfen«, sagte Jim. Jetzt, da er Malvinne von Angesicht zu Angesicht gegenüberstand, überkam ihn die kalte Wut. Wie kam dieser ausgestoßene Magier nur dazu zu glauben, für ihn würden eigene Regeln gelten?

»Aus *Eurer* Burg, James?« fragte Malvinne und betrachtete ihn mit schiefgelegtem Kopf wie ein neugieriger Vogel. »Ich glaube, Ihr bewohnt sie erst seit kurzem.«

»Gleichwohl gehört sie mir«, antwortete Jim. »König Edward hat sie mir zum Lehen gegeben.«

»Hmmm«, machte Malvinne. »Vielleicht interessiert es Euch zu erfahren, daß in diesem Moment in London eine Urkunde darauf wartet, vom König unterzeichnet zu werden. Wißt Ihr eigentlich, daß er unter bestimmten Umständen alles unterschreiben würde, bloß um seine Ruhe zu haben?«

»Weshalb sollte ich das glauben?« entgegnete Jim. »Selbst wenn es sich so verhielte, welche Auswirkungen hätte das auf die gegenwärtige Situation? Ihr haltet meine Burg besetzt, und ich will, daß Ihr daraus verschwindet. Außerdem werde ich Euch für alle Schäden, die Ihr angerichtet habt, und alle Unbill, welche ihre Bewohner durch Euch zu erleiden hatten, zur Rechenschaft ziehen!«

»Ihr denkt wohl an unsere von der Revisionsabteilung für die nächste Zukunft anberaumte Begegnung?« sagte Malvinne. »Dann solltet Ihr bedenken, daß die Anschuldigungen, die Ihr gegen mich vorbringt, ein wenig fadenscheinig wirken könnten, wenn bekannt wird, daß Ihr mein Gefangener seid.«

»Ich bin nicht Euer Gefangener«, sagte Jim.

»Aber das wird nicht mehr lange dauern«, erwiderte Malvinne. »Wie ich gerade sagte – Eure Anklage könnte als der Versuch eines sehr schwachen, jungen Magiers erscheinen, von der prekären Lage, in der er sich befindet, dadurch abzulenken, daß er Vorwürfe gegen einen Meister der magischen Kunst erhebt.«

»Ich glaube nicht, daß dies der Vorgehensweise der Revisionsabteilung entspricht«, sagte Jim, der des Wortgeplänkels allmählich überdrüssig wurde. »Jedenfalls bin ich nicht Euer Gefangener, das sagte ich bereits.«

»Wie *ich* sagte, werdet Ihr es aber in Kürze sein«, entgegnete Malvinne. Er schlug einen förmlichen Ton an. »Hier und jetzt beschuldige ich Euch vor allen Anwesenden, Lügen über mich verbreitet zu haben, sowohl hinsichtlich der vorgebrachten Anklage wie auch bei anderen Gelegenheiten.«

Auf einmal trat bei Jim das Gefühl, daß irgend etwas nicht stimme, an die Stelle der kalten Wut. In den Begriffen dieser Welt ausgedrückt, hatte Malvinne ihn soeben zum Zweikampf Ritter gegen Ritter herausgefordert. Jim selbst war natürlich ein Ritter, und auch Malvinne war zweifellos irgendwann zum Ritter geschlagen oder zumindest in den Adelsstand erhoben worden, so daß er in weltlicher Hinsicht als Edelmann zu gelten hatte.

»Ihr fordert mich heraus?« fragte er in der Absicht, seinem Gegenüber weitere Informationen entlocken zu können.

»Ja, das tue ich«, antwortete Malvinne. »Das heißt, nicht unmittelbar, denn schließlich bin ich der Ältere. Deshalb werde ich mir die Tatsache zunutze machen, daß ich ein Magier und daher berechtigt bin, einen Stellvertreter zu benennen. Dies habe ich bereits getan. Mein Stellvertreter steht neben mir.«

Er wandte sich an die schweigsame Gestalt an seiner Seite, deren Gesicht hinter dem Visier verborgen war.

»Nicht wahr, mein Kämpe?«

Die Gestalt hob langsam das Visier, und Jim erstarrte.

Dieses Gesicht hatte er bislang ein einziges Mal gesehen, würde es aber niemals vergessen. Es war das Gesicht des Mannes, von dem er eigentlich angenommen hatte, er verstecke sich auf dem Kontinent. Das Gesicht von Sir Hugh de Bois de Malencontri, mit dem er zum letztenmal vor über einem Jahr auf einer Landzunge am Verhaßten Turm zusammengetroffen war, zu der Secoh ihn auf Geheiß von Sir Hugh gelockt hatte und wo er in Schußweite von Sir Hughs Armbrustschützen geraten war.

»Ich bin hier, und ich bin Euer Gegner«, sagte der stämmige, grobknochige Mann. Er lächelte unangenehm. »Und ich bestehe auch nicht aus Schnee, wie Ihr vielleicht annehmen mögt, Sir James. Ich persönlich stehe vor der Burg, die einmal mir gehörte und die in Kürze wieder mir gehören wird, was der König mit seiner Unterschrift bestätigen wird, sobald erwiesen ist, daß Ihr Malvinnes Gefangener seid. Denn nun wird die Entscheidung im Kampf fallen, und so Gott will« – das Wort klang bitter aus seinem Mund –, »wird sich erweisen, daß Ihr ein falscher und abtrünniger Ritter seid, der keinerlei Anrecht auf seine Sporen, auf dieses Land oder diese Burg hat!«

Unterdessen hatte er die Handschuhe ausgezogen, und nun schleuderte er sie Jim ins Gesicht.

Plötzlich wurde Jim klar, weshalb die Leute, die zum Duell herausgefordert wurden, die Forderung im allgemeinen so bereitwillig annahmen. Der metallverstärkte Handschuh traf ihn wie eine Waffe ins Gesicht. Auf einmal blutete ihm die Nase, seine Lippe war aufgeplatzt und blutete ebenfalls, und er hatte das Gefühl, ein Zahn habe sich gelockert. Plötzlich konnte er es gar nicht mehr erwarten, mit Sir Hugh so rasch wie möglich zur Sache zu kommen.

Der Handschuh war jedoch vor ihm auf die Erde gefallen; und ehe er ihn hochheben konnte, packte Brian ihn beim Arm und zog ihn ein paar Schritte beiseite, damit Malvinne und Sir Hugh von ihrer halblauten Unterhaltung nichts mitbekamen.

»James!« Brian klang beinahe so, als wollte er Jim wieder zur Besinnung bringen. »James! Hört mir zu! Ihr könnt nicht gegen Sir Hugh antreten! Glaubt mir, Ihr könnt nicht gegen ihn kämpfen. Auch Ihr seid ein Magier, wenn auch von niedererem Rang als Malvinne, gleichwohl aber könnt Ihr ebenfalls einen Stellvertreter benennen. Ich werde Euer Stellvertreter sein. Ich muß den Handschuh für Euch aufheben. Rührt ihn nicht an!«

»Den Teufel werdet Ihr tun!« erwiderte Jim ein wenig schwerfällig, da seine Oberlippe bereits anzuschwellen begann. »Ich werde den Schuft in Stücke hauen …«

»Wenn Ihr das könntet, würde ich Euch nicht daran hindern!« sagte Brian im gleichen drängenden Tonfall wie zuvor. »Aber hört mir zu, Jim! Ich, Brian, habe Euch den ganzen Winter über Kämpfen gelehrt. Und ich sage Euch, Eure Chancen gegen Sir Hugh stehen nicht besser als die eines Kindes, das gegen den legendären Lanzelot persönlich anträte. Er ist ein erfahrener Ritter. Ich bin einer Meinung mit Euch – er ist ein

Schuft. Aber dieser Schuft ist nichtsdestotrotz einer der besten Kämpfer, die ich kenne. Ich vertraue vor allem auf Gott, aber ich werde Gott nicht dadurch herausfordern, daß ich Euch gegen ihn antreten lasse. Dieser Zweikampf ist eine Farce! Habt Ihr mich verstanden, Jim?«

»Ich habe Euch verstanden«, knurrte Jim und leckte sich das Blut von der Lippe, »aber ich sage Euch, Brian, ich und niemand sonst werde gegen ihn antreten!«

»James, wenn Ihr mich liebt...«, setzte Brian an, doch Jim stieß ihn beiseite, trat vor, bückte sich und hob Sir Hughs Handschuh auf. Er grinste Sir Hugh boshaft an.

»Ich nehme Eure Forderung aus eigenem Recht und in Gottes Namen an!« sagte er, die Formel gebrauchend, die Sir Brian ihm vor Monaten beigebracht hatte.

44

DIE EINHEIMISCHEN WAREN entzückt. Also würde es doch noch eine Zirkusvorstellung geben. Und wenn schon keine Zirkusvorstellung, dann das nächstliegende, nämlich einen offiziellen Zweikampf zweier Ritter, einer davon ihr eigener Herr, Sir James, den sie verehrten.

Leute wie sie hatten kaum jemals Gelegenheit, ein solches Duell mitzuerleben. Davon würden sie noch ihren Enkelkindern erzählen können, auch wenn unter den gegebenen Umständen das mit einem solchen Zweikampf für gewöhnlich einhergehende Drumherum fehlen würde.

Das entscheidende Element, das darin bestand, daß zwei Ritter vor Zuschauern in mörderischer Absicht aufeinander einschlugen und daß der Ausgang des Zweikampfes als Gottesurteil galt, blieb jedoch erhalten.

Zwei Zelte waren errichtet worden, weniger damit die beiden beteiligten Ritter sich ungestört auf den Kampf vorbereiten oder mit den dürftigen Mitteln dieser Zeit ihre Verletzungen versorgen konnten, sondern vor allem deshalb, weil es eben so üblich war.

Brian war eine Weile allein mit Jim, und diese Zeit nutzte er, ihn für den bevorstehenden Zweikampf zu instruieren.

»Es war dumm von Euch, James, daß Ihr den Handschuh aufgehoben habt«, sagte er. »Aber lassen wir das. Offenbar war es Gottes Wille, daß Ihr und Ihr allein gegen Sir Hugh antreten solltet und nicht ich.«

Brian bekreuzigte sich.

»Niemand hat mehr Gottvertrauen als ich«, sagte er, »aber es muß ein Wunder geschehen, James, wenn Ihr Sir Hugh besiegen wollt. Und jetzt hört mir ganz genau zu.«

Jims anfängliche Wut hatte sich mittlerweile gelegt. Er war immer noch fest entschlossen, sein Bestes zu tun, um Sir Hugh in Stücke zu hauen, hatte sich aber wieder soweit beruhigt, daß er sich Brians Argumenten nicht verschließen konnte.

Er war sich seiner eigenen Unzulänglichkeit im Gebrauch der Waffen des vierzehnten Jahrhunderts nur allzu deutlich bewußt; und er glaubte Brian aufs Wort, daß er in Sir Hugh einen sehr erfahrenen Gegner haben würde.

»Schießt los, Brian«, sagte er, nachdem er sich das Gesicht mit einem feuchten Tuch gesäubert hatte. Der Zahn war nicht ganz so locker, wie er befürchtet hatte. Mit etwas Glück würde er wieder fest anwachsen. »Ich bin bereit, Eure Ratschläge entgegenzunehmen. Nur zu. Welche Taktik empfehlt Ihr mir?«

»Also gut, James«, sagte Brian. »Das Schlimmste, was Ihr tun könntet, wäre, mit Wut im Bauch und ohne einen klaren Kopf in den Kampf zu gehen. Sir Hugh wird bestimmt nicht hitzköpfig dort hinaustreten, und das solltet Ihr ebenfalls vermeiden. Betrachten wir einmal die Situation. Ihr seid ein Novize, von den paar kleinen Scharmützeln wie der Befreiung Eurer Burg einmal abgesehen. Nach Maßgabe aller Dinge solltet Ihr ein Spielzeug in Sir Hughs Händen sein. Allerdings hat auch er seine Schwächen, die Ihr Euch vielleicht zunutze machen könnt.«

»Zum Beispiel?« fragte Jim.

»Ich wollte sie gerade aufzählen«, sagte Brian. »Beginnen wir mit Euren Voraussetzungen. Ihr besitzt wenig Kampferfahrung, seid aber jung und stark. Sir Hugh besitzt große Kampferfahrung und ist ebenfalls stark, allerdings etwas älter als Ihr. Außerdem ist er fünfundzwanzig bis dreißig Pfund schwerer. Ein Großteil des Mehrgewichts werden Muskeln zuzuschreiben sein – weshalb Ihr seinen Hieben nach Möglichkeit ausweichen solltet –, teilweise handelt es sich aber auch um Fett. Dann wäre da noch Euer größter Vorteil, nämlich Eure Beweglichkeit. Den meisten seiner Hiebe könnt Ihr ausweichen, James, oder Sir Hugh sogar in eine Falle locken, so daß er sein Schwert nicht mehr gebrauchen kann und Ihr einen Treffer anbringen könnt.«

»Fahrt fort«, sagte Jim.

»Wahrscheinlich wird er den Streitkolben benutzen, den er vorhin bei sich hatte«, sagte Brian. »In Verbindung mit seiner Schlagkraft wäre es sehr gefährlich für Euch, wenn er einen Treffer landen könnte, und sei es auf Eurem Plattenpanzer. Ein Schild kann gegen einen Streitkolben wenig ausrichten. Und Euer Helm kann noch so gut gepolstert sein, ein kräftiger Hieb mit dem Kolben würde Euch dennoch töten. Es wurde noch kein Schiedsrichter bestimmt, der den Marschallstab wegwerfen wird, wenn der Kampf enden soll. Aber das werden sie mit Sicherheit tun, denn Malvinne hat erklärt, daß er Euch gefangennehmen und nicht töten will. Das verschafft Euch einen weiteren kleinen Vorteil. Es steht Euch frei, Sir Hugh zu töten, wenn Ihr Gelegenheit dazu habt. Er aber wird vermeiden wollen, Euch zu töten – es sei denn natürlich, daß in der Hitze des Gefechts sein Temperament mit ihm durchgeht.«

»Und das sind schon alle meine Vorteile?« fragte Jim.

»Geduld, James«, sagte Brian, »ich wollte Euch gerade weitere Vorteile aufzählen. Kurz gesagt, für Sir Hugh sprechen sein Gewicht und seine Erfahrung. Ihr hingegen habt Eure Jugend, Eure schnelle Reaktion und Eure Beweglichkeit. Ihr habt es noch nie geschafft, aus vollem Lauf auf Euer Pferd aufzuspringen. Aber ich habe gesehen, wie Ihr höher in die Luft gesprungen seid, als ich für möglich gehalten hätte. Deshalb solltet Ihr Sir Hughs Hieben ausweichen, ihn in Bewegung halten, ihn ermüden und ihn erst dann attackieren.«

»Aber dieser Streitkolben ...«, setzte Jim an, doch Brian fiel ihm ins Wort.

»Wir wollen sehen, ob er den Streitkolben nicht gegen eine andere Waffe eintauscht«, sagte Brian. »Laßt mich verkünden, daß Ihr meinen langen Zweihänder benutzen werdet.«

»Den?« fragte Jim.

Er hatte nur ungern mit dem Zweihänderschwert geübt. Seiner Ansicht nach war es zu groß und zu schwerfällig. Außerdem bevorzugte Sir Brian eine Haltung, die Jim ausgesprochen unbequem fand.

Den Zweihänder packte man mit beiden Händen am Heft, als hielte man eine Axt. Anstatt jedoch mit vorgehaltenem Schwert auf den Gegner loszugehen, hielt man das Heft mit beiden Händen in Stirnhöhe, so daß die Klinge parallel zum Körper nach unten wies.

Brian behauptete steif und fest, daß diese Haltung zwar ungeschickt aussähe, es einem aber erlaube, Hiebe aus allen möglichen Richtungen abzuwehren und ohne Vorwarnung auf den Kopf oder das Bein seines Gegners zu zielen. Jim hatte diese Haltung geübt und einräumen müssen, daß Brian damit nicht ganz unrecht hatte. Allerdings schien ihm, die Waffe müsse sich besser einsetzen lassen.

»Weshalb der Zweihänder?« fragte Jim.

»Weil dieser Eure Reichweite erheblich erweitert – allein schon Eure Arme sind bereits ein Stück länger als die von Sir Hugh«, sagte Brian. »Die Folge davon wäre, daß er Schwierigkeiten hätte, an Euch heranzukommen, wenn Ihr den Zweihänder benutzen und er bei seinem Streitkolben bleiben würde. Außerdem erspart er Euch das Gewicht des Schildes, was einen erheblichen Vorteil bedeutet, da Ihr ja die Absicht habt, Sir Hugh zu ermüden.«

»Das verstehe ich schon«, meinte Jim, noch immer nicht ganz überzeugt.

»Aber er wird den Streitkolben nicht behalten, wenn er Euch sieht«, fuhr Brian fort, ohne auf Jims Bemerkung einzugehen. »Er wird sich dann ebenfalls für einen Zweihänder entscheiden.«

»Ah«, machte Jim, dem es allmählich dämmerte.

»Letztlich würde das bedeuten«, sagte Brian, »daß er von dem Gebiet, auf dem er stark ist, auf das Gebiet überwechselt, auf dem Ihr stark seid.«

»Ah«, machte Jim erneut.

»Ob er mit dem Zweihänder ebenso geschickt umzugehen weiß wie mit dem Streitkolben, wissen wir nicht«, fuhr Brian fort. »Auf jeden Fall müßt Ihr Euch von ihm fernhalten und seinen Schwertarm und die Beine attackieren. Der Zweihänder ist kein Breitschwert, das man zur Not auch mit der Linken führen kann, wenn die Rechte verletzt wird. Ihr werdet keinen Schild haben. Also denkt daran, verlaßt Euch auf Eure Geschwindigkeit und Eure Beweglichkeit, James, dann habt Ihr wenigstens eine Chance!«

Jims Zuversicht stieg. Zu Anfang war er außer sich gewesen vor Wut. Dann, als Brian angefangen hatte auf ihn einzureden, hatten ihn Zweifel beschlichen. Jetzt hatten sich diese Zweifel verflüchtigt. Er hatte

Vertrauen in seine Beine – die zu mehr imstande waren, als Brian wußte.

»Und nun werden wir Euch rüsten und bewaffnen, James«, sagte Brian.

Als die beiden Männer zwanzig Minuten später aus dem Zelt traten, stellten sie fest, daß Theoluf und einer von Malvinnes plattengepanzerten Männern zu Turniermeistern ernannt worden waren. Beide hielten jeweils einen kurzen, frisch geschnittenen Zweig in der Hand, der ihnen als Marschallstab diente. Sie blickten einander von den gegenüberliegenden Seiten des durch Seile abgetrennten Turnierplatzes aus grimmig an.

Normalerweise hätte man eine Tribüne für die Würdenträger und Ehrengäste aufgestellt, doch da eine solche in Malencontri nicht vorhanden war, hatte sich um Carolinus in der Mitte der Kampfstätte eine Gruppe von Zuschauern gebildet. Carolinus hielt in der einen Hand einen Stab, der ebenso groß war wie er selbst, und in der anderen einen dritten Marschallstab.

Jim und Brian gingen zu ihm hinüber. Sir Hugh war bereits zugegen. Carolinus hatte offenbar die Rolle des Schiedsrichters übernommen, ohne daß ihn jemand darum gebeten hätte. Als sie sich der Gruppe näherten, protestierte Malvinne noch immer.

»Mißtraust du etwa einem Kollegen, Malvinne?« entgegnete Carolinus soeben.

Malvinne geriet ins Stottern.

»Ihr wißt genau, was ich meine!« sagte er. »Ihr seid in dieser Angelegenheit ebenso voreingenommen wie ich!«

»Ich wüßte nicht weshalb, Stinky«, entgegnete Carolinus in vollkommen ruhigem Ton. »Es stimmt zwar, daß einer der Kombattanten mein Schüler ist, doch das beeinträchtigt nicht das Urteil eines Magiers von meinem Rang. Außerdem, wo wolltest du sonst jemanden hernehmen, der diese Rolle übernehmen könnte? Jemand, der unter dem Einfluß der Dunklen Mächte steht, wäre für einen Gottesentscheid nicht tragbar; und ein gottesfürchtiger Mann würde diese Aufgabe niemals übernehmen, zumal du unter Anklage der Revisionsabteilung stehst.«

»Also gut!« erwiderte Malvinne aufgebracht. »Aber ich werde jede Art von Parteilichkeit Eurerseits weitermelden, wenn ich mich vor der Revisionsabteilung verantworten muß.«

»Melde nur, Stinky«, sagte Carolinus, »und bis dahin geh mir aus dem Weg, damit ich den Turnierplatz und den Kombattanten mit seinem Adjutanten sehen kann.«

Mit diesen Worten lenkte er die allgemeine Aufmerksamkeit auf Brian und Jim.

Es war Zeit für die rituellen Fragen. Jim gab die entsprechenden Antworten.

»Ich werde nur mit einem Zweihänder bewaffnet sein«, erklärte er.

»Sehr gut«, sagte Carolinus. »So sei es. Euer Gegner hat darum gebeten, auf Pferde zu verzichten. Seid Ihr damit einverstanden?«

Das war Jim gerade recht, und er wußte, daß Brian dies ebenso sah. Jims größter Schwachpunkt war der Kampf zu Pferd. Desgleichen wußte er, weshalb Malvinne diesen Vorschlag gemacht hatte. Zu Fuß hätte Sir Hugh weniger Mühe, ihn bewußtlos zu schlagen oder zur Aufgabe zu zwingen. Doch mit einer Lanze bewaffnet und zu Pferd würde es ihm Mühe bereiten, seine Kraft so einzusetzen, daß Jim nicht getötet, sondern lediglich kampfunfähig gemacht wurde. Wie Brian Jim gegenüber erklärt hatte, wollte Malvinne ihn als Gefangenen haben.

»Ich bin einverstanden«, sagte Jim.

Carolinus wandte sich an Sir Hugh.

»Ich nehme an, Ihr werdet mit Streitkolben und Schild bewaffnet sein?« fragte er den ehemaligen Herrn von Malencontri.

»Nein«, antwortete Sir Hugh und schenkte Jim ein grimmiges Lächeln. »Da ich keinen Vorteil haben will, werde ich auf den Schild verzichten und ebenfalls nur einen Zweihänder benutzen.«

»Ausgezeichnet«, sagte Carolinus im gleichen kühlen, geschäftsmäßigen Ton. »Ihr dürft Euch jetzt zu den gegenüberliegenden Seiten des Turnierplatzes begeben. Die Marschälle sollen die Stäbe hochhalten. Wenn sie die Arme mit den Stäben sinken lassen, dürft Ihr aufeinander zugehen. Möge Gott den Rechtschaffenen schützen!«

Jim wandte sich ab und begab sich in Begleitung von Brian zur Ostseite des Turnierplatzes. Er hatte sich abgewendet ohne nachzudenken, doch er hatte sich richtig verhalten. Da Sir Hugh noch seinen Streitkolben gegen einen Zweihänder hatte auswechseln müssen, hatte Jim die Seite auswählen können, auf der er die Sonne im Rücken hatte.

Allerdings würde die Sonne bald im Zenit stehen, und somit war es mehr oder weniger gleichgültig, wo er stand. Außerdem würden sie sich umherbewegen, und es mochte durchaus sein, daß Jim schließlich gegen seinen Willen nach Osten blicken würde. Gleichwohl befand Jim sich gegenwärtig leicht im Vorteil.

Trotz der Wolken wurde es immer wärmer.

Aus irgendeinem Grund war das Wetter nicht nur in England, sondern auch während der Überfahrt und des Aufenthalts in Frankreich schön gewesen. Nun, da sie wieder in England waren, hatten sie immer noch gutes Wetter. Während Jim zum anderen Ende des Turnierplatzes stapfte, überlegte er müßig, ob vielleicht die Dunklen Mächte etwas damit zu tun hatten. Oder hatten sie auf etwas derart Kompliziertes wie das Wetter keinen Einfluß?

Als er das Ende des Platzes erreicht hatte, wandte er sich um. Sir Hugh war noch unterwegs zu seiner Seite. Als er dort angelangt war, wandte er sich zu Jim um.

Sie waren jetzt etwa fünfzig Meter voneinander entfernt. Die Marschälle hoben gleichzeitig die Arme und hielten die Stäbe über ihre Köpfe empor. Dann senkten sie diese auf Carolinus Kommando hin.

Jim begann den langen Marsch zu seinem Gegner.

Auch Sir Hugh näherte sich ihm. Den Zweihänder hielt er in der gleichen Position wie Jim.

So wie Sir Hugh das große Schwert hielt, wirkte es gar nicht sperrig. Vielmehr machte es einen gut handhabbaren Eindruck, so als besäße Sir Hugh große Übung im Umgang mit dieser Waffe. Einen Moment lang fürchtete Jim, er könnte Sir Hugh durch seine Schwerthaltung seine Unerfahrenheit verraten. Dann verdrängte er diesen Gedanken jedoch und konzentrierte sich auf das Naheliegende.

Er rief sich die verschiedenen Bewegungen ins Gedächtnis, die er vom Volleyball- und Basketballspiel des zwanzigsten Jahrhunderts her kannte. In beiden Disziplinen war er ein Naturtalent gewesen. Er überlegte, welche dieser Bewegungen sich bei der bevorstehenden Auseinandersetzung als nützlich erweisen könnten.

Gelegen käme ihm die Tatsache, daß er gelernt hatte, einen Gegner mit einer Körperbewegung zu täuschen, ohne dabei die Füße zu bewegen. Sir Hugh würde auch kaum den Seitschritt mit der darauffolgenden plötzlichen Drehung kennen, der ihn um die Flanke des Gegners herumbefördern würde, ehe dieser überhaupt merkte, wie ihm geschah. Jim blickte nach vorn.

Sir Hugh war mittlerweile merklich größer geworden. Sie näherten sich einander rasch. Jetzt waren sie nur noch wenige Schritte voneinander entfernt. Als sie in die Reichweite ihrer Waffen gelangten, ließ Sir Hugh ohne Vorwarnung das Heft seines Schwertes los, bückte sich und fing es zwanzig Zentimeter tiefer wieder auf. Als dessen Spitze sich dicht über dem Boden befand, schnellte er hoch und zielte mit der Spitze auf Jims Helm.

Jim rettete in diesem Moment allein die Tatsache, daß er sich bereits vorgenommen hatte, einen Ausfall nach rechts anzutäuschen, statt dessen aber den raschen Seitschritt mit darauffolgender Drehung auszuführen, wie er es vom Basketball her kannte. Folglich war er bereits in Bewegung, als Sir Hugh seinen Ausfall machte, und die scharfe Spitze des langen Schwertes fuhr ins Leere. In der Annahme, sein Gegner sei einem Konterschlag jetzt wehrlos ausgeliefert, holte Jim weit aus und führte einen Hieb gegen Sir Hughs Schulter.

Der nach wie vor geduckte Sir Hugh schaffte es jedoch, sich um die eigene Achse zu drehen und mit der abwehrend erhobenen Klinge die größte Wucht des Schlages abzufangen, so daß die Spitze von Jims Klinge seine metallgepanzerte Schulter lediglich streifte. Die Einheimischen schrien auf, da sie meinten, Jim habe einen wirkungsvollen Treffer gelandet. Jim jedoch wußte es besser. Er wich behende zurück, während Sir Hughs Klinge an seiner entlangglitt und erneut nach Jims Helm zielte.

Abermals traf Hugh ins Leere, denn Jim befand sich bereits außer Reichweite. Sir Hugh drückte die Knie durch und machte einen Satz, der ihn abermals in Schlagweite brachte. Diesmal hatte er das große Schwert gesenkt und führte einen Hieb nach Jims Beinen, den er jedoch mitten im Schwung auf Jims Schulter oder dessen Kopf umlenkte.

Jim wirbelte nach rechts, und die Klinge verfehlte ihn. Allmählich wurde ihm klar, welche Absicht Sir Hugh verfolgte. Er hatte vor, Jim kampfunfähig zu machen, ohne ihn zu töten – vorzugsweise mit einem Treffer auf den Kopf, der den Helm auf den Schultern verdrehen würde, so daß er nicht mehr durch das Visier sehen könnte. Jim blockierte Sir

Hughs Klinge und war unangenehm überrascht von der Kraft, die er spürte. Brian hatte nicht übertrieben, als er gemeint hatte, Sir Hugh habe einen kräftigen Oberkörper.

Die Klingen lösten sich voneinander, und Sir Hugh rückte vor, während Jim sich duckte und zurückwich. Allmählich wurde den Zuschauern und Malvinnes Bewaffneten, die nun in Reihen geordnet mit nach wie vor gefesselten Händen im Gras saßen, die Taktik der beiden Gegner klar.

Letztere johlten und buhten. Jim achtete nicht darauf, bemerkte jedoch aus den Augenwinkeln, wie Brians Bewaffnete zwischen die Reihen der Sitzenden traten. Das Johlen brach unvermittelt ab.

Der Kampf ging weiter. Jim wartete vergeblich darauf, daß Sir Hugh allmählich ermüdete. Zu allem Überdruß stellte er statt dessen bei sich die ersten Anzeichen von Erschöpfung fest. Die ständigen schnellen Bewegungen in Verbindung mit der sich in der prallen Sonne erhitzenden Rüstung raubten ihm die Kraft.

Ihm kam der Gedanke, daß er mit seinen Drehungen und Finten vielleicht ein wenig zuviel des Guten tat – daß er seine Kräfte verausgabte, während Sir Hugh sich schonte.

Er zerbrach sich den Kopf nach einer Alternative, allerdings fiel ihm nichts ein. Eine Reihe von zwar abgewehrten, aber gleichwohl empfindlich spürbaren Hieben waren Beweis genug, daß Sir Hugh ihm im Nahkampf weit überlegen war.

Jims Beine hielten sich recht gut. Daran hatte er auch niemals gezweifelt. Allerdings ermüdeten seine Arme und Schultern vom ständigen Hantieren mit dem gewichtigen Schwert.

Die Gemeinen von Jims Ländereien, die das Kampfgeschehen verfolgten, jubelten nicht, sondern bewahrten ein düsteres Schweigen. Offenbar waren sie ebenso wie Malvinnes Krieger zu dem Schluß gekommen, daß

Jim Angst vor seinem Gegner hatte und ihm nach Kräften auswich.

Jim mußte sich widerwillig eingestehen, daß sie damit durchaus recht hatten – zumindest teilweise.

Ewig konnte es so aber nicht weitergehen. Früher oder später würden sie dazu übergehen müssen, Hiebe auszutauschen, und wie es ihm dann ergehen würde, daran wollte Jim lieber gar nicht erst denken.

Er hatte sich in Gedanken dermaßen verrannt, daß er erst nach einem weiteren Streiftreffer von Sir Hugh – der diesmal seine Seite traf, als er gerade in einer Drehung begriffen war – bemerkte, daß der Schlag diesmal weniger kräftig gewesen war.

Bis jetzt hatte er noch gar nicht daran gedacht, daß Sir Hughs Arme ebenfalls ermüden könnten. Er hatte es von seinen Armen erwartet, dabei unbewußt aber unterstellt, daß der Oberkörper seines Gegners ebenso ausdauernd sein würde wie sein eigener Unterkörper. Vorsichtig forderte er Sir Hugh zu einem Hieb heraus, den er nur teilweise abblockte. Ganz klar, die Kräfte seines Gegners erlahmten.

Jim wußte, daß es bei Boxern häufig vorkam, daß sie im Laufe eines Kampfes müde Arme bekamen. Dieser Effekt wurde häufig noch dadurch verstärkt, daß man auf die Muskeln seines Gegners eindrosch. Jim hatte seine wenigen Treffer gegen Sir Hughs Arme gelandet. Es war gut möglich, daß er damit genau diese Wirkung erzielt hatte.

Jetzt, wo er sich auf die Armmüdigkeit konzentrierte, wurde er sich der zunehmenden Schwäche seiner Arme immer deutlicher bewußt. Irgendwann würde er nicht mehr in der Lage sein, einen wirkungsvollen Treffer anzubringen, der den Panzer seines Gegners durchdringen würde. Was bedeutete, daß er die Initiative ergreifen und zum Nahkampf übergehen mußte. Dann träfen seine müden Arme auf die müden Arme von Sir Hugh.

Unterdessen bemühte er sich, Sir Hughs Beine zu ermüden. Mit einer raschen Drehung beförderte er sich in den Rücken seines Gegners und traf ihn mit voller Wucht. Schweiß floß Jim von der Stirn und tropfte ihm in die Augen. Seine ganze Rüstung fühlte sich an, als wären die Polster triefend naß. Er fragte sich, ob Sir Hugh wohl ähnliche Schwierigkeiten hatte; und als er das nächste Mal in Sir Hughs Nähe kam, hörte er genau hin.

Ja, Sir Hugh atmete schwer unter seinem Helm.

Doch nun wurden Jims Arme richtig müde. Es war an der Zeit, etwas zu wagen. Er setzte zu einer seiner gewöhnlichen Finten mit anschließender Drehung an, doch ohne diese zu vollenden. Er blieb stehen und ließ Sir Hughs Schwert gegen sein eigenes prallen.

Die Wucht des Aufpralls erschütterte seine Arme bis zu den Ellbogen. Allerdings fehlte es dem Hieb an der tödlichen Kraft von Sir Hughs früheren Ausfällen. Jim schöpfte neue Hoffnung. Wenn er einen wirkungsvollen Treffer landen wollte, mußte er sich beeilen. Er blieb stehen, parierte einen weiteren Hieb und schlug zurück, ohne auszuweichen.

Beide hielten ihr Schwert längst nicht mehr mit der Spitze nach unten. Statt dessen zeigten ihre Klingen nach vorn, und sie teilten damit wechselseitig Hiebe aus. Diese neue, unbewegliche Art des Kämpfens versetzte Jim in eine Art Rauschzustand. Das Schattenboxen lag hinter ihm. Es bedeutete eine Erleichterung, einfach bloß Treffer einzufangen und Hiebe auszuteilen. Seine Begeisterung stieg, als er trotz seines schweren Atems hörte, wie Hugh unter dem Helm keuchte. Einen Moment lang hielt er es für möglich, Sir Hugh könnte mittlerweile dermaßen erschöpft sein, daß sie als Gegner ebenbürtig waren. Dann bräuchte er bloß weiter auf ihn einzudreschen, und der Sieg gehörte über kurz oder lang ihm.

Dies ging ihm gerade durch den Kopf, als Sir Hughs

Klinge plötzlich mit voller Wucht gegen seinen Helm prallte und diesen teilweise herumdrehte. Jetzt war eingetroffen, was er befürchtet hatte – aber nur teilweise. Mit dem rechten Auge konnte er durch die Lamellen an der linken Seite des Visiers immer noch etwas erkennen.

Als Folge davon sah er nicht mehr räumlich und konnte Entfernungen nicht mehr einschätzen. Wut flammte in ihm auf, als habe man einen brennenden Hochofen geöffnet. Er hatte genau das getan, wovor Brian ihn gewarnt hatte. Er hatte Sir Hugh auf dem Gebiet Paroli bieten wollen, auf dem dieser stark war. Er und Sir Hugh standen beide noch aufrecht, doch ein gutplazierter Treffer würde den Kampf entscheiden. Zu vielen kräftigen Hieben waren beide nicht mehr imstande. Auf einmal schwankte Jim, als ihn Sir Hughs Schwert mit voller Wucht auf die Metallabdeckung des rechten Schultergelenks traf, dort, wo er blind war.

»Hab ich dich endlich ... du Dreckskerl!« keuchte der andere.

Jim wurde auf einmal klar, daß sie beide über den Punkt hinaus waren, da sie den Gegner gefangennehmen wollten. Hugh hatte es darauf abgesehen, ihn zu töten; und nun befand er sich auch in einer guten Ausgangsposition, um sein Vorhaben in die Tat umzusetzen. Ein weiterer Streiftreffer drehte Jims Helm noch ein Stück weiter herum. Jetzt konnte er seinen Gegner kaum noch sehen. Jeden Moment würde Sir Hugh sich die Stelle aussuchen, die er mit seiner Klinge treffen wollte, und das wäre für Jim der Anfang vom Ende.

Der nächste Treffer wäre das Ende. Auf einmal erinnerte sich Jim an das Duell mit dem Anführer der Piraten, als er und Brian mit einer Handvoll Männer die Burg Smythe befreit hatten. Die Beine konnte er immer noch gebrauchen.

Er sprang in die Luft. Auf einmal befand sich seine

Hüfte gleichauf mit Sir Hughs Oberkörper. Damit hatte der andere Ritter nicht gerechnet, und daher zögerte er den Hieb, den er soeben hatte ausführen wollen, einen winzigen Moment hinaus.

In diesem Augenblick trieben Jims kraftvolle Beine seine Fersen gegen die gepanzerten Schultern, auf die er die ganze Zeit über mit der Klinge eingedroschen hatte.

Sir Hugh ging zu Boden und blieb flach auf dem Rücken liegen. Im nächsten Moment stellte Jim einen Fuß auf Sir Hughs Arm, der immer noch das Heft des Zweihänders umklammerte. Er schob die Spitze seiner Schwertklinge zwischen die Lamellen von Sir Hughs Helm.

»Ergebt Ihr Euch?« keuchte er.

»Ich ergebe mich«, krächzte Sir Hugh – als an beiden Seiten des Turnierplatzes *»Haltet ein!«* gerufen wurde. Beide Marschälle kamen mit gesenkten Stäben auf ihn zugerannt. Carolinus hatte seinen Stab auf den Boden gelegt. Offenbar glaubten sie, er sei ebenso von Mordlust überwältigt wie eben noch Sir Hugh – und wahrscheinlich war er das auch gewesen. Jetzt aber war es vorbei.

Er trat zurück und nahm den Fuß vom Gelenk der Hand, mit der Sir Hugh sein Schwert umklammert hatte. Nun ließ er es los.

Jim beförderte den Zweihänder mit einem Fußtritt außer Reichweite des besiegten Ritters. Einen Moment lang verharrte er schwankend, bis sich die Hitze in der Rüstung, die Erschöpfung nach dem Kampf und der Triumph des Sieges miteinander verschworen. Alles drehte sich um ihn, und er brach zusammen.

45

JIM WAR HÖCHSTENS einige Sekunden lang bewußtlos. Carolinus Stimme weckte ihn wieder auf.

Als er sich mühsam erhob, schien sich um ihn herum kaum etwas verändert zu haben. Dennoch tat sich etwas. Die Wolken zogen sich zusammen, bis sie eine zusammenhängende dunkle Wolkendecke bildeten. Urplötzlich hatte sich ein Wind erhoben, der ständig die Richtung wechselte. Mal wehte er von rechts, mal von links, dann wieder schien es so, als käme er geradewegs von oben. Der Stab in Carolinus Hand hatte seine Länge verdoppelt, und Carolinus hielt ihn hoch empor.

Brian und Dafydd hatten sich neben den Magier gestellt und hielten den Stab ebenfalls mit beiden Händen fest. Zudem war unvermittelt Aragh aufgetaucht und hatte dicht über dem Boden seine Zähne in den Stab geschlagen. Jim bemerkte, daß die mächtigen Kiefer des Wolfs vollständig geschlossen waren. Die gefährlichen gelben Zähne hatten sich offenbar tief in das Holz eingegraben.

Alle schienen bemüht, den Stab in dem stürmischen Wind, der ständig stärker wurde, aufrecht zu halten. Die übrigen Zuschauer verhielten sich wie Schafe bei einem Unwetter; sie drängten über die Zugbrücke und schmiegten sich gegen die Burgmauer, als könnten sie sie dadurch schützen.

»James!« rief Carolinus. »Kommt! Macht schnell!«

Jim setzte sich in Bewegung.

»Haltet den Stab fest!« schrie Carolinus. »Zieht die Handschuhe aus und helft uns, den Stab mit bloßen Hände festzuhalten. Rasch!«

Jim gehorchte. In dem Moment, da er die Finger um das Holz des Stabes schloß, hatte er den Eindruck, alles durchliefe abermals eine Veränderung. Es war, als hätte er eine dunkle Sonnenbrille abgenommen und sähe auf einmal alles klar.

Er sah, daß vom aufrecht stehenden Stab rechtwinklig kleine Blitze ausgingen. Die Blitze erfaßten die Leute hinter ihm und vor ihm auf dem Turnierplatz.

Die Blitze breiteten sich weiter aus und verschwanden hinter der Burg, sie liefen die grauen Steinquader hoch und an den Zinnen entlang, bis sie die Burg mit einem Umriß aus gezacktem, leuchtend hellem Licht umschlossen, das beständig blitzte und flackerte.

»Haltet fest, James!«

Carolinus Worte wurden vom Wind fortgeweht. Sie drangen nur ganz schwach an Jims Ohren, obwohl Carolinus nur einen Schritt von ihm entfernt stand. Sein weißer Bart flatterte hierhin und dorthin, als wolle er unter der Gewalt des Windes davonfliegen.

»Nehmt Eure ganze Kraft zusammen!« brüllte Carolinus. »Wir müssen den Stab festhalten! Um unser Volk und Eure Burg und alles, was Euch lieb ist, zu schützen. Haltet fest!«

Die Wolken waren dicht und schwer und hingen tief am Himmel. Es war so dunkel, daß Jim kaum bis zu den Bäumen am Rande der Lichtung sehen konnte. Sir Hugh lag immer noch reglos am Boden wie zuvor, als er sich Jim ergeben hatte. Höher am Himmel und ein Stück weit von ihm entfernt, unmittelbar über der gerodeten Fläche und der Burg, hellten sich die Wolken plötzlich auf, als sei darin ein Hohlraum entstanden, und diese Höhlung leuchtete von innen heraus. Darin sah Jim den König und die Königin der Toten, wie Geisterwesen von den Wolken abgehoben, auf ihren Thronsesseln sitzen; und unter ihnen befand sich eine Horde der Wesen, die sie als ihre Leibgarde bezeichnet hatten. Alle miteinander blickten sie aus den Wolken zur Erde nieder.

Der Wind nahm immer noch an Stärke zu. Zu seiner Rechten vernahm Jim im Wald ein Krachen, als wären mehrere Bäume von einem abwärts gerichteten Hammerschlag des Windes gefällt worden. Gleich darauf ertönte ein weiteres Krachen in größerer Nähe; und dann krachte es noch näher. Jim lief ein kalter Schauder über den Rücken. Es hörte sich ganz so an, als schritte ein unsichtbarer Riese auf die Burg zu, der die Bäume wie Gras unter seinen Füßen zertrampelte.

»Revisionsabteilung!« ertönte die windgeschwächte Stimme des Magiers. »Gib uns Kraft! Das Gewebe wird angegriffen, das die Reiche zusammenhält! Gib uns Kraft!«

Der Wind peitschte und schlug gegen den Stab und zerrte daran, versuchte ihn der Umklammerung der Hände und Araghs Zähnen zu entreißen. Beinahe wäre es ihm gelungen. Dann auf einmal spürte Jim, wie gleichzeitig von innen und außen neue Energie in ihn einströmte. Sie war unstofflich und masselos und fühlte sich weder fest noch gasförmig an. Sie strömte einfach in ihn hinein.

Gleichzeitig spürte Jim, wie er wuchs – weder körperlich und nicht einmal geistig, sondern auf eine wundersame Weise, die er nicht zu bestimmen mochte. Sein Sehvermögen schärfte sich. Diesmal jedoch schaute er nach innen. Mit der zusätzlichen Energie begriff und sah er auf einmal, was er noch nie begriffen oder geschaut hatte.

Offenbar erblickte er Wissensgebiete, von deren Existenz er bislang nichts geahnt hatte. Beinahe meinte er, durch mehrere Scheiben aus unterschiedlich getöntem Glas hindurch die Welt des zwanzigsten Jahrhunderts zu erblicken, die er und Angie vor einem Jahr verlassen hatten. Er packte den Stab fester. Er blickte Carolinus an, und Carolinus verzog inmitten seines windgepeitschten Barts den Mund zu einem Lächeln.

Nun trotzten sie der Gewalt des Windes und hielten den Stab unverrückbar aufrecht; und die Blitze, die davon übersprangen, wurden dicker und stärker und bildeten ein schützendes Netz um die Menschen und die Burg.

Nichtsdestotrotz kam das, was sich anhörte wie die Schritte eines unsichtbaren Riesen, immer näher und näher.

Auf einmal riß Malvinne, der innerhalb der leuchtenden Schutzlinie gestanden hatte, sich los und rannte auf den Turnierplatz hinaus – wobei er mindestens die Hälfte des Weges bis zu der reglosen, gepanzerten Gestalt Sir Hughs zurücklegte. Er fiel auf die Knie und hob die Arme zu den dunklen Wolken am Himmel.

»Stinky, du Narr! Komm zurück!« rief Carolinus.

Seine Stimme war jetzt kräftig und trotz des Windes mühelos zu vernehmen. Malvinne mußte ihn gehört haben, doch er achtete nicht auf ihn. Er hob die Arme noch höher zu den Wolken, die Hände flehentlich ausgestreckt.

»Helft mir!« schrie er. »Helft mir doch! Ich habe mir nichts zuschulden kommen lassen!«

»Stinky!« schrie Carolinus mit einem gequälten Unterton. »Hör mir zu …«

Malvinne beachtete ihn noch immer nicht, sondern reckte die Arme unverwandt zu den Wolken empor. Ihnen allein galt seine Aufmerksamkeit.

Die Schritte des Riesen waren jetzt sehr nahe. Jim sah oder spürte oder hörte – eher war es eine Kombination aus alledem –, wie eine Sehne bis zum Zerreißen gespannt wurde, eine Sehne, die vor Spannung schwirrte. Dann auf einmal riß sie entzwei, und das Geräusch brach ab.

»Ich habe mir nichts zuschulden kommen lassen …«, durchdrang Malvinnes Stimme abermals das Tosen des Windes.

Auf einmal kam es in den Wolken über der Stelle, wo Malvinne kniete, zu Turbulenzen. Der König und die Königin der Toten verblaßten bereits in ihrer sich entfernenden Enklave. Jim fühlte, wie sich die Energie, die in ihn eingeströmt war, allmählich erschöpfte; und anstatt aufzubrechen, wurden die Wolken immer heller, so als dünnten sie von oben her aus.

Dann erblickte Jim Malvinne zum letzten Mal; eine schlaffe Gestalt, die wie ein Toter am Ende eines Seils hing, das zu der Stelle hochgezogen wurde, wo sich eben noch die verblassenden Gestalten des Königs und der Königin der Toten befunden hatten. Im Höhersteigen wurde auch er immer durchscheinender, bis die beiden Geisterwesen eins mit den Wolken und nicht mehr von ihnen zu unterscheiden waren und bis auch Malvinne mit ihnen eins geworden und nicht mehr von den Herrschern des Totenreichs und den Wolken zu unterscheiden war.

Dann endlich brachen die Wolken auf. Sonnenschein ergoß sich durch die Lücken hindurch auf die Burg und die Umgebung. Der Wind legte sich, und der letzte Rest der Energie, die plötzlich über Jim gekommen war, verflüchtigte sich. Gleichzeitig versagten ihm die Kräfte, und Dunkelheit hüllte ihn ein.

Er merkte nicht einmal, daß er zusammenbrach. Kurz darauf kam er jedoch wieder zu sich. Dafydd und Brian stützten ihn und nahmen ihm die Rüstung ab. In der Nähe stand Carolinus, und der Stab in seiner Hand war nicht größer als der, den er mitgebracht hatte. Er war kreidebleich im Gesicht und wirkte tausend Jahre alt. Der Stab jedoch schien ihn aufrecht zu halten, und als Jim die Rüstung endlich los war, packte er Jims Arme mit erstaunlicher Kraft und zog ihn auf die Beine.

»Geht jetzt«, sagte Carolinus zu Brian und zu Dafydd, »zu denen, die auf Euch warten.«

Dafydd und Brian zögerten einen Moment, dann machten sie gemeinsam kehrt und rannten zur Burg. Von Carolinus gestützt, folgte ihnen Jim. Aus dem auf einmal offenen Tor hinter der Zugbrücke kamen drei Gestalten hervorgerannt: Geronde Isabel de Chaney, die mittlerweile hochschwangere Danielle und Angie.

»Angie!« Jim riß sich mit unvermuteter Kraft von Carolinus los und schloß Angie in die Arme.

Ein paar Schritte weiter umarmte Brian seine Dame, und zu Jims Linken hatte Dafydd seine langen Arme um Danielle geschlungen, und beide weinten und lachten zugleich.

»Mein Goldvogel, mein Goldvogel«, sagte Dafydd, die Wange an ihr Haar gelegt, und wiegte sie zärtlich in den Armen.

»Was bin ich schon für ein Goldvogel?« erwiderte Danielle zwischen Weinen und Lachen. »Schau mich an. Schau mich nur an!«

»Das tue ich ja«, sagte Dafydd und streichelte über ihren angeschwollenen Bauch. »Das ist das schönste Geschenk, das mir mein Goldvogel machen konnte. Was sollte ich mir sonst wünschen, außer mehr davon?«

Sie fielen sich wieder in die Arme, und auch Dafydd lachte nun, wenngleich ein feuchter Glanz in seinen Augen lag.

Jim und Angela hielten sich lange Zeit wortlos umarmt. Dann flüsterte Angie leise in Jims Ohr.

»Endlich bist du wieder da«, murmelte sie.

»Ja«, sagte Jim.

»Und wirst mich nie wieder verlassen.«

»Ja«, sagte Jim.

Und wußte doch, daß er log. Und auch Angie wußte es.

Doch einstweilen mußte das reichen.